本书为国家社科基金项目

中国传统文论及其当代价值研究（20BZW034）阶段性成果

得到天水师范学院中国语言文学省级重点学科建设费资助

理想·文献·社会

文学理论的超学科研究维度

郭昭第　著

人民出版社

目　录

绪　论 ………………………………………………………………… 1

上篇　文学作为理想价值观念

第一章　文学作为结构形式 ………………………………………… 45
　　第一节　文学作为语言及形式 ………………………………… 45
　　第二节　文学作为文本及结构 ………………………………… 52
第二章　文学作为形象系统 ………………………………………… 58
　　第一节　形象及其形象思维特征 ……………………………… 58
　　第二节　形象及其抽象思维方法 ……………………………… 67
第三章　文学作为意识形态 ………………………………………… 73
　　第一节　文学物因素与意识形态的两极性 …………………… 73
　　第二节　文学物因素与意识形态的双重性 …………………… 83
小　结　文学理想的处境与理论阐释的困惑 …………………… 87

中篇　文学作为文献文本系统

第四章　文学作为文本话语的要素性 ……………………………… 97
　　第一节　文本话语背景的出场与隐退 ………………………… 98
　　第二节　文本话语场景的突显与隐藏 ………………………… 113
　　第三节　文本话语意旨的单一与歧义 ………………………… 120

第五章　文学作为文本话语的层级性 ································· 127

　　第一节　文本抒情话语的情境、物境和意境 ················· 127

　　第二节　文本叙事话语的扁平型、扁圆型和浑圆型 ········· 134

　　第三节　文本表象话语的物理表象、心理表象和主题表象 149

第六章　文学作为文本话语的喻指性 ································· 155

　　第一节　文本话语的换喻性 ································· 155

　　第二节　文本话语的提喻性 ································· 168

　　第三节　文本话语的隐喻性 ································· 176

小　结　文学文本的含混与话语分析的缺憾 ················· 191

下篇　文学作为社会生活方式

第七章　文学作为作家的生活方式 ································· 199

　　第一节　言语与立言 ································· 200

　　第二节　知觉与立象 ································· 214

　　第三节　思想与尽意 ································· 232

第八章　文学作为读者的生活方式 ································· 243

　　第一节　大众与消费 ································· 244

　　第二节　专家与鉴赏 ································· 256

　　第三节　大师与批评 ································· 280

第九章　文学作为教师的生活方式 ································· 300

　　第一节　生存与职业 ································· 300

　　第二节　生活与事业 ································· 313

　　第三节　生命与功业 ································· 323

第十章　文学作为编辑的生活方式 ································· 332

　　第一节　口头传播与反覆回增 ································· 332

　　第二节　书面传播与感染营造 ································· 337

　　第三节　数字传播与技术断言 ································· 353

小　结　文学生活的边界与未来展望的迷茫 ················· 367

结　语……………………………………………………………… 379

参考书目…………………………………………………………… 385

后　记……………………………………………………………… 397

绪　　论

　　文学理论没有终极理论和绝对真理。一个基本事实是,几乎所有理论都以补充或者推翻他人理论而获得认可,但无论这一认可其影响范围多么广泛,持续时间多么长久,都可能面临再次被人们补充乃至推翻的宿命。也正是这一而再、再而三的颠覆和重构,构成了文学理论发展的基本脉络和程式,也标志着不同时代人们对文学认知可能达到的最高思维层次和境界。作为文学理论,只要基于一定思想观念和认知、研究维度和方法,便是对自设对象的专题研究,就不可能无所执着、周遍含融和平等不二,也不可能是唯一正确、包罗万象乃至一劳永逸的,更不可避免地存在一定程度的观念冒险。文学理论的任务不是津津乐道于某一理论和观点,以这种理论和观点排斥其他理论和观点,而是将不同理论和观点置于相对恰切的语境,加以呈现、比较和分析,在看似众说纷纭、莫衷一是甚至矛盾对立的理论和观点中寻找内在联系,借以重构文学理论概念范畴和知识谱系,且敢于启发人们关注这一重构的困惑,引导人们质疑这一重构的缺憾,从而帮助人们形成无所执著的智慧精神、周遍含融的认知视野和平等不二的思维方式。

一、文学作为语言、审美、文化三维度

　　文学是一种以语言为载体的文化形式。这种以语言为载体的文化形式区别于其他文化形式的特点是其具有审美意识和特征,否则便与非艺术的实用性文化形式混同为一,但也不局限于具有审美意识特征,还蕴含其他意识形态,如科学、政治、法律、道德、哲学和宗教等。只不过是这些文化意识形态蕴含其中,而非直接存在其中,与审美意识形态若即若离,或潜伏于审美意识更深层,既呈现又摧毁文化意识形态。文学作为语言、审美、文化三维度,揭示出

文学以其文本以及由表及里、由浅入深的更普遍属性为基的认知维度。语言是文学最直接媒介和最裸露表象,这一表象乃至媒介的最基本属性被认为是审美属性,审美最根本属性是审美韵味及效果;审美韵味及效果推而广之往往蕴含文化意蕴,其中科学、艺术、哲学,乃至宗教意蕴常常关涉人们关于自我、社会和自然的生命体验,具有文化的意蕴和力量。

语言是文学最直接载体和终端显现形式。海德格尔指出:"诗是在语言领域中并且用语言'材料'来创造它的作品。"①对文学语言,俄国形式主义和英美新批评主义常常在与实用语言的比较中进行系统阐释。什克洛夫斯基认为文学语言特别是诗歌语言往往是奇特化语言,指出:"我们处处都能见到艺术具有同一的标志:即它是为使感受摆脱自动化而特意创作的,而且,创造者的目的是为了提供视感,它的制作是'人为的',以便对它的感受能够留住,达到最大的强度和尽可能持久。同时,事物不是在空间上,而是在不间断地延续中被感受。诗歌语言正符合这些特点。在亚里士多德看来,诗的语言应具有异域的、奇特的性质,事实上它也常常是异域的。""诗歌语言是一种困难的、艰深的、障碍重重的语言。有时诗歌语言与散文语言相近,但这并不与艰深化的规律相悖。"②"我们给诗歌下定义:它是一种障碍重重的、扭曲的言语。诗歌言语——是一种言语结构。散文——则是普通言语:节约、易懂、正确的语言(散文女神是正确的、易产的女神,婴儿'胎位正常'的女神)。"③与什克洛夫斯基主张打破惯常语言表达方式借以增加理解阻力以获得较为长期且深刻的影响力有所不同,劳伦斯则更多强调了将谎话说圆方面的奇特效果。他这样写道:"艺术化语言之奇特在于它谎话连篇却能自圆其说。我想这是因为我们一直在自欺欺人的缘故。而艺术正是用谎言来编织真理的。"④他们虽然都在阐述文学语言,而且都主张具有奇特性,但什克洛夫斯基揭示了打破语法

---

① 海德格尔:《荷尔德林和诗的本质》,《海德格尔文集:荷尔德林诗的阐释》,孙周兴译,商务印书馆 2014 年版,第 37 页。
② 什克洛夫斯基:《作为手法的艺术》,《散文理论》上,刘宗次译,百花洲文艺出版社 2010 年版,第 21 页。
③ 什克洛夫斯基:《作为手法的艺术》,《散文理论》上,刘宗次译,百花洲文艺出版社 2010 年版,第 22—23 页。
④ 劳伦斯:《地之灵》,《劳伦斯文集》第 8 卷《文论集》,毕冰宾译,人民文学出版社 2014 年版,第 4 页。

常规的句法形式,而劳伦斯则强调了弄假成真的表达效果。

英美新批评主义,如瑞恰慈认为语言有两种用法:科学用法或真或假,诗歌用法非假非真、亦假亦真。前者为指称语言或命题语言,后者为情感语言,且诗歌乃情感语言的最高形式。他指出:"可以为了一个表述所引起的或真或假的指称而运用表述。这就是语言的科学用法。但是也可以为了表述触发的指称所产生的感情的态度方面的影响而运用表述。这就是语言的感情用法。"①在他看来,所谓"真"的科学意义,即指称和象征着指称的派生性表述是真实的,但在情感用法中即使运用"真理"一词也不一定有十分真实的性质,有时候只在于可接受性,也就是即使虚构,只要能为人们接受,仍视为真实,更有甚者,即使并不能为人所接受,只要表述基于作者的真诚,仍可视为一种真实。类似观点也见于燕卜逊,他也认为文学乃至诗是一种特殊的语言形式,而诗的语言是一种上下文互相矛盾的语言。

布朗肖以实与虚分别普遍语言与诗歌语言的特点,较之瑞恰慈似更加绝对化。他这样写道:"我们手握普遍语言,普遍语言让真实可为人支配,用普遍语言说事物,与事物隔着距离,就连语言本身也在使用时消失,百无一是、毫不清晰。但,一旦成为虚构的语言,就无所谓用途,不是拿来使用,或许虚构的语言所指,我们以为仍能像在日常生活一样接收到,甚至更轻易,因为,只要写下'痛'或'天使'这两个词,我们幻想中就得见天使之美、尝到了痛——的确,但条件呢? 首先,只让我们使用事物的世界必须坍塌,事物必须无限远离自身,回到远方的画面,不讲用途的远方;我不再是我,再也不说出我。厉害的转变。因虚构所得,可化为己有,条件是成为所得之物,成为它走近它,也因而剥离自我及一切存在,正如语言再非说话之声,而成了存在,语言成了存在随意的深度,其中,名字成为存在本身,但毫不指代也不揭示。"②表面看来,布朗肖似乎简单地以写实与虚构来区别普通语言与诗歌语言,其实他的意思是,普通语言实写事物反而与事物相隔,以致在毫不清晰的表述中变得百无一是;诗歌语言作为虚构语言,正由于并不打算写实,反而因为推崇虚构,使人在联想中更逼近于事物,以至获得更加逼真的体验和呈现。也就是普通语言求实而得

---

① 瑞恰慈:《两种语言用法》,《文学批评原理》,杨自伍译,百花洲文艺出版社1992年版,第243页。

② 莫里斯·布朗肖:《未来之书》,赵苓岑译,南京大学出版社2015年版,第282页。

虚,诗歌语言务虚而得实。这从另一方面揭示了语言本无不同,只因人们给予的定性不同,效果反而大相径庭:同样是"痛",用之于人们约定俗成的普通语言定性之中,便存在表意的模糊性,以致由于无法达到科学的数据分析的精确度而显得有些靠不住;但同样的"痛"用之于虚构,则人们不再苛求其精确度,反而加以设身处地的想象以具体化,以致有了痛之于西施与东施、林黛玉与焦大各有不同而各尽其妙的效果。布朗肖将此看成文学性的根本特征。他这样写道:"如果做些创造性表达时,根本没人会承认说了谎,因为不真实时,才更接近此真,而非表面精确之时,表面精确只会僵化真,让它丧失自身特有的明晰。""文学之真,它就在文学的错里,文学之力并不在于呈现,而是创造性地让某物缺席,以缺席之力让它在场。"①托多罗夫则与瑞恰慈观点相似,倾向于认为语言本身存在差异。他指出:"文学文本的任何句子都既不是真的,也不是假的。这丝毫不影响整个作品具有某种描述的强大能力:小说都不同程度地让人联想到'生活',就像生活实际地在度过那样。"②可见托多罗夫虽然近似于瑞恰慈,同时又强调文学语言虽然非假非真,但总能引导读者联想到真实生活,在这一点上,似又与布朗肖观点相同。

与将语言分为诗歌语言与科学语言有些相似,但普鲁斯特更倾向于诗歌语言的情感和想象属性。他阐述道:"哲学术语拥有一种几乎是科学的价值,而诗歌却不能使用这样的语言。对于诗人来说,词语不是纯粹的符号。象征派无疑会抢先赞同我的观点:每一个词语都在其外形或和谐的音调中保留着词语原有的魅力或以往的辉煌,至少具有与其严格的意义同样强大的联想能力,它唤起了我们的想象力和感受力。谱写出某种潜在的音乐是我们的母语与我们的感受力之间的一种规范语言,诗人可以怀着一种无可甜蜜的温情让这种音乐在我们心中产生共鸣。他让一个古老的词义焕发青春,他在两个彼此分离的形象之间重新唤醒被人遗忘的和谐,他让我们每时每刻都心怀喜悦地呼吸故土的芬芳。"③弗莱则将语言分为三种,且更强调了想象的属性。他这样阐述道:"在我们的社会中,这些语言分别体现为日常对话语言、实用技能语言及文学语言。我们发现,文学语言是关联性的:它运用诸如明喻和暗喻

---

① 莫里斯·布朗肖:《未来之书》,赵苓苓译,南京大学出版社 2015 年版,第 64 页。
② 茨维坦·托多罗夫:《诗学》,怀宇译,商务印书馆 2016 年版,第 20—21 页。
③ 普鲁斯特:《反对晦涩》,《偏见》,张小鲁译,上海文艺出版社 2016 年版,第 77 页。

的修辞格,呈现出人的心智和外在世界的认同,想象所关切的主要就是这种认同。"①他进一步指出:"所有作家都面临着将他们的语言从直接言说转变为想象的问题。"②弗莱观点的特点在于既强调了作家自身的功能,同时也不否认读者在其中的作用。

与普鲁斯特、弗莱强调诗歌语言给予人们更多联想和想象空间有些不同,罗兰·巴特更强调文学语言作为象征语言的多元意义,以及基于多元意义的不确定性。他这样分析了实用语言与文学语言的区别:"文学著作所依附的象征语言在结构上来说是一种多元的语言。其符码的构成致使由它产生的整个言语(整个作品)都具有多元意义。这种性质,在就本义而言的语言中,已经存在。它包含着很多人很想要指出的不确定性,这就是语言学家正开始在研究的问题。但实用语言与文学语言相较,其模糊性就算不了一回事了。实用语言可以凭借其出现的语境而减少误解,在极模糊的句子以外,有一特定的上下文、动作或回忆可助理解,假如我们愿意在实际生活中利用它要传达给我们的信息,就是凭借这些即情即景使其意义彰显。但文学作品却并非如此,没有任何即情即景可做依据,或许,正是这一点最能说明它的特征:作品不受任何语境所环绕、提示、保护或操纵;任何现实人生都不能告诉我们作品应有的意义。作品虽然总有些可征引的什么东西,但它的不确定性是绝对纯粹的。"③

郑敏则将汉语的文学语言与日常语言的分别大体上同古代汉语与日常口语相联系。她认为,古代汉语跳出日常口语的固定搭配,大大发挥了汉语的感性魅力与智性的深邃,而且发挥了其汉字四声的音乐美,所以古典诗词可以吟诵,字的搭配又能引起强烈的感性审美和内涵的深邃、境界的超远,相比之下,新诗则定格在口语范围,使诗人在字词的搭配上没有多少选择。郑敏指出:"所有的有诗歌文化的大国都多少已经形成文学语言和日常口语两种,而我们自从走出古典汉语以后,我们在整个 20 世纪都否定'文学语言'的概念,从政治实用角度,大大提升口语,贬低文学语言。实则原本汉语的文学词汇是最丰富的,但今天我们却无法将它们拉入文学口语语言。'五四'的大师们他们

---

① 诺斯罗普·弗莱:《培养想象》,李雪菲译,中国华侨出版社 2019 年版,第 25 页。
② 诺斯罗普·弗莱:《培养想象》,李雪菲译,中国华侨出版社 2019 年版,第 33 页。
③ 罗兰·巴特:《批评与真实:罗兰·巴特文选》,温晋仪译,上海人民出版社 2016 年版,第 37 页。

自己都是在古典汉语的丰富词汇喂养中长大的,却由于意识形态的取向,限定我们只许吃口语的萝卜白菜,不许使用文学汉语宴席上的山珍。"①应该说,郑敏对文学语言与日常语言的阐述还是有一定道理的。

什克洛夫斯基、瑞恰慈、罗兰·巴特等西方学者,在分析文学语言与实用语言以彰显文学性方面,有重要的理论开拓意义,但其最大悖论恰恰在于夸大了文学语言与科学及实用语言的区别,并在此基础上将二者的区别作为文学与非文学的区别即文学性的突出特征加以阐释,一定程度上存在夸大差异分析的局限。其实文学文本不排除实用语言,或文学文本不可能全都是与实用语言无关的文学语言,实用文本也可能不排斥文学语言,甚至以文学语言作为增强其表达效果的基本手段,二者都服从于语言的一般规律。比较而言,巴赫金对实际语言交际中的词作了三个层面的分析:"任何一个词对说者来讲,都存在于三个层面上:一是中态的而不属任何个人的语言之词;二是其他人们的他人之词,它充满他人表述的回声;三是我的词,因为既然我同它在一定情景中打交道,并有特定的言语意图,它就已经渗透着我的情态。在后两个层面上,词语是有情态的,但我再说一遍,这一情态不属于词语本身,它产生在词与实际现实在实际情景中的交汇点上,而这种交汇点是由个人的表述实现的。"②在此基础上,巴赫金还对依赖语言的表述作了这样的分析:"表述的指物意义(所讲的事物、告知的内容);情态因素,亦即说话者(个人或集体)对所讲事物(也就是指物意义)所持的评价态度;最后是表述的第三个决定因素,即表述(和说话者)对交谈者—听者—读者—及其话语(已说出的和预料中的)的态度,在思想交流过程中对他人思想的态度。"③

巴赫金揭示词语以及用来表述的语言及其共同属性,也阐述了文学所运用的语言不仅仅是交际手段和描写表达手段,还描写对象的特点,但没有直接将其简单绝对地命名为文学语言。他这样阐述道:"文学不简单是对语言的运用,而是对语言的一种艺术认识(如同语言学对它的科学认识一样),是语

①　郑敏:《中国新诗与汉语》,《郑敏文集》(文论卷下),北京师范大学出版社 2012 年版,第906 页。

②　巴赫金:《言语体裁问题》,晓河译,《巴赫金全集》(第四卷),河北教育出版社 1998 年版,第 174 页。

③　巴赫金:《〈言语体裁问题〉相关笔记存稿》,凌建侯译,《巴赫金全集》(第四卷),河北教育出版社 1998 年版,第 223 页。

言的形象,是语言在艺术中的自我意识。语言的第三维。语言生活的新形式。说话人、说话群体——社会——的形象。语言在所有其他应用领域内的生活都具有直接性。在那里它直接服务于交际和表达的目的。而在这里它本身成为描写的对象。言语生活展现出全部的具体性。作为描写对象的各种言语语体,这不是社会言语生活的速记,而是这种生活的典型的艺术形象。艺术形象具有人的特性。每一话语,每一语体(风格),每一发音的背后都蕴藏着(典型的、独特的)说者活生生的个性。语言作为描写的手段:描写事物和表达个人的感受。作为描写手段的语言,并不等于作者的直接话语。"①伽达默尔也提到了科学语言与诗歌语言的区别,只是没有那么绝对化。他指出:"科学语言仅仅是一种被整合的因素,特别是还存在着其他话语的形式,那是我们在哲学、宗教和诗歌式的讲话中看到的话语。在这些现象中词是另一种自我遗忘的走向世界的通道。我们处于词之家中。词对于谈论的东西就像一种城堡。这一点在诗歌的用语中尤其看得清楚。"②相对来说,还是保罗·德·曼将语言的文学性与意识形态有机联系了起来,有谓:"语言的文学性是揭示意识形态之反常面纱的有力的、不可或缺的工具,也是解释其之所以发生的决定性因素。"③但这一富有挑战性的阐述受到媒体的冲击,使其所谓文学性连同语言乃至基于印刷术的文本一同面临历史的挑战,大有成为明日黄花之势。

　　强调文学作为艺术的审美特性是西方美学的一个传统。托多罗夫有这样的阐述:"人们经常表达出这样的要求:文学分析要被人判定是满意的,就应该说明一部作品的审美价值,换句话说,就是说出为什么是这部作品而不是那部作品是美的。在分析不能最终给予这个问题以令人满意答复时,分析就被认为是失败的。"④西方传统常借实用品与艺术品的比较分析来强调文学艺术的审美特性。最典型的持论者如康德就致力于艺术与自然、科学,特别是手工艺区别的阐述。在他看来,艺术是自由的,好像只是游戏,是对自身愉快的,能够合目的的成功,而手工艺则是能唤起雇佣的艺术,只是作为劳动,是对劳动

---

①　巴赫金:《文学作品中的语言》,潘月琴译,《巴赫金全集》(第四卷),河北教育出版社1998年版,第273—274页。

②　汉斯-格奥尔格·伽达默尔:《诠释学Ⅱ:真理与方法》,洪汉鼎译,商务印书馆2010年版,第248页。

③　保罗·德·曼:《抵制理论》,明尼苏达大学出版社1986年版,第11页。

④　茨维坦·托多罗夫:《诗学》,怀宇译,商务印书馆2016年版,第82—83页。

者自身困苦而不愉快的,只是因其结果如工资而被吸引。他继而又把艺术分为将艺术品作为实现目的的机械艺术,以及将快感作为目的的审美艺术两种,且把审美艺术又区别为快适的艺术与美的艺术。在他看来,快适的艺术其目的是快乐,伴随着诸表象作为单纯的感觉,美的艺术则伴随着诸表象作为认识的样式。他指出:"快适的艺术是单纯以享乐为它的目的","美的艺术是一种意境,它只对自身具有合目的性,并且,虽然没有目的,仍然促进着心灵诸力的陶冶,以达到社会性的传达作用"。① 把实用与艺术对立起来区别和阐述作为艺术品的文学及其审美属性,作为西方美学的一个传统,有深远的影响。席勒有这样的论述:"美之所以能成为一种手段,把人从物质引向形式、从感觉引向法则、从一个受限制的存在引向绝对存在,这并不是因为它帮助思维(这里的矛盾是显而易见的),而仅仅因为它为思维创造了可以根据思维自身的规律来进行外显的自由。"②伽达默尔在康德、席勒等人基础上做了这样的论述:"凡是由艺术所统治的地方,美的法则在起作用,而且实在的界限被突破。"③这不仅借助艺术与实用品区分进而区分审美,而且认为区分艺术与非艺术、审美与非审美是审美意识的基本功能。他写道:"审美意识乃进行这种对审美意指物和所有非审美性东西的区分。""审美意识能到处去实现这样的审美区分,并能'审美地'观看一切事物。"④不过伽达默尔也清醒意识到了其限度:"美和艺术所提升的情感自由只是在某个审美王国中的自由,而不是实在中的自由。"⑤他的这一观点对冷静思考和克制将美育功能扩大化的做法有一定启发性。

诸如康德等人的阐述还是有太过执着于区分以及关于区分的阐述的缺憾。所谓行为艺术的概念正在颠覆着实用与艺术,以及机械艺术与审美艺术,

---

① 康德:《判断力批判》(上),宗白华译,商务印书馆1964年版,第151页。
② 弗里德里希·席勒:《审美教育书简》,冯至、范大灿译,上海人民出版社2003年版,第150页。
③ 汉斯-格奥尔格·伽达默尔:《诠释学Ⅰ:真理与方法》,洪汉鼎译,商务印书馆2010年版,第123页。
④ 汉斯-格奥尔格·伽达默尔:《诠释学Ⅰ:真理与方法》,洪汉鼎译,商务印书馆2010年版,第127页。
⑤ 汉斯-格奥尔格·伽达默尔:《诠释学Ⅰ:真理与方法》,洪汉鼎译,商务印书馆2010年版,第123页。

特别是快适的艺术与美的艺术的诸多人为分别和界定。与罗蒂等新实用主义者重视高级艺术与低级艺术的区别,将美学狭隘地专注于高级艺术有所不同,舒斯特曼则力图取消高级艺术与低级艺术的区别,并致力于为通俗艺术辩护。他基于《论语·阳货》"诗,可以兴,可以观,可以群,可以怨。迩则事父,远则事君"①等儒家传统,明确指出:"近年来最能巩固我对将生活与艺术结成一体的观念的信念的,不只是希腊,而且是中国的儒家传统,它让我确信将生活变得更有审美魅力的目标并不必然地是西方的、自恋的个人主义的、后现代资本主义的自由主义的一个颓废产物,它让我确信审美的自我修养对于公众领域的更广泛的伦理改善是至关重要的。"②其实《论语·述而》载孔子所谓"志于道,据于德,依于仁,游于艺"③,以及庄子"逍遥游"等观点,似乎更能揭示艺术与生活乃至人生融为一体的特点。也许审美与生活、艺术与生活从来没有风马牛不相及地存在着。奥利维耶·阿苏利的观点更具启发性:"审美品位是一种在某种程度上不可生产的财富,是另一种类型的财富,既是有损商业价值的,又是商业价值所必需的。它可能是某种程度上不可估量的、无价的财富,并且因此也是有违经济合理性的,但它也是审美资本主义发展所必不可少的。"④这至少可以提醒人们:审美并不是与商业价值相对立的行为。

与康德有些类似,马利坦通过与实用的艺术的比较来阐发美的艺术及其审美特性。在他看来,实用的艺术中,意志或欲望要求去满足的仅仅是特定的需要,欲望直接指的是通过智性所发现的这种规则去满足特定需要,其第一需要便是这种真正由智力所把握的需要。而在美的艺术中,意志或欲望所要求的是对精神的需要,是对精神的真正创造性的释放,往往比实用的艺术更严格地遵循不断更新的规律,完成的是一个单一的、完全独特的目的,也就是对美的参与。他这样阐述道:"就美的艺术而言,艺术家全部的忠实、顺从和注意必须交付给我们在创造性直觉中所拥有的最初规则。我还要强调的是,这种最初的、基本的、粗疏的规则与其他所有制作规则之间的不同无论是怎样地必

---

①　朱熹:《四书章句集注》,中华书局1983年版,第178页。

②　理查德·舒斯特曼:《生活即审美:审美经验和生活艺术》,彭锋等译,北京大学出版社2007年版,第ⅩⅦ—ⅩⅧ页。

③　朱熹:《四书章句集注》,中华书局1983年版,第94页。

④　奥利维耶·阿苏利:《审美资本主义:品味的工业化》,黄琰译,华东师范大学出版社2013年版,第186页。

不可少,但却存在一种本质的不同,这种本质的不同可以说是无边无际的,就像天地之间的不同那样。所有其他的规则皆是尘世的,它们涉及作品制造中特定的运用方式。但这种最初的规则却是天国的,因为它涉及在美中产生的作品的精神内心的真正概念,如果创造性直觉缺少,一部作品可能完全地形成,但它什么也不是;艺术家什么也没有说。如果创造性直觉呈现出来,并在某种程度上进入作品之中,那么这部作品存在着而且向我们述说,即算它在形式上是不完全的,而且出诸这样的人:他具有艺术的特性和一只抖动的手。对于那些长久地在各种规则的路上漫游的人来说,在艺术活动的极点,最终却无路可走。"①与康德有所不同的是,马利坦不仅强调目的不同,更将这种不同归之于超越了实用性的基于单纯审美需要的创造性直觉。

文学同时也是一种文化或文化不可分割的一部分。巴赫金指出:"文学是文化不可分割的一部分,脱离了那个时代整个完整文化的完整语境,是无法理解的。不应该把文学同其余的文化割裂开来,也不应该像通常所做的那样,越过文化把文学与社会经济因素联系起来。这些因素作用于整个文化,只是通过文化并与文化一起作用于文学。"②任何文学如果完全脱离了其存在的文化语境,将可能变成空洞无物的花瓶,或根本不可能脱离文化语境而存在,甚至可能就是文化语境的某种变体,因为无论语言还是其中所蕴含的审美意蕴,其实都不可能离开文化语境而存在。列维-斯特劳斯指出:"语言和文化的关系是最复杂的关系之一。首先,语言可以被视为文化的产品,一个社会所使用的语言是整个文化的反映。但在另外一种意义上,语言也可说是文化的一部分,是它的众多构成成分之一。"③

这主要因为人首先是一个群居性政治性动物,不可避免地存在人与自我、他人和自然之间的关系,特别是与他人的关系。亚里士多德指出:"人类生来就有合群的性情,所以能不期而共趋于这样高级(政治)的组合,然而最先设想和缔造这类团体的人们正应该受到后世的敬仰,把他们的功德看作人间莫

① 雅克·马利坦:《艺术与诗中的创造性直觉》,刘有元、罗选民等译,生活·读书·新知三联书店1991年版,第56—57页。
② 巴赫金:《答〈新世界〉编辑部问》,《巴赫金全集》(第4卷),白春仁等译,河北教育出版社1998年版,第364页。
③ 克洛德·列维-斯特劳斯:《结构人类学》(上),张组建译,中国人民大学出版社2006年版,第73页。

大的恩惠。人类由于志趋善良而有所成就，成为最优良的动物，如果不讲礼法、违背正义，他就堕落为最恶劣的动物。"①作为政治性动物的人必不可避免地反映其社会生活，但这一反映从来都不仅仅是所谓亦步亦趋的真实反映，在反映基础上按作者主观愿望加以正面超越或负面否定，是最自然不过的。用马尔库塞的话说，"艺术服从既定事物的规律，同时又违反这个规律。"②他进一步指出："艺术所着意的世界在任何时候、任何地方都不仅仅是日常现实中的既有世界，但也不是仅由幻想、幻象等等构成的世界。既有现实中所有的一切，男男女女的行动、思想、感情和梦想，他们的潜能和自然的潜能，无不被容纳于艺术的世界中。然而，一件艺术品的世界在通常的意义又是'不真实的'：它是一种虚构的现实。但是，它'不真实'，不是因为它少于既定现实，而是因为它多于它，并且在质上'异'于它。作为虚构的世界，作为幻象，它比日常现实包含更多的真实。"③莫里斯·布朗肖也有类似阐述："艺术是'颠倒的世界'：非从属，过度，微不足道，无知，恶，无意义。这一切，这广阔领域属于艺术。这是一个它要求收回的领域：以什么名义？艺术并无名义，它不可能有名义，因为它不可能依仗任何东西。"④对文学乃至艺术的自我否定，伊哈布·哈桑做了这样的解释："艺术利用艺术来否定自己这种看似矛盾的做法植根于人在意识中将自身既看作主体又看作客体的能力。在人的心灵中有一个阿基米德点，当世界变得忍无可忍时，心灵就会上升到涅槃的境界，或下沉到疯狂的状态，或者采用激进的反讽来说明艺术处于穷途末路的情形。"⑤虽然哈桑这一心理学解释似乎并不能使人完全满意，但至少发现并阐述了文学及艺术褒扬与贬抑的双重特性。西方人总是执着于主体与客体分别与联系的探讨，这一非此即彼的思维模式在20世纪以来很大程度上束缚了大多数中国人的思维，而且至今也没有得到很好改观。对非此即彼二元思维的执着，虽催生了大量知识和学问，但也造成了诸多迷误。

卡勒指出："文学是意识形态的手段，同时文学又是使其崩溃的工具。我

① 亚里士多德：《政治学》，吴寿彭译，商务印书馆1965年版，第9页。
② 马尔库塞：《美学方面》，《现代美学析疑》，绿原译，文化艺术出版社1987年版，第10页。
③ 马尔库塞：《美学方面》，《现代美学析疑》，绿原译，文化艺术出版社1987年版，第35页。
④ 莫里斯·布朗肖：《文学空间》，顾嘉琛译，商务印书馆2003年版，第219页。
⑤ 伊哈布·哈桑：《后现代转向》，刘象愚译，上海人民出版社2015年版，第51页。

们又一次发现了文学潜在的'特性'和使这些特性发挥出来的关注之间的错综的波动变幻。在文学和行为的关系上,我们也遇到了相反的观点。理论家认为文学鼓励独自理解思考,以此作为与世界联系的方式。因此文学与社会的和政治的活动不同,后者有可能引起社会的变革,而文学最多不过鼓励超脱于,或者只是体会领悟那个纷繁复杂的世界,最次也只是让人们被动接受现有的一切。但是,从另一方面说,文学在历史上就一直被认为是危险的,因为它促使人们对当权者和社会结构产生怀疑。……任何看似合乎情理的东西,文学都可以使其变得荒谬不堪,都可以超越它,都可以用一种向其合理性和充分性提出质疑的方式改变它。"①卡勒还指出:"文学既是文化的杂音,又是文化的信息。它既是一种制造混乱的力量,又是一种文化资本。它是一种召唤阅读、把读者引入关于意义的问题中去的写作。"②而且文学的自相矛盾还不限于此:"文学是一种自相矛盾,似是而非的机制,因为要创作文学就是依照现有的格式去写作——要写出或者看起来像十四行诗,或者遵循小说程式的东西;但同时文学创作又要藐视那些程式,超越那些程式。"③卡勒的分析显然触及文学的根本属性特别是文化属性,而且很大程度上超越了二元思维的羁绊,至少揭示了其双重性和矛盾性的一面。其实人们对文学作为一种文化资本及其文化价值的认知并不限于此:文学具有既反映世界也反叛世界,既服从现实规律也违反现实规律,既建构意识形态也颠覆意识形态,既遵循写作范式也藐视写作范式等诸多看似自相矛盾的性质。这是其作为文化资本既能帮助人们步入社会上层,同时也能抵制社会价值观,以及获取和支出实用性的矛盾机制的集中体现。

不仅这种矛盾机制本身可能削弱文学的价值意义,而且对文学的泛文化努力同样也可能因为削弱其独特性使文学丧失意义。哈桑的阐述有一定启发性:"随着文学性的消失,对客观审美结构的要求也动摇了。作品本身向读者倾斜(因为作者已经'死'了),迷失在人的反应的疯狂性相对性之中。文学性的丧失动摇了文学,取消了它的界限。没有形式或共通的约束,我们从文学中

---

① 乔纳森·卡勒:《文学理论入门》,李平译,译林出版社 2008 年版,第 41—42 页。

② 乔纳森·卡勒:《文学理论入门》,李平译,译林出版社 2008 年版,第 43 页。

③ 乔纳森·卡勒:《文学理论入门》,李平译,译林出版社 2008 年版,第 43 页。

创造特定意义的能力就要大大减弱,即便我们作为读者的自由会大大膨胀。"①这一属性对文学的影响是深远的,而且不止这些。托多罗夫指出:"诗学被用来起着一种杰出的过渡性作用:它将充当各种话语的'揭示者',因为这些话语中最不透明的种类在诗歌方面存在;但是,这种发现一旦出现,有关话语的科学一旦奠定,它本身的作用就变得无足轻重了:这种作用便是寻找使人在某个时代将某些文本看作是'文学'的理由。诗学刚刚诞生,它就因其成果而被用来在一般认识的祭坛上作出牺牲。"②哈桑、托多罗夫对解构基于文学语言的文学性和审美性,以致向文化扩界可能导致文学自我毁灭的论述发人深思,而且文学也的确由此陷入自身无法超越的二难宿命。

　　将文学作为语言、审美和文化三个维度来阐述,与其说是建立在文学以往传统的基础之上,不如说是建立在人们对文学理想期待的视域之中。因为文学的确依赖于语言这一最基本工具、媒介,并以此作为终端显现形式,但以其作为工具、媒介和终端显现形式的并非只有文学,还有科学、哲学、宗教等。于是人们便借文学语言与非文学语言的区分来强化所谓文学性,但文学语言与非文学语言的互动通用确实是有目共睹的事实,至少就其绝对意义而言是如此。于是人们便有了借助审美特性加以确切化以至区别于非文学语言的努力,只是这一努力似乎还是不尽如人意。即使文学确实存在审美特性,但人们也完全可以从心理学、生理学、人类学、语法学、哲学的视域来阐释,也有越来越多的人确实试图从文学之外的领域阐释,很多思想家在这方面也取得了极大成功,虽然这种阐释也许只将其作为次要辅助材料来阅读或阐述。当然诸如此类的阅读并非只关注审美特性,而且很多时候被忽略的恰恰是文学的审美特性,因为绝对意义的纯粹审美判断更多情况仅属于那些鉴赏家,对其他读者无论大众读者还是专家学者而言,他们恰恰仅关注或只对非审美特性感兴趣。如果绝大多数人都拒绝关注文学本身,只关注文学之外的某种象征和隐喻意义,或使文学如其他文本一样只作为非审美的某种象征和隐喻意义受到关注,文学便可能因为混同于其他文本丧失其独立存在的审美价值和意义。即使完全彻底退回到单纯话语研究,而不是话语的审美特性研究,也同样会在

---

①　伊哈布·哈桑:《后现代转向》,刘象愚译,上海人民出版社 2015 年版,第 333—334 页。
②　茨维坦·托多罗夫:《诗学》,怀宇译,商务印书馆 2016 年版,第 92 页。

很大程度上因过分泛文化化,使文学丧失其独特价值和意义。

二、文学作为语言、形象、意蕴三维度

文学作为显在文本,存在语言、形象和意蕴三个层面。白居易指出:"诗有三体:以声律为窍,以物象为骨,以意格为髓。"①白居易实际上是将文本分析为语言、形象和意蕴三个层面。

其中语言层面不可避免地表现为某种特定语言的最基本形态,如表音文字的字母、字音、字义,表意文字的字形、字音、字义等。无论哪一种语言都必须尊重其语言的最基本特性,尤其不能无视那些为其他语言所没有的特性。卡西尔阐述道:"一切伟大的诗人都是伟大的创造者,不仅在其艺术领域是如此,而且在语言领域也是如此。他不仅有运用而且有重铸和更新语言使之形成新的样式的力量。意大利语、英语和德语在但丁、莎士比亚和歌德死时与他们生时是不相同的。这些语言不仅为新的词汇所丰富,也为新的形式所丰富。但诗人不能完全杜撰一种全新的语言,他须得尊重自己语言的基本结构法则,须得采用其语法的语形和句法的规则,但是在服从这些规则的同时,他不是简单地屈从它,他能够统治它们,能将之转向一个新的目标。"②可见,诗人对一个民族的最大贡献,就在尊重自己民族语言规则,也使其词汇和形式获得最大限度丰富和发展。

当然,并不是任何时代都诞生伟大的作家,都能使语言获得最大发展。人们可以说,文学的表现力并不完全取决于可用潜在词汇的多少,更多可能得力于语言资源的最大程度利用。随着生产和生活的变化,有些词汇逐渐萎缩和淘汰,另一些词汇随之产生并获得发展,是极其正常的现象。但大众传媒时代,文学从人们生产和生活中逐渐淡出,无疑加速了词汇锐减的态势。随着这一态势的愈演愈烈,使相当多的人几乎陷入半文盲状态,至少其语言表达能力较之前人明显有所下降,文学领域也是如此。人们可以由此联想,是词语乃至语言本身失去了部分精确和活力,或由于其他更多原因,使语言表达的日趋冗

---

① 白居易:《金针诗格》,胡经之:《中国古典文艺学丛编》(二),北京大学出版社 2001 年版,第 80 页。

② 恩斯特·卡西尔:《语言与艺术》,《语言与神话》,于晓等译,生活·读书·新知三联书店 1988 年版,第 142 页。

长化、浅薄化、粗俗化，甚或含糊化、错乱化，成为大众传播时代不可逆转的潮流，也导致了社会生活语言和文学语言的普遍平庸化。愈是伟大的作家愈能在这一普遍撤离或逃避语词的过程中鹤立鸡群，充分彰显出一个伟大作家对语言的杰出贡献："对于语言的减少，现代作家中最漂亮的反击战来自乔伊斯。莎士比亚和伯顿之后乔伊斯是文学中最伟大的语词美食家。似乎意识到科学已经将语言以前的财富和外部领地拉走，乔伊斯选择吞并一个死掉并已埋葬的新王国。《尤利西斯》用聪明的网捕捉到潜意识生活的纠结，《芬尼根守灵夜》开采了睡眠的堡垒。乔伊斯的作品超过了弥尔顿以来的任何作家，为英国人的耳朵召回了丰厚的遗产。在想象力需求的压力下，他的作品集结起语词的大军，征召长期睡眠或生锈的语词重新入伍，同时还吸收了新的语词。"①在文学普遍撤离或逃避语词，导致文学及其语言衰败的语境中，特别是文学在与其他人文学科、社会科学、自然科学竞争中愈益退缩，使作家及其作品有些势单力薄的情况下，能够拼死搏斗，并挽回败局确实是一大贡献。

这并不意味着诗人可以肆无忌惮地杜撰一种语言，无所顾忌地无视其民族语言的某些特定规则。无论是谁，无论他多么狂妄自负和毅然决然，都可能因此遭到语言规则的残酷报复和沉重打击。郑敏作为现代著名诗人对新诗的批评应该说是中肯的。郑敏指出："世界上各民族的语言都是其本民族的文化地质层，在无声地记载着这个民族的物质与精神的历史。""汉语是象形表意文字，其特性与西方拼音文字迥然有别。在记载民族文化上，汉文字能直接传达文化的感性与知性内容。在记载与传达事物方面两种文字可对比如下：汉文字（视觉）：形＋状态＋智→感性印象→对象；拼音文字（听觉）：字母符号→抽象概念→对象。拼音文字的组成部分是全抽象的符号字母。它们只能唤起接受者对于对象的抽象概念的记忆，而后联想到该事物的感性质地，所以通过拼音文字并不能直接达到对该物体的感性认识，而汉字的象形（形）、指事（状态）和会意（智）无须通过抽象概念可直接传达对象的感性和智性质地。显然，拼音文字在传达与接受知识方面不如汉文字。""近代西方语言学家、哲学家对汉语卓越性有深刻的认识的至少有三人，他们是索绪尔、范尼洛萨及德

---

① 乔治·斯坦纳：《脱离言词》，《语言与沉默：论语言、文学与非人道》，李小均译，上海人民出版社 2013 年版，第 39—40 页。

里达。""汉语没有时态的规定,动词、名词常兼用,因此,更符合事物的自然状态,因为时间在自然状态是川流不息的。过去、现在、未来无非是人为的分割。至于'物'在自然中本也是不断发展变化的,因此,物并非脱离运动的。名词中本就有运动,而动词不可能脱离运动之物而动,因此,西方拼音语言严格区分动词与名词是违反自然状态的。""汉字充分地呈现了语言中的文化的积累,哲思的潜存。表意的象形文字在这种积淀文化的能力上超过了拼音文字。""汉字的丰富感性素质比拼音文字与语法的抽象素质、逻辑性更有利于对读者产生感性、感情的审美激荡。汉字的象形性拥有视觉艺术的造型美,直接诉诸读者的感官,而抽象的拼音符号却只能通过概念间接唤醒读者对生活经验的记忆,其直接冲击力要弱得多。汉文字实则是文字与视觉艺术的混合体,而艺术的魅力主要是直接震撼感官,汉字的这种结合文字与艺术的特点在书法中得到充分的体现。""汉语的浓厚的暗喻色彩使得汉语本身就富于诗的本质。这也是汉语这充满人类直接想象、感性视觉美及思维组织能力的文字较拼音文字的冷漠无感性视觉更优越的原因。""汉字揭示了大自然中物的状态,物与物之间的关系,民族的生存生活状态。凡此种种人与自然、人与人间的复杂关系在我们的汉字结构内部都成为经过抽象的具体画,每个汉字都是一篇文、一首诗、一幅画。"①中国新诗的失败虽然可能有多种原因,但无视汉语规则和特点显然是其中最主要的原因。

基于拼音文字的语言与基于表意文字的语言有一定区别。福柯指出:"字母式的书写,本身已经是一种复制,因其再现的不是所指而是语音元素,而它自身又为语音元素所指;另一方面,表意文字则直接再现了所指,从而独立于语音系统,后者属于另一再现形式。"②或者说表意文字区别于拼音文字的特点是,文字本身便具有再现功能,理所当然也包括了事物形象的再现。这一点在汉字的象形文字中尤为突出。梁实秋指出:"文字不仅是声音的符号,它还能在读者心里唤起一幅图画。王摩诘'画中有诗,诗中有画',就是极言其一方面画里充满了诗的想象,另一方面诗里充满了图画(尤其是山水风景)

---

① 郑敏:《语言观念必须革新:重新认识汉语的审美功能与诗意价值》,《郑敏文集》(文论卷上),北京师范大学出版社 2012 年版,第 186—195 页。

② 米歇尔·福柯:《通向无限的语言》,赖立里译,《声名狼藉者的生活:福柯文选》(Ⅰ),北京大学出版社 2016 年版,第 22 页。

的描写。中国诗里图画的成分极多，所谓'写景'，所谓'状物'，都由文字来画图。西洋诗中所谓 word painting，所谓 imagist school，都是向这方面的畸形发展。但是我们不否认图画成分在文学里的位置，亦不否认凭文字在心里唤起的图画也自有它的美。"①

　　在这一点上，汉语有得天独厚的条件和魅力。郑敏指出："拼音符号写成的一页像一片冷漠没有表情机械化的抽象符号码成的一扇墙，没有传达给你任何感性刺激，而用汉字写成的一页却像一个画廊，在你对内容无所知的情况下，每一个汉字就像画廊壁上的一幅幅画，争先恐后地向你的感官申诉它的喜怒哀乐、美丑、幽默、宁静……各种感情。在你的思维开动它的逻辑运作之前，你的感官、想象就早已进入状态。"②"在这些词群前止步，反复吟诵，是读中国古典诗词自然的审美行为。只是匆匆而过按图索骥地去落实诗中的旨意的理性逻辑，就是一种粗糙的、偏见在先、抽象观念领路的非艺术阅读，久而久之，读者就丧失了对古典诗词的意境的审美敏感。而中国古典诗词意境的含蓄深远是世界诗艺少有的尖端。无论是'悠然见南山'，还是'雨急云飞'，是'淋漓醉墨'，还是'杨柳岸晓风残月'，都是具体中的超越与超越了的具体。它的值得回味、吟哦，正是因为它像范尼洛萨所说，是从可见之物达不可见之境。"③

　　梁实秋和郑敏很大程度上阐述了汉语在呈现形象方面的独特性，相形之下倒是德里达很好地揭示了语言在呈现形象方面的共性。德里达指出："书写是一种只有在人们现时地口头表达发出音来，只有在它的空间被时间化时才进行表达的形体。词是只有在一种现时的意向使之活跃、使之从惰性的发音状态过渡到充满活力的身体状态的时候才要说某种事物的形体。"④在德里达看来，语言呈现形象的最基本特征是将形象的空间结构时间化，或进行时间处理，以致使其呈现出时间性顺序。他指出："言语独创性由之区别于任何其他范围，就是说，它的平面似乎是纯粹时间性的。而这种时间性并不展开一种

　　①　梁实秋：《文学的美》，陈思和：《中国现代文论选》，上海教育出版社 2010 年版，第 34 页。

　　②　郑敏：《语言观念必须革新：重新认识汉语的审美功能与诗意价值》，《郑敏文集》（文论卷上），北京师范大学出版社 2012 年版，第 191 页。

　　③　郑敏：《语言观念必须革新：重新认识汉语的审美功能与诗意价值》，《郑敏文集》（文论卷上），北京师范大学出版社 2012 年版，第 192 页。

　　④　雅克·德里达：《声音与现象》，杜小真译，商务印书馆 2017 年版，第 104 页。

本身并非时间性的意义。意义在表达之前是一部分一部分地成为时间性的。"①德里达的贡献在于揭示了人们熟知的现象和规律,这便是对一切空间形象的时间化处理,而这一点是语言线性表达的自身属性所决定的。人们可能寄希望于一语双关,但一语双关只增加了表达的双重甚至多重意义,并未改变线性表述时间化本身的特征。

文学语言之突出特征还在于其修辞学方面的独特性。福柯写道:"修辞学不阐明某一语言的法则或形式,而是在两种形式的言谈之间建立关系:第一个是静默的,不可解释的,完全对自己展现的、绝对的;另一个则是唠叨的,只根据形式、运作、连接来为第一种言谈形式发声,而那连接的空间可以衡量出它与第一个听不到的文本之间的距离。对于有限的生物以及终有一死的人来说,修辞学总在重复那关于无限的永不结束的言谈。修辞在自己的空间内,其每一特征,都透露出一种距离,但是在表征那第一个言谈的时候,它将那种临时性的厚密启示给了第二种言谈:它显示。"②读者也许正是凭借这第二种言谈加以推测和想象重构而揭秘第一种言谈,从而完成自己的阅读创造。没有这种推测和想象重构,即使最形象的语言呈现也可能显得枯燥乏味。如宇文所安对杜牧《赠别》"多情却似总无情,唯觉樽前笑不成。蜡烛有心还惜别,替人垂泪到天明"的想象重构在很大程度上达到淋漓尽致的效果。他这样写道:"他们坐了一整夜,茫然的脸与茫然的脸相对凝望,蜡烛越烧越短。两个人都盯着对方没有表情的脸,试图从中读出一点什么。他们既不能通过交换表情团聚在一起,也不能打破这种充满张力的对视,各走各的路。"他继续写道:"如果我们按照这首诗自身的隐藏原则来阅读它,我们就会透过它的坦诚的表面,识别出躲躲闪闪拐弯抹角的蛛丝马迹。试图解读对方那张茫然无表情的脸时,我们不免将信将疑;对于对方怎样解读诗人自己那茫然无表情的脸,我们也是有焦虑的。由于需要对所存在的一段深深隐藏的感情彼此都感到放心,这种将信将疑被压制下去了。从这个层面来看,蜡烛也同样受到了隐藏的情感的压力,不是表现为它那哭泣的脸,而是表现在作为被锁闭的欲望以

① 雅克·德里达:《声音与现象》,杜小真译,商务印书馆 2017 年版,第 106 页。
② 米歇尔·福柯:《通向无限的语言》,赖立里译,《声名狼藉者的生活:福柯文选》(Ⅰ),北京大学出版社 2016 年版,第 37—38 页。

及两人之相互猜疑的僵持状态的暧昧证据:燃烧的蜡烛使他们相互凝视'到天明'。如果真情是通过他们的脸或嘴唇来交流,抑或,如果他们发现彼此间居然没有一点感情,于是各走各的路,蜡烛就有可能熄灭,但是,蜡烛继续燃烧着,继续销蚀着自己,因为他们正被一种强烈的牵挂所驱使,正费尽心机去解读对方面孔的另一面。"①也许德里达的阐述更有启发性:"活生生的自我在场从一开始就是一种印迹。印迹并不是一种属性——即人们在谈到它时可能说:活生生的现在的自我从一开始就是印迹的一种属性。"②从这种意义上,文学语言的特征便是对印迹及情境的某种复原。

在福柯看来,所谓文学语言永远不自己呈现自己,而是在所言说的事物与叙述的人物之间,将自己擦掉,作为平面语言来传播,但这种语言常常致力于无穷无尽的支出,进行着一种面对死亡的无限重复。他这样阐述道:"也许,在言谈中,死亡、无尽的争斗、语言的自我表述之间存在着一种本质上的亲近。也许,自语言决定在它的路径上留下痕迹的那一刻开始,那面对死亡之黑墙而矗立的通往无限的镜子的形象,是所有语言的根本特征。但是语言并非自发明写作之后才假装寻求其自身的无限;也非某一天因了对死亡的恐惧才决定设想出一幅可见的和永恒的符号之躯。毋宁说,在发明写作之前,有某种改变开启了写作的空间,令写作流畅自如并确立了自己;荷马以最原初的形式向我们标示的这种改变,形成了语言一些最具决定性的本体论事件:它镜子般地反射死亡,并从这反射构建出一个虚拟的空间,在这空间中,言谈发现它自身的影像拥有无穷无尽的资源;在这空间中,它可以主动超越自己,作为自己后面的存在物,来无限地再现自己。一件语言作品之可能,正是在这样的复制中找到其原初折叠。"③

文学语言虽呈现为形象,但其最终目的必然是寄寓某些意蕴。德里达指出:"语言的本质是它的最终目标,而它的最终目标是作为'意谓'的意愿的意识。停留在这样被定义的表达性之外的表述,划定了这种最终目标的失败的

① 宇文所安:《迷楼:诗与欲望的迷宫》,程章灿译,生活·读书·新知三联书店2014年版,第257—259页。

② 雅克·德里达:《声音与现象》,杜小真译,商务印书馆2017年版,第108页。

③ 米歇尔·福柯:《通向无限的语言》,赖立里译,《声名狼藉者的生活:福柯文选》(Ⅰ),北京大学出版社2016年版,第21—22页。

界限。它代表着在与表达交错时不能在被审视的话语中被重新把握也不能被'意谓'僵化的一切。"①其中借助某些关于生命和死亡的低语重复、重述、重叠,经历放大和加厚的离奇过程,来强化意在推迟死亡的意蕴,便是这意谓乃至意蕴的核心内容。乔治·斯坦纳对西方文学的评价从一个侧面印证了福柯的观点。乔治·斯坦纳指出:"西方文学中的诗人是神化的构建者,是控制野蛮的魔术师,是通向死亡的朝圣者。整个宇宙的结构遵循了和声原理,行星的轨道、水与血的循环,都与音乐的基本模式契合。"②乔治·斯坦纳倾向于对死亡的颠覆和超越。他这样论述道:"诗人用语言筑成堤坝来阻挡遗忘,诗人的语词挫伤了死亡锋利的牙齿。我们的语言中有将来时——这本身就是一件光辉的事,是对死亡的一种颠覆——所以,先知、预言家,那些能把语言的活力发挥到极致的人,能够看透未来,用语言来超越死亡。他们为此行为——预言既意味着预测,也意味着僭越——付出了惨重的代价。"③拉康与福柯的相似之处在于强调了重复。他指出:"真正的言语已经包含了其回答,我们只是以我们的句子来重复了他的下联。我们的意思只是说,我们所做的一切只是给予主体的言语以其辩证的标点。"④这其实从潜意识角度极为清楚地揭示了作者创作的内在动因,也提醒人们不能轻易地否定形象所蕴含的深层意蕴。可见,无论强调对死亡的反射或颠覆、超越,还是强调对死亡的重复,或其他更宽泛意义的重复,其实都揭示了语言具有的深层意蕴。

深层意蕴是文学语言最根本的特征。这个特征往往基于语言的创造和构建而实现。海德格尔指出:"众所周知,一首诗歌就是创造。甚至看起来是在描述的地方,诗歌也在创造。诗人在创造之际构想某个可能的在场着的在场者。通过创造,诗歌便为我们的表象活动想象出如此这般被构想出来的东西。在诗歌之说话中,诗意想象力道出自身。诗歌之所说是诗人从自身那里表说出来的东西。这一表说者通过表说其内容而说话。诗歌的语言是一种多样的

---

① 雅克·德里达:《声音与现象》,杜小真译,商务印书馆2017年版,第44页。
② 乔治·斯坦纳:《沉默与诗人》,《语言与沉默:论语言、文学与非人道》,李小均译,上海人民出版社2013年版,第51页。
③ 乔治·斯坦纳:《沉默与诗人》,《语言与沉默:论语言、文学与非人道》,李小均译,上海人民出版社2013年版,第46页。
④ 拉康:《精神分析学中的言语和语言的作用和领域》,《拉康选集》,褚孝泉译,上海三联书店2001年版,第323页。

表说。语言无可争辩地表明自己是表达。"①他还这样阐述道："诗性的道说，更显现的显示让事物闪现，但不是现成物和发生的事件，不是提前给定的，而是在诗性的言说中才被给出，带出来，被构建，在诗性道说中所说出来的没有内容，而是构造物。"②类似观点也见于卡西尔。他指出："语言和艺术拥有的不仅是再创的，而且是创造的和构造的特征和价值，正是这特征使语言和艺术在人类文化世界占有一个真正的位置。"③基于语言的最基本构造和创造，作为文学语言其意蕴得以实现的内在精神基础受到人们的重视，本身体现了文学及其语言自身所具有的创造性特征。

　　人们也较普遍地关注到语言的沉默特征。《庄子·在宥》所谓："至道之精，窈窈冥冥；至道之极，昏昏默默。"④《庄子·知北游》所谓："天地有大美而不言，四时有明法而不议，万物有成理而不说。"⑤《维摩诘经·阿閦佛品》所谓："一切言语道断。"⑥这些都阐述了沉默的必要性：人们之所以不得不保持语言的沉默，根本上就是因为最深奥复杂的规律常常是语言无法表达的。即老子所谓："道可道，非常道；名可名，非常名。"⑦"道常无名。"⑧《庄子·秋水》所谓："可以言论者，物之粗也；可以意致者，物之精也。言之所不能论，意之所不能察致者，不期精粗也。"⑨类似观点也见于维特根斯坦，有所谓："对于不可言说的东西，人们必须以沉默待之。"⑩但绝对的沉默与滔滔不绝一样可能因过分偏执一极有所偏失，稳妥的办法只能是有所言有所不言，于言而无言，既不执着于言说，也不执着于无所言说，也就是有所言说却不执着于有所

　　① 海德格尔：《语言》，《海德格尔文集·在通向语言的途中》，孙周兴译，商务印书馆2015年版，第10页。
　　② 海德格尔：《语言与故乡》，《海德格尔文集·从思想的经验而来》，孙周兴译，商务印书馆2015年版，第181页。
　　③ 恩斯特·卡西尔：《语言与艺术》，《语言与神话》，于晓等译，生活·读书·新知三联书店1988年版，第145页。
　　④ 《南华真经注疏》（上），中华书局1998年版，第220页。
　　⑤ 《南华真经注疏》（下），中华书局1998年版，第422页。
　　⑥ 《维摩诘经·阿閦佛品》，《佛教十三经》，中华书局2010年版，第279页。
　　⑦ 《老子奚侗集解》，上海古籍出版社2007年版，第1页。
　　⑧ 《老子奚侗集解》，上海古籍出版社2007年版，第84页。
　　⑨ 《南华真经注疏》（下），中华书局1998年版，第323页。
　　⑩ 《维特根斯坦文集》（第2卷）《逻辑哲学论》，韩林合译，商务印书馆2019年版，第111页。

言说,无所言说却不执着于无所言说。即《庄子·则阳》所谓:"道,物之极,言默不足以载。非言非默,议有所极。"①《庄子·寓言》所谓:"言无言。终身言,未尝言;终身不言,未尝不言。"②

海德格尔也指出:"寂静绝非只是无声。在无声中保持的不过是声响的不动。而不动既不是作为对发声的消除而仅仅限于发声,不动本身也并不就是真正的宁静。不动始终仿佛只是宁静的背面而已。不动本身还是以宁静为基础的。但宁静之本质乃在于它静默。严格看来,作为寂静之静默,宁静总是比一切运动更动荡,比任何活动更活跃。"③海德格尔还认为:"宣露出来的词语返回到无声之中,返回到它由之获得允诺的地方中去,也就是返回到寂静之音中去——作为道说,寂静之音为世界四重整体诸地带开辟道路,而让诸地带进入它们的切近之中。这种词语的崩解乃是返回到思想之道路的真正步伐。"④德勒兹的观点是:"从某种意义上说,所有的事物都在言说,所有的事物都具有一种意义——只要话语同时是静默无声者,或者不如说意义在话语中沉默无声。"⑤乔治·斯坦纳也认为:"沉默'是普通语言之外的另一套语言',但它是有意义的语言。"⑥这其实是强调无言之美。有些类似于《论语·阳货》中孔子所谓:"天何言哉?四时行焉,百物生焉。"⑦也有人从有言与无言间或有言间之所谓间隔来阐述,如拉康所谓:"一个好的间断应该是能赋予话语以意义。"⑧

有人较乐观地认为,真正的文学语言如诗歌是通向自由语言的通行证。德里达这样阐述道:"这种诗歌之纯文学语言的揭示力正是进入'存在'一词

---

① 《南华真经注疏》(下),中华书局 1998 年版,第 517 页。
② 《南华真经注疏》(下),中华书局 1998 年版,第 540 页。
③ 海德格尔:《语言》,《海德格尔文集·在通向语言的途中》,孙周兴译,商务印书馆 2015 年版,第 22 页。
④ 海德格尔:《语言》,《海德格尔文集·在通向语言的途中》,孙周兴译,商务印书馆 2015 年版,第 213 页。
⑤ 吉尔·德勒兹:《差异与重复》,安靖、张子岳译,华东师范大学出版社 2019 年版,第 216 页。
⑥ 乔治·斯坦纳:《沉默与诗人》,《语言与沉默:论语言、文学与非人道》,李小均译,上海人民出版社 2013 年版,第 63—64 页。
⑦ 朱熹:《四书章句集注》,中华书局 1983 年版,第 180 页。
⑧ 拉康:《精神分析学中的言语和语言的作用和领域》,《拉康选集》,褚孝泉译,上海三联书店 2001 年版,第 261 页。

从其意谓功能中释放出来的自由言论的入口[‘存在’,我们瞄准的也许是‘原始词’或‘主题词’概念]。"①实际情况是作者能用语言呈现的可能只是极微小的一部分,更多更复杂的思想和体验并不能用语言淋漓尽致呈现出来,当他有话要说或要写的时候,可能是思想距离其最远的时候。有如老子所云:"道可道,非常道,名可名,非常名。"②惟其如此,人们不必迷信文学语言乃至基于文学语言的文学。如《庄子·天道》所载:"桓公读书于堂上,轮扁斫轮于堂下,释椎凿而上,问桓公曰:‘敢问,公之所读者何言邪?’公曰:‘圣人之言也。’曰:‘圣人在乎?’公曰:‘已死矣!’曰:‘然则君之所读者,古人之糟粕已夫!’"③这一观点较之罗兰·巴特更早宣布了"作者已死",但不是从根本上全然否定阅读,实则是强调阅读不能局限于字面意义,应该读懂其字里行间的隐含意义。如郑敏所谓:"语言永远有显露的一部分,又有隐藏着的一部分,这就是它的半透明性。而一位真正深刻的文学评论家,在阅读时是会注意看这半透明的一面。在这里,保存着很多很多深刻的内涵。"④

　　文学的语言、形象、意蕴三维度,是一种仅限于文本并以文本作为基质的维度。这一维度的最基本点就是文本由表及里所显现的语言、形象和意蕴层面。语言作为文学的表达工具和基本媒介,其最直接的使命和功能在于表象并因此构建文字世界特别是形象系统乃至世界。这一形象系统作为文字世界,往往通过读者的阅读和联想,才能与非文字世界即现实世界建构起一种意义的投射乃至关联,而这一关联常常借助读者对自足形象世界的再创造,并非形象世界本身自备,即使形象世界本身蕴含一定意蕴,这一意蕴也得依靠读者来发现并与非文字世界建立联系。当然,如果将这一联系仅仅建立在诸如反映再现之类庸俗社会学基础之上,看不到形象系统之不同于非文字世界的异在性,以及对非文字世界的质疑、否定、颠覆乃至超越,便可能导致浅表解读甚至误读。值得注意的是,关于文学文本的语言、形象、意蕴由表及里的分层阐述,可能并非文学所独有,《周易》不同卦象的言象意层级性可能更鲜明,且每

①　德里达:《力量与意谓》,《书写与差异》上,张宁译,生活·读书·新知三联书店 2001 年版,第 19 页。
②　《老子奚侗集解》,上海古籍出版社 2007 年版,第 1 页。
③　《南华真经注疏》(上),中华书局 1998 年版,第 280—281 页。
④　郑敏:《语言与文化——诗歌·文化·语言》(下),《郑敏文集》(文论卷中),北京师范大学出版社 2012 年版,第 437 页。

一个都是建立在前一层次有限功能基础上的拓展和提升,甚至对每一卦的卦辞、卦象和卦意的概括,都可能更贴切精准;倒是用来作为文学文本分析的理论依据,反而显得有些简单粗糙,特别是单个词语也可能有形象和意蕴,由此构成的语句、段落,甚至整个文学文本都有不同形象和意蕴范畴。这种交叉、互渗、交融乃至整一的属性往往被忽视,却被有些刻板的三维度分析法所掩盖和遮蔽。

三、文学作为理想、文献、社会三维度

立足于艾布拉姆斯所谓艺术家、作品、世界、欣赏者四个要素建构文学理论坐标,往往着眼基于世界中心的文学观念论、基于作家中心的文学创作论、基于文本中心的文学作品论、基于读者中心的文学阅读论等。这种理论坐标的最大优势在于为人们提供了整体把握文学的清晰理论框架,但这一暂时性认识却忽略了四个要素各自间关系,并将世界这一存在于艺术家、作品和欣赏者或这三个要素存在于其间的要素作为独立要素,还是有诸多不尽如人意之处,而且也很大程度上束缚了人们的进一步探索和研究。

关于文学维度的分析,虽然语言、审美和文化三维度主要基于文本元素及其属性,语言、形象和意蕴三维度主要基于元素及其层级,但都着眼于文本作为整体从形式到内容、从表象层、本体层到核心层的基本属性或层级。这一理论假想的最大优势在于能顺应人们由浅入深的认知规律,却忽略了形式与内容不可分,以及形式即是内容、内容即是形式的事实。德里达的观点发人深省:"形式总是意义的形式,而意义只有在对对象关系的认识意向性中才被开放。形式只是这种意向性的空洞的纯粹意向。纯粹语法的任何计划可能都逃避不了这种形式,认识着的理性的最终目标可能是纯粹语法观念的不可还原的根源,语义主题尽管可能是'空洞'的,它还总是限制形式主义的计划。"① 其实德里达的观点还没有《心经》所谓"色不异空,空不异色,色即是空,空即是色"②表述透彻。因为如果将色视为形式,将空看成内容,实际上形式不异于内容、内容不异于形式、形式即是内容、内容即是形式。

---

① 雅克·德里达:《声音与现象》,杜小真译,商务印书馆2017年版,第125页。
② 《心经》,《佛教十三经》,中华书局2010年版,第3页。

相对来说,威廉斯关于文化定义的梳理更具启发性,且避免了过分拘泥形式到内容的分层困境。威廉斯依据理想、文献、社会生活方式的顺序和层次将文化的定义梳理为三种:第一种是理想的,是人类根据某些绝对或普遍的价值而追求自我完善的过程;第二种是文献的,是借助思想性或想象性作品记录下来的人类思想和经验;第三种是社会的,是包含在艺术、学识、制度和日常行为及特殊生活方式中的某些意义和价值①,继而又改变次序,由面到点、由浅入深、从普泛的社会生活、记录于文献典籍,到根深蒂固地存在于人们集体无意识的三种情形来梳理。将文化的第三种意义作为文化的表层,将第二种意义作为文化的中层,将第一种意义作为文化的深层。他有这样的阐述:"我们需要区分出文化的三个层面,即使是最一般的文化定义也要如此区分。首先是某个特定时代和地方的活文化,只有生活在那个时代和地方的人才能完全理解它。其次是被记录下来的文化,从艺术到日常事务在内的一切都包罗其中:它是某一个时期的文化。第三是选择性传统文化,它是连接活文化和某时期文化的因子。"②威廉斯的这一定义梳理,实际上将文化分析为存在于最广泛社会生活方式之中因时而化的文化、部分被记录于文献典籍之中被文字固定下来的文化,以及部分对一个民族产生了极其深刻的影响以至潜入人们集体无意识深处、无须借助文字仍然得以长久流传的文化。这种分类的最大优势是很大程度上避免了执着内容和形式分层的缺憾。借鉴威廉斯这一理论,着眼于变化多端的活生生文学现象、固化于文字记载的文学文本,以及根深蒂固影响着人们的文学观念、思维方式和行为习惯的文学精神,可以从精神、文本、现象,作为理想价值观念、文献文本系统和社会生活方式三个维度和坐标来阐释。

文学作为理想,虽然具体内容在历史上有过诸多变化,但其作为理想的文学精神则相对稳定。托多罗夫这样概括了 W.施莱格尔的观点:"在古典的概念里,文学只有一种理想,它一般都指过去,所谓'历史'就是一系列为了达到这唯一的理想多少还算成功的努力。浪漫派的特点正是拒绝这个唯一的理想:每个时代都有它的精神,因此也有它的理想;浪漫派艺术不是退化了的古

---

① 雷蒙德·威廉斯:《漫长的革命》,倪伟译,上海人民出版社 2013 年版,第 50—51 页。
② 雷蒙德·威廉斯:《漫长的革命》,倪伟译,上海人民出版社 2013 年版,第 58 页。

典艺术,而是另一类艺术。"①如果说长期以来的现实主义文学常常将模仿作为理想,浪漫主义文学虽然不再将模仿作为理想,但作为其理想的表现同样是一种理想,不过这种理想的终极目标不再是唯一可指的宏大世界,而是各自不同的自我世界,虽然作为宏大世界是唯一的,自我世界是五花八门的,但都仍然属于理想的范畴,只是其内涵和形态有所变化而已。

基于这一事实的文学,虽然可以自命不凡地美其名曰对本质的界定,但无论对文学的感知、把握,还是阐释,看似是借助语言对文学事实的客观阐述,其实仍不过是一种基于解释、推理乃至理论的语言的理想重构。其中对文学的感知不过是一种解释和推理,对文学事实的解释和推理,不过是一种理论的遵循和建构。哈耶克的观点富有启发性。他指出:"所有人,无论是原始人或文明人,要想使他们的感知变得有条理,在一定程度上要依赖语言使他们赋予这些感觉信号的特性。语言不仅能使作用于我们感官的客体分为不同的物体,而且能使我们根据自己的期待和需求,对不同标记的无限多样性的组合进行分类。这种标记、分类和区别当然经常是含混不清的。更重要的是,语言的所有用法都含有许多关于我们所处环境的解释或推理。正如歌德所承认的,我们以为是事实的,其实已经是理论:我们对自己环境的'所知',也就是我们对它们的解释。"②哈耶克的阐述针对的是人们用语言描述和界定事物各个领域的普遍性问题。他认为,人们用语言所表达的所谓事实其实是理论,所谓所知其实是解释,人们也可以更加直接地认定所谓理论、解释其实都是按照各自自觉或不自觉理想建构的结果。所有这些,看似是发现、认知,其实是发明、创造,至少在根本上是如此。凡人们用语言所表达的事实、认知,都可能并不是其事实和事物本身,而是人们按照理想对这一事实和事物的有意无意重构和再造。按理来说,最理想的做法是,人们应该排除有史以来对语言及其概念内涵外延的任何赋予和添加,应该在其最原始最朴素的层面使用这些语言乃至概念,但事实上所有被人们用来描述现象、阐述事理的语言乃至概念都是有史以来被不断赋予、添加和建构的必然结果。事实上人们也无法回归到语言的

---

① 茨维坦·托多罗夫:《象征理论》,王国卿译,商务印书馆2004年版,第390页。

② 弗里德里希·奥古斯特·冯·哈耶克:《致命的自负》,冯克利、胡晋华等译,中国社会科学出版社2000年版,第121页。

最原始最朴素的时代,就像人们也无法回归到真正的最原始社会一样。

任何语言,以及借用语言来命名的概念都是被人们长期赋予、添加和建构的产物,而且其中愈具有影响力和生命力的语言乃至格言、谚语之类,愈能彰显出人类认知的最高成就和认同的最大效度。正是基于这些认知的最高成就和认同的最大效度的语言,恰恰最具说服力。列斐伏尔一定程度上揭示了这一事实。他写道:"符号象征经过推敲、修订、合理化之后,通过俗语、谚语、格言、寓言、古代智慧或新智慧等载体,在阐述中出现。我们将会证明,日常生活的交流是如何以这些元素为前提的。"①可见,人们看似以极其普通的语言表达自己的思想情感,但所有这些思想情感的表达都基于一定语言甚或基本词语,而这些词语乃至语言作为概念无论其内涵还是外延,都是人们长期以来不断创造并约定俗成的既成事实。人们之所以将某些谈论和生活不到一起的人,说成没有共同语言,这是有一定道理的。这里的共同语言,不仅包括日常生活中使用的基本词汇乃至语言,更重要的是赋予这些词汇乃至语言和概念的内涵和外延往往大相径庭,以至于无法在彼此相互认同的内涵和外延的基础上达到理解和沟通。这一现象在文学理论乃至学术研究方面常常有过之而无不及。这也从一个侧面印证了表面看来的陈述事实其实也是借助基于特定内涵和外延的词语乃至概念加以界定、阐述乃至建构的表现。

遗憾的是,哈耶克将这种思想追溯于《论语·子路》载孔子所谓"言不顺……则民无所措手足"②,其实更恰切的理论依据应该是老子"道常无名"③以及:"有物混成,先天地生。寂兮寥兮,独立而不改,周行而不殆,可以为天地母。吾不知其名,字之曰道,强为之名曰大。"④老子的观点揭示了人们用特定词语及其概念内涵和外延界定和命名某一事物、现象和规律的时候,不可避免地存在人为强制性特点,而且这个人为强制性也往往基于人们对特定词语乃至概念及其内涵和外延的重新赋予和界定。这可能在很大程度上强化了赋予和界定的特点。这也就是某些理论家津津乐道于概念阐释,以致时兴所谓

---

① 亨利·列斐伏尔:《日常生活批判》(第二卷),叶齐茂、倪晓辉译,社会科学文献出版社2018年版,第495页。

② 朱熹:《四书章句集注》,中华书局1983年版,第142页。

③ 《老子奚侗集解》,上海古籍出版社2007年版,第84页。

④ 《老子奚侗集解》,上海古籍出版社2007年版,第63—64页。

关键词阐释之类研究方法和模式的根本原因。所有这些关于一定学术领域关键词的阐释,不是借以形成约定俗成概念的大众化阐释,而恰恰是学者对看似普通概念的个人学术化重构,也即打破该概念约定俗成内涵和外延且赋予其与众不同概念阐释。这虽然为概念的使用者赋予了学术内涵和外延,在理论上为学者命名提供了一定合法依据,实际上却颠覆了人们约定俗成的概念及其内涵外延定例,强化了人为性、重构性概念及其内涵外延,使建立在诸如此类概念及其内涵外延基础上的学科理论及其体系变得更加莫衷一是。

在美学及文学领域,维特根斯坦的观点更有针对性。他指出:"你可能会把美学看作是告诉我们什么是美的科学——就语词来说这简直太可笑了。我认为它还应当包括什么样的咖啡味道更好些。"①套用维特根斯坦的观点,可以说如果认为文学特别是文学理论为关于研究什么是文学的问题的学科也未免可笑。因为没有任何一种语词乃至概念能准确无误界定包括文学在内的某一事物或形成关于这一事物的定义。瑞恰慈指出:"语言确实成功地掩盖了几乎全部我们所谈论的事物。无论我们探讨的是音乐、诗歌、绘画还是乐曲或建筑,都是言不由己,仿佛一定的有形客体——弓弦的颤动和乐曲唱腔的颤动,书页上印刷的符号、画布和颜料、团团块块的大理石、砂石的质地——就是我们正在讨论的东西。可是我们身为批评家所发表的意见并不关涉这些客体,而是涉及心态,涉及经验。"②所有这些观点都从不同侧面揭示了文学的可建构但只能按自己某种意愿来建构的事实。虽然会有一些理论家不赞同这一点,以为他们关于文学的界定和阐释完全基于最基本的事实,但这一事实往往限于词语乃至语言自身属性的影响,客观上只能是一种基于理想的建构,甚至是词不达意乃至掩盖文学自身属性的得不偿失的建构。为此文学理论的任务不再是自命不凡地建构一种概念界定,应该是罗列乃至陈述和比较所有这些建构各自的形成、特点和不足以及彼此不相容的矛盾。这一点更为重要,往往能帮助人们认识各种看似能自圆其说甚至振振有词的理论,其实都有不堪一击的软肋,至少可以帮助人们勘破迷信权威的局限。

文学作为文献,自有其基于文本的语言系统。巴赫金对文本有较宏观的

---

① 路德维希·维特根斯坦:《关于美学的讲演》,江怡译,孙斌:《当代哲学经典》(美学卷),北京师范大学出版社 2014 年版,第 77 页。

② 艾·阿·瑞恰慈:《文学批评原理》,杨自伍译,百花洲文艺出版社 1992 年版,第 15 页。

论述:"文本(书面和口头的)作为所有这些学科以及整个人文思维和语文学思维(其中甚至包括初始的神学和哲学思维)的第一性实体,是这些学科和这一思维作为唯一出发点的直接现实(思想的和情感的现实)。没有文本,也就没有了研究和思维的对象。"①相对于巴赫金较客观揭示文本属性,伽达默尔对文本的阐述可能更符合事实,至少揭示了作为读者与语言学家面对文本系统的不同倾向。他写道:"文本就是单纯的中间产品,是理解事件中的一个阶段,作为一个阶段,它必须包括某种抽象,亦即甚至把这个阶段也孤立化和固定化。但这种抽象与语言学家所熟悉的方向刚好相反。语言学家不会介入文本中所表达的事物的理解,而是澄清语言的功能,说明文本可能说什么。"②事实也确如伽达默尔所阐述:语言学家主要关心用什么语言文字规则和句法手段传达事物,不大关注文本传达了什么。这既是语言学存在的基本理由,同时也是语言学最靠谱也最不靠谱的缘由。一般的阅读往往关心对基于语言的传达的理解和阐释。这也是作为读者特别是专家存在的理由,没有这一读者的存在,文本便缺失了流传的理由和可能。但这一现象的存在理所当然也可能导致意义的不断滋生乃至误读。伽达默尔的贡献在于他一定程度上将诸如笔记、科学报告之类排除在外,并指出阅读就是阐释,就是让证物返回原初的真实性,但这个证物并非创作者原本所说出的,而是读者作为其原始谈话的伙伴曾想说的,即按照意义而非字面上的理解:"文本并不是一个给定的对象,而是理解事件过程中的一个阶段。"③伽达默尔肯定读者在阅读中建构文本的基本事实,但这一事实在很大程度上也削弱了文学作为文本系统的唯一性、确定性,并可能因众说纷纭乃至莫衷一是而削弱文学自身的权威性。当然也能使人更清晰地认识到:虽然人们总是试图获得关于纯文本的基本形态,但所有诉诸人们知解的文本,无论怎么排除主观介入的干扰,其实都只能是不可避免地凭借主观介入构成的文本。文学作为文本系统所遭遇的这一尴尬事实,同样是文学理论不得不面对的基本事实。

---

①　巴赫金:《文本问题》,《巴赫金全集》(第4卷),白春仁等译,河北教育出版社1998年版,第301页。

②　汉斯-格奥尔格·伽达默尔:《诠释学Ⅱ:真理与方法》,洪汉鼎译,商务印书馆2010年版,第428页。

③　汉斯-格奥尔格·伽达默尔:《诠释学Ⅱ:真理与方法》,洪汉鼎译,商务印书馆2010年版,第428页。

惟其如此,沃尔夫冈·凯瑟尔所主张的文本可能提供的论据,正是基于这一认知所形成的普通结论。他这样写道:"一个作品文本提供的论据可以分解为四类:(一)内容的论据。从材料和特定的动机一直到历史人物和事件或者技术对象的标记(铁路、汽车等等)的暗示,都可以使我们获得启示。(二)形式的论据。一定的韵和诗的形式的选择,一种特殊的叙述方式(书信体,第一人称的叙述),故事和戏剧中的附加的抒情诗(合唱),还有反面的论据如避免独白等等对于论断都是很有说服力的帮助。(三)语言和风格的论据。陈旧形式、词和结构有助于时代的确定,就算他们很容易被人所认出;对词汇、比喻和形象的使用,形容词化、句法、节奏、叙述的态度(对读者的态度等等)和对风格的各种观察,仅仅这一些常常就足够用来探求时代、潮流甚至作家本人。(四)思想内容的论据。从个别的思想一直到全部作品和其中包含对于世界的态度的内在意义,都可以使我们获得解决问题的资料。"[1]沃尔夫冈·凯瑟尔的分析可能显得有些繁琐和概括不够,但其分析大体可以概括为意象、文体表达、语言及风格、思想内容四个层次,大体揭示了文本系统从小到大、由表及里的属性。

伽达默尔关于文本的阐释,能给予人们较大启发。他将与其收件人相分离却在交往中拒绝被文本化的三类形式文本概括为反文本、伪文本和前文本。所谓反文本即"与文本化相反的谈话形式,因为在这种形式中互相讲话的过程境遇具有压倒优势,属于此类形式的有例如任何一种玩笑";所谓伪文本即"既是讲话的用法也指文字的用法,它作为一种要素根本上不属于对意义的转达,而是像讲话过程中的修辞学的填充材料",也就是不表达也不转述文本意义内容,而是以口语或书面文字形式出现的具有纯粹语言交流功能和礼节性功能的成分,也就是没有含义的成分;所谓前文本即"凡不能在其意指的意义转达中得到理解,而是以假象的方式出现的交往表述",人们的任务便是通过其表面意指即"托辞",挖出并破译其背后潜藏的真正意义,也就是"解释的任务就在于识破托辞,并把其中所含的真正意义表达出来",其典型的例子便是扭曲的绝望和梦[2]。对作为文献的文本系统的阐述,其最基本的任务不仅

---

① 沃尔夫冈·凯瑟尔:《语言的艺术作品》,陈铨译,上海译文出版社 1984 年版,第 41—42 页。

② 汉斯-格奥尔格·伽达默尔:《诠释学 Ⅱ:真理与方法》,洪汉鼎译,商务印书馆 2010 年版,第 436—438 页。

仅是区别以上三种类型的文本形式,更重要的是立足作为文献的文学文本,区别其反文本、伪文本和前文本等成分,或透过诸如玩笑等反文本、套话等伪文本、托辞等前文本,阐释、发掘和破译其深层的文本系统及其真实意义。这应该成为话语分析乃至语义场分析的理论基点。

文本系统的最基本构成媒介,作为民族共同语的普遍性应该是语言,作为个人表达的能力和特色应该是言语,作为其中寄寓的倾向和蕴含的权力分量应该是话语。但这并不重要,重要的是作为文本的属性和特点。或可以这样阐述,言语是语言在具体作家个性表述中的实现,语言是言语必须遵守的语音、词汇、语法、句法等规律和形式,话语是表现内容及对语言表现手段的态度倾向,也即对语言所采取的不同性质和程度的附加态度。无论作为语言、言语,还是话语,都是构成文本的基本工具、媒介和因素。人们对作品和文本的解释也不尽相同。罗兰·巴特倾向于认为文学作品具有多元意义。他写道:"一个作品的'永恒'并不是由于它把唯一的意义加诸于各种不同的人身上,而是因为它为唯一的人提供了不同的意义。人经历了多元的时间,但永远说着同一的象征性语言。总之,作品提示多元的意义,由人去随意支配。"①布朗肖则认为文学作品所表达的仅仅是自身的存在,除此而外什么也不表达。他写道:"作品——艺术作品、文学作品——既不是完成的,也不是未完成的:作品存在着。作品所表达的东西,只是这一点:即它存在着——仅此而已。除此而外,作品什么也不是。欲使作品表达更多东西的人将一无所获,他会发现作品不表达任何东西。依赖于作品而生活的人,或是为创作,或是为阅读,都属于那个只表达存在这词的东西的:这个词,言语将它掩饰起来,从而遮蔽它,或是当言语消失在作品的寂静的空无中时使它显现出来。"②罗兰·巴特与布朗肖在意义的表达方面观点相左,甚至剑走偏锋,都将有待被读者阅读赋予其意义的文本称为作品。他们所谓文学作品提示多元意义或所表达的只是它的存在的观点,所揭示的其实仅是除去作家倾注或读者赋予意义的实体,这一实体或是文本而非作品,一旦文本经由读者赋予具有了意义,才成其为作品,至少经过读者阅读并赋予其意义的文本在伊瑟尔看来便是作品而非文本,而文本

---

①　罗兰·巴特:《批评与真实:罗兰·巴特文选》,温晋仪译,上海人民出版社2016年版,第36页。

②　莫里斯·布朗肖:《文学空间》,顾嘉琛译,商务印书馆2003年版,第2—3页。

仅仅是作家的创造物。

伊瑟尔认为文学作品具有艺术极和审美极："艺术极指的是作者创作的文本,审美极指的是读者对文本的实现,两极之间的相互影响展现了作品的潜在意义。"①英伽登也有类似看法,伊瑟尔概括其观点时指出:"文学作品有两极,不妨称为艺术极和审美极:艺术极指的是作者创作文本,审美极则指读者对前者的实现。依据这种两极观,文学作品明显地既不可以等同于文本,也不可以等同于文本的实现,而是居于两者之间。由于作品既不存在于作者的心里也不存在于读者的经验之中,因而,它相当于一个会合点。这是现象学最基本的前提。"②英伽登这样阐述道:"文学的艺术作品不是作为物理的、心理的或心理物理的客体而存在的。作为物理事物的只有书,即一系列装订成册的带有有色符号(印刷油墨)的纸张。但是一本书并不是一部文学的艺术作品,它只是为文学的艺术作品提供一个稳定的、相对不变的现实基础的物理工具(手段),并以这种方式使读者可以接近作品。在心理状态和经验中只有已经描述过的阅读活动,或各种心理行为和心理意向,它们同一部特定的文学的艺术作品相联系并以之为它们的对象,但并不是文学的艺术作品本身。然而,尽管如此,文学的艺术作品及其具体化可以是审美经验的对象,或者至少是在它的基础上,伴随着真正的审美经验,可以构成特殊的审美对象,只要这种构成是在经验中完成的。"③也许是英伽登的观点启发了伊瑟尔,使他对文学作品两极性的阐述作为现象学基础产生了较大影响。

巴赫金也提出了两极,但他不是关注作家与读者的两极,而是主要着眼于语言的共同特征与个性特征,即作为可重出复现的约定俗成的语言乃至艺术语言符号体系一极,与彰显文本全部含义的个人唯一的不可重复风格体系一极。他这样阐述道:"每一文本的背后都存在着语言体系。在文本中与这一语言体系相对应的,是一切重出复现的成分,一切能够重出复现的成分,一切可以给定在该文本之外的成分(给定物)。但同时,每一文本(即表述)又是某种个人的、唯一的、不可重复的东西;文本的全部含义(所以要创造这一文本

---

① 沃尔夫冈·伊瑟尔:《这样做理论》,朱刚等译,南京大学出版社 2019 年版,第 79 页。
② 沃尔夫冈·伊瑟尔:《这样做理论》,朱刚等译,南京大学出版社 2019 年版,第 17—18 页。
③ 英伽登:《对文学的艺术作品的各种认识》,陈艳谷、晓未译,高建平:《西方文论经典》(第五卷),安徽文艺出版社 2014 年版,第 176 页。

的主旨）就在这里。这指的是文本中关系到真理、真、善、美、历史的东西。"①巴赫金还阐述道："文本的生活事件，即它的真正本质，总是在两个意识、两个主体的交界线上展开。"②巴赫金这一阐述，不仅为文学理论文本系统分析提供了理论依据，也为把基于文本系统存在的作家、读者、教师和编辑行为作为事件和社会生活方式提供了理论依据。

　　以上关于文学作为文献文本话语系统的观点和理论，并不具有一定操作性，倒是托多罗夫的观点更具指导意义。他认为，作为诗学的文学应该探讨文学话语这种特殊话语的各种特性，从这个意义上讲，所有文学文本不过是一种抽象的总体结构，任何文本都不过是所有可能实现结果中的一种。作为诗学的文学并不关心真实的文学，只关心可能的文学，只关心构成文学事实的抽象特性即文学性。惟其如此，作为诗学的文学"不再是对具体作品进行阐述和系统的概括，而是提出有关文学话语的一种结构与运行理论，这种理论给出有关各种文学可能性的一种图表，而现存的文学作品就像其被实现的一些特殊情况"③。托多罗夫甚至提出古代修辞及其领域往往包括表述、句法、语义，和语言学理论的音系学、句法学、语义学，特别是关于在场要素之间关系，以及在场要素与不在场要素之间关系分析的观点，至少对文本话语系统分析具有一定启发性和可借鉴性。

　　文学作为社会劳作或生活方式，必定是人类特定群体的劳作活动，至少是作为作家的创作活动、作为读者的阅读活动、作为教师的教学活动、作为编辑的出版活动。所有这些活动都属于社会事件，以及人类劳作活动范畴。虽然作为劳作活动的特殊形式有其独特性，但必定还具有一定共同属性和规律。对此，海德格尔这样论述道："唯在有语言的地方，才有永远变化的关于决断和劳作、关于活动和责任的领域，也才有关于专断和喧嚣、沉沦和混乱的领域。唯有世界运作的地方，才有历史。"④作为人类特定群体劳作的文学创作、阅

　　① 巴赫金：《文本问题》，晓河译，《巴赫金全集》（第四卷），河北教育出版社 1998 年版，第 303 页。

　　② 巴赫金：《文本问题》，晓河译，《巴赫金全集》（第四卷），河北教育出版社 1998 年版，第 305 页。

　　③ 茨维坦·托多罗夫：《诗学》，怀宇译，商务印书馆 2016 年版，第 5 页。

　　④ 海德格尔：《荷尔德林和诗的本质》，《海德格尔文集：荷尔德林诗的阐释》，孙周兴译，商务印书馆 2014 年版，第 39—40 页。

读、教学、编辑等活动,还有区别于其他劳作活动的审美特性,而且关涉生活方式的描述,或其本身根本上就是一种生活方式。维特根斯坦有这样的论述:"为了澄清审美语词,你必须得描述生活方式。"①维特根斯坦只论述了文学作为审美语词活动,必须描述生活方式,并未揭示其作为社会事件本身即是一种生活方式,至少可以构成作家、读者和相关教师、编辑的生活方式。

要描述人类特定群体如作家、读者、教师和编辑的生活方式,最稳妥的办法是采用人类学方法将各种社会生活方式罗列出来加以比较,而不是以其中一种方式取代另一种。施特劳斯指出:"起初,人类学大概就只是一些独特、奇怪事件的结集。然而,我们渐渐发现这些残枝末节要比我们所认为的重要许多。"②其价值和优势在于:"人类学家在此是为了证明我们的生活方式和价值标准并不是唯一可行的,其他生活方式和价值体系也可以让某些人类族群寻找到幸福。人类学提请我们要克制虚荣心,尊重其他生活方式,通过了解其他令我们惊讶、不快甚至是反感的习俗而对自己提出疑问。"③类似罗列的研究方法恰恰是解决审美活动有关难题的切实可行办法。维特根斯坦也写道:"要解决美学难题,我们实际上要做的是某种比较——把某些情况放在一起。"④列举和梳理不同社会生活方式不仅是为了增加有关不同生活方式的丰富知识,更重要的是能帮助人们形成达观开放的生活态度和方法,同时还能借以根治文学理论研究中偏执一极不及其余的狭隘观念。为此文学理论研究必须确立相应的意识,具体如下:

一是必须确立特定问题意识。作为文学理想价值观念系统的研究维度和坐标,必须尽可能全面涵盖古今中外关于文学一切阶段性认识和相对真理,自然也包括迄今为止所有文学理论和观点,也不是以其中一种理论压倒和取代其他理论,而是将各种不同甚至相互对立的文学理论和观点尽可能加以梳理,

---

① 路德维希·维特根斯坦:《关于美学的讲演》,江怡译,孙斌:《当代哲学经典》(美学卷),北京师范大学出版社 2014 年版,第 76 页。

② 克洛德·列维-施特劳斯:《面对现代世界问题的人类学》,栾曦译,中国人民大学出版社 2017 年版,第 10 页。

③ 克洛德·列维-施特劳斯:《面对现代世界问题的人类学》,栾曦译,中国人民大学出版社 2017 年版,第 39 页。

④ 路德维希·维特根斯坦:《关于美学的讲演》,江怡译,孙斌:《当代哲学经典》(美学卷),北京师范大学出版社 2014 年版,第 97 页。

置于恰当位置,给予一定呈现和评价。应该囊括传统文学理论之文学观念论的全部内容,也包含所有渗透于文学创作论、文学文本论和文学阅读论的理论和观点等。作为文献文本系统的研究维度和坐标,必须包括文学文本论的大部分内容,甚至文本话语背景即情感、事件、表征的隐退与出场,场景即画面细节的翔实与简略,意旨的单义与歧义等要素,文本话语形象的层级性,如抒情的情境、物境和意境,叙事的在场形象、隐含形象、缺席形象,表象的物理表象、心理表象和主题表象等。作为社会生活方式系统的研究维度和坐标,必须包括文学创作论、文学阅读论和文学传播论,以及言语与立言、知觉与立象、思想与尽意等作家生活方式,大众与娱乐、专家与鉴赏、大师与评论等读者生活方式,生存与职业、生活与事业、生命与功业等文学教师生活方式,口头传播与反覆回增、书籍出版与感染营造、数字传播与技术断言等文学编辑生活方式等,理所当然应该将文学发展论、文学风格论、文学媒介论等包含其中。

二是必须具有特定方法意识。基于理想价值观念的文学理论研究,可以采用文献研究和案例研究方法,用文献研究法尽可能广泛地查阅以往文学理论文献,尽可能广泛地吸收和借鉴古今中外理论家、作家关于文学的认识和论述,并选择部分代表性典型案例,借助案例研究法突出其中某些理论认识和观点并加以分析和评价,但并不特别强调文学文本的印证作用和价值;基于文献文本系统的文学理论研究,可以尽可能地采用话语分析法和案例研究法,直接立足文学文本的抒情话语、叙事话语和表象话语,特别是对其中典型案例进行分析。对向来受到理论家重视以致混杂其中的作家声明话语、读者解读话语并不特别强调,甚至为了尽可能排除其负面影响,可以采取较为极端的文学文本案例分析法。虽然诸如法国结构主义和俄国形式主义此前也十分重视这一点,甚至因此遭到某些理论家非议,但其存在确实有一定道理,即使偶尔借作家声明或读者解读来阐释,也只起旁证作用。所谓话语分析可以借鉴法国结构主义和俄国形式主义的研究方法,也可用话语分析理论作为基础,而且话语分析方法并不仅仅着眼于话语,更在于形成一种包容与合作的襟怀。詹姆斯·保罗·吉指出:"话语分析是执行一项人类重要任务的方法,即深入思考我们给他人的话语所赋予的意义,把我们自己变成更美好、更仁义的人,把我们的世界变成更美好、更仁义的地方。虽然经过思考与分析之后我们可能仍然不赞成他人,但我们会成为更好的批评家,更好地表达我们的观点。并且有时我们也会改变自己的观点,积极地接受他人的观点。然后,在人类共同的事业上,特别是在世界日新月异,趋于全球化以及文化多元性的时代,我们才会更好地与他人合作。"①詹姆斯·保罗·吉也确实达观和包容。他明确指出:"没有一种方法是唯一'正确的',包括我的方法在内。不同的方法适合于不同的话题和问题,相对于其他方法来讲或好或坏。"②基于社会生活方式的文学理论研究主要采用文化人类学与民俗学研究方法。克洛德·列维-施特劳斯明确指出:"某种文化的独特之处在于其解决问题以及看待大体上对所有人都一样的价值的特殊方式。因为每个人无一例外地都会至少一门语言,并拥有技术、艺术、实证认识、宗教信仰以及社会和政治组织。但其含量对于每个文化来说都不会是完全一样的,人类学致力于了解这些选择的秘密原因,而不是列出个别事件的统计清单。"③也可用案例研究方法,但这种案例研究主要限于作家声明话语和读者解读话语,特定情况下也可用文学文本话语作为旁证,且只能是旁证。

这样一来,原本用来印证的案例研究方法在不同层面的理论建构中通常有着不尽相同的价值和意义。作家、读者和理论家关于文学及其相关问题阐述所形成的理论和观点,只对文学作为理想价值观念阐释才显得有足够权威性,但对其他方面的理论建构则可能显得无足轻重。文献文本系统对文学作为文献文本系统的阐释有举足轻重的价值和意义,但对其他方面则可能显得无足轻重,以至只具有极其有限的旁证价值和意义。作家的声明话语、读者的解读话语,以及编辑的阐述话语虽然对各自社会生活方式的阐释可能有举足轻重的价值和意义,但对其他方面也只具有极为有限的旁证意义。这便使得不同话语对各自系统和理论建构有不尽相同的理论支撑意义,但对其他方面则可能并不经常发挥诸如此类作用。值得说明的是,既然是案例研究,当然也可能关涉方方面面,甚至能关注和覆盖文学的所有方面,并通过相关案例得以呈现和阐述,案例选取的典型性乃至代表性常常有十分关键的意义。

---

① 詹姆斯·保罗·吉:《话语分析导论:理论与方法》,杨炳钧译,重庆大学出版社 2011 年版,第Ⅳ页。

② 詹姆斯·保罗·吉:《话语分析导论:理论与方法》,杨炳钧译,重庆大学出版社 2011 年版,第 6 页。

③ 克洛德·列维-施特劳斯:《面对现代世界问题的人类学》,栾曦译,中国人民大学出版社 2017 年版,第 121—122 页。

三是必须具有特定终极意识。虽然应该冷静地认识到关于文学现象其实不可能存在终极理论,而且任何关于终极理论的追求都可能不切实际,甚至事与愿违,但如果没有这种理论追求将可能短视,甚至没有理论成就预期。当然有了这一理论追求,并不意味着必须自以为是地认定自己的理论研究登峰造极至高无上,而是作为阶段性认识和理论可能至高无上,但也仅限于这一阶段,并不意味着以后任何时期都不容置疑乃至难以超越。普鲁斯特指出:"大艺术家从来不会有连续两天相同的时候。这样挺好,因为没有规律就是天才的标志之一。"①人们虽然不能用普鲁斯特的观点来评判理论家,但所有理论家都不能连续数年甚至终生执着于同一理论和观点,不固执己见、因时而化,才是明智的选择。更加准确地说,没有任何一种理论和观点是一成不变的终极理论和绝对真理,没有任何一种理论具有以终极理论和绝对真理姿态主宰乃至剥夺其他理论甚或无足轻重观点存在的理由和权力,多种理论和观点并存不悖乃至相得益彰,才是理论研究的常态。人们不可能穷尽世界,也不可能达到绝对真理,充其量只能不断地接近世界和绝对真理。理所当然也没有一种理论能包罗万象乃至至高无上。所有理论都只是人们在特定时期对特定问题的暂时性、阶段性认识,不可能登峰造极成为终极理论和绝对真理。正确的理性认识和态度应该如《楞严经》卷九所云"暂得如是,非为圣证"②。恩格斯也指出:"在这里,认识本质上是相对的,因为它只限于了解只存在于一定时代和一定民族中的,而且按其本性来说是暂时的一定社会形式和国家形式的联系和结果。因此,谁要在这里猎取最后的终极的真理,猎取真正的、根本不变的真理,那么他是不会有什么收获的,除非是一些陈词滥调和老生常谈。"③没有终极理论和绝对真理同样也应该是文学理论研究甚至人类认知的最理性也最理智的认知。如果遵循这一认知,便不会受到蒙蔽和束缚;如果违背这一认知,将某一暂时性阶段性认识作为终极理论和绝对真理,便会受到蒙蔽和束缚,并因此产生种种困惑。

虽然不能说迄今为止的一切文学理论困惑均源于此,但说绝大多数或最尴尬的困惑基本源于此,还是有一定道理的。安托万·孔帕尼翁指出:"呼唤

① 普鲁斯特:《艺术家剪影》,《偏见》,张小鲁译,上海文艺出版社2016年版,第86页。
② 《楞严经》,《佛教十三经》,中华书局2010年版,第190页。
③ 恩格斯:《反杜林论》,《马克思恩格斯文集》(第9卷),人民出版社2009年版,第94页。

理论就是呼唤对立、呼唤颠覆、呼唤起义。理论有一个逃脱不了的宿命,那就是被学术机构化解为某种方法,即所谓被收回。""理论企图清除通俗说法,可一旦理论倦了,这些通俗说法便又重新抬头,人们总有理由重新捡起这些说法,以便重温理论曾经提供的对立答案,以便能够理解所有这些答案为何没能一劳永逸地解决所有古老问题。或许为了克服拦路虎,理论常常矫枉过正以至于自己打了自己的嘴?年复一年,面对新一届学子,我们不得不重温那些难以把握的常识性形象,重温有数的那几个文学疑案或老生常谈,因为通常的文学话语需要它们作为标记。"①在安托万·孔帕尼翁看来,导致这一困惑的根源在于研究对象的大相径庭:"文学理论是相对主义的而非多元主义的教科书。换言之,多样答案是可能的,但一个有了可能,另一个就失去了可能;它们皆是可接受的,但却互不相容。被这些理论称之为文学的或定性为文学的东西其实并非一回事,它们相互排斥,无法被纳入一个全面统一的文学观;它们关注的不是同一事物的不同方面,而是不同事物。要么传统要么现代,要么历时要么共时,要么内在要么外在,没人能够同时兼顾。文学研究泛则滥,所以必须有所取舍。"②应该说,相对于文学理想价值观念的阐释,可能难免存在安托万·孔帕尼翁阐述的这一类问题,但对于文献文本系统也许并不经常如此。虽然不同读者可能有不同阐释,但作为文献文本系统的构成和存在则基本相对稳定。

没有终极理论和绝对真理,但人们并不放弃对终极理论和绝对真理的追求,也不放弃对作为阶段性理论和相对真理的文学理论的否定。正是对终极理论和绝对真理的追求,才真正促使人们一步步接近终极理论和绝对真理,并由此创造出形形色色、众说纷纭的阶段性理论和相对真理,使其作为某一阶段人们认识所能达到的最高层次认知被载入史册。这不仅是具有有限生命的理论家实现其生命价值的主要手段,而且是人们探索和研究文学现象所获得的标志性成果,至少能够在某种程度上标志人们思维乃至认知所能达到的高度。况且借助理论探索和研究,也确实能帮助人们形成相对豁达无滞的无所执著

① 安托万·孔帕尼翁:《理论的幽灵——文学与常识》,吴泓缈、汪捷宇译,南京大学出版社 2011 年版,第 9—10 页。
② 安托万·孔帕尼翁:《理论的幽灵——文学与常识》,吴泓缈、汪捷宇译,南京大学出版社 2011 年版,第 18 页。

的智慧精神、周遍含融的认知视野和平等不二的思维方式。

　　一个拥有无所执著智慧精神的人，常常不会轻易迷信并执着于一种理论和观点，也不会轻易否定和排斥一种理论和观点。文学理论既不能包容所有真理，也无法将所有问题理论化，同时又包含部分真理，也因此充满魅力。正如安托万·孔帕尼翁所说："理论包含着某种真理，所以它充满魅力，但它不可能包含所有的真理，因为文学现实无法全然理论化。"①文学理论也存在既不能完全证实，也不能彻底证伪的特点，既不能全部迷信，也不能一概否定。安托万·孔帕尼翁指出："我的目的是唤醒读者提高警惕，让他不再随便肯定，动摇他的天真和迟钝，让他变得聪明起来并获得文学的理论意识基础。"②"文学理论无法应用，所以也无法'证伪'，它应该被当作文学来看。我们甚至没有必要深究理论的认识论基础和逻辑后果。"③

　　文学理论的无所执著也表现在对所有理论、常识的质疑和批判方面。用卡勒的话说："理论既批评常识，又探讨可供选择的概念。它对文学研究中最基本的前提或假设提出质疑，对任何没有结论却可能一直被认为是理所当然的事情提出质疑。"④"理论使你有一种要掌握它的欲望。你希望阅读理论文字能使你掌握归纳组织并理解你感兴趣的那些现象的概念，然而理论又不可能使你完全掌握这些。这不仅仅是因为永远有新的东西需要了解，而更确切也更令人苦恼的是因为理论本身就是推测的结果，是对作为它自己基本的假设的质疑。理论的本质是通过对那些前提和假设提出挑战来推翻你认为自己早就明白了的东西，因此理论的结果也是不可预测的。"⑤文学理论的无所执著还在于既质疑和批判全部的理论，也质疑和批判自己建构的理论本身。安托万·孔帕尼翁有这样的声明："我没有为某一个理论辩护，也没有为常识辩护，但却倡导对所有理论的批判，其中包括对常识的批判。唯有困惑，乃文学

---

　　① 　安托万·孔帕尼翁：《理论的幽灵——文学与常识》，吴泓缈、汪捷宇译，南京大学出版社 2011 年版，第 244 页。

　　② 　安托万·孔帕尼翁：《理论的幽灵——文学与常识》，吴泓缈、汪捷宇译，南京大学出版社 2011 年版，第 248 页。

　　③ 　安托万·孔帕尼翁：《理论的幽灵——文学与常识》，吴泓缈、汪捷宇译，南京大学出版社 2011 年版，第 245 页。

　　④ 　卡勒：《文学理论入门》，李平译，译林出版社 2008 年版，第 5 页。

　　⑤ 　卡勒：《文学理论入门》，李平译，译林出版社 2008 年版，第 17—18 页。

的伦理道德。"①他还强调道："真正有成效的理论只能是反躬自问并对自己话语进行质疑的理论。"②这就是文学理论乃至文学理论家应有的理论襟怀和智慧精神。

一个有周遍含融的认知视野的人，常常既能认识到文学理论可以言说乃至有所发明和创造的属性，也能看到其无所言说乃至自相矛盾和充满困惑的属性。莫里斯·布朗肖无奈地宣布："我们寻找着艺术的本质：它存在于非真不能容忍任何本质东西之处。我们求助于艺术的绝对性：它毁掉了理想之地，它毁掉了渊源，它把渊源带回到入了旁门邪道的永恒的游荡的无际中。"③所以文学理论的性质决定了人们既要关注文学的可界定领域，也要关注文学无可界定的领域。没有这种胸襟便不可能形成对文学周遍无碍的认识，甚至可能由于偏执本质主义或反本质主义陷入片面乃至狭隘的边见之中。人们由此可以选择相对主义，但这并不意味着许多情况可以无所选择，通常情况是在某种情境中作出这样的选择，在另外情境中作出另外选择，所有这些选择并不意味着人们可以一成不变地执着其中一种选择甚或类似折中的选择，也正是由于这种不加执著的选择，才可能使人们具有周遍无碍的研究视域。安托万·孔帕尼翁指出："文学理论属于相对论，而不属于多元论，因为我们不可能不做选择。要想研究文学，就必须立场鲜明，选定一条道路，因为方法互不兼容，折中将一事无成。关键假设确定了研究步骤，我们需要了解关键假设，我们更需要批判精神。"④但这仅限于有良好理论修养的人，对许多并不具有这种修养的人则不可能经常做到这一点。

一个有平等不二的思维方式的人，常常并不执着于理论与非理论、此方法与彼方法，甚至绝对真理与相对真理的差异。文学理论很大程度上基于文学文本，也很大程度上依赖于文学批评的基本概念。如果没有这些概念，便不可能形成关于文学文本的批评乃至文学理论的基本建构，批评概念的最大用处

① 安托万·孔帕尼翁：《理论的幽灵——文学与常识》，吴泓缈、汪捷宇译，南京大学出版社 2011 年版，第 249 页。
② 安托万·孔帕尼翁：《理论的幽灵——文学与常识》，吴泓缈、汪捷宇译，南京大学出版社 2011 年版，第 247 页。
③ 莫里斯·布朗肖：《文学空间》，顾嘉琛译，商务印书馆 2003 年版，第 253 页。
④ 安托万·孔帕尼翁：《理论的幽灵——文学与常识》，吴泓缈、汪捷宇译，南京大学出版社 2011 年版，第 248—249 页。

在于帮助人们理解文学文本,但所有这些理解方式并不具有相同的效力,所有这些效力的差异并非直接源于理论与非理论的差异。伊格尔顿写道:"它们是理解艺术作品的方式。其中有些方式比另一些方式更有效,不过这种差别和理论与非理论的差异没有联系。"①这实际上为人们阐述了理论与非理论没有直接联系,甚至平等不二的特点。而且不同的解释和研究文学的方法也可能存在平等不二的特点。伊格尔顿明确提出:"解释艺术作品只有一种正确方法这种想法是错误的。"②他不认为无论什么东西都具有任何意义,指出:"理论家并不认为无论什么东西都可以具有任何含义,这正是他们有别于其他解释的理由。"③伊格尔顿虽然认为并不存在世俗的随历史变化的相对真理,也不存在高人一筹的绝对真理,但他还是与众不同地肯定了绝对真理,只是他所谓绝对真理仅仅意味着如果某一陈述为真,相反的陈述便不可能同时为真,也不可能从另一方面看为真。这虽然不能排除怀疑或模棱两可的可能性,但这种不确定本身便是绝对真实,不存在"同时确定又不确定"④。他这里将绝对真理与绝对真实同等对待。他这样写道:"绝对真理并不是脱离了时间与变化的真理。在某一时间为真的事情或许在另一时间就不再为真了,或者说新的真理就可能出现。声称某一真理为绝对真理就是声称认为某事为真是什么意思,而不是否认在不同时刻存在不同的真理。绝对真理并不意味着是非历史的真理:它并不意味着那种从天而降的真理,也不是犹他州的哪个假冒预言家恩赐给我们的。相反,绝对真理是通过争论、证据、实验和调查发现的。在任何一个特定时期被认定是(绝对)为真的许多事毫无疑问都可能最后被证实为伪。大部分看起来天衣无缝的科学假设结果后来都被证实为漏洞百出。"⑤伊格尔顿除了将绝对真实视为绝对真理并因此肯定了绝对真理,也肯定了任何一个曾经被认定的绝对真理同样面临后来被证伪的可能。这表明其所谓绝对真理虽名曰绝对真理,其实也就是人们常常津津乐道的相对真理而已。这在某种程度上肯定了所谓绝对真理与相对真理的平等不二。孔帕尼

① 特里·伊格尔顿:《理论之后》,商正译,商务印书馆 2009 年版,第 91 页。
② 特里·伊格尔顿:《理论之后》,商正译,商务印书馆 2009 年版,第 92 页。
③ 特里·伊格尔顿:《理论之后》,商正译,商务印书馆 2009 年版,第 72 页。
④ 特里·伊格尔顿:《理论之后》,商正译,商务印书馆 2009 年版,第 100—101 页。
⑤ 特里·伊格尔顿:《理论之后》,商正译,商务印书馆 2009 年版,第 104—105 页。

翁有这样的阐述:"尽管立场不同,意见相左常常到了针尖对麦芒的地步,尽管其间论争不休,'文学场'还是建立在一整套大家公认的预设和信念上。皮埃尔·布尔迪厄认为:'艺术、文学观点[……]相互对立、结伴而行。这些对立通常是论战传统的产物,被视为无法超越的二律背反,被视为只能在是与否之间选择的排中律。这类二律背反和排中律,一方面构架了思想,另一方面又毒化了思想,让人生编排出一系列子虚乌有的两难选择。'因此,目前做的,一方面是尽量避开那些海市蜃楼、人为陷阱,避免那些割裂文学研究的致命悖论,另一方面是抵制理论、常识、排中律思维强加给人的两难选择,因为真理往往居于二者之间。"①安托万·孔帕尼翁乃至皮埃尔·布尔迪厄的可贵在于注意到了文学理想价值观念研究存在的只知其一不知其二或执着于非此即彼思维模式的缺憾,但却将介于二者之间的中间环节视为获得真理性认知之思维方法,并没有达到佛教非此非彼乃至非二非不二的思维高度,甚至还没有达到慧海所谓"无中间,亦无两边,即中道也"②的思维高度,在某种程度上仍存在落入边见的可能。

---

① 安托万·孔帕尼翁:《理论的幽灵——文学与常识》,吴泓缈、汪捷宇译,南京大学出版社 2011 年版,第 19—20 页。

② 慧海:《顿悟入道要门》(卷上),《禅宗四种合印本》影印本,浙江天台山国清寺印行,第64—65 页。

上　篇

文学作为理想价值观念

　　文学作为一种客观存在物,可能引起人们的不同界定和评价。这种界定和评价可以挑动过去的思考,也能引发未来的思考。所有这些思考以及建立在思考基础上的界定和评价都不可能从一而终,也没有必要从一而终。正是这些众说纷纭的界定和评价构成了文学乃至文学理论发展史最无奈也最靓丽的风景线。也许文学是什么或什么是文学的问题永远没有终极答案,但正是这些没有终极答案的问题追索所构成的探索本身构成了文学的理想价值观念系统。这种观念系统可能漏洞百出,但却是文学乃至文学理论之最引人注目的内容,也是文学作为人文学科区别于社会科学特别是自然科学的最具创造性的内容。更准确地说,文学作为理想,表彰的不是一般意义上按照日常生活需要进行的理想化,或单纯呈现为好的更好的理想化,而是按照自己认知需要所彰显的理想化,既可能呈现为好的更好,也可能彰显坏的更坏,而且这种理想化除了少数可直接以理想化姿态呈现外,大部分还以自以为是的客观性被人们认识和把握。

第一章　文学作为结构形式

人们常常自觉或不自觉地将语言结构形式、文本形象系统和文学意识形态作为理想价值观念的核心要素。其中语言结构形式作为文学理想价值观念的外在显现形式，不仅彰显着文献文本系统的表象层特征，而且体现着作家、读者生活事件的最高技艺境界。但人们对文学语言及形式、文本及结构的认知，虽然经历了古往今来特别是法国结构主义和俄国形式主义的理论建构乃至解构，却并不比对内容尤其形象系统和意识形态的认知更深入、全面、系统。而且有些方面，可能由于理论家受到非此即彼思维模式和定式的制约，不同程度存在夸大文学语言与日常语言、文学与非文学之类差别的偏失，从而给人们造成某些不必要的片面甚至错误认知。跳出文学疆界，在更加宏大的哲学乃至超学科视域和研究维度，最大限度梳理和会通有关文学结构形式如语言及形式、文本及结构的阐述，对帮助人们形成相对周遍含融的结构形式认知，必将产生积极的启发意义。

第一节　文学作为语言及形式

文学最基本的显现形式便是语言。关于文学语言与日常语言的区分本身便是理想价值观念的突出体现之一。文学语言与日常语言可能没有绝对分别，日常语言诸如流水账、记事簿、日记之类也可以进入文学文本，作为文学语言之最典型形式的情绪性语言也可以存在于日常语言。如果说文学语言确实高出日常语言，那这种独特性也只表现在最杰出作家那里，对普通作者而言可能与普通读者没有多大区别，甚至还不能说最杰出的语言大师只能是杰出作

45

家而不能是普通民众。单就某些词语乃至语言的表现力而言，并不是所有作家或杰出作家的语言表现力在任何方面都明显高出普通民众。文学语言超出日常语言，或仅仅是理论家基于认知的一种理想建构。

按照朱迪丝·博斯的说法，语言具有多种功能，"可以是信息性的、表达性的、指示性的或礼节性的"①等，所有这些功能均可以存在于文学语言之中。单"被用来交流情感和态度，也被用于给听众带来情绪上的影响"的表达性语言，也非诗歌独有，即使用于表达敬畏感的宗教崇拜也常常用到②，而且日常语言中也不乏其例。朱迪丝·博斯认为："语言可以用来告知，也可以用来操纵、欺骗。操纵可以通过使用情绪性语言、修辞方法或蓄意欺骗等手段实现。"③这种语言也可以用于日常生活多个方面，就其委婉语、粗直语、讽刺等修辞手法，及欺骗与说谎等，也明显存在于文学语言之中，且有过之而无不及。所谓文学就是想方设法将谎话说圆且试图最大限度感染和启发人的语言艺术。

文学的文本世界与日常的非文本世界之间并不存在不可逾越的鸿沟，也就是说，日常的非文本世界可以进入文学的文本世界，文学的文本世界理所当然也可以成为日常生活世界，甚至进入日常的非文本世界。亨利·列斐伏尔有这样的阐述："日常生活戏剧性地爆炸了，日常生活的话语被打碎了。日常生活把自己借给了戏剧创作。悲剧美学地展开了家庭场景——阿伽门农和克吕泰涅特拉，或者家庭争议——李尔王的女儿们，把它们推到了顶点吗？帷幕总是在有力量的人之间拉开，这是一个基本情况。升级起于辩论和讨论，然后变成争议和争吵，最后，兵刃相见。致命的行动让悲剧显现。在某个地方，总有决裂、一个可能的或实际的谋杀。日常生活里总是包含着喜剧和戏剧性事件，包含着'角色'，'角色'或多或少不错地被演绎出来。戏剧把世俗的戏剧性事件推至悲剧，把日常生活的喜剧推至滑稽。日常生活依然类似于即兴表演，一种由蹩脚演员对差劲的喜剧作品所做的即兴表演。日常生活里的情杀

---

① 朱迪丝·博斯：《独立思考：日常生活中的批判性思维》，岳盈盈、翟继强译，商务印书馆2016年版，第59页。

② 朱迪丝·博斯：《独立思考：日常生活中的批判性思维》，岳盈盈、翟继强译，商务印书馆2016年版，第59页。

③ 朱迪丝·博斯：《独立思考：日常生活中的批判性思维》，岳盈盈、翟继强译，商务印书馆2016年版，第73页。

与演戏别无二致。"①这至少表明日常语言与文学语言有着千丝万缕的联系，甚至存在同而不同的关系："日常话语和认识日常生活的话语，二者之间的关系类似于平常语言与戏剧语言之间的关系：相同，但不同——相同，以另一种方式表现出来。"②具体来说，"日常话语存在于口头话之中，依靠声音传递。日常话语写出来不好看。当文学上的话语似乎接近日常话语时，通过变换，日常话语实际上被改写了、被改造了。与文学作品相反，在日常话语中，指称的是主要的。"③"在平淡无奇的谈话中，在不拘礼节的情况下，象征和比喻比比皆是，而且与日俱增：'很明白'，'不明白'，'他正在助一臂之力'，'这个招待会好不冷清'，'他非常冷漠地告别'，'他做了热情的评论'，等等。在日常生活那些枯燥无味的话语中，这些基本象征都变得平淡无奇，而在文学、戏剧或诗歌那些非同凡响的话语中，这些基本象征却是那么栩栩如生。如果这种平淡无奇的日常生活不终止，日常生活不给梦想、白日梦和奇异让路，日常生活不给所谓'想象的'让路，归根结底，不给通过一种原始的净化方式打扫日常生活，而不是打扫剩余因素的经济让路，那么，日常生活真会走向本来多姿多彩的反面。"④承认日常语言与文学语言同出而异名、同归而殊途，文学语言同出于日常语言，但常常是日常语言的加工和提升，以及并非所有文学语言都绝对超出日常语言，才是关于文学语言与日常语言的相对稳妥的态度。

有鉴于文学最基本载体是基于语言的文本话语系统的事实，人们也热衷于探讨有关文学的形式，或从文本形式的角度界定和阐释文学，最典型的就是贝尔。贝尔明确提出"有意味的形式是艺术品的根本性质"，所谓"'有意味的形式'是那些用一种独特的方式感动我们的排列与组合"⑤。这种有意味的形式在绘画里就是能激起人们审美情感的以一种独特方式组合起来的线条和色

---

① 亨利·列斐伏尔：《日常生活批判》（第三卷），叶齐茂、倪晓辉译，社会科学文献出版社2018 年版，第 596 页。

② 亨利·列斐伏尔：《日常生活批判》（第三卷），叶齐茂、倪晓辉译，社会科学文献出版社2018 年版，第 598 页。

③ 亨利·列斐伏尔：《日常生活批判》（第三卷），叶齐茂、倪晓辉译，社会科学文献出版社2018 年版，第 601 页。

④ 亨利·列斐伏尔：《日常生活批判》（第三卷），叶齐茂、倪晓辉译，社会科学文献出版社2018 年版，第 602 页。

⑤ 克莱夫·贝尔：《有意味的形式》，朱立元：《二十世纪西方美学经典文本》（第一卷），复旦大学出版社 2000 版，第 467 页。

彩,在文学中即是以一种独特方式排列和组合起来的词汇,以及借以表达的情感和思想等。而且文学之语言文字排列组合常常意味着必须将事物的空间属性加以时间上的线性处理。阿恩海姆认为:"语言之所以以直线的序列呈现,是因为每一个词或一串词都代表一个理性概念,而这些概念又只能一个接一个地按顺序结合在一起。由于语词不是画面是符号,所以在类似'树上结满樱桃'这样的陈述中涉及的空间关系,就不可能从这一短句本身中见出,因为这一短句仅仅是三个概念(樱桃、结满、树)的排列。"①阿恩海姆还写道:"由语言呈示出来的理性概念的先后排列,常常是对一个直觉把握到的情境的陈述,而且涉及着对这一情境的重新组构。"②这种排列组合最基本地呈现出各种体裁的不同,也可以在此基础上呈现出不同作家及文本风格和特色的不同。在这种意义上,所谓诗歌乃至文学就是用一种独特方式将语言排列和组合起来借以激发读者审美情感的有意味形式。这个意味某种意义上只能是作家的一厢情愿,至于能否真正激发读者的审美情感,则取决于读者而非作家。

黑格尔明确区别了这一属性。他指出:"诗,语言的艺术,是第三种艺术,是把造型艺术和音乐这两个极端,在一个更高的阶段上,在精神内在领域本身里,结合于它本身所形成的统一整体。一方面诗和音乐一样,也根据把内心生活作为内心生活来领会的原则,而这个原则却是建筑、雕刻和绘画都无须遵守的。另一方面从内心的观照和情感领域伸展到一种客观世界,既不完全丧失雕刻和绘画的明确性,又能比任何其他艺术都更完满地展示一个事件的全貌,一系列事件的先后承续,心情活动,情绪和思想的转变以及一种动作情节的完整过程。"③黑格尔清晰地阐述了不同艺术排列组合形式的差异:建筑作为三维空间艺术、绘画作为二维空间艺术,以及音乐和诗作为一维空间甚或时间艺术的特质。他特别指出:"诗为着使一种内容成为可供观照的具体形象,所使用的那些不同的项目细节却不能像在绘画中那样统摄于一个平面整体,使一切个别事物都同时并列地完全呈现于眼前,而是分散开来的,以致观念中所含的许多事物,须以先后承续的方式,一件接着一件地呈现出来。不过这只是从感性方面看才是一个缺点,而这个缺点是可由精神(心灵)来弥补的;因为语

---

① 鲁道夫·阿恩海姆:《视觉思维》,滕守尧译,四川人民出版社 1998 年版,第 329—330 页。

② 鲁道夫·阿恩海姆:《视觉思维》,滕守尧译,四川人民出版社 1998 年版,第 330 页。

③ 黑格尔:《美学》(第三卷)下册,朱光潜译,商务印书馆 1981 年版,第 4—5 页。

言在唤起一种具体图景时,并非用感官去感知一种眼前外在事物,而永远是在心领神会,所以个别细节尽管是先后承续的关系,却因转化为原来就是统一的精神中的因素而消除了先后承续的关系,把一系列形形色色的事物统摄于一个单整的形象里,而且在想象中牢固地把握住这个形象而对它进行欣赏。"①利科认为:"诗歌语言的本质特点不是意义与声音的融合,而是意义与被唤起的一系列意象的融合。正是这种融合构成了真正的'意义的图像性'。"②注重诗歌语言的图像性特点,应该说真正揭示了文学语言的特点。虽然不是所有文学语言都一定具有图像性,但有图像性特点,分明更具文学性。

有些学者更关注文学作为语言形式的基本手法。什克洛夫斯基指出:"我们(在狭义上)称为艺术性的事物则是用特殊的手法制作,制作的目的也在于力求使之一定被感受为艺术性的事物。""诗的形象是诗的语言手段之一。"③他进一步指出:"艺术的目的是为了把事物提供为一种可观可见之物,而不是可认可知之物。艺术的手法是将事物'奇异化'的手法,是把形式艰深化,从而增加感受的难度和时间的手法,因为在艺术中感受过程本身就是目的,应该使之延长。艺术是对事物的制作进行体验的一种方式,而已制作之物在艺术之中并不重要。"④布朗肖也有类似观点:"诗,不回应事物的召唤。诗,不以'名'一物的方式保存事物。相反,诗歌语言是'奇迹,将事实从本来状态挪至几近飘摇的消失状态'。"⑤刘勰、韩愈的观点与其有些相似。刘勰有所谓:"意翻空而易奇,言征实而难巧。"⑥韩愈有云:"夫百物朝夕所见者,人皆不注视也,及睹其异者,则共观而言之。夫文岂异于是乎?""若圣人之道,不用文则已,用则必尚其能者。能者非他,能自树立,不因循者是也。"⑦韩愈强调奇异化显然不单指文学语言,同时也涵盖其他语言。并非只有文学语言采用奇异化手段,也非所有文

① 黑格尔:《美学》(第三卷)下册,朱光潜译,商务印书馆1981年版,第6页。
② 保罗·利科:《活的隐喻》,汪堂家译,上海译文出版社2004年版,第289页。
③ 什克洛夫斯基:《作为手法的艺术》,《散文理论》(上),刘宗次译,百花洲文艺出版社2010年版,第7—8页。
④ 什克洛夫斯基:《作为手法的艺术》,《散文理论》(上),刘宗次译,百花洲文艺出版社2010年版,第11页。
⑤ 莫里斯·布朗肖:《未来之书》,赵苓岑译,南京大学出版社2015年版,第307页。
⑥ 范文澜:《文心雕龙注》,人民文学出版社1958年版,第494页。
⑦ 韩愈:《答刘正夫书》,马其昶:《韩昌黎文集校注》,上海古籍出版社1986年版,第207页。

学语言都采用奇异化手法,或采用看似极其寻常的语言,故意隐藏部分关键语言及其意指,同样能增强耐人寻味的意味和效果。海明威指出:"我总是用冰山原则去写作;冰山露在水面之上的是八分之一,水下是八分之七,你删去你所了解的那些东西,这会加厚你的冰山,那是不露出水面的部分。"①文学语言也以所知所见信息贮藏室的方式,大量潜藏信息,或故意以所袒露的较少信息,激发读者推测破译更多信息,以达到增加感受难度和延长时间的目的。

不是所有人都仅关注文学作为语言形式的基本技法之类,也有人对语言的性质和用途本身作了深刻反思。老子早就有所谓"名可名,非常名。无名,天地之始;有名,万物之母"②的观点。有些理论家还赋予语言以特殊重要的地位。拉康指出:"是词语的世界创造出事物的世界。事物开始是混杂在将成的总体的现时和现地中,词语赋予它们本质以其具体的存在,并将它无处不在的位置给予恒久者:万世的财富。"③类似观点也见于海德格尔,海德格尔不仅更理性地肯定了语言是"最清白无邪的事业",而且关注到了语言是"最危险的财富"。他这样论述道:"语言是一切危险的危险,因为语言首先创造了一种危险的可能性。危险乃是存在者对存在的威胁。而人唯凭借语言才根本上遭受到一个可敞开之物,它作为存在者驱迫和激励着在其此在中的人,作为非存在者迷惑着在其此在中的人,并使人感到失望。唯语言首先创造了存在之被威胁和存在之迷误的可敞开的处所,从而首先创造了存在之遗失的可能性,这就是——危险。但语言不光是危险中的危险,语言在自身中也必然为其本身隐藏着一个持续的危险。语言的使命是在作品中揭示和保存存在者之为存在者。在语言中,最纯洁的东西和最晦蔽的东西,与混乱不堪的和粗俗平庸的东西同样达乎词语。"④

语言从来不仅仅是一种形式。即使作为形式,也常常呈现出深刻的社会政治等诸多因素。乔治·斯坦纳这样论述道:"语言是有生命的生物体。虽

---

① 《欧内斯特·海明威》,苗炜译,《巴黎评论·作家访谈》(Ⅰ),人民文学出版社2012年版,第33页。

② 《老子奚侗集解》,上海古籍出版社2007年版,第1—2页。

③ 拉康:《精神分析学中的言语和语言的作用和领域》,《拉康选集》,褚孝泉译,上海三联书店2001年版,第287页。

④ 海德格尔:《荷尔德林和诗的本质》,《海德格尔文集:荷尔德林诗的阐释》,孙周兴译,商务印书馆2014年版,第38—39页。

然极为复杂,但仍然是有机体。语言自身就有一种生命力,一种特殊的吸引和成长的力量,但是,语言也会衰败,也会死亡。有许多方式表明语言体内有了腐蚀肌体的病菌。原本灵活的精神行动变成机械僵化的习惯(如死隐喻、口号)。词汇变得更长,语义变得更加含混。修辞代替了文采。行话代替了精确的通用表达。外来词或借用词汇不再被吸收进入本土语言的血脉。它们被生吞活剥,依然保持其未来入侵者的身份。所有这些技术上的失误造成了实质上的失败:语言不再使思想更清晰,反而使之更模糊;语言不再直接有效地表达思想感情,反而分散了感情的强度;语言不再冒险(一种活的语言就是人脑能够经历的最大冒险),总之,语言不再被经历,语言只被言说。"①乔治·斯坦纳进一步指出,语言并不单纯是一种形式,更有其生命力,其生命力来源于自身作为有机体吸收有益的养分或滋生了病菌。而这种生命力的下降可能源于语言外部,或源于语言内部。他写道:"是由于语言生命力的下降,才导致道德和政治价值的廉价崩溃,抑或是由于政治活力,从而削弱了语言,无论哪种情况,有一点很清楚:现代作家可资利用的语言工具受到了威胁,一方面是来自语言外部的挤压,另一方面是来自语言内部的堕落。"②好多人可能并不在意这一点,大概由于经历了希特勒法西斯统治的缘故,海德格尔和乔治·斯坦纳等对语言自身的危险才有高度关注和充分估计。

文学作为语言形式的问题并未真正得到解决,其症结似乎还不是简单的形式问题,而是语言自身存在诸多令人费解的问题。即使已经有人对语言本身诸多问题有了一定关注和阐述,但这种阐述一样存在诸多令人迷惑之处。帕斯卡尔指出:"语言是密码,其中并不把一种文变成另一种文,而是把一种字变成另一种字,从而一种为人所认识的语言就成为可以译识的了。"③维特根斯坦也指出:"语言是一座迷宫。你从一边过来并且你知道怎么走,你从另一边来到相同的位置,并且你不再知道怎么走了。"④这一问题的悬而未决也

① 乔治·斯坦纳:《空洞的奇迹》,《语言与沉默:论语言、文学与非人道》,李小均译,上海人民出版社 2013 年版,第 110 页。
② 乔治·斯坦纳:《逃离言词》,《语言与沉默:论语言、文学与非人道》,李小均译,上海人民出版社 2013 年版,第 34—35 页。
③ 帕斯卡尔:《思想录:论宗教和其他主题的思想》,何兆武译,商务印书馆 1995 年版,第 20 页。
④ 维特根斯坦:《维特根斯坦文集》(第 4 卷)《哲学研究》,韩林合译,商务印书馆 2019 年版,第 144 页。

标志着人们对文学的所有描述和阐释都可能是隔靴搔痒。

再者,作为语言的形式,并不仅仅是语言,作为形式的语言,也并不仅仅是形式,语言与形式之间关系的许多问题至今悬而未决,仍属于未被认识和阐释的领域。在这一点上,心理学应该较之文学理论更有建树,但传统意义的心理学教科书基本告诉不了人们关于语言与形式的诸多有意义细节乃至认知。或语言如何成其为形式,形式又如何有赖于语言,依赖于特定语种的文学作为文献文本系统各有不同特征,普遍意义的语言作为文献文本系统最基本构成单位,同时蕴含形式和内容,至少词汇乃至附加情感、意志、思维诸方面意义的阐释等都存在可深化的认知空间和薄弱环节。这是文学理论必须关注的。

第二节　文学作为文本及结构

语言文字按照其不同排列构成作为文献的文本系统,这是文学理论必须面对的问题,至少可以在帕斯卡尔的论述中找到理论支持。帕斯卡尔指出:"文字的不同排列便形成了不同的意义,而意义的不同排列形成了不同效果。"①人们完全有理由按照帕斯卡尔的观点,说文学是按照语言文字的不同排列构成了不同文本结构,是文本结构的不同形式呈现和构成了文本的意义。人们对文本结构的不同认识和阐释,虽然体现了古往今来认知的发展和提升,但至今还有诸多问题似是而非。

法国结构主义倾向于将文学视为完整语言形式乃至结构系统。如列维-斯特劳斯指出:"语言才是名副其实的表意系统,语言不可能不表达意义,它的存在完全以表达意义为旨趣。相反,随着我们逐渐脱离语言去观察同样以表达意义为任务的其他系统,这个问题就应当得到更加严谨的对待。表意的价值在这些系统里只是部分的、零散的或者主观的:例如社会组织、艺术等。"②在法国结构主义特别是后结构主义看来,结构本身就是意义,是深层的难

---

① 帕斯卡尔:《思想录:论宗教和其他主题的思想》,何兆武译,商务印书馆1985年版,第13页。

② 克洛德·列维-斯特劳斯:《结构人类学》上,张组建译,中国人民大学出版社2006年版,第51页。

以被人们察觉的最富于魅力的话语。拉康指出："对于信息来说是多余的东西，恰恰就是在言语中起弦外之意的作用的东西。因为在这里，语言的功用并非是传递信息而是予以提示。"①福柯进一步指出："文学是什么？不正是一种语言吗？而且我们很清楚其意尽在不言之中。假如文学家的本意全在字面上，那么作家只需写些'伯爵夫人五点钟出去了……'之类的句子就可以了，我们知道那不是文学，知道作家写在纸上的只是一种重叠性语言的表面部分，与其本意大相迥异。我们不知道那个深层的语言是什么，只知道看完全部小说，读者应该能够发现作者的本意，而且明白作者究竟借助什么，以什么样的语言规律表达了他的本意，于是读者便完成了对小说文字的诠释学和符号学研究。"②他甚至认为："语言修辞最终只能从语言本身来理解，而不能从世界来理解。"③

罗兰·巴特同样表现出对文本语言系统的痴迷。他阐述道："文学是反话，因为言语活动在此构成了深刻的经验。或更准确地讲，文学又公开地归于言语活动的问题，实际上，文学只能是言语活动，而不是别的。"④他还迷恋于结构系统，认为："神话是一种双重系统，这是必须时刻想到的，在神话当中这呈现为同时存在的境况：神话的始端由意义的终端构成。为了保留那个我已勾勒过大体特征的空间隐喻，我会说神话的符号化是由旋转不已的转盘之类形成的，这转盘使能指的意义和能指的形式、语言对象与释言之言、纯粹表意的意识和纯粹想象的意识交替出现；概念收拢了这种交替，此概念像一个知性和想象、任意和天然兼具的两可能指那样利用交替。"⑤罗兰·巴特还倾向于文本系统："文学自身向来只是篇唯一之文：独特之文不是通向（归导入）总模式的途径，而是门道处处的网状系统的入口；取用此类入口，其瞄准的位于远处的目标，不在于合乎常规与偏离常规兼具的确证性结构，不在于叙事或诗歌的律则，乃在于（源自其他文、其他符码的碎片、声音的）透视远景，然其会聚

---

① 拉康：《精神分析学中的言语和语言的作用和领域》，《拉康选集》，褚孝泉译，上海三联书店2001年版，第312页。

② 福柯：《哲学与心理学》，《福柯集》，杜小真译，上海远东出版社2003年版，第72—73页。

③ 福柯：《关于小说的讨论》，《福柯集》，杜小真译，上海远东出版社2003年版，第50页。

④ 罗兰·巴特：《写作的零度·写作与言语》，《罗兰·巴特随笔选》，怀宇译，百花文艺出版社2005年版，第41页。

⑤ 罗兰·巴特：《神话修辞术：罗兰·巴特文选》，屠友祥译，上海人民出版社2016年版，第153—154页。

点(没影点)推回不已,玄秘地呈现着:每一篇(独特的)文皆是此会聚、此差异的理论本身(而不唯是实例),此差异无定无限地重现、再生,然各有其面,不具成形。"①他关注阅读对文本结构的分散和解构,指出:"阅读此类文,当于必要程序内进行,而渐次推进的分析,显然可编出其写作程序;然步步渐进的评注,势必强行恢复文的诸多入口,避免了过于建构文,亦避免了强予其额外结构,此额外结构出自某种论述,使文封闭起来:步步渐进的评注,使得文呈星形辐射状裂开,而不是将其聚集起来。"②他还这样阐述道:"于是我们拟使文呈星形裂开,有若轻微地动,将意指作用的整体块料(阅读仅理解其光滑的表面,此由句子的连贯运作极细微地结合起来而致),叙述过程的流动的话语、日常语言的强烈的自然性,均离散开来。将导引之文的能指切割为一连串短而紧接的碎片,我们称之为区别性阅读单位,以其为阅读单元之故。"③他还指出:"评注根植于对复数的展呈,因而它不可能以'尊重'文的方式来展开:导引之文将被打碎、截断不已,丝毫不顾及(句法学、修辞学、轶事形式)的自然划分;细目、解释及旁逸之闲墨可能处于悬而未决的活性区,乃至于区分开动词和它的补语、名词和它的表语;评注工作一旦与所有总体性的意识形态分离,则显然在于重创文,切断文。但否定的不是文的特质(这点上它无与伦比),而是其'自然性'。"④

罗兰·巴特的强调只揭示了读者阅读应该保持的基本态度,还有人立足文学特别是文本自身结构来分析其分散甚至撕裂的结构。在莫里斯·布朗肖看来,作品并不是某种静止的削弱的统一体,甚至可能是在对立物内在深处和暴力的争执中才获得圆满的存在,而这种被撕裂的内在深处才是作品本质所在,或者说作品正是以其撕裂的统一体的形式存在,而被撕裂的内在深处才是作品本身。他这样阐述道:"作品只有当它是撕裂的,始终斗争着的,永不平静的统一体时才是作品,只有当它通过黑暗而成为光亮,成为始终被封闭东西的充分展示时才是这种被撕裂的内部深处。作为创作者,创造作品,使作品在场的人和作为读者,在场于作品之中以再——创造作品的人,组成了这种对立

① 罗兰·巴特:《S/Z:罗兰·巴特文选》,屠友祥译,上海人民出版社 2016 年版,第 18 页。
② 罗兰·巴特:《S/Z:罗兰·巴特文选》,屠友祥译,上海人民出版社 2016 年版,第 19 页。
③ 罗兰·巴特:《S/Z:罗兰·巴特文选》,屠友祥译,上海人民出版社 2016 年版,第 20 页。
④ 罗兰·巴特:《S/Z:罗兰·巴特文选》,屠友祥译,上海人民出版社 2016 年版,第 22 页。

的诸方面之一,但是已经在发展作品,也使它稳定,以分离的权力的信念去取代激烈的冲突,这些分离的权力始终准备着忘却它们只有在把它们撕裂的同时使它们相结合的激昂中才是实在的。作品,由于它无法在它身上保留这种通过撕裂来统一的冲突,因而包含着它的没落的原因。使它没落的东西,正是作品似真的,正是人们从这种好像真实的东西中汲取积极的真实性和非积极的似是而非,即称作美的东西,以这种分离为基点,作品成为或多或少有效益的实在和美学的物品。"①

　　比较而言,德里达对文本结构中心的质疑和否定显而易见。他这样阐述道:"中心并不存在,中心也不能以在场者的形式去被思考,中心并无自然的场所,中心并非一个固定的地点而是一种功能、一种非场所,而且在这个非场所中符号替换无止境地相互游戏着。那正是语言进犯普遍问题链场域的时刻;那正是在中心或始源缺席的时候一切变成了话语的时刻——条件是在这个话语上人们可以相互了解——也就是说一切变成了系统,在此系统中,处于中心的所指,无论它是始源或先验的,绝对不会在一个差异系统之外呈现。先验所指的缺席无限地伸向意谓的场域和游戏。"②他甚至指出:"神话作为关于这种无中心结构话语,本身不可能有绝对主体及绝对中心。要想不失去神话的形式与运动,它就得避免志在使某种描述非中心结构的语言成为中心的那种暴力。因此这里必须放弃的是科学或哲学话语,是认识,因为认识有一种绝对的要求,这个绝对的要求就是要回到发源地、回到中心、回到基础、回到原则等等。"③也正是基于这一认识,德里达明确提出:"我们不可以确定中心并且竭尽整体过程,因为取代中心的、替补中心的、在中心缺席时占据其位的符号同时也是被加入的,是作为一种剩余、一种替补物而出现的符号。意谓运动添加了某种东西,以致使存在总是多出一些来,不过这种增加是浮动不定的,因为它是来替代、替补所指方面的缺失的。"④

---

① 莫里斯·布朗肖:《文学空间》,顾嘉琛译,商务印书馆 2003 年版,第 235 页。
② 雅克·德里达:《人文科学话语中的结构、符号与游戏》,《书写与差异》(下),张宁译,生活·读书·新知三联书店 2001 年版,第 505 页。
③ 雅克·德里达:《人文科学话语中的结构、符号与游戏》,《书写与差异》(下),张宁译,生活·读书·新知三联书店 2001 年版,第 515 页。
④ 雅克·德里达:《人文科学话语中的结构、符号与游戏》,《书写与差异》(下),张宁译,生活·读书·新知三联书店 2001 年版,第 519 页。

海然热《语言人:论语言学对人文科学的贡献》将言语的技巧归纳为语链的间歇、双关、改述的默契、内涵意义的破坏等。所谓语链的间歇,就是故意用间歇成分打破关系词与后续成分之间的连续性,故意用插入成分打破动词与补语所结成的整体,或通过抽取或重提的办法强调前面已经出现的成分,借此达到削弱话语行为对说话者既要讲出话语同时得顾及话语语法结构和组织的目的,降低了话语得按照语法规则依次说出的压力,这可以使说话者与其所表述的话语保持距离,而且能为说话者争取到喘息的瞬间,以便更好地表达思想。还有双关所构成的歧义性,不失时机地使用歧义性,可以很大程度上彰显将同一词语的不同意义一齐捕获的能力,增加话语的信息量并且能够增强话语深度。利用表面上不同的语句表达相同的意义便是改述,所谓改述的能力其实就是能创造和区别被赋予相同或近似语义的形式多样的语句的能力。内涵意义和多重理解往往基于歧义和误解,表述者可以用同一语句同时传达不同甚至截然相反的意义,以引起人们对语句表面意义之外的蕴含深意的深入发掘和准确把握。海然热认为:"任何文化里都有语言游戏,如利用音节的颠倒(有时颠倒音调),嵌入人为制造的成分,重复或再现,以及其他一些手段。""所有这些纯以游戏为目的(当然也出于炫耀小聪明)的语言技巧,利用同音异义的文字游戏以及新词创造全都证明,在看起来充满着传统惯例的语言的疆域之内,表述者个人拥有相当宽广的余地。""另一种带有根本意义的活动是诗歌创作。""诗歌活动是一种欲望,即通过打破语言规则达到语言的把握。""通过各种形式的类似性,一切都服务于确立诗篇的意义,而且超越了语言所施加的意义和音响的机械结合。"①

人们常常强调文本话语系统作为文学的独特性,但不是所有人都持类似观点。如托多罗夫则认为:"所谓体裁,无论是文学的还是非文学的,不过是话语属性的制度化而已。"②他还更进一步指出:"在文学与非文学之间不存在什么鸿沟,文学体裁就是起源于人类话语。"③虽然人们对语言文字与文本结

---

① 海然热:《语言人:论语言学对人文科学的贡献》,张组建译,生活·读书·新知三联书店 1999 年版,第 345—346 页。

② 托多罗夫:《巴赫金、对话理论及其他》,蒋子华、张萍译,百花洲文艺出版社 2001 年版,第 27 页。

③ 托多罗夫:《巴赫金、对话理论及其他》,蒋子华、张萍译,百花洲文艺出版社 2001 年版,第 39 页。

构有一定阐述,但关于语言如何构成文本结构系统,文本结构如何依赖于语言文字,并形成文本系统等问题的研究和阐述仍存在不尽如人意之处。传统文学理论对此阐述甚少,建树不多,甚至有关文学基本问题的研究也一直受到困扰,时而建构,时而解构。虽然建构与解构作为认知文本系统的手段和方法,其指向和宗旨背道而驰,也还能在一定程度上帮助人们分析和认知文本及其结构系统,只是关于语言文字形成文本结构系统的认知和阐述确实存在诸多有待完善之处。

第二章　文学作为形象系统

　　文本形象系统作为文学理想价值观念的主体要素,不仅彰显着文献文本系统的主体层特征,而且标志着作家、读者生活事件的最高审美境界。理论家关于形象的阐释往往倾向于强调相对独立和绝缘的文本形象系统,以及构成文本形象系统所必须依赖的外显形象思维和内隐抽象思维;至于文本形象系统与非文本现实世界的联系,即作为文字世界的文本形象系统与作为非文字世界的现实世界系统的联系,常常由读者借助阅读乃至想象和联想来建构。人们也可以不理睬这些,直接将文学形象作为文学文本系统的核心要素来看待。人们对形象的认知,往往受制于理论家对形象及其思维特征、思维方法的阐述,并由此形成对文献文本系统的认知,但这往往是不全面和不正确的。无论人们的理解和认知错误或正确、肤浅或深刻、陈旧或新颖,都可以从有关这些理论阐述的重新梳理和呈现中获得不同程度的启示。

第一节　形象及其形象思维特征

　　文学形象系统作为相对独立的文本形象系统,往往经由受物象的感发和刺激,形成作为主观感受的心象,继而借助语言的方式得以客体化为意象乃至象征系统的过程得以生成。但所有文学形象系统从来都不是脱离了意义的单纯形象,根本上都是灌注作家主观意志和情感,倾注着作家主观思维过程及结果的意象乃至象征系统。一些哲学家和心理学家对文学形象及其形象思维特征等理想价值观念的阐述,一定程度上能够帮助人们形成更深入的认知。

　　维特根斯坦指出:"'一个心象必定比每一幅图像都更像其对象:因为无

论我将这幅图像做得如何像它应当描绘的东西,它总归还是可能是某种其他东西的图像。但是,一个心象的本质却是:它是这个东西而非其他任何东西的图像,'因此,人们会将心象看成一种超级图像。"①虽然在维特根斯坦看来,似乎心象较之意象更接近于物象,但无论如何呈现于文本话语系统的都只能是意象,而不可能是物象,也不可能是心象。因为物象不可能以其原物的原生态方式存在于文本,作家必须将这种原生态物象借助语言而不是它本身的媒介加以呈现;同时心象也不可能直接以微妙复杂的印象、感觉、知觉等呈现于文本,只能借助语言的转述才能在文本话语系统落地生根。托多罗夫指出:"文学并不是'最初的'象征系统(例如,绘画就是最初的象征系统,在某种意义上语言也是),而是'二级'象征系统:它使用一种已经存在的系统即言语活动作为其原材料。语言学系统与文学系统之间的这种区别,并不让人在任何文学阶段中都能观察得到:这种区别以最小的程度存在于'抒情'类或圣经类作品之中,因为在这些作品中,文本的句子在其之间直接地得到组织;这种区别最大程度地出现在虚构文本之中,因为在这种文本中,所提到的情节和人物构成了一种外形,而这种外形相对地独立于使我们认识它的那些具体的句子。"②

黑格尔认为艺术是绝对理念的感性显现。他既强调了绝对理念,也强调了感性显现。他有这样的论述:"艺术的内容就是理念,艺术的形式就是诉诸感官的形象。艺术要把这两方面调和成为一种自由的统一的整体。"③在他看来,艺术的内容不能是抽象的,也不能是感性的,应该是本体、普遍性和特殊性的统一,也就是必须具有具体性,这种感性形式和形象也同时是个别的,本身完全具体的、单一完整的,也就是说艺术的感性化虽然不是偶然的,但也不是理解心灵性的具体的东西的最高方式。所以他这样论述道:"因为艺术的任务在于用感性形象来表现理念,以供直接观照,而不是用思想和纯粹心灵性的形式来表现,因为艺术表现的价值和意义在于理念和形象两方面的协调和统一,所以艺术在符合艺术概念的实际作品中所达到的高度和优点,就要取决于

① 维特根斯坦:《维特根斯坦文集》(第4卷)《哲学研究》,韩林合译,商务印书馆2019年版,第202页。

② 茨维坦·托多罗夫:《诗学》,怀宇译,商务印书馆2016年版,第15—16页。

③ 黑格尔:《美学》(第一卷),朱光潜译,商务印书馆1979年版,第87页。

理念和形象能互相融合而成为统一体的程度。"①应该看到,黑格尔既强调了理念的具体性,也强调了感性形象个别、具体和完整的属性,其实是从内容和形式两方面特别强调了具体性,强调了艺术的内容是具体的理念,其终端显现是个别、具体和完整的感性形象。

与黑格尔类似,别林斯基作了这样的阐述:"艺术是对真理的直感的观察,或者说用形象来思维。"②别林斯基既肯定了直感,也强调了思维,还谨慎使用了形象思维这一词汇。他特别强调了思维的价值,指出:"一切现存的东西、一切这些无限繁复多样的世界生活的现象和事实,都不过是思维的形式和事实。因为,只有思维存在着,除了思维,什么都不存在。"③他这里所谓思维并不仅仅包括后来人们津津乐道的形象思维,也包括身体知觉,甚至抽象思维。他指出:"思维的起点、出发点,是超凡的绝对概念。思维的运动,包含在这概念根据逻辑或者形而上学的最高(先验)法则从自身出发的发展中。"④虽然这种概念并不一定必须经过作者深思熟虑,或仅仅是前人不完全归纳推理日积月累的结果,但这一结果无论如何包含了抽象思维的成分,或说这种先验地存在着的抽象思维其实是后来用形象来思维或形象思维的前导。别林斯基指出:"大自然仿佛是精神变成现实,看见并认识自己的一种手段。因此,它的王冠是人,它以人为终结,它的创造活动以人为极限。市民社会是发展人类个性的一种手段,人类个性是一切事物的核心,在人类个性里面生活着大自然、社会和历史,重复着世界生活的一切过程,也就是大自然和历史的过程。"⑤别林斯基显然夸大了这一先验存在的抽象思维,但也确实揭示了作为人的经验世界的本来面目,而人及其所处的人类世界乃至自然世界在经验世界基本都是如此。只是许多人选择性遗忘了别林斯基关于思想乃至抽象思维

---

① 黑格尔:《美学》(第一卷),朱光潜译,商务印书馆1979年版,第90页。
② 别林斯基:《艺术的概念》,满涛、辛未艾译,高建平:《西方文论经典》(第三卷),安徽文艺出版社2014年版,第345页。
③ 别林斯基:《艺术的概念》,满涛、辛未艾译,高建平:《西方文论经典》(第三卷),安徽文艺出版社2014年版,第346页。
④ 别林斯基:《艺术的概念》,满涛、辛未艾译,高建平:《西方文论经典》(第三卷),安徽文艺出版社2014年版,第347页。
⑤ 别林斯基:《艺术的概念》,满涛、辛未艾译,高建平:《西方文论经典》(第三卷),安徽文艺出版社2014年版,第351页。

的阐释,而将他仅仅作为形象思维的倡导者加以鼓吹或批评。

别林斯基也在更高更极端层次上阐述和揭示了直感的特征,认为直感具有"存在以及毫无任何媒介而直接发于自身的行动"①的特征。他指出构成一个人个性的直感性也表现在一个人的行动中:"我们的天性替我们发生作用,不等我们的思想或者我们的认识作为媒介参与其间,在看来不可能没有自觉思考而行动的时候,我们仿佛是本能地在行动着。"②还指出:"行动的直感性既不排斥意志,也不排斥认识。恰恰相反,它们越是参与其间,行动就越是崇高、有益和有效。可是,意志和认识本身,作为单独的精神因素,却绝不转化为行动,不会在崇高的现实领域里开花结果。因为在这里,它们是跟包含旺盛的生产力的直感性相敌对的一种力量。大自然的根源和发展、一切历史及艺术现象,都是直感地完成的。"③他认为直感中可能有不自觉性,但并非永远如此。不自觉性不但不是艺术的必要属性,而且是反艺术和贬低艺术的,而"现象的直感性是艺术的基本法则、确定不移的条件,赋予艺术崇高的、神秘的意义"④。

为此,他强调灵感乃至天然的力量,这样阐述道:"一切现象的直感性的条件都是灵感冲动,一切现象的直感性的结果都是有机体。只有灵感才可能是直感的,只有直感的东西才可能是有机的,只有有机的东西才可能是有生命的。""一切被叫做创造出来的或者创造性的东西,是那些不能靠筹划、计算、人的理性和意志来产生的东西,这些东西甚至不能被叫做发明。它们是靠大自然的创造力或者人类精神的创造力,直感地从无变为有,并且跟发明相对照,应该被叫做天启。"⑤别林斯基所谓概念类似于黑格尔理念甚或绝对理念。他这样论述道:"这概念便是产生一切的无所有,它是在世界形成以前就永恒存在的,时间从它那里展开,大千世界从它那里沿着无穷的道路前进……这样说来,概念是

①　别林斯基:《艺术的概念》,满涛、辛来艾译,高建平:《西方文论经典》(第三卷),安徽文艺出版社 2014 年版,第 353 页。

②　别林斯基:《艺术的概念》,满涛、辛来艾译,高建平:《西方文论经典》(第三卷),安徽文艺出版社 2014 年版,第 354 页。

③　别林斯基:《艺术的概念》,满涛、辛来艾译,高建平:《西方文论经典》(第三卷),安徽文艺出版社 2014 年版,第 355 页。

④　别林斯基:《艺术的概念》,满涛、辛来艾译,高建平:《西方文论经典》(第三卷),安徽文艺出版社 2014 年版,第 356 页。

⑤　别林斯基:《艺术的概念》,满涛、辛来艾译,高建平:《西方文论经典》(第三卷),安徽文艺出版社 2014 年版,第 356 页。

生命的母亲,是它的本质的力量和内容,是生命波涛汹涌澎湃的永不穷竭的贮藏所。概念就其本质来说是普遍的,因为它不属于一定的时间,或者一定的空间。当它转化为现象的时候,它就变成了特殊的、个别的、个性的东西。"①黑格尔所谓理念、别林斯基所谓概念有些类似于老子所谓道。老子有云:"有物混成,先天地生。寂兮寥兮,独立而不改,周行而不殆,可以为天地母。吾不知其名,强字之曰道,强为之名曰大。"②与别林斯基强调灵感有所不同的是,高尔基更强调想象。他指出:"认识就是思维。想象在其本质上也是对于世界的思维,但它主要是用形象来思维,是'艺术的'思维。"③这可能是对形象思维的最直接概述。

更集中、更极端的形象思维论述当属马利坦。他把形象思维直接发挥为诗性直觉,而且反对将文学看成观念的抄本和模仿的做法,主张将不依赖于观念的诗性直觉及其功效发挥到极致。他写道:"艺术理论家们错误地把这个'观念'当作一个概念,异想天开地认为所谓的创造性观念是艺术家自己的头脑为他自己准备的一个理想的模式,作品则可以设想为这个模式的一个抄本或写照。这样做一定会使艺术成为模仿的墓地。作品是一种创造,而不是一个抄本。"④他继续论述道:"尽管诗性直觉一开始即是充实和完善的。它却在开初便包含了大量的效能。在创造过程中,这种包含在诗性直觉中的效能,正是依靠专注于形式的完美的智力的不懈的劳动,才得以发挥自己的作用,实现了自我。接着,艺术的技巧和智能颖悟发挥作用,它们对所有无意义的、虚假的和肤浅的成分,进行了一番选择、判断和淘汰的工作,从而迫使——恰恰因为艺术技巧和智性颖悟总是听命于创造性情感并求助于它——新的片段的诗性直觉的闪现在工作的每一步中释放出来。没有[智力]这种不懈的劳动,诗性直觉通常一定不能展露它的全部功效。"⑤马利坦虽然没有直接用形象思维的概念,但他对诗性直觉

---

① 别林斯基:《艺术的概念》,满涛、辛来艾译,高建平:《西方文论经典》(第三卷),安徽文艺出版社 2014 年版,第 361—362 页。

② 《老子奚侗集解》,上海古籍出版社 2007 年版,第 63—64 页。

③ 高尔基:《谈谈我怎样学习写作》,中国社会科学院文学研究所编:《古典文艺理论译丛》卷四,知识产权出版社 2010 年版,第 2059 页。

④ 雅克·马利坦:《艺术与诗中的创造性直觉》,刘有元、罗选民等译,生活·读书·新知三联书店 1991 年版,第 111—112 页。

⑤ 雅克·马利坦:《艺术与诗中的创造性直觉》,刘有元、罗选民等译,生活·读书·新知三联书店 1991 年版,第 114 页。

的阐述其实是对形象思维的极致发挥,或是对形象思维最理想形态的典型论述。

相对于人们对形象及其思维的过于浅表化的阐释,以及连最基本的语言与思维乃至图像等问题都不能进行令人满意的阐释的现状而言,哲学家和科学家的论述则更透彻。维特根斯坦肯定了语言与思维的关系,指出:"当我使用语言进行思维,并非除了语言表达式之外还有'意义'浮现在我的心灵之中;相反,语言自身就是思维的车辆。"①阿恩海姆却否认一般所认为的语言是思维的媒介乃至工具的说法。在他看来,语言本身并不是思维不可或缺的媒介。他写道:"构成思维的这种认识活动的本质,并不取决于思维的目标在眼前呈现或是不在眼前呈现。动物的思维,不管是其范围、目的,还是其实用性,也许都有着极大的局限性,但它们的确在进行推理,这种推理虽然没有语言的帮助,仍然具有真正的思维活动的标记。"②在他看来,语言只是依赖视觉意象而有助于思维。他写道:"纯粹的语言思维是不产生任何'思想'的思维[或无思想思维]的典型。它只是自动地从'储藏'中原封不动地恢复某种'关系'。它是有用的,但又是不生育的(或缺乏创造性的)。那么是什么东西使语言成为思维的不可缺少的东西呢? 这种东西决不是语言本身! 我们认为,思维是借助于一种更加合适的媒介——视觉意象——进行的,而语言之所以对创造性思维有所帮助,就在于它能在思维展开时把这种意象提供出来。"③他进一步论述道:"语言只不过是思维的主要工具(意象)的辅助者,因为只有清晰的意象才能使思维更好地再现有关的物体和关系。语言的功能基本上是保守的和稳定的,因此,它往往起一种消极作用——使人的认识活动趋于保守和静止。"④杰拉尔德·M.埃德尔曼则这样阐述:"我们可以有不用话语的意象,也可以有话语的意象(甚或有用话语激发出来的意象)。我们可以有不带意象的思想,而无论是否有话语。但是,同时总会有知觉、感受、心情和一闪而过的回忆等背景活动。"⑤关于语言与思维关系的阐述应该说才刚刚开始,相信将

①　维特根斯坦:《维特根斯坦文集》(第 4 卷)《哲学研究》,韩林合译,商务印书馆 2019 年版,第 182 页。

②　鲁道夫·阿恩海姆:《视觉思维》,滕守尧译,四川人民出版社 1998 年版,第 305 页。

③　鲁道夫·阿恩海姆:《视觉思维》,滕守尧译,四川人民出版社 1998 年版,第 308—309 页。

④　鲁道夫·阿恩海姆:《视觉思维》,滕守尧译,四川人民出版社 1998 年版,第 325 页。

⑤　杰拉尔德·M.埃德尔曼:《意识的宇宙——物质如何转变为精神》,顾凡及译,上海科学技术出版社 2019 年版,第 225 页。

来会有更多论述来补充和丰富这一话题。

维特根斯坦明确强调形象思维作为想象图像体验与抽象思维作为意义体验的基本分别。他这样写道:"一个意义的体验和一幅想象图像的体验。人们想说,'人们在这里和那里只是体验到不同的东西。一个不同的内容呈现给了意识——站在它面前。'——哪一个是想象体验的内容?答案是一幅图像,或者一个描述。什么是意义体验的内容?我不知道我应当如何回答。"①人们借此可以将形象思维与想象体验,将理性思维与意义体验联系起来,或者说基于想象体验的思维便是形象思维,它可能始终伴随着想象图案,更准确地说,形象思维便是基于想象图像体验的思维;而抽象思维即是基于意义体验的思维。阿恩海姆对此也有关注,但阐述不尽相同。他将知觉思维分为直觉的认识和推理的认识两种。在他看来,观看者对整体领域稍作扫描,便能知觉到各部分之间的关系,他所看到的整体形象乃至这些成分之间相互作用的结果,便是直觉认识,而推理认识不是按照直接的方式把握整体形象,而是一开始就希望将其包含的各个组成部分和各种关系识别或分辨出来。他这样阐述道:"构成直觉思维过程的各组成部分的相互作用,是在一个整一连续的领域内进行的,而推理认识过程中各组成部分成分的相互作用是沿着一条直线依次进行的。"②他们对形象思维与抽象思维的不同阐述其实也能帮助人们认识二者的区别,也能帮助人们更加深入地认识到关于两种思维的阐释在一定程度不过是有关思想家和学者的一种理想重构,并不一定完全体现思维的本来面目;即使是本来面目,但有关这种面目的发现仍然依赖于人们的理想重构。

维特根斯坦对形象思维作为想象图像体验的特征有进一步阐述。他写道:"一幅图像可以描画其形式为它所具有的任何实际。空间图像可以描画一切占据空间的东西,有颜色的图像可以描画一切有颜色的东西,等等。但是,一幅图像不能描画它的描画形式;它展示它。"③人们可以将维特根斯坦这一系列阐述视为对形象思维作为图像想象乃至描画之特点的揭示和阐释。这

---

① 维特根斯坦:《维特根斯坦文集》(第4卷)《哲学研究》,韩林合译,商务印书馆2019年版,第288页。

② 鲁道夫·阿恩海姆:《视觉思维》,滕守尧译,四川人民出版社1998年版,第312页。

③ 维特根斯坦:《维特根斯坦文集》(第2卷)《逻辑哲学论》,韩林合译,商务印书馆2019年版,第12页。

就是说,所谓形象思维就是以语言作为工具、载体和终端显现形式,借以描画一切存在于空间和时间的图像,但也只能描画其图像,不能描画其描画形式。阿恩海姆则对视觉艺术中的抽象样式有所关注,指出:"艺术品也能够使一种富有意味的表象'纯化',使它以一种抽象的和具有一般普遍性的式样呈现自身,但又没有把它约简成一种图表,因为多样性的直觉经验在这种复杂的抽象形式中完全被反映出来了。因此,艺术品实则产生于视觉与思维的相互作用。在它的形象中,特殊存在物的个性同它所属的种类的一般性完美地结合为一体,知觉与概念也在其中相互激活和相互映照,成为同一种经验的两个不同方面。"[1]

相对于维特根斯坦、阿恩海姆的论述,海德格尔更热衷于对形象思维作为表象思维的观念及属性的阐述。他指出:"思维即表象(vor-stellen),是与被表象者——即作为 perception[知觉]的 idea[观念]——表象关系。表象在此意谓:从自身而来把某物摆置(stellen)到面前来,并把被摆置者确证为某个被摆置者。这种确证必然是一种计算,因为只有可计算状态才能担保要表象的东西预先并且持续地是确定的。表象不再是对在场者的觉知(Vernehmen),这种觉知本身就属于在场者之无蔽状态,而且是作为一种特有的在场归属于无蔽的在场者。"[2]应该说,海德格尔虽然阐述的是表象,但已经关涉观念,而且是哲学层次对表象思维深刻属性的揭示和阐述。说起来,亨利·列斐伏尔从他所谓日常生活社会学得出的结论,使习惯于从文学或哲学角度思考问题的人更便于理解。他写道:"形象是多种多样的。形象呼唤所有的感觉,通过回溯到古代的时光,个人、群体和人种的时光,形象唤起朦胧的情感。这样,形象使现在与过去的联系活动起来、具体化起来,这是符号不能做到的事情。在这方面,形象是一个方面的表现力。形象被用来交流和展开交流,形象是独创的和独特的:形象承载了发明、自发的或培育出来的诗性的特征。"[3]他虽然没有清晰交代形象与形象思维和抽象思维的关系,但其表述使形象兼备

①　鲁道夫·阿恩海姆:《视觉思维》,滕守尧译,四川人民出版社 1998 年版,第 365—366 页。

②　海德格尔:《世界图像的时代》,孙周兴、王庆节:《海德格尔文集·林中路》,孙周兴译,商务印书馆 2015 年版,第 119 页。

③　亨利·列斐伏尔:《日常生活批判》(第二卷),叶齐茂、倪晓辉译,社会科学文献出版社 2018 年版,第 481 页。

两方面属性。

相对于文学特别是诗歌而言,利科的观点让人耳目一新。他认为:"诗歌语言乃是维特根斯坦所说的语言游戏,在这种语言游戏中,语词的目的是唤起和激发各种意象。不仅意义与声音通过图像在相互关联中发挥作用,而且意义本身通过这种发展成意象的能力而成为图像性的东西。这种图像性表达了阅读行为的两种特点:悬置与开放。一方面,意象显然是对自然现实的中性化的结果;另一方面,意象的展现就是'发生'的某种事情。意义向它不断开放并为解释提供了无限广阔的领域。通过这种意象之流,我们的确可以说,阅读就是将原始权利赋予所有材料。在诗中,向文本开放就是向由感觉解放了的想象物开放。"①冷静思考,文学应该以语言作为工具、载体乃至终端显现形式来思维,或者说语言就是思维的工具、载体和终端显现形式。曾有一段时间,人们将形象思维作为文学思维方式的基本特征,这一认知和阐述的基本点只揭示了文学作为文献的文本系统的表层形态,至少较之意识和无意识来说是相对表层的内容和特征。对这一内容和特征的认知和阐述,不能以为仅仅靠形象思维的方式便能包打天下。

对于人们如何进行形象思维,其思维方式的最基本特征,特别是思维运行方式和特征的关键点是什么,其思想认知如何附着于形象并借助形象获得显现等问题,仅停留于黑格尔和别林斯基阐述的层面远远不够,维特根斯坦的阐述显然有了一定进步,但这种进步对作为文献文本形象系统的文学,特别是具有普遍意义的文学理论而言更远远不够。说实在的,人们迄今为止对形象的阐述并不能令人满意,较之形象思维有过之而无不及。更多时候人们往往将形象、图画和图像相提并论,但所有这些努力还是没有能够成功阐释文学文本形象及其特征和属性。关于基于形象的形象思维的阐述明显不尽如人意,不过较之关于形象的阐述毕竟还有某些令人记忆犹新之处。但这一切并不能彰显文学的理想状态,许多问题还有待于人们进一步探讨。也许要弄清楚有关形象乃至形象思维的问题,还有待于心理学、精神哲学和神经科学的更明显进步,否则仅依赖文学理论自身,难以取得令人真正心悦诚服的成果。

---

① 保罗·利科:《活的隐喻》,汪堂家译,上海译文出版社 2004 年版,第 289 页。

第二节　形象及其抽象思维方法

文学作为文献的文本形象系统,不仅仅依赖诸如感觉、知觉、表象等感性认识乃至形象思维方式,而且也依赖于诸如概念、判断、推理等理性认识乃至抽象思维方式。因为没有一定思想附着、浸透和蕴含于形象的文本形象系统是不可能的,也是不应该的,而且可能是浅薄无聊的。古往今来一些理论家对概念、判断、推理等理性认识乃至抽象思维,特别是作为其结果的思想认知,如何附着、浸透和蕴含于感觉、知觉、表象等感性认识乃至形象思维方式,以及二者如何相辅相成、相得益彰有一定阐述。梳理和阐述诸如此类理想价值观念对帮助人们深入认识文本形象系统有一定启发意义。

什克洛夫斯基对波捷波尼亚等人所谓艺术即形象思维、没有形象就没有艺术乃至诗、诗是一种特殊思维方式即形象思维方式,甚至是某种思想和认识方式之类观点提出了批评:"形象思维至少不是一切门类的艺术,甚至也不是一切种类语言艺术的共同点。形象的变化也不是诗的运动的实质所在。"①他强调"诗的形象只是表面上与作为寓言的形象和作为思想的形象相似","诗的形象是诗的语言手段之一。一般语言的形象是抽象的手段",抽象更多只是一种思维,甚至"与诗毫不相干"②。什克洛夫斯基批评形象思维,一定程度上存在断章取义和以偏概全的问题,但他还是看出了单纯强调形象思维方式的症结所在,只是缺乏进一步思考和阐述。

针对人们片面强调抽象思维,将诗与思想乃至抽象思想相对立的现象,瓦雷里提出了理智分析、理性意志、精确性活动与灵感、感情及想象水火不容的观点,通过分析自己的切身体会,说明诗歌创造既有基于诗的情绪以致一时摆脱了理智的常态,激发了诗的想象力的情形,也存在基于一系列想法,并入思想方式各种命题以后,需要逐步深入研究的充当工具的格式。这实际上揭示

---

① 什克洛夫斯基:《作为手法的艺术》,《散文理论》(上),刘宗次译,百花洲文艺出版社2010年版,第6页。

② 什克洛夫斯基:《作为手法的艺术》,《散文理论》(上),刘宗次译,百花洲文艺出版社2010年版,第7—8页。

了每个人同时可能具有多种身份和潜能的事实。他完全可以成为一个哲学家，又同时是一个诗人。诗是一种语言艺术，字词的一定组合确实能产生一种其他组合不能产生的诗的情绪，"这些人们熟悉的客观事物和生物——或者更确切地说这些代表他们的概念——便莫名其妙地在含义上发生了变化。他们相互吸引，以一种不同寻常的方式连接在一起；它们变得（如果你们允许我这样表达）音乐化了、洪亮了，而且也似乎形成了一种悦耳的和声。"①"你会发现每一行诗在你心中产生的意义，不但不会毁灭传达给你的音乐般和谐的形式，反而会使之再现。这个从音摆到义的活钟总要摆回到它感觉到的出发点，好像在你的脑海里引起的仅有的那点意义只有依赖产生它的那种音乐形式才能得以表达、找到出路和回应。"②"总之，思想是一种使乌有之物在我们心中生发的活动，不管我们是否愿意都要给它提供我们现有的力量；它迫使我们以偏代全、以形象代真实，让我们产生错觉，以为我们能看到、行动、忍受痛苦，占有而不依仗我们这副老身子。"③"诗的钟摆在声音和思想、思想和声音、有和无之间摆动着。"④应该说瓦雷里还是揭示了诗歌与文学创作的基本常态和特征的。他指出："任何真正的诗人都善于正确的逻辑推理和抽象思维，他的这种能力远远超过了一般的估量。""诗人也有他的抽象思想或他的哲学，如果你愿意这样说的话；而且我说过，它就在他的诗歌创作中发挥作用。"⑤但瓦雷里并没有阐述清楚其抽象思维乃至哲学思想等如何浸透于形象思维之中，或如何支撑乃至牵引形象思维等问题。

值得一提的是，帕斯卡尔有这样的阐述："一个人如果没有做出来诗人或数学家等等的标志，他就不会以诗歌闻名于世，然而通人却根本不愿意有什么标志，并且几乎也不会在诗人的行业与刺绣的行业之间加以区别的。通人既

---

① 保·瓦雷里：《诗，语言和思想》，江先春译，袁可嘉等：《现代主义文学研究》（下），中国社会科学出版社 1989 年版，第 840—841 页。
② 保·瓦雷里：《诗，语言和思想》，江先春译，袁可嘉等：《现代主义文学研究》（下），中国社会科学出版社 1989 年版，第 849 页。
③ 保·瓦雷里：《诗，语言和思想》，江先春译，袁可嘉等：《现代主义文学研究》（下），中国社会科学出版社 1989 年版，第 850 页。
④ 保·瓦雷里：《诗，语言和思想》，江先春译，袁可嘉等：《现代主义文学研究》（下），中国社会科学出版社 1989 年版，第 850 页。
⑤ 保·瓦雷里：《诗，语言和思想》，江先春译，袁可嘉等：《现代主义文学研究》（下），中国社会科学出版社 1989 年版，第 852—853 页。

不能被称为诗人,也不能被称为几何学家或其他的什么;但他们却是所有这一切人,而又是这一切人的评判者。谁也猜不出他们。他们来到人们中间,谈论人们所谈论的事物。除了必要时拿出来应用而外,我们看不出他们有哪种属性,但到了必要时我们就会想起它来;因为这两种说法同等地都是他们的特性:当其不是个语言问题时,我们就不说他们谈得很好;而当其是个语言问题时,我们就说他们谈得很好。因而,当一个人一走进来,人们就说他极其擅长做诗的时候,人们给他的就是一种虚伪的赞扬;而且当人们要评判某些诗却又不去请教他的时候,那就更是一种恶劣的标志了。"①帕斯卡尔认识到了诗人不能仅仅是诗人,同时可能具有其他方面特长,甚至有通人的本领,且只有诸多本领与语言相结合,体现在语言方面的时候,才能称得上一位杰出的诗人。但也仅仅是一种基于诗人角色和通人角度的阐述,不过很大程度上突出了并不单纯强调诗人之成其为诗人的形象思维方式,也关涉数理乃至抽象思维对成其为通人的价值和意义。他还指出:"雄辩是思想的一幅图画;因而那些画过之后又添上几笔的人,就是在写意而不是在写真了。"②这实际从另一个角度阐述了诗人在形象思维之外,往往拥有看似漫不经心却能画龙点睛的思想家潜质和建树,强调了抽象思维与思想认知的重要性,否则一个极为单纯、没有思想的诗人只能是一个浅薄的愤世嫉俗甚至孤芳自赏的庸人。帕斯卡尔对只习惯于一种思维方式的人进行了明确批评:"习惯于依据感觉进行判断的人,对于推理的东西毫不理解,因为他们想一眼就能钻透而不习惯于探索种种原则。反之,那些习惯于依据原则进行推论的人则对于感觉的东西毫不理解,他们在那里面探索原则,却不能一眼看出。"③

维特根斯坦虽然强调描画图像,也近似于强调形象思维,但并未否定逻辑思维。他写道:"每一幅图像,无论它具有什么样的形式,为了能够以任何一种方式——正确地或者错误地——描画实际而必须与之共同具有的东西是逻辑形式,这就是实际的形式。如果一幅图像的描画形式就是逻辑形式,那么这幅图像便被称为逻辑图像。每一幅图像同时也是一幅逻辑图像。(与此相反,并非每一幅图像都是比如空间图像。)逻辑图像可以描

---

① 帕斯卡尔:《思想录》,何兆武译,商务印书馆 1985 年版,第 16—17 页。
② 帕斯卡尔:《思想录》,何兆武译,商务印书馆 1985 年版,第 13 页。
③ 帕斯卡尔:《思想录》,何兆武译,商务印书馆 1985 年版,第 6 页。

画世界。"①维特根斯坦在更普遍意义上肯定了图像的逻辑形式与逻辑图像，且将逻辑图像视为描画世界的基本形式。这在更普遍意义肯定了理性逻辑思维的价值和意义。他更直接地指出："一幅图像所表现的东西是其意义。它之为真或者是假的，这点取决于它的意义与实际是一致的还是不一致的。"②他进一步提出"事实的逻辑图像是思想"，"我们不能思维任何不合逻辑的事项，因为，否则我们就必须不合逻辑地思维"。③ 他主张"思想是有意义的命题"，并指出："语言给思想穿上了衣服。而且是以如此的方式做到这点的：从这件衣服的外表形式人们不能推断出它所遮盖的思想的形式：因为这件衣服的外表形式是按照完全不同的目的制作的，而并不是为了让人们看清这个身体的形式。"④

更具启发意义的是，维特根斯坦还有这样的论述："它应该划出可以思维的东西的界限，并借此划出不可以思维的东西的界限。它应该通过可以思维的东西从内部来划出不可以思维的东西的界限。它通过清楚地表现出可以言说的东西的方式来暗示不可以言说的东西。一切终究可以思维的东西都可以清楚地加以思维。一切可以言说的东西都可以清楚地加以言说。"⑤人们可以此为鉴，将可以思维与不可以思维、可以言说与不可以言说区别开来，然后借助可以言说的来暗示不可以言说的，借助可以思维的来暗示不可以思维的，然后达到思维并言说一切的目的。这有些类似于《周易·系辞上》所谓："子曰：'书不尽言，言不尽意。'然则，圣人之意，其不可见乎？子曰：'圣人立象以尽意，设卦以尽情伪，系辞焉以尽其言，变而通之以尽利，鼓之舞之以尽神。'"⑥由此可做这样的发挥：人们必须在文学创作前清楚划分可思维与不可思维、可

---

① 维特根斯坦：《维特根斯坦文集》(第 2 卷)《逻辑哲学论》，韩林合译，商务印书馆 2019 年版，第 12—13 页。

② 维特根斯坦：《维特根斯坦文集》(第 2 卷)《逻辑哲学论》，韩林合译，商务印书馆 2019 年版，第 13 页。

③ 维特根斯坦：《维特根斯坦文集》(第 2 卷)《逻辑哲学论》，韩林合译，商务印书馆 2019 年版，第 14 页。

④ 维特根斯坦：《维特根斯坦文集》(第 2 卷)《逻辑哲学论》，韩林合译，商务印书馆 2019 年版，第 27 页。

⑤ 维特根斯坦：《维特根斯坦文集》(第 2 卷)《逻辑哲学论》，韩林合译，商务印书馆 2019 年版，第 37—38 页。

⑥ 李道平：《周易集解纂疏》，中华书局 1994 年版，第 609—610 页。

言说与不可言说两种情形。可思维、可言说者可以意义体验或图像体验来思维并表达，对不可思维和言说的部分，最好借助图像想象乃至立象的方式来思维和言说。海德格尔同样强调了抽象思维的重要性。他指出："在 co-agitatio ［心灵活动］中，表象把一切对象事物聚集到被表象状态的'共同'之中。现在，cogitare［思维］的 ego［自我］在被表象状态的自我确证着的'共处'中，亦即在 con-scientia［意识］中，获得了其本质。con-scientia［意识］是对在由人保存下来的被表象状态范围中的对象——与表象着的人一道——共同摆置。一切在场者从被表象状态中获得了其在场状态（Anwesenheit）的意义和方式，也即在 representation 中的在场（Praesenz）意义。作为 coagitatio［心灵活动］一般主体，ego［自我］的 con-scientia［意识］乃是以此方式别具一格的主体的主体性，规定着存在者之存在。"①

众所周知，作为文本形象系统的文学，理所当然应该是人们基于一定认知规律获得的认知和知识的体现。在西方理性主义看来，人类的大多数知识源于推理，在经验主义看来却主要通过身体感官获得。这有些类似于抽象思维和形象思维，抽象思维偏于理性推理，形象思维偏于直观感受。虽然不同的人可各有侧重，如哲学家可侧重于理性推理，作家则偏重于直观感受。但作为一个完整的人则应该二者兼备并略有侧重。康德主张人们体验现实的方式并不是简单推理或身体知觉，而取决于人们的思维结构，人们也许无法直接感知到事物，只能基于思维提供的信息结构和规则，才能对自身感知的经验有所解释，且依靠这种感知才能真正把握世界。康德指出："我们的知性乃是关于概念的能力。这就意味着它是一种推论的知性，对于它来说，要在对它在自然中被给予出来而能从属于它的概念的特殊，其中能有的性格与多样性一定必然是不必然的。可是，直观也是在知识中的一种因素，而直观的完全自发能力就会是不同于感性而且完全是不依靠感性的一种认识能力。因此，它就应该是在其最广义上的一种知性。"②没有绝对的直观与知性，二者相互关联、相辅相成是一个基本事实。

类似观点也见于阿恩海姆。阿恩海姆指出："语言虽然具有文字上的线

———————————

①　海德格尔:《世界图像的时代》，孙周兴、王庆节:《海德格尔文集·林中路》，孙周兴译，商务印书馆 2015 年版，第 122 页。

②　康德:《判断力批判》（下），韦卓民译，商务印书馆 1964 年版，第 63—64 页。

性特征,但也能触引出具有意象从而服从于直觉综合的指谓对象。""通过将语词转译为意象,理智之链又回到了最初导致文字陈述的直觉概念。毋庸赘言,这一从语词向意象的转换并不是诗歌才独具的,当人们试图通过文字描述来了解一个企业组织的流程表或者人体的内分泌系统时,这种转换同样是不可或缺的。语词尽量提供出一些合适的意象来,而意象则提供出一般结构的直觉概观来。"①他这样总结道:"理智可以通过探查各单个子项之间的线性关系,将这各个子项相加,将各种联结组织为一个广泛的网络,最后得出一个结论并在总的系统中明白各居其位的每一组成部分,从而有助于上述过程的完成。"②阿恩海姆论述的仅仅是直觉与理智,也同样揭示了形象思维与抽象思维的共同特征,或者说,直觉和理智分别是形象思维和抽象思维的典型形态。阿恩海姆对二者相辅相成作了高度评价:"人类心灵被赋予了两种认识程序,即直观知觉和理智分析。这两种能力具有同样的价值,同样是不可或缺的。对于特定的人类活动来说,哪一种能力都不是唯一的。它们是一切人类活动所共有的。直觉用于感知具体情态的总体结构,理性分析用于从个别的情景中将实体与事件的特性抽象出来并对之作出定义。直觉与理智并不各自分离地行使其作用,几乎在每一种情形中两者都需要相互配合。"③阿恩海姆的阐述发人深思,但关于这些方面的研究总体来说还处于初步的浅表层次。

文学作为文献的文本形象系统,其形成往往得力于一种极为复杂的思维活动。这种思维活动毋庸置疑以形象思维作为主要的终端显现形式,但不是全然为形象思维,至少成功的有意味乃至韵味的文学理应有抽象思维交织其中,或以秘而不宣、暗流涌动的隐秘形式,或以画龙点睛、一语破的的袒露形式,但无论哪一种,均不可能完全缺位,更不能因为偏执一种而偏废另一种。问题的症结还在于文学作为文献文本形象系统,其深层意蕴与浅表表象显现的契合点,以及契合的方式和类型等关键问题,还有待于进一步研究。

----

① 鲁道夫·阿恩海姆:《艺术心理学新论》,郭小平、翟灿译,商务印书馆1994年版,第24页。

② 鲁道夫·阿恩海姆:《艺术心理学新论》,郭小平、翟灿译,商务印书馆1994年版,第24页。

③ 鲁道夫·阿恩海姆:《艺术心理学新论》,郭小平、翟灿译,商务印书馆1994年版,第34—35页。

第三章　文学作为意识形态

人们谈论文学,常常会自觉不自觉地提到意识形态。意识形态作为文学理想价值观念的核心内容,不仅体现着文献文本系统的核心特征,而且蕴含着作家、读者生活事件的最高思想境界。但限于各种原因,人们对意识形态的认知和阐释还存在诸多分歧,至少在一定范围存在或倾向于将物因素与意识形态相对立,或倾向于主张二者相互融通的差异性。跨越文学理论边界,在更加广阔的超学科视域,特别是借力神经科学和认知哲学成果来梳理和阐述文学作为意识形态的属性,虽然目前仍然不能形成令人满意的阐释,但至少可以帮助人们一定程度上了解和认知文学意识形态的复杂性,以及现阶段研究的有限性。

第一节　文学物因素与意识形态的两极性

按照一般理解,物质与意识是两个独立存在,于是便有露丝·加勒特·米利肯的阐述:"语句存在于寻常自然界里,但是信念和意图却是精神层面的东西。显然,基本的意向性只是精神层面所具有的某种东西。"[①]虽然绝大多数人也承认语言为物质、意识为精神,但具体语境的特定论述却可能偏重物质或意识某一极。在偏重物质或意识的两种截然不同、各执一端认知和阐释之外,还可能存在物质即意识、意识即物质的观念。一个基本的事实是,凡生物至少

---

① 露丝·加勒特·米利肯:《语言、思维与其他生物学范畴》,张丹、张钰、宋昱译,商务印书馆 2019 年版,第 127 页。

动物都有意识,凡意识都附着于物质,或以物质作为载体,物质与意识不可分。人们至少得承认,意识依赖于大脑,而大脑本身并非意识,反而属于物质范畴。但这并不是问题的症结,症结在于迄今为止人们对意识这一最基本概念的认知和阐释仍存在诸多混乱。

文学并非只有意识形态,而且很大程度上依赖于物因素。海德格尔强调了物因素一极。他指出:"作品中的物因素显然就是构成作品的质料。质料是艺术家创造活动的基底和领域。"①海德格尔对此还持有疑虑,因为"我们意图借此当作作品最切近的现实性来把握的东西,即物性的根基,并不以此方式归属于作品"。"作品中的物因素是不能否定的,但如果这种物因素归属于作品之作品存在,那么,我们就必须根据作品因素来思考它。如果是这样,则通向对作品的物性现实性的规定的道路,就不是从物到作品,而是从作品到物了。"②物因素不能被视为艺术作品的本质属性,但作为一种物性根基和构成作品的质料是确定无疑的。阿多诺在这一点上肯定了海德格尔所谓物因素是作品载体的观点,并指出:"只要艺术采用作品的形式,它便是本质意义上的物,是依照形式律得以客观化的物。"③这当然并不意味着他们便彻底否定了意识形态性质,也只是从一个方面肯定了意识形态并非文学作品唯一属性。

比较而言,毛泽东则立足存在与意识的关系,得出了"作为观念形态的文艺作品,都是一定的社会生活在人类头脑中的反映的产物"④的结论。这其实是强调文学作为意识形态的属性,如指出"文艺作品中反映出来的生活却可以而且应该比普通的实际生活更高,更强烈,更有集中性,更典型,更理想,因此就更带普遍性"⑤,并不是一味地强调意识形态,更不是否定物因素的存在,因为他的表述是以"作为观念形态"为前提的。毛泽东的这一观点可以追溯

---

① 海德格尔:《艺术作品的本源》,孙周兴、王庆节:《海德格尔文集・林中路》,孙周兴译,商务印书馆 2015 年版,第 13 页。

② 海德格尔:《艺术作品的本源》,孙周兴、王庆节:《海德格尔文集・林中路》,孙周兴译,商务印书馆 2015 年版,第 26—27 页。

③ 阿多诺:《美学理论》,王柯平译,四川人民出版社 1998 年版,第 177 页。

④ 毛泽东:《在延安文艺座谈会上的讲话》,《毛泽东文艺论集》,中央文献出版社 2002 年版,第 63 页。

⑤ 毛泽东:《在延安文艺座谈会上的讲话》,《毛泽东文艺论集》,中央文献出版社 2002 年版,第 64 页。

到列宁，乃至马克思和恩格斯、黑格尔和亚里士多德。亚里士多德指出："诗是一种比历史更富哲学性、更严肃的艺术，因为诗倾向于表现带普遍性的事，而历史却倾向于记载具体事件。所谓'带普遍性的事'，指根据可然或必然的原则某一类人可能会说的话或会做的事——诗要表现的就是这种普遍性，虽然其中的人物都有名字。"①基于这一传统，人们往往不假思索地认定艺术美一定高于自然美，其实这仅仅是一种理论构想，事实可能更为复杂。

卢卡奇成功完善了毛泽东的反映论，特别强调审美反映是一种整体性乃至完整性反映。他指出："如果我们把审美形象作为对现实反映的自身完整的系统，在其中包含一种独特的辩证法——以后再详细讨论——：它是客观现实的反映，它的价值、它的意义、它的真实性在于，能够在什么程度上正确把握和再现这一现实，并在欣赏者那里激发出它赖以为基础的现实图景。它的完整性、'内在性'和'独立性'既不意味着同现实的远离，也不能是一个纯形式系统的内在性。这种内在性也不是对于效果方面漠不关心的。形象的完整性是一种特殊的审美形式，可以形成一种真实的故长期起作用的对现实的反映。"②这种整体性、完整性、内在性、独立性在有些理论家那里被阐述为绝缘性，真实地揭示了艺术世界独立于现实世界乃至与现实世界保持绝缘关系的属性。卢卡奇的整体性审美反映仍然属于意识形态范畴。卢卡奇的这一贡献，与帕斯卡尔的论述联系起来，似乎又显得不足为奇。帕斯卡尔指出："既然一切事物都是造因与被造者，是支援者与受援者，是原手与转手，并且一切都是由一条自然的而又不可察觉的纽带——它把最遥远的东西和最不相同的东西都联系在一起——所联结起来的；所以我们认为不可能只认识部分而不认识全体，同样地也不可能只认识全体而不具体地认识各个部分。"③这即是说人们对部分和全体的把握往往是二者有机统一，或从全体到部分，或从部分到全体，或二者并重。至少有些神经科学的论述强调了这一点："意识是高度整体性的或统一的，也就是说，每个意识状态都是一个统一整体，它不能被有效地分成一些独立的成分；其次，它又是高度分化性的或是信息性的，也就是

---

① 亚里士多德：《诗学》，陈中梅译，商务印书馆1996年版，第81页。
② 卢卡奇：《模仿问题之一：审美反映的形成》，徐恒醇译，朱立元：《二十世纪西方美学经典文本》第二卷，复旦大学出版社2000年版，第527页。
③ 帕斯卡尔：《思想录》，何兆武译，商务印书馆1985年版，第34页。

有数量极大的不同意识状态,每个意识状态都可以引起不同的行为结果。"①埃德尔曼还作了进一步说明:"每次当我们注视某个场景的时候,我们抽取的是场景的意义或要点,而不是它无数快速变化着的局部细节。在鸟飞行的时候,我们当然不可能精确地描述翅膀的位置。事实上非常令人惊奇的是,我们对视觉场景中的许多变化,都视而不见或者意识不到,却并不影响领会它们的意义或要点。"②应该说这一阐述还是令人信服的,至少揭示了意识的复杂性以及不能以简单的整体性与局部性来描述的特点,但这并不意味着只有整体而没有局部,意义或要点虽然可能是局部,但同时关涉整体,而且作为整体的高度抽取更为重要。他继续论述道:"每个不同的意识状态,都是唯一确定的,并且不能再分解为一些独立的成分,因此它们都应该被称为一种主观体验特性。"③这不是说神经科学的阐释便万无一失,但至少表明跨越文学边界,佐以更加具体的自然科学的求证往往必不可少。

虽然卢卡奇并不认为这种反映所形成的意识形态应该远离现实,但他还是注意到,这种反映绝对不是对现实的照相式反映,而是一种基于选择、弃舍、强调等且在细节上超出照相复制的变形。他指出:"人不是简单地让现实的印象在自身起作用,人对现实的反映往往是瞬息的、自发的,不容易或不容对感官印象进行想象或概念性说明。结果在知觉水平上,在意识对现实的反映中就进行了一种决定人与周围环境之间相互关系的选择。"④卢卡奇实际上与毛泽东观点一样肯定了文学作为意识形态有别于甚或超出现实的特点。问题的症结不在这里,在于超出现实的审美意识形态区别于基本忠实于现实的一般意识形态的属性到底是什么?显然不能说一般意识形态可以是照相式反映,因为一般意识形态也可以超出现实。

说起反映论,有人可能会自觉不自觉地想到庸俗社会学,以及基于庸俗社

① 杰拉尔德·M.埃德尔曼:《意识的宇宙——物质如何转变为精神》,顾凡及译,上海科学技术出版社 2019 年版,第 125 页。

② 杰拉尔德·M.埃德尔曼:《意识的宇宙——物质如何转变为精神》,顾凡及译,上海科学技术出版社 2019 年版,第 156 页。

③ 杰拉尔德·M.埃德尔曼:《意识的宇宙——物质如何转变为精神》,顾凡及译,上海科学技术出版社 2019 年版,第 186 页。

④ 卢卡奇:《模仿问题之一:审美反映的形成》,徐恒醇译,朱立元:《二十世纪西方美学经典文本》(第二卷),复旦大学出版社 2000 年版,第 504 页。

会学的诸多陈词滥调。如果退一步讲,将整个社会看成一个文本即社会文本,就可以发现每一个人既是接受者也是创作者,便不会仅仅将作家看成文本的创造者,却将读者视为接受者。这其中的角色可以互换,如卞之琳《断章》所揭示的,处于社会文本中的每一个人都可能既是观照别人的主体,也可能是被别人观照的客体,也就是每一个人同时具有主体与客体两种角色属性。所有这些角色尽管表面看来是互为主客体,甚至可以看成相互主体乃至主体间性。列斐伏尔写道:"我们自己每天都不变地面对社会文本。我们翻阅社会文本,我们阅读社会文本。正是通过这个文本和我们对这个文本的阅读,我们与其他人进行交流,社会文本是作为整体的社会或自然。同时,我们都是一种社会文本的一部分。我们不仅仅是读者,我们也被阅读、被解码和被解释(或者相反)。我们都是主体和客体的统一体(首先是客体,因为社会文本包括了我们,我们必须看到被包括在社会文本中的我们自己;然后是主体,因为我们在社会文本中看我们自己,从社会文本里解开我们的密码,从里边阅读它,这些都是在社会文本之外无法完成的)。"①每一个作为社会文本有机组成部分的人,既可以被阅读,也可以阅读别人,更可以阅读自己,这意味着每个人不仅是客体,同时又是主体,而且可以是同时阅读与被阅读的主体,也就是每个人都拥有两个主体角色,即阅读主体与被阅读主体的共同体。这一阐述一定程度上可以帮助人们理解反映的主体性,特别是作为阅读与被阅读双重主体的共同体属性。

中国人习惯性地使用"反映"的概念,但很少有人能透彻理解这一概念,至少没有能够达到弗莱和托多罗夫的高度。弗莱明确指出:"文学并不反映生活,但它也没有逃离或退出生活:它吞噬了生活。"②托多罗夫有这样的阐述:"文本既可以'反映'社会生活,也可以取用其整个的反面。这样一种观点是完全合理的,但它把我们带到了诗学之外:如果将文学放在与无论什么样的资料同样的层面上,那么,我们显然就放弃了考虑将文学看成文学的东西。"③应该说托多罗夫的观点是谨慎的,也揭示了文学本身不可调和的矛盾。马舍

---

① 亨利·列斐伏尔:《日常生活批判》第二卷,叶齐茂、倪晓辉译,社会科学文献出版社2018年版,第497页。

② 诺斯罗普·弗莱:《培养想象》,李雪菲译,中国华侨出版社2019年版,第65页。

③ 茨维坦·托多罗夫:《诗学》,怀宇译,商务印书馆2016年版,第21页。

雷将这种反映转换为意识形态,做了既是意识形态又不同于意识形态的两极性阐述。他认为,文学生产的原料是意识形态,但不是对意识形态的照搬照抄,而是对其进行加工、生产之后在形态、功能上与意识形态不大相同的作品。在他看来,意识形态虽然在表面上宣称自己是无限、开放的,但实际上是一个有限、封闭的虚假系统,而文学生产在加工意识形态时总是致力于偏离、挣脱和逃离意识形态必然、封闭等局限性束缚,转向自由开放,因此文学生产及其产品的基本特点是偏离、诘难甚至反叛,挣脱意识形态的束缚,甚至可以说,文学就是通过使用意识形态而向意识形态发出挑战。这不是说其他意识形态便必然地屈服于意识形态,其实如科学也疏远和废除意识形态,只是文学常常通过利用意识形态而向它发出诘难。

更有甚者,如卡勒倾向于文学作为意识形态,表现意识形态又摧毁意识形态的两极性。他指出:"当我们深入研究那些关于文学是做什么的和它怎样作为一种特殊社会实践起作用的论证时,我们也发现了一些很难调和的观点。文学被赋予了截然相反的功能。文学是意识形态的工具吗?它是一套诱使读者接受社会等级制度的故事吗?如果那些故事把女人要想幸福就必须在婚姻中寻找说成是理所当然的,如果它们认为阶级区别是自然的,并且去描述一个情操高尚的女佣如何可能嫁给一位老爷,它们就是在使偶然的历史安排合法化。或者说文学是一个暴露意识形态,可以对其进行质疑的领域?举例说,文学以一种强大的、具有影响力的方式再现历史上给妇女提供的极少的机会。文学通过揭露这一点,提出不把它看作天经地义之事的可能性。这两种观点都具有说服力:文学是意识形态的手段,同时文学又是使其崩溃的工具。我们又一次发现了文学潜在的'特性'和使这些特性发挥出来的关注之间的错综的波动变幻。"[1]退一步讲,人们也可以有理由相信,反对甚至摧毁意识形态同样是一种意识形态,而且可能是一种更极端的意识形态。哈桑指出:"我们需要多种多样的颠覆,以便使我们的心灵从右和左两方面强加于人的那种令人衰弱甚至致命的话语中解放出来。(一种反意识形态固然可能是一种意识形态,但它毕竟是一种完全不同类型的意识形态。)"[2]哈桑揭示了意识形态乃

---

① 乔纳森·卡勒:《文学理论入门》,李平译,译林出版社 2008 年版,第 41 页。
② 伊哈布·哈桑:《后现代转向》,刘象愚译,上海人民出版社 2015 年版,第 286 页。

至文学的一种常态,而且也是一种反常态。因为一种观点推翻另一种观点往往被视为研究的进步,但一种观点既主张又反对,对习惯于一般线性思维路径的人来说便有反常态性质。其实这种表面的反常态恰恰是最原始本真的常态。

伽达默尔倾向于将意识形态阐释为潜藏在托辞背后的真实意义。他这样写道:"意识形态这个概念恰好说明,在意识形态中并没有真正的告知,而是它作为托辞为之服务的隐藏于其后的利益。"①他还把这种意识形态阐释为被扭曲的交往所掩盖了的真实意义,以及梦和童话之类享有美学性质的梦幻所指的真实意义等。伽达默尔所说梦幻之类具有潜意识或无意识性质。弗洛伊德、弗洛姆在意识形态之外揭示了潜意识或无意识的存在。弗洛伊德提出"一篇创造性作品像一场白日梦一样,是童年时代曾做过的游戏的继续和替代物"②,他继续论述道:"一个作家提供给我们的所有美的快乐都具有这种'直观快乐'的性质,富有想象力的作品给予我们的实际享受来自我们精神紧张的解除。甚至可能是这样:这个效果的不少的一部分是由于作家使我们从作品中享受到我们自己的白日梦,而不必自我责备或感到羞愧。这个问题将把我们开始引向另一些新的、饶有兴味的和复杂的调查研究。"③

众所周知,荣格也强调无意识,且常常将这种无意识归结为集体无意识。他写道:"艺术是一种天赋的动力,它抓住一个人,使他成为它的工具。艺术家不是拥有自由意志、寻找实现其个人目的的人,而是一个允许艺术通过他实现艺术目的的人。他作为个人可能有喜怒哀乐、个人意志和个人目的,然而作为艺术家他却是更高意义上的人,是一个负荷并造就人类无意识精神的人。"④他进一步解释道:"我们看到:他从集体精神中召唤出治疗和拯救的力量,这种集体精神隐藏在处于孤独和痛苦的谬误中的意识之下;我们看到:他深入那个所有人都置身其中的生命模式里,这种生命模式赋予人类生存以共

①　汉斯-格奥尔格·伽达默尔:《诠释学Ⅱ:真理与方法》,洪汉鼎译,商务印书馆 2010 年版,第 438 页。

②　弗洛伊德:《作家与白日梦》,张唤民、陈奇伟译,高建平:《西方文论经典》(第五卷),安徽文艺出版社 2014 年版,第 9 页。

③　弗洛伊德:《作家与白日梦》,张唤民、陈奇伟译,高建平:《西方文论经典》(第五卷),安徽文艺出版社 2014 年版,第 11 页。

④　荣格:《心理学与文学》,冯川、苏克译,生活·读书·新知三联书店 1987 年版,第 141 页。

同的节律,保证了个人能够将其感情和努力传达给整个人类。"①令人欣慰的是荣格将东方佛教所说三身佛即法身、报身、应身,或称自性身、受用身、变化身,作为无意识来阐释。他写道:"无意识是所有一体性经验(法身),是所有结构形式和原型的根本(报身),是现象世界的先决条件(应身)。"②这表明东方人对无意识乃至集体无意识的了解其实超前于西方,且更自觉、更有建树。

弗洛姆倾向于肯定无意识,认为这种无意识是马克思与弗洛伊德共同发现的心理动因,只是二人赋予它的深刻内涵并不完全一致:"他们两人都相信,大多数人的意识思维都是由位于背后的、人所不知道的力量所决定的;人阐明自己的行动是合理的或道德的,正是这些合理的说明(虚假的意识、意识形态)使人主观地得到了满足。但是由于人受他所不认识的力量的驱使,人是不自由的。人只有通过对这些动力的逐步认识,即通过对现实的认识,才能获得自由,才能成为自己生活的主人(在现实的有限范围内),而不是盲目的奴隶。马克思与弗洛伊德之间的根本分歧表现在各自有关决定人的这些力量的本质概念中。弗洛伊德认为,这些力量本质上是生理学上的(力比多)或生物学上的(死本能和生本能)。马克思则认为,这些是历史的力量,这些力量在人类的社会经济发展的过程中经历了一次演化。在马克思看来,人的意识是由他的存在所决定的,人的存在是由他的生活实践所决定的。而人的生活实践又是由生产生活资料的方式所决定的,即是由生产方式和社会结构以及由此而产生的分配方式和消费方式所决定的。马克思与弗洛伊德的概念并不是互相排斥的。"③

亨利·列斐伏尔从日常生活社会学得出的结论同样使人耳目一新。他写道:"形象是一种意识形式,或一种意识层次,或一种意识的形态,但是,形象不是出自可能类似于形象库的'潜意识'。"④这实际上表达了与弗洛伊德、弗洛姆等人基本相反的观点,也在某种意义上否定了潜意识的来源,与毛泽东、

---

① 荣格:《心理学与文学》,冯川、苏克译,生活·读书·新知三联书店 1987 年版,第 144 页。

② 荣格:《〈西藏大解脱书〉的心理学阐释》,C.G.荣格:《东方的智慧》,朱彩方译,译林出版社 2019 年版,第 29 页。

③ 埃里希·弗洛姆:《社会的无意识》,张燕译,朱立元:《二十世纪西方美学经典文本》(第三卷),复旦大学出版社 2001 年版,第 86 页。

④ 亨利·列斐伏尔:《日常生活批判》(第二卷),叶齐茂、倪晓辉译,社会科学文献出版社 2018 年版,第 481 页。

卢卡奇等观点倒有些相似。他告诉了人们一个浅显的道理：在自然科学领域可能存在后来者居上的现象，也就是新结论的提出会超越甚或取代旧结论，使旧结论往往无人问津；人文社会科学领域虽然同样存在以更新理论替代旧理论的现象，但也不全然如此，人们还是能够跨过新结论重新回归到旧结论，也会使这些旧结论作为一种经典或经典论述具有永久影响力。列斐伏尔的观点还是与毛泽东、卢卡奇有所不同。他写道："意识以一种特殊的方式'存在'：不是事物中的一个事物，也不是那些（反映或没有反映的）事物的理想或精神的复制品。而是作为整个语义场一个复杂部分的'事物'和对象以及那些'事物'和对象的联系和意义。"①这意味着文学理论存在另一种尴尬局面：看似相同的结论其实可能根本上各不相同，看似不同的观点也可能完全相同，最起码不像人们所理解的那么大相径庭，水火不容。这不仅因为译者的理解不同，所选择的概念容易使人产生误解，更重要的是，使用同一母语的不同的人在各自不同的特定情境中也可能赋予这完全同一的词语和概念以不大相同的内涵，甚至同一个人也可能在不同语境赋予同一词语和概念以不同理解和内涵。在这一点上，任何人都无能为力，至少不能对他所使用的某一词语或概念头头是道，无法把控所有人在使用这一词语和概念时都能保持概念的周延性，不至于随意赋予其不同内涵和外延。

按照迄今为止约定俗成的观念，物质是一种最真实的客观存在，不受制于意识而独立存在，无论人们的意识是否关注到这一物质，它其实都客观真实地存在着，但事实却可能恰恰相反："事实上，任何被想到的、感受到的、视察到的都是一个心灵意象。世界的图景只是在我们对其描绘时才如此。我们深深地认识到这样一个真理：我们被囚禁并受限于心灵，因此我们准备承认心灵里甚至还存在有我们未知的东西，这些未知的东西我们称其为'无意识'。"②这便肯定了凡为人们所感知的物质其实并不是一种客观存在，可能恰恰是一种心灵意象，属于意识范畴，人们也常常将心灵世界目前未知的东西归结为无意识。一个朴素的观点是，意识可以被证实也可以被证伪，也就是所谓意识可能

①　亨利·列斐伏尔：《日常生活批判》（第二卷），叶齐茂、倪晓辉译，社会科学文献出版社2018年版，第488页。

②　荣格：《〈西藏大解脱书〉的心理学阐释》，C.G.荣格：《东方的智慧》，朱彩方译，译林出版社2019年版，第8页。

存在正确与错误反映两种,前者被命名为真理,后者被冠名为谬论,东方哲学却认为所有这些看似真理的客观存在恰恰虚妄不实,是建立在人们感知甚至判断、分别基础上的;真正的客观存在应该超越人们的感知和判断,无所分别。人们常常将既无法被证明也无法被证伪的无意识与幻觉相提并论,认为其虚妄不实,东方哲学却将这种没有任何主观感知、判断和分别介入的东西或无意识视为"实相",认为这才是最真实、最无限、最永恒的。荣格解释说:"'见到实相'显然是指心是最高的实在。然而在西方,无意识被认为是痴人说梦。'见性'是指自性解脱。用心理学的语言来表述,这意味着:我们与无意识过程的关系越密切,我们自身就会从欲望及其对立面中出离,我们就会与无意识更近,无意识的特性是一体、无限和永恒。这真是远离冲突和痛苦束缚的自我解脱。"①

C.麦金认为,意识存在表层结构和隐藏结构,人们对意识的隐藏结构还没有认识清楚,由此而来的诸多问题自然无法迎刃而解。他写道:"在我看来,意识正是那种有可能同时具备这些相互矛盾的认识论特征的事物。这是因为,一方面它必须与身体建立合理的联系,这需要某种真正让人感到不可思议的隐秘结构;另一方面,它必须能够被直接内省到,这要求它有极小的认识论难度。于是从一个角度看,它是完全透明的,从另一角度看,它又是完全不透明的。毕竟,使得意识得以生成的性质为什么要能够被内省到呢?一方面,意识必须渗入到大脑的物理构造中去;另一方面,意识必须能够被内省到:这两个方面是不同的。这就是意识存在的方式——它也需要以这种方式存在。根据意识在世界上的位置,它必须具有双重性质。它也必须是一元的,因为被内省到的同时也是被实现的。相互矛盾的认识论特征源自这两种同步的需求。"②人们可以把他的这一段文字视为对意识的双重性的阐释,也可以看成是基于物质与意识关系的阐释。

但问题并没有因此获得满意答案。C.麦金不得不承认:"我们的心理概念应用于隐藏结构的意识之上,却并未打算反映出这种隐藏结构,它们并不关心基础性的自然原则如何决定意识的运转。事实上,由于完全不能认识这种

---

① 荣格:《〈西藏大解脱书〉的心理学阐释》,C.G.荣格:《东方的智慧》,朱彩方译,译林出版社 2019 年版,第 30 页。

② C.麦金:《意识问题》,吴杨义译,商务印书馆 2015 年版,第 149 页。

结构,我们的心理概念也很难有揭示这种结构的意图:满足于表层意识对它们而言是明智的,没有理由要让我们的概念超出知识的领域。合理的概念不会试图把握本体性的对象,因为这超出了它的能力。因此,说心理概念不同于一般的自然类别概念,不是因为意识缺乏客观的隐藏结构,而是因为心理概念无法把握到这种结构。我们的心理概念具有可用性仅仅因为隐藏实在的存在,只是它们不能揭示这种实在。"①认知是无穷无尽的过程,人们关于认知的阐述所形成的知识其价值和意义仅在于引发人们的思考,激发人们进一步获取更加透彻的认知,它充其量只是因为具有参考论据的价值而拥有了行动的动力。应该说 C.麦金的阐述还是符合人们的认知水平的,至少揭示了人们对意识的认知更多还停留于表层意识层面,对深层意识即意识的隐秘结构的认知还存在盲区或薄弱环节,因此导致基于意识隐秘结构的心理问题研究可能陷入浅表化,也导致人们对文学作为意识形态系统的认知和阐释陷入浅表化。

第二节　文学物因素与意识形态的双重性

不是所有人都强调文学的物因素与意识形态的两极性,总要在物因素与意识形态的两极做出非此即彼的选择,或虽然不是非此即彼的选择,但在特定语境中总是强调一极而忽略另一极。还有些理论家致力于阐述物因素之外意识形态的双重性,即既暗示意识形态又逃离意识形态的属性。他们虽然没有明确提出暗示意识形态便一定呈现意识形态,逃离意识形态就一定彰显物因素,或具体情形更为复杂,也许暗示不一定便是趋近意识形态,而逃离也不一定便是突显物因素。

阿尔都塞便是这强调文学与意识形态的复杂关系,既分离文学与意识形态,也关注二者之间特殊关系,实际上肯定了文学与意识形态若即若离特点的代表人物。他明确指出:"我并不把真正的艺术列入意识形态之中,虽然艺术的确与意识形态有很特殊的关系。""我相信,艺术的特性是'使我们看到','使我们觉察到','使我们感觉到'某种暗指现实的东西。""艺术使我们看到

―――――――――――――
① C.麦金:《意识问题》,吴杨义译,商务印书馆 2015 年版,第 151 页。

的,因此也就是以'看到'、'觉察到'和'感觉到'的形式(不是以认识的形式)所给予我们的,乃是它从中诞生出来、沉浸其中,作为艺术与之分离开来并且暗指着的那种意识形态。"他这里不仅阐述了文学分离意识形态的属性,也揭示了艺术与之打交道的并不是它本身特有的甚至享有垄断权的某个特殊现实领域,而科学与之打交道的则是不同的现实领域,于是艺术以看到、觉察到和感觉到的形式,科学则通过概念以认识的形式反映现实。① 应该说这一倾向在很大程度上揭示了意识形态在文本中的恰当位置,值得人们关注。

伊格尔顿肯定了文学作为上层建筑的一部分应该与意识形态有关。他强调:"文学作品不是神秘的灵感的产物,也不是简单地按照作者的心理状态就能说明的。它们是知觉的形式,是观察世界的特殊方式。因此,它们与观察世界的主导方式即一个时代的'社会精神'或意识形态有关。"②但他对意识形态有自己的理解和阐释:"意识形态不是一套教义,而是指人们在阶级社会中完成自己的角色的方式,即把他们束缚在他们的社会职能上并因此阻碍他们真正理解整个社会的那些价值、观念和形象。"③他还肯定了文学与意识形态的关系:"一切艺术都产生于某种关于世界的意识形态观念。"同时也注意到了这种关系的复杂性:"艺术与意识形态有着更为复杂的关系。"④他不仅注意到文学是具有一定艺术形式的意识形态,文学作品只是特定时代意识形态的表现形式,也认识到文学作品常常超越它所处时代意识形态界限,对其提出挑战的双重性特点。他基本肯定了阿尔都塞所谓艺术包含在意识形态之中,又尽量与意识形态保持距离,使人们"感觉"或"察觉"到产生它的意识形态的观点;也基本认可马舍雷所谓作家正是依据人们普通的意识形态经验即"幻觉"这一材料,赋予其确定的形状和结构等形式,将其固定在某种虚构的界限内,使艺术与其保持距离,以此显示意识形态的界限,使人们摆脱意识形态的幻

---

① 参见路易·阿尔都塞:《一封论艺术的信——答安德烈·达斯普尔》,杜章智译,朱立元、李钧:《二十世纪西方文论选》(上),高等教育出版社 2002 年版,第 665—667 页。

② 特里·伊格尔顿:《马克思主义与文学批评》,文宝译,朱立元:《二十世纪西方美学经典文本》(第三卷),复旦大学出版社 2001 年版,第 231 页。

③ 特里·伊格尔顿:《马克思主义与文学批评》,文宝译,朱立元:《二十世纪西方美学经典文本》(第三卷),复旦大学出版社 2001 年版,第 240 页。

④ 特里·伊格尔顿:《马克思主义与文学批评》,文宝译,朱立元:《二十世纪西方美学经典文本》(第三卷),复旦大学出版社 2001 年版,第 240 页。

觉。伊格尔顿虽然认为两人的说明有些含混不清，但还是认可了以下观点："意识形态不完全是一堆杂乱无章、飘忽不定的形象和观念；在任何社会中，它都具有一定的结构上的连贯性。正因为它具有这种相对的连贯性，它才能成为科学分析的对象。科学的批评应该力求依据意识形态的结构阐明文学作品；文学作品既是这种结构的一部分，又以它的艺术改变了这种结构。科学的批评应该寻找出使文学作品受制于意识形态而又与它保持距离的原则。"①

伊格尔顿不仅认识到了文学受制于意识形态又与其保持距离的双重性，而且也认识到了审美的双重性。他指出："审美从一开始就是个矛盾而且意义双关的概念。一方面，它扮演着真正的解放力量的角色——扮演着主体的统一的角色，这些主体通过感觉冲动和同情而不是通过外在的法律联系在一起，每一主体在达成社会和谐的同时又保持独特的个性。审美为中产阶级提供了其政治理想的通用模式，例证了自律和自我决定的新形式，改善了法律和欲望、道德和知识之间的关系，重建了个体和总体之间的联系，在风俗、情感和同情的基础上调整了各种社会关系。另一方面，审美预示了马克斯·霍克海默所称的'内化的压抑'，把社会统治更深地置于被征服者的身体中，并因此作为一种最有效的政治领导权模式而发挥作用。如果只是出于更为有效地在身体的快乐和内驱力中开拓殖民地的目的而赋予二者以生动的意义，就意味着要冒突出和强化二者而使它们摆脱人们的控制的危险。"②

比较而言，埃蒂安纳·巴利巴尔、皮埃尔·马舍雷对文学效果既有作为诸多句子排列的物质文本，又有作为审美的"文学文本"地位的双重性阐述更具代表性。他们写道："它既是一个物质产物，又是一种特殊的意识形态效果，甚或说，是带有特殊意识形态效果之印章的物质产物的生产，这个印章是它永远不可磨灭的标志。它就是以各种特性体现的文本的地位——不管用什么术语描述这些特征，它们都只能是它的变体：它的'魅力'、'美'、'真理'、'意义'、'价值'、'深奥'、'风格'、'书写'、'艺术'等等。最后，它是文本自身的地位，理由很简单，因为在我们的社会里，文本只有在自身内部成为自身真实形式的揭示

① 特里·伊格尔顿：《马克思主义与文学批评》，文宝译，朱立元：《二十世纪西方美学经典文本》（第三卷），复旦大学出版社2001年版，第242页。
② 特里·伊格尔顿：《美学意识形态》，王杰、付德根、麦二雄译，中央编译出版社2013年版，第17页。

者才是合理的;同样,一切被认为是将被'书写'的文本都被看作是'文学的'。"①

人们纠缠于文学的意识形态性质或审美意识形态性质,往往导致诸多理论的困惑。这不仅因为意识形态或审美意识形态本身从一开始便存在双重性,这种双重性不仅表现为意识形态和物因素乃至物质形态的双重性,而且表现为审美意识形态本身从一开始便同时具有自由与压抑、解放与奴役的双重性,甚至表现为概念本身之幻觉谬误与作为上层建筑一部分的理论术语之双重性。阿尔都塞发现意识形态之科学与哲学概念内涵之歧义实源于马克思《德意志意识形态》。他指出:"在那里,意识形态以同一个名称起着两个不同的作用,它一方面是个哲学范畴(幻觉、谬误),另一方面又是个科学概念(上层建筑的一个领域)。在《德意志意识形态》中出现这种含混是可以容许的,因为马克思已经摆脱了这种含混,并且能够使我们避免上当,而我却把意识形态这个含混的概念抬上了谬误和真理相对立的理性主义舞台,这就实际上把意识形态贬低为谬误,反过来又把谬误称作意识形态,并且在理性的舞台上开演一出冒牌的马克思主义的戏剧。"②

或许阿恩海姆的阐述有一定启发性。他写道:"在艺术中,人的心灵运用一切有意识和无意识的能力去接收外部世界的信息,并给这些信息赋予形状和解释。这就是说,如果无意识的领域不与感性物体联系在一起,就永远也不可能进入我们的经验;同样,如果外部世界没有内部世界的参与,如果有意识的领域没有无意识领域的参与,它们同样也无法自己呈现出来。但是,外部世界与内部世界的本质,最终都应该归结为力的作用。"③杰拉尔德·M.埃德尔曼也有这样的阐述:"意识经验并不只是在功能上隔离的无意识过程的海面上自由漂浮。相反,它一直影响着许多无意识过程,又受到许多无意识过程的影响。"④

---

① 埃蒂安纳·巴利巴尔、皮埃尔·马舍雷:《论作为一种观念形式的文学》,弗朗西斯·马尔赫恩:《当代马克思主义文学批评》,刘象愚、陈永国、马海良译,北京大学出版社 2002 年版,第56 页。

② 路易·阿尔都塞:《自我批评材料》,顾良译,朱立元:《二十世纪西方美学经典文本》(第三卷),复旦大学出版社 2001 年版,第 39 页。

③ 鲁道夫·阿恩海姆:《艺术与视知觉》,滕守尧、朱疆源译,四川人民出版社 1998 年版,第633 页。

④ 杰拉尔德·M.埃德尔曼:《意识的宇宙——物质如何转变为精神》,顾凡及译,上海科学技术出版社 2019 年版,第 196 页。

这些阐述可以有效解决意识与无意识风马牛不相及的问题,也能回答其作为意识形态的基本内涵。阿恩海姆虽然并不倾向于夸大抽象艺术乃至意识形态,但还是给予其很高的评价。他指出:"我们无法知道将来的艺术会是什么样子,但肯定不再会是抽象艺术,因为抽象艺术并不是艺术发展的顶峰,然而,抽象艺术确实是观看世界的一种有效方式,也是一种只有站在神圣的山峰上才能看到的景象。从这个峰顶上的任何一个不同的位置上,都会看到一种独特的景象,然而把所有位置上看到的东西合并起来,又是同一种景象。"①阿恩海姆的阐述,使人们认识到作为象征的深层原因,无法否认意识形态基于意识和无意识的内因,同时也使人们知晓意识形态其实代表了艺术可能达到的顶峰。这确实为人们提供了另一种心理学视界,也使人们从而对他所谓"所有的艺术都是象征的"观点有了较深入领悟。但所有这些,似乎对意识形态这一悬而未决问题的解决并不具有翻天覆地的变革力量,充其量也仅仅是一种变革的初步尝试,虽然可能使人们有望达到意识形态的顶峰,但无疑并非顶峰,更不可能因各种风景的合并看到所谓同一种景象。

人们对物因素与意识形态双重性的认识,在最基本层面表现为既关注物因素也重视意识形态,更进一步便是认识到文学与意识形态并非简单的对应关系,而是既接近又逃离,既是意识形态的一部分,又逃离意识形态表现出相对独立性。作为意识形态既有标示解放的属性又不排除压抑的痕迹,而且既有意识属性也不排除无意识属性。但对这一问题的认识还没有达到极致,还有诸多进一步阐释的空间。相信随着神经科学和认知哲学的发展,还会有诸多意想不到的发现。

小结　文学理想的处境与理论阐释的困惑

文学作为理想价值观念的根本宗旨,不是非得回答文学是什么,也不是回答文学是什么的问题很重要,或仅仅是为了实现人们试图揭示文学本质的欲

---

① 鲁道夫·阿恩海姆:《艺术与视知觉》,滕守尧、朱疆源译,四川人民出版社1998年版,第634页。

望,以及只有在哲学至少美学或文学理论层面对其有所阐述,才能显示出理论的力量和理论家的功绩,或仅仅出于本质主义的习惯性追问和思索,以及反本质主义的惯性思考和否定。也许什么原因也没有,只是由于不约而同的潜意识或长期以来形成的理论定式和惯例。但所有这些方面的努力几乎都暴露出理论的苍白和无助。

一、文学理想的超越与词语阐释的违背

虽然理论家可以任意立足某一视角得出关于文学的似是而非的结论,虽然理论家们振振有词的阐述似乎拥有无可辩驳甚或至高无上的真理般力量和气势,但如果将这些有真理般力量的理论加以梳理,便不难发现其中不可掩饰的自相矛盾和最令人无奈也无助的漏洞,即便最振振有词的真理般理论,其实也经不起人们刨根问底的追问,便暴露出无法掩饰的理论苍白、片面和狭隘。甚至无须进行深度思考,就不难发现这些相互矛盾、各执一词、水火不容的结论其实都无法逃脱其伪命题的宿命。

文学作为理想价值观念之结构形式、形象系统和意识形态之类命题也难辞其咎。因为一旦有人认为文学是语言结构形式,便有人不假思索地列举文学并非语言结构形式的事实来加以反驳;同样一旦有人主张文学是用形象来思维,便会有人以文学并非用形象来思维来加以驳斥;一旦有人力主文学是意识形态,便会有人列出一大堆理由来加以批判。这几乎是文学作为学问和理论之不可逃脱的宿命。因为文学就是既遵循现有程式又藐视这些程式,甚至以自相矛盾、自毁长城作为己任的代名词。福柯指出:"文学的特征就是文学总已经给自身指派了一个明确的使命,而那个使命恰恰是刺杀文学。"①福柯的这一观点不是为文学理论的自相矛盾和漏洞百出进行自我辩护,而是对文学和文学理论研究对象的理性把握。

文学尤其文学理论研究对象的这一特点和处境展示了文学理论的尴尬和无奈境遇。卡勒明确指出:"理论既批评常识,又探讨可供选择的概念。它对文学研究中最基本的前提或假设提出质疑,对任何没有结论却可能一直被认

---

① 福柯:《文学与语言》,魏光吉、张凯译,白轻:《文字即垃圾:危机之后的文学》,重庆大学出版社 2016 年版,第 87 页。

为是理所当然的事情提出质疑。"①正是由于文学理论既要批评常识,还要质疑一切可能被认定为真理性认识的命题,所以既不能提供一套看似完备的概念范畴和知识谱系,还要将有限理论所建构的概念范畴和知识谱系作为伪概念和伪命题加以质疑甚至否定,既不能为人们提供放之四海而皆准的理论,也不能预测未来理论发展的方向和趋势。他继续论述道:"理论使你有一种要掌握它的欲望。你希望阅读理论文字能使你掌握归纳组织并理解你感兴趣的那些现象的概念,然而理论又不可能使你完全掌握这些。这不仅仅因为永远有新的东西需要了解,而更确切也更令人苦恼的是因为理论本身就是推测的结果,是对作为它自己基本的假设的质疑。理论的本质是通过对那些前提和假设提出挑战来推翻你认为自己早就明白了的东西,因此理论的结果也是不可预测的。"②

福柯、卡勒对文学尤其文学理论的尴尬境遇的揭示,并不能从根本上解决任何问题,或只是为人们不断质疑、否定和超越提供了某种构想和路径。福柯认为:"每一个真实的词语某种意义上都是一种僭越,它僭越了文学的纯粹、洁白、空无、神圣的本质,那样的本质没有让每件作品成为文学的完满,而是让它成为了文学的断裂、崩塌、违背。每一个没有地位或文学声望的词语都是一种违背,每一个平凡的或日常的词语都是一种违背,但每一个一经写下来的词语也是一种违背。"③这实际等于告诉人们,任何关于文学的见诸词语的界定都可能是对文学本身的一种违背。这一理性的发现不仅没有能够帮助文学尤其文学理论摆脱尴尬境遇,而且更加明目张胆地宣示了理论的无奈,同时也为人们轻蔑和排斥提供了最有力证据和理由。这也许是文学尤其文学理论最不靠谱又最坦诚的可贵品质的体现。虽然不是所有理论家对此都有如此清醒的认识,也不是所有理论家都愿意将其公之于众,可一旦作为理论的常态公布出来便有了无比强大的力量。这个力量其实就来自于从来不掩饰自身真相的坦诚,也来自于对思维批判和超越的渴望。也许这才是一切理论的真正价值之所在。

---

① 乔纳森·卡勒:《文学理论入门》,李平译,译林出版社 2008 年版,第 5 页。

② 乔纳森·卡勒:《文学理论入门》,李平译,译林出版社 2008 年版,第 18 页。

③ 福柯:《文学与语言》,魏光吉、张凯译,白轻:《文字即垃圾:危机之后的文学》,重庆大学出版社 2016 年版,第 86—87 页。

　　人们可以套用维特根斯坦的观点来自我安慰和搪塞读者。因为维特根斯坦有如下明示:如果有人认为美学是一门告诉人们什么是美的科学,从词话上看,这未免有些太可笑了。① 有些理论家便可以大言不惭地提出,如果有人认为文学理论是一门告诉人们什么是文学的科学,同样十分可笑。但这似乎只是一种掩饰理论苍白无力现状和无法僭越宿命的说辞,其实对掩饰关于文学是什么或什么文学问题无能为力的境遇无济于事。虽然也可以如肯尼克那样直言不讳地声明:"没有人问我们时,我们的确知道什么是艺术。换言之,我们十分清楚如何正确使用'艺术'一词和'艺术品'这一字眼。一旦有人问起我们艺术是什么时,我们便不知道了;这就是说,我们无法找到任何简单或复杂的定义来准确表达它们的逻辑内容。就是这种将美学概念化繁为简,化乱为整的冲动使美学家们犯下了第一个错误:一方面提出'艺术是什么'这一问题,一方面又想象回答'氢是什么'那样来回答它。"②甚至以此聊以自慰,振振有词地宣称:"只有那些被美学宠坏的人才会企图把一件艺术品作为笼统的艺术品,而不是把它作为这首诗、那幅画或这支交响曲来评价。"③

　　相对狡猾或机智的权变即是如迪基那样用文学即习俗、习惯或惯例之类虚晃一枪。迪基指出:"一件艺术品是:(1)一件人工制品;(2)有完整的各个方面,并由某个人或某些人代表了某社会习俗(艺术世界)授予它们作为候选者的被欣赏的地位。"④虽然不能说艺术即习俗或惯例说其实无异于同语反复,但这一阐释并没有真正揭示文学的任何特性,仅仅是用本来更变幻莫测、更大而无当的概念取而代之而已。当然也可以如朗西埃那样,立足热奈特所谓"愚蠢的问题没有答案;同时,真正的智慧是不予回答"的观点,以"审慎的智慧让我们明白,事物只是它们应该是的样子,而同时,我们所能做的不过是

　　① 路德维希·维特根斯坦:《关于美学的讲演》,江怡译,孙斌:《当代哲学经典》(美学卷),北京师范大学出版社2014年版,第77页。
　　② 肯尼克:《传统美学是否建立在错误的基础之上》,邓鹏译,朱立元:《二十世纪西方美学经典文本》(第二卷),复旦大学出版社2000年版,第227页。
　　③ 肯尼克:《传统美学是否建立在错误的基础之上》,邓鹏译,朱立元:《二十世纪西方美学经典文本》(第二卷),复旦大学出版社2000年版,第234—235页。
　　④ 乔治·T.迪基:《艺术界》,程介未译,朱立元:《二十世纪西方美学经典文本》(第二卷),复旦大学出版社2001年版,第805页。

在其中加入我们的发挥"①来搪塞。所有这些努力其实仍然没有真正回答文学是什么,以及文学理论的价值和意义之所在,而只是换一种说法进一步宣示了文学尤其文学理论境遇的尴尬。

这些看似故弄玄虚的虚晃一枪,虽然没有解决文学尤其文学理论的任何问题,但也从一个侧面揭示了概念的不可界定性,也正是这看似虚晃一枪的阐释,却可能提供了似乎什么也没有阐明也不会被人抓住把柄的相对稳妥的权变。当然这些不得已采取的妥协和权变,并没有真正解决任何问题,反而暴露出文学理论作为学问和理论的不足之症,特别是学理支撑和理论权威的先天不足,但确实如福柯所言:"文学是一种僭越的语言,它是一种致死的、重复的、重影化的语言、书本身的语言。"②如果人们真正理解了福柯的这一阐述,倒也在一定程度上揭示了文学的僭越本质,既可以涵盖文学的过去、现在,也为未来留足了空间,仍不失为一种不得已的变通。

二、文学规律的悖论与理论阐释的尝试

人们应该尊重文学的一个基本事实,这就是在任何时候都以僭越自身作为终极目的和根本属性。衡量一部文本、一个作家、一个理论家的最高标准,只能看是否超越了当前以及过去关于文本、创作乃至阐释的既有成果:如果超越了便有成就,如果没有超越便没有成就。为此,人们应该知道暴露和放任文学尤其文学理论的问题和处境,以及由此可能导致的恶果是,关于文学和文学理论的一整套准则、规范、标准都可能无足轻重,甚至成为无稽之谈,以致引起人们对文学和文学理论价值的怀疑和否定。因为离开对文学和文学理论准则、规范和标准的探讨,人们可能对包括文学在内的一切艺术无言以对,导致文学及其理论的最终衰亡。同时人们还要明白文学尤其文学理论的价值和意义就在于让人们清楚文学不存在放之四海而皆准的准则、规范和标准,或其存在的价值仅在于为杰出作家和理论家质疑、颠覆和超越提供依据。卡勒的阐释富于启发性。他写道:"任何看似合乎情理的东西,文学都可以使其变得荒

---

① 雅克·朗西埃:《沉默的言语:论文学的矛盾》,华东师范大学出版社 2016 年版,第 2 页。
② 福柯:《文学与语言》,魏光吉、张凯译,白轻:《文字即垃圾:危机之后的文学》,重庆大学出版社 2016 年版,第 102 页。

谬不堪,都可以超越它,都可以用一种向其合理性和充分性提出质疑的方式改变它。"①"文学是一种自相矛盾,似是而非的机制,因为要创作文学就是要依照现有的格式去写作——要写出或者看起来像十四行诗,或者遵循小说程式的东西;但同时文学创作又要藐视那些程式,超越那些程式。文学是一种为揭露和批评自己的局限性而存在的艺术机制。"②卡勒的阐述所揭示的正是文学的真实境遇,同时也是其悖论的真实情状。

类似的观点在有些作家那里也得到了印证。莫里斯·布朗肖说:"文学的使命是抵御陈词滥调,抵御规范、法则、形象和统一性的更为广阔的领域。任何一个屈服于陈词滥调和规约惯例的作家都迅速地放弃了对其思想的公正对待,甚至放弃了对原始关联,对作为一切艺术之目的的世界之新鲜性的找寻;他沦为词语的牺牲品,成了一个懒惰迟钝的灵魂,被一个个对其思想施加可耻权力的现成公式所捕获。"③福克纳也强调:"在优秀的艺术家看来,能够给他以指点的高明人,世界上是没有的。他对老作家尽管钦佩得五体投地,可还是一心想胜过老作家。"④卡夫卡说得更到位:"我从不知道常规是什么样的。"⑤

正是基于以上认识,人们应该明白:阐述文学和文学批评准则、规范、标准的目的,并非只是确立一种放之四海而皆准的永恒不变的法则,而是为了彰显人们在文学尤其文学理论发展史某一阶段对文学及其法则的暂时性认识,更是为了让有出息的作家和理论家更有的放矢地怀疑、否定并超越已有现状,借以达到促进文学尤其文学理论永不懈怠和停步地探索、创造和发展的目的。这才是文学理论存在的终极理由和真正价值之所在。但这一结果也可能对文学理论造成持久危害。伊格尔顿指出:"美学始终是一个矛盾的、自我消解的工程,在提高审美对象的理论价值时,人们有可能抽空美学所具有的特殊性和不可言喻性,而这种特殊性在过去往往被认为是美学之最可宝贵的特征。任

---

① 乔纳森·卡勒:《文学理论入门》,李平译,译林出版社 2008 年版,第 43 页。
② 乔纳森·卡勒:《文学理论入门》,李平译,译林出版社 2008 年版,第 43 页。
③ 莫里斯·布朗肖:《文学如何可能?》,尉光吉译,白轻:《文字即垃圾:危机之后的文学》,重庆大学出版社 2016 年版,第 30 页。
④ 福克纳:《创作源泉与作家的生命》,王瑛译,何太宰:《现代艺术札记·文学大师卷》,外国文学出版社 2001 年版,第 96 页。
⑤ 卡夫卡:《一切障碍都在粉碎我》,叶廷芳译,何太宰:《现代艺术札记·文学大师卷》,外国文学出版社 2001 年版,第 35 页。

何一种抬高艺术的语言都会暗中对美学造成持久的危害。"①伊格尔顿的阐述虽然主要针对美学，但同样适合于文学理论。因为文学理论同样面临基于文学本体的努力，以及由此形成的关于文学规律的阐释在被质疑、否定、颠覆和超越中受到削弱乃至解构的现实。

但文学理论不能因此拒绝质疑、否定、颠覆和超越，因为拒绝便意味着自杀身亡。布朗肖指出："文学更像是无可发现、无以证实、永远无法直接证明的活动，我们只有偏离它才能走近它，我们只能抓到一点，从这点往高处走，在那探索，无心文学、无心文学'本质'，相反关心怎样缩减文学使其中立，或更确切一些，借由最终避开、无视文学的活动，让文学降至一点，讲述，只能以无人称的中立口吻。"②布朗肖的看法为文学尤其文学理论提供了可资参考的思路。也许逃离文学及其本质的中立讲述才是明智的选择，而这一选择所应秉持的原则，应该如《楞严经》卷九所谓"斯但功用，暂得如是，非为圣证，不作圣心，名善境界。若作圣解，即受群邪"③，视现有一切理论为人们关于文学界定和阐释所形成的暂时性认识和相对真理，人们虽然无法达到终极认识和绝对真理，但并不放弃对文学的进一步探讨，也不执着于认定某一理论便是终极理论和绝对真理。因为任何时代的人们关于文学尤其文学理论的认识都只是相对于某一历史阶段来说有其合理性的暂时性认识和相对真理，都不可能成为对文学的终极理论和绝对真理，都必然面临被怀疑、否定和超越的命运。如果将某些观点视为终极理论和绝对真理，势必会排斥其他观点和理论，也会由于固执己见而束缚进一步怀疑、否定、颠覆和超越的努力，同时还会受到诸多伪概念和伪命题的束缚和困惑。

这并不意味着关于文学的界定和文学理论的阐释便没有可以用来借鉴和阐释的依据和办法。诸如文学是语言结构形式或非语言结构形式、文学是用形象来思维或非用形象来思维、文学是意识形态或非意识形态的界定和阐释，其共同的缺憾和不足，就在于过分执着于非此即彼的二元论思维模式。其实，除此之外还有一种基于无所执著理念、周遍含融视域、平等不二态度的思维方

---

① 特里·伊格尔顿：《美学意识形态》，王杰等译，中央编译出版社 2013 年版，第 2—3 页。
② 莫里斯·布朗肖：《未来之书》，赵苓岑译，南京大学出版社 2015 年版，第 272 页。
③ 《楞严经》，《佛教十三经》，中华书局 2010 年版，第 189 页。

式,这便是非此非彼、亦此亦彼、非二非不二的不二论思维方式。二元论思维只能借以形成形形色色的基于知识学的概念范畴和知识谱系,既概念范畴和知识谱系往往有束缚和固化人们思维的缺憾。可以借鉴《金刚经》所谓"所言一切法者,即非一切法,是故名一切法"①的正念:认为文学是语言结构形式,即非语言结构形式,是命名语言结构形式;文学是用形象来思维,即非用形象来思维,是命名用形象来思维;文学是意识形态,即非意识形态,是命名意识形态。甚至以《金刚经》所谓"如来所说法皆不可取,不可说,非法、非非法"②为据,超越一切文学理论概念范畴和知识谱系,都不加偏爱,也不加道说,既否定法执,也否定非法执,既超越本质主义,也超越反本质主义,才能获得真正明白四达的圆融智慧。

---

① 《金刚经》,《佛教十三经》,中华书局 2010 年版,第 12 页。
② 《金刚经》,《佛教十三经》,中华书局 2010 年版,第 8 页。

中 篇

文学作为文献文本系统

　　文学最可把握的实体是作为文献的文本话语系统,但人们对文献文本及其话语系统的认识和阐述,并未取得真正令人心满意足的成果,至少与其最大限度朝夕相处、耳熟能详的现状相比是如此。虽然一般人甚至中小学生都可以对文献文本及其话语津津乐道,但这并不能证明他们的阐释便恰如其分,富于理论性、创造性。按理来说,对作为文献文本系统的话语和语义场分析应该建立在对诸如玩笑等反文本、套话等伪文本、托辞等前文本分析的基础上,应该借此获得有关文本系统真实意义的阐释,但实际上在这方面并不尽如人意。阐释如果要有一定理论性和创造性,必须达到专业程度,至少应该有一定文学尤其文学理论基础。

第四章　文学作为文本话语的要素性

　　人们认识作为文献的文本话语规律,应该遵循对已有理论的理解和阐释,还是立足于文献文本系统本身? 这是值得深思的。尽管有人不满意文本类型划分,因为没有一种关于文本类型及其特质的理论阐释尽善尽美,且所有文本类型特质阐释都并非为了让人们墨守成规,恰恰是为人们提供可怀疑、否定和超越的依据。也正是基于这一点,有关文本类型及其话语划分才有值得重视的理由。人们可以将文本划分为抒情文本、叙事文本、表象文本等类型,理所当然也可以将不同类型文本话语分为抒情话语、叙事话语和表象话语等体裁话语。巴赫金有这样的阐述:"每一单个的表述,无疑是个人的,但使用语言的每一领域却锤炼出相对稳定的表述类型,我们称之为言语体裁。"①巴赫金将言语体裁分为简单与复杂两类,当然也可以改称体裁言语,或体裁语言、体裁话语。或从赋予事物一定思想情感倾向和影响力方面考虑,称为体裁话语可能更准确些。受亚里士多德三分法影响,穆旦有这样的分类:"一、抒情的方法,通过剖解由现实所引起的个人感受来反映现实;二、叙事的方法,通过叙述客观现实中的人物和事件来反映现实;三、戏剧的方法,即不用叙述人,让客观现实中的人物和事件自己呈现。"②人们也可以按照体裁类型分为抒情、叙事和表象话语。所谓叙事话语不仅包括叙事诗、小说,也包括一切叙事类文本话语;抒情话语不仅包括抒情诗,还包括其他抒情类文本话语;表象话语不仅包括戏剧,还包括如咏物写景诗、状物写景散文等其他由人物和事物自行获得

---

　　① 　巴赫金:《言语体裁问题》,晓河译,《巴赫金全集》(第四卷),河北教育出版社 1998 年版,第 140 页。
　　② 　穆旦:《评几本文艺学概论中的文学的分类》,《穆旦诗文集》(第 2 卷),人民文学出版社 2018 年版,第 102 页。

呈现和显现的表象文本话语。

第一节　文本话语背景的出场与隐退

受内容、形式两层次和语言、形象、意蕴三层面观念影响,人们在对文献文本系统的分析方面进展缓慢,主要原因是还没有能找到切实可行的文本话语系统分析理论和方法。虽然人们接触和研究文学,不可避免地接触文学文本,虽然在文本个案分析方面有不少成果,但关于文本话语系统的基本认识还没有取得突破性进展,尤其没有形成能普遍接受和广泛使用的文本分析理论成果。虽然也曾出现过一些观点和理论,但几乎难以形成切实可行的文本分析路径和方法。巴赫金有关反文本、伪文本和前文本的分类让人耳目一新,但运用起来似乎有些繁琐,缺乏可操作性,詹姆斯·保罗·吉话语分析理论发人深思,但还是有些隔靴搔痒、意犹未尽。

托多罗夫将文学文本中可观察到的关系大体分为两大类。一类为共同出现即在场的要素之间的关系,另一类为在场的要素与不出现即不在场的要素之间的关系。他认为这两大类关系本质和功能都不同。不在场的要素虽然不出场,但常常出现在某个时代读者的集体记忆之中;另一些在场的要素彼此之间存在一定距离,且与不在场要素之间的关系没有什么不同。惟其如此,人们有必要对文本构成要素进行一定重组。他写道:"不在场关系是一些意义关系和象征关系。一种能指'意味着'一种所指,一种事实让人联想到另一种事实,一种情节象征着一种观念,还有的情节说明一种心理。在场关系是一种外形关系、建构关系。在此,各种事实是借助于一种因果力量(而不是一种意念力量)相互连接:人物在其之间形成了一些反衬和一些递进(而不是一些象征),词语在一种意蕴关系中相互结合——总之,词语、动作、人物并不意味也不象征着其他的词语、情节、人物,其基本情况是与之并列的。"①如果理解没有出现偏差,这便意味着作为文献的文学文本话语系统存在着在场与不在场两种话语。其中在场往往表现的是文本表层现象,而且只是一种外在形象,关

————————

① 茨维坦·托多罗夫:《诗学》,怀宇译,商务印书馆 2016 年版,第 15 页。

涉人们的意识;不在场往往蕴含暗示、象征等深层意义,且也常常关涉人们的集体记忆,在最深层次甚至可能包含集体无意识。人们关于文本话语系统的分析,如果将在场按照其出现层次进一步分析为背景与场景,那么关于文本话语系统,尤其在场要素之间的关系、在场与不在场要素之间的关系,可借助背景、场景、意旨三个层次加以分析。借助作为背景的出场与隐退、作为场景的突显与隐藏、作为意旨的单义与歧义等三个方面的话语分析,无疑可以形成对文学文本话语系统逐层深入的话语分析。相对于在场而言,背景是在场的辅助要素,场景则是在场的核心要素;相对于意旨而言,背景和场景都是辅助要素,只有意旨才是文本话语系统的核心要素。对以上三个层次的话语分析,都关涉在场要素之间关系,以及在场要素与不在场要素关系的分析。其中出场、突显和单义更多体现了在场属性,而隐退、隐藏和歧义可能更多体现不在场属性。在场要素是借以破译和阐释不在场要素的脉络线索,不在场要素常常是在场要素的中枢神经和内在底蕴。

具体来说,抒情话语是指对有一定因果或时空关系,或没有因果和时空关系的情感元素的抒写。这种情感元素可能因其功能价值不同而有核心情感和辅助情感之别。核心情感决定情感的发展脉络,辅助情感并不决定情感的发展脉络,常常作为或明或暗的情由和飘忽不定的情态起着丰富、变化等辅助作用。如陆游《卜算子·咏梅》中"愁"是其情感基调,也是核心情感,至于"寂寞"、"独"、"零落"只是其情由和情态。诸如此类的抒情话语也存在背景出场与隐退的区别。有些抒情话语可能对背景有较明晰交代,或以题记等方式,但大多数可能没有直接交代,或仅在作者另外文本中有所说明。有些虽然未以题记等加以说明,但文本抒情话语自有相对明晰交代。还有些如《诗经·秦风·蒹葭》因没有作者也没有特别说明,无法弄清其背景,大抵很难准确判定具体语境,大多数只能凭借猜测考证之类,以致有不大相同甚或不知所云的阐释。有些还故意闪烁其词、王顾左右而言他。

作为文本抒情话语的背景,并不限于创作缘起和背景,也可把文本抒情话语语境作为背景,特别是当这种背景仅仅是形象活动的场所的时候;如果还包括活动于一定场所的形象,则这种背景就不仅仅属于背景,很大程度已有了场景属性。虽然许多人可能并不将活动于其间的形象作为场景,但实际上所有这些形象都是构成场景的有机组成部分,或已经是构成其语义场的基本要素,且可能是核心要素。如阮籍《咏怀》云:"夜中不能寐,起坐弹鸣琴。薄帷鉴明月,清风吹我襟。孤鸿号外野,翔鸟鸣北林。徘徊将何见,忧思独伤心。"其中"薄帷鉴明月,清风吹我襟"诸句,为近距离背景,写明月、清风,为形态,或称其为近距离场景;"孤鸿号外野,翔鸟鸣北林"诸句,为远距离背景,写孤鸿、翔鸟,为声音。作者通过从近及远、由形到声的背景呈现为抒情主人公创造了一个近于悲戚的活动背景和氛围。有所不同的是前两句主要呈现有形背景,已关涉作者居舍环境和自身衣饰形态构成,或间接影响了抒情主人公的心态;后两句呈现无形背景,很大程度上直接影响了抒情主人公的心态。这便是抒情话语背景的特别之处。虽然几乎所有的背景呈现都直接或间接关涉活动于其间的形象及其心态,但抒情话语背景之构成并不完全相同。虽然阿恩海姆指出:"一个心情十分悲哀的人,其心理过程也是十分缓慢的,而且很少能够超出与他的直接经验和眼前的喜好直接联系在一起的状态,他的一切思想和追求都是软弱无力的:既缺乏能量,又缺乏决心。他的一切活动,看上去都好像是由外力控制着。"①但这一阐述并不能揭示更强烈的情感。因为越是强烈、越是关系生老病死等的情感,越可能并不受直接经验特别是眼前背景的影响。

王维《秋夜独坐》作为抒情话语,其背景有貌似自行呈现乃至自生自灭的特点,但毕竟还有寄寓和引发情感的功能,刺激作者对生老病死产生了深度思考和顿然觉悟。"独坐悲双鬓,空堂欲二更。雨中山果落,灯下草虫鸣。白发终难变,黄金不可成。欲知除老病,唯有学无生。"其中关涉背景的主要是"雨中山果落,灯下草虫鸣"两句。看到这两句,人们可能容易与"明月松间照,清泉石上流",或《鸟鸣涧》"人闲桂花落,夜静春山空。月出惊山鸟,时鸣春涧中",及《辛夷坞》"木末芙蓉花,山中发红萼。涧户寂无人,纷纷开且落"诸句相提并论。关于后两首,叶维廉有这样的阐述:"景物自现,几乎完全没有作者主观主宰知性的介入去侵扰眼前景物内在生命的生存与变化。作者仿佛没有介入,或者应该说,作者把场景展开后便隐退,任景物直现读者目前,作者介入分析说明便会丧失其直接性而趋向抽象思维,在上面两首诗里,自然继续演

---

① 鲁道夫·阿恩海姆:《艺术与视知觉》,滕守尧、朱疆源译,四川人民出版社1998年版,第610—611页。

化,'涧户寂无人,纷纷开且落',没有人为的迹改。"①宇文所安对"雨中山果落,灯下草虫鸣"句也有这样的论述:"哪里是悲伤。在诗人描写今夜的景象的干巴巴的陈述中,这个声音在哪里?我们了解呼喊的冲动;我们阅读这些低沉的、描写的词语;在其间听到一个声音,一个被紧紧控制的中立,努力赢来平静,承认这些必死之物的声音。这个声音拒绝表演,拒绝参与到季节中去;它是努力保持冷漠的声音。然而我们认出它每一点都如苏轼的大声的、自我标榜的声音一样清楚。"②诗人确实就活动在这一背景之中,而背景确实有着不受作者主观感知感染的自行呈现甚至自生自灭的属性。但正是这一自生自灭甚至终有一死的宿命,才使作者不得不强烈感受到自我生命的无奈,才使其可能因悟到无执的重要性,有了所谓"唯有学无生"的慨叹。如同山果遇雨落,虫鸣因灯止,人老而衰、衰而死是无法抗拒的,最明智的做法只能是不再执着于生老病死。《诗经·小雅·采薇》所谓"昔我往矣,杨柳依依。今我来思,雨雪霏霏"句,也超出了人们的惯常经验,虽然杨柳依依常常是牵动离愁别恨的情感线索,雨雪霏霏则往往是凄冷孤寂的代名词,但杨柳依依的季节毕竟并不比雨雪霏霏的季节更萧条冷落,其情感也不可能更凄冷孤寂,或其本身只是当时往返真实季节和背景的描述,并不寄寓专门情感,更没有使其成为特定情感符号,理所当然也可能并没有所谓以杨柳依依乐景写悲情、以雨雪霏霏悲景写乐情的寄寓。作为场景,其功能并不仅仅在于烘托氛围、点染情境,也许只是一种存在,而且仅仅是一种存在。

作为抒情话语,有些却可能由于活动于背景中的形象太过急于抒发强烈情感,以致顾不得氛围及背景呈现,便直接登台亮相且自始至终强势在场,使背景黯然失色,隐退到无迹可寻的地步。如汉乐府民歌《上邪》:"上邪!我欲与君相知,长命无绝衰。山无陵,江水为竭,冬雷震震,夏雨雪,天地合,乃敢与君绝!"表面看来好像出现了诸如山水雷雨之类的自然景物,但这些景物并未真正构成背景,只是借以投射其情感的道具或宣泄物。之所以说并非背景,是因其形象并不活动于其间,或活动其间的形象并不存在。这是抒情话语背景隐退与缺失的极端体现。相对温和的背景隐退常常是本来可以作为形象活动

---

① 叶维廉:《中国诗学》,人民文学出版社 2006 年版,第 160 页。
② 宇文所安:《中国传统诗歌与诗学》,陈小亮译,中国社会科学出版社 2013 年版,第 86 页。

场所的背景却人为地被打造成了情感符号,成为情感寄寓物。寄寓物较之投射物在程度上可能有所差别,最起码还有作为活动场所背景的痕迹存在,或其作为活动场所的功能已很大程度上具有了人为情感寄寓物的功能。苏轼《十二月十四日夜微雪明日早往南溪小酌至晚》云:"南溪得雪真无价,走马来看及未消。独自披榛寻履迹,最先犯晓过朱桥。谁怜破屋眠无处,坐觉村饥语不器。惟有暮鸦知客意,惊飞千片落寒条。"虽然确实提到了诸多景物,而且这些景物作为场景为诗人提供了活动场所,但所有这些场景分明囊括诗人观照和感知的统摄范围,作为诗人感知结果存在,诸如"看"、"寻"、"怜"、"觉"之类动词无疑彰显了这一点。与其说这类景物还是场景的一部分,不如说已变成诗人借以抒发情感的寄寓物了。

叙事话语的背景呈现有时较为平淡,甚至从表面的背景呈现可能看不出直接的情感暗示和寄寓。如乔伊·威廉姆斯《微光渐暗》有这样一段背景呈现:"当时大家都以为她在哪儿闲逛。那是黄昏时分,海滩上有好几百人……做着烤肉,孩子们吃着冰激凌派,老人们看着夕阳。有个人在潮水坑里给他的格雷伊猎犬洗澡。海水冰凉苍白,到处是一团团脏兮兮的发绿的泡沫,像是漂在鸡汤上的浮渣。马尔在草屋里做晚饭,往果冻粉上倒热水,把一条刺鱼摊在煎锅里过油。隔壁的弗莱迪·戈姆金为了能翻过山去悉尼看赛马,正在折磨他的破车,猛踩离合。这当然不像是出人命的时候。太不合时宜了。这是度假时节。"这段背景似乎在尽可能地烘托看似极其正常且闲适的度假时节。但正是这个看似安静背景中却恰恰发生了人命案件。这自有作者离奇的情节安排,单从情感暗示和寄寓角度来看,至少不是那么直接而强烈。丹尼尔·阿拉尔孔的评语十分到位:"她并不摹写场景:她以一种微妙的视角唤醒场景,用看似随意的转述呈现出她最充分的、往往是极具破坏力的洞见。"①这段文字,作者实际是在尽可能营造一种不可能发生死人事件的平淡闲适背景,却恰恰可能发生死人事件,且确实发生了死人事件;仔细想,也并非只有暴风骤雨、雷鸣电闪之类天气背景才可能导致死人事件,其实在风和日丽、恬淡闲适氛围背景中也同样会有人死去。这才是生命的常态。只是与王维《秋夜独坐》相

① 乔伊·威廉姆斯:《微光渐暗》,丹尼尔·阿拉尔孔评,文静译:《巴黎评论·短篇小说课堂》,人民文学出版社2019年版,第32页。

比，虽然同为呈现死亡，但王维在对司空见惯生老病死宿命的悲哀领悟中获得了对终有一死乃至生命无常的顿然觉悟，《微光渐暗》则看不出对终有一死宿命的顿然觉悟，却借助死亡笼罩下散淡闲适、习以为常的生活背景及其节奏呈现了终有一死的众生相。

叙事话语是对时间上有先后顺序和因果关系的事件元素的叙写。这种事件元素也能因其功能价值分为核心事件和辅助事件。核心事件决定事件的发展方向和脉络，辅助事件并不决定事件的发展方向和脉络，但作为事由和飘忽不定的偶然事态常常起丰富、变化等辅助作用。如冯梦龙《古今谭概·苦海部第七》："欧阳公在翰林时，常与同院出游。有奔马毙犬，公曰'试书其一事。'一曰：'有犬卧于通衢，逸马蹄而杀之。'一曰：'有马逸于街衢，卧犬遭之而毙。'公曰：'使子修史，万卷未已也。'曰：'内翰云何？'公曰：'逸马杀犬于道。'相与一笑。"在这一事件的叙事中，马杀犬显然是核心事件，犬卧于道、马逸、马蹄等都是事由，至于犬被杀而毙则是事态及结果。传说中的欧阳修其过人之处在于抓住了杀犬这一核心事件且没有忽略起关键作用的马逸这一事由和杀犬这一事态，而省略了犬卧、马蹄等辅助事件。因为逸马可能存在杀或不杀犬两种事态，因其逸才杀犬于道，至于犬卧还是未卧并不能改变被杀于道的事态。所不同的是，前两种叙事倒清晰呈现了时间先后顺序和因果关系，欧阳修则因之有所省略。且这一段叙事对背景也有明晰交代，因"常与同院出游"，见"有奔马毙犬"，才有各自"试书其一事"的提议。但也不是所有叙事都有明确背景交代，如《古今谭概·专愚部第四》云："刘玄称帝，群臣列位，低头以手刮席，汗流不止。司马文王问刘禅：'思蜀否？'禅曰：'此间乐，不思。'郤正教禅：'若再问，宜泣对曰：先墓在蜀，无日不思。'会王复问，禅如正言，因闭眼。王曰：'何乃似郤正语？'禅惊视曰：'诚如尊命！'"这段叙事虽然前面一句似在交代背景，但并未交代司马文王问刘禅的真实动机，也未直接呈现刘禅当时的真实心理考量。仅凭对答和动作表面只能得出昏主的结论，但对大势已去、无力回天的人来说，还有什么能比审时度势、明哲保身更富睿智呢？显然由于叙事背景的缺失，特别是对刘禅宁可烂死在心，也绝不对外声张的内心秘密的故意隐瞒，才导致了判断意旨的多义性和歧义性。

作为文本叙事话语场景的背景，也值得关注。中国古代章回小说一般不多费笔墨着意刻画人物活动场景特别是背景,至少不直接而多借助人物视角和感知间接呈现,《红楼梦》第四十回关于林黛玉、探春、薛宝钗等人居舍特别是其陈设的呈现等即是如此。但这种间接呈现往往有一箭双雕的功能,不仅能突显观察者的性格特征,更重要的是能达到暗示室主性格、品质、命数的目的。

贾母少歇一回,自然领着刘姥姥都见识见识。先到了潇湘馆。一进门,只见两边翠竹夹路,土地下苍苔布满,中间羊肠一条石子漫的路。刘姥姥让出路来与贾母众人走,自己却赶走土地。琥珀拉着他说道:"姥姥,你上来走,仔细苍苔滑了。"刘姥姥道:"不相干的,我们走熟了的,姑娘们只管走罢。可惜你们的那绣鞋,别沾脏了。"他只顾上头和人说话,不防底下果踩滑了,咕咚一跤跌倒。众人拍手都哈哈的笑起来。贾母笑骂道:"小蹄子们,还不搀起来,只站着笑。"说话时,刘姥姥已爬了起来,自己也笑了,说道:"才说嘴就打了嘴。"贾母问他:"可扭了腰了不曾?叫丫头们捶一捶。"刘姥姥道:"那里说的我这么娇嫩了。那一天不跌两下子,都要捶起来,还了得呢。"

紫鹃早打起湘帘,贾母等进来坐下。林黛玉亲自用小茶盘捧了一盖碗茶来奉与贾母。王夫人道:"我们不吃茶,姑娘不用倒了。"林黛玉听说,便命丫头把自己窗下常坐的一张椅子挪到下首,请王夫人坐了。刘姥姥因见窗下案上设着笔砚,又见书架上垒着满满的书,刘姥姥道:"这必定是那位哥儿的书房了。"贾母笑指黛玉道:"这是我这外孙女儿的屋子。"刘姥姥留神打量了黛玉一番,方笑道:"这哪像个小姐的绣房,竟比那上等的书房还好。"贾母因问:"宝玉怎么不见?"众丫头们答说:"在池子里舡上呢。"贾母道:"谁又预备下舡了?"李纨忙回说:"才开楼拿几,我恐怕老太太高兴,就预备下了。"贾母听了方欲说话时,有人回说:"姨太太来了。"贾母等刚站起来,只见薛姨妈早进来了,一面归坐,笑道:"今儿老太太高兴,这早晚就来了。"贾母笑道:"我才说来迟了的要罚他,不想姨太太就来迟了。"

说笑一会儿,贾母因见窗上纱的颜色旧了,便和王夫人说道:"这个纱新糊上好看,过了后来就不翠了。这个院子里头又没有个桃杏树,这竹子已是绿的,再拿这绿纱糊上反不配。我记得咱们先有四五样颜色糊窗的纱呢,明儿给他把这窗上的换了。"凤姐儿忙道:"昨儿我开库房,看见大板箱里还有好些匹银红蝉翼纱,也有各样折枝花样的,也有流云卐福花样的,也有百蝶穿花花样的,颜色又鲜,纱又轻软,我竟没见过这样的。拿了两匹出来,做两床棉纱被,想来一定是好的。"贾母听了笑道:"呸,人人都说你没有不经过不见过,连个纱还不认得呢,明儿还说嘴。"薛姨妈等都笑说:"凭他怎么经过见过,如何敢比老太太呢。老太太何不教导了他,我们也听听。"凤姐儿也笑说:"好祖宗,教给我罢。"

贾母笑向薛姨妈众人道:"那个纱,比你们的年纪还大呢。怪不得他认作蝉翼纱,原也有些像,不知道的,都认作蝉翼纱。正经名字叫作'软烟罗'。"凤姐儿道:"这个名儿也好听。只是我这么大了,纱罗也见过几百样,从没听见过这个名色。"贾母笑道:"你能够活了多大,见过几样没处放的东西,就说嘴来了。那个软烟罗只有四样颜色:一样雨过天晴,一样秋香色,一样松绿的,一样就是银红的,若是做了帐子,糊了窗屉,远远的看着,就似烟雾一样,所以叫作'软烟罗'。那银红的又叫作'霞影纱'。如今上用的府纱也没有这样软厚轻密的了。"

薛姨妈笑道:"别说凤丫头没见,连我也没听见过。"凤姐儿一面说,早命人取了一匹来了。贾母说:"可不是这个! 先时原不过是糊窗屉,后来我们拿这个作被作帐子,试试也竟好。明儿就找出几匹来,拿银红的替他糊窗子。"凤姐答应着。众人都看了,称赞不已。刘姥姥也瞤着眼看个不了,念佛说道:"我们想他做衣裳也不能,拿着糊窗子,岂不可惜?"贾母道:"倒是做衣裳不好看。"凤姐忙把自己身上穿的一件大红棉纱袄子襟儿拉了出来,向贾母薛姨妈道:"看我的这袄儿。"贾母、薛姨妈都说:"这也是上好的了,这是如今的上用内造的,竟比不上这个。"凤姐儿道:"这个薄片子,还说是上用内造呢,竟连官用的也比不上了。"贾母道:"再找一找,只怕还有青的。若有时都拿出来,送这刘亲家两匹,做一个帐子我挂,下剩的添上里子,做些夹背心子给丫头们穿,白收着霉坏了。"凤姐忙答应了,仍令人送去。

贾母起身笑道:"这屋里窄,再往别处逛去。"刘姥姥念佛道:"人人都说大家子住大房。昨儿见了老太太正房,配上大箱大柜大桌子大床,果然威武。那柜子比我们那一间房子还大还高。怪道后院子里有个梯子。我想并不上房晒东西,预备个梯子作什么? 后来我想起来,定是为开顶柜收放东西,非离了那梯子,怎么得上去呢。如今又见了这小屋子,更比大的越发齐整了。满屋里的东西都只好看,都不知叫什么,我越看越舍不得离了这里。"凤姐道:"还有好的呢,我都带你去瞧瞧。"说着一径离了潇湘馆。①

在以上文字中,先借刘姥姥向来走惯了布满苍苔之路,却不小心滑倒摔了一跤,来暗示来人稀少的特点,同时也衬托出主人公不爱热闹的性格,这段描写有背景出场的性质,但基本仍是烘托,背景还在屋内。接下来的文字着意描写其窗前案上的笔砚、书架上的书籍,让刘姥姥误以为是公子的书房,不像姑娘的绣房,其实只是林黛玉的居处,以显示林黛玉素来与书籍为伴的生活习惯,足见其文化修养。这里已不单是烘托,更直指主人公的生活习惯。继而借贾母嫌窗纱已旧,点出糊窗的绿纱,看似不经意,其实关涉核心背景的出场,及女主人公念旧恋故的性格,但该处并未写这一点,反而让读者随贾母一起转到与薛姨妈、王熙凤讨论软烟罗的名称、颜色、质料、用途等话题上,以致完全扯离林黛玉居处。这是背景的隐退。布朗肖指出:"一切成象,象的本质全都暴露在外、无内在,但比起最内在的思想更加难以接近、更加神秘;不意味着什么,但却召唤着一切可能的最深的含义;无所揭示,但缺席的在场却散发着塞壬的魅力及魔力,本质借此展现。"②此处曹雪芹也正是借助这一背景的隐退、在场的缺席来点染和暗示林黛玉性格。从明确点染的角度来说,林黛玉性格本不属于背景的范畴,已经很大程度上关涉场景和意旨的隐喻。人们尽可以说绿色是大自然的生命之色,代表了春天的生机和爱情的萌芽,甚至可以说是希望、健康、青春等象征意义;对林黛玉来说应该具有这些象征意义,但最重要的也许是其健康和青春的象征意义。当然这里的健康不是指身体健康,体弱多病的林黛玉显然不属于这类,但人们至今还将非污染、原生态说成绿色。从这一点来看,林黛玉没有受到仕途、经济等世俗功利思想影响,有率真而不留情面的本真性格,也是事实;再一点,绿色也确实显示着青春和成长的属性,当然这个成长也可能有不大成熟的

①　《红楼梦》(上),中华书局 2009 年版,第 276—277 页。
②　莫里斯·布朗肖:《未来之书》,赵苓岑译,南京大学出版社 2015 年版,第 19 页。

缺憾,这也从另一个方面印证了林黛玉不能老于世故、藏而不露、圆滑处世,遇事喜欢直来直去,易得罪人,有时有些尖刻,还耍小性子等性格缺陷。但这些缺陷恰恰是其青春的特征,这便是用绿色的本色健康和成长不成熟等象征意义来暗示林黛玉性格的理由所在。后一段又转借贾母言其窄、借刘姥姥言其齐整,引出林黛玉生活习惯的井然有序和秋毫不犯,以暗示其洁身自好、拘谨自律的品性。有关林黛玉居处背景的出场随着人物形象活动场所的改变,貌似完全归于隐退甚至缺席,但这只是一个伏笔,待到交代薛宝钗居处的青白色基调背景的时候,才真正显山露水、全面出场。这一切对于粗心大意的读者还是一种隐退和缺席,如果以有关林黛玉居处背景的描述话语为衡量标准,应该属于活动背景的真正隐退,但相对于林黛玉性格品质,却借助薛宝钗居处活动背景的默无声息烘托和对比明确出场,达到生命的澄明。因为只有联系薛宝钗青白两色且以白色为主的色调,才能反观林黛玉绿色主色调所蕴含的单纯、真实、率性、健康却不够成熟的心态甚至性格品质。其一褒一贬不言自明。写薛宝钗居处,同样先是背景的外围烘托,只是这个烘托并不如前显示其苍苔的生机,却借衰草残菱现出衰败迹象,以暗示其未老先衰或早开的花儿早谢的寓意。这便是背景的渐次出场。后借其整个房屋如同雪洞一般、一色玩器全无、案上仅一个供着数枝菊花的土定瓶、两部书,及茶奁茶杯而已,床上只吊着青纱帐幔和朴素的衾褥的背景呈现,以薛宝钗白色和青色,也就是黑白两色的主色调映衬林黛玉绿色主色调背景。虽然薛宝钗黑白两色可装点庄重、严肃甚或肃穆氛围,白色也可能在西方的象征体系中有纯洁的意义,但这两种色彩在中国却更多象征死亡、哀悼,所以贾母忍不住直言道:“虽然他省事,倘或来一个亲戚,看着不像,二则年轻的姑娘们,房里这样素净,也忌讳。”贾母对其背景暗示少年老成甚或未老先衰性格,及冥冥中透露的死亡哀悼之类不祥征兆的揭示,绝对不是一语成谶,而是对其老成持重,乃至不合乎生理年龄的未老先衰心理特征和死亡哀悼不祥征兆的清醒觉知。除了贾母,在第二十二回元宵节写贾政对薛宝钗所作七律“朝罢谁携两袖烟,琴边衾里总无缘。晓筹不用鸡人报,五夜无烦侍女添。焦首朝朝还暮暮,煎心日日复年年。光阴荏苒须当惜,风雨阴晴任变迁”,早有“此物还倒有限。只是小小之人作此词句,更觉不祥,皆非永远福寿之辈”的醒悟。德里达指出:“指号就这样不仅仅成为补充不在场或被指示物的不可见的替代物。人们还记得,被指示物永远是一个存在者。"①在这种意义上,薛宝钗的黑白主色调和七律不过就是一种指号,是用来补充林黛玉甚至暗示林黛玉的替代物而已,所以这种看似有关无关的反衬,却使得一真一假、一少一老、一生一死顿然澄明。

叙事话语背景的最典型形态就是中国话本小说中的双故事结构模式。常常借助看似风马牛不相及的两个故事一反一正暗示意旨:第一个故事作为辅助故事往往为第二个故事即核心事件提供背景支持,但这个作为背景的辅助事件常常相对独立,自成一体,并不为核心故事中的人物提供活动场所,也不与核心故事构成事实上的同一故事世界,充其量只是给予核心事件相似甚至相反的主题作铺垫,常常作为辅助故事为核心故事提供参考、比较的素材,并以此构成故事背景。如《古今小说》卷二十七《金玉奴棒打薄情郎》在叙述金玉奴夫弃妻故事的核心故事之前,先叙述另一则朱买臣妻弃夫故事作为其背景,但这个背景仅仅是说书人和听书人的共同约定背景,并非核心故事的人物形象活动背景。

表象话语指对空间上有一定临近关系或没有临近关系的表象元素的描写。表象元素因其功能价值分为核心表象和辅助表象。核心表象作为中心决定表象的布局和整体结构,辅助表象并不决定表象布局和整体结构,常常作为缘由和形态起烘托、铺垫、丰富等辅助作用。如庞德《在一个地铁车站》之所谓:"人群中这些面孔幽灵一般显现;湿漉漉的黑色枝条上的许多花瓣。"其"花瓣"为核心表象,其他如"黑色枝条"等辅助表象都服从于核心元素,起烘托作用。其实真正的核心表象应该是"面孔"特别是美丽儿童和女人的面孔,包括"花瓣"在内的所有表象几乎都是对这些面孔的辅助呈现和表象。关键在于表象话语本身并未对背景特别是诸如创作缘起及表象暗示性作必要交代,因此也属背景隐退的一种。要不是庞德在《高狄埃——布热泽斯卡:回忆录》作相应说明,人们也许能够推测"湿漉漉的黑色枝条上的许多花瓣"可能写面孔,但何为"花瓣",何为"黑色枝条",以至于为什么"湿漉漉"则并不为人所知。只有读了其回忆录才大体能知道所谓"花瓣"专指美丽儿童和女人,而其他人作为背景只能是"黑色枝条",至于"湿漉漉"就是诗人对有些昏暗潮湿的地铁环境的感觉。类似情况也见于双关语之中。不过,相对来说其背景

① 雅克·德里达:《声音与现象》,杜小真译,商务印书馆2017年版,第112页。

可能略微清晰些,但也有一些表象可能十分清晰地限定了表象所指,具有背景出场性质。如《世说新语·容止》有谓:"王右军见杜弘治,叹曰:'面如凝脂,眼如点漆,此神仙中人'。""时人目王右军'飘如游云,矫若惊龙'。"或更广泛说来,中国戏曲没有背景的特点,能以其不确定更直观典型地突显背景丰富性这一功能。

　　周邦彦《少年游·并刀如水》:"并刀如水,吴盐胜雪,纤手破新橙。锦幄初温,兽烟不断,相对坐调笙。低声问:向谁行宿?城上已三更。马滑霜浓,不如休去,直是少人行!"就其词而言,难以看出其写作缘起,于是对其写作背景竟有多种传说,其中影响较大的如张端义《贵耳集》卷下云:"道君幸李师师家,偶周邦彦先在焉,知道君至,遂匿于床下。道君自携新橙一颗,云'江南初进来',遂于李师师谑语。邦彦悉闻之,隐括成《少年游》。"另有周密《浩然斋雅谈》亦传此说,云:"宣和中,李师师以能歌舞称,时周邦彦为太学生,每游其家。一夕,值祐陵临幸,仓猝隐去。继而赋小词,所谓'并刀如水,吴盐胜雪'者,盖记此夕之事也。"沈雄《古今词话》引陈鹄《耆旧续闻》:"周美成至京师主角妓李师师家,为作《洛阳春》,师师欲委身而未能也。与同起止,美成复作《风来朝》云……一夕,徽宗幸李师师,美成仓促不能出,匿复壁间,遂制《少年游》以记其事,徽宗知而遣发之。"①所记略有不同,但本事基本相同。按照这一背景推测和附会,词中男女主人公当为宋徽宗和李师师,自有一番诗情画意,对周邦彦因其词被宋徽宗所知遭贬也有大体相同的记述。

　　除去诸如此类推测附会,单就词本身作为文献的文本系统表象话语,其背景亦不言自明。"并刀如水,吴盐胜雪",是就现场所用刀具和食盐而言,本无诗情画意,特别是所提"并""吴"为地名,实之又实,亦无画意,但分别喻其"如水"、"胜雪",则诗情画意顿生。比喻为水,当不是说刀的性状,更应该是行云流水、娴熟灵巧之动作;后文提及"纤手"当为女主人公动作,喻其为雪,也应为实写,但这里似与"纤手"相映衬,有极言女主人公肤色雪白之意。如此背景呈现已非同凡响。加之后提"锦幄初温,兽烟不断",则情趣、意境全出,一为温度,一为香气,皆诉诸身体知觉,一暖一香,直击感官,使人自然放松欢愉。更因锦幄、兽烟为有形之物,其华丽雍容和香烟缭绕,所呈雍容华贵的陈设与

---

　　①　吴熊和:《唐宋词汇评》(两宋卷)第二册,浙江教育出版社2004年版,第961—963页。

云山雾罩的氛围恰易成朦胧仙境般感觉乃至幻觉,更易使人舒坦快适,足以促成男女主人公欢悦心境。是为语境,亦为情境,更有情致。对活动其间的男女主人公动作形态和问话语态的细心描摹和谨慎点染亦不温不火,恰到好处。前以"纤手破新橙",中以"相对坐调笙",后以"低声问",呈现出分—总—分的表象情态。前一句为女主人公破新橙的动作,以新橙的绿色衬托女主人公行云流水般娴熟灵巧的动作和施以食盐调和新橙的酸涩,并以纤手之雪白,勾画出有动有静、有声有色的画面,极言女主人公之美。中一句相对而调笙,其间有新橙和笙相隔,没有肉体接触,欲及不及,似动非动,其距离、其分寸、其矜持,跃然而出,只不知这调笙者为男为女,表象似有不大清晰之嫌:想应为男,因女有破新橙之举,恰成二者皆有所动,但似又不对,如若所对为男,不通或不谙熟音律,似难以有调笙之举,兼之其若为君王,似更不当。但既然为男女独会,也不排除其可能,在诸如此类不确定中呈现出来的氛围情境的朦胧,更有角色、行动的难以捉摸,或先后各事调笙或共同辅助调笙也未可料,其默契、其肢体语言的交流、其情感的交融共鸣,似有更多不确定处。但后一句分明为女主人公探问男主人公,但这里不直接写动态,也不直接写情态,而以语态代替动态乃至情态,使动态乃至情态油然而生、和盘托出。先低声问"向谁行宿",是写按常情常理常识,男主人公当确定离开,女主人公虽有挽留之意,似不敢或没有把握突破这一常情常理常识,于是便就此低声弱问,不仅是试探,更是询问。接下来一句,依然有挽留之意,但仍不直接挽留,只说"城上已三更",谓时辰已晚,当留宿于此,但不可留之可能仍很大,乘夜色而归,似有先例,也合常情常理常识。又接一句说"马滑霜浓",言天气冷,兼之路滑乘马,似有危险,也不完全合乎不留宿的常情常理常识,也渐近不冒险的常情常理常识,其挽留之意虽仍未直言,但渐增确定之意。到了说"不如休去",挽留之意由委婉暗示走向直言以告,但直言仍不代表确定,因为确定留宿的主意取决于男主人公而非女主人公,貌似超出以往习惯的常情常理常识,但这种不合常情常理常识的直言,却完全合乎女主人公此时此地此情境的心态。后面接着补了句"直是少人行",以缓冲或掩饰自己"不如休去"的冒然唐突,以及不合以往习惯之常情常理常识之处,又掂出此时此境此情此理此行之不大合乎常情常理常识之处,貌似较之"不如休去"少了几分直言的坚定,同时又暗自坚定了挽留的决心。该词分两部分,前一部分以形态动态为主,后一部分以语态为主,都可看成表象话语。所不同的是,前一部分主要作为环境氛围的背景,基本上属于外在表象;后一部分则主要为女主人公的问话,也是外在表象,但已经关涉女主人公心理活动,有内在表象的属性。当然该词也存在一定潜在叙事话语痕迹。

表象话语在戏剧中常常以人物台词为基本形态,且其作为背景的呈现也往往借助人物台词。还有更典型形态,就是以出现在舞台但游离于故事世界之外,或与故事发生一定联系,但不真正介入故事,并不是故事中人物这一特定角色来集中呈现。这个特定角色在古希腊戏剧中便是合唱歌队及其歌队长,在莎士比亚戏剧中便是剧情解说人。他们常常较为集中地承担了背景交代者的角色功能。有所不同的是合唱歌队及其歌队长除了有点染氛围、描摹背景的功能,还有画龙点睛、活跃情感氛围和提升故事主题的作用,但故事解说人则主要承担了背景呈现者角色。如《亨利五世》第五幕剧情解说人或谓致辞者的这一段文字便典型体现了这一点:

> 请允许我为没有读过这段史实的看客讲这么几句提头话;熟悉历史的诸君呢,我祈求他们顾念到时间既这么长,人物这么多,头绪又这么繁杂,难以原原本本、丝毫不爽地搬到舞台上来。这会儿我们正载着国王向卡莱奔赴。假定他到达了那儿,在那儿让人看到了他;再又展开你那思想的翅膀,护送他横渡海洋。看哪,这儿就是英格兰的海滩——跟海洋划分界限,沙滩上密密层层排列着男女老少,他们的欢呼和掌声压倒了海洋的吼声;但见那海洋吐着白浪,像是给国王开路的仪仗队。让他登陆吧,我们看到他浩浩荡荡地向伦敦进发。好矫捷啊,思想的步伐——就在这会儿,你不妨想像他已来到了黑荒原;一到那儿,众大臣向他请求,让他们把他那打瘪了的头盔和打弯了的刀子在他面前抬着,穿过那城市。他不答应;他没有虚荣,没有那目空一切的骄傲;他放弃了那耀武扬威的凯旋,把光荣归给了上帝。可是看哪,这当儿,在活跃的思想工场中,我们只见伦敦吐出了人山人海的臣民! 市长和他全体的僚属穿上了盛服,就像古罗马的元老走出城外(黑压压的平民跟随在他们的后面),来迎接得胜回国的凯撒——再举个具体而微、盛况却谅必一般无二的例子,那就是我们圣明的女王的将军去把爱尔兰征讨,看来不消多少周折,就能用剑挑着被制服的"叛乱"回到京城;那时将会有多少人离开那安宁的城市来欢迎他!

眼前他们欢迎这位亨利，情况更为热烈，也有着更值得欢欣鼓舞的理由。现在，就把他在伦敦安置；因为是法兰西的叹息让英格兰的国王安居在国内；现在，德意志皇帝，站在法兰西一边，来到英格兰替两国把争端调停——这一切事件，不问大小，全都一笔带过；直到亨利重又回到了法兰西。我们必须在那儿跟他见面；我这番话就算对过去种种作了个交代。请原谅这许多的删节，让你的眼光跟随着思想，重又落到法兰西的疆场。①

应该说，有关情境的描摹属于背景范畴，关于男女主人公动态、语态乃至情态的描摹，属于场景范畴。背景往往以人物形象生活其间的场所为主，场景则不仅包括场所，更包括活动于这一场所中的人物及其动态、语态、情态。这是对作为文献的文本系统及其语义场进行话语分析应特别注意的关键之处，否则可能造成对背景与场景分析的某种混淆。作为文献文本系统表象话语的最典型体裁话语应该是戏剧，中国戏曲与西方话剧在此呈现出不同背景特色。中国戏曲以表面的无背景和简单的符号性道具呈现最大限度的灵活性、较为明晰的象征性及喻指性背景氛围，西方话剧则以近似逼真的背景和类似写实的道具极力呈现看似最真实的背景氛围，但实际效果正好相反：无背景或简易背景，因为模糊恰恰有着更丰富寓意，倒是最繁复和近似真实的背景则因为明晰具体恰恰限制了丰富性。高友工指出："舞台可以空无一物；桌椅虽然是实物，但是可能以桌围椅披包裹；道具则多是原物的象征，其中人物即使是素面（如生、旦之类）的人物也可以相当浓重地勾画，即使是淡妆也非写实。勾脸的净、丑之角色更明确地界定了一个与现实世界迥异的天地。当然这片天地最根本的基础是时间上的距离。表面上是过去和现在，实际上是想象世界的时空间架。"②高友工的阐述关涉中国戏曲舞台表演，也关涉形象活动的背景及活动本身，如脸谱之类虽属于化妆环节，但这一化妆很大程度上限定了人物唱腔、动作等，往往有突显象征性、符号性人物性格类型之功能，或很大程度上具有场景性质。

---

① 莎士比亚：《亨利五世》，方平译，《莎士比亚全集》（第3卷），人民文学出版社1994年版，第445—446页。

② 高友工：《中国戏曲之美典》，《美典：中国文学研究论集》，生活·读书·新知三联书店2008年版，第314页。

第二节　文本话语场景的突显与隐藏

任何文本话语对场景的呈现,必然有选择性。至于选择什么,舍弃什么,表面看来可能并不经意,但正是这看似不经意处,却受到意识和潜意识双重作用。也由于这种选择与取舍便不可避免地导致突显与隐藏在最基本层面有所分别:一般被选择加以呈现的便得到突显,被舍弃不再呈现的自然落入隐藏范畴。如杜甫《旅夜书怀》:"细草微风岸,危樯独夜舟。星垂平野阔,月涌大江流。名岂文章著,官应老病休。飘飘何所似,天地一沙鸥。"前两句写景所涉及的仅仅是细草、微风、危樯、夜舟、星、平野、月和大江,但不用怀疑这并非诗人当时所见所有事物,可诗人只选择了其中极有限的几种。问题的核心不在于他选择了什么却舍弃了什么,而在于他为什么选择这些却舍弃了另一些?难道真的仅仅因为如埃德尔曼所说抽取的只是场景的意义或要点?或是所有这些感知经验中印象最深,或最能寄托和表彰其情感的部分?特别是最后呈现的沙鸥显然最具情感场景的性质,更是偶然得之,也可能深思熟虑而得之的典型场景,或已经成其为情感甚至人格理想的典型符号。人们有理由相信,任何文本话语都不可能将作者当时所有目击物、接触物和关联物不加取舍地全部呈现。

就抒情话语场景而言,苏轼《江城子》:"十年生死两茫茫,不思量,自难忘。千里孤坟,无处话凄凉。纵使相逢应不识,尘满面,鬓如霜。夜来幽梦忽还乡,小轩窗,正梳妆。相顾无言,唯有泪千行。料得年年断肠处,明月夜,短松岗。"词人日常所睹所思之物肯定很多,十年之间即使不着意思量亡妻,如果碰到相同生活境遇便会自然想起,如早晨起床穿衣束带、上午题诗赋词、中午喝茶就餐、下午游山玩水、傍晚饮食就寝等等,无不想起往日朝夕相处的生活细节,以及因妻子去世带来的无法弥补的缺失。但对诸如此类司空见惯场景却只一句"不思量,自难忘"便一笔带过,唯独"千里孤坟,无处话凄凉"却使作者不能忘怀。想必这两句也不是其一时的突发奇想,而是每到生活不得已处便不得不多次重复体验和感知的场景,而且是关于生死两隔、孤独无奈生命体验的最纠结场景。想来这十年的生活,不仅岁月催人老,加上诸多人生波折和坎坷，以致"尘满面，鬓如霜"。纵使夫妻再度相逢也不见得能认出来，昔日同床共枕、休戚与共的夫妻至此不免生出诸多生分。这岂不是词人更感凄凉的境遇吗？能跨越生死两界的也许只有梦境，虽然词人所梦场景也可能很多，但对他来说，最记忆犹新的也许便是"小轩窗，正梳妆。相顾无言，唯有泪千行"。这也许是词人昔日夫妻生活最常见生活场景的复现，也可能是这一最常见生活场景在梦境中的演绎：所见亡妻可能仍然如生前模样梳妆打扮，只是"相顾无言，唯有泪千行"。弗洛伊德精神分析学虽然对梦境有诸多阐释，但可能并未涉及生死两隔后的梦境相遇却并不言语的境况，这是冥冥之中灵魂相遇的真实情状，还是虽然生前相濡以沫但十年生死两隔不免生分的续演？不过这一续演的梦境场景也可能不是词人梦境中唯一出现的场景，更可能纯然是生死别离之后隔三岔五重复出现的梦境的重演。至于"料得年年断肠处，明月夜，短松岗"可能是十年来每每夜间惊梦而醒、幽思肠断时最常见现实场景的体现，也可能是当年柔情似水时现实场景在想象中继续浮现和演绎。虽然松岗也可能会长大，但词人似乎无意于这无关紧要场景的现实可能性，仅关注作为情感场景的价值和意义，而作为情感场景的价值和意义则与长短似无直接关系。

虽然绝大多数抒情话语的场景可能兼有突显和隐藏，且各尽其妙，也可能各有偏重。有些关涉直接抒情，其情感可被直接推送出来，是为直陈式。如《陇头歌辞》三首所谓："陇头流水，流离山下。念吾一身，飘然旷野。""朝发欣城，暮宿陇头。寒不能语，舌卷入喉。""陇头流水，鸣声呜咽。遥望秦川，心肝断绝。"对场景而言，可能存在对目击物、接触物和关联物的取舍，但因强烈情感的感染使人们往往认为其所选择的场景已极其鲜明地呈现了所要表达的情感倾向，至于被舍弃物则被忽略不计。所选场景可能有些粗略，为大体轮廓，但每每历历在目，也没有多少有待发掘和增补的内容，使人觉得好像没有加入任何遮掩的成分，似有和盘托出、一览无余之感。但也有些抒情话语常常深藏不露，显得含蓄蕴藉。如李白《玉阶怨》所谓："玉阶生白露，夜久侵罗袜。却下水晶帘，玲珑望秋月。"所推出的现场场景尤其所关涉事物并不模糊，只是这些并不十分模糊的现场场景却并未直接呈现其情感场景，以致显得有些模糊不清，很大程度上需要读者进一步想象并增加细节，才能使其情感场景获得圆满呈现。人们如果不关注其诗题名《玉阶怨》，仅从玉阶生出白露，且侵沾抒情主人公罗袜观察,则基本属于现场场景;至放下水晶帘,透过水晶帘遥望秋月,也只是抒情主人公的现场动作场景,似难真正寻觅和捕捉到"怨"这一情感场景的影子。但是如果关注题名暗示,着意寻觅和破解其情感场景,按照"怨"这一核心情感去回读并推测填补,则会发现整首诗歌又无不与"怨"相关;不是久久淤积着极其强烈以致不能平静的怨,岂能夜至深而不安然入睡,却站立庭院,以致让露水浸湿罗袜;即使不得已而入室,既已放下了水晶帘,却怎么不掩门而恬然入睡,又隔着帘子遥望起秋月来? 是什么情感场景使抒情主人公彻夜不眠,以致如此执着而持久地等待或期盼着什么? 如果抒情主人公是位女子,她最有可能是在思念和怨恨久久未归的男子;如果是怀才不遇的知识分子,他很有可能是在期待着官府的任用召唤,或因未能得到任用而生起绵绵无期的怨恨。其实这首诗似乎并未指明抒情主人公是女性,但相当多的读者更愿意不假思索地认定为女性,这便从一个方面更曲折地彰显了作者借女性来抒写知识分子怀才不遇的幽怨之情,使全诗情感场景愈加显得迂回曲折。这种将核心情感故意隐藏起来,有意闪烁其词,着意铺陈现场场景,却对情感场景只字未提的曲折抒情话语,与无须读者劳神费力加以想象和增补便能清楚把握其情感场景及其内涵的《陇头歌辞》相比,显然属于隐藏式。

叙事话语的场景呈现也有突显与隐藏之别。所不同的是隐藏常常以概略、省略等方式呈现。如《三国志·蜀书·先主传第二》记载:"先主据下邳。灵等还,先主乃杀徐州刺史车胄,留关羽守下邳,而身还小沛。"这一叙事话语只交代了故事梗概,只字未提刘备吃穿用度、田园种菜等事件,特别是曹操刺探刘备虚实、煮酒论英雄等事件,或这一事件根本未发生,或发生了却故意被省略。无论属于哪一种情况,其叙事话语必定对刘备某些事件场景做了概略或省略处理。突显则常常以减缓、对话甚或停顿等方式对有些故事场景加以细节复原,不同程度有减缓甚或停顿故事时间的态势。如单从叙事话语角度看,胡冲《吴历》所叙:"曹公数遣亲近密觇诸将有宾客酒食者,辄因事害之。备时闭门,将人种芜菁,曹公使人窥门。既去,备谓张飞、关羽曰:'吾岂种菜者乎? 曹公必有疑意,不可复留。'其夜开后棚,与飞等轻骑俱去,所得赐遗衣服,悉封留之,乃往小沛收合兵众。"这一叙事话语场景呈现仍然有概略的性质,至少没有达到对话场景的程度,但较之《三国志》叙述明显有些延长,特别是对曹操的疑心过重和刘备的小心谨慎等行为场景与性格特征已有较清晰的叙事话语交代。只是较之《三国演义》第二十一回《曹操煮酒论英雄》的铺陈仍显得有些单薄,仅停留于概略层次,并未真正达到对话场景的程度。应该知道:在所有叙事场景中,具有对话性质的场景,其叙事时间与故事时间大体相等;概略与减缓,其叙事时间分别略短或略长于故事时间;省略与停顿,其叙事时间分别无限短或长于故事时间。一般情况下,只抓住核心事件却没有过多辅助事件的叙事话语场景呈现往往表现出概略性质,且有诸多省略蕴含其中,隐藏了很多生活场景;只有相对延长叙事时间,使之与故事时间同步或更长于故事时间的对话场景、减缓,特别是停顿,才可能因加入更多生活细节而使叙事场景显得更细腻逼真、活灵活现。《三国演义》曹操煮酒论英雄段落明显带有对话场景的优势,但没有达到减缓乃至停顿的程度。

　　一日,关、张不在,玄德正在后园浇菜,许褚、张辽引数十人入园中曰:"丞相有命,请使君便行。"玄德惊问曰:"有甚紧事?"许褚曰:"不知。只教我来相请。"玄德只得随二人入府见操。操笑曰:"在家做得好大事!"吓得玄德面如土色。操执玄德手,直至后园,曰:"玄德学圃不易!"玄德方才放心,答曰:"无事消遣耳。"操曰:"适见枝头梅子青青,忽感去年征张绣时,道上缺水,将士皆渴;吾心生一计,以鞭虚指曰:'前面有梅林。'军士闻之,口皆生唾,由是不渴。今见此梅,不可不赏。又值煮酒正熟,故邀使君小亭一会。"玄德心神方定。随至小亭,已设樽俎:盘置青梅,一樽煮酒。二人对坐,开怀畅饮。酒至半酣,忽阴云漠漠,骤雨将至。从人遥指天外龙挂,操与玄德凭栏观之。操曰:"使君知龙之变化否?"玄德曰:"未知其详。"操曰:"龙能大能小,能升能隐;大则兴云吐雾,小则隐介藏形;升则飞腾于宇宙之间,隐则潜伏于波涛之内。方今春深,龙乘时变化,犹人得志而纵横四海。龙之为物,可比世之英雄。玄德久历四方,必知当世英雄。请试指言之。"玄德曰:"备肉眼安识英雄?"操曰:"休得过谦。"玄德曰:"备叨恩庇,得仕于朝。天下英雄,实有未知。"操曰:"既不识其面,亦闻其名。"玄德曰:"淮南袁术,兵粮足备,可为英雄?"操笑曰:"冢中枯骨,吾早晚必擒之!"玄德曰:"河北袁绍,四世三公,门多故吏;今虎踞冀州之地,部下能事者极多,可为英雄?"操笑曰:"袁绍色厉胆薄,好谋无断;干大事而惜身,见小利而忘命:非英雄也。"玄德曰:"有一人名称八俊,威镇九州:刘景升可为英雄?"操曰:"刘表虚名无实,非英雄也。"玄德日:"有一人血气方刚,江东领袖——孙伯符乃英雄也?"操曰:"孙策藉父之名,非英雄也。"玄德曰:"益州刘季玉,可为英雄乎?"操曰:"刘璋虽系宗室,乃守户之犬耳,何足为英雄!"玄德曰:"如张绣、张鲁、韩遂等辈皆何如?"操鼓掌大笑曰:"此等碌碌小人,何足挂齿!"玄德曰:"舍此之外,备实不知。"操曰:"夫英雄者,胸怀大志,腹有良谋,有包藏宇宙之机,吞吐天地之志者也。"玄德曰:"谁能当之?"操以手指玄德,后自指,曰:"今天下英雄,惟使君与操耳!"玄德闻言,吃了一惊,手中所执匙箸,不觉落于地下。时正值天雨将至,雷声大作。玄德乃从容俯首拾箸曰:"一震之威,乃至于此。"操笑曰:"丈夫亦畏雷乎?"玄德曰:"圣人迅雷风烈必变,安得不畏?"将闻言失箸缘故,轻轻掩饰过了。操遂不疑玄德。后人有诗赞曰:"勉从虎穴暂趋身,说破英雄惊杀人。巧借闻雷来掩饰,随机应变信如神。"①

曹操与刘备看似不在同一频道的对话,恰恰激起并加剧了刘备的恐惧心理。虽然虚惊一场,但按当时密谋的背景,出现如此心理完全合情合理。作者、读者对这一背景了如指掌,曹操参与了现场对话,读者和刘备也深知密谋背景,但他们并不知道曹操是否掌握了这一背景,不知道曹操是否知道刘备密谋这一事件背景的背景,恰恰正是基于这一点,使读者与刘备的心自然而然悬在了一起。可以说这一叙事实际上故意埋伏了潜台词,或确实一无所知,但这里必定有因隐藏而缺席的场景。布朗肖指出:"以缺失来表现、用距离来展示的能力,恰是艺术的核心,隔开事物其实是为了道出它,保持距离是为了它们能够发光发亮,这是在转换,在翻译,正是距离本身(空间)在转换、翻译,如不可见之物可见、可见之物透明,让自己在物中显现,仿佛自己是不可见、不真实的光芒之底,是一切由来和完成的地方。"②正是通过这一段文字,借助表面看来双方风平浪静、对答恰切的场景,呈现了各自内心深处暗流涌动和钩心斗角。或曹操本来如其表面平静如常,或暗藏杀机,并不可料,至少作者没有明白交代,但对刘备密谋则有明确交代,所以叙述也正是聚焦于刘备内心世界,着意使其不可见的警惕和惊惧可见,使可见的刘备更显做贼心虚。造成这一

① 《三国演义会评本》(上),北京大学出版社1986年版,第257—259页。

② 莫里斯·布朗肖:《未来之书》,赵苓岑译,南京大学出版社2015年版,第78页。

虚惊悬念的根源在于读者连同刘备深知密谋的场景,却并不知晓曹操知道还是不知道他参与密谋活动这一缺席的内容。所以看似风平浪静其实暗流涌动的对话,是以隐藏和缺席场景作为心理基础的,否则便可能让读者莫名其妙。比较而言,普鲁斯特《追忆似水年华》序章《孔布雷之夜》中写吃小玛德莱娜点心的感觉和意识流程,由于漫不经心彰显出减缓、停顿的特点。如:

> 当下,面对阴郁的白天和无望的明天正闷闷不乐,机械地舀了一勺我先前泡着点心的茶,送进嘴里。就在这口带着蛋糕屑的茶碰到上颚的一刻,我猛然一震,注意到我身上发生了奇妙的事情。一种美不可言的快感传遍我全身,使我感到超然升华,但又不解其缘由。这种快感立即使我对人生的沧桑无动于衷,对人生的横祸泰然处之,对幻景般短暂的生命毫不在乎,有如爱情在我身上起作用,以一种珍贵的本质充实了我,或确切地说,这种本质并不是我寓于我,而本来就是我自身。我不再感到自己碌碌无为,猥琐渺小,凡夫俗子。我这种强烈的快乐是从哪儿来的呢?我觉得它跟茶水和点心的味道有关,但又远远超出了味觉,与其性质肯定截然不同。那么,这种快乐从何而来?又有何种意义?何处方可领略?我喝第二口,并不觉得比第一口更有滋味,第三口却比第二口感觉淡薄了。我的品尝该到此为止,饮料的效力好像在减退。显而易见,我寻找的真情不在饮料,而寓于我身上。茶味唤醒我身上的真情,但识别不了真情,只能冷冷地重复同一个见证,其力量一次比一次弱,我自己解释不了这个见证,只求能再次让它出现,再次完好无损地找到它,供我使用,以便彻底弄清其究竟。我放下茶杯,求助于我的头脑。应该由它来寻求真情实况。但怎么找?每当头脑茫然,不知所措,便产生严重的迷糊;此时,作为探索者的头脑处在一片黑暗之中,它必须在黑暗的王国寻求,还得创造。头脑面临某种尚未形成的东西,而又只有它才能意识到这东西的存在,并把它们揭示出来。①

一般来说,获得突显的场景越多,其叙事话语隐藏的场景便越少,其话语蕴藉也可能越少,但情况也许没有这么简单。表象话语场景的突显与隐藏之

---

① 马塞尔·普鲁斯特:《追忆逝水年华》(精华本),沈志明译,上海译文出版社2012年版,第45—46页。

别,虽然可能典型地呈现于戏剧之中,甚至可以将戏剧台词和唱词的绝大多数都归于这一表象话语场景,但不能否认状物写景之类文本话语其实仍属于表象话语范畴,且有些也可能别具一格。如马致远《天净沙·秋思》"枯藤老树昏鸦,小桥流水人家,古道西风瘦马。夕阳西下,断肠人在天涯"诸句,连适当的连词都省略不用,常常将事物名词直接连接了起来,并最终呈现出场景。另如威廉斯的《红色手推车》中"那么多东西/依靠/一辆红色/手推车/雨水淋得它/晶亮/旁边是一群/白鸡"也有类似特点。虽然名词的连缀确实在某种程度上呈现出景物堆积的现象,但人们还是有理由相信这绝对不是诗人的所有目击物、接触物和关联物,因而仍是诗人故意选择突显的结果。但诗人都舍弃或隐藏了什么事物,确实值得深思。只是人们似乎并不十分热衷于对舍弃物的追寻和思考。这当然是表象话语场景呈现之突显与隐藏的最基本层面,其最核心层面诗人最想呈现却故意没有呈现的事物是什么,那才是隐藏得最深的事物场景。如果说马致远用"断肠"二字点出了题旨实为秋天的愁思,且很有可能是游子的秋天愁思,这样一来其隐藏的场景便可能是诺瓦利斯所谓"哲学就是乡愁——处处为家的欲求"的哲思,因此似有些突显的属性;但威廉斯的《红色手推车》就显得有些模糊,以致隐藏得更深奥,明显属于隐藏的范畴。也可能仅仅是写乡村生活中手推车的重要?如果仅是着眼于对手推车这一农具功用的写实,则无疑又属于突显了。如此一来同做突显或隐藏来分析也不是完全没有道理,或看似隐藏实则突显,看似突显实则隐藏,这便是表象话语场景的关键。

　　大多数情况下要清晰区分隐藏与突显还有一定难度。如汤显祖《牡丹亭·惊梦》中杜丽娘的唱词:"原来姹紫嫣红开遍,似这般都付与断井颓垣,良辰美景奈何天,赏心乐事谁家院? 朝飞暮卷,云霞翠轩,雨丝风片,烟波画船,锦屏人忒看的这韶光贱。则为你如花美眷,似水流年,是答儿闲寻遍,在幽闺自怜。"这段唱词对园林景物场景的描写还算细腻逼真,就此而言应属突显范畴,单就这段唱词呈现看似细腻的园林表象场景而言,似乎很难显出杜丽娘欣喜之余的动作场景,主要还是关涉其活动背景而非场景,作为场景应该有人物形象的动作场景,如此才能一定程度上淡化其有些隐蔽的特点。《西厢记》第四本第三折中崔莺莺的一段唱词,如:"青山隔送行,疏林不做美,淡烟暮霭相遮蔽。夕阳古道无人语,禾黍秋风听马嘶。我为甚么懒上车儿内,来时甚急,去后何迟?"虽然唯独景物场景的呈现并不见得比杜丽娘那段唱词更细腻明确,但其恋恋不舍的情态倒呈现得十分逼真清晰,且略显出某些夸张,明显有突显的性质;关于送别场景的呈现虽显得有些含混模糊,但人物情态场景却更鲜明。西方理论家如伊塞尔常常热衷于已写与未写部分的各自作用,以为已写部分为读者提供可推测和填补的线索,未写部分才为读者提供进一步推测和填补的空间。其实人们可这样来阐释,是突显部分为读者提供了可进一步追索和破译隐藏部分的线索,隐藏部分才是突显部分得以存在的真正理由。

第三节　文本话语意旨的单一与歧义

文本话语背景、场景固然是作为文献的文本话语系统的主要显现形式,意旨才是其深层动机和意图之所在。所谓背景、场景仅仅是意旨的铺垫,或作为缘起的铺垫,不使其意旨显得突如其来,或作为前因的铺垫,不使其意旨显得莫名其妙。完整的文本话语系统如抒情话语、叙事话语和表象话语结构往往同时呈现背景、场景和意旨,且越是结构完整,其意旨显得越可能充分清晰。而且所有这些意旨的呈现可以是一次性的,也可以是多次性逐级呈现的。

席慕蓉《贝壳》采用多次逐级呈现的方法。先用一句话介绍背景:"在海边,我捡起了一枚小小的贝壳。"使表象话语不至于显得有些突兀,接着便用几段文字来呈现其表象场景。先是介绍贝壳外形实在是一件艺术品:"贝壳很小,却非常坚硬和精致。回旋的花纹中间有着色泽或深或浅的小点,如果仔细观察的话,在每一个小点周围又有着一圈一圈的复杂图样。怪不得古时候有人采用贝壳来做钱币,在我手心里躺着的实在是一件艺术品,是舍不得拿去和别人交换的宝贝啊!"接着又更细致地介绍贝壳里面的微弱生命:"在海边捡起这一枚贝壳的时候,里面曾经居住过的小小柔软的肉体早已死去,在阳光、砂粒和海浪的淘洗之下,贝壳中所留下来的痕迹已经完全消失了。但是,为了这样一个短暂和细小的生命,为了这样一个脆弱和卑微的生命,上苍给它制作出来的居所却有多精致、多仔细、多么地一丝不苟呢!"席慕蓉这一看似不经意的发现,却触及一个更深邃的美学精神。这就是无论任何时候生命的存在才是最有价值、最有意义的。罗斯金认为,自然界的有机形式,之所以能提供美的愉悦,根本在于有机体所具有的生命力,一旦这一生命力被实用主义功利地赋予一定用途,虽然可能为人们提供诸多用处,但因为生命的缺失而显得没有了生命的美的价值和意义。他指出:"处于瀑布上方在风中摇曳不停的弯弯树干是美丽的,因为它很快活,尽管它对我们毫无实际的用处,而同样的树干,被伐倒,横浮在河面上,却早已失去了它的美。"①虽然席慕蓉所要呈现的可能并不完全是这一意旨,但她没有放弃对生命的赞美是确信无疑的。正是基于这一点,才使她有了以下感慨:"比起贝壳里的生命来,我在这世间能停留的时间是不是更长和更多一点呢? 是不是也应该用我的能力来把我所能做到的事情做得更精致、更仔细、更加地一丝不苟呢?"席慕蓉这不是静止地惋惜贝壳中微弱生命的消失,而是转而联想到自己和人类生命持续时间超过贝壳里微弱生命的优越,进而思考是否可将更精致认真、一丝不苟做事作为延续有限肉体生命的手段? 这是作者直接触及意旨的第一步。第二步是由初步考量到实际行动的打算:"请让我也能留下一些令人珍惜、令人惊叹的东西来吧。"第三步是对其精致认真、一丝不苟做事可能延续精神生命的结果的一种推测和想象:"在千年之后,也许也会有人对我留下的痕迹反复观看,反复把玩,并且会忍不住轻轻地叹息:'这是一颗怎样固执又怎样简单的心啊!'"至此作者的意旨才通过层层推演作了逐级深入的圆满展示:任何人都应该给这个世界留下精致认真、一丝不苟的生命痕迹,以使其肉体生命凭借固执而又简单的精神追求得以延续。

　　一般来说,越有较清晰背景和场景铺垫的叙事话语其意旨可能越清晰,也越呈现出单义的特点。如《三国演义》第一百十九回较之《古今谭概·专愚部第四》的"昏主"条,其叙事话语意旨被表述和呈现得更充分、更圆满、更明白。如果人们对《古今谭概·专愚部第四》"昏主"条刘禅之昏主形象还会有质疑,经《三国演义》背景出场、场景突显的处理,便几乎活脱脱呈现了出来:

　　　　且说后主至洛阳时,司马昭已自回朝。昭责后主曰:"公荒淫无道,废贤失政,理宜诛戮。"后主面如土色,不知所为。文武皆奏曰:"蜀主既失国纪,幸早归降,宜赦之。"昭乃封禅为安乐公,赐住宅,月给用度,赐绢

---

　　①　罗斯金:《论生命力的美》,陈超男译,蒋孔阳:《十九世纪西方美学名著选》(英法美卷),复旦大学出版社 1990 年版,第 55 页。

万匹,僮婢百人。子刘瑶及群臣樊建、谯周、郤正等,皆封侯爵。后主谢恩出内。昭因黄皓蠹国害民,令武士押出市曹,凌迟处死。时霍弋探听得后主受封,遂率部下军士来降。次日,后主亲诣司马昭府下拜谢。昭设宴款待,先以魏乐舞戏于前,蜀官感伤,独后主有喜色。昭令蜀人扮蜀乐于前,蜀官尽皆堕泪,后主嬉笑自若。酒至半酣,昭谓贾充曰:"人之无情,乃至于此! 虽使诸葛孔明在,亦不能辅之久全,何况姜维乎?"乃问后主曰:"颇思蜀否?"后主曰:"此间乐,不思蜀也。"须史,后主起身更衣,郤正跟至厢下曰:"陛下如何答应不思蜀也? 倘彼再问,可泣而答曰:先人坟墓,远在蜀地,乃心西悲,无日不思。晋公必放陛下归蜀矣。"后主牢记入席。酒将微醉,昭又问曰:"颇思蜀否?"后主如郤正之言以对,欲哭无泪,遂闭其目。昭曰:"何乃似郤正语耶?"后主开目惊视曰:"诚如尊命。"昭及左右皆笑之。昭因此深喜后主诚实,并不疑虑。后人有诗叹曰:"追欢作乐笑颜开,不念危亡半点哀。快乐异乡忘故国,方知后主是庸才。"

正由于这段文字中对相应背景、场景作了必要介绍和铺垫,才使刘禅昏君庸才性格特征得到了较明晰呈现,引后人诗作为定论就体现了其意旨单一的属性。只是如此判定还是有些简单粗暴,至少不能武断认定刘禅乐不思蜀是发自其内心的,如果引起人们的进一步推测,形成诸如识时务者的联想,也不是完全没有道理。如此也可能难以排除某种程度上存在的含而不露潜台词,所以有关昏君庸才的判定仅是一种意旨单一的解读,不排除可能的识时务者联想,这便有了意旨歧义的解读。德里达指出:"表达的话语本身就其本质来说并不需要真正在世界之中被大声说出来。"①正由于这一原因及潜台词的存在,使得文本话语系统蕴含多义乃至歧义在所难免。当然这可能得力于潜台词,也可能源于读者基于潜台词的多元解读。约翰·R.塞尔指出:"一部作品是不是文学是由读者决定的,而一部作品是不是虚构则是由作者决定的。"②这实际上是说,凡经由读者进行了基于潜台词的多重解读的文本,都很大程度上有了文学文本的性质,但不管属于哪一种情形,潜台词,作为意义空域其价值和意义不可低估,必定在很大程度上为意旨衍生和增益乃至形成多义性甚

---

① 雅克·德里达:《声音与现象》,杜小真译,商务印书馆 2017 年版,第 39 页。
② 约翰·R.塞尔:《表达与意义》,王加为、赵明珠译,商务印书馆 2017 年版,第 80 页。

至歧义性奠定了基础,而且越是背景和场景交代不清晰,其潜台词蕴含意义空域,形成文本话语系统意旨衍生和增益,乃至导致多义性甚至歧义性的可能性越大。

这一现象在叙事话语之外也有广泛存在。古希腊阿尔克曼《夜》之所谓:"已安睡;山峰,山谷,/海角,溪涧,/黑色大地哺养的爬虫,/山中的走兽和蜂族,/还有那些在汹涌的海面下深处的巨兽。/就连那些羽翼宽展的飞禽/也已安睡。"虽然题名《夜》,但只字未提夜,也只字未提其背景,只是呈现山水、飞禽走兽和爬虫已经安睡的场景,于是作为其外显意旨的夜是清楚的,但潜在意旨却并不为人所知晓,以致有模糊性和含混性。另如韦应物《滁州西涧》既没有按照背景+场景+意旨结构模式加以清晰呈现,也没有对背景作任何呈现,有使背景全然隐退之嫌,虽然对场景突显看似十分清晰,但由于没有借助题名、核心词汇等对意旨加以适当暗示,所以整首诗"独怜幽草涧边生,上有黄鹂深树鸣。春潮带雨晚来急,野渡无人舟自横"看似全为场景呈现,又似隐藏着某些暗示,于是显得歧义丛生:有人以为韦应物这首诗以"幽草"与"黄鹂"分别喻指不得志而在野的君子和位居高位的小人,如谢叠山(枋得);也有认为野渡舟横喻指仁人不得见用,如杨慎;也有认为如此阐释未得意旨,甚或有失风雅,如赵泉章、沈德潜等;也有以为没有暗示和意旨,仅为"写西涧之景,历历如绘",如胡应麟、王文濡;高棅《唐诗品汇》载欧阳子云认为,城西为丰山,无西涧,实无此景,如此一来似乎仅为即兴虚构和意旨暗示而已。

《红楼梦》前两回借空空道人、冷子兴、贾雨村等对林黛玉、贾宝玉前世交情,以及贾宝玉与林黛玉家世等背景有过较清晰交代,且在第三回荣国府收养林黛玉部分对林黛玉、贾宝玉初次见面似曾相识场景有较细致突显,但正是这看似清晰的场景呈现却可能隐藏着说不破道不明的诸多密码,有待于人们进一步用各种知识和理论去破译和阐释。曹雪芹借助宝黛二人第一次见面场景既突显了林黛玉、贾宝玉二人各自对对方相貌特征气质的感知和把握,也突显了各自对对方感觉眼熟面善的第一印象。不过贾宝玉觉得面善,便有心无心不加掩饰脱口而言,林黛玉虽觉眼熟却压在心里,深藏不露。虽说有贾母对贾宝玉的批评,及贾宝玉看着面善,算是旧相识的解释,还用贾母所说以后更相和睦之类的话搪塞过去。这似乎是这一场景突显对其叙事意旨的最直接明白的阐释。但仔细思考本次见面系林黛玉、贾宝玉二人初次相逢,且各自都有似曾相识的感觉,肯定还有其他更深邃密码有待人们破译和阐释。单就眼熟面善、似曾相识这第一印象而言,仅限于贾宝玉和贾母对其意旨的解释还不够,似仍存在一定的牵强和含混模糊之处。读者一则可以从教育学角度,印证林黛玉早就听母亲说过贾宝玉的相貌性格气质,且又在拜见王夫人时再度得到证明,贾宝玉也应该从贾母或贾政口中得到过姑妈女儿的一些信息,可知彼此对对方应该有些前期印象;二则可以从遗传学角度,推测林黛玉可能从母亲贾敏身上提前感知过贾宝玉自带的某些遗传基因,贾宝玉也可能从贾政身上提前感知过林黛玉身上的某些遗传因子;三则可以从心理学角度,理解贾宝玉、林黛玉各自心心相印的心灵感应和脾气相投的某些内在因素;四则可以从量子纠缠理论角度,获得关于心灵感应及天人感应的某些密码迹象;五则可以从叙事学角度,获得基于前因后果叙事逻辑的神瑛侍者与绛珠仙子前世因缘轮回延续结果的可能性。当然这也只是对其心心相印密码作了有限阐释,更多更有力的实证性阐释,还有待于科技乃至哲学、宗教学的进一步发展。但如此阐释无疑更加证实了其意旨多义性和歧义性的可能。

莎士比亚《亨利五世》第一幕第二场坎特伯雷有这样一段台词:

所以上天把人体当作一个政体,赋予了性质各个不同的机能;不同的机能使一个个欲求不断地见之于行动;而每一个行动,就像系附着同一种目标或者是同一种对象,也必然带来了整体的服从。蜜蜂就是这样发挥它们的效能;这种昆虫,凭着自己天性中的规律把秩序的法则教给了万民之邦。它们有一个王,有各司其职的官员;有些像地方官,在国内惩戒过失;也有些像闯码头、走外洋去办货的商人;还有些像兵丁,用尾刺做武器,在那夏季的丝绒似的花蕊中间大肆劫掠,然后欢欣鼓舞,把战利品往回搬运——运到大王升座的宝帐中;那日理万机的蜂王,可正在视察那哼着歌儿的泥水匠把金黄的屋顶给盖上。一般安分的老百姓又正在把蜂蜜酿造;可怜那脚夫们,肩上扛着重担,硬是要把小门挨进;只听见"哼!"冷冷的一声——原来那瞪着眼儿的法官把那无所事事、呵欠连连的雄蜂发付给了脸色铁青的刽子手。我的结论是:许许多多的事情只要环绕着一个共同的目的,不妨分头进行;就像从各个不同的角度发出的箭,射向一个目标;东西南北的道路都通向一个城镇;千百条淡水的河流汇聚在一片咸海里;许多线条结合在日规的中心点——就像这样,千头万绪的事业一旦动手,共同完成一个使命,什么都顺利进行,不会有一些儿差错。①

莎士比亚这段文字至少就坎特伯雷台词本身而言,其意旨确定而且唯一。坎特伯雷自有其单一明晰结论的呈现,其单一明晰意旨就是万物归一、殊途同归,类似于《易经·系辞下》所谓"天下同归而殊途,一致而百虑"②。关于文本话语意旨,还经常存在这一现象:如果抒情话语、叙事话语和表象话语的发出者,并不明确限定某单一意旨的话,读者便会在阅读特别是差异性阅读中形成关于意旨的不尽相同解读和阐释,且这些解读和阐释其影响力并不一定逊色于作者;但如果话语发出者明确限定了意旨,其衍生更多意旨的可能解读和阐释便受到限制,至少就作者发声的权威性而言往往会削弱读者多重意旨阐释,理所当然也会很大程度上限制多义和歧义的衍生。《伊索寓言》和《安徒生童话》就存在这一现象:如果作者不点明意旨,读者可以获得更多而且看似较之作者所声称更切合文本的意旨,一旦作者有了相应明晰界定,读者的更多更具创造性的意旨阐释便受到作者权威性的制约和挑战,除非如庄子、罗兰·巴特那样宣告作者已死,才可很大程度上使读者赢得与作者平分秋色的合法性和权威性,或更大程度的阅读主体性、创造性和合法性。

其实就蜜蜂王国井然有序的秩序而言,除了得出如《亨利五世》中坎特伯雷对蜜蜂王国井然有序、协同一致单一意旨的揭示之外,完全有可能形成其他解读和阐释。如曼德维尔《蜜蜂的寓言》便揭示了截然不同的意旨:在这个蜜蜂王国,如果每只蜜蜂个体都近乎疯狂地追求自己的利益,使其虚荣伪善等诸多恶德表露无遗的话,这一蜂巢王国常常会呈现出繁荣昌盛的景象;但如果每一只蜜蜂都有了安分守己、诚恳善良的美德,反而会使蜜蜂王国随之衰败萧条。他这样总结道:"我们发现:只要经过了正义的修剪约束,恶德亦可带来益处;/一个国家必定不可缺少恶德,/如同饥渴定会使人去吃喝。/纯粹的美德无法将各国变得/繁荣昌盛;各国若是希望复活/黄金时代,就必须同样地悦纳/正直诚实和坚硬苦涩的橡果。"③曼德维尔这一对蜜蜂王国秩序的解读和归因,后来被说成"节俭逻辑"乃至"节俭悖论",被凯恩斯发展成为刺激消费

---

① 莎士比亚:《亨利五世》,方平译,《莎士比亚全集》(第3卷),人民文学出版社1994年版,第354—355页。

② 李道平:《周易集解纂疏》,中华书局1994年版,第636页。

③ B.曼德维尔:《蜜蜂的王国》(第一卷),肖聿译,商务印书馆2016年版,第28—29页。

和增加总需求对经济发展能够产生积极作用的阐释，而且很大程度上背离了道德原则，甚至由于某种意义上存在的推崇恶德而贬抑美德的倾向，使得很多人难以接受和普遍认可。倒是如果能够理解为善恶并存，或许可以促使人们真正领悟柳宗元《敌戒》，特别是佛教无善无恶、庄子齐物论之心量广大、大道平等的襟怀。

  文本话语意旨的单义与歧义，很大程度上取决于相应背景、场景的呈现和铺垫，当然也取决于基于背景、场景隐退而形成的潜台词和意义空域可能激发读者自主阅读、创造阅读的范围和程度。虽然读者的作用不可低估，但文本话语系统其价值和意义同样不可低估。正是这些平凡而琐碎的未写出的背景和场景可能很大程度上吸引细心的读者加入其中，在不断追问和揣摩中滋生更多背景和场景，随之使本来蕴含其中的潜台词逐渐得到很大程度的差异化解读，进而达到复现和澄明，也使这一看似隐退的平凡琐细背景和场景产生一定永久生命力，在很大程度上滋生意旨的多义性和歧义性。伊瑟尔指出："所表达出来的内容似乎是因对未表达出来的内容有参照作用才呈现出重要意义，因此，赋予意义以形式和重要性的是隐含的意义，而不是清晰的表达。"①虽然人们可能基于各自不同的差异化阅读使得意旨多义性和歧义性得到突显，但更多的人似乎更愿意相信这是文本话语系统自身所蕴含的意旨，而非读者解读的意旨。这便使文本话语意旨的单义与多义滋生基于不同原因。

---

  ① 沃尔夫冈·伊瑟尔：《怎样做理论》，朱刚等译，南京大学出版社 2019 年版，第 75 页。

第五章　文学作为文本话语的层级性

作为文学体裁话语的抒情话语、叙事话语和表象话语,由低级到高级往往呈现出不同层级性。这些层级主要集中体现于形象范畴,如抒情话语以境界彰显其层次,叙事话语以人物呈现其层次,表象话语以表象体现其层级。正是这些不同层级,才真正彰显抒情话语、叙事话语和表象话语的不同美学表征和意蕴。

第一节　文本抒情话语的情境、物境和意境

抒情话语的终极目的并非抒情,抒情可能只是其最初目的,即以情感真挚感人取胜,是为情境;更高层次以事物惟妙惟肖取胜,是为物境;最高层次以哲理周遍含融取胜,是为意境。

众所周知,人们早就有关于诗歌境界层次的论述。王昌龄认为:"诗有三境:一曰物境,二曰情境,三曰意境。物境一:欲为山水诗,则张泉石云峰之境,极丽绝秀者,神之于心,处身于境,视境于心,莹然掌中,然后用思,了然境象,故得形似。情境二:娱乐愁怨,皆张于意而处于身,然后驰思,深得其情。意境三:亦张之于意,而思之于心,则得其真矣。"①王昌龄将境界分析为物境、情境和意境。如果加以调整,深得其情、以情感人,是为情境,应该是第一境界;得其形似,在此基础上达到惟妙惟肖,当为物境,应该为第二境界;得其真意,周

---

① 王昌龄:《岳阳别李十一越宾》,张法:《中国美学经典》(隋唐五代卷),北京师范大学出版社 2017 年版,第 58—59 页。

遍含融,应该是意境。如此一来便与蔡小石、宗白华观点相似。清代蔡小石《拜石山房词·序》则云:"夫意以曲而善托,调以杳而弥深。始读之则万萼春深,百色妖露,积雪缟地,余霞绮天,一境也。再读之则烟涛倾洞,霜飙飞摇,骏马下坂,泳鳞出水,又一境也。卒读之而皎皎明月,仙仙白云,鸿雁高翔,坠叶如雨,不知其何以冲然而澹,翛然而远也。"江顺贻评之曰:"始境,情胜也。又境,气胜也。终境,格胜也。"宗白华对此有所阐释:"'情'是心灵对于印象的直接反映,'气'是'生气远出'的生命,'格'是映射着人格的高尚格调。"①第一境界情境以情胜,第二境界物境以气胜,第三境界终境以格胜。如此便可以将其与王昌龄三境做统一阐述。

人们很早便有不同层次认知方式的阐述。《庄子·秋水》有云:"以道观之,物无贵贱;以物观之,自贵而相贱;以俗观之,贵贱不在己。"②这实际上将人类认知方式划分为三个层次:最低层次以俗观之,貌似贵贱不在己而在外物,实际是自我以对外物之得失作为依据,得之为喜,失之为悲,大多数的情感便基于这一得失,感物生情,这其实便是所谓情境得以生成的根源;更高层次是以物观之,似已跳出了更加狭隘的以自我得失为据、或喜或悲的抒情境界,达到以万物为依据,但仍免不了万物以己为贵而以他为贱的局限,这其实是物境得以产生的基本缘由;最高境界是以道观之,超出万物束缚,能看到万物无所谓贵贱的真谛,这便是意境得以生成的根源。邵雍也认为以物观物高于以我观物,曰:"以物观物,性也;以我观物,情也。性公而明,情偏而暗。"③但邵雍之以我观物和以物观物,与《庄子·秋水》略有不同:"以物喜物,以物悲物,此发而中节者也。不我物,则物能物。任我则情,情则蔽,蔽则昏矣。因物则性,性则神,神则明矣。"④邵雍所谓以我观物与《庄子·秋水》以俗观之相近,而以物观物,则与《庄子·秋水》以道观之相近。由此综而论之,则可以将认知方式,按照层次由低到高阐述为以我观物、以物观物、以道观物三个境界。其中以我观物,任情以物,得之于情,虽不免限于以情蔽物,但毕竟可能以情取

① 宗白华:《中国艺术意境之诞生》(增订稿),《宗白华全集》(第二卷),安徽教育出版社1994年版,第362页。
② 《南华真经注疏》(下),中华书局1998年版,第335页。
③ 邵雍:《观物外篇》,《邵雍集》,中华书局2010年版,第152页。
④ 邵雍:《观物外篇》,《邵雍集》,中华书局2010年版,第152页。

胜;以物观物,任我以物,虽然可能受限于物,但超越了情,摆脱了自我的情蔽,却受制于物蔽,甚至以物取胜;以道观物,则既不受限于自我情蔽,也不受限于物蔽,而能发现万物平等之大道。这三种不同层次认知方式,呈现于文本抒情话语境界,则表现为情境、物境、意境。

情境的基本认知方式是以我观物,作者携带自我情感观察事物,移情于景,使景物具有了作者和人类的自我情感和生命特质,实现了万物皆出于我、皆备于我,甚至万物皆我,以致万物皆具人类情感和生命特质。如伯牙《水仙操》序录伯牙先身处绝境,使自我达到用情专一之境,再将此情此体验移置于外物,使万物皆具备自我和人类情感态度和生命特质。诸如欧阳修《蝶恋花·庭院深深深几许》所谓"泪眼问花花不语,乱红飞过秋千去"句,便是被王国维误列有我之境的范例。其实欧阳修此句虽确属有我之境,严格来说并未实现拟人化。因为问者为我,为人,但花不语仍未摆脱物性,没有实现拟人化。辛弃疾《木兰花慢·可怜今夕月》所云:"中秋饮酒将旦,客谓前人诗词有赋待月无送月者,因用《天问》体赋。可怜今夕月,向何处,去悠悠?是别有人间,那边才见,光影东头?是天外。空汗漫,但长风浩浩送中秋?飞镜无根谁系?姮娥不嫁谁留?谓经海底问无由,恍惚使人愁。怕万里长鲸,纵横触破,玉殿琼楼。虾蟆故堪浴水,问云何玉兔解沉浮?若道都齐无恙,云何渐渐如钩?"仍为有我之境,自我色彩十分鲜明,仍未使物摆脱其性。说到底,倒是诸如宋祁《玉楼春》"红杏枝头春意闹"和张先《天仙子》"云破月来花弄影"有些拟人化特征,使诸如春和花有了人性特质。

以我观物的终极情境其实是作者和人类的唯我独尊,也就是极为鲜明且强烈地彰显了作者对事物的观察者、聚焦者、呈现者身份,至于能否将事物拟人化还属另一情形。只要能够用自我尺度和标准观察和呈现事物,无论是否将自我情感和生命移置于事物,都不同程度达到了彰显自我和人类情感和生命特质的目的,都属于有我之境范畴,只是将自我乃至人类情感生命移置于事物,使事物实现拟人化可以更鲜明、更强烈彰显自我乃至人类唯我独尊身份。习惯于标榜以人为中心的西方文学显得更突出,如莎士比亚《李尔王》第四幕有一句"在那半山腰上/悬挂着一个采茴香的人",埃内斯托·洛佩斯-帕拉《空舍》:"空寂笼罩着整座房舍,/记忆的蛛网/挂满天花板。/玻璃橱柜的樊笼/囚禁着寂寥的夜莺。/阴影的浮尘,/沾满墙的外衣。/停摆的钟盘上,/分分秒秒相继自尽。"弗朗西斯·比加维亚所谓:"当鱼儿在划水/泛起湖泊的话语/当它玩弄音律的时候/挑逗着夫人们散步的情趣。"诸如此类常常更能彰显诗人独特视角和感觉,以致更能体现这一特质。人们应该清楚地意识到,这种以我观物认知方式,虽然在文本抒情话语系统中为人们创造了有我之境,也在很大程度上彰显了人作为万物精灵、宇宙精华的唯我独尊,但也有一个致命弱点,即在哲学上忽视了人与万物和谐共处、共同创化这一更广大和谐的宇宙意识。这也可能是抒情话语境界中的有我之境之所以作为最基本层次而不是更高层次的根本原因。

物境的基本认知方式是放弃了情境之以我观物,也就是自我中心即以作者或人自身作为尺度来衡量万物的标准,换之以万物作为尺度来观察和衡量万物。以物观物相对开明通达,在一定程度上避免了作者受制于人自身主观感觉束缚,唯我独尊可能造成对事物的扭曲变形,以感知错觉等作为正觉的缺憾。王国维以为陶渊明《饮酒》其五为无我之境。其实这首诗严格来说并非无我之境,因为诗人虽放弃了以自我为尺度观察和呈现万物所导致的人化和人格化缺憾,但实际上仍未彻底摆脱自我的存在。只是这种自我显得更为淡泊宁静、悠然自得一些。如徐复观所说:"挟带感情以观物,固然有挟带感情之我在物里面;以虚静之心观物,依然有虚静的我在物里面。没有'悠然'的陶渊明,如何有'悠然见南山'的'悠然'之'见'。"①不仅陶渊明"采菊东篱下,悠然见南山"仍是以我观物,因为采菊者与见南山者不仅是诗人,而且是人,毕竟采者为我为人,被采者为菊,仍在某种程度上有施事与受事之别。至如王维《鹿柴》所谓:"空山不见人,但闻人语响",虽有不见人、有人语响的说法,但亦有我在,仍是以我观物,否则是谁发现空山不见人,又是谁听得见人语响,便不得而解。所以陶渊明、王维此诗句无疑不免于有我之境,只是较之欧阳修"泪眼问花花不语,乱红飞过秋千去"、辛弃疾"若道都齐无恙,云何渐渐如钩",诗人唯我独尊、凌驾于一切事物的气势不再,且多了几分平等和淡然,最多也只具有了一些物境的迹象。

真正意义的以物观物认知方式,最起码应该是用人与万物平等的态度观

---

① 徐复观:《王国维〈人间词话〉境界说试评》,《中国文学精神》,上海书店 2004 年版,第56 页。

察万物,而不是俨然以万物的精华、宇宙的精灵的身份居高临下观察和呈现万物,才可能使万物获得与诗人乃至人类平等的独立和尊严。如王维《秋夜独坐》"雨中山果落,灯下草虫鸣"有万物各自呈现,未受人视觉暴力侵扰的物境特点。但就其全诗而言,如所谓:"独坐悲双鬓,空堂欲二更。雨中山果落,灯下草虫鸣。白发终难变,黄金不可成。欲知除老病,唯有学无生。"其自我角色介入的程度还是十分清晰,仍未能彻底摆脱以我观物的有我之境的嫌疑,仍属于情境层次,只是在某种程度上具备了一些以物观物的物境特征。虽然陈子昂《登幽州台歌》有宏大抒情视域,其所谓"前不见古人,后不见来者。念天地之悠悠,独怆然而涕下",不仅时间上关涉过去、现在、未来,空间上涉及天、地、人,也正是基于宇宙在时间上的无始无终和在空间上的无边无际,不免产生了人生短暂且微不足道的缺失感和挫败感。这可能是大多数人共同的读后感。这首诗虽没有以诗人自我来干扰甚至扭曲变形自然事物,但作为观察者、呈现者甚至展示者的作者自我身份还是十分清楚而且鲜明,虽然有对人类生命个体有限性的终极体悟,但仍然摆脱不了以我观物的有我之境的缺憾,只是在很大程度上跳出了唯我独尊的局限,有了些万物平等的认知。诸如此类感慨人生短暂的抒情话语虽不同程度摆脱了情境层次的唯我独尊和自以为是,但毕竟未能彻底走出以我观物的情境缺陷,只在某种程度上具备了一些以道观物的意境属性和理智性而已。

以物观物认知方式的缺憾在于这种平等仅限于人与自然极为有限的方面,还远远没有达到万物平等、物无贵贱的境界,仍在相当程度上存在万物自贵而相贱的缺憾。古希腊无名氏有诗《蟹与蛇》云:"蟹钳住蛇,/对蛇说:'朋友,你应伸直,不要横行。'"萨迪《蔷薇园》有诗道:"太阳虽然普照大地,/蝙蝠看不见光芒。"将这两首短诗联系起来,恰恰说明了一个道理:强势者的生活习性和缺陷会成为他们强制要求他人的理由,而别人的优点却往往成为那些鼠目寸光者视而不见听而不闻的空无物。也就是说,每一个人和事物都可能存在自以为是的缺陷,而这个缺陷与自身或他人存在与否没有直接关系:虽然自己明白无误地存在某些缺陷,却将这一缺陷转嫁于他人;虽然别人存在某种优点,自己却视而不见。这里有一个不变的逻辑,就是许多人缺乏自知之明,往往看不到自己的缺陷和错误,永远自以为是地认定自己正确,错误和缺陷仅在他人。这便是典型的以物观物以致自贵而相贱的例证。很少有人真正有萨迪《蔷薇园》所谓"与其做一只螫人的黄蜂,/我宁愿做人们脚下的蚂蚁。/我感激苍天给我的恩宠,/使我没有伤害别人的能力"的坦荡襟怀。

最高层次的认知方式应该是以道观物,就是以物无贵贱、大道平等的眼光观察和呈现万物,形成周遍无碍的富于哲理的意境。陶渊明《饮酒》其五所云:"结庐在人境,而无车马喧。问君何能尔?心远地自偏。采菊东篱下,悠然见南山。山气日夕佳,飞鸟相与还。此中有真意,欲辨已忘言。"虽然有诗人的观察者、呈现者和体悟者角色存在,仍在某种程度上不可避免地存在以我观物的情形,但这仅仅是一种表面现象。因为在这首诗中诗人明显不再是以以我观物和唯我独尊、居高临下的视角对呈现物实施视觉暴力,使呈现物作为诗人和人类主观意志投射物或暗示物存在。虽然结庐在人境的必然是诗人自我,这一自我不再执着于诸如小隐隐陵薮、大隐隐朝市之类分别:虽然结庐人境,可能面临熙熙攘攘、尔虞我诈的世俗利害干扰,但诗人境由心生心远地自偏的认知,并不受人间是非利害干扰,以致有"而无车马喧"的宁静和淡然。虽然采菊于东篱下,有人为选择的嫌疑,偏偏是东篱下的菊,而不是西边的其他花草,且菊本身有隐君子的象征意义,所以说作者采菊与其追求隐士人格理想完全没有关系似乎有些武断,但也不能排除无意识之间偏偏碰到东篱下的菊,便无意识加以采摘的可能,即使确实有意识采摘了菊,一旦采到手,便不再执着于菊与其他花草区别的可能依然存在。如此一来诗人仍可能达到对菊与其他花草等无所分别和取舍的境地,仍然可能达到无所执着的境界。也正是由于这种无所执着、心体无滞,才可能使诗人在不经意间看见南山,甚至也可能是南山扑面而来映入诗人眼帘。这自然是诗人无所执着和取舍的结果,仍不失为宁静和淡然所致悠然,自己悠然便见南山悠然也是顺理成章的事情,或以南山悠然印证了诗人自我的悠然,使诗人自我的悠然因南山的悠然获得彰显,也是合情合理的事情。当然南山也可能是诗人居住地南面的庐山,如此一来,其悠然自得更无可非议,但南山在中国文化体系中确实有长寿、永恒的象征意义,如此一来,看成是诗人理想愿望的一种寄托,仍然是可能的。但这种可能使"悠然见南山"有了主观取舍和有所执着的嫌疑。如果诗人执着于长寿和永恒的精神理想,何以能真正达到无所执着的心体无滞呢?也可能执着于见南山,然而一见到便释然放下了这一执着,所以仍可能因刹那间释然恢复原初不加执著和取舍的悠然心态。也许"山气日夕佳,飞鸟相与还",即大自然及大道的最高境界,便是诗人自我与飞鸟无所分别乃至同归于无所分别平等大道的体现。这才是陶渊明对"采菊东篱下,悠然见南山"的最好阐释:采菊、见南山有所执着和取舍,可一旦采到和见到便刹那间释然放怀,仍回归于无所执著和取舍的本心,体悟并达到有执有失、无执无失,有执便是无执、无执便是有执,无执与有执无所分别、无所取舍,以及于念无念、于相无相、于住无住的境界,这便是此中真意之所在,但这一真意无法分辨和执着。最通达无碍的态度只能是得意忘言,如《庄子·外物》所云:"言者所以在意,得意而忘言。"①也如王弼所云得象而忘言、得意而忘象,由采菊和见南山之得象和"飞鸟相与还"之得意,最终达到忘象忘言境界。在这首诗中,作者自我与飞鸟,以及采菊与忘菊,见南山与忘南山,以及得与失、有与无无所分别和平等不二,才是此中真意与大道内涵之所在。这才是陶渊明臻达意境真谛之体现。

王维《鸟鸣涧》"人闲桂花落,夜静春山空。月出惊山鸟,时鸣春涧中",《辛夷坞》"木末芙蓉花,山中发红萼。涧户寂无人,纷纷开且落"等,实际上为人们呈现了大自然一切事物按自己生长习性自行呈现、自生自灭的境界。这一境界所表彰的便不仅仅是自然界一切万物不依仗人力介入、干预和主宰,也不受其他事物干扰,依照四时交替、生长收藏、自生自灭的生存状态,更是自然界物无贵贱、大道平等的运行规律的体现,理所当然也在很大程度上彰显了意境之以道观物、物无贵贱的境界层次和特征。叶维廉认为:"景物自现,几乎完全没有作者主观主宰知性的介入去侵扰眼前景物内在生命的生存与变化。作者仿佛没有介入,或者应该说,作者把场景展开后便隐退,任景物直现读者面前,作者介入分析说明便会丧失其直接性而趋向抽象思维,在上面两首诗里,自然继续演化,'涧户寂无人,纷纷开且落',没有人为的迹改。"②叶维廉的论述还是仅仅表彰了万物自行呈现的物境特征,并未揭示大道平等的意境属性。其意境的真正属性是作为观察者、呈现者、体悟者的诗人对被观察、呈现、体悟的事物的普遍尊重和一视同仁,人与自然界一切万物平等不二的平等大道。在这一点上,《薄伽梵歌》所谓:"彼遍处无凝滞兮,/美恶随其相应,/无欣欣亦无戚戚兮!/彼智则为坚定。""于同心之人,友与敌,/漠然者,中立者,

① 《南华真经注疏》(下),中华书局1998年版,第534页。
② 叶维廉:《空故纳万境:云山烟水与冥无的美学》,《中国诗学》,人民文学出版社2006年版,第160页。

所恶与所亲,/善人,不善人,——/而一视同仁兮,/彼为卓越五伦。"《周易·中孚》所谓"鸣鹤在阴,其子和之;我有好爵,吾与尔靡之"似有异曲同工之妙。比较而言,老庄、孔孟、慧能的有关论述最透彻。

第二节 文本叙事话语的扁平型、扁圆型和浑圆型

人们常常将人物、情节、环境作为以小说为代表的叙事话语的基本要素和特征,但法国新小说和意识流小说的出现无疑颠覆了这一特征,不仅人物常显得干瘪,成为没有性格的符号,也不再关注故事情节的具体生动性,甚至消解了故事情节的存在理由,也不再重视环境的营造和突显,使环境因素也退居次要。但人物无论干瘪与否、符号化与否,必定还是不同程度存在,而且众多的叙事话语仍然免不了塑造人物形象,于是人物形象从扁平、扁圆到浑圆可能仍能够在一段时期显示出一定的层次和特征。

福斯特喜欢将人物分为扁形人物与浑圆人物两种。他认为,所谓扁形人物是"围绕着单一的观念或素质塑造的","能用单独一句话就形容出来"[①]的人物形象;浑圆人物是"不能够用单单一句话来加以概括","像现实生活中的人那样是个多面体"[②]的人物形象。福斯特的人物形象分类存在诸多缺憾:一是受非此即彼二元论思维模式限制,习惯于是与非之间做二元选择;二是体现人物形象属性的关键在形象本身,能否用一句话概括常取决于概括的角度、层次及概括者思维和语言能力;三是真正能衡量人物形象圆满程度的应该是其性格的基本构成,而不是非得用诸如"我一定要特别小心显得和蔼可亲"[③]之类概括句,且即使用来概括性格,单一性格也可用多句话概括,即使再复杂的性格也可用一句话来概括,性格圆满度并不取决于概括句的多寡。

---

① 爱·福斯特:《小说面面观》,方土人译,中国社科院外国文学研究所:《小说美学经典三种》,上海文艺出版社1990年版,第255—256页。

② 爱·福斯特:《小说面面观》,方土人译,中国社科院外国文学研究所:《小说美学经典三种》,上海文艺出版社1990年版,第257页。

③ 爱·福斯特:《小说面面观》,方土人译,中国社科院外国文学研究所:《小说美学经典三种》,上海文艺出版社1990年版,第256页。

　　人物形象具体情况可能更复杂,不能把能否用一句话来形容和概括作为分类和分析的唯一标准。如果人们将最浑圆的形象界定为具有矛盾性、运动性,且能将二者融为统一体的形象,那么其他形象类型便随之可以轻松加以分类。具有单一特性且静止不变的形象可称为扁平型形象,特性单一却运动变化或特性矛盾却静止不变可叫做扁圆型形象,特性矛盾且运动变化可命名为浑圆型形象。能真正达到浑圆型这一层次的形象往往具备了典型性质。卢卡奇在这一点上最有发言权。他指出:"可以这样来说明典型的性质:一切真正的文学用来反映生活的那运动着的统一体,它的一切突出的特征都在典型里凝聚成一个矛盾的统一体,这些矛盾——一个时代最重要的社会的、道德的和灵魂的矛盾——在典型里交织成一个活生生的统一体。表述平均数必然会导致这些总是反映着某一时代的矛盾在一个折中的人的灵魂和命运中失去锋芒,显得软弱无力,这样就失掉了它们的本质特征。典型的描写和富有典型的艺术把具体性和规律性、持久的人性和特定的历史条件、个性和社会的普遍性都结合了起来。"①人们虽然不能再以浑圆作为衡量形象的唯一标准,但至少能够梳理出形象在丰富性、矛盾性、复杂性和统一性等方面的差异性。

　　扁平型形象作为具有单一特性且未发生运动变化的单一静止型形象,其特性往往专指人物性格,也可包括其他事物属性,但不是指某一动作行为或事件,除非这一动作行为和事件本身具有相对独立的性格属性。因为一个性格属性可能体现为多个动作行为和事件。但对这一类形象本身而言,无论其动作行为和事件发生了多少次运动变化,其性格属性仍可能始终如一。如《世说新语·忿狷》所载:"王蓝田性急。尝食鸡子,以箸刺之,不得,便大怒,举以掷地。鸡子于地圆转未止,仍下地以屐齿蹍之,又不得。瞋甚,复于地取内口中,啮破即吐之。王右军闻而大笑曰:'使安期有此性,犹当无一豪可论,况蓝田邪?'"在这一叙事话语中,王蓝田吃鸡蛋,虽然先后发生了"刺"、"掷"、"碾"、"啮"、"吐"等不同动作和事件,但最终未摆脱性急这一性格,且呈现出愈演愈烈之势。如果仅以动作事件计,至少变化了四五次,但这并不能证明王蓝田性格属性实际发生了多次变化,因其性格并未摆脱性急这一属性,因此也

---

　　①　卢卡奇:《马克思恩格斯美学论文集引言》,《卢卡奇文学论文集》(一),中国社会科学出版社1980年版,第291页。

不能归于扁圆型形象。

也可将这一特性推广至人物性格之外其他事物属性方面。如《伊索寓言·狼和小羊》云："狼看见一只小羊在河边喝水,他想用什么巧妙的口实把他吃了。因此他站在上游,责备小羊,说把河水弄浑了,不让他喝水。小羊回答说,他是紧靠在河边喝着,而且站在下游,也不能把上游的水弄浑了。狼得不到口实,便又说道:'但是你去年骂过我的父亲哩。'小羊说,那时他还没有生呢。狼对他说道:'即使你辩解得很好,反正我不能放过你。'"在这一叙事话语中,狼具有残忍的属性,也具有狡辩、强词夺理等性格,前者体现的是狼的本质属性,后者更多赋予了人的属性,但并不能以此说明狼的形象具有扁圆型或浑圆型特质,因为扁圆型强调单一特性的变化,但这一叙事话语中狼的残忍、狡辩和强词夺理等属性没有发生变化,而且残忍、狡辩和强词夺理等属性间并未构成矛盾冲突,甚至有珠联璧合、相得益彰的特性。

这也就是说,单一运动型特征专指性格或属性的运动变化,并不泛指如相貌、动作、心理和事件等其他方面的运动变化。这些其他方面的运动变化只构成了复合序列,并不能证明呈现了不同性格和属性的运动变化。一般认为,所谓事件序列常常以计划(A1)→实施(A2)→结果(A3)即可能→行动→结果这一基本序列为基础,通过首尾接续式 A1→A2→A3(B1)→B2→B3,中间包含式 A1→A2(B1→B2→B3)→A3,左右并连式 A1(B1)→A2(B2)→A3(B3)构成不同复合序列。其中左右并连式,因为相同事件序列,对 A 方来说是改善事件,对同样参与该事件进程的敌对一方 B 方来说则可能是恶化事件。如智取生辰纲,对晁盖与杨志来说,虽然从计划→实施→结果基本重叠,但其最终结果给予双方的影响却截然相反,于是也可称为改善与恶化反向重叠式;另如鲁迅《药》中有明暗两条线索:对华老栓来说,从制订购买人血馒头计划(A1),到实施购买人血馒头行动(A2),再到用人血馒头治病失败(A3)为结果渐趋失败的恶化事件;对夏瑜来说,从被捕判刑(B1),到执行死刑(B2),再到鲜血被卖(B3),可以说构成了左右并连式复合序列 A1(B1)→A2(B2)→A3(B3)。但这一复合序列无论对 A 方还是 B 方来说,其实都是恶化事件,并不如智取生辰纲那样结果截然相反,只能说是善恶正向重叠式序列。以上两个举例的任何一个例证,虽然确实通过特定方式将不同事件序列组合构成了复合序列,但仅呈现了事件运动变化,并未显示相应性格和属性运动变化,参与这些事件序列的人物如晁盖、杨志与华老栓、夏瑜只保持了原有性格属性，并未发生实质性变化，仍属于扁平型形象。《杂譬喻经·恶雨喻》云：

> 外国时有恶雨，若堕江湖河井、城池水中，人食此水，令人狂醉，七日乃解。时有国王，多智善相。恶雨云起，王以知之，便盖一井令雨不入。时百官群臣食恶雨水，举朝皆狂，脱衣赤裸，泥土涂头而坐王厅上。唯王一人，独不狂也，服常所著衣，天冠璎珞坐于本床。一切群臣，不自知狂，反谓王为大狂，何故所著独尔。众人皆相谓言："此非小事。"思共宜之。王恐诸臣欲反，便自怖懅，语诸臣言："我有良药，能愈此病。诸人小停，待我服药，须臾当出。"王便入宫，脱所著服，以泥涂面，须臾还出。一切群臣见皆大喜，谓法应尔，不自知狂。七日之后，群臣醒悟，大自惭愧，各着衣冠而来朝会。王故如前赤裸而坐，诸臣皆惊怪而问言："王常多智。何故若是？"王答臣言："我心常定，无变易也。以汝狂故，反谓我狂。以故若是，非实心也。"如来亦如是。以众生服无明水，一切常狂。若闻大圣常说诸法不生不灭、一相无相者，必谓大圣为狂言也。是故如来随顺众生，现说诸法是善、是恶、是有为、是无为也。①

在这段叙事话语中，国王足智多谋，迫不得已自污其身，佯装发狂，混迹群臣，一旦发狂的群臣醒悟，恢复正常，他便因势利导说明原委，其足智多谋、沉着应对的性格属性并未发生任何变化，只不过是一种随顺众生、自污其身、现身教化的权变手段而已，仍属扁平型形象；至于群臣由于经历了由正常的清醒，到喝了恶水后的集体发狂，再到全然醒悟的变化过程，有向相反方向变化的情形，似有扁圆型形象特征，但由于群臣这一性格属性变化缺乏内在心理根据，毕竟因事发缘由为恶雨作祟，非群臣自己的抉择错误和行动失当所致，虽有惭愧意识，也不能因此承担主体责任，也不至于构成群臣正常与发狂的内在心理冲突，也不能由此使他们形成良心的自我谴责和灵魂的自我惩罚。偶然事故和自然界恶雨作祟蒙蔽所致的迷狂，一旦随着恶雨蒙蔽和毒性的解除，便自然获得醒悟，恢复正常。黑格尔认为："单纯灾祸不是由受害人招致的或应负责的，而是外在的偶然事故与环境的凑合，例如疾病、财产损失、死亡等等，

---

① 孙昌武、李庚杨：《杂譬喻经译注》，中华书局 2008 年版，第 224 页。

无辜地碰到他身上的”,“那种苦痛和灾难的情景只能使人痛心”。① 实际上这种意外的自然因素导致的、非人们自身原因所致的发狂突变,因为并非出自他们的作为,其醒悟也非真正的自悟,也未能因此承担相应责任和罪过,也就不会有所谓灵魂的洗心革面式深刻变化,虽然有点像扁圆型形象,但毕竟因缺乏内在心理根据,蜻蜓点水或轻描淡写,陷于扁平型形象范畴。

单一静止型形象的最大优势在于特性单一鲜明,接近于概念化、符号化,能使人很快记住并说出特性,且用来概括这一特性的往往不是福斯特所说的一句话,而是一个词,诸如吝啬鬼、伪君子之类。这些概括不一定十分准确,但人们总是喜欢用诸如此类简单词汇来概括,如往往用吝啬鬼来称严监生、阿巴贡、葛朗台、泼留希金,用伪君子来指代达尔杜弗,用懒汉来称呼奥勃洛摩夫,也常常反过来将严监生、阿巴贡、葛朗台、泼留希金作为吝啬鬼的代名词,将达尔杜弗作为伪君子的代名词,将奥勃洛摩夫作为好心懒汉的代名词。这一代名词常常点明了这类人物性格的核心特征,有的还直接成为作品标题。人们之所以用这种方法将人物姓名与其核心性格相互替代互换,不是说其辅助性格无足轻重,也不是因为懒得顾及辅助性格,而是诸如此类最具特征的性格往往以绝对优势压倒了其他辅助性格,使辅助性格黯然失色。这便是单一静止型形象的一大优势。

单一静止型形象的优势还在于因其便于记忆,最容易成为寄寓一定哲理用来启发和教育人的符号和工具。作者许多情况下给了单一静止型形象以足够时间来改变自己的性格,使其参与甚至主导事件的发展变化,但其始终如一地保持了核心性格,以致所有事件的演变发展只作为同一性格在接踵而来的不同事件中的演绎而有价值,如葛朗台、泼留希金、奥勃洛摩夫等。也有些形象可能因为作者没有赋予其改变性格特征的时间和机会而沦为单一静止型。有些人物之所以在其叙事话语中出现,只为了表演和突显这一核心性格,一旦这一表演和突显任务完成,其价值和意义随之消失。有些甚至只具有一个表情、一个动作、一句话之类表演和突显机会。如《涅槃经》叙述盲人摸象故事,只给每个盲人各说一句话的机会,且这一句话也不一定出于让盲人表演和彰显性格,而仅仅是借以彰显固执己见教训的符号。如《涅槃经》卷三十二:

① 黑格尔:《美学》(第三卷)下册,朱光潜译,商务印书馆1981年版,第289页。

譬如有王告一大臣：汝牵一象以示盲者。尔时大臣受王敕已，多集众盲，以象示之。时彼众盲，各以手触，大臣即还，而白王言：臣已示竟。尔时，大王即唤众盲，各各问言：汝见象耶？众盲各言：我已得见。王言：象为何类？其触牙者，即言象形如芦菔根；其触耳者，言象如箕；其触头者，言象如石；其触鼻者，言象如杵；其触脚者，言象如木臼；其触脊者，言象如床；其触腹者，言象如瓮；其触尾者，言象如绳。善男子，如彼众盲不说象体，亦非不说。若是众相悉非象者，离是之外，更无别象。善男子，王喻如来正遍知也，臣喻方等《大涅槃经》，象喻佛性，盲喻一切无明众生。①

《涅槃经》无意于进一步塑造和突显盲人的性格及其发展变化轨迹，只为了作为一种符号完成其赋予的象征和概念意义。虽然诸如此类单一静止型形象往往只是一个概念化、符号化形象，并不具有十分圆满的形象特征，但正是这一近乎平面甚至片面，在现实生活中并不多见的人物，却能成为借以阐明某一道理的家喻户晓的概念化人物。这些盲人也就是作为佛教所谓自以为是、只见树木不见森林的"无明众生"而有象征符号意义。没有人不认为盲人摸象是一出闹剧，但正是这一看似闹剧的演出却可能警示现实生活中的每一个人，因为每一个人都难免不自觉上演类似盲人摸象的闹剧。几乎所有的人都只依赖其身体知觉感知和认识世界，而所有这些建立在身体知觉基础上的感知和认识都不可能周遍无碍，都可能存在先天缺陷，很大程度上受制于感官所能感知的范围和界域。很少有人能直接感知出生前和死亡后的世界，能超出感官能力范围，对身体知觉浑然不知的世界有清醒认知。囿于感官的认知，即使使出浑身解数，也不过是重复或重蹈只见树木不见森林，一叶障目、自以为是、强词夺理的覆辙。盲人摸象并不只揭示了盲人限于先天缺陷可能导致的片面和狭隘，其实这一片面和狭隘对所有耳聪目明的生理正常人来说都不可避免。某些学者看似借助博览群书能够超越生死感知限制，了解过去，预知未来，其实他们越是踌躇满志、自以为是，以己之所是，非人之所非，越能够暴露出依赖自身感知的狭隘和短视。庄子《齐物论》对此有精辟论述："物无非彼，物无非是。自彼则不见，自知则知之。故曰：彼出于是，是亦因彼。彼是，方生之说也。虽然，方生方死，方死方生；方可方不可，方不可方可；因是因非，因非

---

① 《涅槃经》，宗教文化出版社2011年版，第517页。

因是。是以圣人不由而照之于天,亦因是也。是亦彼也,彼亦是也。彼亦一是非,此亦一是非。果且有彼是乎哉? 果且无彼是乎哉? 彼是莫得其偶,谓之道枢。枢始得其环中,以应无穷。是亦一无穷,非亦一无穷也。故曰莫若以明。"①单一静止型形象作为扁平型形象,无论演绎的事件多么复杂,时间多么长、空间多么大,并不能改变其特性单一且静止不变的干瘪和概念化、符号化缺憾,但其价值和意义也恰恰在于作为概念化、符号化形象有不可替代的宣传教育价值和意义。愚公移山寓言中,有些人总是嘲笑愚公愚蠢,如果不是用祖祖辈辈无穷尽的办法移山,而是用迁移住处的方法可能更加省力,但故事的本身不是让人投机取巧,而是表彰咬定青山不放松、持之以恒的生命定力。关于诸如此类形象的反弹琵琶式解读是必要的,但不一定有价值。

扁圆型形象之一类是单一运动型形象,往往具有单一且运动变化的特性,如荷马史诗《伊利亚特》中的阿喀琉斯。阿喀琉斯因阿伽门农夺走了其战利品女奴布里塞伊斯愤而离队,即使阿伽门农请求原谅,仍不为所动,后因其友帕特罗克洛斯被赫克托耳所杀,才狂怒而与赫克托耳决战并杀死了他,并将尸体绑缚在他战车上连续十二天每天早晨拖曳着围绕亡友坟墓驰驱三匝。可是当赫克托耳的父亲老国王普里阿摩斯抱着阿喀琉斯双膝,祈求赎回赫克托耳尸体的时候,阿喀琉斯出于对老父亲的怀念和忧心,温和地松开了老人抚抱着他双膝的双手;普里阿摩斯又俯伏在他的脚下,为赫克托耳哀泣,阿喀琉斯也为他父亲和朋友落泪,扶起老人,对其雪白须发深表同情,特地从普里阿摩斯带来的礼物中留下一件紧身服和两件披风作为赫克托耳尸体的遮盖,命令洗涤尸体,涂上香膏,穿好衣服后放在尸床,抬上骡车,宰羊接待了普里阿摩斯,还同意给他十一天休战期限让其以全礼安葬赫克托耳。应该说,阿喀琉斯从对赫克托耳尸体的报复性拖曳,到对尸体的精心打理和同意赎回,彰显出其性格从残忍到温情的彻底突变,且在突显其对赫克托耳尸体残忍时几乎没有涉及温和的一面,在彰显其温和时也绝少透露残忍的一面。这种在时间轴线上呈现出的由一极端到另一极端的性格突变,实际上是由矛盾对立一极向另一极转变,也可视为矛盾性格,但这种矛盾转变仅仅表现在行动逻辑方面,并未真正触及内心世界,也没有引发内心的真正矛盾和交锋,更没有形成矛盾对立

---

① 《南华真经注疏》(上),中华书局1998年版,第34—35页。

两极力量对比变化,这一转变除了有普里阿摩斯行为举止引发阿喀琉斯同情和怜悯因素之外,还有一个更重要原因是宙斯派遣阿喀琉斯母亲等神灵进行有效劝导斡旋。这在一定程度上削弱了阿喀琉斯由残忍到温和突变的自觉性和独立性,也从另一个侧面彰显了这一突变的单纯性和唯一性,至少在对待赫克托耳尸体方面是如此。

类似的例子也见于《西游记》,诸如唐僧、猪八戒、沙僧很大程度上具有单一静止式扁平型形象的特征,但孙悟空这一形象却有单一运动式扁圆型形象特征。以压在五行山为界,孙悟空形象表现为由前期大闹天宫时叛逆向后期西天取经时服从的转变,且前期妥协以封赏为条件,后期反叛只以牢骚为限。应该说,孙悟空从叛逆到服从性格的转变仍具有突变特点,同样有从一个极端转向另一个极端,且不停留在介于二者之间中间地带的特点,这一转变也呈现为时间轴线上五行山压抑和驯服等缘故,也未能在孙悟空内心世界激起尖锐矛盾对立,更没有因此构成孙悟空内心煎熬,以及内心世界神性与兽性力量对比的颠覆性变化。孙悟空这一单一运动式扁圆型形象所彰显的共同特性,就是对他们来说最难堪也绝对不可能发生的事情是守持中庸,其最大特长和优势是剑走偏锋。这使他们常常变得前后判若两人,却始终只是他们这样一个人和事物,也只能是他们这样一个人和事物,绝对不会成为别的什么人或事物,也不会引起内心世界矛盾对立,更不会形成矛盾对立极点的颠覆性变化。他们最大的能耐是在他人看来几乎不可能的矛盾对立行动两极跳来跳去,也不会产生令人难堪的折中和权变,也不会由此触动内心世界的矛盾冲突和煎熬。如果说这种特性也算矛盾型,也只是时间轴线上表现出来的行动前后运动变化,绝不可能形成内在心理空间和人格结构方面矛盾对立。且这种突变只能体现在时间上从同一特性一个极端向另一极端转变,或两个极端之间互动突变,不可能导致从这一特性某个极端向另一特性某个极点转变。如阿喀琉斯只在残忍与温和这一对立极点方面转变,孙悟空也只在叛逆与服从这一对立极点方面转变,绝不会在除此而外其他极点方面转变。且在同一时间不存在其他对立极点可与其分庭抗礼,以致相互映衬、相得益彰,更不会发生这些极点在内心世界分庭抗礼和势均力敌。

另一类是矛盾静止型形象,具有矛盾特性且没有发生运动变化的特点。这类形象往往存在内心世界极端矛盾对立性,且这种矛盾对立常常不像单一运动扁平型形象那样呈现为时间的运动变化,而是表现为内心矛盾和人格分裂的尖锐对立和水火不容。这种内在心理矛盾和人格分裂虽尖锐对立,但只存在于这一形象内心世界,绝大多数情况下并不可能通过外在行为逻辑表现出来。从鲁迅《狂人日记》可以看出,狂人与他周围世界特别是人际关系方面的尖锐矛盾和冲突,主要还是围绕狂人对周围世界吃人现象的担心与果敢、猜疑和判定方面的矛盾对立。诸如此类的矛盾冲突看似不及桑提亚哥那么尖锐,更多时候也没有发展演变到与周围世界实际冲突和尖锐对立的程度,而仅仅是一种只诉诸日记的内心活动记录,也如作者所声明的,只是一个"迫害狂"患者的病态日记。

矛盾静止式扁圆型形象内心世界的矛盾对立常常集中在某一特性两个极点之间,且往往统一存在于这一人和事物内心世界,并不过分通过行为活动表现于外在世界,所有这些基于内在世界矛盾对立极点的冲突不会演变到超过外在世界人与人、人与社会、人与自然关系冲突的程度,即使演变为人与人、人与社会、人与自然关系冲突,也不至于发展到不可调和的程度,即使发展到不可调和的程度,也不至于发生刻骨铭心,甚至你死我活的殊死斗争。也就是他们所面临的诸如良知与自私、正义与邪恶、勇敢与怯懦、果决与顾虑等很多情况仅限于内心世界,且其矛盾对立两极往往势均力敌,不存在其中一方以绝对优势战胜另一方,导致内心世界矛盾对立两极力量对比发生变化,以致投射于外在行动方面表现出行动逻辑方向的突变和逆转。正由于诸如此类内在心理活动和人格结构的极端二元对立往往势均力敌,所以处于相对稳定状态,不至于通过这一形象与其他人和事物的关系处理表现出来,所以其内心世界矛盾对立两极交锋常常较之外在行动尖锐且频繁得多,但外在行动方面常显示出至少是外表的温和平静状态。如海明威《老人与海》中的桑提亚哥虽然也固执所谓"人不是生来要给人家打败的","人尽可能被毁灭,可是不会肯吃败仗的"的信条,但他内心世界良知与自私、正义与邪恶的尖锐对立和频繁较量,其实很大程度上远远超过了他与大海、大鱼特别是鲨鱼的斗争。海明威有这样一段内心独白描述:"把一条鱼弄死也许是一桩罪过。我猜想一定是罪过,虽然我把鱼弄死是为了养活我们自己也为了养活许多人。不过,那样一来什么都是罪过了。别想罪过了吧。现在想它也太迟啦,有些人是专门来考虑犯罪的事儿的。让那些人去想吧。你生来是个打鱼的,正如鱼生来是条鱼。"诸如此类内心煎熬和频繁较量其实持续于桑提亚哥这次抓捕大鱼的全程。虽说势均力敌的内心世界矛盾对立往往具有一定稳定性,但这一稳定性也只体现为未使外在行动逻辑发生动摇和变化,并不意味着因此可低估其内在矛盾对立本身的尖锐性和频繁性。

　　矛盾静止式扁圆型形象内心世界的基于两个极点的尖锐矛盾对立,并不会在某种情况下演变为其他方面的矛盾对立,但这种力量相对均衡的内心世界矛盾对立两极斗争的焦灼状态可能会一直延续下来,成为主导形象外在行动逻辑的内在心理根据,虽然这些外在行动可能千变万化,但基本方向不会发生突变或逆转,且主导这些行动的内在根据贯穿始终。哈姆雷特虽然与其叔父之间有弑父娶母的深仇大恨,但并没有使这一矛盾冲突发展到其他一般复仇文学特别是武侠小说所渲染的唯一尖锐矛盾冲突的程度,也没有因为其他原因使这一矛盾对立极点演变为另一矛盾对立极点。哈姆雷特内心世界良知与自私、正义与邪恶之间的尖锐对立,作为他本人面临的最大最棘手的矛盾对立两极,虽然演化出整部戏剧丰富多彩的诸多情节,但作为其内心世界矛盾对立两极的良知与自私、正义与邪恶却始终没有发生变化。所谓"生存还是毁灭,这是一个值得考虑的问题;默然忍受命运的暴虐的毒箭,或是挺身反抗人世的无涯的苦难"的感慨贯穿始终,折射出他内心世界矛盾对立两极交锋的特点:按照生存的欲望,得权衡利弊,忍受各种现实的鞭挞和讥嘲、凌辱和冷漠;按照毁灭的意志,得不甘生命的平庸,选择勇敢斗争和由此可能付出的死亡代价。哈姆雷特受制于内心世界这一矛盾对立两极的频繁交锋和持续作用,由于无法做出坚定选择,不断花样翻新地上演着顾虑重重、优柔寡断甚至得过且过的人生,直至故事结尾才似乎有了以死亡来反抗的举措,但这一举措不是出自自己的内心选择,而是被叔父或命运推到了无法选择的境地。矛盾静止式扁平型形象没有内心世界矛盾对立两极力量对比发生深刻变化的情况,也没因为力量对比发生变化而改变行动逻辑惯性的现象。对哈姆雷特来说,虽然基于良知与自私、正义与邪恶的内心世界尖锐矛盾对立两极可能演化出复仇行动的果决与迟疑、勇敢与怯懦等外在行动逻辑方面的表面矛盾对立,也因此演化出诸多看似丰富多彩、千变万化的戏剧情节,但所有这些以戏剧情节作为终端显现的复仇行为始终没有脱离良知与自私、正义与邪恶这一对矛盾对立两极,始终只围绕这一矛盾对立两极,演绎着不同情境中始终不变的复仇行动的果决与迟疑、勇敢与怯懦等表面矛盾对立,远没有导致内心世界矛盾对立两极的力量对比发生彻底变化,更没有因为这种变化导致行动逻辑方向的坚定调整和转变。

表面看来,一直执迷于复仇的试探与迟疑、筹划与等待的矛盾对立,才导致了哈姆雷特犹豫不决和徘徊不前,也酿成了他不可挽回的悲剧命运,其实酿成这一悲剧的根本原因只能是作为这一犹豫不决、徘徊不前内在心理根据的内心世界矛盾对立两极的势均力敌、相持不下。黑格尔的观点也不一定透彻,他指出:"他对世界和人生满腔愤恨,徘徊于决断、试探和准备实行之间,终于由于他自己犹豫不决和外在环境的纠纷而遭到毁灭。"①其实是存在于哈姆雷特内心世界深处的始终未变化的良知与自私、正义与邪恶这一矛盾对立两极相持不下和势均力敌的焦灼状态,最终使哈姆雷特因无力权衡利弊和妥善调节,才一再延误时机,酿成了悲剧;至于他一而再再而三地迟疑和拖延,所演绎出来并贯穿于其复仇谋划、实施和失败全程中的各种行动只是一种外在表象。

矛盾静止式扁圆型形象虽然有尖锐激烈内心世界矛盾对立极点之间的冲突,但这一冲突从来没有发展到力量对比发生根本变化的程度,也没有因力量对比发生变化引起行动逻辑彻底改变。他们激烈的内心世界冲突只发生在其内心深处,并没有通过突变的行动强烈表现出来,这虽然在很大程度上衍生出诸多剧情变化,但没有从根本上改变其行动的逻辑方向,且始终如一地受制于一成不变、势均力敌的内在世界矛盾对立两极的交锋、僵持和焦灼状态。这在一定程度上限制了性格核心的诸多变数,但并未根本上削弱这一类形象的文学价值和美学意义。因为其焦灼的内心世界矛盾对立两极,以及始终如一的行动逻辑之间往往相辅相成,相得益彰,以各自不同方式演绎了情节的丰富多彩和千变万化。如桑提亚哥,虽然有内心世界的交锋和焦灼,但丝毫没有影响其与大海、大鱼、鲨鱼的尽力抗争;狂人虽然有内心世界的交锋和焦灼,也丝毫没有改变他一如既往以日记形式记录其心理轨迹的习惯;哈姆雷特虽然也有内心世界的交锋和焦灼,也丝毫没有因为内在矛盾对立的力量对比变化改变其行动方向,才使其犹豫不决和延宕有了内在心理根据。所有这些某种程度上影响性格的丰满和圆融,既不及单一静止式扁平型形象因概念化、符号化那

---

① 黑格尔:《美学》(第三卷)下册,朱光潜译,商务印书馆1981年版,第322页。

么让人记忆犹新,一提起某名号便能顺理成章与其形象有机联系起来,不会发生过多的同名替代或张冠李戴现象,也没有影响其作为矛盾静止式扁圆型形象势均力敌的内在冲突、始终如一的核心性格,以及基本静止不变的行动逻辑和丰富多彩的故事情节,但这类形象内心世界矛盾对立两极的旗鼓相当,以及与其始终如一却同样演绎出来的丰富多彩故事情节互为因果,相得益彰,为文学形象的丰富多彩,增添了不少典型形象。

浑圆型形象作为矛盾运动型,有单一运动式和矛盾静止式扁圆型形象所没有的特点。具体来说,聂赫留朵夫是矛盾运动式浑圆型形象的典型代表。一是他的内心世界始终存在精神的人与兽性的人这一矛盾对立极点的交锋,且大多数时间处于势均力敌的焦灼状态。如托尔斯泰所说:"在聂赫留朵夫身上就跟在一切人身上一样,有两个人。一个是精神的人,他为自己所寻求的仅仅是对别人也是幸福的那种幸福;另一个是兽性的人,他所寻求的仅仅是他自己的幸福,为此不惜牺牲世界上一切人的幸福。"[①]这一点类似于矛盾静止式扁圆型形象。聂赫留朵夫将自己叫做布里丹的驴子,始终拿不定主意,不知道在两捆干草中应该选择哪一捆。他面对选择的犹豫不决、首鼠两端的性格,不仅表现在日常生活的配偶选择方面,还表现在生活价值观的选择方面,归根结底表现为内心世界始终存在的精神的人与兽性的人这一矛盾对立极点的选择方面。在他与玛丝洛娃的交往中也始终存在这一点。当他遇到并喜欢玛丝洛娃,也知道玛丝洛娃对他也有同样爱情的时候,按照他的精神的人的要求,应该充分尊重她的爱情,一切替她着想,但按照兽性的人的驱使,他却只以满足其自私的身体享乐为目的,以致在目的达成后,便想到如何避免他人议论并用卢布打发她。当在法庭上再次遇到并认出玛丝洛娃,得知她沦落为妓女并因涉嫌谋杀接受审判的时候,他既心惊胆战,逼着自己承认残忍卑鄙,又怕被玛丝洛娃认出以致丢丑,甚至担心她无罪开释后在同一城市相处的难堪,生出一种类似打猎时候不得不把一只受伤却没有断气,而在猎物袋里不住扑腾的又厌恶又可怜的飞禽弄死的想法。当主动探监并与被判处苦役的玛丝洛娃相认以后,他想到的是不惜一切代价想方设法帮助和营救她,且一再重申与其结婚的承诺,试图借此以达到赎罪并请求她宽恕的目的。直到听说西蒙松爱上

---

① 托尔斯泰:《复活》,汝龙译,人民文学出版社 1979 年版,第 71 页。

了玛丝洛娃,他把最终决定权交给了玛丝洛娃,才不禁有一种从自愿承担的沉重而古怪责任中解脱出来的感觉,但他并不愉快,还有些原定计划被推翻的无所适从和思维混乱的痛苦,也确实有些舍不得失去她,以及由她决定与西蒙松结婚而失去的一切,但当他肯定玛丝洛娃是出于爱他,不想影响到他的生活才打算与西蒙松结合的时候,他感到的是疲倦,以及对全部生活的厌倦。可见,在聂赫留朵夫身上,精神的人与兽性的人这一内心世界矛盾对立极点的交锋贯穿始终,而且没有发生更多变化。

二是内心世界矛盾对立极点的力量对比并不总是势均力敌,在特定情况下甚至会发生颠覆性变化。如托尔斯泰所说:"每一个人身上都有一切人性的胚胎,有的时候表现这一些人性,有的时候表现那一些人性。他常常变得完全不像他自己,同时却又甚至是他自己。在某些人身上,这类变化特别剧烈。聂赫留朵夫就属于这类人。"①对聂赫留朵夫来说,内心世界精神的人与兽性的人的矛盾对立经常存在,但特定时候发生的颠覆性变化却主要有两次。一次是兽性的人彻底控制了聂赫留朵夫,使他最终强奸了玛丝洛娃的时候。尽管彼得堡和军营生活使聂赫留朵夫兽性的人完全压倒了精神的人,使利己主义达到疯魔状态,但他见到喀秋莎的时候,精神的人又重新占了上风,直到有一天他强吻了她的脖子之后,可怕的兽性的人再度占据主宰地位:"在他身上活着的兽性的人,现在不但已经抬起头来,而且把他第一次做客期间,以致今天早晨在教堂里的时候还在他身上活着的那个精神的人踩在脚下,那个可怕的兽性的人如今独自霸占了他的灵魂。尽管他不住地跟踪她,可是那一整天他都没有能够找到机会跟她单独见面。多半她在躲他。不过到了傍晚,事有凑巧,她不得不到他住着的房间的隔壁房间里去。"也正是从这以后,可怕的兽性彻底捕获了他,使他虽然也知道自己的行为恶劣,却控制不住自己的欲望,想方设法满足了肉体的享乐,最终酿成了玛丝洛娃的人生悲剧。一次是见到受审的玛丝洛娃之后,精神的人逐渐占据主导地位,使他决定探监并与玛丝洛娃相认的时候。当他看到玛丝洛娃斜睨的黑眼睛里射出的不正派亮光,原本祈求宽恕的打算一瞬间有了动摇,竟然产生了把钱给玛丝洛娃,与她一刀两断的想法,同时也意识到他的灵魂正在发生一种深刻而重大的变化:"他感到

---

① 托尔斯泰:《复活》,汝龙译,人民文学出版社1979年版,第262—263页。

他的内心生活目前放在摇摆不定的天平上，只要稍加一点力量，就能使天平往这一边或者那一边歪过去。他真就使出他的力量来，向昨天他感到在他的灵魂里存在着的上帝求援。"上帝果然立刻出现并使他说出了祈求获得她宽恕的愿望，并由此产生了一种特别的新的力量，促使同她接近，必须帮助她在精神上觉醒。他感到："他目前对她生出的这种心情，是他以前无论对她还是对别人都没有生出过的，其中一点私心也没有。他自己丝毫也不希望从她那儿得到一点什么，只是希望她不再做她眼前这样的人，希望她清醒过来，做她从前那样的人。"也正是由于聂赫留朵夫内心世界精神与兽性人格及其力量对比的颠覆性变化，使聂赫留朵夫在行动上发生颠覆性运动变化，使他由一个正常的人沦落为强奸玛丝洛娃的兽性的人，最后又由这个兽性的人恢复为正常的人，并经过一系列救助玛丝洛娃和其他苦役犯的行动，最终使其上升为寻求赎罪和宽恕的精神的人。

三是这种内心世界矛盾对立极点的颠覆性变化甚至会引起行动逻辑的突变，以致使其行为前后判若两人，且这种行动的突变绝对不是单一运动式扁平型形象那种由某单一性格极点向另外单一性格极点的突变，而是矛盾对立极点力量对比颠覆性变化所导致行动逻辑的突变，但这一突变不同于单一运动式扁圆型形象，常常给予相对处于微弱地位的另一方以存在的时间和空间，一旦机会成熟，这微弱一方还有与独占鳌头一方分庭抗礼的机会，即使独占鳌头一方大显身手的时候，也还存在偶然半遮半掩乃至出头露面的微弱力量和机会。也正是基于这一原因，虽然经历了内心世界矛盾对立极点力量对比颠覆性变化，以及行为突变，仍然存在诸多过渡和缓冲环节，使这一形象显得判若两人，但始终只能是他本人。当然这种内心世界力量对比颠覆性变化，其原因归根结底仍然来自精神文化层面的神性与生理本能层面的兽性。前者体现的是超我的力量，为形而上欲求的体现，后者彰显的是本我的力量，为形而下欲望的体现。如托尔斯泰所说："在他身上，这些变化之所以发生，既有生理方面的原因，又有精神方面的原因。"①正因如此，聂赫留朵夫内心世界神性与兽性人格的较量，才是其行动逻辑发生突变的内在动因和根据。而且这种力量对比的颠覆性变化往往只发生在特定时候，且也只有在这个时候才能导致行

---

① 托尔斯泰：《复活》，汝龙译，人民文学出版社1979年版，第263页。

动逻辑发生突变,以致因为超我与本我交锋形成某一方以绝对优势战胜和压倒另一方,并对这一形象形成独当一面的主宰情况。但大多数情况下,常常还是能够看到矛盾对立双方势均力敌的情形,至少能够看到占据主宰地位一方之外还有另一方微弱存在或处于潜伏状态的情况。虽然这一微弱存在和潜伏状态可能不会过分影响到人物自身行动逻辑的转向和变化,许多情况下其实只是一种内心世界的存在,也不可能演变为行动方向及逻辑的彻底变化或突变,但往往能补充这一形象内心世界力量对比及外在行动的一方独大现象,而且也能在很大程度上丰富和支撑形象的圆满。其实一般情况下的正常人往往精神人格与兽性人格共存,特别在那些和谐的人那里通常势均力敌、和睦相处、相得益彰,也只有在特定情况下特别是存在内心矛盾的人那里才会发生微弱交锋,在其行动逻辑方面显出短暂的蛛丝马迹,也只有在极个别的特殊情况下以及为数不多的具有双重人格甚至人格分裂的人那里才会发生激烈交锋,导致发生行动逻辑方向突变。这一极端交锋和对立引起行动逻辑及其方向发生极端突变的现象极其少见,但正是这一极其少见的现象却往往能助推极具震撼力的矛盾运动式浑圆型形象。

浑圆型形象之区别于单一运动式扁圆型形象的特点是,单一运动式扁圆型形象往往不存在内心世界矛盾对立极点的尖锐交锋和冲突,常常由一种单一特性的取胜决定了某一单一行动逻辑的突变,而且这种突变也只限于一个极点到另一极点的突变,并不存在介于二者之间的过渡地带和缓冲环节,也不可能为相对微弱的另一极点在其强势极点独领风骚的时候求得一席之地,甚至微弱存在或潜伏的可能。在这一点上,浑圆型形象即使在内心世界矛盾某对立一极占据主宰地位的时候,也通常会让另一极有潜伏,乃至崭露头角,甚或东山再起的时间和空间机会。因此浑圆型形象常常比单一运动式扁圆型形象更富于变化,也显得更为复杂。其区别于矛盾静止式扁圆型形象的特点在于,矛盾静止式扁圆型形象虽然存在内心世界矛盾对立两极的交锋,但这一交锋基本处于势均力敌状态,不会出现一方独大,全然主宰和压倒另一方的情形,也不会影响甚至导致这一形象行动逻辑方向发生彻底改变甚至突变,常常表现为虽然有激烈的内心世界冲突,但这种冲突往往并不能形成改变行动逻辑方向的力量,且也仅限于内心世界,并不付诸行动以致影响到现实世界。但浑圆型形象却常常由于内心世界矛盾对立两极的激烈交锋,而使其行动逻辑及其方向发生彻底改变,甚至直接决定这一类型形象行动逻辑及其方向。

浑圆型形象既有单一运动式扁圆型形象的运动性特点,也有矛盾静止式扁圆型形象的矛盾性特点,允许不占主宰地位的矛盾对立一极有潜伏和存在的可能,并给予矛盾对立两极交锋及其力量对比的变化,以支配和决定其行动逻辑及其方向发生根本性改变和突变的能量。矛盾运动式浑圆型形象常常有尖锐的内心世界矛盾对立极点的交锋,不像矛盾静止式扁圆型形象那样保持始终如一,且往往以内心世界矛盾对立两极交锋及其力量对比的颠覆性变化作为内在心理依据,使其外在行动的前后判若两人的突变不像单一运动式扁圆型形象那样仅仅是始终如一的内心世界所支配的单一行动的极端变化,而常常是基于这一内在心理依据的颠覆性变化所引发的行动逻辑及其方向的前后判若两人的深刻运动和彻底突变,但并不能从根本上消灭不占据主导地位的另一极点的微弱存在。

第三节　文本表象话语的物理表象、心理表象和主题表象

人们所面对的世界可以划分为现实世界、感觉世界和艺术世界。这有些类似于郑板桥之所谓眼中之竹、胸中之竹和手中之竹。如其所云:"江馆清秋,晨起看竹,烟光日影露气,皆浮动于疏枝密叶之间。胸中勃勃遂有画意。其实胸中之竹,并不是眼中之竹也。因而磨墨展纸,落笔倏作变相,手中之竹又不是胸中之竹也。总之,意在笔先者,定则也;趣在法外者,此机也。独画云乎哉!"①所谓"眼中之竹"就是作者首先面对的现实世界物理表象,"胸中之竹"就是现实世界物理表象内化于感觉世界而形成的心理表象,"手中之竹"就是作者将感觉世界心理表象再度外化为艺术世界主题表象。

最完整圆满的艺术世界其表象往往圆满呈现包括物理表象、心理表象和主题表象在内的三种类型表象。如李白《静夜思》所谓:"床前明月光,疑是地上霜。举头望明月,低头思故乡。""明月光"为物理表象,是引起感觉世界的

---

① 郑板桥:《题画》,《中国美学史资料选编》(下),中华书局1981年版,第340页。

心理表象"地上霜"的外在原因,作为艺术世界的主题表象"思故乡"是心理表象物态化的终端显现形式。王维《红牡丹》:"绿艳闲且静,红衣浅复深。花心愁欲断,春色岂知心。"所谓"绿艳"、"红衣"作为牡丹的枝叶和花瓣为物理表象,"闲且静"、"浅复深"分别只是作者对枝叶和花瓣的主观感觉,为心理表象,至于所谓"花心愁欲断,春色岂知心"就是作者推测牡丹花心愁悲,进而推断春色可能未知牡丹愁悲,彰显作者移情和转置于花心的孤独和苦闷之情,属于主题表象范畴。李白的物理表象、心理表象特别是主题表象还有些直白,是作者自身思想情感的呈现;王维的物理表象、心理表象特别是主题表象并不直白,而是转嫁于牡丹花心并借其获曲折呈现。后者的主题表象较之前者自然显得委婉含蓄些。当然,许多情况下,并不是所有表象话语都呈现得如此完整圆满,也可能省略其中某些表象,也可能加入其他表象,以达到丰富和复杂化的目的。

表象话语的物理表象、心理表象和主题表象常常以物理表象+心理表象+主题表象的结构模式得以呈现。如许地山《面具》共三个自然段,其第一段所谓:"人面原不如那纸制底面具哟!你看那红的,黑的,白的,青的,喜笑的,悲哀的,目眦怒得欲裂的面容,无论你怎样褒奖,怎样弃嫌,他们一点也不改变。红的还是红,白的还是白,目眦欲裂的还是目眦欲裂。"这段文字显然写物理表象,虽然面具也是作者所感知到的事物,但必定是一种客观存在,无论作者还是其他人对面具的认识都不过如此,很大程度上接近于客观属性。第二段所谓:"人面呢?颜色比那纸制的小玩意儿好而且活动,带着生气。可是你褒奖他的时候,他虽是很高兴,脸上却装出很不愿意的样子;你指摘他的时候,他虽是懊恼,脸上偏要显出勇于纳言的颜色。"这显然属于心理表象范畴,因为加入了作者和人们对人面的认知经验。这一认知经验虽也可能为大多数人所共有的,但没有经验的日积月累不可能获得这一认知,至少不会对人面可能存在的复杂性有如此准确的主观认知。第三段所谓:"人面到底是靠不住呀!我们要学面具,但不要戴他,因为面具后头应当让他空着才好。"这显然是作者的一种感慨,同时也是本文表象话语写作的意旨所在,其核心意旨是面具虽然假,但由于不改变而具有真实性;人面虽有生气,而且真实,但常常可以被伪装,因而是虚伪的。所以作者主张,最好不要用看似虚假却真实的面具,来掩盖看似真实却虚伪的人面,使其各自保持本真的面目,即面具假的真与人面真的假。

一个值得注意的现象是,物理表象、心理表象和主题表象也可能常与背景、场景和意旨相吻合。在这种情况下,作为背景出场的表象话语常常是物理表象,作为场景突显的表象话语往往是心理表象,很大程度上寄寓着主观情志的情景(意旨)的表象话语往往就是主题表象,而且几乎呈现出背景+场景+情景(意旨)的结构模式。人们如果用诸如内容的高度浓缩性、矛盾的高度集中性和台词的高度动作性等特征来描述戏剧这一表象话语的典型形式,尤其对法国荒诞派戏剧可能并不准确,但如果用背景、场景和情景(意旨)来阐释戏剧结构和特点,则明显有一定适用性。在《等待戈多》这部荒诞派戏剧中,每一幕中的幕景说明,如第一幕"乡间的一条路。一棵树。黄昏",第二幕"次日。同一时间。同一地点"是背景,每一幕中出现的人物流浪汉爱斯特拉冈和弗拉季米尔、奴隶主博卓、奴隶幸运儿等人漫无边际的谈话、语无伦次的闲扯和无聊透顶的动作等构成了前台表演所形成的场面;每一幕结束时出场的小男孩宣布戈多先生今天晚上不来,明天会来的消息才是戏剧的主题表象,因为它涉及一种永无休止且总是充满希望但每每无果而终的认识期待这一意旨。这意味着人生其实就是一种等待,而且是一种经常充满期待但往往无果而终的无望等待。虽然背景作为客观存在属于物理表象是确信无疑的;人物的舞台表演作为演员的主观体验和舞台表演的集中展示,在很大程度上凝聚着导演和演员对基于背景的剧情的理解和体会,在这种意义上也可归之于心理表象范畴;小男孩宣布虽然也是一种演员的体悟和表演,但很大程度上寄寓着剧作家的舞台暗示,理所当然属于主题表象范畴。

基于西方戏剧这一特点,反观中国戏曲常常省略舞台幕景,使背景处于隐退状态。这一省略和隐退虽然使中国戏曲不可避免地存在背景的模糊性和不确定性,但正是这一模糊性和不确定性使中国演员的舞台表演也就是场景呈现有了不受时空限制的更多灵活性和自由性,甚至可以游刃有余延长和压缩叙事时间,扩大和缩小叙事空间。一个演员在舞台的一个打盹动作既可以代表一刹那,也可以顺理成章表示睡了一整夜;同样的舞台和一两条凳子的舞台布置,一会儿可以表演攻城略地的宏大场面,一会儿可以安排拜堂成亲的居舍厅堂。这种完全省略背景,用作为原物的简单道具游刃有余地灵活处理时间和空间,不仅按照剧情需要随意压缩和延长时间、压缩和扩大空间,甚至可以灵活变换时间和空间的舞台设计及其技法,使中国戏曲很大程度上拥有了最大限度建构虚拟世界想象时空,乃至想象世界虚拟时空的优势。诚如高友工所说:"中国戏曲为观众创造了一个与现实隔离的世界,而这个假想世界在不同的层次和方向满足其观众的快感,甚至于美感。"①

布莱希特对中国戏曲很有研究,但他的兴趣点主要集中于陌生化效果的突显方面,也就是演员与其角色、观众与演员之间的间离方面。他对中国戏曲这一表象话语背景的认识主要限于三堵墙与四堵墙的区别。他指出:"中国戏曲演员在表演时,除了围绕他的三堵墙之外,并不存在第四堵墙。他使人得到这样一种印象,他的表演在被人观看。这种表演立即背离了欧洲舞台上的一种特定的幻觉。"②他对表象话语场景的认识,也就是:"当我们观看一个中国演员的表演的时候,至少同时能看见三个人物,即一个表演者和两个被表演者。譬如表演一个年轻姑娘在备茶待客。演员首先表演备茶,然后,他表演怎样用程式化的方式备茶。这是一些特定的一再重复的完整的动作。然后他表演正是这位少女备茶。她有点儿激动,或者是耐心地,或者是在热恋中。与此同时,他就表演出演员怎样表现激动,或者耐心,或者热恋,用的是一些重复的动作。"③布莱希特有所不知的是,在中国皮影戏中,不是一个演员演唱一个人物角色,实际演唱两三个甚至包揽整个戏曲所有人物角色。如此看来,所扮演角色可以不止三个,而是多个,甚至难以用数量说清。布莱希特还认为:"中国演员公开地在观众的面前表演一些特定的动作,而又夸张地甩开它,从而引起一种美学的激动效果,这本身就形成一个令人激动的场面,演员在完成这种表演的时候把他整个名声都押上去了。"④中国戏曲演员程式化表演看似有固定套路,且不允许演员过度创新甚至颠覆,但这并不意味着演员无法根据他对人物角色的不同理解加以创造性发挥。如果演员对唱念做打与手眼身法步所

① 高友工:《中国之戏曲美典》,《美典:中国文学研究论集》,生活·读书·新知三联书店2008年版,第314页。

② 布莱希特:《中国戏剧表演艺术中的陌生化效果》,丁扬忠译,贝托尔特·布莱希特:《陌生化与中国戏剧》,北京师范大学出版社2015年版,第7页。

③ 布莱希特:《论中国人的传统戏剧》,丁扬忠译,贝托尔特·布莱希特:《陌生化与中国戏剧》,北京师范大学出版社2015年版,第28页。

④ 布莱希特:《论中国人的传统戏剧》,丁扬忠译,贝托尔特·布莱希特:《陌生化与中国戏剧》,北京师范大学出版社2015年版,第24页。

谓"四功五法"样样精通,并能结合相应人物角色发挥得淋漓尽致,就可能博得观众的喝彩和掌声。这些功夫不是单一技能的话剧演员所能娴熟驾驭的。

由于表象话语对物理表象(背景)的出场与退隐、心理表象(场景)的突显与隐藏、主题表象(情景)的单一与歧义的处理不同,可能使其呈现出全然裸露、半遮半掩和深藏不露等多种形态。人们可以将全然裸露、半遮半掩和深藏不露三种形态分别概括为在场形象、隐含形象和缺席形象三种类型。需要说明的是将物理表象(背景)、心理表象(场景)、主题表象(情景)分别处理为在场形象、隐含形象和缺席形象绝对不是唯一模式,但作为一种相对常见的方式还是存在的。如荒诞派戏剧《等待戈多》基本体现了这一点:简单的代表性舞台幕景作为物理表象即背景一览无余、全然裸露,而胡拉八扯的舞台表演作为心理表象即场景则不着边际、半遮半掩,至于戈多作为主题表象即情景则并未登台亮相,深藏不露。另如叶绍翁《游园不值》"应怜屐齿印苍苔,小扣柴扉久不开。春色满园关不住,一枝红杏出墙来",并未按照背景(在场形象)+场景(隐含形象)+情景(缺席形象)的结构模式来安排,因为在场形象是一枝红杏,隐含形象是满园春色,缺席形象是园主,其结构模式和安排次序恰恰是情景(缺席形象)+背景(隐含形象)+场景(在场形象)。

在场形象、隐含形象和缺席形象不仅存在于表象话语之中,也可能见诸叙事话语,只要有形象塑造,就不可避免地存在类似情况。如《三国演义》"三顾茅庐"一回,刘备先是从徐庶、司马徽得称扬举荐,再是见农夫得诸葛亮志气歌,见童子得诸葛亮云游四方习惯,后遇其友崔州平得顺任天命之嘱,从石广元、孟公威得吊古感今歌,从其弟诸葛均得诸葛亮歌,从其岳父黄承彦得诸葛亮诗《梁甫吟》,且均误为诸葛亮。以上诸人全然抛头露面,为在场形象;加上诸葛亮居舍环境及布置,共同使诸葛亮形象半遮半掩,呼之欲出,为隐含形象;但诸葛亮终没有在此回场景突显中抛头露面,属于缺席形象。可见,所谓在场形象,特别是隐含形象和缺席形象并不一定必须各有其人,也可能交叉、重叠,合而为一。而且所谓场景常常隐含着背景,所谓背景常常隐含着场景,甚至在场形象突显着隐含形象,隐含形象突显着缺席形象等。在以三顾茅庐为单元的场景中,其形象之在场、隐含和缺席即具有这样的属性,但如果将这些人物放在整个三国故事宏大历史场景中却并非如此:这一场景单元的诸葛亮反倒成为在场形象,其他如徐庶、司马徽、农夫、童子、其友崔州平、石广元、孟公威、其弟诸葛均、其岳父黄承彦等却基本成了隐含形象,甚至如声称"卧龙虽得其主,不得其时"的司马徽,提醒刘备"欲使斡旋天地,补缀乾坤,恐不易为,徒费心力耳"的崔州平更成了名副其实的缺席形象。虽然不能说他俩一语成谶,但可谓真正的识时务者,使诸葛亮反倒成了知其不可而为之,以致只能以鞠躬尽瘁、死而后已聊以自慰的不识时务者。

如果说表象话语的物理表象、心理表象和主题表象,主要针对作者感知的顺序和层次而言,但这一感知顺序和层次同样彰显于其文本话语之中,并通过文本话语最终获得显现,那么所谓在场形象、隐含形象和缺席形象更显现于文本话语的形象特征,且这些形象特征往往针对在文本话语中呈现的程度而言。全部呈现也就是全然裸露为在场形象,局部呈现也就是半遮半掩为隐含形象,全部隐藏也就是深藏不露为缺席形象。莫里斯·布朗肖有这样的阐述:"艺术,作为形象,作为词,作为节奏,表明了一种模糊的和空无的外部的具有威胁性的近邻,这种外部是中性的,无意义的,无界定的实存,是卑劣的不在场,令人窒息的浓缩,在这浓缩中,存在不断地在虚无的掩饰下变成永恒。"①虽然物理表象、心理表象和主题表象,与背景、场景、情景,特别是在场形象、隐含形象、缺席形象并不一一对应,而且在具体文本话语中可能有更复杂的终端显现,当具体问题具体分析,但其价值和意义不可低估,至少可以构成文本话语系统最基本的形象系统,甚至可以说是构成文本话语系统表象层、本体层和核心层的基本要素,往往有极其复杂的语义构成结构。

---

① 莫里斯·布朗肖:《文学空间》,顾嘉琛译,商务印书馆 2003 年版,第 251 页。

第六章　文学作为文本话语的喻指性

文献文本话语系统喻指性是关涉话语系统核心层的关键因素。巴赫金指出:"理解的深度是人文认识的最高标准之一。话语只要不是明星的谎言,便是深邃无底的。向深度(而不是高度和广度)的开拓。话语的微观世界。"①巴赫金这里主要阐述理解的深度,其实文献文本系统的构成同样关乎这一点。亚里士多德关于文本话语喻指性修辞方式的分类,是丰塔尼埃进一步分类的基础。丰塔尼埃所谓换喻、提喻、隐喻,以及后继者关于各自邻近性关系即排斥关系、联结关系即包含关系以及相似关系的阐释,是进一步分析文本话语及其系统的理论基础。换喻常常决定形象的广度,提喻往往决定形象的高度,隐喻常常决定形象的深度。甚至可以更进一步说,换喻常常决定文本的广度,提喻往往决定文本的高度,隐喻常常决定文本的深度。这是一个值得进一步思考和研究的问题。可以说,构成文献文本系统广度的往往是换喻,因为换喻常常关涉邻近性,关涉邻近性事物的广泛程度往往直接决定文本的广度;相对来说,提喻常常关系文本的高度,这主要取决于被包含事物本身可能的站位和高度;比较而言,隐喻常常关涉文本意旨,理所当然关涉寄寓其中的内涵乃至深度。

第一节　文本话语的换喻性

换喻以不同的相互排斥和独立事物之间的邻近性为基础。以这种邻近性

---

① 巴赫金:《1961 年笔记》,《巴赫金全集》(第 4 卷),白春仁等译,河北教育出版社 1998 年版,第 337 页。

为基础的文本话语,可以依据空间和时间邻近性得以分析。空间邻近性是基础,时间邻近性是其拓展。以上两种形态的邻近性存在于抒情话语、叙事话语和表象话语等各种文献文本系统,且各有不同表征。

抒情话语空间邻近性和时间邻近性各有其表征。空间邻近性主要借抒情景物的空间邻近,时间邻近性主要借抒情景物在时间特别时序方面的邻近性。直观明晰的空间邻近性当属马致远《天净沙·秋思》"枯藤老树昏鸦,小桥流水人家,古道西风瘦马。夕阳西下,断肠人在天涯"诸句。这是以作者为观察者的视觉呈现,除了诸如"下"、"在"几乎都为名词,且即使"下"、"在"也以近似静态呈现。所有这些单纯以名词方式呈现景物的罗列实际有很大危险,可能成为菜单式或账单式抒情,而这种情况一般不可能有抒情性。谁能够在餐馆菜谱和杂货店看到或读出抒情性来?这几乎不可能。也正是这一原因,一般作者不敢轻易仿造,也只有马致远敢铤而走险却一直脍炙人口。与这首诗相对应,慧开禅师《颂古》诗"春有百花秋有月,夏有凉风冬有雪;若无闲事挂心头,便是人间好时节"句关于春夏秋冬四季标志性景物的罗列也具有类似性质。有所不同的是依据了时间特别是季节的时间邻近性而非空间邻近性。这些最简单也最具挑战性的例证,其作者之所以敢铤而走险却能名垂史册,确实得力于文学修养特别是生活体悟的长期积淀。

抒情话语相对复杂的空间邻近性和时间邻近性呈现,如王维《终南山》有谓:"太乙近天都,连山接海隅。白云回望合,青霭入看无。分野中峰变,阴晴众壑殊。欲投人处宿,隔水问樵夫。"初次阅读,读者感知似在呈现景物,但呈现这些景物的逻辑基础并不十分清楚,还得借助依稀可见的相关动词特别是读者身临其境的想象来感知和体悟,如此可以形成以下体会:诗人先宏观远眺仰望得"太乙近天都,连山接海隅"等宏大景象;再俯首回看,得"白云回望合";再近距离平视得"青霭入看无";后"分野中峰变,阴晴众壑殊",显然为居高临下远眺俯视的结果,否则岂能感知到"中峰变"和"众壑殊"呢;最后两句"欲投人处宿,隔水问樵夫"有叙事性质,其实亦是写景,如"隔水问樵夫"句既见景物,也见景中人。所有这些显然属于抒情话语呈现空间邻近性的例证。这仍是表面现象,更复杂的是,诸如马致远《天净沙·秋思》和慧开禅师《颂古》诗的空间和时间邻近性呈现采用固定视点聚合透视,王维《终南山》则采用移动视点分散透视。从这一点上说,王维《终南山》呈现空间邻近性其实隐藏了时间邻近性特点。只是这种时间邻近性,严格来说不是单就景物而言,而是就诗人感知景物时间顺序而言,但这一时间顺序的空间邻近性呈现,理所当然隐藏着时间邻近性因素。从山下远眺仰视宏大景象,到后来上山回首远眺俯视,入雾霭近距离平视,再到远眺俯视中峰和众壑,后隔水询问樵夫,完全以游览行程为序,而游览行程明显以时间先后为序。这是对景物作了感知时间顺序处理,使原本空间邻近性转变为时间邻近性呈现,或以时间邻近性呈现了空间邻近性。

从理论层面看,应该还有更复杂的呈现方式。如《新古今和歌集》有定家朝臣的一首和歌云:"放眼望去／看不见鲜花,也没有红叶／唯有海滨茅屋秋日黄昏。"按照惯常逻辑,这属于空间邻近性呈现,但问题是诗人明明强调"鲜花"、"红叶"为非眼前景物,至少是依逻辑未能真正看得见的想象景物。这自然不属于空间邻近性范畴,充其量也只是想象中的空间邻近性。具有真实空间邻近性的应该是最后"海滨茅屋秋日黄昏"句。但绍鸥的阐述又有些让人犯糊涂。他写道:"这里所说的鲜花、红叶,可以用来比喻书院台子,对着鲜花、红叶仔细凝望,就会出现'无一物'的境界,仿佛看到海边的茅屋。不知鲜花、红叶的人,从一开始就不会喜欢海滨茅屋。只有凝神观照,才会看出海滨茅屋的寂之美,这就是茶道的本心。"①按照大西克礼所述,鲜花、红叶反倒不是想象之中的景物,而是眼前实景,倒是最末一句"海滨茅屋秋日黄昏"才是想象中的理想之景。且不说景物之虚实在中国乃至整个东方文化圈本来就有虚虚实实,非虚非实,实即是虚,虚即是实,单就空间邻近性与时间邻近性而言,最末一句"海滨茅屋秋日黄昏"至少应该以想象或现实的空间邻近性作为基础,从另一方面来说,是先看见鲜花、红叶,再想到海滨,还是看到了海滨,才想着寻找鲜花、红叶,这之间的时间先后顺序并不十分清楚。按道理,应该是先想到了鲜花、红叶,才看到海滨,但按照绍鸥的观点,只有凝望达到空无一物,才能仿佛看到了海滨。这实际是说如果凝望鲜花、红叶而不能达到空无一物,是不能想象到海滨景象的。而诗人偏偏就没有看到鲜花、红叶,那何来海滨景象?不过总体来看,仍可以按照和歌中景物出场顺序来判定时间先后顺序,并以此来确定时间邻近性。这其实是一个悖论:因为诗人常常不按常理出

---

①　大西克礼:《幽玄·物哀·寂》,王向远译,上海译文出版社 2017 年版,第 239—240 页。

牌,他也完全有权利作必要处理,甚至可以不问真实与否,也不在乎时间先后顺序。

另如芭蕉有俳句"迷蒙马背眼,月随残梦天边远,淡淡起茶烟",按照一般理解,应该是诗人拂晓前带着朦胧的睡意上马登程,且带着夜来的残梦。这时候看到的是,月亮在远远天边落下,山麓里升起淡淡的茶烟。按照这一理解,月亮与茶烟必然基于空间邻近性,这一空间邻近性甚至可以连同旅行者、马匹一并涵盖。按照时间邻近性则可能是立足迷蒙睡意,回顾夜来残梦,展望远处或作为未来预示的月亮和茶烟,因此也就有了关涉过去、现在和未来三个时间节点的时间邻近性。至于今道友信所谓"将残余的梦之虚幻与落月的遥远融为一像,从而在诗中表现了梦的过去和未来的梦在一个深邃的过道中漂浮"①的阐释,无疑使人联想到这梦境的漂浮可能穿梭于过去与未来之间,以致打破甚至搅乱了时间先后顺序。这从一个侧面也宣示了以表面显露的空间邻近性为基础,还存在一个隐藏的至少是相对朦胧和隐秘的时间邻近性作为内蕴,且可能象征以旅行作为表征的人生才是人生镜像的写真,带有过去经历的残缺遗梦,同时又有对未来的憧憬,且往往因穿越而先后次序不明。芭蕉的这一俳句显然受了杜牧《早行》诗的影响。其诗云:"垂鞭信马行,数里未鸡鸣。林下带残梦,叶飞时忽惊。霜凝孤鹤迥,月晓远山横。僮仆休辞险,时平路复平。"杜牧这首诗至少从所选择物理表象来说,应该比俳句更丰富,因此其景物的空间邻近性和时间邻近性呈现也更丰富。不过单就丰富性似乎并不能说明作为抒情话语换喻的价值和意义,因其价值和意义仍在于抒情意义。在这一点上似乎杜牧"时平路复平"意旨更加分明。

叙事话语的换喻也有空间邻近性与时间邻近性的区别。其中空间邻近性主要表现在环境景色特别是场面呈现方面。如《红楼梦》第四十回云:

> 那刘姥姥入了座,拿起箸来,沉甸甸的不伏手。原是凤姐和鸳鸯商议定了,单拿一双老年四楞象牙镶金的筷子与刘姥姥。刘姥姥见了,说道:"这叉爬子比俺那里铁锨还沉,那里睾的过他。"说的众人都笑起来。只见一个媳妇端了一个盒子站在当地,一个丫鬟上来揭去盒盖,里面盛着两碗菜。李纨端了一碗放在贾母桌上。凤姐儿偏拣了一碗鸽子蛋放在刘姥

---

① 今道友信:《东方的美学》,蒋寅等译,生活·读书·新知三联书店1991年版,第232页。

姥桌上。贾母这边说声"请"，刘姥姥便站起身来，高声说道："老刘，老刘，食量大似牛，吃一个老母猪不抬头。"自己却鼓着腮不语。众人先是发怔，后来一听，上上下下都哈哈的大笑起来。史湘云撑不住，一口饭都喷了出来，林黛玉笑岔了气，伏着桌子嗳哟，宝玉早滚到贾母怀里，贾母笑的搂着宝玉叫"心肝"，王夫人笑的用手指着凤姐儿，只说不出话来，薛姨妈也撑不住，口里茶喷了探春一裙子，探春手里的饭碗都合在迎春身上，惜春离了座位，拉着他奶母叫揉一揉肠子。地下的无一个不弯腰屈背，也有躲出去蹲着笑去的，也有忍着笑上来替他姊妹换衣裳的，独有凤姐鸳鸯二人撑着，还只管让刘姥姥。刘姥姥拿起箸来，只觉不听使，又说道："这里的鸡儿也俊，下的这蛋也小巧，怪俊的。我且肏攮一个。"众人方住了笑，听见这话又笑起来。贾母笑得眼泪出来，琥珀在后捶着。贾母笑道："这定是凤丫头促狭鬼儿闹的，快别信他的话了。"那刘姥姥正夸鸡蛋小巧，要肏攮一个，凤姐儿笑道："一两银子一个呢，你快尝尝罢，那冷了就不好吃了。"刘姥姥便伸箸子要夹，哪里夹的起来，满碗里闹了一阵好的，好容易撮起一个来，才伸着脖子要吃，偏又滑下来滚在地下，忙放下箸子要亲自去捡，早有地下的人捡了出去了。刘姥姥叹道："一两银子，也没听见响声儿就没了。"众人已没心吃饭，都看着他笑。①

不细心的读者以为，作者依史湘云、林黛玉、贾宝玉、贾母、王夫人、薛姨妈、探春、惜春、奶妈及地下诸人为序描写不同人物各具其态的大笑场面，可能是随意的。因为都在同一场面，彼此间也不过只是距离远近略不同，笼统来讲都在同一地方，无论如何算得上是依据空间邻近性。但问题没有这么简单，因为前面已经有这样的交代："薛姨妈是吃过饭来的，不吃，只坐在一边吃茶。贾母带着宝玉，湘云，黛玉，宝钗一桌。王夫人带着迎春姊妹三个人一桌，刘姥姥傍着贾母一桌。"如此看来，作者总体还是按照空间邻近性的最近距离来呈现。先是贾母一桌，写史湘云、林黛玉、贾宝玉、贾母等人笑姿，再写王夫人及探春三姐妹一桌，中间插入了薛姨妈。对贾母这一桌，可能按照各人大笑动作幅度和程度，也可能按照大笑的时间顺序，但只字未提宝钗，估计独宝钗没有作出幅度较大的动作，可见按照大笑幅度乃至程度呈现的可能性较大。写王

---

① 《红楼梦（名家评点）》（上），中华书局 2009 年版，第 278 页。

夫人一桌加上薛姨妈,唯独不提迎春笑姿,也可能因大笑的幅度和程度,且呈现这一桌笑姿,特别空间邻近性方面还有一个特点:先王夫人,再薛姨妈、探春、惜春、奶妈及地下诸人。特别将本来不在一桌单独在一边吃茶的薛姨妈插入其中,是因为其大笑动作有空间连带性,因薛姨妈口里的茶喷到探春裙子上,探春手里的饭碗合在了迎春身上。至于惜春离位拉着他奶母叫揉一揉肠子,也有空间连带性,于是由其奶妈连带引出地下诸人笑态。这体现了叙事话语使用换喻时遵循空间邻近性的特点。

既然为叙事话语,时间邻近性必不可免。所谓叙事话语就是将时间上邻近的人、事、物按照一定规则排列起来。如果完全按照发生先后顺序叙事,便为顺时序;如果将以前发生的事件置后或将以后发生的事件提前,便是逆时序。逆时序主要有这样两种形式,前者为追叙或回顾叙事,后者为预叙或预示叙事。最常见的当然是顺时序。如前面所引大笑场面的叙事主要依据了故事发生的先后顺序,一定程度上保持了叙事顺序与故事顺序的大体一致,也就没有采用逆时序而基本采用了顺时序。当然绝对意义的顺时序只有有限的使用范围,如在上引叙述同一场合大笑事件,到底谁先笑谁后笑,或大体一致,或并不十分确定,也不可能准确推测,但作为叙事话语必须分出时序一个接一个叙述。也就是作为叙事话语不可能将同一时间发生的多个事件同时叙述,只能在开始和结束时候加以特别强调和说明。无论叙事话语,还是抒情话语、表象话语都是如此,都不可能同时将各种事件、情感和表象同时呈现。这主要由文本话语线性表达和呈现方式决定。

比较而言,叙事话语虽不免于空间邻近性,但总体还以时间邻近性为主体叙事。如鲁迅《社戏》有下面文字:

在停船的匆忙中,看见台上有一个黑的长胡子的背上插着四张旗,捏着长枪,和一群赤膊的人正打仗。双喜说,那就是有名的铁头老生,能连翻八十四个筋斗,他日里亲自数过的。

我们便都挤在船头上看打仗,但那铁头老生却又并不翻筋斗,只有几个赤膊的人翻,翻了一阵,都进去了,接着走出一个小旦来,咿咿呀呀地唱,双喜说,"晚上看客少,铁头老生也懒了,谁肯显本领给白地看呢?"我相信这话对,因为其时台下已经不很有人,乡下人为了明天的工作,熬不得夜,早都睡觉去了,疏疏朗朗地站着的不过是几十个本村和邻村的闲汉。乌篷船里的那些土财主的家眷固然在，然而他们也不在乎看戏，多半是专到戏台下来吃糕饼、水果和瓜子的。所以简直可以算白地。

然而我的意思却也并不在乎看翻筋斗。我最愿意看的是一个人蒙了白布，两手在头上捧着一支棒似的蛇头的蛇精，其次是套了黄布衣跳老虎。但是等了许多时都不见，小旦虽然进去了，立刻又出来了一个很老的小生。我有些疲倦了，托桂生买豆浆去。他去了一刻，回来说，"没有。卖豆浆的聋子也回去了。日里倒有，我还喝了两碗呢。现在去舀一瓢水来给你喝罢。"

我不喝水，支撑着仍然看，也说不出见了些什么，只觉得戏子的脸都渐渐地有些稀奇了，那五官渐不明显，似乎融成一片的再没有什么高低。年纪小的几个多打呵欠了，大的也各管自己谈话。忽而一个红衫的小丑被绑在台柱子上，给一个花白胡子的用马鞭打起来了，大家才又振作精神的笑着看。在这一夜里，我以为这实在要算是最好的一折。

然而老旦终于出台了。老旦本来是我所最怕的东西，尤其是怕他坐下了唱。这时候，看见大家也都很扫兴，才知道他们的意见是和我一致的。那老旦当初还只是踱来踱去地唱，后来竟在中间的一把交椅上坐下了。我很担心；双喜他们却就破口喃喃的骂。我忍耐的等着，许多工夫，只见那老旦将手一抬，我以为就要站起来了，不料他却又慢慢地放下在原地方，仍旧唱。全船里几个人不住地吁气，其余的也打起呵欠来。双喜终于熬不住了，说道，怕他会唱到天明还不完，还是我们走的好罢。大家立刻都赞成，和开船时候一样踊跃，三四人径奔船尾，拔了篙，点退几丈，回转船头，驾起橹，骂着老旦，又向那松柏林前进了。

鲁迅这段文字主要借助儿童视角来对舞台戏剧以及作为观众的儿童行动加以叙述。这段叙事由于以不大熟悉戏曲且偏于性急的儿童作为观察者和聚焦者，所以对作为观众的儿童的叙述采用速度基本正常的叙事手段，而对舞台表演则用概略的叙事时间和速度，所以给读者造成的是舞台表演比较拖延和迟缓的印象，也从侧面突显了作为儿童的观众的急躁不安。这便使概略这一叙事时间和速度特别突出，而且对舞台表演愈采用概略愈渲染了舞台表演的延迟与观众心理的急躁。这里不仅因为采用了叙事时间短于故事时间的概略，关键还加入了叙事频率等因素。如果采用实际发生多少次便叙述多少次，这便是单一叙事也即同频率叙事,特别是当同一事件发生多次也叙述了多次,就容易使人觉得冗长而生厌;另外如果采用实际发生次数与叙事次数不一致,特别是同一事件实际发生了一次或不多次,但叙述了多次的重复叙事,更可能使人觉得重复和厌倦,相比之下,只有同一事件实际发生次数多却叙述次数不多或只一次的综合叙事,才不同程度显得干净利落。鲁迅这段叙事话语,所采用的既不是单一叙事频率,也不是严格意义的重复叙事频率,更不是综合叙事频率,同样使读者觉得冗长而且厌倦,主要还是取决于同一事件实际发生了多次,作者仅叙述了一次或不多次,属于综合叙事,却并不显得干净利落,倒渲染出令人感到焦急难耐的冗长和重复。这是鲁迅叙事笔法尤其处理叙事时间和节奏的过人之处。

主要基于换喻时间邻近性的叙事话语,较为复杂的是并不完全按照故事发生的顺序和频率叙事,却故意打乱故事时序,将以前发生的故事置后追叙,将以后发生的故事提前预叙。这种叙事时序的处理,其最大优势在于能在较短篇幅呈现较大时间跨度的故事情节,能呈现出高度对比性、概括性乃至倾向性效果,关键的是能起到承前启后的统领功能,能使叙事话语系统显得前后呼应,满足不同记忆能力的读者复习过往叙事话语,同时也能满足急性子读者提前预知以后故事结局。如《三国演义》第三十七回司马徽再荐名士段落:

> 却说玄德正安排礼物,欲往隆中调诸葛亮,忽人报:"门外有一先生,峨冠博带,道貌非常,特来相探。"玄德曰:"此莫非即孔明否?"遂整衣出迎。视之,乃司马徽也。玄德大喜,请入后堂高坐,拜问曰:"备自别仙颜,因军务倥偬,有失拜访。今得光降,大慰仰慕之私。"徽曰:"闻徐元直在此,特来一会。"玄德曰:"近因曹操囚其母,似母遣人驰书,唤回许昌去矣。"徽曰:"此中曹操之计矣! 吾素闻徐母最贤,虽为操所囚,必不肯驰书召其子;此书必诈也。元直不去,其母尚存;今若去,母必死矣!"玄德惊问其故,徽曰:"徐母高义,必羞见其子也。"玄德曰:"元直临行,荐南阳诸葛亮,其人若何?"徽笑曰:"元直欲去,自去便了,何又惹他出来呕心血也?"玄德曰:"先生何出此言?"徽曰:"孔明与博陵崔州平、颍川石广元、汝南孟公威与徐元直四人为密友。此四人务于精纯,惟孔明独观其大略。尝抱膝长吟,而指四人曰:公等仕进可至刺史、郡守。众问孔明之志若何,孔明但笑而不答。每常自比管仲、乐毅,其才不可量也。"玄德曰:"何颍

川之多贤乎!"徽曰:"昔有殷馗善观天文,尝谓'群星聚于颍分,其地必多贤士。'"时云长在侧曰:"某闻管仲、乐毅乃春秋、战国名人,功盖寰宇;孔明自比此二人,毋乃太过?"徽笑曰:"以吾观之,不当比此二人;我欲另以二人比之。"云长问:"那二人?"徽曰:"可比兴周八百年之姜子牙、旺汉四百年之张子房也。"众皆愕然。徽下阶相辞欲行,玄德留之不住。徽出门仰天大笑曰:"卧龙虽得其主,不得其时,惜哉!"言罢,飘然而去。玄德叹曰:"真隐居贤士也!"①

这段叙事话语特别是刘备与司马徽的对话中,既存在追叙,也存在预叙。其中刘备给司马徽叙述徐庶回许昌和司马徽叙述诸葛亮才能为追叙,司马徽谈徐庶中计其母必死,特别是谈徐庶"自去便了,何又惹他出来呕心血"和诸葛亮"虽得其主,不得其时"为预叙。可见叙事话语遵守时间邻近性,主要以顺时序为主,但也不排除包括追叙和预叙在内的逆时序。应该注意的是,无论采取何种形式的逆时序,都不能改变作为主体部分的顺时序,而且对逆时序的追叙事件和预叙事件本身的叙述,仍是顺时序,即主体叙事框架或叙事单元仍不免于顺时序。也就是绝对意义的逆时序其实并不存在:将一件事情完全从结果到原因加以叙述的追叙和预叙就本原而言完全相同。

表象话语的换喻,作为空间邻近性与时间邻近性也是存在的。最常见的应该是空间邻近性。如《诗经·卫风·硕人》所谓:"手如柔荑,肤如凝脂,领如蝤蛴,齿如瓠犀,螓首蛾眉,巧笑倩兮,美目盼兮。"冯象译《雅歌》所谓:"看,我的亲亲,你多美!/多美呀,面纱后面/你一双明眸/鸽子般的温柔!/你的乌发像一群山羊/跃下基列的峦岗;皓齿,如刚刚洗净/准备剪毛的母绵羊,/怀的全是双胎/没有一只夭亡。/闭上唇,一根红绳儿/开口又字字动听;隔着面纱看你的双颊/似两瓣切开的石榴。/颈子,却像大卫之塔/层层筑起,悬一千面盾/每一面都是勇士的护身——/护着一对玲珑的乳峰/如孪生的小羚羊/游戏于百合花丛。/啊,一俟黄昏吐息,日影逃逸/我就赶到没药大山/攀上那乳香小峰?/亲亲呀,你通身一个美字/不落半点瑕疵!"应该说诸如此类赞美的比喻常常是对空间邻近性的一种关注和使用,而且其具体表象顺序并不十分严格,前者似乎主要遵循自下而上的表象顺序,后者则主要依从自上而下的表象

---

① 《三国演义会评本》(上),北京大学出版社 1986 年版,第 462—463 页。

顺序,也有不甚严格之处。诸如此类表象话语,无论繁衍出多少类似比喻,其精神大体以空间邻近性为基础,且也看不出任何时间邻近性痕迹。

有些基于换喻时间序列的表象话语也可能关涉过去、现在和未来,且在某种程度上立足现在,回顾表述过去表象,同步表述现在表象,预示表述未来表象。如崔护《题都城南庄》诗云:"去年今日此门中,人面桃花相映红。人面不知何处去,桃花依旧笑春风。"其中"人面桃花相映红"是对去年今日之表象的回顾,"桃花依旧笑春风"是对今日之表象的呈现,至于"人面不知何处去"是对今日之缺席表象的一种推测,虽然这种推测可能主要着眼于现在,也不免使人顺着去向,借以推测,获得关于未来的多种联想。根据这种表象话语提供的关于过去、现在、未来事件的一些蛛丝马迹,人们还可以附会出并不一定完全符合立足现在、回顾过去、展望未来,但同样关涉不同时间节点的完全意义的叙事话语。如孟棨《本事诗·情感》便有记述:

> 博陵崔护,姿质甚美,而孤洁寡合。举进士下第。清明日,独游都城南,得居人庄。一亩之宫,而花木丛萃,寂若无人。扣门久之,有女子自门隙窥之,问曰:"谁耶?"以姓氏对,曰:"寻春独行,酒渴求饮。"女入,以杯水至,开门设座命坐,独倚小桃斜柯伫立,而意属殊厚,妖姿媚态,绰有余妍。崔以言挑之,不对,目注者久之。崔辞去,送至门,如不胜情而入。崔亦睠盼而归,嗣后绝不复至。及来岁清明日,忽思之,情不可抑,径往寻之。门墙如故,而已扃锁之。因题诗于左扉曰:"去年今日此门中,人面桃花相映红。人面不知何处去,桃花依旧笑春风。"后数日,偶至都城南,复往寻之,闻其中有哭声,扣门问之,有老父出曰:"君非崔护邪?"曰:"是也。"又哭曰:"君杀吾女。"护起,莫知所答。老父曰:"吾女笄年知书,未适人,自去年以来,常恍惚若有所失。比日与之出,及归,见左扉有字,读之,入门而病,遂绝食数日而死。吾老矣,此女所以不嫁者,将求君子以托吾身,今不幸而殒,得非君杀之耶?"又特大哭。崔亦感恸,请入哭之。尚俨然在床。崔举其首,枕其股,哭而祝曰:"某在斯,某在斯。"须臾开目,半日复活矣。父大喜,遂以女归之。①

作为表象话语最典型形式的戏剧,在运用基于空间邻近性和时间邻近性

---

① 丁福保:《历代诗话续编》(上),中华书局 1983 年版,第 10—11 页。

的换喻方面,有较典型甚至纯粹的特点,可借助人物台词呈现空间和时间邻近性。如《亨利五世》第五幕第二场勃艮第有这样一段台词:

　　我的使命,既然获得了初步的成就,你们俩已面对面、眼对眼,相互问好,那么但愿这也不算是出言无礼,假使当着莅会的君主与皇上,我这样问一问:为什么那可怜的和平女神,这个保佑人丁兴旺、丰衣足食和艺术的亲爱的保姆,要一丝不挂,任人宰割,为什么她不该在这世界上最美好的花园里——我们的肥沃的法兰西——抬起她可爱的脸蛋来? 这儿有什么要不得的地方,还是有什么难以如愿的地方? 唉,可怜她多少年来,给驱逐在法兰西境外! 那儿的庄稼,眼看那样丰饶,全都成堆成堆地烂掉。最能鼓舞人心的紫葡萄,也没人照料,就这样死了;那树篱,向来修剪得齐齐整整,现在可就像披头散发的囚犯,只顾把枝丫乱长;在那休耕地上,只见毒麦、苦芹、蔓延的廷胡索站住了脚、扎下了根——那本该用来铲除这些恶草的锄头,却生了锈! 那平坦的牧场,当初有多么美好,缀满着满脸雀斑的牵牛花、地榆和绿油油的金花菜,就因为缺乏管理、缺少镰刀的整顿,变得荒芜了,像一个懒婆娘怀了一胎懒孕,没什么好生养,只能拿可恶的羊蹄草、粗糙的蓟、毒胡萝卜、牛蒡当儿女——她原来的风韵给破坏了;她的富饶已成陈迹。就这样,我们所有这许多葡萄园、休耕地、牧场、树篱,不再对人类有任何贡献,全变成了荒草、苦艾的地盘。跟这个一样,家家户户——我们自己和自己的亲子女,只因为再没有那一份悠闲的时光,眼看着荒废了学艺、失去了教养——也就是我们国家丧失了文化、她体面的装满——人类长得像蛮子一样! 人们就跟当兵的那样,除了喝血,什么都不想;瞪着双眼,开口就咒人,身上的衣衫不周全,形形色色,全都不成个体统! 为了召回当年的风光,你们才会聚在一堂;我刚才说这一番话,目的也是想知道,到底有哪些障碍不能让美好的和平解除这重重苦难,拿她原来的恩惠来祝福我们。①

　　这段文字体现了时间和空间邻近性。时间上彰显了从现在到过去、再从过去到现在,而且借助他的目的和希望展望了未来,特别在展示现在时圆满充

---

　　① 莎士比亚:《亨利五世》,方平译,《莎士比亚全集》(第3卷),人民文学出版社1994年版,第451—452页。

分呈现了空间邻近性,既涉及葡萄园、休耕地、牧场、树篱的荒芜,同时还联系到家家户户甚至国家文化教养的丧失和生活的败落等。这长篇台词可能在推进时间和情节演变方面功能并不十分突出,也有更多段落可能借助人物台词和唱词等表演推进时间和情节演变发展,很大程度呈现出时间邻近性特征。因为人物表演实际在时间流程中得以完成,当然这一时间流程获得演绎和完成的人物表演同样也在舞台这一特定空间完成,自然也涉及空间邻近性。在这一方面,幕景和舞台设计,特别是类似京剧亮相或哑剧之类剧情描述,还有夹在人物台词和唱词之间有表演动作提示性质的舞台说明文字,也起着极其重要的突显功能。如尤金·尤涅斯库《秃头歌女》剧本开头第一场首先是幕景和场景说明。在这段基于空间邻近性的表象话语中,人们至少可以看到诸如幕景、两位主人公动作,还特别提到了贯穿全剧,极具意味的象征意义的时刻在十七点的挂钟等场景,接着便是主要人物的表演,以及史密斯夫人的台词和史密斯的表演动作。这段戏剧文本对场景的介绍显然遵循了空间邻近性:在史密斯夫人唠叨中,史密斯先生似乎无动于衷,一直在读报,且不时报以响舌,应该说在情节推进方面其效力微乎其微。但由于表演本身在时间流程中演进,且前一个唠叨与下一个唠叨之间虽然没有逻辑上的必然联系,但毕竟还是在消磨和浪费时间中从一个话题转向另一个话题,必定有从土豆到鱼、汤、啤酒、酸奶之类变化。这虽然不能体现根本上的空间和时间属性,但必定因时间推移构成其邻近性。至于果戈理《钦差大臣》最后一场和接下来的哑剧结局,人物台词微乎其微,但这并不影响时间的推移,特别是哑场的人物动作和方位构成,体现一定空间和时间邻近性,不过这种邻近性并不十分充分圆满。

最后的一场

前场人物和宪兵

宪　兵　奉圣旨从彼得堡来到的长官要你们立刻去参见。行辕就设在旅馆里。

〔这几句话像闷雷似的震动了所有的人。太太们嘴里一致发出惊讶的声音;整个人群忽然改变了姿势呆若木鸡地站在台上。〕

哑　场

〔县长叉开两手,头向后仰,像柱子似的站在台中央。站在右首的是他的妻子和女儿,身体向前突出,仿佛要奔向他那边去;她们的后面是邮政局长,变成一个疑问号,面向观众;再过去是鲁卡·鲁基奇,显出天真无邪的样子,茫然失神;再过去,在舞台紧靠边的地方,是三个女客,她们脸上露出针对县长一家人而发的讥讽的表情,互相凭靠着。站在县长左首的是泽姆略尼卡,头稍向一边歪斜,好像在仔细倾听什么似的;他的后面是法官,叉开两手,差不多蹲在地上,嘴唇做出一种样子好像要吹哨,或者说:"这可糟啦!"过去是柯罗布金,面向观众,眯缝一只眼,对县长露出辛辣讽刺的神气;再过去,在紧靠边的地方,是陀布钦斯基和鲍布钦斯基,面对面伸出手来,张大嘴,互相瞪视。其余的客人简直像柱子似的站着。差不多有一分半钟呆若木鸡的一群人保持着同样的姿势。幕落。〕

可以看出,果戈理安排的最后一场先是提示出场人物,再是宪兵的台词,接着便是舞台提示,最后落幕前的哑剧结局,提示了相关人物的表演动作造型,特别是人物的表演方位,更清楚明白地呈现了基于空间邻近性的换喻特征。人们常常将换喻的这种基于空间邻近性和时间邻近性的人物、景物和事件组合安排方式称之为现实主义话语结构方式。它确实在呈现场景、连接人物、事件和景物方面有得天独厚的优势。进一步来讲,如果将戏剧开场主要基于空间邻近性的幕景和场景说明、中间部分主要基于时间邻近性的人物台词唱词,以及结尾部分落幕的主要基于空间邻近性的场景、幕景甚至哑剧、亮相等联系起来,恰恰构成了静态的开头与结尾、动态的中间部分,形成了完整经纬交织的网络结构。

相对来说,基于时间和空间邻近性的换喻,在不同体裁话语中有不尽相同的呈现。比较而言,写景往往遵循空间邻近性,特别是景物为静态时这一现象显得更为突出。这不是说静物没有时间上的邻近性,只是这种邻近性因缺乏变化,使人易于产生没有时间邻近性印象,其实不同时间轴上的始终如一,仍然呈现出时间邻近性特点。状物虽然有空间邻近性特点,但大多数时候有了所属关系造成的相关性和联结性关系,因此有便于提喻的特点。相对来说,最圆满的时间和空间邻近性当属叙事,特别是现实主义叙事文学常常建立在时间邻近性基础之上,且无论这种叙事采用了诸如顺叙、倒叙、插叙、补叙之中的哪一种,其最根本的仍然是时间顺序,或至少不可能彻底改变或打破其本来的故事时序。人们总是夸大叙事时序的人为性,以为有多么大不了的艺术技巧蕴含其中,其实叙事时序对故事时序的处理其主动程度相当有限。有一点可知,至今还没有创作出一个绝对意义的倒叙。所谓倒叙根本上并未完全改变故事时序,只是相对于一个大故事顺序而言,其中一个小故事可能有倒叙性质,但对小故事本身而言,仍然摆脱不了顺叙。

第二节　文本话语的提喻性

提喻的构成基础是联结关系即包含关系,往往呈现为事物局部与整体、种与属的关系。提喻在不同体裁话语中有不尽相同的展示空间。相对来说,由于基于联结关系、包含关系或相关关系,提喻在状物特别在具有所属关系的状物描写方面优势明显。这种所属关系、包含关系或相关关系,最直观、最便于理解的还是有生命的事物。在有生命的事物中,人的整体与局部、属与种关系,较之其他动物更见优势。

朱自清《背影》属于抒情话语范畴,但其中并不仅仅是抒情,其抒情往往建立在描写、叙事等表达方式的基础之上。单纯描写虽然显得纯正,但其情感往往可能成为无源之水、无本之木,由此可能会影响到抒情话语之最终表达效果。朱自清更多借助平淡无奇的叙事、描写呈现了父亲的亲情,也感染了"我",使"我"尽释前嫌。其有令人记忆犹新的文字是这样写的:

> 我说道,"爸爸,你走吧。"他往车外看了看说:"我买几个橘子去。你就在此地,不要走动。"我看那边月台的栅栏外有几个卖东西的等着顾客。走到那边月台,须穿过铁轨,须跳下去又爬上去。父亲是一个胖子,走过去自然要费事些。我本来要去的,他不肯,只好让他去。我看见他戴着黑布小帽,穿着黑布大马褂,深青布棉袍,蹒跚地走到铁轨边,慢慢探身下去,尚不大难。可是他穿过铁轨,要爬上那边月台,就不容易了。他用两手攀着上面,两脚再向上缩;他肥胖的身子向左微倾,显出努力的样子。这时我看见他的背影,我的泪很快地流下来了。我赶紧拭干了泪。怕他看见,也怕别人看见。我再向外看时,他已抱了朱红的橘子往回走了。过

铁轨时，他先将橘子散放在地上，自己慢慢爬下，再抱起橘子走。到这边时，我赶紧去搀他。他和我走到车上，将橘子一股脑儿放在我的皮大衣上。于是扑扑衣上的泥土，心里很轻松似的。过一会儿说："我走了，到那边来信！"我望着他走出去。他走了几步，回过头看见我，说："进去吧，里边没人。"等他的背影混入来来往往的人里，再找不着了，我便进来坐下，我的眼泪又来了。

这段文字中，先是不大合拍的对答。"我"说的是父亲可以离开了，而父亲说的是他去买橘子。这一对答的不合拍主要还是叙事话语本身过于简略造成的。父亲没有极其恰切地回答他不能现在就离开，还想去买些橘子回来，所以得过会儿买回橘子才能离开。人们交流选择最关键的话却省略其他前后连接的话，常常因为这些原因：或心照不宣、形影不离，彼此间有很大默契，从文本交代来看，二人相聚时间和机会并不很多，且无论事先还是事后都在各忙生计，显然不属于这一情形；还有一种是彼此间有些生疏，至少可能存在某种心理或情感的隔膜，哪怕这种隔膜可能无关实际冲突，但因年龄、性格、经历、习惯甚至代沟之类，常常造成某种不必要的沟通障碍或阻隔，因为一般情况下，两个彼此关系熟悉的人之间往往无话不谈，即使没有多少需要沟通交流的话题，也会无话找话，以图延长彼此相处时间或以此打破相处的尴尬。即使这种交流看似滔滔不绝，有些冗长，也不会激起彼此间受话一方的烦躁和不满，文本却交代了"我"其时对父亲，特别是他说话不漂亮、唠叨、小题大做、不合时宜、迂腐之类不大满意。虽然要言不烦应该是大多数成年男子的秉性，但父亲显然不属于这一种：他对"我"要言不烦，甚至采用了跳跃式省略，直奔主题，对其他与"我"出行相关人的交流却并非如此，甚至近乎唠叨迂腐。"我"分明注意到了对面月台栅栏外卖东西的人，以及前往该处需要穿过铁道，先下后上的路径状况；进而对父亲作为胖子前往可能产生的费劲有所估量，只是父亲执意要去，只能让他前往。这里没有提及对父亲的执着再生暗笑之意，但按常理推断，彼时的"我"完全可能有类似感触，所以才有了事先记述此事特别是背影时候的两次有关"我"那时真是"聪明过分"和"太聪明了"的嘲讽。梅洛-庞蒂指出："我们通过我们的身体在世界上存在，因为我们用我们的身体感知世界，但是，当我们在以这种方式重新与身体和世界建立联系时，我们将重新发现我们自己，因为如果我们用我们的身体感知，那么身体就是一个自然的我和知觉的主体。"①人借助身体知觉感知世界并存在于世界，这是人的长处，也是其致命缺憾，这使得人们对世界的感知常常受制于身体知觉，以致由于知觉错误可能导致对世界的误判，所以佛教将基于身体知觉的世界经验看成虚妄不实的幻相。

毋庸置疑，父亲所戴的黑布小帽，穿的黑布大马褂、深青布棉袍，属于父亲的所有物，与父亲有所有与被所有关系，属于相关性、关联性关系，自然有提喻性质，但这个提喻最关键的还是服饰的颜色方面，或潜意识暴露了父亲的性格或心态。按照一般色彩的象征意义，黑色虽然有庄重严肃的属性，但大多数时候总是与卑鄙、肮脏、结束、不幸、死亡相提并论。人们不能生搬硬套，也不能与所有这些负面的象征意义轻易联系起来，但至少可能折射出父亲潜意识中或多或少存在的低沉消极情绪或衰老心理也未可料，这也正是他踌躇再三，最终还是决定自己送行的潜在心理原因。真正意义上体现所有关系特别是局部与整体关系的应该是手脚和肥胖的身体。身体作为所有物应该服从父亲意志的决断和控制，但显然有着不大服从其支配的叛逆乃至离异性质。一个人生命衰老病死的核心标志就是身体与意志的背离。纪律的根本属性就是用规范约束一个人对身体及其欲望的放纵，法律对一个人的惩罚便是剥夺其对自己身体的支配和控制权。也许正是出于对父亲背影的这些考量才使"我"最终落泪；后看到父亲返回时候的前影，过铁轨时先是将橘子散放在地上，慢慢爬下，然后再抱起橘子走这一系列动作，仍因为身体的不大听从其指挥，出于父亲对身体支配和控制能力的相对缺失。正是基于父亲一往一返两次身不由己的自我呈现，以及其背影在人群中的消失，才使"我"两次落泪。身体的局部不能与整体协调一致、身体的整体不能与意志协调一致，以及所流露出来的父亲对其身体局部和整体控制和所有权的削弱甚至消失，才是这一抒情话语的泪点所在，才是核心情感得以展露的关键所在。按照阿恩海姆的观点，既不能用整体大于各部分之和，也不能用整体不同于各部分相加之和来阐述局部与整体的关系。他认为较为合理的阐述应该是："只有让'部分'保持某种程度的自我独立，才展示出'部分'的真正特征。一个'部分'越是自我完善，它的某些特征就越易于参与到'整体'之中。当然，各个'部分'能够与'整体'结

① 梅洛-庞蒂：《知觉现象学》，姜志辉译，商务印书馆2001年版，第265页。

合为一体的程度是各不相同的,没有这样一种多样性,任何有机的'整体'(尤其是艺术品)都会成为令人乏味的东西。"①在朱自清这篇散文中,父亲手脚相对于其身体而言有一定独立性,身体相对于其意志而言仍有一定独立性,但这种独立性不是更易于参与到整体之中,恰恰与身体特别是意志的整体背离,才构成了这一抒情话语的情感基点,也构成了落泪的情由。

在作为文献的文本系统中,叙事话语遵循提喻的联结关系、包含关系、所有关系、相关关系时,虽然可能很大程度上受制于特定叙事规则,但由于其体制特别是篇幅的缘故,还有较为广阔的呈现空间,且也能在很大程度上赋予其一定象征意味。托尔斯泰《安娜·卡列尼娜》第七部第三十一章写安娜·卡列尼娜自杀,有这样一段文字:

> 她想倒在和她拉平了的第一辆车厢的车轮中间。但是她因为由胳臂上往下取小红皮包而耽搁了,已经太晚了,中心点已经开过去。她不得不等待下一节车厢。一种仿佛她准备入浴时所体会到的心情袭上了她的心头,于是她画了个十字。这种熟悉的画十字的姿势在她心中唤起了一系列少女时代和童年时代的回忆,笼罩着一切的黑暗突然破裂了,转瞬间生命以它过去的全部辉煌的欢乐呈现在她面前。但是她目不转睛地盯着开过来的第二节车厢的车轮,车轮与车轮之间的中心点刚一和她对正了,她就抛掉红皮包,缩着脖子,两手扶着地投到车厢下面,她微微地动了一动,好像准备马上又站起来一样,扑通跪下去了。同一瞬间,一想到她在做什么,她吓得毛骨悚然。"我在哪里?我在做什么?为什么呀?"她想站起身来,把身子仰到后面去,但是什么巨大的无情的东西撞在她的头上,从她的背上碾过去了。"上帝,饶恕我的一切!"她说,感觉得无法挣扎……一个正在铁轨上干活的矮小的农民,咕噜了句什么。那支蜡烛,她曾借着它的烛光浏览过充满了苦难、虚伪、悲哀和罪恶的书籍,比以往更加明亮地闪烁起来,为她照亮了以前笼罩在黑暗中的一切,摇曳起来,开始昏暗下去,永远熄灭了。②

这段文字中,托尔斯泰同样特别展示了安娜·卡列尼娜脖子、双手、头、背

① 鲁道夫·阿恩海姆:《艺术与视知觉》,滕守尧、朱疆源译,四川人民出版社1998年版,第97页。

② 托尔斯泰:《安娜·卡列尼娜》(下),人民文学出版社1981年版,第1121—1122页。

等局部与其身体整体，以及身体与意识的离异与协调。如果按照一般的理解，身体的局部应该服从身体的全部、身体的全部应该服从意识的支配，但安娜·卡列尼娜的身体局部与全部、身体与意识之间既存在不相协调一致的地方，也存在协调一致的地方。正是这种既协调又离异的关系构成了提喻联结关系的基础。不同于朱自清散文笔法只借助父亲外在动作和语言，以及观察者对其动作和语言的感知来展示人物心理，托尔斯泰设身处地体验和想象了安娜·卡列尼娜彼时彼地所思所想，直接呈现了其意识对身体局部和整体的支配状况，也借此构成了提喻的基本内涵。托尔斯泰尤其着力展示了安娜·卡列尼娜潜意识到意识的心理活动变化：先是漫无目的地受潜意识驱使来到火车站月台上，到突然回忆起与渥伦斯基初次相逢时被火车压死的那个人，才意识到自己来这里的目的，使潜意识升华为意识。这是她自杀意识的觉醒。她的这一觉醒显然建立在回忆的基础之上，也可视为追叙。小说一开始写这里曾发生的火车压死人事件理所当然便是预叙，暗示乃至预示了安娜·卡列尼娜冥冥之中的宿命。还着意呈现了安娜·卡列尼娜的小红皮包作为其所有物，与其并非局部与整体、种与属的关系，而是所有关系的基本状态，同时也呈现了这一并未超越所有关系的包含和联结性质，与安娜·卡列尼娜意识和意志方面存在的独立和离异关系：由于小红皮包未能从胳膊快速取下延误了她第一次试图自杀的机会，这可视为身体动作与意识意志的一次独立与离异，受小红皮包这一所有物独立与离异的干扰，使其欲死不能；第二次则由于早先抛掉了小红皮包，未能使她因其牵挂朝后仰起身体，才使其头部受到重创和身体受到碾压，使其欲生无望。如果说《安娜·卡列尼娜》中她当初在火车站不经意看到的碾压一幕便是她后来卧轨自杀的预示，那么《红楼梦》诸如金陵十二钗曲子词特别是判词同样是对相关人物命运的预示，甚至如刘姥姥给贾母等讲十七八岁标致姑娘抽柴草勾出了火灾等亦是如此，都关涉意旨的揭示和展示。

小红皮包对安娜·卡列尼娜来说只是个所有物，贾宝玉打发晴雯送林黛玉的手帕，也只是他的所有物。晴雯临死前与贾宝玉互换内衣并送给他指甲，而指甲便不仅是所有物，更是她身体的局部，直接象征了晴雯临死前借这一身体局部变换所有物的所有人来揭示了其意旨。《红楼梦》第七十七回云：

> 一面想，一面流泪问道："你有什么说的，趁着没人告诉我。"晴雯呜

咽道："有什么可说的！不过挨一刻是一刻，挨一日是一日。我已知横竖不过三五日的光景，就好回去了。只是一件，我死也不甘心的：我虽生的比别人略好些，并没有私情密意勾引你怎样，如何一口死咬定了我是个狐狸精！我太不服。今日既已担了虚名，而且临死，不是我说一句后悔的话，早知如此，我当日也另有个道理。不料痴心傻意，只说大家横竖是在一处。不想平空里生出这一节话来，有冤无处诉。"说毕又哭。宝玉拉着她的手，只觉瘦如枯柴，腕上犹戴着四个银镯，因泣道："且卸下这个来，等好了再戴上罢。"因与她卸下来，塞在枕下。又说："可惜这两个指甲，好容易长了二寸长，这一病好了，又损好些。"晴雯拭泪，就伸手取了剪刀，将左手上两根葱管一般的指甲齐根铰下，又伸手向被内将贴身穿着的一件旧红绫袄脱下，并指甲都与宝玉道："这个你收了，以后就如见我一般。快把你的袄儿脱下来我穿。我将来在棺材内独自躺着，也就像还在怡红院的一样了。论理不该如此，只是担了虚名，我可也是无可如何了。"宝玉听说，忙宽衣换上，藏了指甲。晴雯又哭道："回去他们看见了要问，不必撒谎，就说是我的。既担了虚名，越性如此，也不过这样了。"①

按照性心理学，如果一个人由对性对象的迷恋，扩展到对其整个身体和精神的全部爱恋，以致发展到对这个人所有物存在恋物癖，应该算是正常的；但如果迷恋这一性对象身体的某一局部器官和所有物，甚至超过了对他身体全部乃至整个生命的迷恋，便可能有变态性质。霭理士写道："一个爱恋状态中的人，对爱人身上或身外的事物，例如爱人的头发、手或鞋子之类，往往特别用心，当其用心的时候，他并不想制胜什么心理上的抑制，而是想把爱人的全部人格在他身上所唤起的情绪，由散漫而归于凝聚，由抽象而化为具体，凝聚必有着落，具体必为事物，而接受这着落的事物便是一个象征了。"②许多叙事话语正是基于这一提喻之局部与整体、所有物与所有者的包含关系，构成了其叙事话语系统的整体框架及基石。虽然按照这一理论，《白痴》中罗果静的爱恋显然有近乎变态偏执的性质，但贾宝玉与晴雯的爱恋应该属于正常交往范畴，

① 《红楼梦（名家评点）》（下），中华书局 2009 年版，第 530—531 页。
② 霭理士：《性心理学》，潘光旦译，商务印书馆 1997 年版，第 199 页。

晴雯的指甲,确如其所说是其替代物,所谓"这个你收了,以后就如见我一般"清楚标示了这一意旨,或更进一步讲,晴雯的死决定了其肉体必定要化入泥土,但其指甲却象征性地作为她的生命替代物或载体继续维持或宣示其与贾宝玉的亲密关系,同样也使其生前未获满足的愿望借以获得了力所能及的满足。

当然,作为文献的文本系统所遵循的提喻,除了依靠以局部替代整体,以所有物取代所有者、个体代表集体等属性之外,还有更复杂的关系。如朱生豪译《罗密欧与朱丽叶》的第二幕第二场中罗密欧有这样一段台词:

> 那边窗子里亮起来是什么光?那就是东方,朱丽叶就是太阳!起来吧,美丽的太阳!赶走那妒忌的月亮,她因为她的女弟子比她美得多,已经气得面色惨白了。既然她这样妒忌着你,你不要忠于她吧;脱下她给你的这一身惨绿色的贞女的道服,它是只配给愚人穿的。那是我的意中人;啊!那是我的爱;唉,但愿她知道我在爱着她!她欲言又止,可是她的眼睛已经道出了她的心事。待我去回答她吧;不,我不要太鲁莽,她不是对我说话。天上两颗最灿烂的星,因为有事他去,请求她的眼睛替代它们在空中闪耀。要是她的眼睛变成了天上的星,天上的星变成了她的眼睛,那便怎样呢?她脸上的光辉会掩盖了星星的明亮,正像灯光在朝阳下黯然失色一样;在天上的她的眼睛,会在太空中大放光明,使鸟儿误认为黑夜已经过去而唱出它们的歌声。瞧!她用纤手托住了脸,那姿态是多么美妙!啊,但愿我是那一只手上的手套,好让我亲一亲她脸上的香泽!……她说话了。啊!再说下去吧,光明的天使,因为我在这夜色之中仰视着你,就像一个尘世的凡人,张大了出神的眼睛,瞻望着一个生着翅膀的天使,驾着白云缓缓地驰过了天空一样。①

罗密欧这段台词,不是以朱丽叶某器官局部特征作为讴歌对象,而是对朱丽叶身体全方位整体爱恋,先讴歌其整个人,再讴歌其作为身体最具表现力和吸引力的眼睛,特别是对眼睛的讴歌,显得极铺张,且很大程度上加入了自己身体的整体直觉,显然超出了单纯视觉感知的狭隘,后又回到了对朱丽叶的整

---

① 莎士比亚:《罗密欧与朱丽叶》,朱生豪译,《莎士比亚全集》(第4卷),人民文学出版社1994年版,第635页。

体讴歌。这一表面看来的总—分—总讴歌方式和结构,集中彰显了他对朱丽叶全身心的爱。虽然对其眼睛的讴歌应该主要基于他的视觉感知,但呈现的观感,却不仅仅限于视觉感知,丝毫也不会让人觉得仅仅是其视觉感知的结果。因为他的激情飞扬,其大脑整体处于极度活跃兴奋状态,基于这一兴奋状态的大脑活动,并不仅仅是想象和移情,更是多种心理能力综合作用的整体效果。阿恩海姆指出:"视觉形象永远不是对于感性材料的机械复制,而是对现实的一种创造性把握,它把握到的形象是含有丰富的想象性、创造性、敏锐性的美的形象。""在人的各种心理能力中,差不多都有心灵的作用,因为人的诸心理能力在任何时候都是作为一个整体活动着,一切知觉中都包含着思维,一切推理中都包含着直觉,一切观测中都包含着创造。"①当然处于热恋中的罗密欧对朱丽叶的想象性、创造性、敏锐性知觉再造,不亚于任何艺术家,而且作为表象话语也发挥了极其重要的作用。阿恩海姆指出:"语言并不是我们的感觉同现实接触的通路——它仅仅是给那些看到、听到或想到的事物赋予名称。但对于描述和解释视觉对象来说,语言却并不是一个生疏的或不合适的媒介。"②罗密欧对朱丽叶整个人的命名,是"太阳"、"天使",对她的眼睛的命名是"天上的星"。诸如太阳、天使及星星之类的比喻和命名在今天也许并不新颖,但连带让其他事物黯然失色的描述还是很大程度上放大了其光彩和魅力。朱丽叶的眼睛作为局部感官,属于朱丽叶身体整体,同时在罗密欧的观照中也属于罗密欧本人,是罗密欧用身体知觉整体观照的产物,当然也属于全世界,是构成罗密欧理想世界的全部,也是整个现实世界诗情画意的美的典型。

虽然,人们可以说,基于联结关系和包含关系的提喻可能更多存在于状物类文本话语之中,但其具体形式却不限于状物类,也存在于抒情话语、叙事话语和表象话语等所有文本体裁话语之中,而且是文本话语系统构成的基本形态。

---

① 鲁道夫·阿恩海姆:《艺术与视知觉》,滕守尧、朱疆源译,四川人民出版社 1998 年版,第5 页。

② 鲁道夫·阿恩海姆:《艺术与视知觉》,滕守尧、朱疆源译,四川人民出版社 1998 年版,第3 页。

第三节　文本话语的隐喻性

作为文献的文本系统还有赖另一原则，这便是隐喻。隐喻遵循的原则是相似性即相似关系。构成这一关系的基础是事物之间具有某种属性的相似性。与换喻、提喻相比，隐喻在作为文献的文本系统篇幅生成和扩张方面有所不及，但由于隐喻关涉文本系统多层意蕴的生成，能最大限度地丰富和加深文本话语的内涵，所以常常受到人们的广泛关注。隐喻的独特性在于其常常隐藏于文本话语系统的最深层，且每每由于读者阅读的介入使其意蕴能够超出文本话语系统而拥有极其丰富且透彻的价值和意义，并因此能使文本话语系统本身获得一定影响力。保罗·利科指出："隐喻的意义本身沉浸在由诗歌解放的想象物的深处。"①隐喻的意义也建立在诸如换喻、提喻的基础之上，常常很大程度上具有换喻和提喻没有的优势，或因经常以换喻和提喻作为基础，从而使隐喻拥有了无节制增值意义的效度。

诸如高尔基《海燕》、艾略特《荒原》、陶铸《松树的风格》、茅盾《白杨礼赞》，无论抒情诗，还是抒情散文都一定程度上蕴含暗示和象征意义。正是所有这些暗示和象征使文本话语系统有了非同寻常的价值和意义。"诗人是通过唯一的语言游戏激起和塑造想象物的艺术家。"②海燕作为一种鸟本来可能并不具有非同寻常之处，但经高尔基写入诗歌，很大程度上赋予其独特暗示和象征意义之后，便有了非同寻常的符号性意义。应该说，与"燕雀安知鸿鹄之志"、"似曾相识燕归来"、"燕子归来寻旧垒"的燕子这一人们十分熟悉的鸟儿相比，海燕可能并不绕着熟悉圈子转悠，但它能在暴风雨中搏击长空，自然多了几分令人震撼的力量感，使更多的人常常将其与勇气相提并论，但要说它真的有高尔基所说的那种勇敢、高傲、自由、欢乐的生活习性和精神品格也不尽然。虽然不能说所有这些一定不属于它的本性，但也不能说所有这些属性都是其与生俱来的精神品质。因为所有生物也许只是按照其各自本性生活，并

---

① 保罗·利科：《活的隐喻》，汪堂家译，上海译文出版社 2004 年版，第 295 页。

② 保罗·利科：《活的隐喻》，汪堂家译，上海译文出版社 2004 年版，第 291 页。

不见得哪一种就志存高远，另一种就得过且过。燕子与海燕的区别虽然一定程度上存在其生活圈子的问题，但更多还是出于人们特别是诗人们的想象建构，而且也难免存在一定马太效应发挥效力的情形，这自然不能排除诗人的某些想当然的移情在发挥效力。保罗·利科指出："形象描述并不是一意象，它可能指向新的相似性，这里的相似性要么是质的相似性、结构的相似性、局部的相似性，要么是情境的相似性，要么是情感的相似性。每一次，被意指的事物都被看作形象所描述的东西。形象描述包含建立、扩大类似结构的能力。"①从保罗·利科阐述的角度来说，包括高尔基在内的诗人的形象建构，在质、结构和局部相似性基础上，借助某种情境和情感的相似性来建立和扩大类似结构显得合情合理。

相对于抒情诗和抒情散文之类抒情话语的形象建构，一般意义的叙事话语可能显得谨慎得多。虽然这并不意味着叙事话语的形象建构，绝对不依赖基于情境或情感结构的相似性，但主要还是基于质、结构和局部的相似性，或根本就是事物本身，不过由于该事物在特定情境的特定人那里被派上了道具的意义。这种隐喻与其说得力于情境和情感的相似性，不如说来源于它本身原始功用的某种出乎意料的使用。这种使用的非同寻常并没有赋予其特殊功能，只是在其普通功能之内派上了不该派的用场，特别是罪不可赦的用场。如《白痴》中罗果仁的刀，与娜斯塔霞异常苍白却更加好看的脸以及乌黑闪亮的眼睛，它们之间看似没有任何联系：一个尖锐、锋利，看似极其普通；一个却圆润、乌黑闪亮，看似美丽而动人。但这里却潜伏和暗示着谋杀的动机与死亡的结局。娜斯塔霞异常苍白，甚至像死人一样，却使她更加好看的，与每次出场都乌黑闪亮、光彩照人的眼睛之间，似乎也搭建起了死亡的桥梁，前者是死亡的征兆，后者是其鲜活生命力的象征，也是加速致死的根源。人的面部特征常常是日常交往的第一门面，是当事人当时心境或状态的集中显现。虽然说爱美之心人皆有之，也可以说爱美是人的天性甚至动物性本能，但一个人的美貌如果达到被人们过分普遍欣赏，且没有足够力量保护自己的时候，便可能因此招致更多麻烦和干扰，以致危及其生命。相貌如娜斯塔霞，又黑又大的眼睛常常闪烁着炭火般光芒，这难免引起许多人的非分之想，并因此给自己带来更多

---

① 保罗·利科：《活的隐喻》，汪堂家译，上海译文出版社 2004 年版，第 260 页。

危险。这是隐喻暗示的内涵之所在。一个人的相貌异常美丽,却不能有效保护自己已经很危险,倘若一定范围内作为炫示和牟取报酬的投资,将更有可能坐实这种祸患。

有些相貌特征的隐喻可能不完全因当事人的主观行为及其责任,也有可能只暗示了当事人某种不可逆转的宿命。如《红楼梦》中贾宝玉"面若中秋之月"便可能有"少年色嫩不坚牢"和"非夭即贫"以及后来沦落为乞丐的命运暗示;至于林黛玉的相貌也较明显地暗示了其多病甚至早逝的可能。可见红颜祸水,并不单指女性,男性也同样如此,只是女性更为普遍。或者并非因为娜司泰谢·费里帕夫娜对自我把握的不恰当和生活习惯的某些放纵,也可能只因其单纯、善良更容易上当。《奥赛罗》中的苔丝·狄梦娜、《巴黎圣母院》中的拉·爱斯梅拉达都有此嫌疑。拉·爱斯梅拉达的小脚以其精巧和美丽让巴黎街头的人们迷恋甚至崇拜,使神父也这样说:"听着,我跟随你到了那个拷问室,我看见施刑人的卑鄙的双手脱去你的鞋袜,使你腿脚半露着。我看见了你的脚,我曾经希望吻一下便死去的脚,要是能踏在我的头上就会使我沉醉的脚,我却看见人们把它装进铁靴里去,那种铁靴曾经使无数活人的脚变得血肉模糊!啊,当我这个不幸的人看见这一情景时,那时我胸前衬衣底下正藏着一把尖刀,听到你一声叫喊,我便把刀向肉里刺去,听见你叫喊第二声,我便把刀向心窝刺去。看呀,我相信伤口还在流血。"神父欣赏美,企图据为己有,一旦不能实现这一愿望,便想方设法置其于死地。他对拉·爱斯梅拉达近乎变态的赞美,必然会促使他近乎变态地追求她,如果不能如愿以偿,便会近乎变态地加以毁灭。中国古来也有崇尚三寸金莲的审美趣味,不过这一人为扭曲的病态审美趣味,较之神父暴力摧毁小巧玲珑的秀美的做法似乎更粗暴。神父克洛德这一变态心理不能不说与雨果对"赤足的田园诗"有些偏好的审美趣味或多或少有一定关系。如雨果《巴黎圣母院》第六卷中《一块玉米面饼的故事》借马耶特讲述的故事,写一个母亲眼中小女孩的小脚,显然更多体现了深厚母爱的介入,以及对小脚的痴迷、崇拜和解读:

> "那小阿妮丝——这是那小姑娘的名字,也是她自己受洗礼时的名字,是她自己家族的一个名字,她已经很久不用这个名字了。那小家伙的装束确实比一位公主还要华丽,一身的丝带和花边!尤其是那双小鞋,连国王路易十一肯定都决不会有那么好的东西呢!那是当母亲的亲手给她

做的,她用她那种给慈悲的圣母做袍子的最精巧的手工和最好的刺绣来做这双鞋。那真是从没有见过的最可爱的一双小鞋了！它们才有我的大拇指这么点长。除非看见那小孩的小脚从鞋里脱出来,你才能相信那双小脚能穿得进那双小鞋里去。那双脚的确是十分小巧,十分好看,那粉红粉红的,比做那鞋的缎子还要红得好看！当你有了孩子的时候,乌达德,你就会明白再没有什么能比得上那些小手小脚更好看的了！"

"我不想望比这更好的事情啦！"乌达德叹口气说,"我但愿安得里·米斯尼哀先生能有这样的福气。"

"并且",马耶特又说,"巴格特的孩子不光是一双脚漂亮,我看见她的时候她才四个月,她真可爱！她的眼睛比嘴还大。最可爱的是一头黑发,那时就已开始鬈起来了。到了十六岁的时候,一定会是顶好的棕色。她母亲一天比一天更加发疯般爱她,她抚摸她,摇晃她,亲她,给她洗澡,同她玩,差点想把她吞下肚去！她为了她快乐得昏头昏脑,她为了她感谢上帝。尤其那双玫瑰色的小脚没完没了地引起她的惊奇,使她快乐到了极点。她常常把嘴唇贴在那小小的脚上舍不得放开。她给它们穿上小小的鞋,穿上又脱下,崇拜着,叹赏着,端详着,就这样度过整整一天。她让那双小脚可怜巴巴地在床上学迈步,她情愿一辈子跪在那双高贵的小脚前穿鞋脱鞋,好像那就是圣婴耶稣的小脚似的。"[1]

这段文字与神父形成鲜明对比,突显了神父崇拜和赞美小脚更多出于占有的贪婪本性,突出了神父近乎变态的残忍自私的审美品位才是对拉·爱斯梅拉达之美实施强暴的根源。近年来越来越多的人注意到了审美权力尤其暴力对美的毁灭,人们不能一味将善良者的悲剧看成自己本性所致,而应该对恶人的审美强暴加以谴责,任何对审美强暴的忍让和沉默都将是对强暴者的肆意放纵和助纣为虐。当然雨果《悲惨世界》还宣扬了爱斯梅拉达作为弱者以德报怨的美德。人们没有理由怀疑雨果,也没有理由谴责雨果,但他对赤脚田园诗的痴迷本身,便可能有极其深刻的暗示意义:"有品位人士不直接展示任何事物,他们暗示、装作无意提到想要表达的东西,然后让他们的同僚们自己去猜想和破译他们的意图。这种神秘感迫使他们的目标对象必须破译他们最

---

① 雨果:《巴黎圣母院》,陈敬容译,人民文学出版社1982年版,第244页。

细微的行动和姿态,由此提高贵族身份的光环效应。"①由此看来,爱斯梅拉达的悲剧便潜伏于她的美丽,并因此成为整个社会不同层次的人共同痴迷和崇拜的对象,自己又没有足够能力来推测和破译他们的意图,并做好相应心理和行动准备。神父克洛德的毁灭目标对象的审美暴力行为,与雨果采取文学形式以形象建构的手段转移释放,特别是其谴责神父审美暴力的呐喊,虽然行为动机及其影响可能不尽相同,但其最根本的心理动因却有惊人的相似之处。这就是他们均有痴迷审美目标对象,且不愿意将这一动因直接展示出来,都只是采用了某种方式的借题发挥手段。只是克洛德假借了宗教手段,雨果则采用了文学手段。虽然不能绝对地说是同归而殊途,但至少可以说是同出而异名。尼采《权力意志》对借助上帝、人民和艺术诸多手段以图实现其权力意志的深层动机有所阐述。他指出:"在最强者、最富有者、最勇敢者那里,则表现为'对人类之爱',对'人民'、《福音书》、上帝之爱;表现为同情;'自我牺牲'等等;表现为制胜、义务感、责任感,表现为自信有一种人们能够赋予其方向的伟大势力:即英雄,预言家,凯撒,救世主,牧人。"②至此还得回答雨果所塑造的爱斯梅拉达特别是其赤脚的田园诗之隐喻的内涵到底是什么? 是最原始本真的心灵,以及基于此的美? 保罗·利科指出:"隐喻的意义并不是谜本身,并不是单纯的语义冲突,而是谜的解决,是对语义的新的贴切性的确立。"③

人们可以将相貌隐喻作为人物命运的一种暗示,在此基础上形成具有更为广阔视界的美学寓言,仅此还有些不够,也可以借相貌变化隐喻甚至暗示人物内心变化,彰显人物处境、心态变化的轨迹。这可能存在滥用隐喻的嫌疑,但弗莱的阐述也证明了这一点:"你在文学中绝不会看到单纯地啃草的羊群或者单纯地在春日盛放的花朵。总有一些运用它们的文学原因,而这意味着人类生活中某些同它们对应、由它们表现或与它们相似的东西。这种自然与人类的呼应就是象征一词的要义之一,所以我们可以说,只要一位作家在运用

---

① 奥利维耶·阿苏利:《审美资本主义:品味的工业化》,黄琰译,华东师范大学出版社2013年版,第26页。

② 弗里德里希·尼采:《权力意志》,张念东、凌素心译,中央编译出版社2000年版,第112—113页。

③ 保罗·利科:《活的隐喻》,汪堂家译,上海译文出版社2004年版,第295页。

意象或者外部世界的事物，他就在使它成为象征。"①惟其如此，诸如鲁迅《祝福》对祥林嫂相貌、托尔斯泰《复活》对玛丝洛娃相貌的描写便具有了象征乃至隐喻的性质。托尔斯泰借助玛丝洛娃惨白的肤色、略带斜视的目光和从头巾里暴露出来的几绺鬈发来彰显其隐喻。其中写监禁状态与远赴西伯利亚服苦役的文字恰恰形成了玛丝洛娃最具代表性的相貌特征变化。《复活》第一部第一章展示玛丝洛娃监禁期间的外貌，特别突出了她几绺鬈发黑而亮，以及一抹略带斜视的目光，直挺的丰满的胸脯，都极富隐喻意义，无不彰显着她轻薄放荡的性格：

> 过了两分钟光景，一个身量不高、胸部颇为丰满的年轻女人迈着矫健的步子走出牢门，很快地转过身来，在看守长旁边站住，里边穿着白上衣和白裙子，外面套着一件灰色囚袍，大踏步走出牢房，敏捷地转过身子，这个女人脚穿麻布袜，袜子外边套着囚犯的棉鞋，头上扎着一块白头巾，分明故意让几绺鬈曲的黑发从头巾里滑下来。那个女人整个脸上现出长期幽禁的人们脸上那种特别惨白的颜色，使人联想到地窖里马铃薯嫩芽。她那双短而宽的手和她大衣的肥领口里露出来的丰满的白脖子都是这种颜色。在那张脸上，特别是由惨白无光的脸色衬托着，她的眼睛显得很黑，很亮，稍稍有点浮肿，可是非常有生气，其中一只眼睛稍微带点斜睨的眼神。她把身子站得笔直，挺起丰满的胸部。她走到长廊上，微微仰起头，照直瞧着看守长的眼睛，停住脚，准备着不管要求她做什么，她一律照办。②

与这一段文字形成鲜明对比的是第三部第五章写她到西伯利亚服苦役途中的相貌特征：

> 自从她随着队伍跋涉了两个月以后，她内心所起的变化也在她的外貌上表现了出来。她消瘦了，晒黑了，仿佛苍老了似的。她的两鬓和嘴角露出了细纹，她不再让一绺头发飘到额头上来，而把头发都包在头巾里。于是她的装束也罢，她的发型也罢，她对人的态度也罢，再也没有先前卖弄风骚的迹象了。她这种已经发生而且仍然在进行的内心变化，不断地

---

① 诺斯罗普·弗莱：《培养想象》，李雪菲译，中国华侨出版社 2019 年版，第 51 页。
② 托尔斯泰：《复活》，汝龙译，人民文学出版社 1979 年版，第 6—7 页。

在聂赫留朵夫的心里引起一种特别欢乐的心情。①

其中惨白脸色变黑只是表现玛丝洛娃从狱中很少见阳光，到服苦役途中每天接受风吹日晒的生活空间变化及其结果，这里有由监禁到相对有点外界接触的空间变化，虽然有些苍老，但也基本恢复了更大活动空间；黑而发亮且略带斜视的目光，更多是生理现象，并不具有特别的暗示意义，其中黑而发亮也只是与狱中惨白脸色形成鲜明对比的缘故，也不具有特别突显的价值和意义。这里获得特别突显的是曾经几绺鬈曲黑发飘到额头，后来是一绺，再后来全部收到束头巾里的变化。按照中国面相学的观点，鬈曲的黑发本来有性欲旺盛的生理暗示，散发以及几绺或一绺从头巾中滑露出来，更是传递了一种不同程度的性渴望的信号；由于恢复了乐观向上、守持贞正的心境和人生态度，所以不再直挺丰满的胸脯，便是极其自然的行为，所以便略而不提。中国人向来强调"相由心生"，认为借助一定面相学知识，通过观察相貌，便可知晓这个人的过去、现在和未来，虽似有些玄乎，但能大概观其性格、心境、情绪等，也还有一定道理的。

当然，隐喻可能有较大灵活性，并不一定都必须有换喻的局部与整体、所有物与所有者的关联性，有时候这种关联性可能更多是提喻的空间邻近性，也可能并不一定有换喻和提喻的关系基础。杜牧《赠别二首》其一："娉娉袅袅十三余，豆蔻梢头二月初。春风十里扬州路，卷上珠帘总不如。"元稹《离思五首》其四："曾经沧海难为水，除却巫山不是云。取次花丛懒回顾，半缘修道半缘君。"其中除了"扬州路"有空间邻近性之外，其他如"豆蔻梢头"、"珠帘"、"沧海"、"巫山"更多以事物的某种相似性作为基础来暗示和隐喻。此外还有以双关、典故等方式来隐喻的。保罗·利科指出："隐喻意义并非语词意义：它是语境创造的意义。我们还必须保留亚里士多德的定义的广泛适用性，这一定义包括提喻、换喻和曲言法，也就是说，包括通过话语以及在话语中出现的、由字面意义向引申义转换的所有形式。"②他进一步论述道："普通的隐喻与诗歌隐喻的差别并不在于一个可以解述而另一个不能解述，而在于对诗歌

---

① 托尔斯泰:《复活》,汝龙译,人民文学出版社1979年版,第510页。
② 保罗·利科:《活的隐喻》,汪堂家译,上海译文出版社2004年版,第258页。

的解述是无穷无尽的。它之所以没有终结,恰恰是因为它能不断重新开始。"①隐喻也可能存在以换喻之局部与整体,乃至所有物与所有者的联结为基础,也可能以所有物替代所有者,但能成为隐喻还得依赖质、结构、局部,甚至情境、情感的某种相似性。《红楼梦》中贾宝玉、林黛玉互送物品,也存在所有物与所有者之间提喻的联结,但更依赖于情感的相似性。如第三十四回写贾宝玉派晴雯给林黛玉送旧手帕:

> 袭人去了,宝玉便命晴雯来吩咐道:"你到林姑娘那里,看看她做什么呢。她要问我,只说我好了。"晴雯道:"白眉赤眼,做什么去呢? 到底说句话儿,也像一件事。"宝玉道:"没有什么可说的。"晴雯道:"若不然,或是送件东西,或是取件东西,不然我去了怎么搭讪呢?"宝玉想了一想,便伸手拿了两条手帕子撂与晴雯,笑道:"也罢,就说我叫你送这个给她去了。"晴雯道:"这又奇了。她要这半新不旧的两条手帕子? 她又要恼了,说你打趣她。"宝玉笑道:"你放心,她自然知道。"

> 晴雯听了,只得拿了帕子往潇湘馆来。只见春纤正在栏杆上晾手帕子,见她进来,忙摆手儿,说:"睡下了。"晴雯走进来,满屋魆黑,并未点灯。黛玉已睡在床上,问是谁。晴雯忙答道:"晴雯。"黛玉道:"做什么?"晴雯道:"二爷送手帕子来给姑娘。"黛玉听了,心中发闷:"做什么送手帕子来给我?"因问:"这帕子是谁送他的? 必是上好的,叫他留着送别人去罢,我这会子不用这个。"晴雯笑道:"不是新的,就是家常旧的。"林黛玉听见,越发闷住,着实细心搜求,思忖一时,方大悟过来,连忙说:"放下,去罢。"晴雯听了,只得放下,抽身回去,一路盘算,不解何意。

> 这里林黛玉体贴出手帕子的意思来,不觉神魂驰荡:宝玉这番苦心,能领会我这番苦意,又令我可喜,我这番苦意,不知将来如何,又令我可悲,忽然好好的送两块旧帕子来,若不是领我深意,单看了这帕子,又令我可笑,再想令人私相传递与我,又可惧;我自己每每好哭,想来也无味,又令我可愧。如此左思右想,一时五内沸然炙起。黛玉由不得余意绵缠,令掌灯,也想不起嫌疑避讳等事,便向案上研墨蘸笔,便向那两块旧帕子上走笔写道:

---

① 保罗·利科:《活的隐喻》,汪堂家译,上海译文出版社2004年版,第258页。

其一

眼空蓄泪泪空垂,暗洒闲抛却为谁?

尺幅鲛绡劳解赠,叫人焉得不伤悲!

其二

抛珠滚玉只偷潸,镇日无心镇日闲。

枕上袖边难拂拭,任他点点与斑斑。

其三

彩线难收面上珠,湘江旧迹已模糊,

窗前亦有千竿竹,不识香痕渍也无?

　　林黛玉还要往下写时,觉得浑身火热,面上作烧,走至镜台揭起锦袱一照,只见腮上通红,自羡压倒桃花,却不知病由此萌。一时方上床睡去,犹拿着那帕子思索,不在话下。①

　　这一叙事话语所写的旧手帕,原可能只是由于晴雯的坚持,才临时动意顺手拿了它权作托辞和由头,也可能并非真有送信物的动意,也可能出于用来接续此前林黛玉听贾宝玉挨打特来看望,哭得眼睛肿得如桃子及更伤心的无声之泣,并不得已也劝贾宝玉改过自新,而贾宝玉仍然表示决不悔过,偏偏王熙凤等人前来又仓促打断了二人的对话,所以才蛮有把握安排晴雯送旧手帕以表明心志,并让林黛玉放心。关于旧手帕可作以下几种推测:一是一切照旧,决不改悔,即海枯石烂情不移的寓意;二是表明他绝非喜新厌旧、见异思迁之人,亦如乐府《古艳歌》所谓"茕茕白兔,东走西顾。衣不如新,人不如故"之意;三是借两个旧手帕,以暗示与林黛玉两人同心,不管什么金玉良缘,依旧同心共守木石前盟承诺;四或是此前林黛玉曾甩给贾宝玉两个手帕,这次看似无心,却顺理成章寄寓《诗经·卫风·木瓜》所谓"投我以木桃,报之以琼瑶。匪报也,永以为好也"的暗示。无论贾宝玉是否有如此精心考量,林黛玉却分明在发闷之后悟出了"枕上袖边难拂拭,任他点点与斑斑"等诸多类似暗示和隐喻意义。作者的深刻隐喻可能更在于手帕所引起的林黛玉激动赋诗,特别是"自羡压倒桃花,却不知病由此萌"的隐喻。荣格指出:"假如一个人的气质使他倾向于灵性的态度,甚至连本能的具体活动也会呈现出某种象征的特性。

---

① 《红楼梦(名家评点)》(上),中华书局2009年版,第238—239页。

这个活动不再只是本能冲动的满足,而是跟'意义'联系起来,或是因为'意义'而变得复杂。"①再如第四十五回写林黛玉送贾宝玉玻璃绣球灯:

> 黛玉笑道:"这个天点着灯笼?"宝玉道:"不相干,是明瓦的,不怕雨。"黛玉听说,回手向书架上把个玻璃绣球灯拿了下来,命点一支小蜡来,递与宝玉,道:"这个又比你那个亮,是雨里点的。"宝玉道:"我也有这么一个,怕他们失脚滑倒了打破了,所以没点来"。黛玉道:"跌了灯值钱,跌了人值钱? 你又穿不惯木屐子。那灯笼命他们前头照着。这个又轻巧又亮,原是雨里自己拿着的,你自己手里拿着这个,岂不好? 明儿再送来。就失了手也有限的,怎么忽然又变出这'剖腹藏珠'的脾气来!"宝玉听说,连忙接了过来,前头两个婆子打着伞提着明瓦灯,后头还有两个小丫鬟打着伞。宝玉便将这个灯递与一个小丫头捧着,宝玉扶着她的肩,一径去了。②

正由于林黛玉从贾宝玉送来的两个旧手帕悟出了诸多有关爱情婚姻或共守木石前盟的心志和信息,她也顺势而变,因时而化,天衣无缝依样画葫芦,恰到好处创造了看似随缘、实则有意投桃送李的交流举措,还叮嘱贾宝玉"你自己手里拿着这个",只可惜贾宝玉未能领悟其中良苦用心,却不经意交于小丫鬟捧着,不过扶肩而行,也算是一个打了折扣的动作回应。这也暗示了贾宝玉虽主观上极力恪守木石前盟,但无意识中难免出现一些差池。抛绣球选婿本是中国古代戏曲中较为多见的具有象征意义和仪式感的剧情,是特为名门闺秀搭建的借抛绣球自主遴选夫婿的诗意化剧情和隐喻符号。布朗肖指出:"每个细节,出现譬喻的作品,隐藏着其中的庞大故事,让譬喻生动的情感力量,尤其是形象化的表达方式,合力让寓意扩散成网可做无限解读。一开始我们可无限解读。但要确实可行才能如此。譬喻让寓意在错综复杂的寓意圈之间纠结摇摆,却不打乱寓意的层次,可以说是让寓意在一个水平面上扩充丰富:譬喻仍限于适度的表达,通过所表达或所刻画的事物,呈现本可以直接表达的其他事物。"③

可见,隐喻可以是一个主题表象,也可以是几个主题表象的组合。如雨果

---

① C.G.荣格:《移情心理学》,李梦潮、闻锦玉译,译林出版社 2019 年版,第 17—18 页。

② 《红楼梦(名家评点)》(上),中华书局 2009 年版,第 312—313 页。

③ 莫里斯·布朗肖:《未来之书》,赵苓苓译,南京大学出版社 2015 年版,第 121 页。

《巴黎圣母院》特别重视借助拉·爱斯梅拉达轻妙奇巧的身体、小巧玲珑的小脚、轻捷灵巧的脚步,与她经常牵着的小山羊的小脚之间的某种相似性构成隐喻组合,同样的例证也见于沈从文《边城》等小说中老人、少女和狗的隐喻组合。夏志清认为:"天真未鉴,但将要迈入成人社会的少女;陷入穷途绝境,但仍肯定生命价值的老头子——这都是沈从文用来代表人类纯真的感情和在这浇漓世界中一种不妥协的美的象征。这个世界,尽管这样堕落,这样丑恶,却是他写作取材唯一的世界:除非我们留心到他用讽刺手法表露出来的愤怒,他对情感和心智轻佻不负责任的憎恨,否则我们不会欣赏到小说牧歌性的一面。"[1]夏志清的论述也可用于雨果《巴黎圣母院》,倒是看似有牧歌性的审美趣味最终惨败于宗教乃至城市文明审美强暴的阉割甚至扼杀。

隐喻也可以是一段文字,如贾宝玉、林黛玉互送物品,以及由此关涉的某些细节暗示,林黛玉自以为读懂了贾宝玉两只旧手帕这一隐喻替代物之后的激动赋诗,以及由此可能导致疾病的代价,还有贾宝玉得到林黛玉的玻璃绣球灯这一隐喻替代物之后,并未亲自执掌却转手给了丫鬟,也可能暗示了贾宝玉、林黛玉爱情似懂非懂、似成非成的结局。这也正好应了《红楼梦》第五回曲子词之[终身误],更应了第一回《好了歌》及甄士隐解注,特别是空空道人、癞头和尚所谓"万境归空"的笑谈。在这个意义上,隐喻有时候不仅仅是一个主题表象、一首诗、一段文字,甚至可能是一篇文章、一部小说。如《红楼梦》本身便是这个"万境归空"的隐喻。另如塞万提斯《堂吉诃德》、陀思妥耶夫斯基《卡拉马佐夫兄弟》、乔伊斯《尤利西斯》等整部小说更是一部隐喻。如昆德拉解读《堂吉诃德》、弗洛伊德解读《卡拉马佐夫兄弟》、荣格解读《尤利西斯》等,都将整部小说作为一个隐喻来解读。这种解读或与主人公的经历及其结果有关,也可能与众多人物的经历及结果有关,但不管怎样都将作为文献的文本系统本身解读成了一个隐喻。

或主人公与其他共同完成了隐喻的建构。荣格《〈尤利西斯〉:一段独白》有这样的论述:"在尤利西斯的玩世不恭下面隐藏着巨大的同情心,他知道这个既不美丽也不善良的世界中的忧患,他还知道这个世界的更坏的地方,他毫无希望地滚滚而行,经过永恒重复的一天又一天,抱着人类的意识跳起白痴的

---

① 夏志清:《中国现代小说史》,浙江人民出版社 2016 年版,第 228—229 页。

舞蹈，一小时又一小时，一月又一月，一年又一年。尤利西斯敢于向着意识超然于物外的方向迈出步伐，他从附着之中、纷繁之中、幻想之中解脱出来，因此能够转向回家的路了。他给予我们的并不只是他个人观点的主观表现，而是更多的东西，因为他的创造性的才能不是一个而是许多，他静穆地对大众的灵魂陈说，他不仅体现着艺术家的意义与命运，他还体现着大众的意义与命运。"①荣格显然着眼于主人公自身经历来解读其隐喻，但其论述不限于此。他继续写道："谁是尤利西斯呢？毫无疑问，他就是那构成了总体性、同一性的东西的象征，他是《尤利西斯》中作为整体而出现的所有单个人物的象征——布隆先生、斯蒂芬、布隆太太，以及其余的人，包括乔伊斯先生在内。试着设想这样一个存在吧：他并不仅仅是无数敌对与不调合的单个灵魂的毫无色彩的聚集，他还由这样一些东西所组成：房屋、街上的人流、教堂、几家妓院、一张向海里飘去的纸片，然而这样一种存在却又具备着知觉与意识！这样一个畸形怪物逼迫着我们去进行思考，尤其是当我们不能证明任何事情，又不得不重新退回到猜测的阶段的时候。我得承认，我怀疑尤利西斯也许是一个更广阔、更包罗万象的自己（self），这个自己是那玻璃承片上一切事物的主体，是一个或者以布隆先生的姿态，或者以一家书店或一张纸片的形式出现的存在，然而实际上他是他所属的人类'黑暗而隐匿的父亲'。'我是祭师，也是牺牲'，用地狱里的语言：'我是梦中的奶酪处的黄油。'当他怀着爱情拥抱世界时，所有的花园都繁花似锦；当他对着这个世界背转身去时，那空虚的日子又一天一天地爬行——'那河水源源地流淌，它将继续这样流逝，永远不会停息。'那位创造神最先创造了一个世界，他于是沉浸在自己的荣耀之中，那个世界在他眼里也显得无比的完美。但他仰天看见了他所没有创造的光明。于是他背弃了曾是他的家园的地方。但是，在他这样做的时候，他的肉体的创造力便转化成了女性的沉默，他不得不承认：'一切无常者，/只是一虚影；/不可企及者，/在此事已成；/不可名状者，/在此已实有。/永恒的女性，/领导我们走。'"②

---

① 荣格：《〈尤利西斯〉：一段独白》，苏克译，《心理学与文学》，生活·读书·新知三联书店1987年版，第166页。
② 荣格：《〈尤利西斯〉：一段独白》，苏克译，《心理学与文学》，生活·读书·新知三联书店1987年版，第168—169页。

荣格对《尤利西斯》文本系统的阅读和阐释具有启发性。他并不是将其中一两个意象或一两段文字作为隐喻,而是将整部小说作为一个完整隐喻、一个宏大隐喻,类似宏大隐喻见于许多文本系统之中。人们完全有理由将整部长篇小说视为一个隐喻。当然这部完整小说构成的宏大隐喻与一个主人公所主导的宏大隐喻之间并无矛盾之处,如《红楼梦》、《围城》、《废都》之类小说从标题到主人公都具有宏大隐喻性质。荣格不仅将尤利西斯作为一个人物来看待,也作为整部小说中"作为整体而出现的所有单个人物的象征"来看待。这充分彰显了隐喻的复杂性。《尤利西斯》文本系统的隐喻借助一系列意象作为辅助意象,围绕并借助尤利西斯这一核心力量,构成了宏大隐喻。这个宏大隐喻的核心就是人生的无果而终。也许每一个看似有意义、有结果,可预知、可操控的片刻,恰恰构成了一个永远的无意义、无结果、不可预知、不可操控的生命流程,至少对有始有终的肉体生命是如此。这便是肉体以及基于肉体的生命寓言。

与此有些类似的是,《麦克白》同样以整个戏剧文本的表象话语暗示人生的无意义、无结果,以及看似可预知、可控制,其实无可预知和控制。其中下面一段文字集中呈现了这一无果而终或有终无果的结局:

麦克白　我为什么要学那些罗马人的傻样子,死在我自己的剑上呢?我的剑是应该为杀敌而用的。

【麦克德夫重上。】

麦克德夫　转过来,地狱里的恶狗,转过来!

麦克白　我在一切人中间,最不愿意看见你。可是你回去吧,我的灵魂里沾着你一家人的血,已经太多了。

麦克德夫　我没有话说;我的话都在我的剑上,你这没有一个名字可以形容你的狠毒的恶贼!(二人交战。号角声)

麦克白　你不过白费了气力;你要使我流血,正像用你锐利的剑锋在空气上划一道痕迹一样困难。让你的刀刃降落在别人的头上吧;我的生命是有魔法保护的,没有一个妇人所生的人可以把它伤害。

麦克德夫　不要再信任你的魔法了吧;让你所信奉的神告诉你,麦克德夫是没有足月就从他母亲的腹中剖出来的。

麦克白　愿那告诉我这样的话的舌头永受咒诅,因为它使我失去了男子汉的勇气！愿这些欺人的魔鬼再也不要被人相信，他们用模棱两可的话愚弄我们，听来好像大有希望，结果却完全和我们原来的期望相反。我不愿跟你交战。

麦克德夫 那么投降吧，懦夫，我们可以饶你活命，可是要叫你在众人的面前出丑：我们要把你的像画在篷帐外面，底下写着，"请来看暴君的原形。"

麦克白 我不愿投降，我不愿低头吻那马尔康小子足下的泥土，被那些下贱的民众任意唾骂。虽然勃南森林已经到了邓西嫩，虽然今天和你狭路相逢，你偏偏不是妇人所生下的，可是我还要擎起我的雄壮的盾牌，尽我最后的力量。来，麦克德夫，谁先喊"住手，够了"的，让他永远在地狱里沉沦。（二人且战且下。号角声）

【两人继续战斗着重上，麦克白被戮，麦克德夫将其尸身拖下。】①

《麦克白》的隐喻主要由两次预言构成：第一次是三个女巫告诉麦克白和班柯其未来好转的命运：一是麦克白将由格莱密斯爵士晋封为考特爵士，最后成为君王；二是班柯将比麦克白有福，其子孙将君临一国。再后来便是麦克白弑君篡位、刺杀班柯后，三个幽灵相继登场，告诉麦克白未来恶化的可能：一是没有一个妇人所生下的人可以伤害麦克白；二是永远不会被人打败，除非有一天勃南的树林会向邓西嫩高山移动；三是借助班柯的鬼魂和八个戴王冠的人，以及第八个戴王冠的人镜子中许许多多戴王冠的人和几个拿着两重的宝球和三头的御杖的幻象。如果说第一次的预言唤醒了麦克白的欲望，使他无意识欲望得以获得变本加厉甚至不择手段地满足，后一次预言则使有些疑惑和动摇的麦克白再次受到幽灵似是而非的暗示朝着女巫所设定的道路走向最后的疯狂乃至毁灭。如果按照佛教的观点，所有这些女巫、幽灵甚至鬼魂都可能只是其欲望的示现。如果不受其诱惑，不加分别，自然会成佛道；但如果有所执着，以致起强烈分别和贪欲，便永坠苦难深渊。《中有教授听闻解脱秘法》有云："习气法尔清净俱生智光，俱足五彩线，荡漾天际，闪烁摇动，灿烂透明，惊眩夺目，从五部持明部主胸间，直射汝心，不敢逼视，现在汝前；而与此同时，又

---

① 莎士比亚：《麦克白》，朱生豪译，《莎士比亚全集》（第6卷），译林出版社2016年版，第185—186页。

有'傍生道'兰色不炫目之光，亦与智光，俱来现前。尔时，汝为习气所感，迷幻境相所牵，于彼所具五色之光，惧欲逃避；反于'傍生道'不炫目之光，生起爱著，而欲趋入。""汝当堕落愚痴'畜道'，而受愚暗无知驱使之苦，永无出期。"①虽然用藏传佛教阐释麦克白不一定妥当，但最起码能揭示贪欲可能导致灾难和痛苦。假若麦克白没有受到女巫的欲望暗示，也许因为战功卓著颐养天年，但由于他并不满足于这一功成名就的荣耀而图谋更高的王位，则不免适得其反、为人作嫁。所以整部《麦克白》的隐喻在于告诫人们不要成为自己贪欲的奴隶，一旦成为奴隶，就可能得而复失、万劫不复。这一段文字呈现似是而非的幽灵预言却正在变为现实：原来移动到邓西嫩的勃南森林便是造反的士兵用来作为掩体的树枝、非妇人所生的人正是没有足月剖腹产而生的麦克德夫。正是在这文字的缝隙中麦克白走到了无可挽回的结局。荣格指出："基督教的西方认为，人完全依赖于上帝的恩宠，或者说至少要依赖唯一的、行使神圣拯救功能的教会才能被救赎。然而，东方坚信，人是自身向高层次演进的唯一动因，因为他们相信'自性解脱'。"东方人讲究人能自成佛道，西方人只相信上帝的恩赐。这可能有根本的差异，但相信每一个堕入地狱者都是自作自受则大体相同。②

《尤利西斯》、《麦克白》都是生命的象征。布朗肖指出："象征，如果它是墙，那这堵墙穿不透，不仅更挡光还极结实、厚重，存在感极强，强到改变我们，一刹那更改我们方式方法的维度，脱离一切现有或潜在的知识，让我们更柔韧，借由这新生的自由，让我们转身，走进另一空间。"③虽然不是所有人都应该在阅读《尤利西斯》和《麦克白》后有如此领悟，但由此看破人生执着应该成为使人变得柔韧的主要方式。从这个意义上讲，象征本身便是一个经历的过程，一个经由生命的执着和迷误走向豁达和领悟的变化和跨越。如果这种变化和跨越是自然形成的，当然最为理想，但如果执意要获得这种变化和跨越，则适得其反，甚至可能因此导致阅读本身的欲速则不达，更谈不上对生命的领悟和澄明了。布朗肖的观点发人深省："附加象征意义的阅读会毁了作品。

① 《中有教授听闻解脱秘法》，孙景风译，上海佛学书局 1996 年版，第 100—101 页。
② 参见荣格：《〈西藏大解脱书〉的心理学阐释》，荣格：《东方的智慧》，朱彩方译，译林出版社 2019 年版，第 12 页。
③ 莫里斯·布朗肖：《未来之书》，赵苓岑译，南京大学出版社 2015 年版，第 122 页。

这样的阅读仿佛是一把筛子,在评论之虫不知疲倦啃噬作品的过程中锻造而成,就为便于看到作品背后隐藏的国度,那世界难看清,为了拉它靠近,我们不是让自己的眼睛适应它,而是按照我们所见所知改造它。"①

　　隐喻作为一种修辞或写作手法,往往有换喻和提喻所没有的指意功能。如果说作为以时空邻近关系为基础的换喻和以包含关系为基础的提喻,仅仅体现形象组合之间的关系基础,代表不同形象乃至形象内部不同元素之间的关系,那么隐喻则指的并不是形象以及形象内部整体与局部的关系,而是形象与意旨之间的关系。也就是隐喻并不关涉形象组合关系,只关涉形象与意旨之间的关系。更具体地讲,换喻彰显的是并列的逻辑关系,提喻彰显的是包含的逻辑关系,提喻或因以局部代替整体具有某种程度浓缩乃至代表性而有一定意义成分,但隐喻并不具有诸如此类逻辑关系,且可视为完完全全的意义指向。隐喻的形象与意旨之间并不是并列关系,也不是提喻的某种倾斜关系,而是完完全全的倾斜关系。如果说提喻略带向局部倾斜的性质,隐喻则完全倾斜于意旨。

小结　文学文本的含混与话语分析的缺憾

　　作为文献的文本系统由表及里大体包括语言、形象和意蕴三个层面,而且就不同层面而言还存在诸多矛盾甚至悖论。要真正获得关于文献文本系统的阐释,至少得涉及语言意义、形象意义、意旨意义等三个不同层面,要获得这三种意义的尽可能完整阐释特别是唯一正确的终极阐释,难于上青天。

　　就语言层作为文献文本话语系统表象层来说,其不同语种的语音、语汇、语法、修辞,特别文字各不相同,即使尽最大努力也不可能最大限度发掘和表彰各自语言的特性和优势,而且语言科学和哲学的发展本身还有一个不断进步的过程,于是任何对文献文本系统的认识和阐释必然很大程度上受制于语言科学乃至哲学发展水平,而且任何基于现有成果的认识都可能面临被质疑甚至否定的宿命。

　　就形象层作为文本话语本体层而言,其复杂性更为突出。最基本的现象

是相对具体的语言与形象之间本身便存在距离。也就是作为符号性语言,若要真正转换为形象,得很大程度上依赖于人们想象力的介入,没有想象力的介入,便不可能在文本语言基础上直接形成丰富的形象。但关于想象力的研究,很大程度上受制于脑科学和神经科学的发展,人们对于大脑和神经科学的认知仍处于极其浅薄的层次。特别是基于汉语文本形象的想象力研究至今仍处于近乎空白的层次。而且同一语言所塑造的形象,可能受不同人关于语言本身的理解习惯,以及人自身经验等因素的制约,得出的认知仍相当有限,不可能完全相同,作者特定情况下又往往将突显文本话语的多义性甚至歧义性作为增加和丰富形象内涵的基本手段,致使有关文本形象的阐释难免存在见仁见智现象。至于对文本话语之背景、场景、意旨等话语元素,抒情、叙事、表象等话语层级,以及换喻、提喻、隐喻等话语喻指的阐释必然存在更大挑战。不过,即使有一点认识得到强化,也必然基于文献文本系统本身,而且即使在一定范围一定时期获得相对能挑战和更新已有认知的结论,也可能只具有阶段性价值和意义。

至于作为文献文本系统核心层的意蕴层,其面临挑战更大。形象的模糊性以及模糊性形象与其所指称具体意义之间存在较大距离:前者力求最大限度突显表象性,后者则尽一切可能寻求最丰富、具体、确切的意蕴。从语言到形象的进程可能关涉想象甚至直觉灵感等非理性因素的最大介入,以求获得形象的最大限度模糊、朦胧和含混,至少能够潜在地制造意旨的多义性、歧义性,以及能产性。而从相对模糊、朦胧、含混的形象获得较为确定的意旨,必须经过人们的进一步抽象概括,且愈能抽象概括出最具美学、哲学和宗教学意蕴,愈能突显文本话语系统借以隐藏意蕴丰富性方面的最高成就,许多的批评家、理论家尤其思想家更以此见长。但对形象的抽象概括常常受制于人们关注的兴趣点、抽象概括能力,以及理论视域和层次等复杂因素。即使尽最大努力形成一定认识,要真正为大家普遍接受基本还是不大可能,因为不可能存在唯一正确的终极阐释。任何阐释其实都只是一种阶段性认识,都可能面临被否定的宿命。

一、真正基于汉语及其规律的语言科学特别是汉语科学研究还有待完善

文学文本作为话语结构系统,首先表现为话语本身。就话语而言,至少存

在语言、形象、意蕴三个层面的问题。其中语言层面的问题，往往基于语言科学。语言科学作为其研究对象有普遍规律，但实际上人们接触文本面对的是不同语种的语言，而非普遍意义的语言及其规律，不同语种及其自身有不尽相同的独特性。这就使人们解读文本必然遭遇语言的障碍。《圣经》曾提到人们之所以使用不同语种，是因为上帝故意变乱语言，借以增加人们学习交流的难度，以致很少甚至没有精力和能力思考更多终极问题，无法挑战上帝的权威。事实上基于每一语种的语言科学还远远没有取得预期的理想成果，特别是当人们对各自语种及其语言科学规律还缺乏必要的深入系统研究，还不能说清楚不同语种各自规律及其优势和缺陷的时候，更暴露出这种力不从心。

汉语作为世界上最古老、最厚重、最具生命力，并赖以生成了诸多世界知名文学文本的语言之一，也曾遭受过来自废除汉字、走世界共同的拼音化道路等观念的非难。继五四时期第一次将汉语特别是以文言文为载体的传统文化视为导致中国经济社会落后的罪魁祸首之后，最近三十年也还有人仅仅因计算机输入速度问题怀疑过汉语存在的理由，进而又一次怀疑汉语对中国经济社会发展有很大制约作用，并将一切发展的问题归咎于汉语本身及以其作为载体的传统文化。毋庸讳言，作为汉语科学研究至今所采用的理论基础，甚至语法学体系仍然是西方式的，从《马氏文通》产生至今仍然在很大程度上套用西方语言学来研究和阐释汉语及其规律，仍然存在水土不服的问题。甚至可以说，真正基于汉语自身及其规律的汉语科学至今尚未建立。

二、真正基于汉语科学的文本阐释美学研究尚存在薄弱环节

虽然在过去数千年的中国历史发展演进过程中，至少在 20 世纪以前，中国人没有对传统文化丧失过自信心，可是这一传统在后来的现代化过程中逐渐被人们所抛弃，且至今未能很大程度上消除这一负面影响。虽然过去数千年的中国文化发展进程也曾产生过诸如许慎《说文解字》、《尔雅》等汉语科学研究成果，以及基于诸如此类汉语科学研究的刘勰《文心雕龙》等一大批诗话、词话等文学文本学和美学巨著，但所有这些成果与基于亚里士多德等古希腊文化传统所形成的西方文本学和美学相比仍存诸多差异，特别在核心概念的界定、基于核心概念的知识谱系建构，以及看似严密科学研究方法的运用方面确实存在一定不足，仍然缺乏一定理论性、创新性、学理性。即使近代以

后产生的《人间词话》等很大程度上仍然只是套用了西方文学文本学和美学，这种趋势至今不仅没有得到遏制和弱化，反而愈演愈烈。加上现行高等教育崇尚文学史等学科课程教学，流行通过文学史灌输先入为主观念的行为在很大程度上弱化甚至固化了人们的创造性思维和文本阅读，很大程度上将文学文本这一最核心最本体环节边缘化；中小学虽然采用文本教学，但一般套用苏联甚至庸俗社会学阐释模式，不但未有助于文本阅读能力的提升，反而连最基本阅读兴趣也被消磨殆尽，且许多时候仅仅停留于断章取义的选文教学层面，很大程度上抛弃和消解了数千年来相沿成习的整本书教学特别是优秀文化经典教育；或因文言文教学尤其繁体字和古代汉语、古典文献教学的弱化和失误，许多人已不能直接阅读古代文化典籍，导致了对儒释道文化经典特别是圣人人格理想与精神接触和感知的缺失，在某种意义上助长了只见利害不问道义的功利化、庸俗化倾向，以及精神空心病和社会暴戾症的滋生和蔓延，当然也极大制约了文本研究的美学鉴赏和阐释质量。

真正基于汉语科学的文本阐释美学研究至今仍然存在薄弱环节，甚至连类似《人间词话》等较接地气的成果也不多见。一些文本阅读学和美学仍停留在套用现有理论特别是西方文论、美学成果，轻视甚至无视文献文本系统这一本体的层次，仍然沿袭着从理论到理论空对空的研究模式，仍然执着于看似美轮美奂、自成一体，其实四平八稳、作茧自缚的知识谱系，仍然津津乐道于看似头头是道、严密精准，其实自以为是、漏洞百出的概念范畴，以及固执己见、以讹传讹的偏见和伪命题。真正基于文献文本系统，有当代语言科学和美学理论视域和高度的文本阐释学和美学，还有待于进一步重构。人们应该进一步借鉴和吸收中国古代训诂、诗话、词话、小说点评传统，及西方形式主义、结构主义等现代文论和美学重视文献文本系统阐释的优势，回归文学本体，以期取得能与西方叙事学、神话学、阐释学等相近的成果。最起码应该既不执着于本质主义，迷信文献文本系统存在唯一正确终极阐释的误区，也不执着于反本质主义，迷信不存在唯一正确终极阐释的观念，应该做到于一切阐释与反阐释不取不舍，周遍含融。

三、真正基于汉语科学和阐释美学的哲学研究明显缺失

汉语虽然历史悠久、积淀深厚，但至今没有人能在哲学层次对其进行深度

阐释,但西方语言学研究已通过维特根斯坦等达到了哲学层次,建构了语言哲学;中国很早就形成了道家和儒家哲学,后来还引入佛教哲学,且儒释道哲学较之西方有诸多优势,如很早解决了非此即彼思维方式的偏执和片面,法国学者于连也认为中国哲学有智慧特点,西方至今没有出现真正的智慧,中国和东方哲学有西方难以企及的早熟特点,即使如海德格尔、德里达、福柯、荣格等哲学家也深受启发并有高度评价,但20世纪以来的中国至今没有对此引起高度重视,也没有形成真正富有学理的精神哲学,西方如黑格尔、维特根斯坦则早就形成了自己的精神哲学体系;同样,中国虽然先秦时代就产生了《诗经》,但中国人对《诗经》的研究至今仍停留在训诂层面,仍很少有人或根本没有人对其进行富有体系性的哲学阐释,印度室利·阿罗频多则早就以《薄伽梵歌论》,完成了对印度古典诗歌《薄伽梵歌》的哲学阐释。真正基于汉语科学和阐释美学的哲学研究任重道远。

这主要是因为中国20世纪以来的教育无论中小学还是大学教育在很大程度上都缺失了哲学普及教育。许多人无视哲学的价值和意义,甚至认为哲学玄而又玄,百无一用,殊不知所有学问提升到最高境界都是哲学。对哲学的无知最终限制了个人境界的提升,也限制了基于汉语文本话语的语言哲学和阐释哲学的形成和发展,反过来也注定了挥之不去的文学甚至一切学术研究的低层次重复和徘徊魔咒。

四、基于汉语哲学和审美哲学的宗教研究更是名存实亡

一提起宗教研究,也许有人会不假思索地指责是宣扬封建迷信。但只要科学发展还有自身无法阐释和解决的问题,宗教便有存在的空间,至少可以在某种程度起到安抚失败者心灵,激发人们形成对自然规律研究的虔诚和敬畏。这里所谓宗教研究,并非专指迷信某一宗教,也可以是一定宗教态度。用爱因斯坦的话说,就是"他从个人的愿望和欲望的枷锁中完全解放出来,从而对体现于存在之中的理性的庄严抱着谦恭的态度,而这种庄严的理性由于其极度的深奥,对人来说,是可望而不可即的。但是从宗教这个词的最高意义来说,我认为这种态度就是宗教的态度。"①

---

① 爱因斯坦:《科学与宗教》,《爱因斯坦文集》(第三卷),商务印书馆 2009 年版,第 220 页。

　　研究文学和人文社会科学没有必要的宗教学基础,没有宗教学视界和层次,往往难以取得较大成绩,最起码应该具备一定知识和修养。否则如果不懂佛教,便不能有效阐释汉代以来的中国文学;不懂基督教、印度教、伊斯兰教等其他宗教,便不可能对东西方文学有透彻理解和阐释。特别是对中国汉语言文学研究和教学工作者来说,如果对佛教等一窍不通,便不可能取得基于汉语的语言哲学和审美哲学最高研究成果。严格来说,佛教既不同于执着概念范畴和知识谱系,及非此即彼二元论思维模式的普通哲学,又不同于崇尚一神教,认为只有虔诚信仰特定宗教才能受到上帝或真主的恩赐进入天堂,佛教主张自成佛道,认为只要无所执著,心体无滞,对一切概念范畴、知识谱系、思维方式,甚至神灵信仰无所执着,一旦明心见性,便能自成佛道;如果有所执着,便可能作茧自缚,欲速则不达,甚至南辕北辙,适得其反。最起码可以说,如果不懂得佛教,缺乏必要宗教态度和修养基础,便难以领悟中国文学的意境及其精神,也不可能成就明白四达的人生。

下 篇

文学作为社会生活方式

　　文学作为人类生命活动,自然而然进入人们的相关社会生活,成为人们的生活事件甚至社会生活方式。文学作为生活事件和生活方式,有相对普遍性,也受制于职业和层次影响。不同职业和层次的人对文学的态度不同,由此发生的活动也大相径庭。这表现在作为活动者的人的立足点、出发点和最终目的有所不同,而且即使从事同一职业和活动的人也可能因前期基础、行为活动和最终结果有所不同。一个最基本的例子是作为作家、读者、教师和编辑的职责、义务、权利等各有不同,而且即使同一职业的人也可能因各种原因最终达到的高度也有所不同。

第七章　文学作为作家的生活方式

　　作者是文学活动的始发创造者,常常把文学特别是文献文本系统建构作为自身生命创造和进化的形式,也不可避免地将其作为自己的社会生活事件和方式。不同的作家由此可能形成不同的生活习惯,如创作时间安排、创作过程把握、创作结果处理等不同阶段的生活特征,但所有这些也许只是一种表面现象,更深层的创作习惯和可能达到的最高层次作为其生活方式才可能最具研究价值。没有作家始发创造,及由此形成的文献文本系统这一环节,随之而来的一系列派生活动便无从发生。当然作家围绕其所必须涉及的立言、立象和尽意等各核心环节自然会形成相应创作习惯及经验等,且可能由此形成最能够区别于其他作家的最大限度层次差异,也必然存在目前能为人们所把握的某些规律性。

　　将文学笼统地视为作家的生活方式,对某些人来说可能有些不可思议。其实作家因其各自不同的生活方式,在某种程度上决定了其文献文本系统及其风格等。可以大胆设想,在文学文献文本系统还不存在发表和获得稿酬的情况下,可能更多是一种自娱自乐的生活方式;在一定文献文本系统必须按照相应字数或别的什么标准支付一定数额稿酬的时候,还可能成为某些作家养家糊口的一种生活方式。至于作家什么时候构思、什么时候写作、什么时候聚会和休息,则直接构成他们生活的基本内容和生活方式,无论他们是孤独创作还是三五成群自娱自乐都可能成为他们生活方式中的一部分。丹尼尔·贝尔对 19 世纪美国作家及其他文化人的生活方式有这样一段描述:"即便是那时,比如纽约,的确存在着一个举世公认的出版、戏剧、音乐和绘画的大型中心,但因为人才济济,外加对专业人士的强调,使得各种艺术画地为牢,严肃艺术家彼此隔绝。很少有画家认识戏剧界人士、音乐家或作家,作曲家只和作曲家交谈,画家跟画家交流,作家跟作家说话。在过去,少数特立独行的人认为他们正在形成一个先锋群体,于是有意识地寻找那些在相同领域进行实验的人。通过一种共同的反叛情绪或共同美学(有时二者共有,比如意大利未来派),他们彼此吸引到一起。但如今,在先锋还没有来得及宣布自己的反叛精神之前,一批求知欲旺盛的观众已经将其攫取到手,并加以采纳,而艺术实验中日益强化的技术本质(不管是音乐中的序列作曲,还是绘画中的极简主义),似乎拒绝了有共同美学的可能性。"①在文学传播方式以上流社会家庭聚会诵读为主的时代,作家必须俯首听命于上流社会妇女们的偏爱和青睐;在作家作为特定群体出现时,他们便可能主宰文化市场并培养造就一定数量的读者和市场。

第一节　言语与立言

言语是人们生来就有的一种本能。这种本能的最原始属性也许只是为了表达和生存的缘故,但这种关系生存的表达却常常有着非同寻常的价值和意义,甚至可能成为人之所以为人的根本属性,这几乎成为古往今来人们的一种共识。《春秋穀梁传》云:"人之所以为人者,言也。人而不能言,何以为人。"②《左传·襄公二十四年》很早就有"太上有立德,其次有立功,其次有立言,虽久不废,此之谓不朽"③的说法。卡西尔也有类似阐述,他指出:"正是语词,正是语言,才真正向人揭示出较之任何自然客体的世界更接近于他的这个世界;正是语词,正是语言,才真正比物理本性更直接地触动了他的幸福与悲哀。因为,正是语言使得人在社团中的存在成为可能;而且只有在社会中,在与'你'的关系之中,人的主体性才能称自己为'我'。"④海德格尔认为语言是人的存在之家,是终有一死者得以宣示生命存在的方式。他写道:"语言是存

---

① 丹尼尔·贝尔:《资本主义文化矛盾》,严蓓雯译,江苏人民出版社 2007 年版,第 106—107 页。

② 《春秋穀梁传·僖公二十二年》,《春秋三传》,《四书五经》下,中国书店 1985 年版,第185 页。

③ 洪亮吉:《春秋左传诂》(下),中华书局 1987 年版,第 567 页。

④ 卡西尔:《语言与神话》,于晓译,生活·读书·新知三联书店 1988 年版,第 82 页。

在之家,所以,我们是通过不断地穿行于这个家中而通达存在者的。"①也许作家对言语或立言的痴迷并不都如哲学家那么深刻和理性,但他们同样有至死不渝的痴迷,而且这种迷恋于言语表述的痴迷常常会成为一些作家生命创化和生活方式的性格习惯之一。罗兰·巴特这样表述了他的体验:"悦的作者(及其读者)接纳文字;他退出了醉,便有权利和力量去表述它:文字是他的悦;他被迷住了,一如所有那些爱群体语言(而非个体语言)者,嗜词者,作者,书简作者,语言学家;因此关于悦的文,是可言说的(与出自醉的湮灭没有冲突)。"②

许多人重视立言的构思,其实更具生活方式意义的是他们的写作习惯。不同作家虽然其写作习惯不大相同,但毕竟存在一定相似性。一是不同作家各自对其写作环境和书写方式都有要求,无论这个要求严格与否,都一定程度与各自生活条件和生活阅历紧密相关。杜鲁门·卡波蒂说:"我是一个'水平'的作家。只有躺下来——不管是躺在床上还是摊在一张沙发上,香烟和咖啡触手可及,我才能思考。我一定得吞云吐雾、细啜慢饮。随着午后时光渐渐推移,我把咖啡换成薄荷茶,再换成雪利酒,最后是马蒂尼。不,我不用打字机。开始时不用。初稿我是手写的,用铅笔。接着我从头到尾改一遍,也是手写的。"③纳博科夫的习惯是:"我写的东西总是先有个整体布局。然后像一个填字游戏,我碰巧选了那里就先把那里的空填上。这些我都写在索引卡片上,直到完成全书。我的时间表很灵活,但是对于写作工具我相当挑剔:打线的蜡光纸以及削弱很尖,又不太硬的铅笔,笔头上得带橡皮。"④与卡波蒂看似有些海阔天空的随意构思相比,纳博科夫的写作似乎更严谨,往往按照既定的框架结构填充,但纳博科夫对纸笔等写作工具的挑剔程度可以与卡波蒂对平躺方式、香烟咖啡特别是酒等消费品的苛刻要求相媲美。相对来说,更为随便的要数大江健三郎,他说:"我不需要在清静的地方工作。我写小说和读书的时

---

① 海德格尔:《诗人何为?》,《海德格尔文集·林中路》,孙周兴译,商务印书馆 2015 年版,第 350 页。

② 罗兰·巴特:《文之悦:罗兰·巴特文选》,屠友祥译,上海人民出版社 2016 年版,第 27 页。

③ 《杜鲁门·卡波蒂》,黄昱宁译,《巴黎评论·作家访谈 1》,人民文学出版社 2012 年版,第 11 页。

④ 《弗拉基米尔·纳博科夫》,丁骏译,《巴黎评论·作家访谈 1》,人民文学出版社 2012 年版,第 72 页。

候,不需要把自己和家人隔离开来或是从他们身边走开。通常我在起居室工作时,光在听音乐。有光和我妻子在场我能够工作,因为我要修改很多遍。小说总是完成不了,而我知道我会对它彻底加以修改。写初稿的时候我没有必要独自写作。修改时我已经和文本有了关系,因此没有必要独自一人。"①这些要求除了与其生活经历和条件相关,也可能与其性格相关。

二是不同作家对写作时间的要求也有相对规律性。虽然各自写作时间可能有长短之别,但大多都以其思维乃至脑力活动恰到好处为限度,不会将这一限度无节制挥霍到搜肠刮肚的程度。海明威说:"写书或者写故事的时候,每天早上天一亮我就动笔,没人打搅;清凉的早上,有时会冷,写着写着就暖和起来。写好的部分通读一下,知道接下来会发生什么、会写什么就停下来。写到自己还有元气、知道下面该怎么写时就停笔,吃饱了混天黑,第二天再去碰它。早上六点开始写,写到中午,或者不到中午就不写了,停笔的时候,你好像空了,同时又觉得充盈,就好像和一个你喜欢的人做爱完毕,平安无事,万事大吉,心里没事,就待第二天再干一把,难就难在你要熬到第二天。"②艾略特的习惯则是:"有的是用打字机。我的新剧《老政治家》,很大一部分是用铅笔和纸写的,很潦草。我会自己先打出来,再交给我妻子整理。打字的过程中,我自己会做些改动,是比较大的改动。但是不管我是写字还是打字,不论作品多长,比方说一部戏剧吧,我工作的时间都是固定的,比如说是上午十点到下午一点。我一天实际写作的时间顶多就是三小时。以后再润色。我有时候想多写点儿,但是等我第二天再看看那些东西,发现在三小时以后写的从来都不能令人满意。所以,最好还是时间一到就停下来,想想别的事情。"③海明威的写作时间较之艾略特略长些。这主要因为海明威更多是小说,艾略特主要是诗歌,其篇幅体制本来有所不同,更关键的是,二人都不将其脑力用到极致,因为脑力运用的疲劳常常导致思维的迟钝乃至枯竭,即使硬着头皮写也往往取得不了满意的效果,且可能徒劳人力。所有这些看似随意、无理的写作习惯常常

---

① 《大江健三郎》,徐志强译,《巴黎评论·作家访谈2》,人民文学出版社2012年版,第356页。

② 《欧内斯特·海明威》,苗炜译,《巴黎评论·作家访谈1》,人民文学出版社2012年版,第20页。

③ 《T.S.艾略特》,苗炜译,《巴黎评论·作家访谈3》,人民文学出版社2012年版,第26页。

与其生活习惯密切相关,且经由时间的积累形成其终生很难改变的生活方式。

　　这一点上,许多时候作家对立言重要性的认识超出其他人,常常将其作为延续生命的有效手段。如曹丕在《典论·论文》中指出:"盖文章,经国之大业,不朽之盛事。年寿有时而尽,荣乐止乎其身。二者必至之常期,未若文章之无穷。"①萨特对立言重要性的认识也很透彻,他认为文字可能作为生命的永久替代物,而且生命的意义就在于写作。他有这样的阐述:"我的天职改变了一切,刀光剑影总要消失,文字著作则与世长存。我发现在文学领域内赠与者可能变成他自己的赠与物,即纯粹之物。我之成为人纯属偶然,成为书则是豪侠仗义的结果。我可以把我的絮叨和意识铸到铅字里,用不可磨灭的文字代替我生命的嘈杂,用风格代替我的血肉,用千古永生代替我的蹉跎岁月,作为语言的沉淀出现在圣灵面前。总之成为人类不可摆脱的异物,不同于我,不同于其他人,不同于其他一切。开始,我给自己塑造一个消耗不尽的身躯,然后把自己交给消费者。我不为写作的乐趣而写作,而为了用文字雕琢光荣的躯体。从我坟墓高处细看这个光荣碑,感到我的出生好似一场必须经历的痛苦,为了最终变容而暂时显示的幻想。为了再生,必须写作;为了写作,必须有一个脑袋,一双眼睛,两只胳膊。写作结束,身体器官自行消失。"②所有这些观点,都从不同侧面揭示了诸多作家将言语行为特别是立言作为延续精神生命最有力措施的事实。

　　既然许多作家往往将文学作为延续生命的手段,那么相应的碌碌无为与年龄渐长的恐惧将可能极其普遍地存在于许多作家的心灵深处。如普鲁斯特描述道:"这类连接不断的消亡,我从前非常害怕被吞没,但消亡一旦完成,就变得无关紧要,悄然无声;当那个害怕消亡的我已经消亡,我很快便明白害怕消亡并不明智。然而,我对消亡无动于衷才不多久,又重新对消亡者害怕起来,以另一形式出现,说真的,不是为我自己,而是为我的书感到害怕;我的书在孕育出版的时候我这条性命至少在一段时期内是必不可少的,尽管受到许多危险。雨果说:'让青草茁壮成长,让孩子们慢慢消亡。'我说,艺术残酷的规律是让人慢慢消亡,让我们在受尽所有的痛苦的同时慢慢消亡,以便让永恒

---

　　①　曹丕:《典论·论文》,郭绍虞:《中国历代文论选》(第1册),上海古籍出版社1979年版,第159页。

　　②　让-保尔·萨特:《文字生涯》,沈志明译,人民文学出版社2006年版,第121—122页。

的生命的青草在排除遗忘的青草之后茁壮成长,让丰富多彩的著作构成茸茸的草地:子孙万代永远不会像躺在草地下的人们那样担忧操心,他们将高高兴兴前来《在草地上午餐》。"①陈忠实也有类似恐惧,他谈道:"我的强大的压力来自生命本身。我在进入四十四岁这一年时很清晰地听到了生命的警钟。我从初中二年级起迷恋文学一直到此,尽管获了几次奖,也出了几本书,总是在自信与自卑的矛盾中踟蹰。我突然强烈地意识到五十岁这年龄大关的恐惧。如果我只能写写发发如那时的那些中短篇,到死时肯定连一本可以当枕头的书也没有,五十岁以后的日子不敢想象将怎么过。"②

也许人们还只是简单理解了言语与立言对作家的意义和影响。罗兰·巴特有这样的体验:"作为作家——我自认为是作家——我不断在言语的这种效果上欺骗自己:我不明白'痛苦'一词并不表现任何痛苦,也不知道,运用这个词也就意味着不仅什么都交流不了,而且它立刻会让人生厌(尚且不谈这多么荒谬)。得有人告诉我,人们一旦开始写作,就不得不放弃其'真诚'(还是那个俄耳甫斯神话:不要回头)。写作对作者的要求——同时任何一个恋人要达到这一要求就不能不导致自身的分裂——是牺牲一点他的想象,并通过他的语言来确保有那么点现实的升腾。我能制作的,无非是一种关于想象的写作;而要达到这一点,我就得放弃关于想象的性质——让我用语言去工作,承受这语言强加于恋人及其对方组合而成的双重意象上的种种不公正(种种侮辱)。想象的言语只能是言语的乌托邦;那是完全原始的、天堂的言语,是亚当的言语,它是'自然的,剔除了畸形或幻想,是我们感官的明镜,肉感的言语:在肉感言语中,所有的人互相交谈,不需要任何别的言语,因为这是自然的言语'。"③正如不要相信言语的概括会揭示事实的复杂性,也不要相信理论可以涵盖一切事实的复杂性,几乎所有言语概括和理论阐述的最大误区似乎都在于对本来微妙复杂的事实做了简单化甚至绝对化处理。但罗兰·巴特关于言语表述自欺、真诚与想象的纠结,其实便是言语表达本身必须面对的

① 普鲁斯特:《追忆似水年华》,沈志明译,上海译文出版社 2012 年版,第524—525 页。
② 陈忠实:《关于〈白鹿原〉与李星的对话》,《陈忠实文集》(第5卷),人民文学出版社 2016 年版,第356 页。
③ 罗兰·巴特:《恋人絮语:罗兰·巴特文选》,汪耀进、武佩荣译,上海人民出版社 2016 年版,第87 页。

悖论和事实。这不是抹杀言语表达的价值和意义,恰恰较为准确真实地揭示了言语的矛盾、困惑和无奈。

在这一点上,人们往往看重作家在言语表达方面的创造性,其实其继承性远远超过创新性。人们总是用独创性评价文献文本系统,作家在这方面的独创性其实极为有限。海德格尔指出:"词语也是诗人之为诗人以一种异乎寻常的方式信赖并照拂的财富。诗人把诗人的天职经验为对作为存在之渊源的词语的召集。"①作家作为语言工作者,其最伟大的使命不仅限于此,其最伟大使命在于将本民族语言及其特点和优势发挥到最大限度,以其特有的文学方式将语言的功能和影响提高到一个巅峰,使许多人通过他永垂不朽的文献文本系统知晓、喜欢并继承发展该语言。当然,有一个不可否认的事实是,一个伟大的作家对本民族语言的发展将可能导致其他作家更难以超越,使相当一段时间之内的作家只能在这一语言的某些方面另起锅灶乃至缝缝补补。所以人们常常将至高无上的语言大师的荣誉送给这些在文献文本系统建构方面卓有成就的伟大作家。川端康成引用并赞赏泰戈尔这一句话:"一切民族都具有在世界上表现本民族自身的义务。假如没有任何表现,那可以说是民族的罪恶,比死还要坏,人类历史是不会原谅的。"②作家最大的独创性就是把自己民族语言的特色和优势最大限度地发掘出来,借助自己言语所建构的文献文本系统表彰出来并发扬光大。作家特别是杰出作家其最大最首要的贡献在于最大限度地发掘某一语言的特色和优势并使语言借助其文献文本系统获得世界影响,也使这一语言本身的表达力提高到一个前所未有的高度。这是一个作家对一个民族所做的无可替代的贡献,也是对人类所做的无可替代的贡献。也就是一个作家对本民族乃至人类的最大贡献,莫过于因他的伟大发展,使这种语言比历史上任何时候更加发达、文雅、精致,更富于表现力和生命力。

许多作家正基于这种自觉和贡献赢得了人们的尊重。艾略特指出:"诗人的任务是使人们理解不可理解的,这需要掌握巨大的语言资源;在发展语言的时候丰富词语的意义,发掘词语的潜力,这样做的时候,他也使得其他人有

---

① 海德格尔:《语言的本质》,《海德格尔文集·在通向语言的途中》,孙周兴译,商务印书馆 2015 年版,第 158 页。

② 川端康成:《美丽存在与发现》,王中枕译,何太宰:《现代艺术札记·文学大师卷》,外国文学出版社 2001 年版,第 124 页。

可能大大扩展感情和知觉的范围,因为人给了他们更有表现力的言语。"①无论这种对言语和语言的贡献是否出于自觉,必定应该成为人们评价一个作家成就的最高标准,或者说一个作家对本民族乃至人类的最大成就应该是对言语和语言的发展。因为任何语言的发展,虽然从词源学角度来看,可能是一个不断累加和递增的过程,但事实却可能并非经常如此,往往是某些词语的意义和用法因为变化而丰富发展,但另一些词语的意义和用法则可能随之不断萎缩和消亡。一个伟大作家的最大贡献是一些关键词语的意义和用法可能因其获得前所未有的发展,以至成其为语言风格之所在。这一作家也可能因此被誉为语言大师,但他并不能改变有些词语的意义乃至用法因变化而萎缩甚至消亡的宿命。当然人们也不能由此苛求作家,仅仅因其在某一阶段前所未有的贡献便可名垂史册。

　　作家使用语言毕竟与出于职业或实用的目的的其他用法有所不同,作家更看重语言表达的丰满圆融,而不是真实有效。刘勰有云:"意翻空而易奇,言征实而难巧也。"②这也可能就是什克洛夫斯基语言陌生化、奇特化、奇异化的另一种不同表述。不过表面看来,许多奇异化手法确实落在语言层面,但其根本却可能在于相关语言所指称事物之间的联系。巴尔扎克有这样的观点:"艺术家的使命是捕捉住最不相干的事物之间的联系,将两件极平凡的事情结合在一起使之产生神奇的效果,这一来艺术家便显得常常是在胡说八道。整个公众看到是红色的地方,艺术家看到的却是蓝色。"③当然巴尔扎克作为作家特别擅长现实主义表现手法的作家,其最大特长也许在于借助他对世界上一切事物联系的发现,以至于能在最大程度上让事物以其空间邻近性和时间邻近性建立起关系,并构成波澜壮阔的艺术世界。一些作家特别是有自恋情结的诗人常常自封为天才,这些天才的一个主要特征就是在其他人不容易建立联系的事物中找到联系,并将这一联系按照自己的方式呈现给读者。叔本华指出:"天才所以超出于一切人之上的只有这种认识方式的更高程度上

---

①　托·斯·艾略特:《但丁于我的意义》,陆建德译,《批评批评家:艾略特文集·论文》,上海译文出版社 2012 年版,第 163 页。
②　范文澜:《文心雕龙注》(下),人民文学出版社 1958 年版,第 494 页。
③　巴尔扎克:《论艺术家》,袁树仁译,《巴尔扎克论文艺》,人民文学出版社 2003 年版,第 12 页。

和持续的长久上,这就使天才得以在认识时保有一种冷静的观照能力,这种观照能力是天才把他如此认识了的东西又在一个别出心裁的作品中复制出来所不可少的。这一复制就是艺术品。通过艺术品,天才把他所把握的理念传达于人。"①

天才与疯癫有许多共同特质,这便是常常能在一般人看不到联系的事物之间发现这种联系;有所不同的是,疯癫的人看到的常常是自以为正确的联系,作家却明白无误地知道这种联系的真正状况。如《世说新语·言语》第七十一载:

> 谢太傅寒雪日内集,与儿女讲论文义。俄而雪骤,公欣然曰:"白雪纷纷何所似?"兄子胡儿曰:"撒盐空中差可拟。"兄女曰:"未若柳絮因风起。"公大笑乐。即公大兄无奕女,左将军王凝之妻也。②

谢安之所以赞许"未若柳絮因风起",却不认可"撒盐空中差可拟"。其最主要的原因是二人在雪与盐、柳絮等其他事物之间建立了联系,而且都押韵,不同之处在于雪与盐的联系太过实际,想象空间极为有限;而比作柳絮则显得空灵而富于生机,有较充分的想象空间。更进一步讲,也就是"未若柳絮因风起"较好采用了意翻空而易奇,而"撒盐空中差可拟"因言太过真实而难巧。诸如岑参《白雪歌送武判官归京》"忽如一夜春风来,千树万树梨花开",元稹《南秦雪》"千峰笋石千株玉,万树松罗万朵云"贵在以形象传神而奇特;李白《北风行》"燕山雪花大如席,片片吹落轩辕台"贵在因夸张尽兴而奇特;司马光《雪霁登普贤阁》"开门枝鸟散,一絮堕纷纷"以富有生活情趣而奇特;韩愈《春雪》"白雪却嫌春色晚,故穿庭树作飞花"以拟人生动而奇特。所有这些奇特几乎都基于距离而奇特的形象想象,或正是这愈益在表象上脱离事物却在精神上不离于事物的想象,才真正建构了充分的想象和再造空间,也增益了语言表述的意义和魅力。

言语奇特的问题,通常可能被看作只是一种表达的问题,其实更是一个思维的问题,是思维能否在不同事物之间建立联系,且使一般人觉得不可思议又似合乎情理并有丰富内涵的问题。人们可能认为所谓言语表达至少有表现力

---

① 叔本华:《作为意志和表象的世界》,石冲白译,商务印书馆 1982 年版,第 272 页。
② 余嘉锡:《世说新语笺疏》上,中华书局 2015 年版,第 143 页。

的言语表达常常是在寻找一种最恰当的语言及其表达方式。人们有时候可能为找不到一个最贴切的表达方式而烦恼,有些甚至可能认为是言语表达能力所致。其实这种情况更多还是思维所致。作者似乎认识到自己某些时候的表达可能词不达意,但当遭遇这一情况的时候,往往很少考虑思维是否模糊不清,至少没有能认识到找不到与事物和思维最恰切的言语,其实是没有厘清与言语最恰切的思维。当然,思维更多情况下最终还得依靠言语获得表达。有所不同的是,文学言语特别是诗歌言语作为语言的最高形式,往往很大程度上取决于所谓客观对应物的寻找和词句的重新组合这两个方面。

一是找到最贴切的客观对应物,也就是寻找相应客观对应物,使特定情感通过一系列"客观对应物"如实物、场景、事件等作为媒介得以呈现。艾略特这样阐述道:"用艺术形式表现情感的唯一方法是寻找一个'客观对应物',换句话说,是用一系列实物、场景,一连串事件来表现某种特定的情感,要做到最终形式必然是感觉经验的外部事实一旦出现,便能立刻唤起那种情感。"①他还这样概括:"诗人没有什么个性可以表现,只有一种特殊的工具,只是工具,不是个性,使这种印象和经验在这个工具里用种种特别的意想不到的方式来相互结合。"②艾略特所阐述的也许仅仅是赋、比、兴等情况中的一种。如徐复观所说:"赋是就直接与感情有关的事物加以铺陈。比是经过感情的反省而投射到与感情无直接关系的事物上去,赋予此物以作者的意识、目的,因而可以和感情直接有关的事物相比拟。兴是内蕴的感情,偶然被某一事物所触发,因而某一事物便在感情的震荡中,与内蕴感情直接有关的事物融和在一起,亦即是与诗之主体融合在一起。"③艾略特所谓寻找客观对应物基本上属于比。在具体创作过程中,也可能先感物即受外物感发而储备客观对应物于自身头脑,然后受自我诸如灵感激发在形诸客观对应物,以言语方式通过文献文本系统获得最终呈现。在这个过程中甚至会出现物我两忘乃至二者空前绝后融为一体的体验和领悟高度。如果我们把受外物感发称之为感物,受自我灵感等

---

① 托·斯·艾略特:《哈姆雷特》,王恩衷译,《传统与个人才能:艾略特文集·论文》,上海译文出版社 2012 年版,第 180 页。

② 托·斯·艾略特:《传统与个人才能》,卞之琳译,《传统与个人才能:艾略特文集·论文》,上海译文出版社 2012 年版,第 8 页。

③ 徐复观:《释诗的比兴》,《中国文学精神》,上海书店 2004 年版,第 25—26 页。

因素激发称之为感兴,那么外物与自我的融为一体乃至物我两忘达到空前绝后的高度便是妙悟。这也就是一般文献文本系统结构在其言语与立言起始阶段便可能发生从感物到感兴,达到最高境界的妙悟的过程。如钟嵘所谓"气之动物,物之感人,故摇荡性情,形诸舞咏"①已经揭示了从感物到感兴的体验过程,但没有能揭示出妙悟的特征。所谓妙悟就是《庄子·齐物论》所谓"昔者庄周梦为蝴蝶,栩栩然蝴蝶也。自喻适志与! 不知周也。俄然觉,则蘧蘧然周也。不知周之梦为蝴蝶与? 蝴蝶之梦为周与? 周与蝴蝶,则必有分矣。此之谓物化"②,也就是孙绰《游天台山赋》所谓"恣语乐以终日,等寂寞于不言。浑万象以冥观,兀同体于自然",杜甫《天育骠图歌》所谓"年多物化空形影,呜呼健步无由骋"的境界。

如果庞德《在地铁车站》将儿童和女人的美丽脸庞与花瓣联系起来,用花瓣指称几个妇女和儿童的美丽脸庞,属于感物与感兴有机结合并通过客观对应物获得呈现,那么庞德最终版的和歌诗表达更是妙悟的结果。庞德曾在1916 年写道:"三年前在巴黎,我在协约车站走出了地铁车厢。突然间,看到了一个美丽的面孔,然后又看到一个,然后是一个美丽的儿童面孔,然后又是一个美丽的女人。那一天我整天努力寻找能表达我感受的文字,我找不出我认为能与之相称的、或者像那种突发情感那么可爱的文字。那个晚上……我还在继续努力寻找的时候,忽然我找到了表达方式。并不是说我找到了一些文字,而是出现了一个方程式。……不是用语言,而是用许多颜色小斑点。……这种'一个意象的诗'是一个叠加形式,即一个概念叠在另一个概念之上。我发现这对我为了摆脱那次在地铁的情感所造成的困境很有用。我写了一首 30 行的诗,然后销毁了,……6 个月后,我写了一首比那首短一半的诗;一年后我写了下列日本和歌式的诗句。"也许庞德的这一体验和感悟,还未能彰显出妙悟的基本特征。

二是在找到了相应媒介之后便进入真正言语层面的工作,即按照某种奇异化思路突破语言惯常秩序和逻辑,使其以奇异化崭新面貌获得最终显现。这就是艾略特所谓:"诗人必须变得愈来愈无所不包,愈来愈隐晦,愈来愈间

①　钟嵘:《诗品序》,郭绍虞:《中国历代文论选》(第 1 册),上海古籍出版社 1979 年版,第308 页。

②　《南华真经注疏》(上),中华书局 1998 年版,第 58 页。

接,以便迫使语言就范,必要时甚至打乱语言的正常秩序来表达意义。"①如其《窗前晨景》:"地下室餐厅里早点盘子咯咯响,/顺着人们去过的街道两旁,/我感到女佣们潮湿的灵魂/在大门口绝望地发芽。/一阵黄色的雾向我掷来/街后面人们的歪脸,/从穿着溅满泥污的裙子的过路人那里/撕下一个空洞的微笑,它在空中飘荡,/在屋顶那条水平线消失了。"不仅很好地体现了不同事物之间富有创造性的联系,而且有打乱言语秩序的特点。这还只是袁可嘉的一种译文,另一种赵毅衡的译文是:"地下厨房里早餐盘子哗哗响,/而沿着人们践踏的街道两边,/我察觉女佣人潮湿的灵魂/在大门口沮丧地冒出嫩芽。/晨雾的黄色波浪从街道底上/向我掷来一个个扭歪的面孔,/从穿脏裙子的路人脸上撕下/一个无目的的微笑,让它飘在空中/沿着屋檐的水平方向渐渐消失。"两种翻译略有不同,但翻译家都还是较突出地彰显了艾略特打乱言语秩序,借助话语系统及其客观对应物奇特连接组合,恰到好处地突显了其奇特化、奇异化的效果。当然在具体句子翻译方面也各有利弊。

可见言语及其指称事物作为表象的奇特组合往往显得十分重要。萨特也有类似阐述:"现存的句子以崭新的面貌在我头脑里重新组合,稳稳当当,井井有条,这就是所谓的灵感。我把这些句子誊写下来,在我眼前展现出密密匝匝的东西。"②在所有文本话语中最难翻译的要数诗歌,特别是一些蕴藉丰富且用语精粹的诗歌表现尤为突出,常常因翻译不同而韵味不同。蒋寅等译芭蕉俳句"古池塘,青蛙跳入波荡响",与罗传开译"古池冷落一片寂,忽闻青蛙跳水声"文本话语相比,似更有韵味:一是蒋寅等译两句押韵,具有音乐感,罗传开译则不然;二是蒋寅等译充分体现了事物自行呈现而不受作者干扰的韵味,罗传开译则用"忽闻"打破了这一寂静的意境,使其中增添了一个感知者;三是蒋寅等译有含蕴,未使用相关词汇点出,罗传开译却用"沦落"、"寂"等一并点出,有失含蓄。这一现象在徐梵澄、糜文开、黄宝生所译的《薄伽梵歌》中表现同样明显:糜文开近于散文化,黄宝生白话诗似乎缺乏韵味,倒是徐梵澄半文半白且具离骚体的译诗更有韵味。在莎士比亚戏剧翻译方面,朱生豪译

---

① 托·斯·艾略特:《玄学派诗人》,李斌宁译,《现代教育和古典文学:艾略特文集·论文》,上海译文出版社 2012 年版,第 14 页。

② 萨特:《文字生涯》,沈志明译,人民文学出版社 1988 年版,第 91 页。

文更流畅,但因其散文化很大程度上漏失了诗歌风格;孙大雨近乎十四行诗式的译文及每行五次停顿的节奏考量,虽形似,也因太过牵强节奏削弱了抒情意味,至于诗人卞之琳译文也似并未见其特长,虽有自由诗风格,但因明白如话或其他什么原因还是缺少韵味。虽然译诗很大程度上并不能准确体现作者的初衷,但至少可从另一侧面裸露言语及由此构成的话语系统的重要性,当然也可能暴露出较原著更明显的缺憾。

希尼对诗立言的体验更深刻透彻。在希尼看来,所谓诗歌创作就是找到声音,找到某个作家的声音,它流入自己的耳朵,进入自己头脑的回音室,使自己的整个神经系统都特别愉快,以至于觉得是自己最希望的理想的独特方式,而且是自己和自己经验的某些方面的真实发声,然后有意识或无意识地模仿这些流入的神秘的声音及其代表的独特方式,实现从仅仅获取满意的文字指谓,转向寻找适用于人们困境的意象和象征。他说:"找到声音意味着你可以把你自己的感觉带入你自己的文字,意味着你的文字有你对它们的感觉;而我相信这甚至不是一个隐喻,因为一个诗歌的声音很可能与诗人的自然声音有非常亲密的联系,那是他写诗时听到的诗句的理想讲话者的声音。"[1]他更倾向于认为诗歌技艺是制作技能,可以施展但不指涉感觉或自我,可以从其他诗歌里学得到的,但技术却有所不同。他阐述道:"我愿意把技术定义为不仅包含诗人处理文字的方式,他对格律、节奏和文字肌理的把握,还包含定义他对生命的态度,定义他自己的现实。它包含发现摆脱他正常认知约束并袭击那不可言说之物的途径:一种动态的警惕性,它能够在记忆和经验中的感觉的本源与用来在艺术作品中表达这些本源的手段之间进行调停。技术意味着给你的观念、声音和思想的基本形态打上水印图案,使它们变成你的诗行的触觉和肌理;它是心灵和肉体的资源全部创造力被调动起来,在形式的司法权限内把经验的意义表达出来。技术,用叶芝的话来说,乃是把'那捆坐下来吃早餐的偶然和不连贯'变成一个理念,某种有意图的、圆满的东西。"[2]希尼所谓诗歌创作技术就是对诗歌立言技术的一种阐述。

---

① 谢默斯·希尼:《把感觉带入文字》,《希尼三十年文选》,黄灿然译,浙江文艺出版社2018年版,第20页。
② 谢默斯·希尼:《把感觉带入文字》,《希尼三十年文选》,黄灿然译,浙江文艺出版社2018年版,第25页。

对汉语作家来说,其神圣使命在于穷尽汉语语言规律并将其表达力发挥到极致,但作为语言艺术最高形式的中国现代诗的尝试和创作却由于时代限制走了一条南辕北辙、适得其反的失败道路。其失败的根源在于无视汉语规律及其特色优势,也误读了外文诗的节奏和韵律。国外学者比较重视汉语特色优势的研究,如美国学者刘若愚《中国诗学》中指出,汉字一词多义的特点,能够使诗人将几个意思压缩在一个词句中,因此比英文更简洁,更富于暗示性;汉字单音节性质和有固定声调的听觉特征,使汉语诗歌有强烈而稍欠微妙变化的音乐性;汉字文法限制上的较大自由,使它更适合于作为诗歌的表现工具,如汉语诗歌中动词主语的经常省略加强了无时间性与普遍性感觉,不至于受个性侵扰。E.范尼洛萨在其《汉字作为诗歌的媒体》中指出:"汉字及句子主要是大自然中的行动和程序的活跃地速写。它们蕴藉着真正的诗。这些行动是可见的。但汉语如仅仅表达了可见的行动,它不过是狭窄的艺术和贫乏的语言。实则汉语还表达了那不可见的运动。最好的诗不但表达了自然的形象,并且还渗透出崇高的思想,精神的暗涵和隐在的多种关系。大多数的自然真理都是暗藏在视觉不可见程序中……汉文以力度和美涵盖了这一切。"①

国内学者如王力也认为,诗是音乐性语言,韵脚是诗的另一要素,格律诗是中国诗的传统,韵脚和节奏是格律诗的两个要素,而音步是节奏在不同语言中的具体表现,因此音步在不同语言中通常有不同含义:"在希腊和拉丁的诗律学里,长短音相间构成音步,因为这两种语言的每一个元音都分长短两类;在德语和英语的诗律学里,轻重音相间构成音步,因为这两种语言的音节都有重音和非重音的分别;在法语里,音步的定义和前面所述的两种音步大不相同,音步指的是诗行的一个音节,因为法语既不像希腊拉丁那样有长短元音的配对,又不像德语和英语那样具有鲜明突出的重音。俄国的诗律学在 17 世纪到 18 世纪初用的是'音节体系',也就是法国式,后来特列奇雅夫斯基和罗蒙诺索夫等诗人发现法国式的格律并不完全适合俄语的语音特点,法国的重音固定在一个词的最后音节,俄语的重音没有固定的位置,因此改为'音节·重

---

① E.范尼洛萨:《汉字作为诗歌的媒体》,见 D.阿伦与托曼编:《美国新诗学》(*The Poetics of the New American Poetry*),美国纽约 1979 年,第 25—26 页,见郑敏:《语言观念必须革新:重新认识汉语的审美功能与诗意价值》,《郑敏文集(文论卷)》(上),北京师范大学出版社 2012 年版,第 189—190 页。

音体系',这个体系不但使某一诗行的音节相等,同时也使每行重音的数目相等,位置相当。这一切都说明了上文所强调的一个原理:诗的格律不是诗人任意'创造'出来的,而是根据语言的语音体系的特点,加以规范。"①

比较而言,郑敏作为现代著名诗人,特别是七叶派的著名诗人,对现代诗无视汉语语言优势,盲目模仿和嫁接生成不伦不类现代诗歌的现状进行了深入冷静的反思和批评。她一针见血地指出:"有些新诗作者忽略了汉语诗的特点和中华文化的特点,写出一批非汉语的汉语诗和非西语的西方诗,对于汉西两大诗歌体系而言都是难以接纳的。"②她认为其他艺术可以在某种程度上嫁接或移植,唯独基于语言的文学特别是诗歌不能嫁接和移植。她指出:"对于语言艺术来讲,语言就是不允许代替的,不像音乐、图画都可以直接以他文化的音乐模式及线条、色彩、形体来替代自己的传统,或掺杂在一个作品内,水乳相融的共存。这就迫使我们必须在近百年的隔绝后,再一次打开通向自己汉诗艺术传统的大门和幽径,舍此则我们的新诗将永远是一个流浪儿,一个寄生在他者文化外壳下的寄生蟹,无源之水,无根之木,如何能长出硕果,如何能涌出汩汩泉水。"③应该说,郑敏的反思极为透彻,而且是来自新诗创作界的最冷静反思,甚至是基于对"五四"矫枉过正的冷静反思。遗憾的是至今还没有引起许多人的广泛关注和自省。郑敏将新诗的这种失败直接归咎于"五四"精英对汉语及其规律缺乏认识,由此导致了汉语诗歌创作历史性错误。她指出:"语言主要是武断的、继承的、不容选择的符号系统,其改革也必须在继承的基础上,对此缺乏知识的后果是延迟了白话文从原来仅是古代口头语向全功能的现代语言的成长。"④她认为胡适、陈独秀等五四精英的错误在于对语言本质没有进行研究,只重视言语却对语言不曾仔细考虑,只认识共时性却忽略历时性,只考虑口语却忽视文学语言,不理解任何一个所指在另一组合中都

① 王力:《中国格律诗的传统和现代格律诗的问题》,王钟陵:《二十世纪中国文学史文论精华·新诗卷》,河北教育出版社 2000 年版,第 355 页。

② 郑敏:《试论汉诗的某些传统艺术特点——新诗能向古典诗歌学些什么》,《郑敏文集(文论卷)》(中),北京师范大学出版社 2012 年版,第 506 页。

③ 郑敏:《试论汉诗的某些传统艺术特点——新诗能向古典诗歌学些什么》,《郑敏文集(文论卷)》(中),北京师范大学出版社 2012 年版,第 518 页。

④ 郑敏:《世纪末的回顾:汉语语言变革与中国诗创作》,《郑敏文集(文论卷)》(上),北京师范大学出版社 2012 年版,第 200—201 页。

可能成为能指,诸如杨柳、菊花等古典文学字词作为所指在新的白话文言语结构中都可能成为能指①。在经过了一个多世纪之后,深入思考盲目提倡白话文可能对文献文本系统特别是诗歌话语系统产生的负面影响,并对其进一步客观冷静分析和评估十分必要,而且势在必行。特别是当"五四"以后新诗也成为一种传统的今天,更应该充分估计到文献文本系统重建可能遭遇的更大困难和更艰巨任务。

大多数人没有很好关注或熟悉言语和语言的功能及其分类。约翰·R.塞尔将其分为断言、指令、承诺、表情、宣布等类型。他指出:"如果我们将言外之的作为区分语言使用类型的标准,那么我们通过语言能做的事情只有几种:告诉他人事情如何,试图让别人做某事,承诺做某事,表达情感和态度,并通过话语带来的变化,我们完成同一话语的时候,常常同时实现上述多种功能。"②有人将作家的言语或立言行为简单归结为表情功能,其实表情功能仅仅是最基本的浅表功能,在不同文体不同场合可能还有断言、指令、承诺、宣布等其他功能,至少在结构恢宏的长篇巨制中更免不了用到其他功能,或者说作家的言语和立言就充分体现在语言的各种功能之中,只是相对来说语言表情功能的彰显可能最为独特充分。

第二节　知觉与立象

人往往通过自己的身体感知自己、他人和事物,也通过自己的身体感知世界,并通过身体存在于世界。这个身体既是一个自然的人,同时也是一个知觉的主体。作为知觉主体往往以整体方式而不是以局部的分别方式感知世界。梅洛-庞蒂认为:"我的身体是所有物体的共通结构,至少对被感知的世界而言,我的身体是我的'理解力'的一般工具。"③"身体是这种奇特的物体,它把自己的各部分当作世界的一般象征来使用,我们就是以这种方式得以'经常

---

① 郑敏:《世纪末的回顾:汉语语言变革与中国诗创作》,《郑敏文集(文论卷)》(上),北京师范大学出版社 2012 年版,第 207—208 页。

② 约翰·R.塞尔:《表达与意义》,商务印书馆 2017 年版,第 43 页。

③ 梅洛-庞蒂:《知觉现象学》,姜志辉译,商务印书馆 2001 年版,第 300 页。

接触'这个世界,'理解'这个世界,发现这个世界的一种意义。"①人们虽然不能说没有身体知觉的人往往不是真正意义的人,但完全有理由说没有身体知觉的人是不正常的人。作为正常人应该以身体知觉感知世界并存在于世界,且借此成就自己对世界的认识、判断和把握。

也应该承认,不同的人特别是不同职业的人感知世界的方式有所不同。丹麦批评家勃兰兑斯指出:"任何事物都可以从三个方面去看——从实用角度去看,从理论角度去看,从美学角度去看。对于一片树林,有人会问它是否有益于本地区的健康状况,树林的主人会估计它作为柴火能值多少钱;这都是从实用观点去看它;植物学家对它生长的情况进行科学考察,这是从理论观点去看;如果一个人只想到它的样子,想到它作为景色的一部分所起的作用,他就是从艺术和美学观点去看。"②普鲁斯特有类似体验和阐述:"侦探一动不动地站在那里绘制平面图,好色之徒在窥视女人,体面的男人停下脚步察看一幢新建筑或一项重要的拆建工程的进展。然而,诗人却停留在那个体面的男人不屑一顾的任何东西面前,以至于让人怀疑他是恋人或侦探,他似乎对这棵树打量了很久,他也确实在打量这棵树。他停留在这棵树面前,充耳不闻外界嘈杂的声音,再次重温他刚才的感受,在这个公园的中央,草坪上孤零零的一棵树出现在他的面前,树枝末梢上的一簇簇白花就像解冻之后留下的无数小雪球。他停留在这棵树面前,他要寻求的那种东西无疑已经超越了这棵树本身,因为他再也体会不到他先前的感受,继而他又突然间再次重新感受到先前的感受却又无法将之进一步深化。"③"诗人在审视这棵重瓣樱桃树的同时似乎也在审视自己,他自己身上的某种东西有时掩盖了他从中看见的东西,他不得不等待片刻,就好像一个过路的行人暂时遮住了重瓣樱桃树让他不得不等待那样。"④

这实际上揭示了作为作家和艺术家必定有着不同于其他人的审美认知方式。当然也不是所有作家在所有时间都采用审美认知方式,但作为作家的艺

---

①　梅洛-庞蒂:《知觉现象学》,姜志辉译,商务印书馆 2001 年版,第 302 页。

②　勃兰兑斯:《十九世纪文学主流》第 1 卷,张道真译,人民文学出版社 2018 年版,第 132—133 页。

③　普鲁斯特:《诗或神秘的法则》,《偏见》,张小鲁译,上海文艺出版社 2016 年版,第 110 页。

④　普鲁斯特:《诗或神秘的法则》,《偏见》,张小鲁译,上海文艺出版社 2016 年版,第 111 页。

术家至少在积累素材的时候应该用到这一特别的审美方式。普鲁斯特指出："一旦诗人从他自身的神秘法则中感受到所有事物的美，他就会兴高采烈地去体验这种美，立即让我们发现这种美的妩媚可爱，用一小部分神秘法则向我们展示这种美，那是通达神秘法则的一小部分，他即将描绘的一小部分，他拜倒在这些神秘法则脚下并且正面描绘这些神秘法则，诗人兴高采烈地体验并且让人领略所有事物的美。"[①]这种审美方式的关键在于能最大程度使用最敏锐、最丰富、最细腻、最深刻的身体知觉感知世界，并借助感性化方式使作家最敏锐、最丰富、最细腻、最深刻的身体知觉获得最大限度地显现。托尔斯泰对此有这样的阐述："在自己心里唤起曾经一度体验过的感情，在唤起这种感情之后，用动作、线条、色彩、声音以及言词所表达的形象来传达出这种感情，使别人也体验到这同样的感情，这就是艺术活动。"[②]他还指出："一个艺术家，如果他真是艺术家，除了在艺术中传达自己的感情之外，不能做任何别的事。"[③]这实际是说，作家必须尽可能用自己敏锐的身体知觉来感知世界，并将这种感知经验和情感等以自己特有的言语风格和话语系统尽可能尽善尽美地呈现出来。托尔斯泰的《战争与和平》中曾呈现了安德烈公爵以截然不同的人生际遇和心境两次观照橡树的不同体验，准确乃至淋漓尽致地展示了安德烈公爵人生态度和内心情感的微妙变化。第一次是：

> 路边立着一棵橡树。它大约比林子里的桦树老十倍、粗十倍，比桦树身高两倍。这是一棵有两抱粗的大橡树，有些枝丫显然早已折断过，树皮也有旧的伤痕。它那粗大笨拙、疙瘩流星的手臂和手指横七竖八地伸展着，像一个老态龙钟、满脸怒容、蔑视一切的怪物在微微含笑的桦树中间站着。只有它对春天的魅力不愿屈服，既不愿看见春天，也不愿看见太阳。"春天，还有什么爱情，幸福！"这棵橡树似乎在说，"你们对这么老一套毫无意义的愚蠢欺骗怎么不觉得厌倦呀！永远是这么一套，永远是欺骗！既没有春天，也没有太阳，也没有幸福。你们看那些压死的枞树永远

---

① 普鲁斯特：《诗或神秘的法则》，《偏见》，张小鲁译，上海文艺出版社 2016 年版，第 112 页。

② 托尔斯泰：《什么是艺术》，丰陈宝译，《列夫·托尔斯泰文集》第 14 卷，人民文学出版社 2013 年版，第 155 页。

③ 托尔斯泰：《论所谓的艺术》，陈燊译，《列夫·托尔斯泰文集》第 14 卷，人民文学出版社 2013 年版，第 108 页。

孤零零地站在那里，再看看我，我伸出我的伤了皮肤、断了骨头的手指，不管手指从哪儿长出来——从背脊或者肋部，不管从哪儿长出来，我仍然是老样子。我不相信你们那些希望和欺骗。"在经过这片树林时，安德烈公爵好几次回头看这棵橡树，好像从它身上得到点什么似的。橡树下有花有草，但它在这些花丛中愁眉苦脸，相貌丑怪，性子执拗，站着一动不动。"是啊，他是对的，这棵老橡树一千倍地正确"，安德烈公爵想道，"就让别的年轻人再去上当吧，可是我是知道人生的，——我们的一生已经完了！"这棵老橡树在安德烈公爵心中引起了一连串绝望的、然而令人愉快的淡淡的愁思。在这次旅途中，他仿佛重新把自己的一生思考了一遍，又得出从前那个心安理得的绝望结论：他已经无所求，既不做什么坏事，也不惊扰自己，不抱任何希望，度过自己的后半生。[1]

这是安德烈公爵参加战争死而复生回家后得知妻子也难产身亡，于1809年春天带着悲观乃至绝望的情绪打发时光，并从老橡树获得示现和印证。接着在受到月光和少女充满憧憬的感叹和感染，情绪有所改观的情况下，于当年六月初再度寻找到那棵老橡树，便有完全不同的印证和示现：

　　"对了，就在这里，在这座树林里，有一棵和我意气相投的老橡树。"安德烈公爵想道。"它在哪儿？"安德烈公爵一面想，一面向道路左边看，他不自觉地欣赏起那棵他寻找的橡树，它已经变得认不出来了。那棵老橡树完全变了样，它伸展着枝叶苍翠茂盛的华盖，呆呆地屹立着，在夕阳的光照下微微摇曳。不论是疙瘩流星的手指，不论是疤痕，不论是旧时的怀疑和悲伤的表情，都一扫而光了。透过坚硬的百年老树皮，在没有枝丫的地方，钻出鲜亮嫩绿的叶子，简直令人不敢相信，这么一棵老树竟然生出嫩绿的叶子。"这就是那棵老橡树。"安德烈公爵想道，他心里忽然有一种春天万物复苏的喜悦感觉。他一生中那些美好的时光，一下子涌上心头。奥斯特利茨战场上高高的天空，亡妻脸上责备的表情，在渡船上的皮埃尔，受到幽美夜色感动的那个少女，还有那个夜晚和月光——所有这一切，他都想起来了。"不，才活了三十一个年头，并不能就算完结，"安

---

① 《战争与和平》（第2册），《列夫·托尔斯泰文集》（第6卷），刘辽逸译，人民文学出版社2013年版，第523—524页。

德烈公爵坚决果断地说,"光是我对自己的一切都知道是不够的,要让大家都知道,连皮埃尔和那个想飞到天上去的少女也都知道,要让大家了解我,我不应该只为我个人活着,不要把我的生活弄得和大家的生活毫无关系,而是要我的生活影响所有的人,所有的人都和我一起生活!"①

这里虽然可能有老橡树自己因季节变化而变化的原因,但主要还是由于安德烈公爵自身人生态度发生了变化。或更准确地说,与其说是老树自身发生了变化,不如说更多的是因为安德烈公爵心态发生了变化,所谓相由心生便是这个道理。当然托尔斯泰这里所展示的不仅是以不同心态观照同一棵老橡树所获得的不同感受,更是借助安德烈公爵成功展示了人物或托尔斯泰本人创造性直觉深度介入的必然结果。马利坦对此有论述,如其所云:"事物是通过自然外形的手段向艺术家的直觉启示它们的一些奥秘的含义:同样也是通过自我外形的手段——必要的再铸造,而且,或许严厉地——同样的奥秘的含义能直接地在作品中得到启示和被作品所启示。"②莫里斯·布朗肖的阐述更透彻。他写道:"写作,就是从魅力的角度来支配言语,并且通过言语之中同绝对领域保持接触,在这领域里,事物重新成为形象,在那里,形象,从对象的暗示成为对无形的暗示,并且,从对不在场描绘的形式变成这个不在场的不成形的在场,成为当不再有世界,当尚未有世界时对存在着的东西的不透明和空无的敞开。"③托尔斯泰还有这样的阐述:"艺术是一个人有意识地听任自己受艺术家所体验的那种感情的感染而得到娱乐。这种娱乐的快感在于,人不作努力(不是全神贯注),不承受感情的一切实际后果,而体验到极其多样的感情,正是由于直接从艺术家那里感染这些感情,人可以毫不费力地享受和体验人生乐趣。"④托尔斯泰的这一阐述虽然是说艺术家对读者的感染,但同样也可以看成老橡树对安德烈公爵的感染,甚至可以看成托尔斯泰对安德烈公爵的感染。在这里,读者能够体验到作家观察、体验和表现生活的方法,而且也

---

① 《战争与和平》(第2册),《列夫·托尔斯泰文集》(第6卷),刘辽逸译,人民文学出版社2013年版,第527—528页。

② 雅克·马利坦:《艺术与诗中的创造性直觉》,刘有元、罗选民译,生活·读书·新知三联书店1991年版,第176页。

③ 莫里斯·布朗肖:《文学空间》,顾嘉琛译,商务印书馆2003年版,第17页。

④ 托尔斯泰:《论所谓的艺术》,陈燊译,《列夫·托尔斯泰文集》(第14卷),人民文学出版社2013年版,第94页。

能从中分享到作家、人物不同的生活体验和经验。

普鲁斯特有这样的论述:"真正的生活,终于真相大白的生活,唯一完全得到的生活,那就是文学。在一定意义上讲,这种生活每时每刻寓于艺术家身上,同样也寓于所有人的身上。但除艺术家外,其他人一概视而不见,因为他们不去设法廓清它。他们的过去充斥着数不胜数的无用的陈词滥调,因为智力没有使他们'健康成长'。""只有艺术我们才能摆脱我们自己,才能知道别人是怎样认识这个世界的:别人心目中的世界和我们心目中的世界是不同的,在别人心目中这个世界的景色就像月球中的景色一样鲜为人知。多亏了艺术,我看到的不只是一个世界,而看到我们的世界变成许多的世界,有多少独特的艺术家便有多少不同的世界,它们之间的不同胜过茫茫宇宙间的星球,在发光体陨灭许多世纪之后,无论它叫伦勃朗还是弗美尔,还在向我们发射它们独特的光芒。"①普鲁斯特揭示了文学文献文本系统对读者的独特价值和意义,而这一点读者正可以从安德烈公爵身上得到体悟。

安德烈对老橡树的体验,归根结底折射出来的是托尔斯泰的体验,类似体验也可以从普鲁斯特等另一些文学大师的创作和论述中得到验证。如普鲁斯特这样写道:"生活中的一个景象其实给我们带来多种不同感受。例如,看到一本曾经读过的书的封面,书名的字母使人联想起久远的夏夜的月光。早晨牛奶咖啡用的是白瓷碗,上面有波状皱褶,颜色白得像凝结的牛奶,每当完整无损的一天刚刚露头,好天气在朦胧的黎明中向我们微笑了。一小时并不是一小时,它还恰似盛着芬芳、声响、计划和气候的花瓶。"②在普鲁斯特看来,"只限于'描写事物'的文学只不过是一行行、一篇篇可怜的文字,自以为是现实主义的文学其实离开现实最远,最使我们变得贫乏和伤心,因为它生硬地切断我们现时的自我与过去和未来的一切沟通:过去的事物保存着本质,而在未来这些事物促使我们再次领会其本质。"③普鲁斯特还认为:"只有把握事物的本质才有这样的状态,但想象力如果不发挥作用,那就不可能抓住本质,事物的含义也不可能为我们提供本质,我们努力争取的未来总不让我们得到事物的本质。只有在不谋求什么的时候,只有在不考虑眼前的快乐的时候,这种状

---

① 普鲁斯特:《追忆似水年华》,沈志明译,上海译文出版社 2012 年版,第 476—477 页。
② 普鲁斯特:《追忆似水年华》,沈志明译,上海译文出版社 2012 年版,第 469 页。
③ 普鲁斯特:《追忆似水年华》,沈志明译,上海译文出版社 2012 年版,第 465 页。

态才会在我身上明显地表现出来,此时奇迹才能使我重温过去的时日,使我复得失去的时间,而我凭有意识的回忆和开动脑筋却总是失败。"①普鲁斯特还阐述道:"在艺术作品面前,我们没有丝毫的自由,我们不能随意制造艺术作品,但艺术作品寓于我们的身心,我们应当去发现它,因为它是隐蔽而必然的,同时我们要把它当作自然规律来对待。艺术使我们得到的这个发现其实是我们最为珍贵的发现,通常我们根本不知道我们有如此珍贵的东西,这是我们真正的生活,也正是我们所感受的那种现实,与我们主观认为的现实截然不同,所以当我们偶然得到真实的回忆时,我们满怀喜悦,难道不正是这样的吗?我也为所谓的现实主义艺术的假象迷惑过,这样的艺术不显得虚假,如果我们在生活中不习惯把感受到的东西以一种与其截然不同的语汇表达出来,不用多久我们便把他当作现实本身了。我觉得再也没有必要受五花八门的文学理论束缚了。"②

普鲁斯特还强调:"一位伟大的作家不需要把它创造出来,因为它已经寓于我们每个人的身上,而只需要把它翻译出来。一个作家的职责和任务就是一个翻译家的职责和任务。"③这主要因为人们的真实行为和表现本身为作家提供了感知、翻译和解释的可能,因为所有这许许多多的情况常常为百姓日用而不知。普鲁斯特论述道:"一个天生敏感的人即便缺乏想象力也能写出精彩的小说。""最愚蠢的人也会通过手势、言语、无意表露的情感表达他们自己觉察不到却为艺术家捕捉的规律。"④作家的使命只是捕捉诸如此类百姓日用而不知的真实存在,但这种捕捉、翻译和解释也存在举足轻重的权力和优势,文学也确实为作家提供了借以解释世界并通过解释建构文献文本系统,从而实现统治欲和彰显统治力的途径和方式。普鲁斯特指出:"为了捕捉一种情感,作家需要接触许多人,有如画家为了画一幅教堂需要观看许多教堂,两者相比,前者比后者更需要观察,以便获得广度和厚度,获得一般,获得文学现实。"⑤许多人将这种观察以获得普遍的高度和厚度的过程视之为典型化,其

---

① 普鲁斯特:《追忆似水年华》,沈志明译,上海译文出版社 2012 年版,第 452 页。
② 普鲁斯特:《追忆似水年华》,沈志明译,上海译文出版社 2012 年版,第 461 页。
③ 普鲁斯特:《追忆似水年华》,沈志明译,上海译文出版社 2012 年版,第 471 页。
④ 普鲁斯特:《追忆似水年华》,沈志明译,上海译文出版社 2012 年版,第 482 页。
⑤ 普鲁斯特:《追忆似水年华》,沈志明译,上海译文出版社 2012 年版,第 488 页。

实典型化本身便是作家权力话语的体现。说到底,普鲁斯特比较低调。他有这样的论述:"我并不认为我的书有什么了不起,甚至想到那些即将阅读它的人们时管他们叫我的读者也很不确切。因为,在我心目中,他们不是我的读者,而是他们自己的读者,我的书只不过像某种放大镜片,就像孔布雷的眼镜商递给顾客的那些放大镜片;我用我的书给他们提供阅读他们自己的手段。所以,我不要他们赞扬我或诋毁我,只要求他们对我说事实是否如此,他们在自己身上读到的语词是否就是我写下的语词,在这方面即便可能出现分歧也不应该总以为我搞错了;因为有时候读者的眼光与我的书所适合的眼光不相符合,以致不能很好地阅读他们自己。"①

应该说,无论托尔斯泰,还是普鲁斯特的立象,更多融入了作家自身的丰富感觉、想象和灵感之类。这种审美方式,以及由此产生的基于敏锐、丰富、细腻、深刻的直觉,可能对许多普通人特别是对生活没有细腻观察甚至有些麻木的人来讲,不但不认为自己麻木,反而可能将这种敏锐、丰富、细腻、深刻感知和体悟看成近乎神经质;对关注感知、体验和解释的杰出作家来说,这种神经质不仅完全必要,而且可能是其之所以取得杰出成就的天赋之所在。普鲁斯特这样阐述道:"诗人必须更多从大自然得到启迪,如果说所有一切的本质就是一种晦涩,那么所有一切的形式就是个体和明晰。生活用自身的秘密教导他们去鄙视晦涩。难道大自然在我们面前藏起了太阳或成千上万颗闪闪发亮、无遮无盖、在几乎所有的人眼里熠熠生辉而又无法破译的星辰? 难道大自然会生硬粗暴地不让我们亲身体验大海或四面来风的威力? 大自然在每个人路过地球的时候向他明确解释了生与死最深奥的秘密。这是否意味着它们因此渗透着庸俗,尽管欲望、肌肉、痛苦、腐烂或旺盛的肉体的语言具有超强的表现力? 我特别想说的是,既然月光是大自然的真正艺术时刻,尽管它如此温柔地映照在每个人身上,然而,只有在内行的眼里,用寂静演奏长笛的月光才是大自然许多世纪以来不用任何新词就能从黑暗中制造出来的光明。"②

特别是突如其来的知觉、直觉、想象和灵感来临的时候,更是表现出超乎寻常的神经质状态,但这一高峰体验状态确实是作家求之不得的造化和奇遇,

---

① 普鲁斯特:《追忆似水年华》,沈志明译,上海译文出版社 2012 年版,第 519 页。
② 普鲁斯特:《反对晦涩》,《偏见》,张小鲁译,上海文艺出版社 2016 年版,第 79—80 页。

也是人类在人工智能时代区别于机器人的突出特点。普鲁斯特有这样的体验:"可叹哪! 客体,有时我们碰得到,其失落感虽令我们怦然心动,但时间过于久远,对其感觉不可名状,呼唤不灵,复活不了。一天,我经过一家事务所,看见一块绿色粗布堵着窗玻璃的碎口,我猛然站住,若有所思。光彩夺目的夏天徒然而至。为什么? 我竭力回忆。我仿佛看见胡蜂在阳光下飞舞,仿佛闻到餐桌上樱桃的香味,但回忆不下去了。片刻间我好似半夜惊醒过来,不知身在何处,试图挪动身子以便弄清所处的地方,因为不知道在哪张床上,处在哪栋房子,处在哪块土地,处在何年何时。我就这样犹豫了片刻,围绕方形绿布琢磨所能忆及的各个地方和可能定位的时间。我对一生的各种感觉,朦胧的,已知的,遗忘的,同时进行了犹豫不决的筛选,这只是片刻之间的事情。很快我眼前一片模糊,记忆永远沉睡了。"①

有些近似疯癫的尼采最有发言权。他在《自传》等许多文字中陈述过灵感状态。如在谈到《黎明》的创作情况时,写道:"从这本书反映出来的完全的明朗和愉快以及理智的兴旺,不但与我身体上的极度衰弱同时,而且也与过度的痛苦同时,在七十二小时头痛与剧烈头昏中,我却具有理智上的极端清醒,然后在冷静的状态下,我想出了许多东西,可是在我健康的时候,反而不够细密、不够冷静来获得这些东西的。"②这也许没有什么普遍规律,有的只是尼采在创作这本书时恰恰处于极度虚弱和过度痛苦的时期,但又往往有极其清醒、细密的思维等灵感特征。当谈到《查拉斯图特拉如是说》时又写道:"启示的观念充分地描写了这个情形;我的意思是说,突然间我们可以很确切地看见和听到一些非常震撼的东西了。我们听到了一些东西——但不寻觅;我们获取了一些东西——但不问谁给的;一种思想像闪电一样,毫不迟疑地显现出来了——而我们对它却从来没有做过任何选择。我们喜极而泣,当这个时候,我们内心活动进行情况发生变化,不知不觉间,从激烈状态转变为缓慢状态。我们感到完全失去了控制而清楚地意识到全身上下剧烈的震动:——这时会产生一种深刻的快乐,在这个快感中,最后的苦痛和抑郁的感情,都被调和了,而且是必要的有如色彩在充溢的光明中一样。我们直觉到一种韵律关系,而这

---

① 普鲁斯特:《驳圣伯夫》,《普鲁斯特读本》,人民文学出版社 2012 年版,第 401 页。
② 尼采:《瞧,这个人》,《尼采文集》,楚图南等译,改革出版社 1995 年版,第 9 页。

种韵律关系包括了一切形相。任何东西都是无意中发生的,就像在自由爆发、独立自主、力量和神性中发生的一样。意象和象征的自发性非常明显;一个人失去了一切对想象和象征事物的知觉;一切东西都呈现为最直接、明确和简单的表现手段。如果我可以想起查拉斯图特拉的一句话,这句话被想起就好像事物本身自动地来到我心中而表现为一种象征。"①

这其实揭示了灵感的突如其来、稍纵即逝、防不胜防,以至达到独立自主、自由超常状态的情形。可能对他本人和其他人都没有可模仿性,但作为一种创作状态还是应该受到关注。比如人们总是说李白斗酒诗百篇,但并不意味着所有人都可以仿效,充其量也只是一种与文学有关的生活方式。洛夫的《诗人与酒》中写道:

　　诗人好酒,我想不外乎两个原因:其一,酒可以渲染气氛,调剂情绪,有助于谈兴,故浪漫倜傥的诗人无不喜欢这个调调儿。其二,酒可以刺激脑神经,产生灵感,唤起联想。例如二十来岁即位列初唐四杰之冠的王勃,据说在他写《滕王阁》七言古诗和《滕王阁序》时,先磨墨数升,继而酣饮,然后拉起被子覆面而睡,醒来后抓起笔一挥而就,一字不易。李白当年奉诏为玄宗写清平调时,也是在烂醉之下用水泼醒后完成的。当然,这种情况也因人而异,李白可以斗酒诗百篇,换到王维或孟浩然,未必就能在醉后还有这么高的创作效率。现代诗人中好饮者颇不乏人,较出名的有纪弦、郑愁予、沙牧、周鼎等人。对他们来说,饮酒与写诗毕竟是两回事,并无直接影响。他们醉后通常喋喋不休,只会制造喧嚣。他们的好诗都是在最清醒的状态下写成的。至于我自己,虽喜欢喝两杯,但大多适量而止,偶尔喝醉了,头脑便昏昏沉沉,只想睡觉,一觉醒来,经常连腹中原有的诗句都已忘得一干二净。能饮善饮而又写得一手好诗的,恐怕千古唯青莲居士一人。"钟鼓馔玉不足贵,但愿长醉不复醒,古来圣贤皆寂寞,惟有饮者留其名。"字字都含酒香。如果把他所有写酒的诗拿去压榨,也许可以榨出半壶高粱酒来。②

当然也不是所有作家在任何时候任何文献文本系统中都必须有如此强烈

---

① 尼采:《瞧,这个人》,《尼采文集》,楚图南等译,改革出版社1995年版,第77页。
② 洛夫:《诗人与酒》,廖久明选编:《醉》,人民文学出版社2007年版,第46—47页。

的主观知觉、直觉,特别是想象和灵感的介入,甚至可能有相对客观平实,并不过分主观化、拟人化的立象特征。如梁实秋对中年和老年相貌变化的描写在很大程度上具有概括性、普遍性,所谓形象性和特殊性相对有所减弱。他的《中年》和《老年》中分别有这样一些描写:

> 年轻人没有不好照镜子的,在店铺的大玻璃窗前照一下都是好的,总觉得大致上还有几分姿色。这顾影自怜的习惯逐渐消失,以至于有一天偶然揽镜,突然发现额上刻了横纹,那线条是显明而有力,像是吴道子的"菁菜描",心想那是抬头纹,可是低头也还是那样。再一细看头顶上的头发有搬家到腮旁颔下的趋势,而最令人触目惊心的是,鬓角上发现几根白发,这一惊非同小可,平昔一毛不拔的人到这时候也不免要狠心地把它拔去,拔毛连茹,头发根上还许带着一颗鲜亮的肉珠。但是没有用,岁月不饶人! 一般的女人到了中年,更着急。哪个年轻女子不是饱满丰润得像一颗牛奶葡萄,一弹就破的样子? 哪个年轻女子不是玲珑娇健得像一只燕子,跳动得那么轻灵? 到了中年,全变了。曲线都还存在,但满不是那么回事,该凹入的部分变成了凸出,该凸出的部分变成了凹入,牛奶葡萄要变成为金丝蜜枣,燕子要变鹌鹑。最暴露在外面的是一张脸,从"鱼尾"起皱纹撒出一面网,纵横辐辏,疏而不漏,把脸逐渐织成一幅铁路线最发达的地图,脸上的皱纹已经不是熨斗所能烫得平的,同时也不知怎么在皱纹之外还常常加上那么多的苍蝇屎。所以脂粉不可少。除非粪土之墙,没有不可污的道理。在原有的一张脸上再罩上一张脸,本是最简便的事。不过在上妆之前下妆之后容易令人联想起《聊斋志异》的那一篇《画皮》而已。女人的肉好像最禁不起地心的吸力,一到中年便一齐松懈下来往下堆摊,成堆的肉挂在脸上,挂在腰边,挂在踝际。听说有许多西洋女子用擀面杖似的一根棒子早晚混身乱搓,希望把浮肿的肉压得结实一点,又有些人干脆忌食脂肪忌食淀粉,扎紧裤带,活生生地把自己"饿"回青春去。①
>
> 其实人之老也,不需人家提示。自己照照镜子,也就应该心里有数。马溜溜毛氄氄的头发哪里去了? 由黑而黄,而灰,而斑,而耄耄然,而稀稀

---

① 梁实秋:《中年》,王琼选编:《生》,人民文学出版社 2007 年版,第 58—59 页。

落落,而牛山濯濯,活像一只秃鹫。瓠犀一般的牙齿哪里去了? 不是熏得焦黄,就是裂着罅隙,再不就是露出七零八落的豁口。脸上的肉七棱八瓣,而且还平添无数雀斑,有时排列有序如星座,这个像大熊,那个像天蝎。下巴颏儿底下的垂肉变成了空口袋,捏着一揪,两层松皮久久不能恢复原状。两道浓眉之间有毫毛秀出,像是麦芒,又像是兔须。眼睛无端淌泪,有时眼角上还会分泌出一堆堆的桃胶凝聚在那里。总之,老与丑是不可分的。尔雅:"黄发、齿、鲐背、耇老、寿也。"寿自管寿,丑还是丑。老的征象还多的是。还没有喝忘川水,就先善忘。文字过目不旋踵就飞到九霄云外,再翻寻有如海底捞针。老友几年不见,觌面说不出他的姓名,只觉得他好生面善。要办事超过三件以上,需要结绳,又怕忘了哪一个结代表哪一桩事,如果笔之于书,又可能忘记备忘录放在何处。大概是脑髓用得太久,难免漫漶,印象当然模糊。目视茫茫,眼镜整天价戴上又摘下,摘下又戴上。两耳聋聩,无以与乎钟鼓之声,倒也罢了,最难堪是人家说东你说西。齿牙动摇,咀嚼的时候像反刍,而且有时候还需要戴围嘴。至于登高腿软,久坐腰酸,睡一夜浑身关节滞涩,而且睁着大眼睛等天亮,种种现象不一而足。①

梁实秋这两段文字写出了中年和老年的普遍特征,且不失形象生动,但较之托尔斯泰和普鲁斯特的立象明显少了些个性特征,无论对立象对象还是立象者本人的感知都存在类似情形。即使一样的纪实性而非虚构性立象,由于其经历、性格和情境不同,仍可能形成不尽相同的倾向和风格。至如同是为潘金莲立象,《水浒传》《金瓶梅》和川剧荒诞派戏剧在立象核心事件选择和辅助事件铺陈,以及人物倾向性评价和细腻程度等方面均有所不同。对同一个人物的立象,也可能由于感知者及其所处情境不同,以致形成的观感和立象也有差异。如罗曼·罗兰《巨人传·托尔斯泰传》中对托尔斯泰肖像有这样一段描写:

　　一幅奇妙的肖像,我见了不能不感动的,说出托尔斯泰在这时代所感的痛苦。一八八五年时代的照相,见全集版《我们应当做什么?》中插图。他是正面坐着,交叉着手臂,穿着农夫的衣服;他的神气颇为颓丧。他的

---

① 梁实秋:《老年》,王琼选编:《生》,人民文学出版社 2007 年版,第 71—72 页。

头发还是黑的,他的胡髭已经花白。他的长须与鬓毛已经全白了。双重的皱痕在美丽宽广的额角上画成和谐的线条。这巨大的犬鼻,这副直望着你的又坦白又犀利又悲哀的眼睛,多少温和善良啊! 它们看得你那么透彻。它们不啻在为你怨叹,为你可惜。眼眶下划着深刻的线条的面孔,留着痛苦的痕迹。他曾哭泣过。但他很强,准备战斗。①

虽然罗曼·罗兰对托尔斯泰肖像及其特征的立象,应该说已经加入了自己的主观印象,但相形之下,似乎高尔基的《文学写照》对托尔斯泰肖像的立象更趋主观化,且带有几分童话乃至神话色彩。高尔基这样写道:

有一天我看见了他,他那个样子恐怕从来没有人看见过。我沿着海滨到加斯卜拉去看他,可是就在尤苏波夫庄园的下面,在海边岩石的中间,我看见了他那瘦小的有棱角的侧面像,他穿了一件起皱的灰色粗布旧衣,戴了一顶有折痕的帽子。他坐在那儿,两手支着下颚,在他的手指中间动着他那银白的长须;他凝望着海的远处,而同时浅绿色的小浪却柔顺地、亲热地向他的脚来,好像它们在对这个老巫师讲它们的事情。……我觉得他好像也是一块古老的、成了精的岩石,他知道一切的开端和一切的目标,他在思索石头和地上的草木,海水和人,还有从岩石起到太阳为止的整个宇宙什么时候完结而且怎样完结。海是他的灵魂的一部分,他周围的一切都是从他那儿来的,从他的身体里出来的。在这个老人的沉思不动的姿势中,我相信我看见一种预言的、魔术的东西,它同时下沉到黑暗里去,又探索地上升到地上蓝空的最高顶;好像就是他——他的集中的意志——在把海浪引来推去,在指挥云的移动,在支配那些影子,影子好像在摇动岩石想把它们唤醒。突然在我的狂热的一瞬间,我觉得这是可能的!②

这说明,即使纪实性立象,也并不一定完全绝对地倾向于客观,类似科学或法律文书,也不至于如梁实秋写中老年那样倾向于普遍性,而可如普鲁斯特、罗曼·罗兰、高尔基那样立足知觉甚至直觉,也不排除想象和灵感的成分,不同程度突显主观印象。这才是文学作为文献文本系统之区别于其他文本的

---

① 《托尔斯泰传》,罗曼·罗兰:《巨人三传》,傅雷译,安徽文艺出版社1998年版,第339页。
② 《列夫·托尔斯泰》,高尔基:《文学写照》,巴金译,人民文学出版社1978年版,第49—50页。

特质,也是作为作家生活方式甚至生命形式之特质。科学文本和法律文书趋向于用数据说话,不是凭感觉知觉说话。特别对科学家来说,这种基于感觉、知觉的立象基本不允许。因为在他们看来,任何个人情感、直觉、想象和灵感的介入,都可能影响对客观事实依据和数据特性的准确判断。但对作家来说,如果没有诸如此类主观介入,将不同程度影响立象的形象性、特殊性,并进而影响文献文本系统本身的审美效果。如同样是写晋祠,辞海词条与吴伯萧同名散文主观介入程度便有不同。

即使基于相同经历、情境和观感的立象,其风格也可能略有不同。如朱自清与俞平伯写《桨声灯影里的秦淮河》,虽然同是写情境,朱自清多了些对自然景观的感知和立象,俞平伯则多了些对人文景观的感知和立象;同是写观感,朱自清接近于细腻的品位,虽也涉及人文思考,但多限于道德考量,俞平伯则在细腻品味之外,更多了些玄思;同是写对待歌妓卖唱的拒绝,朱自清主要出于道德检约,俞平伯则多倾向于泛爱同情;虽其立象都基于主观感受,朱自清尽可能淡化主观色彩,显得较为严谨,俞平伯则似乎有意突出自我观感,且不乏调侃。作家对外在世界的感知和呈现之所以不可避免存在差异,根本上还是由于他们会自觉或不自觉变形。布朗肖写道:"书、文字、语言旨在变形,不知不觉我们已习惯了变形,但传统却仍在拒抗;图书馆表面呈现另一世界的表象因而令人震撼,仿佛好奇、惊讶又满心敬畏中,通过一次宇宙之旅,我们突然就发现另一个更为古老、凝固于永恒沉默的星球残存的遗迹,必须对自己感到陌生才能不被发现。"[1]也许这一阐述还是未能清楚揭示其特点。叙事变形之所以在所难免,关键还因为:"叙事中,如果过去与未来,之前与后来,通过精心计算、巧妙的视角转换,都趋向铺展于现在这个光滑的平面,这是应无阴影无厚度的空间之需,在那,一切都得铺展——一切才得以描述——,仿佛一幅画,通过时间到空间的变形同时呈现一切。每个叙事,或许或多或少都乐于如此尝试。"[2]这可能是大体有叙事性质的立象不可避免的宿命。

就文献文本系统的立象而言,大体有非我体验和唯我体验两种方式。非我体验式往往强调作家必须设身处地地将自我放置在所要呈现的形象的角

---

① 莫里斯·布朗肖:《未来之书》,赵苓苓译,南京大学出版社2015年版,第275页。

② 莫里斯·布朗肖:《未来之书》,赵苓苓译,南京大学出版社2015年版,第224页。

度,假若自己是所要立象的某一人或事物,从他们所处的特定情境来设身处地推测想象这一人或事物当如何行动,如托尔斯泰对老栎树的立象,就不是托尔斯泰将自己的观感和体验直接诉诸文献文本系统,而是托尔斯泰以安德烈公爵的角色和身份,假设自己便是安德烈,在其所处的彼时彼地当如何感知和行动来完成立象。莫泊桑指出:"无论在一个国王、一个凶手、一个小偷或者一个正直的人的身上,我们所表现的,终究是我们自己,因为我们不得不向自己这样提问题:'如果我是国王、凶手、小偷、娼妓、女修士、少女或菜市女商人,我会干什么,我会想些什么,我会怎样地行动?'"①作家就是通过这一方法将自我体验转化为非我体验,同时让读者以为真正是某一人物或事物在行动,而不是作家的非我体验在发挥效用。李渔《闲情偶寄》也有类似观点。唯我体验式则是作家直接以自我的角色和身份在相应情境中行动,完全按照自我的所思所想所感完成立象,不存在设身处地以其他人和事物的角色与身份来思想和行动的情形。如梁实秋关于中老年,罗曼·罗兰、高尔基关于托尔斯泰的立象即是如此。

相对于立象的最终形成路径,大体可分为集中合成式与割裂分置式两种。前一种倾向于将不同事物具有的特质和属性来按照某种倾向性原则聚合起来集中于某一特定人物和事物,作为这一特定人物和事物的特质和属性来完成立象,当然也可以某一原型为基础,适当加入其他因素和特质,鲁迅所谓"杂取种种,合成一个"即是一个典型做法;后者则指将同一人物甚至作家本身具有的某些特质和属性来割裂分置于不同人物和事物,作为不同人物和事物的特质和属性来完成立象。如弗洛伊德指出:"一般来说,心理小说的特殊性质无疑是由当代作家用自我观察的方法把他的自我分裂成许多部分自我的倾向而造成,结果就把他自己精神生活的互相冲突的趋势体现在几个主角身上。"②在具体立象过程中实际可能二者兼有,也许某些方面有合成式性质,另一方面又可能有分置式特点。所有的分别只是一种表述的方便,并不具有截然不同、互不相容的性质和功能。

无论合成还是分置最终都可能形成一定的形象结构。这一结构可以是诗

---

① 莫泊桑:《谈"小说"》,柳鸣九译,《外国名作家谈写作》,北京出版社 1980 年版,第 158 页。
② 弗洛伊德:《作家与白日梦》,张唤民、陈奇伟译,高建平:《西方文论经典》(第 5 卷),安徽文艺出版社 2014 年版,第 9 页。

歌结构,也可以是散文和小说结构。对于诗歌结构,郑敏有这样的分析:"诗的内在结构可以有很多类型,但它的目的都是使诗含蓄而有丰富的暗示魅力。假设将一首诗当做一个建筑物,我已经发现的这类建筑物的结构至少有两种:一种是展开式结构,一种是高层式结构。"①在她看来,所谓展开式结构类似于我国传统庭院一进几院或庙宇寺观一进几殿,且愈至最后愈到正堂或正殿,愈显权威、庄重、严肃,此为主旨乃至核心之所在,如《舟月对驿近寺》、《日暮》等"杜甫的诗在层层展开方面有独到之处,往往从写景开始,似无他意,但在诗的进展中突然出现诗人的情思,结尾时猛然煞住,使读者在一种惊奇兴奋的心情中忍不住重新将诗反复读几遍以体会诗人的心情"②。或层层展开,或突然展开,或在结尾突然提出一个全新思想,但不发挥,戛然而止,留下无限空间,让读者想象和品味。其共同点在于一切寓意和深刻情感均在诗的结尾,为诗的高潮和精华,或层层深入,或奇峰突起,或引人寻思。高层式结构则像一尊雕像,给读者以立体感,像楼房,是现代派诗歌常用的一种结构,往往在现实描述基础上叠加超现实主义光影,使读者在阅读过程中总觉得楼上有楼、天外有天,或言在此而意在彼,在突显一种经验的同时寄寓另一种更深邃的经验,或貌似写形实则寓意。如弗罗斯特《雪夜林中小停》所谓"这树林是谁的我知道/他的房子在村子那头/他不知道我路过小停/看积雪压满幽径枝稍",他既可能是诗人的一个熟人,也可能另有隐喻和象征意义,但究竟隐喻和象征什么却不加具体化。"这种高层或多层的诗的结构是现代派诗,尤其是超现实主义作品的特点","底层是由现实主义的精确细节部分构成,而高层则由超现实主义因素构成"③。

　　至如小说结构,也有诸多类型。如托尔斯泰的《安娜·卡列尼娜》,有些人认为采用了列文和安娜·卡列尼娜两条线索,有幸的是由于两人的相识而使故事线索有所连接,但仍有不尽人意之处。托尔斯泰则自认为他的这一小说符合建筑艺术,指出:"我正是骄傲这样的建筑艺术——拱门要合拢得使人看不见城堡在哪里。我正是努力这样写。结构的联系不是放在情节和人物的

---

　　① 郑敏:《诗的内在结构——兼论诗与散文的区别》,《郑敏文集(文论卷)》(上),北京师范大学出版社 2012 年版,第 18 页。

　　② 郑敏:《诗的内在结构——兼论诗与散文的区别》,《郑敏文集(文论卷)》(上),北京师范大学出版社 2012 年版,第 18 页。

　　③ 郑敏:《诗的内在结构——兼论诗与散文的区别》,《郑敏文集(文论卷)》(上),北京师范大学出版社 2012 年版,第 32 页。

关系（相识）上，而是放在内在联系上。"①与此类似，安德烈·莫洛亚认为《追忆似水年华》在结构上类似于简单稳重的大教堂，也属圆拱结构。在他看来："整个建筑的拱顶石是罗贝尔和希尔贝特的女儿圣卢小姐。这只是一个小石雕，从底下仰望勉强可见，但是在这件石雕上'无形无色、不可捕捉'的时间确确实实凝固为物质。圆拱从而连接起来，大教堂于是竣工。到这个时候，作者作为艺术家和作为人同时得救。从那么多的相对世界里涌现出一个绝对世界了。"②虽然表述各有不同，但基本都倾向于拿建筑艺术作比。

如果说言语所反映的是正常人与生俱来的一种表达本能，那么立言则反映了正常人中卓有成就的伟人的共同特性。真正能体现作家特别是伟大作家不同于其他伟人独特性的往往是知觉与立象。当然知觉也是作为正常人的一种本能，只有立象才是伟大作家不同于其他伟人的根本特征。伟大作家常常比其他人有更敏锐和丰富的身体知觉，且往往能将这种敏锐丰富的身体知觉借助语言文字媒介加以惟妙惟肖展示和呈现。艾略特这样阐述道："诗人的心灵实在是一种贮藏器，收藏着无数种感觉、词句、意象，搁在那儿，直等到能组成新化合物的各分子到齐了。"③"当一个诗人的头脑处于最佳的创作状态，他的头脑就在不断地组合完全不同的感受。普通人的感受是杂乱无章的、不规则的、支离破碎的，普通人发生了爱情，阅读斯宾诺莎，这两种感受是相互无关联的，也和打字机的闹音或烹调的香味毫无关系。但在诗人的头脑中，这些感受却总在那里组合成为新的整体。"④这可以是意象的组合方式，也可以是人物性格的组合方式，甚至可以是结构的组合方式，但无论哪一种，都基于作家敏锐、深刻、微妙的身体知觉，以及基于这一知觉的不同感觉、感受、印象、意象的艺术组合。这才是作家之所以成其为作家，伟大作家之所以成其为伟大作家的根本。在这种组合中难免存在情感和生命的移置活动。艾略特这样阐

---

① 托尔斯泰：《致谢·阿·拉钦斯基》，尹锡康译，宇清、信德：《外国名作家谈写作》，北京出版社1980年版，第224页。

② 安德烈·莫洛亚：《序》，施康强译，普鲁斯特：《追忆似水年华》（Ⅰ），译林出版社1989年版，第10—11页。

③ 托·斯·艾略特：《传统与个人才能》，卞之琳译，《传统与个人才能：艾略特文集·论文》，上海译文出版社2012年版，第7页。

④ 托·斯·艾略特：《玄学派诗人》，李赋宁译，《现代教育和古典文学：艾略特文集·论文》，上海译文出版社2012年版，第12页。

述道："普通人让这样的感情睡去，或者调整他的感情以适应现实世界；艺术家则通过强化世界以达到自己情感水准的能力，使它们始终富有生机。"[1]"一件艺术品的创作，比如戏剧中一个人物的塑造，存在于个性渗入的过程中，或者更深层意义上讲，它存在于将作者的生命移注到人物中去的过程。这与传统的以自己的形象进行创作是截然不同的两码事。创作者的诸多激情和欲望，以种种复杂而曲折的方式在艺术创作中得到满足。"[2]类似的体验也见于纳博科夫的阐述："所有的小说创作应该建立在某种有光彩的生理体验上。特别的气质和天赋有多少，最初的冲动就能分解成多少部分。它或许是一系列实在而无意识惊诧情绪的积累，或可能是没有任何确定的物理背景的一些抽象观念灵感的启示而得到的联想。但是，非此即彼，这个过程可能仍然被降低到创造性震动的最自然形式——一个突然生动的意象在一道闪光掠过彼此生疏的组合时建立起来，这些组合在大脑被骤然照亮的一刹那变得明白了。"[3]纳博科夫的阐述虽限于小说创作，但与艾略特偏于诗歌创作的阐述有大体相同的精神。

约翰·R.塞尔对作家知觉与立象有这样的概括："作者通过假装指称某人并叙述与他们有关的事件，创造出虚构人物和虚构事件，在现实主义或自然主义虚构作品中，作者指称真实的地点和事件，将这些指称与虚构指称混合在一起，使虚构故事成为我们现有知识的一种延伸。关于虚构横向常规在多大程度上打破了严肃言语关系的垂直关联，作者将与读者一起建立一整套共识。只要作者遵守他所使用的常规或当其文学形式具有革命性时他自己建立的一整套常规，就可以说他仍然处于常规的约束之内。从存在论的可能性来说，任何情况都可能发生：作者可以创造他喜欢的任何人物或事件。从存在论的可接受性来说，符合常规是一个非常重要的方面。但是关于什么才符合常规并没有一个统一的标准，在科幻作品中被视为符合常规的东西，在自然主义作品中可能就不符合常规。在什么情况下才算是符合常规，从某种程度上来说由

---

① 托·斯·艾略特：《哈姆雷特》，王恩衷译，《传统与个人才能：艾略特文集·论文》，上海译文出版社2012年版，第182页。

② 托·斯·艾略特：《本·琼斯》，吴学鲁、佟艳光译，《传统与个人才能：艾略特文集·论文》，上海译文出版社2012年版，第198页。

③ 弗拉基米尔·纳博科夫：《文学艺术与常识》，于晓丹译，《纳博科夫文学讲稿三种：文学讲稿》，上海译文出版社2018年版，第429页。

作者与读者是否就横向常规达成一致来决定。"①约翰·R.塞尔的概括,揭示和确立了一个基于现实的虚构立象规则,这个规则没有统一标准,往往因体裁不同,很大程度受制于作者与读者约定俗成的惯例。

立象显然是一种行动,而且是一种基于社会同时也反射于社会的行动,或是一种社会行动。列斐伏尔的观点可以帮助人们理解这一点。他写道:"形象是一种行动。因此,形象意味着,愿望要有效果:形象有时旨在把可能变为现实,或表示不可能,有时旨在准备一种选择项目,吸引和接触其他的人。就形象是一种社会行动而言,形象是一种形象刻意投向'主体'的行动形象,这个'主体'是形象正在面对和想要影响的人。这个人接触和行动,对形象的影响做出反应,把形象再投回这个形象的始作俑者那里。这个双重投影产生了一个结果,结果不再是一个投影,而是一个共同现身,甚至一种相同的情感。所有的交流都包括形象,最深层次的交流是通过形象实现的。"②一个作家的立象,不仅是其作为人的社会活动的标志,同时也是其基于社会也反射于社会并借此存在于社会的社会行动乃至生活方式。

第三节　思想与尽意

文学虽不经常直接且完全直露地表达思想,但没有思想的文学肯定是浅薄无聊的,而且越深刻的文学其思想的深度、广度和力度可能在很大程度上超越哲学之类的思想表达,虽然不一定有着哲学的思想密度,但有别具一格、发人深省的独特性是显而易见的。文学作为人类高级精神活动的形式之一,必定代表着人类思想表达的某种独特方式,况且人是以其思想存在于世界的。对笛卡尔"我思故我在",人们可能理解为因为我思想所以我才存在,但笛卡尔有这样的阐释:"我发觉在'我思想,所以我存在'这个命题里面,并没有任何别的东西使我确信我说的是真理,而只是我非常清楚地见到:必须存在,才能思想;于是我就断定:凡是我们十分明白、十分清楚地设想到的东西,都是真的。"③这

---

① 约翰·R.塞尔:《表达与意义》,王加为、赵明珠译,商务印书馆 2017 年版,第 95—96 页。
② 亨利·列斐伏尔:《日常生活批判》(第二卷),叶齐茂、倪晓辉译,社会科学文献出版社 2018 年版,第 482 页。
③ 笛卡尔:《谈方法》,《西方哲学原著选读》(上),商务印书馆 1981 年版,第 369 页。

也意味着思想是人生命存在的形式,只有存在,才能思想,反过来,如果不能思想,便意味着生命不复存在。帕斯卡尔也指出:"人只不过是一根苇草,是自然界里脆弱的东西;但他是一根能思想的苇草。""我们的全部尊严就在于思想。"①他还认为人作为会思想的苇草,应该追求自己的尊严,"由于思想,我却囊括了宇宙"②。

　　文学确实是作家用自己的言语解释世界并借建构其文献文本系统达到统治世界欲望的一种方式。它不仅是作家生命的终极目的,而且是其生活方式的基本形式。尼采在其遗稿中指出:"对世界的解释乃是统治欲的标志",包括艺术在内的创造力都是统治欲或统治力的体现。③ 在这一点上,无论巴尔扎克还是普鲁斯特都是倡导者,而且也是成功的实践者。巴尔扎克写道:"有思想的人,才是有至高无上权力的人。国王左右民族不过一朝一代,艺术家的影响却可延续好几个世纪。他可以使事物改观,可以发起一定模式的革命。他能左右全球并塑造一个世界。"④这在一定限度上表达了杰出作家的共同心声,所以巴尔扎克的理想是用笔杆子征服世界,他不仅想到了而且也做到了。金圣叹对此也有这样的阐述:"以一代之大事,如朝会之严、礼乐之重、战陈之危、祭祀之慎、会计之繁、刑狱之恤,供其为绝世奇文之料,而君相不得问者,凡以当其有事,则君相之权也,非儒生之所得议也。若当其操笔而将书之,是文人之权矣。君相虽至尊,其又恶敢置一末喙乎哉!此无他,君相能为其事,而不能使其所为之事比寿于世。能使君相所为之事必寿于世,乃至百世千世以及万世而犹歌咏不衰,起敬起爱者,是则绝世奇文之力,而君相之事反若附骥尾而显矣。"⑤而且作家的言语及其建构的文献文本系统也为作家提供了这种可能。海德格尔指出:"只要语言存在,他们就存在。"⑥

①　帕斯卡尔:《思想录》,何兆武译,商务印书馆1985年版,第157—158页。

②　帕斯卡尔:《思想录》,何兆武译,商务印书馆1985年版,第158页。

③　尼采:《权力意志》,张念东、凌素心译,中央编译出版社2000年版,第468—469页。

④　巴尔扎克:《论艺术家》,袁树仁译,《巴尔扎克论文艺》,人民文学出版社2003年版,第4页。

⑤　金圣叹:《水浒传会评本》(上),北京大学出版社1981年版,第539页。

⑥　海德格尔:《诗人何为》,《海德格尔文集·林中路》,孙周兴译,商务印书馆2015年版,第308页。

文学是作家表达思想的一种特殊方式。海德格尔指出:"诗与思乃是道说的方式,而且是道说的突出方式。"①不指望每一个作家都必须成为专门的哲学家、思想家,但卓有成就的杰出作家其思想肯定会达到哲学家和思想家的高度。不过他们的这一哲学或思想常常不是通过哲学论文或专著表达出来的,而是借助蕴含于文献文本系统的言语呈现出来。莎士比亚戏剧的最大优势在于超越了人自身局限,达到了对人类一切基于功利乃至私利行为的深度反思,而不是仅仅停留于一部分人对另一部分的竞争和斗争,以及一部分人对另一部分的失败和胜利,在这种竞争和斗争中没有谁是最终的赢家。应该说,他的这一认知是基于对自然生长收藏规律的最终感知和思考的。如他的十四行诗之第六十首就揭示了基本相同的思想:"正像波涛向卵石滩头奔涌,/我们的光阴匆匆地奔向灭亡;后一分钟挤去前一分钟,/接连不断地向前竞争得匆忙。/生命,一朝在光芒的海洋诞生,/就慢慢爬上达到极峰的成熟,/不祥的晦食偏偏来和他争胜,/时间就捣毁自己送出的礼物。时间会刺破青春表面的彩饰,/会在美人的额上掘深沟浅槽;会吃掉稀世之宝:天生丽质,/什么都逃不过他那横扫的镰刀。/可是,去他的毒手吧! 我这诗章/将屹立在未来,永远地把你颂扬。"曹雪芹《红楼梦》的贡献在于揭示了人类一切活动包括对世界的感知其实都是错误的,都是假象,即所谓"万境归空"。这虽然只是佛教色空观念的体现,但曹雪芹却将其演绎为不同类型人类追求最终皆空的宿命,且以发人深省的"落得白茫茫大地真干净"作为世界的最终归宿。这是对人类最终命运的深刻寓言。可以悲观地认定,所有以满足每一个人和人类功利目的活动的结果最终可能是地球和宇宙的毁灭。塞万提斯的贡献在于揭示了堂吉诃德或整个人类普遍存在的自以为是的先天缺憾:人们可能像嘲笑摸象的盲人一样嘲笑堂吉诃德,堂吉诃德虽然貌似疯子和神经质,其实我们人类绝大多数情况下就是这样一个自以为是甚至有些神经质的疯子。这一点上几乎没有人能例外,除非他真正超越了以自身身体知觉作为感知和存在于世界的方式。对此昆德拉的评价很有见地。他指出:"当上帝慢慢离开他的那个领导宇宙及其价值秩序,分离善恶并赋予万物以意义的地位时,堂吉诃德走出他的家,

① 海德格尔:《语言的本质》,《海德格尔文集·在通向语言的途中》,孙周兴译,商务印书馆 2015 年版,第 195 页。

他再也认不出世界了。世界没有了最高法官，突然显现出一种可怕的模糊；唯一的神的真理解体了，变成数百个人们共同分享的相对真理。""塞万提斯使我们把世界理解为一种模糊，人面临的不是一个相对真理，而是相对的互为对立的真理（并被人们称为人物的想象的自我中），因而唯一具备的把握是无把握的智慧，这同样需要一种伟大的力量。"①类似见解也见于福克纳，他指出："现实生活对善恶可不感兴趣。堂吉诃德是经常辨别善恶的，不过他辨别善恶之时，也即是在想入非非之中。也就是说，发了神经病。他只有在忙于和人周旋、无暇分清善恶之时，才回到了现实世界里。"②思想也不仅限于为数不多的几个世界文豪，《古诗十九首》《元曲三百首》中也有诸如此类思想。或即使不能达到哲学家和思想家的高度，也必须对人类生存与死亡有终极思考。如托尔斯泰、陀思妥耶夫斯基、泰戈尔等，有些可能基于他们对哲学、宗教的赤诚渴望和体悟，如托尔斯泰在诸如《复活》等小说中大力宣扬基督教，但高尔基在接触中却感觉托尔斯泰对佛教的热忱甚至超过了基督教，他甚至推荐高尔基钻研佛教。泰戈尔对印度教和东方文化精髓有更深刻体悟，他的《人生的亲证》便是这方面的结晶。比较而言陀思妥耶夫斯基对生命的体悟，特别是死亡的体验，更多源自他的独特经历和残酷遭遇，其《白痴》之所以对死刑犯临刑前的生命体验有多次描述，且体验最真切也最独特，主要因为他本人就有执行死刑前被特赦的经历。《白痴》第一部第二章梅思金公爵有这样一段话：

> "您知道不知道？"公爵热烈地接着说，"您注意到这一层，大家也正和您一样注意到了，因此就发明出断头的机器。我当时有这样一个念头：这万一更坏的话，又怎样呢？这话您觉得可笑，觉得很奇怪，但是，您多少想象一下，脑子里是会出现这样念头。您想一想，譬如拷打吧，便有苦痛、创伤和身体的折磨，这一切反而使你能分散精神上的痛苦，只是为了一些创伤感到肉体的痛苦，一直到死为止。你要知道，最主要的、最剧烈的痛苦也许不在创伤上面，而在于你明明知道再过一小时，再过十分钟，再过

---

① 昆德拉：《被诋毁的塞万提斯的遗产》，吴斌译，何太宰：《现代艺术札记·文学大师卷》，外国文学出版社 2001 年版，第 253—254 页。

② 福克纳：《创作源泉与作家的生命》，王瑛译，何太宰：《现代艺术札记·文学大师卷》，外国文学出版社 2001 年版，第 108 页。

半分钟,现在,立刻——灵魂就要离开肉体,你将不再成为一个人;而且知道这是固定不移的,主要的是,知道这是固定不移的。你把头放在刀子下面,但听见刀子在你头上滑下来,这四分之一秒是最可怕的。您知道不知道,这并不是我的幻想,而是许多人这样说的?我相信这话,所以很直率地对您说出我的意见来。为了杀人罪而杀人,这是比犯罪本身大到无可比拟的一种刑罚,按照判决的要比强盗杀人可怕到无可比拟的程度。一个人被强盗害死,不论是黑夜在树林里被砍死,或是用别种方式弄死,他一定还希望能够得救,在最后的一刹那还有这种希望。有过这样的例子:一个人的喉管被割断了,他还怀着希望,或者是逃走,或者是哀求饶命。但是,在这种情况下,一切最后的希望,要比死去容易十倍的那个希望,一定被剥夺了。既然有了判决,又明知道避免不了,所以可怕的痛苦便全在这上面,世界上就没有比这更痛苦的事情。您把一个兵士领来,放在战场上的大炮对面,对他射上一炮,他总还有一线希望,但是,如果对这兵士宣读一定处死的判决,他会疯狂或哭泣的。谁说人类的天性能够忍受下去而不发狂呢?为什么要有这种丑恶的、无用的、白费力的辱骂行为呢?也许有这样的人,人家对他下了判决,让他受些折磨,以后才说:'你去吧,饶你的命。'这样的人也许会讲一讲的。基督也讲过这种折磨和这种恐怖。不,人是不能这样来对待的!"①

梅思金公爵的这一段话基于陀思妥耶夫斯基的经历和命运。对此茨威格《三大师:巴尔扎克 狄更斯 陀思妥耶夫斯基》有专门记述:

> 陀思妥耶夫斯基的命运是《旧约全书》式的,英雄式的,与新时代和资产阶级风马牛不相及。像雅各一样,他必须永远与天使角斗,对上帝发怒;却又屡屡像约伯一样屈服。命运从不让他有安全感,从不让他懈息。他总是感到处罚他的上帝的存在,因为他爱上帝。他不能在幸福之中歇息片刻,以便使他的人生之路无穷无尽向前延伸,有时,命运的恶魔似乎已在他愤怒时停止作恶,允许他像别人一样走平凡的人生之路,但这时总会有一巨手伸出来加以阻挡,并把他推入荆棘丛中。命运有时把他抛高,也只是为了使他跌入更深的深渊,并且教训他,要他认识得意和

---

① 陀思妥耶夫斯基:《白痴》(上),耿济之译,人民文学出版社 1958 年版,第 25—26 页。

绝望之间的距离有多大。命运把他捧到希望的顶点，要是别人就会慢慢消融在大喜过望之中；命运也把他丢进痛苦的咽喉，要是别人会摔得粉身碎骨，痛不欲生。与约伯一样，命运也总是在最感安全的时候击败他，夺去了他的妻子、孩子，让他不要放弃对上帝的期待，指望通过不断的恼怒和期望可以从上帝那儿得到更多的东西。这好像是冷漠人世有意剩下这么一个人，以便表示，我们这个世界也有痛苦和欲望，而且痛苦还相当严重……

　　生活捧了他三次，又三次把他摔下。生活很早就让他尝到名誉的甜头，处女作给他带来了声誉，但残酷的利爪很快抓住他，把他扔进无名者行列，送他进西伯利亚的卡托尔加监狱，后来他出狱了，显得更加坚强勇敢，他那本《死囚犯回忆录》使整个俄国陶醉了，连沙皇本人也泪洒此书，俄国青年对他怀着火一般的热情。他出版一本杂志，全民都能听到他的声音。他的首批小说问世了。接着天气突变，他的物质生活基础崩溃了，债务和忧愁鞭打他，迫使他流落异国；疾病咬啮他的肉体，他像游牧民族漂泊在欧洲各地，被他的民族遗忘。历经多年的辛劳和穷困之后，他第三次又从无可言说的可怕危机中崛起，在纪念普希金时发表的演说证明他是俄国头号作家、预言家。此时，他的声誉如日中天，可也就在此时，那只钢铁巨手将他击倒，整个民族狂喜顿时化为泡影，晕厥地面对他的灵柩。命运不再需要他了，那残酷而智慧的意志得到了一切，从他的生存中获得了最丰硕的思想成果，于是，把这躯体的空壳扔掉，毫无顾忌。①

超乎寻常的生活经历确实能给予作者体验生命的最真切机会，也使陀思妥耶夫斯基等作家由此获得了深刻的死亡体验。但不是每一个作家都能够经受这一遭遇，也不是每一个人都能承受得起。有些作家对生命的体悟可能更多源自间接知识经验，如求助于哲学和宗教等，这些作家即使不能形成对人类生命的终极体悟，但因对哲学、宗教和思想的关注，也能在一定程度弥补其生命体验不够深切的缺憾，也确实有许多作家得力于此。艾略特谈到过这一经验，他指出："诗人必须深刻地感觉到主要的潮流，而且主要的潮流却未必都

---

① 《三大师》，斯蒂芬·茨威格：《六大师》，黄明嘉译，漓江出版社1998年版，第74—75页。

经过那些身名卓著的作家。他必须深知这个明显的事实：艺术从不会进步，而艺术的题材也从不会完全一样。他必须明了欧洲的心灵，本国的心灵——到时候自会知道这比他自己私人的心灵要重要几倍——这是一种会变化的心灵，而这种变化是一种发展，这种发展决不会在路上抛弃什么东西。"①正由于他对思想的关注，便很自然地涉猎到哲学等其他学科。他这样写道："诗人应该对哲学，或对任何其他学科，发生兴趣。"②艾略特的这一经验是绝大多数作家可能仿效且最直接通达的途径。

有些中国诗人也谈了这方面的体会。郑敏的专业是哲学，业余爱好是诗歌创作，所以她能够比更多作家对此有深刻体会。她认为："我觉得哲学是一盏夜行灯，诗歌、音乐、艺术是我的身体的寓所，而这一切都是为了了解人类在几千年的文明史中所走过的路。这种对人类命运的思考是我此生求知欲的最大动力。""今天回顾起来，海德格尔'诗歌与哲学是近邻'一语，足以概括我所经历的心灵旅程。"当然她的这一知识储备，也不限于学科概念范畴和知识谱系，更在于借以感知和体悟生命的一种精神高度，以及受这种高度影响所能达到的认知深度。所以她更强调："对于一个作家，不能没有知识，却又不能光有知识，他想要将知识还原为具体感受，得到自己特有的精神境界。也许这就是诗歌与哲学不可分的原因吧。"③现在有些作家既没有莎士比亚、曹雪芹、塞万提斯所具有的思想家的灵动和透彻，又没有托尔斯泰、泰戈尔对宗教以及生命的深刻体验，也没有陀思妥耶夫斯基独特的生活经历和生命体验，又不热衷于哲学、宗教和思想的熏陶和体悟，却要在文献文本系统建构方面有思想的深度，是绝对不可能的。她认为："我觉得我对理论的研究并不妨碍写诗，在读哲学时我经常看到它背后的诗，而读诗时我意识到作者的哲学高度。因为我并不认为应当将哲学甚至科学理论锁在知性的王国中，也不应将诗限在感性的花园内。而高于知性的感性，使哲学与诗，艺术同样成为文化的塔尖的是对生命的悟性，而这方面东方人是有着

① 托·斯·艾略特：《传统与个人才能》，卞之琳译，《传统与个人才能：艾略特文集·论文》，上海译文出版社2012年版，第4页。

② 托·斯·艾略特：《玄学派诗人》，李赋宁译，《现代教育和古典文学：艾略特文集·论文》，上海译文出版社2012年版，第14页。

③ 郑敏：《诗歌与哲学是近邻——关于我自己》，《郑敏文集（文论卷）》（中），北京师范大学出版社2012年版，第604—605页。

丰富的源流的。"①

当然不是所有人都得经过哲学和思想熔炉的熏陶和锻炼,也不是所有人经过哲学和思想熏陶便可以达到对生命的深刻体悟,有些人可能终其一生也浑浑噩噩、虚度光阴、执迷不悟。这主要得力于其心胸、视界等。有大襟怀、大视界的人并不一定要对哲学和思想进行精深研究,依然可以臻达生命体悟的较高层次。莫言写道:"我认为一个作家能够写出并且能够写好长篇小说,关键的是要具有'长篇胸怀'。'长篇胸怀'者,胸中有大沟壑、大山脉、大气象之谓也。要有粗粝莽荡之气,要有海纳百川之涵。所谓大家手笔,正是胸中之大沟壑、大山脉、大气象的外在表现也。大苦闷、大悲悯、大抱负、天马行空般的大精神,落了片白茫茫大地真干净的大感悟——这些都是'长篇胸怀'之内涵也。""在善与恶之间,美与丑之间,爱与恨之间,应该有一个模糊地带,而这里也许正是小说家施展才华的广阔天地。"②

《论语·先进》载孔子与其弟子对话,有云:

子路、曾皙、冉有、公西华侍坐。子曰:"以吾一日长乎尔,毋吾以也。居则曰:'不吾知也。'如或知尔,则何以哉?"子路率尔而对曰:"千乘之国,摄乎大国之间,加之以师旅,因之以饥馑;由也为之,比及三年,可使有勇,且知方也。"夫子哂之。"求,尔何如?"对曰:"方六七十,如五六十,求也为之,比及三年,可使足民。如其礼乐,以俟君子。""赤,尔何如?"对曰:"非曰能之,愿学焉。宗庙之事,如会同,端章甫,愿为小相焉。""点,尔何如?"鼓瑟希,铿尔,舍瑟而作,对曰:"异乎三子者之撰。"子曰:"何伤乎?亦各言其志也!"曰:"莫春者,春服既成,冠者五六人,童子六七人,浴乎沂,风乎舞雩,咏而归。"夫子喟然叹曰:"吾与点也。"③

孔子与其弟子的谈话不过是各言尔志。也许没有高低之别,只是其心胸和视界毕竟有所不同。子路、冉有、公西华依次作答,虽程度不同,但同属于《论语·宪问》所谓"知其不可而为之"④的层次,唯独曾皙与孔子已经达到了

---

① 郑敏:《诗歌自传(一):闷葫芦之旅》,《郑敏文集(文论卷)》(中),北京师范大学出版社2012年版,第609页。
② 莫言:《捍卫长篇小说的尊严》,《蛙》,上海文艺出版社2012年版,第5—6页。
③ 朱熹:《四书章句集注》,中华书局1983年版,第129—130页。
④ 朱熹:《四书章句集注》,中华书局1983年版,第158页。

《论语·微子》所谓"无可无不可"①的境界。前者如子路、冉有、公西华处于《论语·为政》所谓"三十而立，四十而不惑"阶段，后者最起码已达《论语·为政》所谓"五十而知天命"甚或"六十而耳顺，七十而从心所欲不逾矩"②的境界。或者说子路、冉有、公西华仍处于有所执着的功利阶段，曾晳、孔子已经达到了无所执著的智慧阶段。这也就是诸如屈原、杜甫、苏轼作为社会良知的代表，仍处于试图报效国家，但由于不得其门而入便愤世嫉俗的君子阶段；至陶渊明、王维仍不乏社会良知，但已达到能审时度势、洞察天命的君子甚或贤人阶段；至晚年的孔子、老子、释迦牟尼、庄子、慧能等其实已臻达顺任自然、心体无滞、明白四达的圣人境界。对文献文本系统而言，纠结于个人利益，以致斤斤计较、怨天尤人者为最低层次；超越个人利益，志于弘道、建功立业者为较高层次；无所执著，天人合一、周遍含融者为最高层次。最低层次胸襟和视界以自我为圆周，较高层次胸襟和视界以人类为圆周，最高层次胸襟和视界以宇宙为圆周。所以其文献文本系统生命境界由此而见分晓。

人们往往将言语与立言、知觉与立象作为作家生命创化的主要形式，但可能忽视思想与尽意方面的贡献。一个不容忽视的事实是，流利而富于感染力的语言表达，往往基于清晰而敏锐的知觉和思维。或者说，一个有着敏锐知觉和清晰思维的人不一定有流利而富于感染力的语言表达，但一个有流利而富于感染力的语言表达的人必定有敏锐知觉和清晰思维。所以思想与尽意才是一个作家核心潜力和竞争力的体现。当然，作家的思想与尽意有别于思想家和科学家。但这并不意味着其思想与尽意无足轻重。有思想的作家与没有思想的作家往往有根本区别：有思想的作家可能成为伟大作家，没有思想的作家却不可能成为伟大作家。虽然这些作家可能并不着意于思想的直接表达，但其见诸立象和富于情感的表意常常启迪读者借助共鸣和体悟获得极广阔的再创造空间，滋生与日俱增的思想意蕴。艾略特指出："莎士比亚、但丁，或是卢克莱修是思考的诗人，斯温伯恩是个不思考的诗人，甚至丁尼生也是一个不思考的诗人。但其实我们要说的并不是思想的性质上的差别，而是感情的性质上的差别。所谓'思考'的诗人，只是说他能够表达跟思想等值的感情。但他

---

① 朱熹：《四书章句集注》，中华书局 1983 年版，第 186 页。
② 朱熹：《四书章句集注》，中华书局 1983 年版，第 54 页。

未必对于思想本身感兴趣。我们总是那么说,思想是清晰的,感情是朦胧的。其实既有精确的感情,也有朦胧的感情。要表达精确的感情,就像要表达精确的思想那样,需要有高度的理智力。""我想说:莎士比亚的戏剧没有一部是具有'意义'的——虽然要是说,莎士比亚的戏剧是毫无意义的,那就同样的不是真话。一切伟大的诗歌对于人生的看法都给人以一种幻觉。一旦我们进入了荷马,或者是索福克勒斯,或者维吉尔,或者但丁,或者莎士比亚的世界中我们不由得认为:我们正在领会一些可以由理智来表达的东西:这是由于每一种精确的感觉都通向理智的方程式。"①

不能指望所有杰出作家都能像哲学家一样十分清晰而精确的表达哲学思想,但不能因此否认一个伟大作家可能具有超乎寻常的哲学思想。虽然这种哲学思想可能不及哲学家的论述那么直截了当和精准明晰,但人们完全可以从诸如莎士比亚和曹雪芹等伟大作家的创作中获得完全不亚于任何一个哲学家及其哲学著作对人生丰富而透彻的启迪,而且这种启迪完全可能因常读常新而与日俱增。虽然这一点可能有赖于读者的阅读再造,但正是这种再造使其往往拥有了一般哲学家们无所比拟的独特优势。这一点可能取决于话语意义不同于字面意义,说话人意及其所言,但同时还表达其他东西,以致许多言外之意可能不限于一个,也可能有多个,因此并不真正专指某个单一确切意义。虽然这种现象可能见于所有言语行动之中,但文学创作可能显得更为突出。约翰·R.塞尔这样揭示了思想与尽意的特征,他指出:"严肃(既非虚构)言语行为可通过虚构文本进行传输,即便这种传输的言语行为在文本中并没有表述出来。几乎所有重要虚构作品都传递了某种或某些'信息'。这些信息通过文本传递出来,但是在文本中并不可见。只是在一些儿童故事(如某些儿童故事有这样的结尾:'这个故事的寓意是……')或令人厌烦的说教式作品(如托尔斯泰)的作品中,才会有一个明确的严肃言语行为表述,而这个严肃的言语行为才是该虚构文本想要传递的寓意或要点。"②约翰·R.塞尔揭示了作家表达思想和尽意的最基本范式通常有两种:一种为非虚构言语行为与虚构言语行为并存式,也就是既用非虚构的真实言语行为表达思想和意义,

---

① 托·斯·艾略特:《莎士比亚和塞内加的斯多葛主义》,方平译,《传统与个人才能:艾略特文集·论文》,上海译文出版社 2012 年版,第 166—167 页。

② 约翰·R.塞尔:《表达与意义》,王加为、赵明珠译,商务印书馆 2017 年版,第 97 页。

同时也用虚构的隐含言语行为或故事或意象隐喻某些思想和意义；另一种为仅用虚构言语行为加以暗示和隐喻，并不直接通过真实言语行为，以及诸如寓意是什么的方式直接明示出来。人们大多数情况下往往更看好后一种，且也只有这一种常常能使言语意义溢出字面意义具有丰富多彩的可发现可阐释可发展空间。

第八章　文学作为读者的生活方式

　　读者作为文学活动的终端创造者,一般情况下不可能直接参与文献文本系统的创造,并使其很大程度成为文献文本系统的一部分,但也不排除个别读者如脂砚斋、金圣叹、毛宗岗等对文献文本系统的参与创造和介入阐释,以及作为始发创造者共同建构文献文本系统价值和意义的现象。当然诸如此类读者毕竟是极少的一部分,大多数读者没有这种资格和造化。因此对读者的关注得尽可能关涉相对广大的读者群自身特点,尽可能揭示其在不同层次上存在的某些共同阅读习惯和特征,使之作为一种生活方式,能引起人们的注意,以致成为可进一步改造和提升自己的参照系。

　　普鲁斯特阐述道:"实际上,每个读者在阅读时又是他自己的读者。作家的著作只不过是他献给读者的一种观察工具,使他能够认识到如果没有这本书他也许无法看到自己身心的东西。读者通过书中的话来印证人自身也是一本书,从而认识其真实性,反之亦然,至少在某种程度上,两篇文章的区别通常可以归因于读者而非作者。此外,对天真的读者来说,书可能太深奥太暧昧,这样,书只给读者提供模糊的眼镜片,而用这种镜片是无法阅读的。不过其他的特性,比如同性恋,可能导致读者需要某种特定的方法才能读懂。作者也不必为之生气,相反,作者应当让读者享受最大的自由,告诉读者:'请你们自己瞧吧,只要你们看得清楚,用这块眼镜片,用那块眼镜片,用另外的眼镜片,都行哪。'"①蒂博代将文学批评由低到高划分为自发的批评、职业的批评和大师的批评三个层次。他这样论述:"这三种批评,我将称之为有教养者的批评,专业工作者的批评和艺术家的批评。有教养者的批评或自发的批评是由公众

---

① 　普鲁斯特:《追忆似水年华》,沈志明译,上海译文出版社 2012 年版,第 492 页。

来实施的,或者更正确地说,是由公众中那一部分有修养的人和公众的直接代言人来实施的。专业工作者的批评是由专家来完成的,他们的职业就是看书,从这些书中总结出某种共同的理论,使所有的书,不分何时何地,建立在某种联系。艺术家的批评是由作家自己进行的批评,作家对他们的艺术进行一番思索,在车间里研究他们的产品。"①可以依据蒂博代对文学批评的层次划分,将阅读根据层次划分为大众阅读、专业阅读和大师阅读三个层次,由此也可将读者划分为大众读者、专家读者和大师读者三个层次,不同层次读者的兴趣点以及可能达成的成就当然有所不同。

第一节　大众与消费

众所周知,读者的阅读是有层次差异的。这种差异可能取决于读者自身的阅读素养、阅读动机、阅读角度和阅读方法等多个方面。但也不是一个读者在任何时间任何空间任何情境都只是使用一种阅读方法,彰显一种阅读动机,获得一种阅读体验。人们必须明白,在所有这些读者中必定有一个占读者最大多数的群体,这个群体一般被命名为大众。大众永远是文献文本系统终极价值的最广泛接受者和认可者。他们是读者群体中素质和层次最低的一种类型,却是一个最不容忽视的最广大的读者群体。人们只有清晰认识这一读者群体的阅读现状及生活方式,才可能在此基础上获得进一步超越和提升的机会,才可能由此达到更高的读者群体层次。

不难发现,过去农业文明时代分散居住乡土中国各个村落和角落,或离群索居、至老死不相往来的人们,由于农业和乡村的衰败,或现代工业和城市文明的高度发展,突然拥挤在城市街道、商场、地铁、车站候车室、旅游景点等几乎所有公共场合聚集起来,形成了熙熙攘攘、人流涌动的宏大场面,在所有这些宏大场面中出现了一个为所有人难以置信的现象,就是几乎绝大多数在玩手机。手机这个网络时代的产物,突然引起了人们阅读和生活方式的根本改变。不用说,原本不大阅读纸质书籍但偶尔也可能找几本"三言二刻"之类随

---

① 　蒂博代:《六说文学批评》,赵坚译,生活·读书·新知三联书店 2002 年版,第 46 页。

便翻翻的大众读者现在更多热衷于手机阅读,而且也不忘用美图之类在朋友圈推送一些个人生活图片,有些还配发一定文字说明,使过去有纸质书籍阅读习惯的读书人也痴迷于手机阅读,对向来爱不释手的阅读习惯和生活方式越来越陌生。也就是说手机阅读时代的到来,虽然较大范围提高了人们特别是大众的阅读能力,但也大面积将原本有较高阅读层次的读者群体拉入手机阅读的大众读者群体之中。所以无视大众读者的阅读习惯和生活方式,显然不明智。

这也仅仅是一个表象。最核心的问题在于,一个不断得到扩充的阅读群体作为大众其心理发生了深刻变化:过去可能对诸如吴承恩、罗贯中、施耐庵、曹雪芹等不同程度存在敬畏和崇拜心理,或对金庸、梁羽生、张恨水等作家有不同程度的推崇和迷恋,有些青少年读者则对琼瑶、席慕蓉、汪国真、韩寒、郭敬明等通俗作者佩服得五体投地。但这一切正在悄悄发生变化,很多读者自拍和晒朋友圈的热情逐渐超过了对文学文献文本系统的兴趣,一些大学生也不是阅读高质量微信公众号,而是喜欢用自拍抖音等展示自己的萌态,还不忘撇嘴装出类似猪八戒之类表情,甚至觉得不过瘾,还安插一个猪鼻子或兔子耳朵之类配图。这些大众读者敬畏和崇拜的已不再是卓有成就的作家或有些不大高雅的通俗作家,而是逐渐流行崇拜自己。这些大众读者不仅缺乏锻造自己成为精英的理想追求,而且正在将一种懒惰懈怠、放任自流,甚至孤芳自赏的生活习惯和方式作为自己的理想和追求,他们不再将思想境界的特立独行、鹤立鸡群作为理想,而是将人云亦云、随波逐流、安于现状、不求上进、沾沾自喜、自鸣得意作为生活习惯,对少数试图不断超越且严格要求自己,以确保独立思想和人格的人反倒嗤之以鼻,甚至不惜极尽打击诽谤之能事。其中有些有自知之明者虽认识到自己资质平平,没有什么过人天赋,但没有人承认自己就是这些粗俗鄙陋、俗不可耐庸众中的一个,有些虽然从内心深处深知自己就是平庸的人,在表面上却不承认这一点,还会自以为是地将自己假想成高人一筹的智者,理直气壮地要求其他人特别是那些自强不息的人必须与他步调一致,共同落后才心安理得。用奥尔特加·加赛特的话说,就是:"平庸的心智尽管知道自己是平庸的,却理直气壮地要求平庸的权利,并把它强加于自己触角所及的一切地方。""大众把一切与众不同的、优秀的、个人的、合格的以及精华的事物打翻在地,踩在脚下;任何一个与其他人不相像的人,没有像其他人一样考虑问题的人,都面临被淘汰出局的危险。"①平庸的读者即使承认自己平庸,也不愿意对此付出任何努力,也不允许别人有所努力和改变,甚至还恬不知耻地试图将这种共同落后强加于他人。

人们往往认为,面对互联网特别是微信这一知识爆炸时代的信息源,任何极其珍贵的资料信息、研究方法、观念看法都可以从网络轻而易举地获得,有些甚至因此认为自己所处的时代比历史上任何时代都优越,以致看不起正版书籍及相关文本话语,并振振有词地低估和贬低任何古典名著,对诸如莎士比亚、曹雪芹、巴尔扎克、普鲁斯特、乔伊斯等作家的文学经典,以及《道德经》、《奥义书》、《薄伽梵歌》、《理想国》等文化经典也置若罔闻、熟视无睹,往往以网络和手机阅读代替纸质书籍阅读,满足于从网络或教科书获得一点二手信息,还自以为获得了至高无上的权威结论。其中有些特别是学习中文专业的读者,仅仅从网络、教科书或别的陈词滥调信息中接触了几首屈原、陶渊明、李白、杜甫、苏轼、龚自珍、鲁迅等的作品,或关于他们的一些似是而非的肤浅陈旧观点,便以为深刻掌握了他们作为作家和知识分子的独立精神和批判精神,就自以为是地认为自己拥有了明察秋毫的社会洞察力和无所不能的工作创造力,对单位和国家的任何决策意见、政策、制度都吹毛求疵、大发牢骚,或仅仅如屈原、杜甫、苏轼那样对社会发泄不满情绪,但提不出任何可操作的实施方案。这便是大众读者特别是知识分子出身的大众读者的普遍心理:"在我们所生活的时代里,人们确信自己拥有巨大无比的创造力,却又不知道应该创造些什么;他可以主宰一切事物,却又掌握不了自己的命运;他在自己充盈富足中茫然不知所措。同过去相比,它掌握了更多的手段、更多的知识、更多的技术,但结果却是重蹈以往最不幸时代之覆辙;今天的世界依然缺乏根基,漂泊不定。"②这些读者尽管自以为是,以为自己无所不能,但实际却百无一用。他们不仅解决不了任何实质性社会问题,甚至连自己的衣食住行都束手无策,他们经常自命不凡,认为自己出污泥而不染、众人皆醉唯我独醒、天生我材必有用,但从屈原、陶渊明、李白、杜甫、韩愈、柳宗元等,到现代许多文人其实都是些贫穷潦倒的生活弱者。所幸的是他们自强不息或歪打正着为后人留下了许

---

① 奥尔特加·加赛特:《大众的反叛》,刘训练等译,广东人民出版社2012年版,第33页。
② 奥尔特加·加赛特:《大众的反叛》,刘训练等译,广东人民出版社2012年版,第59页。

多诗篇,以致流芳百世,但许多读者却可能没有这么幸运,等待他们的更多只是一事无成。

好多读者认为阅读材料和精神财富自古皆然,他们甚至不相信中国文学史是诸如屈原、李白、曹雪芹等天才作家谱写的,不相信正是这些人为中华民族特别是汉语发展做出了不朽贡献,更不相信汉语的这种世界影响和发展态势有朝一日会因后代的懒惰懈怠、不思进取而风光不再。他们一方面十分任性地一味膨胀着自己所谓个性,另一方面对赐予人们文学熏陶和思想启迪的大作家、大思想家并未心存感激,更有甚者还无端指责他们加重了自己的学习乃至精神负担,有些还痴心妄想地认为人类如果能倒退回结绳记事,过上日出而作、日落而息的简单生活该是多么令人感到幸福的事情。有些青少年学生宁愿为游戏熬红眼睛,也绝对不愿为阅读大作家的作品花费一点心思和精力,宁愿死记硬背教科书提纲条款,死皮赖脸抄袭作弊,成绩不及格,作文半通不通,说话除了似是而非的网络语言,说不出一言半语带典故、有内涵和分量的话语,更不愿意恢复《论语·季氏》"不学诗无以言"①的生活传统。他们确实是被时代宠坏了的孩子。奥尔特加·加赛特指出:"所谓宠坏,是指世界对他反复无常的要求没有一点限制,尽量予以满足;并给他留下这样的印象:他可以任意而为,无拘无束,不知道义务为何物。在这种政治制度下成长起来的少年儿童根本没有体验过限制,由于所有外在的压力、限制都被取消,任何可能的冲突都不复存在,于是他们竟然开始相信自己是唯一存在的,并习惯于唯我独尊,而不考虑、顾及他人,特别是不相信别人比自己优秀。只有当某个比他强大的人迫使他放弃自己的某些欲望,进行自我限制与约束时,他才会收敛目空一切、舍我其谁的感觉,他才会从中学到一个基本的规范。"②他们唯一关心的是自己的随遇而安和放任自流,但对何以保障他们这一现状的原因则一无所知,也没有任何兴趣;他们无法知晓人类文明背后隐藏的个别天才和精英的辛勤付出,也并不愿意像这些人一样创造辉煌的人类文明;他们不愿意向任何人学习,在他们心目中他自己就是生活的主人,他们为自己无所事事、百无聊赖的生活感到自在满足,甚至自鸣得意;他们并没有意识到这种行尸走肉式的

---

① 朱熹:《四书章句集注》,中华书局 1983 年版,第 173 页。

② 奥尔特加·加赛特:《大众的反叛》,刘训练等译,广东人民出版社 2012 年版,第 73—74 页。

生活方式恰恰证明他们过的不是有尊严的生活,而是生活在动物性本能奴役之下的平庸之辈;他们相信自己的这种生活方式和生活现状最适合自己,不希望因此有任何改变现状的动意,也懒得忍受哪怕一丝一毫的改变所带来的麻烦和折腾。

这种类型大众读者还有一个现象:他们虽然偶尔也对某些文献文本系统有些感触,但这些感触往往是随感式的、零散的、浅表化的,也可能只是一些拾人牙慧的东西;他们虽然希望自己对文献文本系统有自己的观点,但不愿意接受任何理论方法的指导,也无法将自己的感触梳理成相对系统的看法,甚至连清楚表达自己的想法都有些困难,还对别人阐述自己的观点伺机深表不满。奥尔特加·加赛特有这样的阐述:"大众的头脑中满是一些奇思怪想,但他们却缺乏理论化的能力。对于思想观念得以滋生、存活的珍稀氛围,他们更是一无所知。他们希望拥有自己的观点,但又不愿意接受一切观点赖以为基础的前提和条件。因此,他们的'思想观念'实际上不过是口头上的愿望罢了,仿佛音乐喜剧中的抒情短诗。"①丹尼尔·贝尔对这一层次读者也有描述:"那位博学多才的塞缪尔·约翰生认为,任何一个心智健全的人都不会将一本书从头读到尾。他自己的方法就是将书快速扫一遍。只阅读那些令他感兴趣的部分,而跳过其他章节。这是了解一本书的一种办法,对聪明的读者来说,也许就已经足够了。但是,这些年来,许多人并不真正阅读书籍,而是草草过一遍,且通常是从评论家那里了解一下。"②

不是所有大众读者都只能是大众读者,但即使称得上专家读者和大师读者的人也可能是某一时期针对某一作品采取大众读者的态度或有大众读者的阅读经验。毛姆指出:"每位读者自己都是最好的批判家。不管学者们对一本书的评价如何,不管他们是多么一致地对一本书盛赞,要是你对这本书不感兴趣的话,你就不必去理会这本书。"③他还描述道:"各个时代的智者都已发现,获取知识的快乐是最让人满意的,也是最为持久的。所以保持阅读习惯是非常好的。在度过了生命的黄金年华之后,你会发现你能欣然参与的活动已

---

① 奥尔特加·加赛特:《大众的反叛》,刘训练等译,广东人民出版社 2012 年版,第 88 页。
② 丹尼尔·贝尔:《资本主义文化矛盾》,严蓓雯译,江苏人民出版社 2007 年版,第 1 页。
③ 毛姆:《阅读应该是一种享受》,《阅读是一座随身携带的避难所:毛姆读书随笔》,罗长利译,北京联合出版公司 2017 年版,第 4 页。

为数不多。除了象棋、填字游戏，几乎没有一种你一个人就能玩起来的游戏。但是阅读就不一样了，它丝毫不会让你有这种困扰。没有哪一项活动可以像读书一样——除了针线活，但它并不能平复你焦躁的心情——能随时开始，随便读多久，当有人找你时也可以随时搁下。没有其他娱乐项目比阅读更省钱了，你在公共图书馆的那些愉快日子和阅读廉价版图书时的愉快体验正好说明了这一点。培养阅读的习惯能够为你筑起一座避难所，让你逃脱几乎人世间的所有悲哀。我说'几乎'，是因为我不想夸张到说阅读能缓解饥饿的痛苦，或者平复你单相思的愁闷。但是一些好的侦探小说和一个热水袋，便能让你不在乎最严重的感冒的不适。"①丹尼尔·贝尔、毛姆所描述的读者也许在现代社会可能显得有些过于高雅而有教养。虽然不能说他们中的许多人可能只是一些道听途说、浅尝辄止、望文生义的读者，但他们凭借兴趣或出于享受的阅读本身便呈现出一定的漫无目的、囫囵吞枣、浅尝辄止，甚至断章取义之嫌。毛姆还有这样的描述："我想大多数人都会承认马塞尔·普鲁斯特的《追忆似水年华》是20世纪的最伟大的小说。普鲁斯特的狂热仰慕者们，其中也包括我，会一字不漏、饶有兴趣地阅读这部作品。我曾夸张地说过，我宁愿被普鲁斯特的作品无聊死，也不要在其他作家的作品里去找阅读的乐子。但是在读过三遍他的作品后，我开始承认他的作品中有些部分并没有很高的阅读价值。我猜想未来人们也许会对普鲁斯特这种断断续续的有关沉思的描写失去兴趣，因为这种描写方式受普鲁斯特所在时代的意识流的影响，但现在这种意识流的创作方法部分已经被摒弃，部分显得陈腐老旧。我认为未来会有更多的人意识到普鲁斯特是一位伟大的幽默作家。他笔下的任务是如此新颖、多样、贴近生活，这种对人物的创造力将会使他和巴尔扎克、狄更斯以及托尔斯泰平起平坐。也许普鲁斯特的这部巨作也会以删减版发行，其中那些因时间流逝而毫无价值的段落将会被删掉，而只有那些一直能吸引读者兴趣的部分会被保留，即小说的核心部分。尽管届时经过删减，《追忆似水年华》仍然会是一部很长的小说，但删减后的版本是一部极好的小说。"②虽然毛姆有关

---

① 毛姆：《阅读应该是一种享受》，《阅读是一座随身携带的避难所：毛姆读书随笔》，罗长利译，北京联合出版公司2017年版，第5页。

② 毛姆：《跳跃式阅读和小说节选》，《阅读是一座随身携带的避难所：毛姆读书随笔》，罗长利译，北京联合出版公司2017年版，第11页。

《追忆似水年华》的阅读经验不是一般大众读者能达到的,但就他所热衷的跳跃式阅读本身却显示出大众读者的特征,且难免存在囫囵吞枣至少断章取义之嫌。人们虽然不能指望所有大众读者都能达到毛姆的层次,也不能说真正意义的专家读者和大师读者就不会用到跳跃式阅读,但就跳跃式阅读可能导致囫囵吞枣和断章取义而言,则无疑体现了大众读者的阅读特征,而且这种一目十行甚至断章取义的阅读正在日益成为大众读者阅读的基本形态和习惯。

也许大众读者这种阅读心理的最可怕之处不在这里,而在于大众读者往往能拉低这一群体的整体智力,特别在最关键的时候,决定群体智力的通常不是这个群体的最高智力而恰恰是最低智力,因为作为群体所有成员要全部理解最高智力可能难上加难,但要退而求其次领会最低智力却可以说是轻车熟路、手到擒来。古斯塔夫·勒庞指出:"群体中累加在一起的只有愚蠢而不是天生的智慧。""单单是他变成一个有机群体的成员这个事实,就能够使他在文明的阶梯上倒退好几步。"①好在这一群体也仅是理论上的一个概念,并非一个真正的实体,如果是真正的实体,其后果会让人坐卧不安。

应该看到,大众读者的阅读很大程度上受制于文学媒体的影响。如果说传统印刷所形成的书籍并不具有将读者聚集起来的功能,倒是戏剧、电影很大程度上有诸如此类的功能。虽然电视的出现某种程度上消解了这一功能,且随着互联网及手机微信时代的到来,表面上再度消解了读者作为群体聚集起来的可能,但手机微信时代低成本的费用常常很大程度上拉近了读者之间交流的距离,使大众读者作为群体的特点变得异常鲜明,以致超过了历史上任何时候。丹尼尔·贝尔指出:"对一种文化的聚合力来说,知识形成中印刷和视觉所占的分量有着真正重要的后果。印刷媒体可以让人在理解一个观点或思考一个意象时调节速度,与之对话。印刷不仅强调认知和象征对象模式,更重要的是,它强调观念思维的必要模式。而视觉媒体——这里我指电视和电影——把自己的步骤强加给观众,强调意象而不是语词,引起的不是概念化而是戏剧化。在这种强调中,电视新闻青睐灾难和人类悲剧,它唤起的不是净化

---

① 古斯塔夫·勒庞:《乌合之众:大众心理研究》,冯克利译,中央编译出版社 2015 年版,第 7—10 页。

或理解,而是很快会消耗殆尽的滥情与怜悯情绪,以及对这些事件的伪仪式感。这种方式不可避免地会过于戏剧化,观众对他的反应也要么变得虚饰做作,要么厌倦不堪。"①更有甚者可能造成审美的扭曲。如其所云:"所有这一切不可避免地造成了人类经验的整个范围内常识感知的扭曲。直接、冲击、同步和感性效果作为审美(和心理)模式,将每一个时刻戏剧化了,把我们的紧张提升到狂热的程度,却没有给我们留下一个解决、调和或转化的时刻,而这正是仪式的宣泄净化作用。这种情况在所难免,因为以上效果不是来自内容(某种超验感召,一种美化,或通过悲剧或受苦而得到的洗涤),而几乎完全来自技巧。其中有着持续的刺激和失向感,也有着迷幻时刻过后的空虚。人被心理'高潮'或疯狂边缘的颤栗感所挟裹,抛来荡去;但是,在一阵感性刺激的旋风扫过之后,剩下的只有枯燥乏味的日常生活。在剧院,幕布落下,演出结束。但生活里,人不得不回家、上床,在第二天醒来,刷牙、洗脸、剃须、排便,然后去工作。"②与戏剧所形成的日常生活与演出情境的明显反差有所不同的是,手机微信本身存在于读者的日常生活而不是文学鉴赏的特定氛围之中,但手机微信阅读情境与日常生活的混为一谈恰恰造成了诸多更大的困惑:不是因为与艺术对话机会的缺失而导致强烈心理反差,而恰恰因为混为一谈导致对网络信息的更有恃无恐的贸然盲从、横加干预、肆意褒贬。

　　基于网络的手机微信,确实给大众读者提供了平等交流和充分表达自己阅读意见和看法的机会和权力,同时也暴露出大众读者作为群体的轻信盲从、急躁冲动、夸张易变,甚至偏执专横、无理暴戾等心理特征。古斯塔夫·勒庞指出:"群体只知道简单而极端的感情;提供给他们的各种意见、想法和信念,他们或者全盘接受,或者一概拒绝;将其视为绝对真理或绝对谬论。"③在现阶段,有相当部分网络微信读者面对诸如医闹、校园纠纷、交通事故、学术造假乃至自杀案等网络信息的时候,将自己装扮成铁面无私、理直气壮的道义或真理的化身,按照非此即彼、非此莫属的简单逻辑,作出貌似客观、公正、权威,实则

---

①　丹尼尔·贝尔:《资本主义文化矛盾》,严蓓雯译,江苏人民出版社 2007 年版,第 111 页。

②　丹尼尔·贝尔:《资本主义文化矛盾》,严蓓雯译,江苏人民出版社 2007 年版,第 121—122 页。

③　古斯塔夫·勒庞:《乌合之众:大众心理研究》,冯克利译,中央编译出版社 2015 年版,第 26 页。

闭目塞听甚至混淆是非的判决。岂不知这正是一种网络暴力，一种不问事实、为所欲为，对人对己双重标准的强权和霸权作风的活写真。

当然也不能排除某些相对温和的有教养的读者，他们才可能是真正的绝大多数。蒂博代所处的1922年大众读者的阅读状态可能好于现在。他写道："眼下的大多数都忙于社交和经商，他们不读书，换句话说，他们只读他们认为必不可少的非读不可的东西，仅此而已。至于这些人的所谓幽默感、欣赏趣味和爱好文学等等，他们有一个非常简便的来源：他们装出好像读过的样子。他们谈这谈那，评论书籍，仿佛行家一般。他们进行猜测，听别人议论，作出选择，然后通过从他人交谈中听来的意见确定自己的看法。他们于是提出自己的看法，因此也终于有了自己的看法。"①较之蒂博代对大众读者装模作样、道听途说式阅读的描述，普鲁斯特对大众读者拥有的有所阅读但往往不求甚解，食而不知其味，虽貌似振振有词、煞有介事，仍毫无建树、一窍不通的特征，有更生动描述："有许许多多不求甚解的人从他们的印象得不到任何益处，庸庸碌碌地带着遗憾进入老年。他们始终是与艺术无缘的人！他们患有处女和懒汉的忧伤，生育或劳动可以治愈他们。对艺术作品他们比真正的艺术家更容易慷慨激昂，因为他的激昂并非针对艰巨深入的艺术劳动，只是肤浅的外露，使得谈话更热烈，使得面孔涨得更红。他们以为在听完一首他们喜爱的乐曲之后声嘶力竭地喊叫：'好极了，好极了！'是件了不起的事情，但他们的表露并不迫使他们弄清楚他们自己喜爱的性质，他们一窍不通。不过，这种未被利用的喜爱却影响着他们最平静的谈话，促使他们在谈论艺术的时候做手势，扮鬼脸，摇头晃脑。"②

资本主义时代，虽然人们的文化程度有了普遍提高，但阅读状况并不见得有了很大改观，事实可能正好相反，人们对文学及其文献文本系统的兴趣和热情不仅没有高涨，反而有所锐减。如丹尼尔·贝尔所描述："其最嚣然的一个表达是，面对一首诗、一出剧或一幅画，这种情感不是问它是佳作还是庸俗赝品，而是问：'它对我有什么用？'可以理解，在这种文化的民主化中，每个个人都想要实现他的全部'潜能'。所以，每个个体'自我'就越来越跟技术经济秩

---

① 蒂博代：《六说文学批评》，赵坚译，生活·读书·新知三联书店2002年版，第56页。
② 普鲁斯特：《追忆似水年华》，沈志明译，上海译文出版社2012年版，第472页。

序的角色需求发生冲突。"①他继续论述道："文化不再关注怎么工作和成功，而是关注如何消费和享受。除了继续使用一些新教道德观的语言外，事实是，到了 20 世纪 50 年代，美国文化主要是享乐主义的，关心戏耍、炫耀和快感——并带有典型的美国强制色彩。享乐主义世界是时尚、色情、广告、电视和旅行的世界。它是虚伪的世界，人在其中为了期望而活，为那些将要到来而不是已经拥有的东西而活。而且，那一定是不费力气就能得到的东西。"②造成这一现象必定有多种原因，但诸如网络等大众传媒的兴起和发展无疑加速了这一趋势，使得大众读者更加有恃无恐地将走马观花，热衷于消遣和打发时光，或仅限于实用的目的，作为阅读的常态。

　　较为理想的大众阅读，最起码应该有陶冶情操、净化灵魂、提升境界的效果。乔治·斯坦纳指出："当我们捧读一部重要作品，无论是文学还是哲学，无论是虚构还是理论，都会有同样的灵魂震颤苏醒的感觉。这种感觉或许就逐渐完全地占有我们，我们像中了魔一样，在敬畏中前行，在残缺的认识中前行。"③只是并不是所有读者都如此如痴如醉、有所收获，有些读者甚至绝大多数读者可能无所收获，甚至仅仅限于消遣娱乐。"一个人读了《伊利亚特》第十四卷（普里阿摩斯夜会阿喀琉斯），读了阿廖沙·卡拉马佐夫跪向星空那一幕，读了《蒙田随笔》的第二十章，读了哈姆雷特对这章的引用，如果他的人生没有改变，它对自己生命的领域没有改变，他没有用一点点彻底不同的方式打量他行走其中的屋子，打量那些敲门的人，那么，他虽然是用肉眼在阅读，但他的心眼却是盲视。"④

　　大众读者毕竟得有一定空闲时间和经济基础。凡勃仑指出："高雅的风度、举止和生活习惯是出身名门望族的有效证明，因为好的教养是需要时间、实践和费用的。那些把时间与精力使用在劳动上的人是不能想望的。"⑤当这

---

① 丹尼尔·贝尔：《资本主义文化矛盾》，严蓓雯译，江苏人民出版社 2007 年版，"1978 年再版前言"第 8 页。

② 丹尼尔·贝尔：《资本主义文化矛盾》，严蓓雯译，江苏人民出版社 2007 年版，第 71 页。

③ 乔治·斯坦纳：《人文素养》，《语言与沉默：论语言、文学与非人道》，李小均译，上海人民出版社 2013 年版，第 17—18 页。

④ 乔治·斯坦纳：《人文素养》，《语言与沉默：论语言、文学与非人道》，李小均译，上海人民出版社 2013 年版，第 17 页。

⑤ 凡勃仑：《有闲阶级论》，蔡受百译，商务印书馆 1964 年版，第 41 页。

一点随生活条件变化略有改观,剩下来的便是愿意不愿意用高雅的有教养的阅读而不是打架斗殴和打牌赌博来打发时光了。有些不乏闲暇时间和经济基础,甚至以阅读作为职业,但仍可能仅满足于人云亦云,夸夸其谈,随波逐流而毫无建树。普鲁斯特指出:"不管是文学的,绘画的,还是音乐的。提出想法和妙计的能力,引起吸收想法和妙计的能力,总比获得真正的情趣来得频繁得多,甚至在创作者身上也是如此,自从文学报刊杂志急剧增长以来,这种情况更是有增无减,随之产生假冒的作家和艺术家。因此最优秀最聪明最无私的青年只爱具有高度道德和社会学意义乃至宗教意义的文学作品。""被拉拢的评判者,其肤浅的夸夸其谈和多变的批评标准无法与之比拟。他们连篇空话每10年翻新一次,因为万花筒不仅由上流社会的团体组成,而且由社会的、政治的、宗教的观念组成,这些观念由于折射面很广,时兴一阵,但毕竟有限,因为他们的寿命很短,其新意只能吸引那些对观念的证明不挑剔的人们。因此相继出现的学派和流派所争取到的总是同一类人,相对而言比较聪明的人,总会着迷的人,反之比较审慎和对证明比较苛求的人总克制自己不要心醉神迷。不幸得很,恰恰因为那些人只是半吊子智者,他们需要在行动中互相补充,所以他们比优秀的智者更加活跃,他们争取群众,不仅在自己的周围建立靠硬捧出来的声望和无根据的仇视,而且搞内讧和对外出击,以防止外界对他们的任何批评。"①也许普鲁斯特所描述的这一类见风使舵的批评家,虽然可能有一定的专业才能,貌似专家读者,但由于只会见风使舵、毫无主见,或仅为庸见,仍属大众读者范围。这些人虽然在某一特定历史时期可能貌似风云一时,但最终无法摆脱其毫无建树、随波逐流的命运。造成这一现象的原因可能多种多样,但主要可能还是与其没有独立思考,或仅满足于追名逐利、哗众取宠有关。如此专家读者虽然貌似卓有成就,仍只是一些食利者或投机者而已,虽枉费心机仍不免于大众读者行列。

至此,可以梳理一下大众读者的基本构成。所谓大众读者是指一切非专业或有一定专业背景,但对文学及其文献文本系统的认知大体处于零散经验层面,或突破了零散经验层面,但很大程度上仍然没有形成相对系统的理论构架或研究方法,虽可能也著书立说,但基本处于没有理论建树,或影响力仍未

---

① 普鲁斯特:《追忆似水年华》,沈志明译,上海译文出版社2012年版,第473—475页。

能达到一定水平的普通读者。如出于功利或非功利目的阅读，但主要以手机微信和网络作为获取信息的主要渠道，平时基本不涉及或很少涉及纸质书籍的阅读，即使涉及纸质书籍，主要出于消遣娱乐打发时光的需要，并不能对文学及其文献文本系统说出个子丑寅卯来，即使能也基本处于人云亦云的层次；或出于上学、就业、工作等需要，虽然以阅读纸质书籍为主要获取信息渠道，也的确接触了一些文献文本系统，偶尔也提出些零散观点，看似有自己的独立思考，但这些思考仍没有脱离既定理论基础和研究方法，仍然不过是针对某些个别点滴问题的拾遗补缺和充实完善，大体仍处于被动接受和运用现成理论解决实际问题的层面；或主要以纸质书籍阅读为获取信息的主要来源，并能适度采用手机微信和网络获取必要前沿信息，对某些单个作家及其文献文本系统有比较系统或深入研究，也能著书立说，但没有真正属于自己的系统理论和研究方法，或关于文学及其文献文本系统的独立研究未能产生必要学术影响。这其实体现了绝大多数读者的特征，仍然属于最广大的大众读者群体。

从其阅读方法和规律可以看出，这一层次的大众读者，其阅读基本处于基础阅读、检视阅读和分析阅读层次，也不排除少部分读者可能达到主题阅读层次。在莫提默・J.艾德勒、查尔斯・范多伦看来，所谓基础阅读或称初级阅读、基本阅读或初步阅读，大体指一个人开始完成识字环节，并掌握阅读的基本艺术，接受基础的阅读训练，获得初步阅读技巧的层次；所谓检视阅读是指学生必须在规定的较短时间内完成诸如系统化阅读略读或预读的层次；所谓分析阅读是指读者可以在较长时间内通过对所阅读书籍反复咀嚼消化的全面完整优质阅读，能够针对所阅读内容提出许多系统问题的层次；所谓主题阅读则是指读者能够阅读很多书籍，通过比较梳理出所有书籍可能关涉到的相关问题和共同主题，并进而架构出任何书籍没有提及的主题分析的最为系统复杂的阅读层次。① 大众读者最普遍的阅读状态最多可能处于前三个层次，或许有真正的主题阅读，但这种阅读仍未能形成自己的系统理论和研究方法，或没有产生必要的学术影响力。

总之，大众读者的阅读层次必定不是阅读的最高层次，但也是许多读者提

---

① 莫提默・J.艾德勒、查尔斯・范多伦：《如何阅读一本书》，郝明义、朱衣译，商务印书馆2004年版，第18—21页。

升自己阅读层次必须经历的基础层次。有些更高阅读层次甚至最高层次的读者,也不是一生中所有时间都经常达到较高或最高层次,也不可能是所有领域的阅读都能达到更高或最高层次。虽然这一层次的阅读,可能并不具有引领和提升大众阅读层次的能力,却代表国民整体阅读素质,关系国民整体素质的提高和国家社会稳定。所以冷静理性分析存在的问题,并设法有所提升才是至为重要的。这不是一个诸如"世界读书日"之类的节日所能解决的。除了政府的提倡和鼓励,国民教育的任务更加艰巨。

第二节　专家与鉴赏

较之其他如医学领域需要靠疗效来验证、建筑领域需要工程质量来验证、数学命题需要推理演算来验证,甚至也不像文学创作可以用文献文本系统和读者满意度来检验,文学阅读这一领域的专家知识分子常常有其他专业和学科领域所没有的自我膨胀空间,再加上文本阅读所关涉的作家大体都是一些本来就自我感觉良好,容易自我膨胀或具有严重自恋情结的人,所以作为最容易受到感染和影响的这一层次专家知识分子读者常常最容易形成自我膨胀的人格心理。这些专家知识分子读者中除了为数不多的专家可能在某一二级学科领域有自己独到建树,且享有崇高威望和学术影响力之外,其他绝大多数专家知识分子读者往往可能仅在自己最熟悉的某一二级学科领域为数不多的个别作家及其文献文本系统鉴赏和阐释方面有一定优势,对文学这一学科门类或人文科学其他领域则常常一窍不通,即使在如此狭窄的二级学科领域也可能仅仅出于某些功利需要才略有研究,并未形成较大的学术影响力。奥尔特加·加赛特把这类知识分子归为伪知识分子,他指出:"我们这个时代的特征之一就是:即使在传统的精英群体中,往往也充斥着大众人和粗俗鄙陋的庸人,甚至在本质上要求某种资质并以之为前提的智识生活中,我们也会注意到'伪知识分子'的势力正在逐步上升,所谓伪知识分子是指那些不合格的、低劣的以及依照智力标准来看不具备此种资格的人。"[1]这类被奥尔特加·加赛

---

[1]　奥尔特加·加赛特:《大众的反叛》,刘训练等译,广东人民出版社2012年版,第30页。

特称之为伪知识分子的读者,应该不属于真正的专家知识分子读者范围。

这一类型的读者虽然是专家知识分子读者,但由于在其所专攻的某一二级学科没有形成自己的系统理论和研究方法,甚至在整个文学学科门类甚至所有人文科学领域更是知之甚少,且越是由于建树不多,对其他人文科学领域知之甚少的学者,越可能初生牛犊不怕死,以致越发敢于冒险跨界到其他领域特别是社会公共领域,在文学及其二级学科之外以公共领域专家和权威身份不断宣示自己的存在,并借助各种原因拥有了相关领域貌似权威的话语权。这一类型的专家知识分子读者常常将知识分子自我感觉良好、夜郎自大、孤芳自赏等积习已久的恶劣品质变本加厉地膨胀到极限,往往敢于对社会公共领域各个方面信口雌黄甚至发号施令,对什么问题都敢指手画脚。这类读者的自我膨胀之所以每每能够得逞,主要还是因为社会缺乏必要的监督、检验和问责机制,使他们有机可乘。按照托马斯·索维尔的研究,这类知识分子在各自专业领域之外的问题和事物方面并不具有相应智力标准,他们常常擅长给不同意见扣以性别歧视等帽子,不去理性回应人们的质疑,且作为其从理念出发最终又以理念方式获得人们主观评价的验证程序本身就缺乏必要的约束力和制约性,他们在专业之外妄加评判,提出诸多近乎无知的社会问题解决方案时亦是如此。他们往往对他人以及基于数千年祖祖辈辈经验的大众常识都敢于公然冒犯,但人们还是习惯于轻信这些所谓专家,并不苛求这些专家的提案必须付诸实施并取得实效;如果不能取得承诺的预期效果,便追究相关责任,甚至承担法律、政治、道德责任,他们便可能不再妄加评论。也正由于缺乏必要的约束机制,如果这些专家本身就是教授,也可能由此引导其学生对其加以仿效,这便造成连带性负面后果,以至于将表达非实质性意见、宣泄无知情绪作为一种能耐,诱导他们按照不负责任的借口和情绪行事,这便剥夺了公众抵制被无端诽谤的权利,同时也剥夺了公众享有其他货真价实服务的权利。从这一点上,这类知识分子给公众所能带来的利益可能很难与其他职业相提并论,但社会却给了这类伪知识分子以崇高的精神地位和充裕的物质地位。虽然人们不能将其与低劣品德相提并论,但必定会在很大程度上助长指手画脚却不负责任的社会恶习。

托马斯·索维尔这样论述道:"知识分子可能会真诚地相信他们自己所说的信念,但是那些信念背后通常没有什么实质性内容,更重要的是那些信念也不会面临任何验证。在知识分子的某个理念或政策采纳之后,他们几乎从来不去关注随后的问题:什么方面作为结果已经变得更好？经常发生的事情倒是:情况明显变得越来越糟。但这时候知识分子的辞令技巧又派上了用处,他们会宣称那些证据并不能表明任何事情,因为并不一定是他们所采纳的那些举措导致事情变得更糟的。知识分子提醒人们不要事后追究这并没错,但他们很少去做的却是:当他们的理念已然被运用到现实中后,他们在宣称其理念促进事情向更好方向转变时,也很少承担起举证责任来对此加以证明。在知识阶层的影响下,我们这个社会已经变成这样:以敬慕来回报那些违反了其自身规范、将社会搅乱成不和谐碎片的人。知识分子诋毁他们自己社会的历史或现存缺陷,除此而外,他们还经常为自己所在的社会设定标准。但从来没有任何人类社会能够满足或者有可能会达致那些标准。"①托马斯·索维尔所批评的这类知识分子可能在人文科学特别是文学领域表现得最为突出。也就是说,作为专家知识分子读者,由于其阅读对象的主体同时也就是托马斯·索维尔所批评的这类知识分子,而且这类知识分子作为作家,其自以为是、自我感觉良好,敢于参与社会各个领域问题的积极性更高,表达不满情绪也可能更加激烈,不愿意承担后果验证的非理性程度也可能更高。受这些作家影响,专家知识分子读者可能更偏于感性,也可能更偏于理性,相对来说,偏于理性的可能性略大些。从这种意义上讲,托马斯·索维尔的论述便具有了双重意义:既可以用来描述专家知识分子读者,也可以用来评价专家知识分子作家;也可以提醒专家知识分子读者在关注自身不负责任的缺陷的同时,也适度关注作家的不负责任。

在中外历史上,作为专家知识分子读者和作家,其神圣的使命是超凡脱俗地显现和阐释诸如道、理念等最高精神和价值,甚至还宣扬灵魂、道德与因果之类。如中国小说特别是话本小说和章回小说其不变的主题似乎便是万境皆空和因果报应之类,即使遭遇谈情说爱,甚至性爱乱伦之类题材,也不忘从力戒酒色财气之类伦理道德说教来阐释和批评。虽然没有能够用确凿的数据来验证其在维护社会伦理道德秩序方面所作出的具体贡献,但他们起码没有在

---

① 托马斯·索维尔:《知识分子与社会》,张亚月、梁兴国译,中信出版社 2013 年版,第359 页。

诸如关系社会基本理论道德准则方面出现明显差错,以致将宣扬性乱伦或动物性的极度膨胀作为明目张胆的主题,没有在推动社会道德沦丧方面起过助纣为虐的作用,从乐观方面看,还多少可能起到了匡正是非、劝善惩恶、除恶扬善等正面作用,最起码没有标榜和煽动大众将崇尚仇恨和杀戮作为处理人与人之间关系的基本原则。但这一传统自 19 世纪末 20 世纪初以来发生了变化,出现了宣扬仇视、暴力,以及将传统道德倒置的情况,而且这种情况不仅存在于作为专家知识分子的作家那里,也存在于作为专家知识分子的读者那里,他们几乎不约而同地将类似政治理想和激情作为判断文献文本系统成败得失的一个标准。

虽然人们可以将诸如美学的、道德的、历史的标准作为衡量文献文本系统成败得失的基本原则,但自这一时期开始几乎无一例外地将政治标准放在了第一位。当然,如果这种政治标准是以某一受压迫最深阶级的解放带动全人类的解放,而不是以统治阶级对被统治阶级的压迫作为终极目标,理所当然有其进步意义;但如果将这一标准狭隘地理解为某一统治集团为数不多的人摇旗呐喊,这种标准的价值和意义便值得怀疑。而且有些专家知识分子作为读者和作家宣扬的恰恰可能只是某些个别统治阶级的利益,且将遵守伦理道德视为封建观念甚至陈腐意识的时候,其短视便不言而喻。朱利安·班达这样总结道:"促使知识分子改变的主要原因如下:把政治利益强加给所有的人;不断地为政治激情提供精神食粮;文人介入政治活动的欲望和可能性;他们为了名利双收必然替日益不安的资产阶级效劳;通过与资产阶级联合而日渐接受了资产阶级的身份及其虚荣心;他们的浪漫主义已经登峰造极;他们的古代文化知识和精神操守的下降。这些原因潜藏在反映出我们时代最深刻的和最普遍的特征的现象之中。"①

人们要关注专家知识分子读者和作家其自我感觉良好、自以为是,以及以主观政治激情代替传统道德观念的共同缺陷,但并不意味着其中为数不多的出类拔萃的专家知识分子读者和作家在各自领域所取得的举世瞩目的成绩也无足挂齿。特别是当为数不多的、出类拔萃的专家知识分子读者和作家将文本阅读的重点放在经典及其审美价值的时候,其所取得的成就也许真正代表

---

① 　朱利安·班达:《知识分子的背叛》,佘碧平译,上海人民出版社 2017 年版,第 230 页。

了专家读者的最高成就,也正是这些专家知识分子读者和作家为人们分析和评价文献文本系统创造出了不可多得的最高标杆和典范。如果说大众读者其阅读的最基本特征是没有理论基点,也不可能自行创造理论基点,且对文献文本系统的评价可能是纯经验的、非理性的,虽然其中为数不多的知识分子读者可能以相对系统的知识理论作为基础,但他们也只是搬运他人理论作为自己阅读的基点,并不可能形成自创的理论基点。所以大众读者关于文献文本系统的阐释更多是零散的随想式感悟,不一定靠谱,如他们可能会像指责芭蕾舞演员腿翘得太高,动作不雅观甚至没有教养那样,批评鲁迅《祝福》中的祥林嫂是货真价实的扫帚星、丧门星;他们大多数人才不去理会什么是压在旧中国劳动妇女身上的四大绳索,或儒释道文化作为集体无意识,以及受其影响的人们有意识无意识构成的杀人团最终扼杀了旧中国劳动妇女的主题分析和艺术鉴赏之类阅读经验。除非他们是其中为数不多的知识分子读者,否则就可能不假思索、按部就班地挪用教科书的观点。

真正意义的专家读者实际上包括专家知识分子读者和作家,往往有强烈而鲜明的自我主体意识。普鲁斯特描述了这一点:"我的注意力在探索潜意识时所打开的书似乎充满显露的征象,它像个潜水员进去寻找,在里面碰撞一阵之后,绕道而行,至于读内心充满隐秘征象的书,那连注意力都帮不了忙的,这种阅读是一种创作活动,谁都无法代替我们,甚至无法跟我们合作。"① 这种创造性阅读往往随年龄和生活阅历的增长有所改变:"我童年时代读的许多书,包括贝戈特写的一些书,等到晚上累的时候才拿出来翻阅,就像每当希望调剂一下便乘火车看一看不同的风物,或者希望领略一番从前的气氛。然而,有时候这种追寻的联想适得其反,导致我一口气地阅读下去。从前冬季的一天,我无法见到吉尔贝特,于是翻阅贝戈特的一本书;这本书在亲王的书房也有,我随手把它打开,上面的题词极尽奉承拍马之能事,我翻来翻去怎么也找不到我从前非常喜欢的句子。某些话使我觉得好像就是那些句子,但又觉得根本不对劲。我当年阅读时曾得到的美感哪里去了呢?然而,这本书使我想起我阅读的那天爱丽舍田园覆盖着白雪,对此我却始终记忆

---

① 普鲁斯特:《追忆似水年华》,沈志明译,上海译文出版社 2012 年版,第 460 页。

犹新。"①类似现象也可能存在于大众读者身上,但对专家读者而言,可能显得更加突出。

　　作为专家读者还往往有着自主创立的理论基点,能够立足他所熟悉和精深研究的学科,针对某一历史阶段甚至整个文学发展史上出现的作家及其文献文本系统形成相对理性乃至很有理论水平的系统鉴赏和阐释。如丹麦文学批评家、文学史家勃兰兑斯出版的《十九世纪文学主流》巨著,共包括《流亡文学》、《德国的浪漫派》、《法国的反动》、《英国的自然主义》、《法国浪漫派》和《青年德意志》六卷,纵论法、德、英诸国的浪漫主义和民主主义运动,探索这些国家文学发展的重要动向,特别是为人们阅读作家及其文献文本系统提供了新视角、新方法、新观点甚至新基点。他指出:"文学史,就其最深刻的意义来说,是一种心理学,研究人的灵魂,是灵魂的历史。一个国家的文学作品,不管是小说、戏剧还是历史作品,都是许多人物的描绘,表现了这种感情和思想。感情越是高尚,思想越是崇高、清晰、广阔,人物越是杰出而富有代表性,这个书的历史价值就越大,它也就越清楚地向我们揭示出某一特定国家在某一特定时期人们内心的真实情况。"②虽然勃兰兑斯文学鉴赏和批评的理论基点,可能一定程度上受到泰纳所谓文学是种族、环境和时代三因素综合作用的产物的影响,但他的这一阐述还是在很大程度上对泰纳有创造性发挥,且也确实以实证方式精彩演绎了文学作为人类心理和灵魂史的价值和意义,在一定意义上也很好地诠释了文学作为社会生活方式的特质,也具体而细致地诠释了文学鉴赏批评的美学标准和历史标准的区别与联系。他写道:"一本书,如果单纯从美学的观点看,只看做是一件艺术品,那么它就是一个独自存在的完备的整体,和周围的世界没有任何联系。但是如果从历史的观点看,尽管一本书是一件完美、完整的艺术品,它却只是从无边无际的一张网上剪下来的一小块。从美学上考虑,它的内容,他创作的主导思想,本身就足以说明问题,无须把作者和创作环境当做一个组成部分来加以考察,而从历史的角度考虑,这本书却透露了作者的思想特点,就像'果'反映了'因'一样,这种特点在他所有作品中都会表现出来,自然也会体现在这一本书里,不对它有所了解,就不可

---

①　普鲁斯特:《追忆似水年华》,沈志明译,上海译文出版社 2012 年版,第 466 页。

②　勃兰兑斯:《十九世纪文学主流》(第 1 册),张道真译,人民文学出版社 2018 年版,第 2 页。

能理解这一本书。而要了解作者的思想特点,又必须对影响他发展的知识界和他周围的气氛有所了解。"①这其实阐述了美学观点与历史观点相结合的文学批评标准的价值和意义。文学阅读和批评要独立同时有所联系地看待作家及其文献文本系统,要将独立的与外界社会绝缘的美学眼光与联系创作环境和思想特点的历史眼光有机统一起来。也正是基于他对文学鉴赏批评的这一认知,才使他在文学鉴赏和批评方面取得了举世瞩目、别具一格的成绩,至少对改变我国被庸俗社会学充斥的文学鉴赏和批评现状有一定的积极的启发意义。他的这一鉴赏批评观念与恩格斯强调美学观点和历史观点相统一的看法有很多相似性,且阐述得更加明确到位。或者说,他的鉴赏批评实践完美彰显了美学与历史观点相结合的特点。如他写下了这样一段文字:

> 天开始黑了起来;太白星发出耀眼的亮光,由于夜色,山腰和山谷呈现出奇奇怪怪的模样。但总的印象不是北方人说的那种赋予浪漫色彩的景象。透过纤小的橄榄树叶还可以看到海上灿灿的亮光,在树枝和树叶间还可看到它的一片深蓝。就在这里我意识到存在一个以那不勒斯湾为缩影的、莎士比亚一无所知的世界;它壮观而不可畏,它无须借助于迷蒙的雾气和幻想的魅力就能吸引人。我现在第一次正确地理解了像克劳德·洛林和尼古拉·普善这样的画家;我明白了他们的古典艺术表现的是古典式的自然。经过对比我比过去更深刻地理解了像伦勃朗的蚀刻画《三棵树》这样的作品——这三棵树像有知觉的人,像北方典型的人,在倾盆大雨中伫立在沼泽地上。我现在才明白了像这样一个地方没有产生莎士比亚,也不需要莎士比亚,是多么自然,因为在这里北方诗人要做的事,大自然本身就负责做了。在大自然不那么温和的地方,就需要心理分析这样一种比较深刻的诗,就像需要人工取暖一样。在南方,从荷马那个时代到阿里奥斯托这个时期,诗歌一直满足于像镜子一样清晰而朴实地反映清晰而朴实的大自然。它从不设法探索人心灵的奥秘,也从不深入幽谷和深渊去寻求宝石,这种宝石阿拉丁努力寻找过,莎士比亚却找着了,而太阳神却在这里撒遍了大地。②

---

① 勃兰兑斯:《十九世纪文学主流》(第1册),张道真译,人民文学出版社2018年版,第2页。
② 勃兰兑斯:《十九世纪文学主流》(第1册),张道真译,人民文学出版社2018年版,第112—113页。

勃兰兑斯这里将文学特别是作家及其文献文本系统的诞生与其所处自然环境有机联系了起来,很大程度上受到了泰纳种族、环境和时代三因素理论的影响。在泰纳看来,文献文本系统是记录人类心理的文献,人类心理的形成往往离不开种族、环境和时代三种因素的作用。有所不同的是,当代美国著名文学批评家哈罗德·布鲁姆与恩格斯一样将美学观点视为第一批评标准。布鲁姆以其独特理论建构和批评实践被誉为"西方传统中最有天赋、最有原创性和最有煽动性的一位文学批评家",其《影响的剖析——文学作为生活方式》围绕创始人莎士比亚、怀疑主义的崇高、惠特曼和日落之地上欧洲的死亡等专题对欧洲文学史卓有成就的为数不多的作家进行了系统鉴赏和阐释。特别是《西方正典》分贵族时代、民主时代和混乱时代三个阶段和部分,对西方作家及其文献文本系统,以及关于作家及其文献文本系统批评进行鉴赏和批评,取得了众所公认的成就。可谓这一层次专家读者的杰出代表。他几乎一以贯之地将审美价值和影响的焦虑作为鉴赏和阐释的中心点。虽然他这种基于审美的鉴赏与影响的焦虑的思想可能直接或间接地受到弗洛伊德和康德的不同程度影响,但就其审美鉴赏及其理论本身而言,其理论基点还有着他自己独创的特点。因为无论弗洛伊德还是康德似乎并未系统鉴赏和阐释经典作家及其经典文献文本系统,倒是哈罗德·布鲁姆在借鉴唯美主义基础上实践了真正意义的关于经典作家经典文献文本系统的卓有成就的经典鉴赏和阐释,也从经典传播史视角实践了有关影响焦虑的梳理与阐释,两方面的珠联璧合使他站在文学鉴赏的制高点上,颇具独创性地见证和诠释了审美鉴赏和批评的价值和意义。布鲁姆作为这一层次专家读者的杰出代表,他几乎在方方面面典型地体现了专家读者的优势和特征,他有一以贯之的文学和鉴赏观念。

一是在他看来高雅文学的最突出贡献在于美学成就。在这一点上他与恩格斯基本没有差异,恩格斯也将美学批评视为第一标准,所谓历史标准不过是第二标准。布鲁姆认为:"高雅文学乃是不折不扣的美学成就,而不是什么国家宣传品。"①也正是鉴于这一标准,他才确信无疑地认定"在实用层面上确定我们对文学价值的评价标准的乃是莎士比亚空前绝后的美学造诣"②。"从传

---

① 哈罗德·布鲁姆:《影响的焦虑:一种诗歌理论》,江苏教育出版社 2006 年版,第 8 页。
② 哈罗德·布鲁姆:《影响的焦虑:一种诗歌理论》,江苏教育出版社 2006 年版,第 20 页。

统内部着手绝非意识形态之举或让传统为任何社会目的服务,即使这种目的在道德上令人赞赏。只有审美的力量才能透入经典,而这力量又主要是一种混合力:娴熟的形象语言、原创性、认知能力、知识以及丰富的词汇、历史不公的最终结局也是不公的,它给予受难者的除了受难意识外别无他物。西方经典不管是什么,都不是拯救社会的纲领。"①这是他对文学最基本的观点。他的这一基本观点在某些方面与朱利安·班达相通。

正是基于这一点,使他具有了第二个优势和特征。这就是他真正建构了属于自己且有鲜明独创性的文本阅读理论和方法。其阅读理论之关键在于强调文献文本系统的审美价值,以及由此形成的审美经验。他指出:"阅读在其深层意义不是一种视觉经验。它是一种认知和审美经验,是建立在内在听觉和活力充沛的心灵之上的。"②"不对竞争的三重问题——优于、劣于或等于——做出解答,就不会认识审美价值。这个用经济学的形象化语言提出的问题,在弗洛伊德的经济学原理中是找不到答案的。一首诗无法单独存在,但审美领域却存在一些的价值。这些不可全然忽视的价值经由艺术家之间相互影响的过程而建立起来。这些影响包含心理的、精神的和社会的因素,但其核心还是审美的。"③他有这样的阅读理论,同时也是这一理论的忠实践行者,他最可贵的是将基于审美的文学批评作为一种生活方式。他明确承认:"对我而言,文学不仅是生活中最好的部分,它本来就是一种生活,而生活也没有任何其他形态。"④他对除此以外的其他领域没有多大兴趣,而且也自知所知甚少。他这样陈述道:"我一向对想象文学非常痴迷,也相信自己对文学的见地,但对法律和公共领域所知甚少。即使在大学中,我也是被孤立的,是所谓的光杆司令,身边只有自己的学生。"⑤

第三个优势和特征与恩格斯差不多,也反对与其关系似乎不大的哲学、政治、道德、宗教等其他方面的批评,主张审美批评的基本方法为回归文学想象甚至孤独心灵。他写道:"文学批评首先是具有文学性的,也就是说是个人化

① 哈罗德·布鲁姆:《影响的剖析:文学作为生活方式》,译林出版社 2016 年版,第 24 页。
② 哈罗德·布鲁姆:《西方正典》,译林出版社 2011 年版,"中文版序言"第 1 页。
③ 哈罗德·布鲁姆:《西方正典》,译林出版社 2011 年版,第 20 页。
④ 哈罗德·布鲁姆:《影响的剖析:文学作为生活方式》,译林出版社 2016 年版,第 6 页。
⑤ 哈罗德·布鲁姆:《影响的剖析:文学作为生活方式》,译林出版社 2016 年版,第 7 页。

而富有激情的。它不是哲学、政治或制度化的宗教。最好的批评文字（约翰逊、哈兹利特、圣伯夫、瓦雷里）是一种智慧文学，也就是对生活的参悟。不过任何文学和生活之间的差别都具有误导性。"①他甚至主张："审美与认知标准的最大敌人是那些对我们唠叨文学的政治和道德价值的所谓卫道者。"②"如果某人坚持文学不必依赖哲学，或审美无关意识形态和形而上学，那他就会被看作一个怪人：这种情形标志着文学研究的堕落。审美批评使我们回到文学想象的自主性上面去，回到孤独的心灵中去，于是读者不再是社会的一员，而是作为深层的自我，作为我们终极的内在性。一位大作家，其内在性的深度就是一种力量，可以避开前人成就的重负，以免原创性的苗头刚刚崭露就被摧残。伟大的作品不是重写即是修正，因为它建构在某种为自我开辟空间的阅读之上，或者比此中阅读会将旧作重新打开，给予我们新的痛苦经验。许多原创作品并非原创，而是爱默生式反讽让位于爱默生式的实用主义：创新者知道如何借鉴。"③

　　布鲁姆也特别强调与历史传承和影响的焦虑相结合的原创性，并将这一影响的焦虑锁定为隐喻，以及包含死亡恐惧在于所有人性骚动的内在影响和传承逻辑。这是他阅读和批评理论和方法的根本点，也是其第四个优势和特征。他指出："文学并不仅仅是语言，它还是进行比喻的意志，是对尼采曾定义为'渴望与众不同'的隐喻的追求，是对流布四方的企望。这多少也意味着与己不同，但我认为主要是要与作家继承的前人作品中的形象和隐喻有所不同：渴望写出伟大的作品就是渴望置身他处，置身于自己的时空之中，获得一种必然与历史传承和影响的焦虑相结合的原创性。"④"一切强有力的文学原创性都具有经典性。"⑤"一部文学作品也要引发它要实现的预期，否则它就会失去读者。文学最深层次的焦虑是文学性的，我认为，确实是此种焦虑定义了文学并几乎与之一体。一首诗、一部小说或一部戏剧包含人性骚动的所有内容，包括对死亡的恐惧在文学艺术中会转化成对经典性的企求，乞求存在于群

①　哈罗德·布鲁姆：《影响的剖析：文学作为生活方式》，译林出版社 2016 年版，第 5—6 页。
②　哈罗德·布鲁姆：《西方正典》，译林出版社 2011 年版，第 32 页。
③　哈罗德·布鲁姆：《西方正典》，译林出版社 2011 年版，"中文版序言"第 9 页。
④　哈罗德·布鲁姆：《西方正典》，译林出版社 2011 年版，"中文版序言"第 9 页。
⑤　哈罗德·布鲁姆：《西方正典》，译林出版社 2011 年版，第 21 页。

体或社会的记忆之中。即使是莎士比亚,在其最具有感染力的十四行诗中也徘徊于这一执著的愿望或冲动。不朽的修辞学也是一种生存心理学和一种宇宙观。"①他指出:"经典是死亡的侍从而远不是主导社会阶级的奴仆。要开启经典,你必须说服读者从充塞着死者的空间中清出一块新的地方。让已逝的诗人乐意为我们腾出地方。"②

布鲁姆阅读与批评理论和方法的第五个优势和特征,是有明确边界或界域,典型地彰显了专家知识分子读者恪守本分而不跨界的特点。他对其一以贯之影响的焦虑的界域,有明确界定:"影响的焦虑指的是诗歌之间的关系,不是人与人之间的关系。晚到的诗人是否在主观层面上感觉到焦虑取决于性格和环境,对阐释来说,唯一重要的就是两首诗之间在隐喻、意象、用词、句式、语法、韵律和诗歌立场层面上是否存在修正的关系。"③需要明确指出的是,他所关注的主要限于英语作家。"因为《影响的剖析》实际上是我的收山之作。我的愿望是在这本书中把我对影响在想象文学中运作方式的思考和盘托出,我的兴趣是英语作家,不过也包括一小部分其他语种的作家。"④他承认误读的可能性,并对误读作了这样的解释:"误读也有强弱之分,但如果一部文学作品足够崇高的话,就不可能有正确的解读。所谓正确的解读只能是对原文的重复,相当于宣称文学作品无须解读。但事实并非如此。越是强大的文学技巧越是依赖形象化语言。《影响的解剖》和我所有其他批评实践都建筑在这个前提之上。想象文学就是形象化和隐喻化。我们在谈论一首诗或一部小说的时候,也会依赖形象化手段。"⑤

当然也不是所有专家读者都能达到勃兰兑斯、布鲁姆等理论家、批评家之类的成就,但人们完全可以乐观地认为,只要若干专家知识分子读者和作者不自我膨胀、无节制地跨越其学科或专业界域,为数不多的颇具影响力的专家读者其鉴赏和阐释还是能得到人们的尊敬和爱戴。宇文所安便是持此观点的一个突出代表,他有这样的解读规则:"在每一种文学传统中,都存在许多解读

---

① 哈罗德·布鲁姆:《西方正典》,译林出版社 2011 年版,第 16 页。
② 哈罗德·布鲁姆:《西方正典》,译林出版社 2011 年版,第 26 页。
③ 哈罗德·布鲁姆:《影响的剖析:文学作为生活方式》,译林出版社 2016 年版,第 8 页。
④ 哈罗德·布鲁姆:《影响的剖析:文学作为生活方式》,译林出版社 2016 年版,第 11 页。
⑤ 哈罗德·布鲁姆:《影响的剖析:文学作为生活方式》,译林出版社 2016 年版,第 15—16 页。

规则,它虽然是文本自身的非活性因素,同样也塑造了对文学文本的感受。只有通过这些规则,一个读者才能将一个文学文本当做一个美学事件而不仅仅是一个文档。在它们创造性的应用中,这些规则塑造了一种阅读艺术,一种文学借此获得生命直觉的和个人的艺术。这些规则本身是一个开放和变化的体系,不仅因个人的阅读艺术,而且更因读者的年龄、阶层以及文类的不同而不同。但是在这些所有的不同中,仍存在一个共同的维系——在意义形成过程中的一些共同遵守的规范和基本假设。这些假设在我们考虑那些更具体的类别(如时代或者文类)之前,以及在这些规则被提出作为一种个人实施的艺术之前,应当首先加以理解。"①他还指出:"在解读文学语言时,相同字句的意义必然比在非文学语言中要不同或更多。而且,那些被称为文学的大量的、奇特的文本正是为文学的解读而创造出来的。"②也正是基于这一点,他认为:"文本是意义世界的举隅(不是作为替代,而是作为减损),解读并不是指向隐喻或虚构文本的'其他'意义,而是指向我们在文本中只见其部分的全部意义。重建完满意义是以对一种关系明了的稳定语言的种种假设为基础的,通过此,可以有许多种方法扩充文本的内涵。"③"我们某种程度上应允许解读传统在文本中自行展开,无须与解读中的历史范畴相关:我们既不会发现隐藏在文本后的历史事实,也不会将一种充分的'言外'之意带回到有限的字面里。我们称这样的解读是'透明'的,以区别于西方诗学中分离性的譬喻运用。在非虚构性的中国抒情诗中,作品本身就是完满世界的一个窗口,在远处看'晦暗不明',但一旦趋近则变得'清晰明了'了。在这一解读过程中,有两个基本的观察对象——诗人和诗境。"④宇文所安作为专家知识分子读者,以其独特理论和方法,运用尽可能细致的想象达到了他所认为的对诗人及其情境的惟妙惟肖还原。如对周邦彦《少年游·并刀如水》有如下想象重构:

我们知道这首曲子是为一个男人演奏的,即使仅仅是因为要摆脱相对而坐时的那紧张的沉默局面,这个女人也要首先打破僵局,开口说话。

① 宇文所安:《中国传统诗歌与诗学》,陈小亮译,中国社会科学出版社 2013 年版,第 29 页。
② 宇文所安:《中国传统诗歌与诗学》,陈小亮译,中国社会科学出版社 2013 年版,第 29 页。
③ 宇文所安:《中国传统诗歌与诗学》,陈小亮译,中国社会科学出版社 2013 年版,第 33—34 页。
④ 宇文所安:《中国传统诗歌与诗学》,陈小亮译,中国社会科学出版社 2013 年版,第 35 页。

她的话是有掩盖的,但只盖了一层薄纱,低低的声音表明了她的踌躇迟疑。她披露了隐藏在对他的关切背后的她自己的欲望——现在回去很不方便,夜很冷,路很滑。她的关切有着里尔克对上帝的关切的那种透明度。她做了诗歌所做的事:勾画一个外部世界,以展示一个内部世界,同样,词中的这幕"室内的"场景正是人的内心的外在表现。

他们的心一直在慢慢融化,朝着这个时刻,朝着这个遮遮掩掩的留宿的邀请。他们就这样相对而坐,房间似乎变得暖和起来,香氛越来越浓,笙的乐声更令人心醉。欲望虽然被激了起来,却总是难以启齿。问题往往在于对方是否在回望,以欲望回应欲望,两对目光是否能够相互呼应。他发现回应的目光正穿过表示显示关切的经过掩饰的语言向他凝视。证据就是他发现有另外一个人:不仅表面,而且是既有表面又有深度。

水果启动了整个过程。尽管我们吃橙子的时候不用盐,尽管中国根本没有把吃水果这一行为神圣化的伊甸园传说,但是这一行为并没有在翻译中失落。在这里,历史是无关紧要的。词中写到冷冷的并刀,水和雪的形象,手指和嘴唇上沾的橙汁,这一切在屋里浓郁的香气和暖气的烘托之下,散发着对人的招引,并刀随着眼光闪烁,刀光如水,就像汉语中用"眼波"一词形容女人的欲望神情一样。外面天黑了;屋里正笼罩着浓重的香雾;在屋子的中央,有一道白光闪过,那是白色的盐。这里有撕开,有剥皮,混合着香味以及对甜美滋味的期待,还有笙的乐声。每种主要的感官都被依次调动起来,只有触觉被延滞,一直推延到诗歌完结之后的静默之中。

橙子绝不是一个审美对象,不管它多么像一个审美对象那样凝聚并限制了人们的注意力。欲望,无论是浓缩的还是抑制的,渗漏到肢体动作之中;它通过圈住并且框住这个"东西"的那双手渗漏出来。这个东西就是水果,它长得丰满结实,正等着被人剖开。它的硬壳被划出一道口子,刀子剖开它,露出里面的形状,就像雕塑家从大理石块中发现了裸体的人体一样。隐藏的形状渐渐地被各种感官所发现,它既是欲望的结束,又是欲望的置换:它是皮格马利翁的雕像,本来就是供人消受的。

这里有一个东西和一个将其剖开的行为——一次切割和对一个坚硬壳面的明显裂损。它要求打破障碍,打破那牢靠的遮盖物。这个东西和她放在上面的那双纤手隔在他们中间,吸引他们的注意,延宕他们的身体相遇。但也许,这就是他们能够相遇的唯一地点——在水果与诗的语言里。这是一个独立的、界限分明的空间,心灵虽然被等量的吸引与畏惧维持在一种静止不动的状态,却可以跨越这个空间。①

虽然宇文所安的想象重构不乏理论痕迹,但相对于中国式阐释无疑多了几分感性想象以及场景、情境还原的性质,当然这一还原也不一定准确无误。但他长于想象,以及对情境的设身处地还原的鉴赏方法,确实让中国读者耳目一新,至少为中国读者解读古典诗歌提供了一种新的视角、方法、风貌:它不再以三言两语的直觉感悟或断言鉴赏为表征,而是以类似文学描写的细节想象和情境还原为特征。这在很大程度上颠覆了中国诗歌鉴赏方面注重注释和评笺、并不一定长于细节想象和情境还原的传统。虽然宇文所安的细节想象和情境还原可能存在某种程度的强制阐释或故作多情的缺憾,但这种缺憾很大程度上也带有令人信服的特点和优势。这正是宇文所安优势之所在。荣格对东西方文化的这一传统差异有清楚阐述:"东方的经典通常以西方人往往在结尾中出现的内容开始。西方人在大段的论证之后,最终以结论部分结束。"②荣格还没有阐述清楚,实际上东方人只告诉人们经验和思维的结果,西方人则不厌其烦地展示经验和思维的过程,并以此来增其强说理力。说得更偏激些,西方人像唠唠叨叨的长舌妇,生怕别人不理解和不赞同;东方人则索性只告诉人们经验和思维的结果,不大在乎人们是否愿意接受其观点。当然,凡事有一利必有一弊,宇文所安长于细节想象和情境还原,虽然并未在很大程度上影响其作为鉴赏者的理论高度,但他这种理论高度,一般还停留在阅读或鉴赏的经验层面,不一定在创作或文学理论方面有更深刻建树。他的这一缺陷在希尼这一诗人的鉴赏中得到了有效弥补。

希尼的优势恰恰在于他有丰富而独特的创作体验,且基于这种创作与鉴赏的相映成趣,使他对创作乃至文学本体的感悟和认知较之宇文所安可能更靠谱,也更接地气,更有说服力,且也不乏颇具匠心的独特感悟和精辟论述。下面是他《舌头的管辖》中的一段文字:

---

① 宇文所安:《迷楼》,程灿章译,生活·读书·新知三联书店 2014 年版,第 319—321 页。
② 荣格:《〈西藏大解脱书〉的心理学阐释》,C.G.荣格:《东方的智慧》,朱彩方译,译林出版社 2019 年版,第 28 页。

我想再提供两个文本让大家思考。第一个来自艾略特。四十四年前,即 1942 年 10 月的战时伦敦,当艾略特正在写作《小吉丁》的时候,他给 E.马丁·布朗的一封信中说:

> 眼看着正在发生的事情,当你坐在写字桌前,你很难有信心认为花一个又一个早晨在词语和节奏中摆弄是一种合理的活动——尤其是你一点也不能肯定整件事会不会半途而废。而另一方面,外部或公共活动则更加是一种麻醉剂,反而不如这种经常令人觉得毫无意义的苦役。

这是诗歌和一般想象性艺术的伟大悖论。而对历史性杀戮的残酷,它们实际上是毫无用处的。然而它们证明我们的独一性,它们开采到并标明埋藏在每个个体化生命基础上的自我的矿石。在某种意义上,诗歌的功效等于零——从来没有一首诗阻止过一辆坦克。在另一种意义上,它是无限的。这就像在那沙中写字,在它面前原告和被告皆无话可说,并获得新生。

我指的是《约翰福音》第八章有关耶稣写字的记载,即我的第二个也是最后一个文本:

> 文士和法利赛人把一个通奸的妇人带到他面前;他们叫她站在当中,
>
> 他们对他说,先生,这妇人是通奸时当场抓到的。
>
> 摩西在法律上吩咐我们,这种人应该用石头打死:但是你认为呢?
>
> 他们这样说,乃是想试探他,这样他们就可以拿到告他的把柄。但耶稣俯下身,用手指在地面上写字,仿佛他没有听见他们。
>
> 他们还是不住地问他,他就站起来,对他们说,你们当中谁是没有罪的,就先站出来拿石头打她。
>
> 他又俯下身,在地面上写字。
>
> 他们听了这句话,扪心自问是有罪的,于是一个接一个走出去,先是最年长的,终于最后一个也走了;留下耶稣一人,和那个站在当中的妇人。
>
> 当耶稣站了起来,看到只剩下那妇人,就对她说,妇人,指控你的

人哪里去了？没有人定你的罪吗？

　　她说，没有，先生。于是耶稣对她说，我也不定你的罪：走吧，别再犯罪了。

这些人物素描就像诗歌，破除平常生活惯性但不是逃出平常生活。诗歌就像写字一样，是任意的和真正意义的消磨时间。它既不对那群原告讲话，也不对那个无助的被告讲话，"现在会有一个解决办法"，它不提议说自己是有帮助的或有作用的。诗歌反而是在将要发生的事和我们希望发生的事之间的裂缝中注意到一个空间，其作用不是分钟，而是纯粹的集中，是一个焦点，它把我们的注意力集中到我们自己身上。

　　诗歌就是这样获得管辖的力量的。在它最伟大的时刻，它会像叶芝所说的那样企图在一个单独的思想中保住现实和公正。然而即使如此，它的作用在本质上也仍然不是恳求或及物的。诗歌与其说是一条小径不如说是一个门槛，让人不断接近又不断离开，在这个门槛上，读者和作者各自以不同的方式体会同时被传讯和释放的经验。①

希尼的鉴赏较之宇文所安，其思想的深度已不限于鉴赏，也不限于鉴赏的细节想象和情境还原，而更关注借助文本鉴赏，获得关于文本或文学本体的领悟和阐释。这种阐释已经不是一般意义的，特别是没有一定创作经验，以及基于创作切身体验的专家读者所能达到的。希尼的鉴赏不乏宇文所安的细节想象和情境还原，而且这种想象和还原，以及关于这些想象和还原的文字表述，也不乏生动细节和鲜活文采，但他更有基于创作和鉴赏双重体验的深刻领悟，很多情况下常常超出了理论家的干枯论述和鉴赏家的浅薄体会。

　　与希尼有所不同，纳博科夫彰显了另一种鉴赏方法和风格。如果说希尼的特长在于借助诗意的呈现，不经意穿插关于诗歌创作方法特别是关于诗歌和文学的精辟断言，且水乳交融、浑然一体，纳博科夫则善于在叙事情节及其细节的简要复述和引述中，不经意穿插叙事或结构之类技法于其中，使内容更具鉴赏属性，且借助生动有趣的语言表达最大限度地避免了中国教科书有关艺术技法表述的生硬、刻板和乏味，使读者在故事内容的复述和引述中轻松愉

---

① 　谢默斯·希尼：《舌头的管辖》，《希尼三十年文选》，黄灿然译，浙江文艺出版社 2018 年版，第 250—251 页。

快受到有关技法的熏陶和启发,却不觉得牵强附会。下面选摘纳博科夫关于詹姆斯·乔伊斯《尤利西斯》的一段文字:

> 每章的写作风格各不相同,或者确切地说,主要风格各异。为什么要如此——为什么这一章采用直接叙述法,另一章则采用汩汩流水般的意识流手法,第三章又采用多棱镜似的揶揄式模仿——并没有特殊原因。尽管没有特殊的原因,但是通过辩论可以证实,视角的不断变化传达了更为多样的消息,来自这个方面或那个方面的新鲜生动的细节。加入你曾经试过站着把头弯下来,把脸的上下颠倒过来,从两条腿之间朝后看去,你就会以一个完全不同的眼光看到世界。在海滩上试一试:当你头朝下,脚朝上地看人时,他们走路时的样子十分好笑。他们的每一步似乎都在使双脚摆脱地心引力的吸附,却又不失其威严。好了,这种变换情景的把戏,这种变换视角的戏法,可以用来比喻乔伊斯的新的文学技巧,这是一种新手法,通过这种手法人们看到的是更为鲜绿的青草、更为清晰的世界。

> 在都柏林某日的旅行中,这些人物被不断地聚集到一起。乔伊斯从未对他们失去控制。真的,他们来来去去,相遇又分手,然后又相遇,就像一场命运的漫步舞中精心安排的活的组成部分。这部作品最引人注目的特色之一,是某些主题的重复出现。与我们在托尔斯泰和卡夫卡的作品中所看到的主题相比,这些主题鲜明得多,也更为细心地为人们所领会。我们将逐步认识到,整个《尤利西斯》是关于不断再现的主题和琐事同时发生的一个深思熟虑的典范。

> 乔伊斯的写作风格主要有三种:

> 1. 独到的乔伊斯:坦率、清晰、富有逻辑性、从容不迫。这是第一部分的第一章和第二部分的主要成分;其他章节中也有清晰、富有逻辑性和从容不迫等特点所写成的部分。

> 2. 描绘所谓的意识流,或者最好说是构成意识的手段的那种不完整的、急促的、不连贯的语言表达方式。这类例子在多数章节中都可以找到,尽管通常只与主要人物有关。在讨论第三部分第三章里莫莉的最后独白,也就是本书最著名的例子时,就会看到这一手法是如何运用的了;不过有人会说,这段独白夸大了思想的可以表达的一面。人并不总通过

言语思维,也通过形象思维,但是意识流的先决条件是,言词的流动是可以标明的:不过很难相信布卢姆总是在不停地自言自语。

3.对各种各样非小说形式的揶揄式模仿:报纸的标题(第二部分的第四章),音乐(第二部分的第八章),神秘剧和粗鲁的滑稽剧(第二部分的第十二章),问答教学法式的考题及回答(第三部分的第二章)。还有对文学风格和作者的揶揄式模仿;第二部分第九章中的滑稽叙述者,第二部分第十章中妇女杂志类的作者,第二部分的第十一章中的一系列具体作家和文学期刊,以及第三部分的第二章中优美的新闻文体。

乔伊斯能随时在某一特定的范畴内通过改变文体强化气氛:取用和谐抒情的笔调、头韵以及轻快而富有节奏的方式等,总的说来都是为了描绘各种愁闷的情绪。与斯蒂芬相关的文体通常是富有诗意的,但是与布卢姆有关的这类例证也是有的,例如,当他扔掉玛莎·克利福德寄信用的信封时:"走到铁路拱门下面时,他掏出信封,飞快地将信封撕成碎片,然后把碎片散扔在路上。碎片飘开去,在阴湿的空气中消失:一片飘动着的白色,随后就全部消失了。"另外,数句之后还有一段关于洒了的啤酒四处流去的景象,结尾是这样的:"弯弯曲曲地流遍了平坦大地的泥潭,一个正在缓缓形成的酒的旋涡随着泡沫般的大酒花转动着。"然而,在其他时候,乔伊斯又会随时动用各种各样的语言把戏,如双关语,词序变换,文字重复,成对动词的滥用,以及对声音的模仿。在这些以及过多地对当地情况的提及和外语词句的使用中,产生了不必要的晦涩,因为许多细节未被充分明晰地表达出来,而只是为那些知识渊博的人作出暗示。①

这也许只是一种表象,其深层原因可能是纳博科夫有着不同凡响的跨学科视域,以及化于无形的超学科积淀。这一层次的专家读者在文学学科门类所属二级学科领域的研究,无论其深度、广度,还是系统性等方面取得的成就,都为人们所普遍接受并给予很高的评价。其中极个别的专家读者在某一历史阶段还能达到登峰造极的高度,但这一层次专家读者的缺陷还是术业有专攻,或其鉴赏批评的边界便是其阅读界域和研究视域的限度。他们一旦离开所熟

---

① 　弗拉基米尔·纳博科夫:《詹姆斯·乔伊斯〈尤利西斯〉》,申慧辉译,《纳博科夫文学讲稿三种:文学讲稿》,上海译文出版社 2018 年版,第 326—328 页。

悉的二级学科领域,扩展到文学之外的其他更广阔领域,便可能因知识经验储备不足、研究视界不开阔等原因限制,不免坠入同样浅薄、平庸甚至无知的困境。这也是这一层次读者之最大缺陷,至少与更高层次的大师读者相比,其缺陷尤为明显。

这一层次专家读者不同于大众读者的又一个特质是,大众读者往往更关注文学现实,常常对他们所生存时代出现的形形色色流行的、时尚的,甚至有些畅销的书籍感兴趣,如同吃垃圾食品长大的牲畜其肉体营养成分可能不及吃正常食物长大的牲畜,大众读者满足于阅读琳琅满目,甚至鱼龙混杂的作家及其文献文本系统,可能限制其很难有更高的鉴赏品位;专家读者则有所不同,他们所热衷的却不是文学的现实,而恰恰是文学的历史,特别是文学史上经过包括大众读者在内的众多读者筛选和历史长河淘汰后流传下来的为数不多的经典作为其阅读的主体。这使他们免去了在量大面宽、浩如烟海的流行读物中甄别、筛选的艰辛,也节约了大量时间可以用来对历史上流传下来的数目相对有限的精品文本和经典的深度研读和鉴赏。这一层次的专家读者的主要任务是鉴赏、分类和解释。鉴赏方面诸如布鲁克斯、沃伦的《小说鉴赏》、《诗歌鉴赏》等主张文本细读,中国古代诗话、词话、小说点评也独树一帜。分类方面,专家读者按照自己自创的理论基点对作家及其文献文本系统进行某种角度和层面的或横向或纵向分类和阐释,如布鲁克斯、沃伦《小说鉴赏》以小说的意图、要素、情节、人物性格、主题新小说、小说与人生经验、阅读材料等进行了大体分类。徐中玉、齐森华《大学语文》按照仁者爱人、和而不同、以史为鉴、胸怀天下、故园情深、礼赞爱情、洞明世事、亲和自然、关爱生命、浩然正气、冰雪肝胆、诗意人生等归类。诸如此类的分类,不一定十分符合逻辑规范,也可能仅仅出于教学可操作性的考量。但专家读者在更高学术层次的排序分类却不能如此不严谨,至少应该超越大众读者满足于以文本和作家为基础分类阅读的局限,在更高层次上应该以认定的某一准则和体裁作为分类阅读的依据。至于所谓解释,应该包括对过往历史的述评,也包括对未来发展的预测。但一个专家读者如果要真正站在世界文学视域来述评和预测文学发展,得出相对公认且不乏创新的结论还是有很大难度的。

这一层次的专家读者按理会在以上三个方面有不同程度的涉及和探索,也因各种原因难免存在诸多缺憾。在传统与创新、继承与发展方面,如果太过注重传统,并受某些专家读者思想懒惰和思维定式的相互影响,会造成老生常谈的泛滥成灾。这一现象在习惯于约定俗成、多少有些暮气沉沉的中小学以及大学教育中屡见不鲜。这可能严重束缚学生甚至整个民族创新和竞争力的提升;但如果太过注重创新,又可能造成与传统无法衔接,使这种别出心裁、另立山头的鉴赏、分类和解释,与家庭、学校和社会教育严重脱节,最终只能藏之名山、束之高阁。所有专家读者的阅读即使仅针对经典,也可能由于自身鉴赏趣味和其他等等原因导致忘却和遗漏,这里可能既有因审美趣味偏好造成的主观忘却和遗漏,也可能有因为材料收集整理造成的客观忘却和遗漏。最令人遗憾的缺失是文学史与文学鉴赏批评分属不同领域,往往由于专家读者自身知识和理论储备不够而存在诸多缺陷:或因理论积淀不够导致文学史作者文本阅读鉴赏品位不高、文学精神理论梳理不够等问题,使文学史大多数情况下沦落为作家及其文献文本系统按历史发展时间顺序的简单排列,其文学发展变化多端的创作现象和个性风格与其始终不变的内在逻辑和核心精神并不匹配和吻合,特别是对文学精神的凝练常常付之阙如;或因过于滥用自创理论积淀和鉴赏品位,以及缺乏必要文学史脉络和世界文学视域,导致热衷这一作家、时段、国别及其文献文本系统鉴赏和批评的专家读者,常常对自己兴趣和视野之外的作家及其文献文本系统缺乏比较和会通研究的基本能力,以致因为只见树木不见森林,往往存在以偏概全甚至言过其实的鉴赏和评价。蒂博代也意识到了这方面的缺憾,他指出:"我知道批评和文学史是两个不同的领域。可是无视文学史的批评家没有任何久存文学史的可能,而缺乏批评家审美观的文学史家则会陷入到一种沉闷的学究气之中而无人理睬。"①

　　对专家读者来说,其阅读和批评确实并不局限于审美鉴赏和批评,人们可以通过伊格尔顿的《文学原理引论》和詹明信的《后现代主义与文化理论》了解 20 世纪西方文学批评有英美新批评派、现象学、阐释学、接受理论、结构主义和符号学、后结构主义、精神分析学、政治批评,以及后现代主义批评等,但审美确实应该成为专家读者的核心任务,而且这也确实是这一层次的专家读者的最大优势和特点。这不仅因为审美之外的其他领域通常有比专家读者视域更开阔、思想更具独创性,且见地更加深刻的大师读者更为擅长,而且因为

---

① 　蒂博代:《六说文学批评》,赵坚译,生活·读书·新知三联书店 2002 年版,第 88 页。

即使有扎实审美和批评知识基础的专家读者，其实也并不经常立足于先入为主的某些理论来阅读和鉴赏。他们最具创造力的鉴赏可能并不依赖于其中任何一种理论的明确指导，往往在无所知甚至忘却所有这些知识理论的情况下完成。莫里斯·布朗肖指出："阅读不要求有天赋，他摒弃了求助于某种天生的特权。作者，读者，都没有天赋，而被人觉得有天赋者，尤其感到并非如此，觉得自己不具备并缺乏这种别人赋予他的能力，正如作为'艺术家'，就是不知已有艺术，不知已有世界，阅读、看和听艺术作品更要求无知而无不知，要求某种由巨大的无知所赋予的知，要求某种并非事先给予的天赋，在忘我中必须每次去取得、接受又失去的天赋。"①也正是这种审美鉴赏，常常显示出难得的自由：一方面可以尽可能摆脱作者的束缚："读者并不将自己投入书中，而是首先使书摆脱一切作者，在他接近书本中，那种如此迅捷的东西，掠过书页并丝毫无损于它的那种影子，所有一切给予阅读以某种多余的东西的印象，甚至极少一点的留心、兴趣，读者的整个的无比的轻松表明了书的新的轻松，这本书已成为一本无作者的书，无严肃性，无劳作的功夫，无沉重的焦虑，无投入其中的整个生命的凝重，即有时是可怕的、总令人可畏的经历——对此，读者毫不介意并在其超脱的轻松中视为草芥。"②另一方面还将摆脱读者自我的一切先入为主的概念的束缚："阅读仅仅'造成'：书，即作品，可能成——成为——作品，超越产生了它的人，超越在其中所表达出来的体验，甚至所有一切传统使其成为可支配的艺术资源。阅读的本质，即它的特性阐明了在'阅读造成作品变成作品'这句话中，动词'造成'的特别意义。造成一词在此并不表明一种生产性活动：阅读并不造成任何东西，不添增任何东西；它让存在的东西存在；它是自由，但不是产生存在或是抓住存在的自由，而是迎接，赞同，说'是'的自由，它只能说'是'，并且在由这'是'打开的空间里，让作品的动人的决定得以肯定，即作品这种表述——仅此而已。"③

在布朗肖看来，文学鉴赏总能阐释奇特的自由："真正的阅读从不会对真正的书提出质疑；但它也不会听从于'文本'。""以艺术为渊源的书在世上并不具有自身的保障，当它被阅读时，它从不曾被人读过，它只有在由这种独一

---

① 莫里斯·布朗肖：《文学空间》，顾嘉琛译，商务印书馆 2003 年版，第 193 页。
② 莫里斯·布朗肖：《文学空间》，顾嘉琛译，商务印书馆 2003 年版，第 194 页。
③ 莫里斯·布朗肖：《文学空间》，顾嘉琛译，商务印书馆 2003 年版，第 195—196 页。

无二的阅读打开的空间里才能实现它的作品的影响,每次都是第一次,每次都是唯一的一次。"①他还指出:"阅读似是一种对作品这种公开的暴力的参与,在其自身,阅读是安详宁静的在场,即过度的平和领域,是位于一切风暴中心的宁静。这个在场的,陶醉的和透明的是的自由就是阅读的本质。"②审美鉴赏的自由很大程度上还源于未受抽象概念和教条侵扰的个性化感性阅读。伊格尔顿指出:"文学和艺术的全部特点在于它们的特殊性。文艺作品都是一些鲜活的经历,而并非抽象的教条。这些作品赏心悦目、精致优美,是独一无二的个体。抽象的概念难道不就是把这些都消灭于无形吗?"③

专家读者之所以能达到文学鉴赏高度,不仅基于其深厚的学养和高层次的鉴赏,更重要的还得益于多次重复阅读和品味。罗兰·巴特指出:"阅读亦须成复数,也就是说,入门无顺序:阅读之'初'版当能是其终版,将文重织,仿佛是为了在其连贯之妙中完成,能指遂获致一个填补的样式:滑动。重读与我们社会的商业和意识形态习惯反其道而行,故事一经消费('狼吞虎咽地吃光'),此习惯即令我们'弃之一旁',另觅故事,另买书籍,仅边缘型读者(幼童,老人,教授)可耐受重读,本书则一上来就在此提出重读,盖唯有它可使文免以重复(不着意重读者处处只读及同一故事),可于文的多变性和复数性内增值文,重读排整了文的内在顺序(此前或后于彼发生),又复现了想象的时间(无前或后);重读质疑如下声音:初次阅读具原形、素朴、现象诸性,此后,则必得施'引申'、理性化诸功[仿佛有阅读之始,仿佛一切皆不曾被阅读过:不存在初次阅读,即使文欲以中止的诸多有效因素使我们陷入这一错觉,亦不存在。中止是比能言善辩更为引人入胜的技巧];重读不再是消费,而是游戏(这游戏是差异的回返通道)。"④可见多次重读品味才是确保读者能达到鉴赏层次的基本条件。

当然,这种重复阅读并非仅针对机械意义的数量而言,更重要的在于对文本意义的发现、命名,再消除,再命名。罗兰·巴特这样论述道:"阅读是一种语言的劳作。阅读即发现意义,发现意义即命名意义;然而此已命名之意义绵

---

① 莫里斯·布朗肖:《文学空间》,顾嘉琛译,商务印书馆 2003 年版,第 196 页。
② 莫里斯·布朗肖:《文学空间》,顾嘉琛译,商务印书馆 2003 年版,第 199 页。
③ 特里·伊格尔顿:《理论之后》,商正译,商务印书馆 2009 年版,第 72 页。
④ 罗兰·巴特:《S/Z:罗兰·巴特文选》,屠友祥译,上海人民出版社 2016 年版,第 23 页。

延至彼命名;诸命名互相呼唤,重新聚合,且其群集要求进一步命名:我命名,我消除命名,我再命名:如此,文便向前延展:它是一种处于生成过程中的命名,是孜孜不倦的逼近,换喻的劳作。"①对罗兰·巴特借助重复阅读以达到发现、命名,再消除、再命名文本意义的做法,纳博科夫作了叙事文本领域的发挥。他阐述道:"一个优秀读者,一个成熟的读者,一个思路活跃、追求新意的读者只能是一个'反复读者'。听我说怎么回事。我们第一次读一本书的时候,两只眼左右移动,一行接一行,一页接一页,又复杂又费劲,还要跟着小说情节转,出入于不同的时间空间——这一切使我们同艺术欣赏不无隔阂。但是,我们在看一幅画的时候,并不需要按照特别方式来移动眼光,即使这幅画像一本书一样有深度、有发展也不必这样。我们第一次接触到一幅画的时候,时间的因素并不介入。可看书就必须要有时间去熟悉书里的内容,没有一种生理器官(像看画时用眼睛)可以让我们先把全书一览无余,然后来品味其间的细节。但是,等我们看书看到两遍、三遍、四遍时情况就跟看画差不多了。不过,也不要总把视觉这一自然进化而来的怪异的杰作跟思想这个更为怪异的东西混为一谈。一本书,无论什么书,虚构作品也罢,科学作品也罢(这两类书的界限也并不如人们一般想的那么清楚),无一不是先打动读者的心。所以,心灵,脑筋,敏感的脊椎骨,这些才是看书时候真正用得着的东西。"②

纳博科夫的阐发,实际揭示了基于叙事文本的阅读方法。这种阅读方法,首先是文字线性叙述历时性结构的跟踪,其后的反复阅读常常透过这种表层的历时性结构,深入叙事深层结构,发现共时性结构的诸多联系及其奥秘,从而发现叙事文本所蕴含的深层意蕴,如此才能真正深度把握叙事文本。当然,纳博科夫所谓人们不能如同观赏绘画作品那样对文学文本一览无余的说法,也不十分精准。因为对长篇叙事文本自当如此,但对短篇叙事或抒情文本而言,同样可以一览无余,只是这种一览无余的共时性阅读没有能彻底改变文学表达的线性特征,仍有不尽相同于绘画的特征。这一切似乎并不十分重要,重要的是作为专家读者要达到鉴赏的目的,只能通过反复品味来完成,这是一般意义的大众读者难以达到的。这并不意味着大师读者及其批评就不必反复阅

---

① 罗兰·巴特:《S/Z:罗兰·巴特文选》,屠友祥译,上海人民出版社2016年版,第15页。
② 弗拉基米尔·纳博科夫:《优秀读者与优秀作家》,范伟丽译,《纳博科夫文学讲稿三种:文学讲稿》,上海译文出版社2018年版,第5—6页。

读,其实大师读者所面临的反复阅读的任务更加艰巨,他们得很大程度上超越文本自身限制,从中发现足以表达自己思想的素材。对大师读者而言,并不存在真正意义的终极阅读。所有的阅读都是不断逼近真理的暂时性阅读,都是超越前人和自己基础上可能达到的一种再超越和新高度,而且这种再超越和新高度同样不是一劳永逸的,还有待于读者自我和他人的再超越再革命,因此所谓大师读者的阅读即批评,从根本上来说,就是不断自我超越的革命,而且也是有待他人超越的革命。这也就是罗兰·巴特所谓"孜孜不倦的逼近,换喻的劳作"。大师读者之所以成其为大师读者,更关键的原因是他们通常能比其他人更好地领悟并实践这一点。

专家读者之所以不同于大众读者,是能耐着性子潜心阅读和反复阅读,是因为他们坚信并宣称这种阅读虽不能达成具体功利目的,但能提升人们的审美品位和修养。纳博科夫指出:"令我们吸收了养分的这些小说不会教给你们用来处理生活中任何显而易见的问题的方法;它们也不会在办公室或军营、厨房或婴儿室里帮上什么忙。事实上,我试图和你们分享的这些知识不过是纯粹的奢侈品。这些知识既不会帮助你去理解法国的社会经济,也不会帮助你去明白一个少女或少男的内心秘密。但是,如果你听从了我的教导,感受到了一个充满灵感的精致的艺术品所提供的纯粹的满足感,这些知识就帮到了你们。而这种满足感转过来又建立起一种更加纯真的内心舒畅感,这种舒畅一旦被感觉到,就会令人意识到,尽管生活中有各种各样的跌跌撞撞和愚笨可笑的错误,生活内在的本质大概也同样事关灵感与精致。"①

当然,理智的专家读者也决不夸大其价值和意义。纳博科夫很有自知之明。他指出:"你们当中会有人在毕业以后继续阅读名著,也有人则不再问津。如果有人认为他无法培养起阅读大师作品的乐趣的能力,那么他根本就不必阅读。毕竟在其他领域里也有其他的刺激:纯科学的刺激和纯艺术的愉悦同样令人愉快。关键是去体验在任何思想或情感领域里的激情。假如我们不知道如何激动,假如我们不去学习如何将我们自己比平常时的我们稍稍提高一点点,进而去品尝人类思想所能提供的最珍奇、最成熟的艺术之果的话,

---

① 弗拉基米尔·纳博科夫:《跋》,申慧辉译,《纳博科夫文学讲稿三种:文学讲稿》,上海译文出版社 2018 年版,第 431 页。

我们就可能失去生活中最美好的东西。"①纳博科夫虽然是在提醒他的学生不必强制自己去阅读,但还是倾向于认为大众读者与专家读者的差别,并不仅限于消费与鉴赏方面,更在于人生的缺失与圆满的区别。乔治·斯坦纳对这类读者有这样的描述:"批评家过的是二手生活。他要依靠他人写作。他要别人来提供诗歌、小说、戏剧。没有他人智慧的恩典,批评无法存在。尽管凭借风格之力,批评也可能成为文学,但往往情况不多,除非是作家为自己的作品作评论或为自己的诗学辩护,就像柯勒律治的批评正是孕育的佳构,艾略特的批评是用于宣传的作品。"②应该说,乔治·斯坦纳的描述较理性地揭示了这类专家读者的共同缺憾。

第三节　大师与批评

所有作家及其文献文本系统其实都是对读者特别是对其预设读者的一种吁求,而且所有作家及其文献文本系统也正是依赖读者的阅读才得以传承并获连续不断的生命绵延和创造。所以拉康所谓"即使言语碰到的是沉默,只要有一个聆听者,所有的言语都是有回答的"。③ 这一论述有一定道理,但并不是所有读者对文献文本系统解读都完全一致,或处于同一层次,其中大师级读者的阅读可能最具文化史意义,最具有更新或形成人们新文化观念的价值和意义。

蒂博代倾向于将大师级作家的批评称为大师的批评,这种批评根本上是寻美的批评。有许多作家这方面表现突出,如雨果、波德莱尔等④。但我们更倾向于将这种基于审美的批评归之于专家读者的阅读层次,而将有原创性理

---

① 弗拉基米尔·纳博科夫:《跋》,申慧辉译,《纳博科夫文学讲稿三种:文学讲稿》,上海译文出版社 2018 年版,第 432 页。

② 乔治·斯坦纳:《人文素养》,《语言与沉默:论语言、文学与非人道》,李小均译,上海人民出版社 2013 年版,第 9 页。

③ 拉康:《精神分析学中的言语和语言的作用和领域》,《拉康选集》,褚孝泉译,上海三联书店 2001 年版,第 256 页。

④ 参见蒂博代:《六说文学批评》,赵坚译,生活·读书·新知三联书店 2002 年版,第 121 页。

论基点和方法,并运用于作家及其文献文本系统的阅读和解读,且突破了文学甚至美学的可能界域,达到了更广阔的学科领域,能借某一侧面更好阐发、演绎和建构其本具原创性的理论基点和方法,以及独特思想体系的思想家归之于大师读者的范围。这些人虽然并不以作家及其文献文本系统阅读作为专业和职业,可一旦有了阅读行动,便能够使司空见惯和名不见经传的文献文本系统成为名著,使名著成为经典,使经典拥有新的阐释和意义,且每每能给一般专家读者以醍醐灌顶式思维启发和阐释革新,甚至可能颠覆向来流行的文学史观点,以致有推进文学批评和理论向更高更大领域提升和拓展的优势。

大师级读者的最大独特性在于其拥有别具一格的原创性理论基点。没有原创性理论基点的阅读都可能只是大众读者的阅读即大众阅读,充其量也只能是专家读者的阅读即专家阅读,不可能上升为大师读者的阅读即大师阅读。如《世说新语·文学》第 52 载:

> 谢公因子弟集聚,问:"《毛诗》何句最佳?"遏称曰:"昔我往矣,杨柳依依;今我来思,雨雪霏霏。"公曰:"訏谟定命。远猷辰告。"谓此句偏有雅人深致。

从这一则记述可见,关于《诗经》最佳句的判断,谢安与其侄子有所不同。侄子谢玄喜欢《诗经·小雅·采薇》的"昔我"两句,谢安却喜欢《诗经·大雅·抑》的"訏谟"句。这不是二人的说法必定只有一个正确,只是表明读者必定限于各自的阅读动机和出发点、阅读基础以及生活经验、阅读层次和认知程度的制约,自然会因有所差异形成不同看法:谢玄主要基于审美批评考虑,谢安则可能主要出于政治批评考量。这正如布鲁姆偏于审美而贬抑道德、政治等批评。但这些并不是衡量其层次的唯一标准。事实是阅读倾向和风尚也常常随时代潮流而发展变化。在这种发展变化中也可能出现回转现象。川端康成指出:"对待今人古人的作品也罢,其鉴赏、评价常随时世而转变。"[1]但并不是所有循环回转必然在某些方面有所创新。判断创新也可以有不同层次,可以是基于某种理论基点的最新应用,也可以是基于某一原创性理论基点的原始阐发。但基于某一理论基点的最新阐发往往不具有大师阅读的属性,只

---

① 川端康成:《美丽存在与发现》,王中枕译,何太宰:《现代艺术札记·文学大师卷》,外国文学出版社 2001 年版,第 122—123 页。

有基于原创性理论基点的原始阐发才可能具有大师阅读的性质。所以谢安与其侄子的结论不同，只是由于各自依据的阅读批评的理论基点和标准不尽一致，但这些不尽相同的理论基点和标准大体均非基于各自原创性理论基点，因而可能同属于大众读者层次，充其量也只是上升到专家读者的层次。如果说谢安的阅读可能上升到大师级读者层次，也只是由于他可能应用了政治批评的理论基点，或采用了超越文学学科的跨学科政治批评理论基点及标准，而不是他原创了政治批评理论基点。跨学科理论基点并不能成为衡量大师级读者的依据，因为不见得这种跨学科甚至超学科理论基点便一定具有原创性。按照常识推断，谢安阅读所采用的政治批评，其理论基点可能并不具有一定的原创性，充其量只是较早采用了政治批评理论基点。

大师读者常常有自己的原创性理论基点，并在多个领域有所阐发，而且这些阐发可能在文学领域形成别具一格的新观点，很大程度上更新和建构人们的思想观念。马克思作为社会学家、经济学家、哲学家等，其主要精力不在于作家特别是文献文本系统的阐释，可他一旦关注文学，便自然而然与其研究领域相联系，借文本阐释获得其原创性理论基点研究的新论证、新方法、新思路。如马克思的《1844年经济学哲学手稿》借用歌德《浮士德》和莎士比亚《雅典的泰门》，成功阐述了货币的特性。如他先引了歌德《浮士德》第一部第四场《书斋》中的一段话：

> "见鬼！脚和手，
>
> 还有屁股和头，当然都归你所有！
>
> 可我获得的一切实在的享受，
>
> 难道不同样也为我所拥有？
>
> 假如我能付钱买下六匹骏马，
>
> 我不就拥有了它们的力量？
>
> 我骑着骏马奔驰，我这堂堂男儿
>
> 真好像生就二十四只脚一样。"

接着又引用了《雅典的泰门》第四幕中落魄贵族泰门挖出金子后所说的两段话：

> "金子！黄黄的、发光的、宝贵的金子！
>
> 不，天神们啊，

我不是无聊的拜金客

……

这东西，只这一点点儿，

就可以使黑的变成白的，丑的变成美的；

错的变成对的，卑贱变成尊贵，

老人变成少年，懦夫变成勇士。

这东西会把……祭司和仆人从你们的身旁拉走，

把壮士头颅底下的枕垫抽去；

这黄色的奴隶可以使异教联盟，同宗分裂；

它可以使受诅咒的人得福，

使害着灰白色的癞病的人为众人所敬爱；

它可以使窃贼得到高爵显位，和元老们分庭抗礼；

它可以使鸡皮黄脸的寡妇重作新娘，

即使她的尊容会使那身染恶疮的人见了呕吐，

有了这东西也会恢复三春的娇艳。

该死的土块，你这人尽可夫的娼妇，

你惯会在乱七八糟的列国之间挑起纷争。"

并且下面又说：

"啊，你可爱的杀手，

帝王逃不过你的掌握，

亲生的父子会被你离间！

你灿烂的奸夫，

淫污了纯洁的婚床！

你勇敢的玛尔斯！

你永远年轻韶秀，永远被人爱恋的娇美的情郎，

你的羞颜可以融化了黛安娜女神膝上的冰雪！

你有形的神明，

你会使冰炭化为胶漆，仇敌互相亲吻！

为了不同的目的，

你会说任何的方言！

你这动人心坎的宝物啊！

你的那些奴隶,那些人类,要造反了,

快快运用你的法力,让他们互相砍杀,

留下这个世界来给兽类统治吧！"

正是基于歌德和莎士比亚的文字,马克思总结和揭示了货币的特性。他指出:"货币的特性就是我的——货币占有者的——特性和本质力量。因此,我是什么和我能够做什么,决不是由我的个人特征决定的。我是丑的,但我能给我买到最美的女人。可见,我并不丑,因为丑的作用,丑的吓人的力量,被货币化为乌有了。"他进一步指出:"它是一切事物的普遍的混淆和替换,从而是颠倒的世界,是一切自然的品质和人的品质的混淆和替换。谁能买到勇气,谁就是勇敢的,即使他是胆小鬼。因为货币所交换的不是特定的品质,不是特定的事物,不是人的本质力量,而是人的、自然的整个对象世界,所以,从货币占有者的观点看来,货币能把任何特性和任何对象同其他任何即使与它相矛盾的特性和对象相交换,货币能使冰炭化为胶漆,能迫使仇敌互相亲吻。"①马克思凭借其在社会学、政治学和经济学方面的原创性理论,使他在阐述其理论的同时,也使文献文本系统获得了基于原创性理论基点的新阐释,至少更新和确立了人们在文学阅读领域的新思想观念,这具有了大师阅读的性质。

大师读者凭借这一原创性理论基点常常能够使原本并不受人重视的普通作品受到人们的广泛重视,并使其他一跃而成为众所周知的文学经典。如弗洛伊德不仅使《卡拉马佐夫兄弟》成为名著和经典,而且使本来众所周知的经典《俄狄浦斯王》和莎士比亚的《哈姆雷特》有了全新的阐释,很大程度上颠覆了人们以往的认知,赢得了大多数读者的广泛认可,并成其为阅读的期待视界。下面是他《陀思妥耶夫斯基与弑父者》中的一段文字:

很难说是由于巧合,文学史上的三部杰作——索福克勒斯的《俄狄浦斯王》、莎士比亚的《哈姆雷特》和陀思妥耶夫斯基的《卡拉马佐夫兄弟》都表现了同一主题——弑父。而且,在这三部作品中,弑父的动机都是为了争夺一个女人,这一点也十分清楚。

---

① 马克思:《1844年经济学—哲学手稿》,《马克思恩格斯文集》(第1卷),人民出版社2009年版,第243—247页。

　　当然,表现最直接的是取材于希腊传说的戏剧《俄狄浦斯王》中的描写。剧中仍然是主人公自己犯罪。但是在诗的处理上不可能不加以柔化和掩饰。直率地承认弑父的意图,正如我们在精神分析过程中所得出的,不经过分析的准备,几乎令人无法接受的。希腊戏剧保留了这种犯罪行为,同时还巧妙地设计了主人公的潜意识动机,而得以把必不可少的缓和和以乖戾的命运所强迫的形式放到现实中去。主人公的犯罪行为是无意识的,显然并没有受到女人的影响;但是,这后一点是在这样的情况中被注意到了:主人公只有在他对那个象征他父亲的恶人重复采取行动之后,才能占有母后。在他的罪恶被揭露和被自己意识到以后,主人公并不企图用命运强迫的人为的权宜之计来为自己开脱。他承认了自己的罪责,他受到了惩罚,好像这些是完全有意识的罪行,这就我们的理智来说,肯定是不公正的,但在心理学上却是完全正确的。

　　在英国这个戏剧中,表现就比较间接了。主人公自己并没有犯罪,是别人犯的罪。对于这个人来说,并不是弑父。因此,被禁止的争夺女人的动机并不需要掩饰。而且,由于我们了解了他人的犯罪对主人公的影响,我们透过折光就看见了主人公的俄狄浦斯情结。他应该为亲人报仇,但奇怪得很,他发现自己不能这样做。我们知道这是他的罪恶感麻痹了他,但是,这种罪恶感正是以一种与神经官能症的过程完全一致的方式转变为他不能履行他的职责的感觉。这表明,主人公感到他的罪恶是一个超个人的罪恶。他蔑视他人,并不亚于蔑视自己:"按照每个人的身份去招待他,谁能不挨鞭子呢?"

　　俄国的这部长篇小说在同一方向上向前迈进了一步。其中犯了杀人罪的也是另外一个人。但是,这另一个人跟主人公德米特里一样,与被杀的人是父子关系:在这另一个人的情况中,情杀的动机是公认的;他是主人公的弟弟,值得注意的是,陀思妥耶夫斯基把自己身上的疾病——癫痫症归在他身上,仿佛他设法表白,他身上的癫痫症就是一种弑父行为。还有,在审判中的辩护词里,有一个对心理学的有名的嘲笑——说它是一把"两用小刀",这里是一个高明的伪装,为了揭示陀思妥耶夫斯基对待事物的观点的更深一层的意思,我们只好把它倒过来看,并不是心理学就该受到嘲笑,该受到嘲笑的是法庭的审讯程序。谁犯了罪是一件无关紧要的事;心理学只想了解谁渴望这样做,谁在事情完成后感到高兴。由于这个理由,所有的兄弟——除了阿廖沙这个当作反衬的人物以外,都同样有罪,都是冲动的肉欲主义者,玩世不恭的怀疑论者和癫痫症罪犯。在《卡拉马佐夫兄弟》中,有一个场面特别鲜明。在佐西马神父与德米特里谈话时,他发现德米特里准备弑父,于是就跪倒在德米特里的脚下。这不可能意味着表示赞赏,而肯定意味着,圣徒正在抵制鄙视和憎恶凶手的诱惑,并且由于这个理由,在凶手面前表示谦卑。事实上,陀思妥耶夫斯基对罪犯的同情是无止境的,它远远超出那些不幸的家伙可能要求得到的怜悯,它使我们想起了"敬畏",过去,人们正是怀着这种"敬畏"对待癫痫病人和神经病人的。一个罪犯对陀思妥耶夫斯基来说几乎就是一个救世主。罪犯自己承担了罪责,这个罪责原应由别人来承担。因为他已经杀了人,别人也就不再有任何杀人的需要了;这个别人一定要感激他,因为没有他,别人只好自己去杀人。这不单单是仁慈的怜悯,而是一个基于类似杀人冲动基础上的自居作用——实际上,是一个稍微变化了的自恋。(这样说,我们不是在对这个仁慈的伦理学价值提出质疑。)这也许是相当普遍的对别人仁慈同情的机制,人们很容易在受罪恶支配的小说家身上觉察到这个机制。无疑,这个因自居作用而引起的同情心是决定陀思妥耶夫斯基选择题材的重要因素。他首先涉及的是一般的罪犯(他的动机是自我主义的)和政治犯罪、宗教犯罪;直到他的晚期,他才回头写最基本的犯罪——弑父,并在他的一部艺术作品中用它来完成他的坦白。①

弗洛伊德的贡献在于他能够将自然界的万有引力、磁铁原理、电流流动、生物学相关规律,以及道家阴阳调和等方面存在的异性相吸、同性相斥现象作为精神分析学阐释,使得这一现象成为他阐释人们深层潜意识动机的一个内在动因,他把它命名为弑父娶母或俄狄浦斯情结。正是基于这一点,使这个本来并不以作家及其文献文本系统作为专门研究对象的精神分析学创始人,由于在精神分析学方面有独创性研究,特别是其精神分析学领域的原创性理论基点,使他能从《俄狄浦斯王》、《哈姆雷特》、《卡拉马佐夫兄弟》等名著或经

① 弗洛伊德:《陀思妥耶夫斯基与弑父者》,《弗洛伊德论美文选》,张唤民、陈伟奇译,知识出版社1987年版,第160—162页。

典中信手拈来,得出主人公生来具有弑父娶母情结之结论,且能分别不同情况并加以阐述,很大程度上颠覆了人们的认知,革新了人们的阅读经验。当然弗洛伊德对《俄狄浦斯王》、《哈姆雷特》、《卡拉马佐夫兄弟》等的阐释多少有些类似于《大慧普觉禅师语录》所载"曾见郭象注庄子,识者云:却是庄子注郭象"①。人们也可以说,不是弗洛伊德阐释《俄狄浦斯王》、《哈姆雷特》、《卡拉马佐夫兄弟》,倒是《俄狄浦斯王》、《哈姆雷特》、《卡拉马佐夫兄弟》阐释弗洛伊德。也就是说大师读者的阅读阐释,作为最具创造性的阅读阐释,也可能存在更大程度的创造性误读:他们可能并不完全忠实于作家及其文献文本系统的话语意义、作者意义,而是有意无意地执着于读者意义,特别是自己心领神会甚至已欲所为的读者意义;他们不是旨在发现和阐释作家及其文献文本系统的意义,而是借助作家及其文献文本系统来阐发和发明自己的思想观点和主张。虽然这一层次读者难免存在创造性误读,但这一误读确实能够在很大程度上扩大和更新人们对作家及其文献文本系统的认知。如果这一误读确实在很大程度上扩大了人们对作家及其文献文本系统蕴含的更具普遍规律的认知,自然会很大程度上丰富和拓展文献文本系统的价值和意义。所谓俄狄浦斯情结的普遍意义和价值,明显已经远远超出了文学自身的价值范畴,具有了更具普遍意义的同性相斥、异性相吸的案例价值。

弗洛伊德虽然在精神分析学领域第一个创造性提出并阐释了弑父娶母或所谓俄狄浦斯情结这一概念,但绝对不是人类文化史上第一次发现这一潜意识或无意识的人。其学生荣格从《西藏度亡经》中获得的发现,无疑会颠覆人们的认知经验。以下是荣格《〈西藏度亡经〉的心理学阐释》中的一段文字:

　　《中阴解脱法》远远走在时代前面,伊文思·温慈博士感受到了这一点,这是一个开端,目的就在于唤醒我们出生之后就忘却的神性。最终极和最重要的启示在开篇就被指出,这也是东方宗教的一个重要特征,而我们通常将之放在最后,比如在阿普列乌斯的笔下,卢修斯只有在最后才被当作赫利俄斯来供奉。在《中阴解脱法》中,最重要的部分先是呈现,随之展现的内容次之,最后是在母体投胎。在今天的西方,唯一一种活跃

---

　　① 《大慧普觉禅师语录》(卷二十二),《禅宗语录辑要》(上),上海古籍出版社 2011 年版,第 410 页。

的、仍然被使用的"导入仪式"就是医生在进行心理治疗时对无意识的分析。这种直接深入意识底层的方式是一种苏格拉底辩论术,是将一些处于潜伏中的、未被意识感知的,以及至今还未产生的心灵内容带到意识层面。这种方法的源头是弗洛伊德的精神分析,主要关注的是性幻想。而这对应的只是中阴中最后的受生中阴,也是最低的一个层面。亡人由于无法在临终和法性中阴解脱,在这个阶段会被交合的男女所吸引,内心被性幻想占据,最终会到子宫那里投胎,从而开始新一轮的生命。同时,正如有些人可能会预期的那样,俄狄浦斯情结开始产生。如果业力决定要成为男性,他就贪恋未来的母亲,憎恨未来的父亲;如果是女性,就会被未来的父亲深深吸引,而被母亲所厌恶。欧洲人通过分析来将无意识内容带到意识层面,进而平安度过这个弗洛伊德所说的特殊阶段,但是方向错了。他只是将幼儿性幻想追溯到子宫中。甚至也有人认为,出生时的创伤经验是心理分析中最主要的内容,心理分析甚至要深入婴儿的母体体验。不幸的是,西方人的理性到这里也就到头了。之所以说不幸,是因为有人还希望弗洛伊德的精神分析能追溯到比母体内体验更深的源头。如果真的能放开顾忌去探索,那么理所当然就会超越受生中阴,达到仍然是低级的法性中阴阶段。不过,以我们现有的生物学观念,这样一种尝试可能不会被大家认可而取得成功,因为这需要一套与现有科学假设迥异的哲学观念作为基础。但是如果这个回溯的过程无有停止,我们终究会回到前胚胎阶段,这是一个最重要的中阴阶段。如果能对真实案例进行这种回溯,无疑能导致前胚胎生命存在的发现,一个真实的中阴生命。要是能寻到这种生命的蛛丝马迹该多好。目前的现实是,心理分析师们很少会超越纯属主观猜测的母体内体验的层面,甚至广为人知的"出生创伤"也仍然是老生常谈,却没有什么解释力,无非是个假设:生命就是带着创伤来的,是一场预后不良的疾病。为什么这样说呢?因为生命的结局是死亡。

弗洛伊德的精神分析在其所涉及的所有重要方面,都没有超越受生中阴阶段;也就是说,个体是无法从性幻想和类似的"冲突"倾向(引发了焦虑和其他情感问题)中解脱的。然而弗洛伊德的理论是西方人第一次尝试从人的动物本能来理解心灵问题,这可以与藏传佛教密宗中的受生中阴对应。之所以弗洛伊德无法深入"神秘的层面",其背后的恐惧是在形而上层面,这很容易理解。除此之外,如果我们认可受生中阴的教授,其中还有猛烈的业风吹动着亡人的心识,直到投胎后才停止。换句话说,到了受生中阴后,就无法再回到法性中阴,从后者到前者是被强烈的力量所推动的,进而到了动物性本能起主导作用和重新寻找身体转生的阶段。什么意思呢?任何到了这个阶段的人是无法再超越回去的,因为这个阶段会被动物性本能强烈束缚着,虽然想要摆脱,但是会一次又一次被拉回来,去寻找身体转生。这就是为什么弗洛伊德的理论只能抵达对无意识较负面的评价。这个理论只是在说"只不过如何如何"。同时,必须要承认这种看待心灵的观点是典型的西方式的,只是在表达上比那些胆怯的人更显眼、更简洁、更直接罢了,但是在最根本的层面,他们没有什么差别。那么在这种关联的背景下,"心"到底意味着什么?我们也只能心存希望,认为终究会有决断。但是,正如马克斯·舍勒带着遗憾所说,对于这个"心"的力量,至少可以说是让人怀疑的。[①]

对精神分析学来说,虽然弗洛伊德具有原创性贡献,但由于他可能受制于所接触作家及其文献文本系统限制,在生前未能见到较之《俄狄浦斯王》、《哈姆雷特》、《卡拉马佐夫兄弟》等更具原创性、深刻性的呈现和阐释,也还受制于西方没有相应六道轮回的形而上哲学作为支撑的局限,使他也只能达到这一层次。在这一点上,荣格显然更加幸运,他有幸能够接触到比弗洛伊德更多更早的东方文化典籍,这使他能在更透彻更原始的意义层面找到不同作家及其文献文本作为理论基点和依据,使他对精神分析学特别是俄狄浦斯情结有更大、更具创造性发展,使他能在局部改造弗洛伊德精神分析学的某些肤浅、偏执和片面,也能反思西方文化传统根深蒂固的缺憾。惟其如此,荣格不再将人类一切行为的最深层原因归结为力比多,而是特别强调了集体无意识的深层动力。这使他对精神分析学的研究有了接近于原创性的理论基点,走出了应用和复述弗洛伊德的嫌疑。他在《心理学与文学》中写了这样一段文字:

我们必须承认,幻觉代表了一种比人的情欲更深沉更难忘的经验。

---

① 荣格:《〈西藏度亡经〉的心理学阐释》,C.G.荣格:《东方的智慧》,朱彩方译,译林出版社2019年版,第56—59页。

我们绝不可将这种性质的艺术作品同作为个人的艺术家混淆起来,在这种性质的艺术作品中,无论理性主义者们怎样说,我们却不怀疑这种幻觉是一种真正的原始经验。幻觉不是某种外来的、次要的东西,它不是别的事物的征兆。它是真正的象征,也就是说,是某种有独立存在权利,但尚未完全为人所知晓的东西的表达。如果说爱情插曲是真正经历过的真实体验,那么幻觉也同样是真正经历过的真实体验。幻觉内容的性质究竟是物理的、心理的还是形而上的,我们用不着忙下判断,因为幻觉本身具有心理的真实性,这种真实性丝毫也不逊于物理的真实性。人的情感属于意识经验的范围,幻觉的对象却在此之外。我们通过感官经验到已知的事物,我们的直觉却指向那些未知的和隐蔽着的事物,这些事物本质上是隐秘的。一旦它们被意识到,它们就故意向后退避,把自己隐匿起来。正因为如此,它们自古以来一直被人们视为神秘的、不可思议的和具有欺骗性的东西。它们把自己隐匿起来不让人们看清自己的本来面目,而人们也出于恐惧而使自己远离开它们。人们用理智的盔甲和科学的盾牌来自我保护。人类的启蒙即起源于恐惧。白天,人们相信宇宙是井然有序的;夜晚,他们希望保持这一信念以抵抗包围着他们的对于混乱的恐惧。然而,会不会真有某种充满生气的力量活动于我们日常的生活世界之外?会不会真有那些充满危险的和不可避免的人的需要?会不会真地存在着某种比电子更有意义更有目的的东西?我们会不会是在自欺欺人地认为我们掌握和控制着我们自己的灵魂?那种被科学称之为"精神"的东西,会不会并不仅仅是禁锢在头颅中的一个问号,而更重要的是从另一个世界向人类世界打开的一扇门,不时地让那些奇怪的、难以捉摸的力量对人发生作用,就像对夜的羽翼发生作用一样,使他从普通人的程度,上升到超出个人秉性的程度?当我们考察艺术创作的幻觉模式时,看上去好像爱情插曲仅仅被用来作为一种解脱,仿佛个人的经验只不过是那意义重大的"神曲"的序幕。①

应该说,荣格关注到了这种幻觉和集体无意识。在他看来,这种幻觉似乎

---

① 荣格:《心理学与文学》,《心理学与文学》,冯川、苏克译,生活·读书·新知三联书店1987年版,第133—135页。

是较之性本能更深沉而真实的经验。虽然在上面这段文字表述中看不到东方文化典籍的深刻影响，但人们还是有理由推测和相信这一点。由于荣格对诸如《西藏度亡经》、《埃及亡灵书》的深刻领悟，使他的理论视野和层次较之弗洛伊德更具哲学特别是东方宗教哲学的涵养和视界。这无疑拓宽了他的理论视野，提高了其理论层次。他在《〈西藏度亡经〉的心理学阐释》中还有这样一段文字：

> 《中阴解脱法》在翻译过程中，编辑伊文思·温慈博士使用的名字是《西藏度亡经》，1927 年书一出版就在英语国家引起轰动。这部书不仅仅为大乘佛教的研究者们所重视，而且由于其中蕴含的巨大悲悯和对人类心灵奥秘的深度洞见，寻求拓宽生命视野的普通人也对此书投注了极大的热情。从出版伊始，《中阴解脱法》就一直伴随着我，不但我个人的许多思想和发现受到启发，我也从中获得了许多极深远的洞见。与《埃及生死书》总是让人说太多太少不同，《中阴解脱法》给人们提供的是理性的哲学，而非前者那样提及诸多神与原始人。《中阴解脱法》哲学包括了佛教心理评论的精华；正因为如此，我们真的可以说它具有无与伦比的优势。书中提到，不仅仅是"忿怒相"、"寂静相"也是人类在轮回中的投射。有觉悟的欧洲人都很明白这一点，他们因此见到自身的粗鄙和浅薄。欧洲人能够理解这些相的显现都是投射，但是他们无法接受这些显现同时也是真实的这个事实。《中阴解脱法》既能解释这种投射，又能解释它的实在。在最核心的形而上层面，《中阴解脱法》胜出觉悟了的和未觉悟的欧洲人。《中阴解脱法》中一直存在但未明言的前提是：任何形而上学主张都具有无法言明的特征；意识层次多种多样，制约了形而上的现实。本书背后并非是欧洲人小心翼翼的"非此即彼"，而是大胆肯定地认为"彼此同时存在"。这种观念对西方哲学家来说可能有些无法接受，因为西方人喜欢简单明了；所以，有些西方哲学家会执着于这样的立场，用"上帝是"这样的表述；而其他人只是换个否定式，即"上帝不是"。[1]

从以上文字可见，荣格显然更为精通东方文化典籍，能将这一东方神秘文

---

[1]　荣格：《〈西藏度亡经〉的心理学阐释》，《东方的智慧》，朱彩方译，译林出版社 2019 年版，第 5—51 页。

化引入关于无意识的阐释,且能触及东西方思维模式差别的根本点,即西方习惯非此即彼的二元论和东方崇尚亦此亦彼乃至彼此不二的不二论的基本事实。此外,他还认识到了东西方的根本差异在于:西方将现象世界当做真实存在,东方则将心灵世界乃至心灵意象当做真实存在;西方人常常纠结于现象世界与心灵世界的矛盾,中国人则将以心灵意象呈现的世界看成可验证的真实世界;西方人纠结于上帝的恩宠和拯救,东方人则将心灵世界的自我超越作为解脱的根本途径。或者说西方人执着于意识层面,对无意识层面的探讨常常受诸多限制而停留于较浅层次,视无意识为幻觉,东方人则很容易便进入无意识层面,且将无意识视为实相,视为最真实最究竟的存在。荣格的类似识解,可能主要源自对藏传佛教的认识,也可能最大限度体现了佛教的基本精神,而除佛教之外的其他思想体系也不一定都能达到这一层次,特别近代以来所接受的诸多科学意识也常常难以达到这一层次,但荣格恰恰凭借其可能仅限于藏传佛教的识解本身便颠覆了西方传统。可见,阅读的视界和层次确实限制一个人的思维甚至思想的广度、深度和高度,不仅弗洛伊德如此,荣格同样如此。荣格由于有着不同于弗洛伊德的阅读视界和层次,使他关于人类潜意识和无意识的认知和阐释并不局限于病理学或精神分析学的界域和限度,而能对所谓原始意义的灵魂有所关注,且对灵媒的恍惚状态有大量研究,在其最艰深的实验作品《黑书》以及《红书》中有大量记载。人们同样有理由推断,随着量子理论的进一步发展,诸如灵魂等一系列看似神秘的、目前科学所无法阐释的现象将会获得更为合理的阐释。值得注意的是,荣格并没有将这种幻觉进一步神秘化,而是恰到好处地与文学联系了起来。他将这种幻觉经验直接命名为集体无意识,并强调了集体无意识对文学研究的自觉意识倾向的补偿意义:

> 根据心理学提供的术语,那种在幻觉中显现的东西也就是集体无意识。我们所说的集体无意识,是指由各种遗传力量形成的一定的心理倾向,意识即从这种心理倾向中发展而来。在人体的生理结构中,我们发现了各种早期进化阶段的痕迹。我们可以推测,人的心理在结构上也同样遵循种系发生的规律。事实上,当意识黯然无光的时候,例如在梦中、在麻醉状态中和癫狂状态下,某些心理产物心理内容就浮到表面并显示出心理发展处于原始水平的特征。这些意象本身往往具有一种原始性质,

以致我们可以猜测它们来自古代的秘密教义。此外,穿着现代服装的神话主题也不断出现。在集体无意识的所有表现形式中,对文学研究具有特殊意义的是,它们是对于意识的自觉倾向的补偿。也就是说,它们可以以一种显然有目的的方式,把意识所具有的片面、病态和危险状态,带入一种平衡状态。在梦中,我们可以从积极的方面清楚地看到这一点;而在癫狂状态中,这一补偿过程虽然往往十分明显,却采取一种消极的形式。譬如说,有这样一些人,他们之所以急于使自己与世隔绝,只是为了将来有一天能发现他们内心深处的隐秘被所有的人知道和谈论。①

正由于荣格对精神分析学特别是集体无意识的深入研究,以及建构的某种程度原创性理论基点,使他对作家及其文献文本系统的阅读,以及研究所取得的成果确实不亚于弗洛伊德,这还表现在他对《尤利西斯》、《浮士德》、《启示录》、《失乐园》等文献文本系统的解读方面。如他解读《尤利西斯》时写了这样一段文字:

> 我有一个叔父,他的思维总是直截了当,一语中的。一天他在街上拦住我,问道:"你知道在地狱里魔鬼是怎样折磨灵魂的吗?"我说不知道。他回答说:"他让它们期待着。"说完他就走了。当我第一次读《尤利西斯》的时候,我就想起了这句话。书中的每一个句子都激起一个没有得以实现的期待;等到最后,你就完全放弃了任何期待。但这时,你会感到恐惧,因为你逐渐地明白了,正是由于完全放弃了期待,你才把握住了要紧的东西。事实上没有任何事情发生,但一种秘密的期待与无可奈何的心情抗争着,不断地把读者从一页拖到另一页。那段没有任何内容的七百三十五页决不是一堆白纸,它们上面密密麻麻地印满了字。你读着,读着,一直读下去,并且装作读懂了那一页一页的纸。有时,你突然通过一个空隙从一句跳到另一句,但却不知道它们之间究竟有什么联系。不过,当你无可奈何的心情达到一定程度时,你就会对一切都习惯的。我就是这样读到了七百三十五页。心里满是绝望,半途中还睡着了两次。乔伊斯的文体难以置信的复杂多变具有一种单调的、催眠的效果。书中没有

---

① 荣格:《心理学与文学》,《心理学与文学》,冯川、苏克译,生活·读书·新知三联书店1987年版,第137页。

任何迎合读者的东西，一切都离他而去，只扔下他在后面不停地打呵欠。这本书老是不断地发展下去，绝不停留，它不满于自己；它尖刻、恶毒，轻蔑一切；它悲伤、绝望、充满辛酸。它玩弄着读者对自己所遭受的毁灭的同情心。只有睡梦降临，才能结束这精力的紧张状态。当我读到七百三十五页时，我再次努力想要把握住这本书的意义，试图公正地对待它，但这一努力还是归于失败。我终于进入了沉沉酣睡之中。好一会儿以后，我才醒过来。这时我的头脑变得异常清晰了，于是我开始往回读这本书。对于这本书来说这种倒着读的方法与通常从头至尾的顺读同样有效，因为它无前无后，没头没尾，一切事情都能够轻易地既发生在以前，又发生在以后。每一段对话都可以倒着读而不会弄错该停顿的地方。每一个句子都是一次停顿，但一当它们凑到一起时，却又不表明任何意思了。你甚至还可以在一句话的中间就停下来，刚读过的前半句仍然有意义而可独自成立——至少看起来是如此。这整个一部作品具有如此一种特点，它就像一条被折成两断的蠕虫，可以根据需要重新再生出一个头或者一条尾巴。①

荣格作为大师读者，对《尤利西斯》的解读和批评层次，也许并不能引起人们的普遍关注和重视，但如果将其与作为作家的专家读者茨威格加以比较，其特点和层次便显而易见。茨威格对《尤利西斯》的解读，可能主要出于作家职业的原因，更看重情感，荣格则更侧重于理性的哲学象征意义的发掘和阐释。下面是茨威格解读《尤利西斯》的一段文字：

在全书一千五百页里面找不到十页亲切的话语、缠绵的情致、仁慈的胸怀、和蔼的神情，每一页都玩世不恭、冷嘲热讽，充满了愤慨，强烈得犹如狂风暴雨。每一页都在爆炸，被炽热发炎的神经所激，以疯狂的速度冲天而起，使人心醉神迷，同时又使人麻木晕眩。一个人在这里仅把心中的淤积化为呼喊、化为嘲讽、化为鬼脸，还从他的五脏六腑倾吐他的满腔怨愤，他以狂暴之势吐出压在心底的感情的积淀，来势之凶猛使人不寒而栗，一个人在这里以震颤不已、索索抖动、激越奔放、近乎癫狂的气质把他

---

① 荣格：《〈尤利西斯〉：一段独白》，《心理学与文学》，冯川、苏克译，生活·读书·新知三联书店1987年版，第146—147页。

的书吐进这个世界,书中局部细节令人叹为观止的神来之笔也无法掩盖这种气质在感情上受到的强烈触动。①

茨威格的这段文字也是针对《尤利西斯》整部小说的阅读观感,也涉及其篇幅,但茨威格显然更看重情感这一因素,并对其进行了描述和阐释,荣格则似乎更看重其对生命的哲学象征意蕴;茨威格把握的是其情感脉搏,荣格关注的是生命寓言。这不是说,抓住了情感因素便一定属于专家读者层次,抓住了生命寓言就一定是大师读者层次,而是说,虽然都可能不同程度基于职业习惯和秉性,或出于情感或基于理性,但茨威格的解读多多少少突显的是《尤利西斯》文献文本系统作为文学文本的突出品性,荣格的解读则明显超越了文学文本系统这一突出特性,将其放置于更宏大的人类甚至宇宙视域来关注其对生命的思考和启迪。这并不意味着其间存在不可逾越的鸿沟,事实是即使大师读者也可能对另外文献文本系统的解读处于专家读者和大众读者层次。

在所有不同层次读者中,虽然不是所有读者都能达到大师读者层次,也不是所有大师读者在任何时候都属于大师层次,也可能在某些时期相对于某些文献文本系统只是个专家读者,甚至更多时候也可能是大众读者,但大师读者确实在阅读所达到的最高层次,能真正上升到大师基于原创性理论基点的思想高度。因为只有基于原创性理论基点的阅读批评才可能真正具有原创性成果,才可能具有大师的品质和风范。荣格不同于茨威格的最大特点和优势就是能超越作为大众读者的消遣层次和专家读者的职业层次,能深切关注人类普遍命运,以及文献文本系统对人类普遍生命的象征和隐喻。人们不能期望所有人在所有情境对所有文献文本系统的阅读都能达到这一层次,但如果在某一特定情境针对某一文献文本系统的阅读阐释必定能达到这一层次,就已经非常难能可贵了。如果说人类的阅读史通常指阅读经验的发展史,那么大师读者的阅读经验在其中往往起着举足轻重的作用,是能够推动人类阅读经验积累和发展的最强有力支柱,甚至可以说是阅读史的标志性成果的体现。

海德格尔作为大师读者同样如此。他指出:"什么叫阅读?阅读中起承载和引导作用的是汇集。汇集到哪里?到所写的和在书写中所说的东西那

---

① 茨威格:《詹姆斯·乔伊斯的〈尤利西斯〉》,斯台芬·茨威格:《茨威格读本》,人民文学出版社 2012 年版,第 412 页。

里。真正的阅读是要汇集到在不知不觉中,就已经征用了我们的本质的事情那里,无论我们是应合还是错过它的召唤。不会真正的阅读,我们也就无法见到那凝视我们的,也无法观看到那显现和闪耀的事物。"①如他对荷尔德林诗歌的阐释就体现了这一点:

……人诗意地栖居……

作诗建造着栖居之本质。作诗与栖居非但并不相互排斥。而毋宁说,作诗与栖居相互要求,共属一体。"人诗意地栖居"。是我们诗意地栖居吗?也许我们完全非诗意地栖居着。如果是这样,岂不是表明诗人的这个诗句是一个谎言,是不真实的吗?非也。诗人这个诗句的真理性以极不可名状的方式得到了证明。因为,一种栖居之所以能够是非诗意的,只是由于栖居本质上是诗意的。人必须是一个明眼人,他才可能是盲者。一块木头是决不会失明的。而如果人成了盲者那就总还有这样一个问题:他的失明是否起于某种缺陷和损失,或者是由于某种富余和过度。在沉思一切度量的尺度那首诗中,荷尔德林说(第75—76行):"俄狄浦斯王有一目或已太多"。所以,情形或许是,我们的非诗意栖居,我们的栖居无能于采取尺度,乃起于狂热度量和计算的一种奇怪过度。

无论在何种情形下,只有当我们知道了诗意,我们才能经验到我们的非诗意栖居,以及我们何以非诗意栖居。只有当我们保持着对诗意的关注,我们方可期待,非诗意栖居的一个转折是否以及何时在我们这里出现。只有当我们严肃对待诗意时,我们才能向自己证明,我们的所作所为如何以及在何种程度上能够对这一转折作出贡献。

作诗乃是人之栖居的基本能力。但人之能够作诗,始终只是按照这样的尺度,即,人的本质如何归本于那种本身喜好人、因而需要人之本质的东西。依照这种归本(Vereignung)的尺度,作诗或是本真的或是非本真的。②

应该说,海德格尔关于荷尔德林诗句"人诗意地栖居"的阅读和阐释,道出了诗意地栖居的本质,同时也道出了人的本质,即人的诗意地栖居基于作诗

---

① 海德格尔:《什么叫阅读》,《海德格尔文集·从思想的经验而来》,孙周兴译,商务印书馆2018年版,第122页。

② 海德格尔:《"……人诗意地栖居……"》,《海德格尔文集·演讲与论文集》,孙周兴译,商务印书馆2018年版,第221—222页。

以及归本于本身,实则有着回归本心的寓意,如《道德经》第二十八章所谓"复归于婴儿"①的意蕴。虽然人类文化可能有诸多表象,但其根本只能是本心,即儒家所谓赤子之心、道家所谓婴儿之心、佛教所谓清净之心。所谓阅读虽然表面看来是发明原创性理论基点,实则是发明本心。人们很容易将其与唯心主义相提并论,但这里所谓本心并非只是主观的、唯心主义的,同时也是客观的,是体现着世间万物的原始本真状态的。因为人类的原始本心与万物的原始本真都是一种真如状态,其特质是无所分别和无所差别。说本心,并非仅是唯心,也非仅指唯物,反倒是当人们简单界定为唯心主义的时候便武断地区分和排除了唯物主义。

　　室利·阿罗频多作为一个哲学家,作为一个东方世界不可多得的大师读者,不应该受到人们的忽视。其《神圣人生论》可以说将生命哲学的阐释提升到了一个极致,使得诸如叔本华、尼采、柏格森等西方生命哲学家的理论在一定程度上相形见绌。室利·阿罗频多在其《薄伽梵歌论》中有这样一段阐述:"吾人之研究《薄伽梵歌》,非谓于其思想作学术之探讨,或效法古代论师作分析之辩证,或安立其哲学于玄秘之历史中。吾人所以研究之者,求助力,求光明,目的有在于辨认其重要且鲜活之使信,人类而得其圆满与最高精神幸福之所必资取者。唯综合,故能大。"②室利·阿罗频多对类似于伊斯兰教《古兰经》、基督教《圣经》这一"精神工作的最伟大的福音"的阐释,显然有十分重要的意义。据《徐梵澄文集》(第 8 卷)编者说明:"《论》之首章即为《大综合论》,乃集大成之谓也,其盖在于网罗百家之学而贯通之,明人生之路,晓瑜伽之途,重内心舍弃,行有为之事;初重行业,次重知识,末重敬爱,行与知皆升举,充满新力,得其圆成,是为三道合一。此亦中西印文化精神之至高契合点,亦曰:由人而圣而希天。"③应该说,仅室利·阿罗频多关于《薄伽梵歌论》研究宗旨的说明,便侧面揭示了中国读者向来满足于关于《诗经》只言片语的训诂阐释,未达生命哲学高度的缺憾,以致使中国虽然有并不逊色于《薄伽梵

---

①　《老子奚侗集解》,上海古籍出版社 2007 年版,第 72 页。

②　室利·阿罗频多:《薄伽梵歌论》,徐梵澄译,《徐梵澄文集》(第 8 卷),上海三联书店2006 年版,第 209 页。

③　室利·阿罗频多:《薄伽梵歌论》,徐梵澄译,《徐梵澄文集》(第 8 卷),上海三联书店2006 年版,第 1—2 页。

歌》之类的经典,却至今未能出现类似于室利·阿罗频多的大师读者,也未能形成类似《薄伽梵歌论》的研究成果,即使朱熹诸人也在宏大体系方面不免有些逊色。这不是说每个读者都能达到大师读者的层次,但大师读者其阅读的大视野、阐释的大手笔、思想的大襟怀,确实是许多人难以企及的。能够达到这一层次的大师读者不独致力于学术研究,以求获得关于某一领域最高研究成果,创立某一具有原创性理论,更在于揭示人类精神的规律,探索人类灵魂的真谛,提升人类生命的境界。这不是仅执着于消遣娱乐的大众读者和满足于养家糊口的专家读者所能企及的。

大师读者之所以能够取得非同寻常的成就,关键不是因为他们有三头六臂式的特异功能,而是因为他们对文献文本系统的阅读有异乎寻常的独特认知。罗兰·巴特明确指出:"我们可以在批评史中或在同一作品的各式各样的阅读中找到印证。至少事实证明作品可有多元意义。但只需要扩大一点史学的眼光,就能把这单一的意义演为多元意义,把封闭的作品化为开放的作品了。作品本身的意义也在改变中,它不再是一历史事实,而是一人类学的事实了。因为任何历史都不可能把它完全表达。意义的变化并非由于人们习俗的相对视角的不同而引起的,它并不指示社会的错误倾向,而是展示作品的开放性:作品同时包含多种意义,这是结构本身使然,并不是因为读者阅读能力的不足,因此它是象征性的:象征并不等于形象,它就是意义的多元性本身。"①这里不完全排除仁者见仁、智者见智的嫌疑,但最根本的还在于大师读者有基于原创性理论基点的发现和发明,从而使文献文本系统其意义的多元性获得最大限度突显。

当然也不是所有大师读者都有此发现和发明的自信。如罗兰·巴特指出:"文学科学感兴趣的并非作品的存在与否,而是作品在今天或未来会被如何理解,其可理解性将是它的'客观性'的源泉。所以我们应摆脱这种意念:即认为文学科学能告诉我们作品的确切意义。它不赋予、更不能找到任何意义,而只述说,按照什么逻辑来说,意义是由人类象征的逻辑以可接受方式而生成的,就如法语的句子被法国人的'语感'所接受一样。"②罗兰·巴特还区

---

① 罗兰·巴特:《批评与真实:罗兰·巴特文选》,温晋仪译,上海人民出版社 2016 年版,第35 页。

② 罗兰·巴特:《批评与真实:罗兰·巴特文选》,温晋仪译,上海人民出版社 2016 年版,第43 页。

别了文学科学与文学批评,认为文学科学是探索意义,而文学批评却产生意义。指出:"批评所能做的,是在通过形式——即作品,演绎意义时'孕育'出某种意义。"①大师读者的批评也不能随意捏造意义,他们对作品的影像变形还得受意义形式的限制,必须将作品中的一切都看成有意义的,而且对影像的变形还受到象征逻辑的制约,他们所揭示的不可能是所指,而只是一些象征的锁链,一些关系的同系的现象,它给予作品的意义最终只是构成作品的一堆花团锦簇的象征。他这样阐述道:"它涉及一种变形影像,当然,一方面作品并非一纯粹的反照(作品并不像苹果或箱子那样是反射的对象),另一方面变形影像本身是一种屈从于视角的限制转换;一切反省过的都得全部转化,转化有某些规律要遵循,而且永远向着同一方向转化,这就是批评的三大限制。"②

不是所有读者都能上升到大师读者的层次,但大师读者确实是推动人类阅读史发展的最关键力量,也是驱动人类文化史得以发展的原始动力。这并不意味着所谓大师读者的阅读便可以类似于"六经注我"和"庄子注郭象",不受任何限制随意发挥,至少作为其生活方式,还应该服从于某些阅读和生活的逻辑。

人们当然也不能迷信大师读者,有伟大的思想者,必可能有伟大的迷误。人们不能忘记大师读者因偏执自己建构的原创性理论基点所导致的类似于专家读者和大众读者的偏执和片面,以及可能造成的很大程度上超出专家读者和大众读者影响力的更大恶果。人们更不能忘记老子"为者败之,执者失之。是以圣人无为故无败,无执故无失"③的古训。

---

① 罗兰·巴特:《批评与真实:罗兰·巴特文选》,温晋仪译,上海人民出版社2016年版,第45页。

② 罗兰·巴特:《批评与真实:罗兰·巴特文选》,温晋仪译,上海人民出版社2016年版,第45—46页。

③ 《老子奚侗集解》,上海古籍出版社2007年版,第162页。

第九章　文学作为教师的生活方式

　　教师特别文学教师是一个富有弹性的职业,也是一个最具包容性的职业。说它富有弹性,是因为最低限度可以作为养家糊口的工具,完完全全将自己作为知识搬运工或知识贩卖所的小伙计,掺假可使知识的水分有一定增量,许多时候会由于记忆的衰减或玩忽职守的偷工减料而使知识很大程度上日益耗散和减损。虽然会误人子弟,但不会像医生误诊那样导致病情恶化甚至死亡的危险;若是到最高境界,也能制造知识的减量,但这种减量仅限于知识,决不关涉思想,或说是知识的减量和思想的增量。这些人可能因为著书立说导致知识的增量,也在一定程度上有助于人类认知世界和把握世界能力的提升,但主要还是增加了人们学习和记忆的负担,实际上并不真正有助于人类的进步,或只在极有限的程度上助力人们认知的进步。真正卓有成就的教师常常应该日益减损知识,不断启发和激励人们思考,促成思想的不断增益,激活人们与生俱来的创造潜能,彰显人们的创造力。

第一节　生存与职业

　　处于这一层次的文学教师往往占绝大多数。他们虽然从事文学教育,但并不真正喜欢文学,甚至骨子里厌恶文学,或仅仅出于养家糊口的需要不得已从事文学教育,其实连文学教育的一点激情乃至热情也没有,凡事处于被动应付状态。梁遇春的《论智识贩卖所的伙计》对此层次教师有如下描述:

　　　　智识贩卖所的伙计是最不喜欢智识,失掉了求知欲望的人们。这也难怪他们,整天弄着那些东西,靠着那些东西来自己吃饭,养活妻子,不管你高兴不高兴,每天总得把这些东西照例说了几十分钟或者几点钟,今年教书复明年,春恨秋愁无暇管,他们怎么不会讨厌智识呢? 就说是个绝代佳人,这样子天天在一块,一连十几年老是同你卿卿我我,也会使你觉得腻了。所以对于智识,他们失丢了孩童都具有的那种好奇心。他们向来是不大买书的,充其量不过把图书馆的大本书籍搬十几本回家,搁在书架上,让灰尘蠹鱼同蜘蛛来尝味,他们自己也忘却曾经借了图书馆的书,有时甚至于把这些书籍的名字开在黑板上,说这是他们班上学生必须参考的书,害得老实的学生们到图书馆找书找不到,还急得要死;不过等到他们自己高居在讲台之上的时节,也早忘却了当年情事,同样慷慨地腾出家里的书架替学校书库省些地方了。他们天天把这些智识排在摊上,在他们眼里这些智识好像是当混沌初开,乾坤始定之时,就已存在人间了,他们简直没有想到这些智识是古时富有好奇心的学者不惜万千艰苦,虎穴探子般从"自然"里夺来的。他们既看不到古昔学者的热狂,对于智识本身又因为太熟悉了生出厌倦的心情,所以他们老觉得智识是冷冰冰的,绝不会自己还想去探求这些冻手的东西了。学生的好奇心也是他们所不能了解的,所以在求真理这出捉迷藏的戏里他们不能做学生们的真正领袖,带着他们狂欢地瞎跑,有时还免不了浇些冷水,截住了青年们的兴头,愿上帝赦着他们罢,阿门。然而他们一度也做过学生,也怀过热烈的梦想,许身于文艺或者科学之神,曾几何时,热血沸腾的心儿停着不动,换来了这个二目无光的冷淡脸孔,隐在白垩后面,并且不能原谅年轻人的狂热,可见亲身经验是天下里最没用的事,不然人们也不会一代一代老兜同一个的愚蠢圈子了。他们最喜欢那些把笔记写得整整齐齐,服服贴贴地听讲的学生,最恨的是信口胡问的后生小子,他们立刻露出不豫的颜色,仿佛这有违乎敬师之道。法朗士在《伊壁鸠鲁斯园》里有一段讥笑学者的文字,可以说是这班伙计们的最好写真。他说:"跟学者们稍稍接触一下就够使我们看到他们是人类里最没有好奇心的。前几年偶然在欧洲某大城里,我去参观那里的博物馆,在一个保管的学者领导之下,他把里面所搜集的化石很骄傲地,很愉快地讲述给我听。他给我许多有价值的智识,一直讲到鲜新世的岩层。但是我们一走到那个发现了人类最初遗痕的地层的陈列柜旁边,他的头忽然转向别的地方去了;

对于我的问题他答道这是在他所管的陈列柜之外。我知道鲁莽了。谁也不该向一个学者问到不在他所管的陈列柜之内的宇宙秘密。他对于它们没有感到兴趣。"叫他们去鼓舞起学生求知的兴趣，真是等于找个失恋过的人去向年轻人说出恋爱的福音，那的确是再滑稽也没有的事。不过我们忽略过去，没有下一个仔细的观察，否则我们用不着看陆克、贾波林的片子，只须走到学校里去，想一想他们干的实在是怎么一回事，再看一看他们那种慎重其事的样子，我们必定要笑得肚子痛起来了。①

这一层次文学教师的最大特点是骨子里不喜欢文学，但喜欢夸夸其谈文学的价值和意义，似乎自己作为教师的价值常常与自己所吹嘘的文学价值同等重要似的。文学的价值和意义无足轻重：论实用，既不能顶饭吃，也不能当水喝；其最大的价值，常常被看成是最虚无缥缈的提高人们所谓境界的精神食粮。这个价值很大程度上不是取决于文学自身，而是取决于接受者的认可。但几乎所有平庸的文学教师都不会将其阐述为读者自身的力量，而会说成文学自身的能量，似乎不以此为借口，便不足以显示作为文学教师的自身价值。无论他多么吹嘘其价值，根本上还得考察其实际行为。可以发现，许多这一层次的文学教师，并不将文学作为一种业余习惯和乐趣，常常只是出于养家糊口的需要不得不从事的一种职业来看待。他们的业余时间即使选择打麻将、赌博、吃喝玩乐，也不会将阅读文学作为消遣娱乐的手段。虽然不能说，一旦放弃对他们教学的管理约束，就会像躲避瘟疫一样躲避阅读，但平时不喜欢阅读和写作肯定是常态。人们无须指望这一层次的教师会利用寒暑假和双休日钻研教学内容。

惟其如此，他们的特征之一是对课程内容缺乏认真的独立思考和深入研究，常常习惯于照本宣科、人云亦云，似乎只有这些四平八稳的知识系统才是天经地义的，其他都是离经叛道的无稽之谈。梁遇春《论智识贩卖所的伙计》的活画像是：

他们不只不肯自备斧斤去求智识，你们若是把什么新智识呈献他们

① 梁遇春：《论智识贩卖所的伙计》，《梁遇春散文》，人民文学出版社 2005 年版，第 114—116 页。

面前，他们是连睬也不睬的，这还算好呢，也许还要恶骂你们一阵，说是不懂得天高地厚，信口胡谈。原来他们对于任何一门智识都组织有一个四平八稳的系统，整天在那里按章分段，提纲挈领地说出许多大大小小的系统来。你看他们的教科书，那是他们的圣经，是前有总论，后有结论的。他们费尽苦心把前人所发现的智识编成这样一个天罗地网，炼就了这个法宝，预备他们终身之用，子孙百世之业。若使你点破了这法宝，使他们变成为无棒可弄的猴子，那不是窘极的事吗？从前人们嘲笑烦琐学派的学者说道：当他们看到自然界里有一种现象同亚里士多德书中所说的相反，他们宁可相信自己的眼看错了，却不肯说亚里士多德所讲的话是不对的。智识贩卖所的伙计对于他们的系统所取的盲从同固执的态度也是一样的。听说美国某大学有一位经济思想史的教授，他所教的经济思潮是截至一八九〇年为止的，此后所发表的经济学说他是毫不置问的，仿佛一八九〇年后宇宙已经毁灭了，这是因为他是在那年升做教授了，他也是在那年把他的思想铸成了一篇只字不能移的讲义了。记得从前在北平时候，有一位同乡在一个专门学校电气科读书，他常对我说他先生所定的教科书都是在外国已经绝版了的，这是因为当这几位教授十几年前在美国过青灯黄卷生涯时是用这几本书，他们不敢忘本，所以仍然捧着这本书走上十几年后中国的大学讲台。前年我听到我这位同乡毕业后也在一个专门学校教书，我暗想这本教科书恐怕要三代同堂了。这一半是惯性使然。在这贩卖所里跑走几年之后，多半已经暮气沉沉，更哪里找得到一股精力，翻个筋斗，将所知道的智识拿来受过新陈代谢的洗礼呢！一半是由于自卫本能，他们觉得他们这一套的智识是他们的唯一壁垒，若使有一方树起降幡，欢迎新智识进来，他们只怕将来喧宾夺主，他们所懂的东西要全军覆没了，那么甚至于影响到他们在店里的地位。人们一碰到有切身利害的事情时，多半是只瞧利害，不顾是非的，这已变成为一种不自觉的习惯。学术界的权威者对于新学说总是不厌极端诋毁，他们有时还是不自知有什么卑下的动机，只觉得对于新的东西有一种说不出的厌恶，也是因为这是不自觉的。惟其是不自觉的，所以是更可怕的。总之，他们已经同智识的活气告别了，只抱个死沉沉的空架子，他们对于新发现是麻木不仁了，只知道倚老卖老做一日和尚撞一日钟。白垩使他们的血管变硬了，这又哪里是他们自己的罪过呢?①

缺乏兴趣和热情的文学教师的致命弱点,是丧失了对文学的新思考和新认知,以至于常常拿着一本泛黄的讲义一劳永逸地讲到底,并将陈词滥调视为至高无上的圣经,以貌似毋庸置疑的权威性要求学生必须对其烂熟于心,从来不闻不问这些陈词滥调对学生的实际价值和意义。他们这一行为之最可怕的后果,是让学生对诸如此类陈词滥调头头是道、烂熟于心,但对最基本的文学事实和常识不闻不问、熟视无睹、一无所知。这不仅使某些学过文学课的学生不见得比其他学生对文学更有兴趣,更有感悟能力,而且可能使其对最基本的文学事实和常识也熟视无睹、置若罔闻。希尼在上英语课的时候,他们的校长麦克拉弗蒂大约每周一次出其不意地出现在教室门口,参与进课堂,询问学生上课的勤奋状态和诗歌的鉴赏效果,并结合当时报纸上橄榄球队员照片,不假思索地重复着没有学过诗歌与学过诗歌的学生的最大区别只能是在街角瞎扯。希尼认为校长将诗歌学习与否与实际效果完全对等起来的做法是成问题的。他这样描述道:

> 当我说"成问题",我无非是要说,诗歌是不能像定理那样被证明的。麦克拉弗蒂之所以能够提出诗歌可以明显地使一个人变得更好而一走了之不受质疑,是因为我随时准备好跟他一唱一和。况且不管怎样,班上的学生都知道整场演出是一个假面舞会。但恰恰是这个虚构、反讽和异想天开的脚本的假面舞会,才能使我们抽离自身并进一步贴近我们自己。艺术的悖论在于,艺术全是编造的,然而它们使我们可以了解关于我们是谁、我们是什么或我们可能是谁、我们可能是什么的真相。事实上,麦克拉弗蒂先生关于诗歌人性化力量的夸张说法,既诱人又滑稽,因为这幅漫画是根据西方2500年美学理论和教育理论绘制的。从柏拉图到现在,从雅典学院到你当地小学家长与老师的见面会,都一直存在着关于想象性写作在课程大纲中的地位、意义和选择的辩论,以及关于这样的作品对于培养好公民的感受力和行为到底是否有作用的辩论。事实上,麦克拉弗蒂的表演本身就是对这个人文主义传统的其中一个中心理念的戏仿或夸

① 梁遇春:《论智识贩卖所的伙计》,《梁遇春散文》,人民文学出版社2005年版,第116—117页。

张,这个理念就是,在善与美之间存在着根本性的联系,而研究美即是积极地促进美德。当然,这种对艺术价值的独特捍卫,在 20 世纪受到纳粹大屠杀这个历史事实的灾难性削弱:问题在于,如果某个最有教养的民族中某些最有教养的人可以授权大规模杀人又在同一个晚上去听一场莫扎特音乐会,那么献身于美和欣赏美又有什么善可言呢? 然而,如果说期望诗歌和音乐会做太多事情是狂妄和危险的,那么忽略它们所能做的,则是对它们的一种贬损,也是一种回避。①

可见,诗歌教育的最大危害就存在于诗歌教学本身。由于急功近利的考量,往往会掩盖诗歌教学的基本事实和常识。这就是:审美教育并不一定能取得道德教育的实际效果,或审美教育与道德教育可能风马牛不相及,至少不能相提并论或相互替代。这就是所谓以美育代宗教观点的浅薄之处。但这种事实和常识,却至今仍然受到绝大多数教育工作者的漠然和无视。希尼的阐述似乎只是为了揭示文学或音乐的善首先存在于它自身,而文学和音乐的首要原则是它本身所引发的有所裨益的快乐。无论希尼的阐述是否真正揭示了审美教育的盲区,或人们强加于审美教育的不切实际的妄念,但这一妄念至今受到某些人的推崇。审美水平的提升并不意味着道德水平会同步提高。可见,不假思索、人云亦云的文学教育,其最大危害恰恰在于麻痹了人们的心智,使人们很大程度上对最基本的问题丧失了独立思考能力,而照本宣科的文学教师其实就是这一麻痹心智、无视事实和常识的助推者。

二是对教学目标缺乏整体考量和科学设计,往往只满足于简单知识传授和机械技能训练,对一般所谓知识、能力、素养三维目标缺乏整体关注。至于对所谓三种重合的技能组合则更是知之甚少、闻所未闻,更不用说统筹兼顾、全面谋划了。有谓:"当教育政策的制定者们重新考虑我们教育系统的使命时,用'创新技能'武装每个人的目标就像一种保守的方式。我们将这些技能定义为三种重合的技能组合:技术技能(内容和程序知识)、思考和创造技能(质疑观念、发现问题、理解知识的限制、创造联系、想象)以及行为和社交技能(坚毅、自信、合作、交流)。教学的目标之一就是同时去开发这三种技能,

---

① 谢默斯·希尼:《诗歌与教授诗歌》,《希尼三十年文选》,黄灿然译,浙江文艺出版社 2018 年版,第 87 页。

因此要超越学校考试和测试所强调的某些学科的技术技能。"①这三种重合的技能组合教育目标，不仅是作为知识贩卖所伙计的文学教师应该深刻反思的，更是那些自以为是的教育政策制定者们应该深思的。不言而喻，当下中国的文学教育只强调了技术技能目标，对思考和创造技能目标关注较少，常常若有若无、似有实无，至于对行为和社交技能的关注更是存之阙如，甚至缺之又缺，或根本没有被提到议事日程。

　　将这一较宽泛的艺术教育缩小至更具体的文学教育范畴同样适合。卡尔维诺的阐述更加具体。他阐述道："文学应该去面对那些人，在向他们学习的同时，还应该教授他们知识，为他们服务，那就是帮助他们变得越来越聪明、敏感，并且在道德上变得强大。文学可以探寻和教授的东西不多，却又无法取代，其中包括：注视身边的人和自己的方法，建立起个性化和普遍性事件之间的关系，使小的或者大的东西获得价值；考查自己的局限性、坏毛病，还有他人；找到生活中各种事物之间正确的关系，爱情在生命中的位置，它的力量与节奏；死亡的位置，以及应该如何去思考或者不去思考它；文学可以教会我们严厉、怜悯、悲伤、讽刺、幽默，以及另外一些类似的、必要而又困难的东西。剩下的东西就要到别的地方去学习，从科学、历史、生活中学习，就如同我们所有人都要不断地学习一样。"②许多时候，至少中国的文学教育常常做不到。绝大多数文学教师除了关注文学的现有知识，甚至仅仅是些可怜的文学史知识，连文学史知识之外的一点有关鉴赏的知识都难以涉及。他们除了习惯于照着他们老师和教科书的套路照本宣科之外，一无所长，最多也可能只是就事论事，做点与生活琐事有关的延伸和拓展，也不免于无聊和庸俗。至于要对人生有所启迪，以致产生醍醐灌顶般的作用，那是在任何时候都不可奢望的。这不是因为他们身怀绝技，故意留有一手，而是因为他们除了孤陋寡闻、自以为是，实在没有别的什么更多特长。

　　弗莱认为："学习想象的世界有什么用处呢？我认为，最明显的用处之一就是培养宽容。在想象中，我们的个人信仰不过是可能性，但是我们也能够在

---

　　①　艾伦·维纳、塔利亚·R.戈德斯坦、斯蒂芬·文森特-兰克林：《回归艺术本身：艺术教育的影响力》，郑艳译，华东师范大学出版社2016年版，第239页。
　　②　卡尔维诺：《文学机器》，魏怡译，译林出版社2018年版，第18—19页。

他人的信仰中看到可能性。"①要使文学教育真正彰显这一功能,除非通过阅读能使人们"重新感到原始的质朴和天真,一切错误和修正都无关紧要,不再存在。作品中的一切都毫无目的,随遇而安,仿佛禅宗寺院里的踏脚石那样随处抛置,无所用心"②,否则是不可能的。大多数文学文本似乎并不能使人形成这一感悟,特别是出于庸俗社会学考量编辑而成的文选之类,更是受制于各种因素,使孤陋寡闻、自以为是、愤世嫉俗甚至社会暴戾的习气得以无限放大。人们看到的更多情形正好相反,文学教师在这方面暴露出来的专业和性格缺憾实在比其他学科更为突出:他们长期习惯于夸大和标榜那些历史上百无一用,只会发牢骚、泄私愤的诗人,久而久之不一定真正影响到学生,反而很大程度上教育了自己,使自己不假思索地真正将那些百无一用只会发牢骚、泄私愤的作家看成了良知的代表、正义的化身、超凡绝圣的智者,以致习以为常地将现实主义、浪漫主义等当初似有贬义的词汇当成了最高的荣誉,将诸如"杰出"、"伟大"之类廉价加诸这些偏执偏信的诗人,也无形之中培养和放纵了自己这方面的偏激倾向及其缺憾。

因此,与其让这些毫无诗意甚至孤陋寡闻的知识贩卖所伙计错误地诠释和教育学生,不如偶尔让某些有自知之明的诗人直接讲授。希尼指出:"如果要在教育系统内实施诗歌教育,那么这种诗歌教育偶尔由诗人自己来实施,也就讲得通了;只要他们承认他们作为教育家的职能与他们作为艺术家的职能存在着根本性的差别,那就没有害处,甚至可能有很多好的东西从他们的参与中流出。而不管怎样,如同在教学领域里任何的东西一样,成功与否更多地取决于诗人教授的性格和他使学生参与进去的能力,而不是取决于任何先天才能或后天智慧。教学既是神秘性的,又是技术性的,教学者的气质、其才智的出众或其一般的可信性,既与诗人教授的影响力有关,也与其诗歌本身的信誉程度或固有品质有关。诗人的一大优势,是这样一个事实:他可能拥有一种信得过的个人语言——显然,我不是指色彩缤纷的'诗意'语言,而是指在专业用语与个人用语之间将没有差距:相当于诗人在酒吧角落对一首刚刚发表于《爱尔兰时报》上的诗的优劣评头品足时讲话的方式也是他在教室对学生讲

---

① 诺斯罗普·弗莱:《培养想象》,李雪菲译,中国华侨出版社 2019 年版,第 63 页。

② 伊哈布·哈桑:《后现代转向》,刘象愚译,上海人民出版社 2015 年版,第 51—52 页。

话的方式。一般来说,既要对作品的技术层面有敏感性,又要结合一种更务实的承认,承认诗歌是平常生活的一部分,以及结合一种期待,期待一位诗人或一首诗应体现一定程度的机锋和常识。此外,与一般可能有的假设相反,诗人很可能对花哨的东西、焦点柔化的'感觉'和夸夸其谈的雄辩一点也不买账;他们知道傲慢无礼、膨胀和自欺的危险,这是因为他们的本职很容易犯这些倾向,同时,他们已预先做好准备,随时检视如果不是在他们自己的作品中也是在别人的作品中的这些缺点。"①

三是对教学方法和手段没有做精益求精的借鉴,满足于简单讲授甚至满堂灌,对诸如大胆怀疑权威的创造性思维,以及基于现代信息技术的更丰富多彩的教学方式方法不闻不问、嗤之以鼻。梁遇春的《论智识贩卖所的伙计》有所描述:

> 他们是以肯定为生的,从走上讲台一直到铃声响时,他们所说的全是十二分肯定的话,学生以为他们该是无所不知的,他们亦以全知全能自豪。"人之患在好为人师。"所谓好为人师就是喜欢摆出我是什么都懂得的神气,对着别人说出十三分肯定的话。这种虚荣的根性是谁也有的,这班伙计们却天天都有机会来发挥这个低能的习气,难怪他们都染上了夸大狂,不可一世地以正统正宗自命,觉得普天之下只有一条道理,那又是在他掌握之中的。……他们以贩卖智识这块招牌到处招摇,却先将智识的源泉——怀疑的精神——一笔勾销,这是看见母鸡生了金鸡子,就把母鸡杀死的办法。他们不只自己这么武断一切,并且把学生心中一些存疑的神圣火焰也弄熄灭了,这简直是屠杀婴儿。人们天天嚷道天才没有出世,其实是许多天才遭到了这班伙计们的毒箭。我不相信学了文学概论,小说作法等课的人们还能够写出好小说来。英国一位诗人说道,我们一生的光阴常消磨在两件事情上面,第一是在学校里学到许多无谓的东西,第二是走出校门后把这些东西一一设法弃掉。最可惜的就是许多人刚把这些垃圾弃尽,还我海阔天空时候,却寿终正寝了。②

学校教育特别是文学教育确实教给了学生许多不必要的学习,甚至束缚

---

① 谢默斯·希尼:《诗歌与教授诗歌》,《希尼三十年文选》,黄灿然译,浙江文艺出版社2018年版,第89—90页。

② 梁遇春:《论智识贩卖所的伙计》,《梁遇春散文》,人民文学出版社2005年版,第117—118页。

学生思维的东西。这种照本宣科的知识贩卖所伙计在幼儿园、小学、中学甚至大学比比皆是。人们总是试图回答自然科学和人文社会科学领域培养不出世界一流杰出人才的所谓"钱学森之问"，但更多的人只是关注了学科化专业化所带来的职业痴呆症，却没有在更加僵化的知识贩卖中货物磨损、价值耗散导致的信息漏失和思维僵化的可怕后果。许多的文学教师只是按部就班、人云亦云地重复着诸如写作背景、作者简介、段落大意、主题思想和艺术特点之类的陈词滥调。这些先入为主的陈词滥调，不仅无助于学生知识的积累和思想的激活，还可能欲盖弥彰地践踏、蹂躏和肆虐学生鲜活的思维和生命。复杂的文学创作现象显然是看似深奥实则简单粗暴的文学理论无法概括乃至包揽无余的。但许多文学教师总是偏信这些理论，视其为至高无上的法宝，以为掌握了这些繁琐理论便掌握了创作的法宝。其实他们最浅薄无聊的愚昧恰恰在于忽略了这样一个基本事实：所有文学理论只告诉了人们过去和现在关于文学基本现状的认知，所有这些认知不是用来作为一成不变的圣经被人们顶礼膜拜的，恰恰是供人们怀疑、颠覆和重构的。很多情况下不应该亦步亦趋地遵循某些文学理论法则，而应该按照本心的引导，突破这些细枝末节的清规戒律。谢默斯·希尼有这样的阐述："在实践中，你是根据你自己关于要写什么的经验来写你认为是一首成功的诗。你经得起自己的看法的考验，不是因为获得理论证实，而是因为你信任某些满意的时刻，你凭直觉知道它们是扩张的时刻。你得到前一首诗的探访的确认，又受到下一首诗的躲避的威胁，而最好的时刻是当你的心灵似乎发生内爆而词语和意象自动奔入旋涡的时刻。"[1]更有甚者，许多文学教师连起码的文学理论概念范畴和知识谱系也知之甚少，时时处处只按照积习已久的老旧经验和套路作为衡量和判断文学的金枝玉叶。

托尔斯泰的阐述更直截了当，也深刻揭示了文学教育的症结。他指出："任何一所学校都不可能在一个人的心里唤起感情，更不可能教给一个人艺术的本质，即用他个人固有的独特方式来表达感情。学校能教给人的只是，如何像其他艺术家那样传达其他艺术家体验过的感情。艺术学校教的正是这一件事，而这种教育不但对传播真正的艺术毫无帮助，相反，由于传播了赝品，因

---

① 谢默斯·希尼：《把感觉带入文字》，《希尼三十年文选》，黄灿然译，浙江文艺出版社2018年版，第27页。

而比其他一切都更多地剥夺了人们理解真正艺术的能力。在文学方面，他们要学生学会在什么话也不想说的时候能够写出一部洋洋大作来，这部作品的主题是他从来也没有想过的，而他要能把作品写得像已经成名的作家的作品。文科中学教的就是这些。"①托尔斯泰这里批评的文学教育，在中国不仅存在于中学，也存在于大学教育之中。他继续论述道："学校只能教人以制造类似艺术的东西时所必须具备的能力，可是决不可能教人艺术。学校的教育停止下来的地方，就是这稍稍开始的地方，因此，也就是艺术开始的地方。使人们习惯于类似艺术的东西，就会使他们抛弃对真正的艺术的理解。由此产生一个结果：凡在专业艺术学校受过训练并获得最优成绩的人，都是对艺术最不敏感的人。这些专业学校造成了艺术的伪善，这种伪善跟那些训练传教士以及一般宗教导师的学校所造成的宗教伪善完全一样。正像我们不可能在学校里培养出宗教导师来一样，我们也不可能在学校里培养出艺术家来。因此艺术学校对艺术有双重害处：第一，艺术学校使那些不幸而进入这种学校并修毕七年、八年或十年课程的人丧失创造真正艺术的能力；第二，艺术学校制造出大量虚假的艺术，这种虚假的艺术充满了这个世界，扭曲了群众的鉴赏力。"②托尔斯泰深刻揭示了文学教育的无效，或至少揭示了文学教育的低效。遗憾的是许多从事文学教育的教师却无此自知之明。教师的执迷不悟不仅不可能消解这一缺憾，而且可能使这一缺憾发挥到极致。

　　类似"智识贩卖所的伙计"的文学教育，不仅对更微妙复杂的文学创作一无所用，甚至对文学鉴赏也无一利而有百害。许多时候依赖于文学知识的鉴赏并不见得比依赖本心、发明本心的阅读更能获得独特体会。艾略特这样表述道："根据我自己鉴赏诗的经验，我总是感到在读一首诗之前，关于诗人及作品了解得愈少愈好。一句引语、一段评论或者一篇洋洋洒洒的论文很可能是人们开始阅读某一特定作家的起因，但是对我来说，细致地准备历史及生平方面的知识，常常妨碍阅读。"③纳博科夫也有类似看法，他写道："我们在阅读

---

　　①　托尔斯泰：《什么是艺术》，丰陈宝译，《列夫·托尔斯泰文集》（第14卷），人民文学出版社2013年版，第221页。

　　②　托尔斯泰：《什么是艺术》，丰陈宝译，《列夫·托尔斯泰文集》（第14卷），人民文学出版社2013年版，第223—224页。

　　③　托·斯·艾略特：《但丁》，王恩衷译，《传统与个人才能：艾略特文集·论文》，上海译文出版社2012年版，第305页。

的时候,应当注意和欣赏细节。如果书里明朗的细节都——品味理解了之后再做出某种朦胧暗淡的概括倒也无可非议。但是,谁要是带着先入为主的思想来看书,那么第一步就走错了,而且只能越走越偏,再也无法看懂这部书了。拿《包法利夫人》来说吧。如果翻开小说只想到这是一部'谴责资产阶级'的作品,那就太扫兴,也太对不起作者了。我们应当时刻记住,没有一件事就是要研究这个新天地,研究得越周密越好。我们要把它当作一件同我们所了解的世界没有明显联系的东西来对待。我们只有仔细了解了这个新天地之后,才能来研究它跟其他世界以及其他知识领域之间的联系。"①可见,现行过分迷信知识特别是琐碎无聊细节知识的文学教育,实际上无形之中弱化了文学鉴赏和教育的效果,甚至为文学鉴赏和教育制造了不可逾越的障碍。特别是现代社会,许多学生满足于手机微信之类零散浅表阅读,对一些文学经典熟视无睹,在这种情况下强化文学教育更加有害无益。因为凡知识都有所知有所不知:凡有所知,便成其为知识,成为累赘和负担;凡无所知,便成为认知盲点和缺憾。热衷于文学知识教育,其实就是强化知识教育的短板、加重学生的负担、束缚学生的思维、限制学生的想象、扼杀学生的天性、消磨学生的意志,甚至可能加剧学生的厌学情绪。如果盛行于小学、中学的文学教育其实是在扼杀学生与生俱来的天性乃至知觉力和想象力,那么大学的文学史教育干脆在陷害学生,特别是在学生不愿意直读文本情况下的任何先入为主的文学史讲述都难辞其咎。

艾略特这样描述道:"当读者用一种他不太通晓的语言去阅读作品时,他很有可能发现作品中没有的东西;如果这个读者本身是个天才,这种外国诗歌的阅读或许会在偶然的妙想中,诱发出他心灵深处某种重要的东西,他也将此归功于他所读的文字。"②可见文学教育的最大危害不仅存在于现代文学这一现代汉语母语教育之中,也存在于古代文学这一古代汉语母语教育之中,更存在于外语教育之中。人们可能怀疑没有相应知识和语言基础的阅读会造成诸多误读,甚至会浪费学生的时间和生命。这种看法不仅违背常识,而且显得武

---

① 弗拉基米尔·纳博科夫:《优秀读者与优秀作家》,范伟丽译,《纳博科夫文学讲稿三种:文学讲稿》,上海译文出版社2018年版,第3页。

② 托·斯·艾略特:《从爱伦·坡到瓦莱里》,王恩衷译,《批评批评家:艾略特文集·论文》,上海译文出版社2012年版,第35—36页。

断粗暴,因为事实可能如艾略特所描述的:"真正的诗在被理解之前确实能够传达某些东西。这种印象能够随着了解的知识越来越多而得到验证。在阅读但丁以及其他一些使用我不熟谙的语言写作的诗人时,我发现这样的印象决不是凭空想出来的。换句话说,它们的产生不是由于误解,或者捕风捉影,或者诗句恰好唤起了我对往昔情感的回忆。这种印象是新产生的,我相信,它是'诗的情感'客观地产生出来的印象。"①可见,许多实际上扮演着知识贩卖所伙计的教师,自认为其教学态度极其认真和严谨,但正是这种看似认真和严谨的教学态度,却可能由于教学理念极其陈旧落后而误导学生,以为文学阅读存在唯一正确的终极答案,而且认为这些终极答案往往基于由来已久的知识积淀,似乎只有抓住了这些知识才能抓住阅读的金钥匙。当然大多数类似知识贩卖所伙计的教师出于担心学生误读的善意,但这种善意可能以最大限度抹杀学生作为读者的自主性为代价,而且正是他们奉为圭臬甚至至高无上的真理性知识,才以先入为主的不必要信息干扰了学生的心智,使他们不能用本心来阅读,还由于时常戴着他人有色眼镜而影响阅读。这其实是误人子弟。

人们不必执念于不是基于知识的阅读可能会影响学生的判断,因为基于直接或直觉阅读的经验同样属于知识范畴,并且基于鲜活的直感显得更真切和深刻,至少因基于学生自身独立阅读和独特感受,显得不那么僵化和死板。艾略特这样表述了自己的体会:"一位作家在一个时期内,占据了我们的全部心灵;随后又是另一位;最后,这些作家开始在我们头脑里相互产生影响。我们衡量一个作家和另一位作家所缺少的一些特性,这些特性和其他一些作家的特性是不相容的:我们开始变得的确有批判能力了;正是我们不断成长的批判能力保护着我们,使我们避免任何一个文学个性过分占领我们的心灵。"②直接阅读不仅不一定导致误读,而且可能形成基于自身经验的知识和判断能力,因此可能没有一种教学方法能比直接阅读更有效地提高学生的判断和批评能力。

---

① 托·斯·艾略特:《但丁》,卞之琳译,《传统与个人才能:艾略特文集·论文》,上海译文出版社 2012 年版,第 307 页。
② 托·斯·艾略特:《宗教和文学》,李赋宁译,《批评批评家:艾略特文集·论文》,上海译文出版社 2012 年版,第 158 页。

第二节　生活与事业

将教师不是作为职业,而是作为事业的教师,往往对所从事工作有一定兴趣和追求,最起码并不满足于现有模式和套路,常常能对存在的问题有一定独立思考。虽然这些思考不一定十分精深或能达到哲学高度,但肯定经过独立思考、深思熟虑,且能见人之所未见、发人之所未发,特别是对某些执着于按部就班、人云亦云的模式和套路,试图创新但有所顾虑的教师会产生一定的积极影响,至少能使其中部分教师提升到更高层次,不再将教师仅仅视为一种养家糊口的职业,而是将其作为实现生命价值的一种手段和途径,其中某些教师能著书立说甚至成名成家。这便是将教师作为事业的教师的基本特征。

在中国的中小学,绝大部分教师习惯于立足课文从思想性和艺术性两个方面对文献文本系统加以分析,虽然这一分析往往拘泥于字词句篇的识解和阐释,也离不开所谓思想性、艺术性的陈述,甚至也不能完全摆脱作者简介、时代背景、段落大意、主题思想、艺术特色五大板块模式的束缚。仅此而言,也还是比更多踌躇满志的大学教授真实、具体、有效得多。许多大学教授舍不得丢弃多年累积形成的关于作家生平事迹、思想艺术成就的认知不免于在这些方面夸夸其谈,但对作为作家的最货真价实的文献文本,以及文本话语系统的阐释则常常讳莫如深。这一方面可能有习惯的原因,另一方面也有储备不够和分析不力的缘故。这一现象还有一定普遍性。托多罗夫指出:"人们在宣讲围绕作品的理论,而不去讲解作品本身。这样做表露出了某种不谦虚。我们这些文学专家、文学批评家、教授们,在大多数情况下,只不过是骑在巨人肩上的侏儒,而且将语文教学集中到文本上,也是大多数教师心照不宣的意愿,我对此毫不怀疑。"①托多罗夫的观点有一定的准确性,因为确实有许多卓有成就的教师事实上已经在文献文本系统阐释方面付出了不少努力,而且有些已经在这些方面颇有建树。但这并不意味着大学和中小学教育方面存在的问题便可忽略不计。

----

① 茨维坦·托多罗夫:《濒危的文学》,栾栋译,华东师范大学出版社2016年版,第52页。

托多罗夫的建议有许多可借鉴之处。他说："此前的一百多年,在大学中占支配地位的是文学史教授;也就是说,作品产生的原因研究最为重要:文学文本被视为结果的社会、政治、人种、心理力量;或者再加上该文本的效应,其传播,在受众中的冲击,对其他作家的影响。于是优先要做的事情是将文学作品插入这些因果链条当中。意义研究反而受到怀疑。人们指责意义研究永远不够科学,并将之抛给不被看好的另类评论者、作家或报刊批评人员。大学的传统首先就没有把文学当作某种思想和某种感性的体现,也没有将之看作一种对于世界的解说。"①也许中国大学教育的缺憾还不在于完全缺失了对世界的解说,而是太过热衷于对世界的解说,且绝大多数情况下不能完全脱离意识形态和庸俗社会学阐释,不外乎表达了什么、揭露了什么、赞美了什么之类的固定模式,对更有普遍启发性的人生哲理则多视而不见。特别是仅满足于诸如屈原、陶渊明、李白、杜甫、苏轼等为数不少的颇有一定社会良知的士阶层的世界识解和生命境界的表彰,但这些人限于其性格、气质和经历的先天不足,往往仅囿于一己之见,最缺乏换位思考的思维广度和切实可行的建议效度。对诸如此类作家不切实际的表彰所导致的最大恶果是培育甚至助长了愤世嫉俗的社会戾气和孤芳自赏的人格缺憾,以致缺失了对诸如老子、孔子、释迦牟尼等圣人人格理想的追求,降低了整个社会的理想层次。托多罗夫指出:"中学教师的责任重大,他应该把大学所学的东西内在化,使之归于一种无形工具的地位,而不是去讲授这些东西。"②中国的中小学教育,除了为数不多的刚刚毕业的大学生可能会存在生吞活剥灌注大学课程内容的现象,对绝大多数教师,特别是大学没有很好学习课程或毕业后不再热衷于最新学科进展的教师而言,他们的最大问题反而是没有多少可内在化并使之成为工具的理论和知识,除了为数不多的专业扎实、悟性好的教师可能暗合知识和理论,其他更多的教师只能按教学参考书照本宣科、人云亦云。

对语文教学,如叶圣陶、朱自清提出了以下几点要求:一是强调吟诵,认为:"吟诵的时候,对于讨究所得的不仅理智地了解,而且亲切地体会,不知不觉之间,内容与理法化而为读者自己的东西了。这是最可贵的一种境界。"二

---

① 茨维坦·托多罗夫:《濒危的文学》,栾栋译,华东师范大学出版社 2016 年版,第 60 页。
② 茨维坦·托多罗夫:《濒危的文学》,栾栋译,华东师范大学出版社 2016 年版,第 62—63 页。

是强调参读相关文字,指出:"精读文字,只能把它认作例子与出发点;既已熟习了例子,占定了出发点,就得推广开来,阅读略读书籍,参读相关文字。"三是强调应对教师的考问,应该:"把所知所能尽量拿出来,教师就有了确实的凭据,知道哪一方面已经可以了,哪一方面还得加以督促。"①于漪特别强调语文学科教学的综合效应,认为:"就语言文字本身来说,它综合着各种语文知识、各项语文训练,培养多项语文能力。语文知识是字、词、句、篇,语法、修辞、逻辑、文学,阅读、写作、听话、说话等各种各类知识的综合;语文能力是读、写、听、说各种能力的综合;语文训练是各种语文知识训练和各种语文技能训练的综合。"②在语文素质、能力、智力方面,她特别强调:"培养学生读写听说能力的同时,须有意识地在思维力、想象力、观察力、记忆力、联想力等方面,尤其是思维力的锻炼方面下工夫。在学生脑力劳动中,首要的不是记住别人的思想,而是要自己积极思考,培养学生的语文能力,无论是遣词、造句、谋篇、布局,无论是记事、写人、状物、说理,都须臾离不开积极的思维。因此,在训练读写听说能力的同时,必须增进和发展他们的思考能力。"③

应该说,诸如叶圣陶、于漪等语文教育家的观点基本上代表了中国语文界一个时代的基本观点,而且这些观点至今没有发生实质性改变。单就核心素养的阐述而言,即使近年来出台的《高中语文课程标准》仍显得有些庞杂凌乱。倒是朗格的阐述有一定启发性,他认为:"对于文学,我们可以通过文本内与文本外的多角度探索来理解文本,通过分析文本自身以及文本与其他文本、文学理论与生活之间的联系考虑文本中的隐含之意。"④他的这段论述揭示了作家及其文献文本系统阅读教学的核心内容,其目的还在于培养学生的读写思维。他对读写思维作了这样的阐释:"读写思维指的是我们从任何渠道中获得意义、构建知识的技能与策略。"他进一步论述道:"通过读写思维而

---

①　叶圣陶、朱自清:《精读指导举隅》,徐林祥主编:《百年语文经典名著》(第九卷),上海教育出版社 2017 年版,第 12—14 页。

②　于漪:《语文教学谈艺录》,徐林祥主编:《百年语文经典名著》(第十五卷),上海教育出版社 2017 年版,第 13 页。

③　于漪:《语文教学谈艺录》,徐林祥主编:《百年语文经典名著》(第十五卷),上海教育出版社 2017 年版,第 13 页。

④　朱迪思·朗格:《想象知识:在各学科内培养语言能力》,刘婷婷译,上海教育出版社 2015 年版,第 1 页。

获取的知识离不开所处的情境和参与的个体。因此,经历、文化、社会期待以及特定学科的价值观与规范,都有可能导致人们作出不同的解释和理解。当然,性别、种族、阶级、身心障碍以及个人背景等有关方面都会影响我们的理解,影响我们如何解释与使用知识。因此,我们需要审视并理解自己与他人的观点,去质疑并探索掩盖在表象下的深层意义。每门学科的教师都是该领域的专家,应该引导、示范,为学生提供机会去尝试和进入适用于该学科的思维路径。教师能够为学生创造机会,去使用学科适用的语言与思维方法,以帮助他们完善理解、获取知识。教师能够培养学生成为不同学科领域内具备读写思维的思考者。"他还指出:"读写思维有助于推动我们的思想发展,质疑、探索与精雕细琢,能促进我们的知识增长。"①朗格这里只阐述基于学术语言能力的所有学科教学的共同目标。也就是期待学生多途径获取以口头、书面、电子、动觉,以及目前尚未发明的陈述形式为载体的信息,通过关注、聚焦、搜寻、思考、质疑、判断、调整与拒绝的过程,接受和拥有知识,并借助巧妙建立各种知识关联来创造新知识。在他看来,学生只有真正亲身参与课堂学习的过程,才能逐步具备相应学科所需的语言和思维,建立学术自信,从而探索和超越已有观点,形成新思想。

朗格关于文学体验、文学想象、文学理解的关注和阐释可谓触及文学教育的根本点。他指出:"文学体验是一种与众不同的社会和认知行为,其思维方式与其他学科有本质区别,同时,它对形成高度发达的文化思维起着关键作用。文学体验主要是一种想象性和创造性行为,在这个过程中,读者、观察者、参与者或作者共同进入文本世界,去填补文本的未尽之意,思考文本的言外之意。文学体验既要求个体尽可能地探索文本,又要为将来的可能性留下余地。虽然这种文本探索通常与直觉思维联系在一起,但是它在塑造理性和形成批判性理解上的作用却很少有人认识到。""最重要的是,文学理解的核心是创造与想象行为,它们都是由规则制约的,可以通过英语和其他一切学科的教学来促进学生思维能力的提升。"他同时赋予文学体验、文学理解以极高的地位,认为是与数学、科学思维同等重要的,促进智慧核心思维发展的关键环节

---

① 朱迪思·朗格:《想象知识:在各学科内培养语言能力》,刘婷婷译,上海教育出版社2015年版,第12—14页。

和独有属性。他指出："文学是一门学科，因此，教学与熏陶也可生成文学理解。与数学推理、科学思维相同，文学理解也应在学校教育中占据合法席位。每种思维都可促进其所属学科领域的思考和学习。三类思维三管齐下，有利于促进智慧的核心，即变通思维的培养。三者分别占据着所在学科领域的中心位置，同时，它们为其他学科提供了有效的意义建构方法。"①

他特别关注文学教育的读写素养问题。指出："读写素养涉及不同情境下我们在生成意义和表达观点时语言与思维的运用。它涉及我们在不同背景中学习到的思维方式；它使个体在运用读写技能反复思考对文本、自我和世界的理解时，能有所收获；它赋予个体和他们创造或遇到的口头、书面文本以重要性；它汇集并培养以优秀、敏锐思维为特征的语言和思想。"②他还强调了学生积极思考和公开讨论的重要性："学生在感知、行动和事实上皆形成了一个文学思考者的共同体。他们参与积极的、进行中的意义生成过程，将不同的阅读内化为个人反思，从批判的角度分析文本（生活）以获得深层理解，将他者的评价视为潜在的可丰富自身思想的资源。文学阅读也是如此。个体思考是无限的，而公开讨论也是可行的。文学体验永无止境，只存在短暂的停歇，未来的可能性影响着文学的理解。"③这实际上为文学课程教学提供了基本原则：所有的读者都是文献文本系统意义生成的思考和阐释的阅读统一体，都有着几乎平等的阅读创造权利，而且这种权利至少从理论上讲应该是人人平等的，如果有不平等，那只是由于不同读者阅读创造的能力所限，而非其他原因。这实际为教师大力提倡学生参与阅读创造提供了理论支持；为此最理想的教学模式当是个人思考与共同讨论的有机统一，这里每个学生的独立思考是前提，共同讨论是基础。朗格还阐述独立思考和共同讨论的基本原则和主要内容是："在这样的课堂中，学生的思维与读写能力的发展是关注的焦点，学生对自身文本阐释的形成与发展负责，同时，他们有机会参与课堂对话，讨论文本内容、结构、语言、形式与自身阅读体验的关系，与其他文学、生活的关系，以

---

① 朱迪思·朗格：《文学想象：文学理解与教学》，樊亚琪译，上海教育出版社 2015 年版，"前言"第 1—2 页。

② 朱迪思·朗格：《文学想象：文学理解与教学》，樊亚琪译，上海教育出版社 2015 年版，第 4 页。

③ 朱迪思·朗格：《文学想象：文学理解与教学》，樊亚琪译，上海教育出版社 2015 年版，第 6 页。

及这些关系对当前阐释的影响。"①

朗格也提倡文学读写教学的综合育人功能。他指出："文学在生活中常常不知不觉扮演着关键角色。它设定情境，为我们探索自我与他者做准备——让我们定义并重新定义自我、可能的自我以及世界。"他继续论述道："当我们从想象的自我的视角来阅读或讲述故事，那么旧的自我则消融在记忆中，回忆得以重写，我们坚信新的自我就是我们原来和现在的模样。所有的文学——我们阅读和口述的故事都为我们提供了一种想象人类潜力的方式。准确地说，文学是对人类智慧的挑战，它有利于人性的理解，允许我们从不同角度来审视自身的思想、信仰与行为。"②应该说，朗格所阐述的定义以及重新定义自我、可能的自我和世界的这一综合育人功能还没有在中国语文教育界形成共识，至少没有成为一种普遍接受的共同行动。所以朗格的阐述还有启发性，应该成为中国语文教育界未来一段时间的改革趋势。

朗格还特别强调了文学教育的重点内容。他指出："尽管越来越多人已经认识到文学应与其他学科区别对待，但文学教育的重心仍集中于培养学生的文化知识、审美判断和文化品位上。文学同时还被视为'基础读写素养'教学的乐土。虽然这些都很好，但我仍认为这远不是文学教育的全部要义。文学在理解—意义生成过程与思维发展过程中的角色受到忽略。关于文学理解过程的内涵或文学教育应如何促进思维发展，大学毕业的教师通常知之甚少。教师的职前教育无关文学推理，而着重于数学推理能力和科学思维的培养。但是，理解一项科学实验的思维过程与理解2010年蒂姆·伯顿执导的电影《爱丽丝梦游仙境》的思维过程是不同的。在后者的理解过程中，你将自己置身于故事世界和主人公的生活之中。你看到的爱丽丝是个生活在完全不同背景下的活生生的年轻姑娘，而不是出现在刘易斯·卡洛尔书中的人。你试着去理解是什么将爱丽丝带入书中所描述的情境中，考察不同人物的不同特点，试着去比较或解释这些不可思议的事情对爱丽丝产生的影响，竭力进入故事情境并预测故事发展的可能性。这些能力都需

---

① 朱迪思·朗格：《文学想象：文学理解与教学》，樊亚琪译，上海教育出版社2015年版，第6页。

② 朱迪思·朗格：《文学想象：文学理解与教学》，樊亚琪译，上海教育出版社2015年版，第6页。

要在文学教学中培养。"①朗格这里指出文学教育的重点不仅在于文化知识、审美判断和文化品位以及基础读写素养的培养方面,更在于进入文学情境的设身处地体验和预测判断能力培养。这实际关涉文学理解的换位思考与想象能力等更核心素养的训练和培养。

文学教育的核心任务应该是培养学生的想象力。弗莱认为:"文学教育的目的不仅仅是欣赏文学,它更像是将想象性力量从文学传递给学生。"②也许借力宇文所安对中国古典诗歌想象性还原的有关成果来培养学生的想象力才是明智的选择,遗憾的是,中国语文教育恰恰忽视了设身处地的换位思考和想象能力的培养。有些小学语文教师讲授《女娲补天》神话传说时,教材提示明明并特别强调培养学生的想象能力,结果他却要求学生概括女娲的形象特征,将诸如分析人物形象之类模式滥用于文学教育领域,这恰恰不是培养学生的想象能力,而是强化学生的分析和概括能力,也就是抽象能力。其实想象能力与概括能力关涉两个截然不同方向的训练:前者是概括的具体化、细致化、形象化,而后者则是具体的抽象化、条理化、符号化。如此一来,并不是所有文学教育都必须安排人物形象分析和性格特征概括,适度设计想象能力训练环节是十分必要的。教师可以让学生熟悉如《淮南子·览冥篇》所谓"女娲炼五色石以补苍天,斩鳌足以立四极,杀黑龙以济冀州,积芦灰以止淫水",以及《太平御览》卷七八引《风俗通》所谓"俗说天地开辟,未有人民,女娲抟黄土作人,剧务力不暇供,乃引绳于泥中,举以为人"等材料,通过引导学生课堂发言,各抒己见,展示想象的进展情况,以及所有学生课堂展示的结果,进一步拓展想象,以致将不同出处的故事串联起来,并加以具体化、细腻化和形象化,然后在此基础上要求学生将自己的课堂展示、课后作文与课文加以比较,形成优劣对比,从而达到认识自我,以及新的自我和世界的目的。在这一过程中,学生的设身处地体验、推测、想象和联想能力才能得到有效训练和提升。

朱迪思·朗格指出:"文学推理有助于培养我们的个性、社会性与智性。它渗透于家庭、学校和工作等方方面面。因此,虽然文学鉴赏、文化知识、阅读

---

① 朱迪思·朗格:《文学想象:文学理解与教学》,樊亚琪译,上海教育出版社2015年版,第7页。

② 诺斯罗普·弗莱:《培养想象》,李雪菲译,中国华侨出版社2019年版,第108页。

品位的发展很重要,但阅读材料的过程和他们阅读的内容同等或更重要,因为前者赋予了学生创造性与批判性思考的能力。"①朗格在提出文学有益于个体、社会和智力发展的观点的基础上,总结了许多学者的研究成果,如个体对待事物方式的范型模式与叙述模式,以及科学家式的有序思维和故事家式的文雅好奇思维,语言能力发展的旁观者角色与参与者角色,甚至读者的输出式阅读与审美式阅读角色等。概括而言,人们对待和认识事物主要有两种方式:一种方式是客观体验,是人们必须与认知对象保持一定距离并客观对待,以此审视这些观念并将其与其他观念、感受、事件和行为相关联。这种方式其实就是布洛的距离说,是要求读者必须以科学家式的有序思维,与认知对象保持一定距离,以期获得较为客观、冷静、理性的认知,用朗格的话说就是"在此,人们将意义视为可被观察和分离的客体,以一种敏锐且距离化的视角审视"。一种方式是主观体验式。这就是里普斯所谓移情,就是读者将自我移置于认知对象,用认知对象的角色来思考,也就是我国所谓"共鸣",用这一认知方式,读者常常将自己幻化为文献文本系统中的某一人物和角色,并按照这一人物和角色的角度来观察、体验和思考,用朗格的话说,就是"在此,我们获得一种参与者的视角,探索事物的外观、感受以及与其他参与者观念和感受的关系。我们与故事讲述者一样,通过内化而生成意义,获得理解"②。朗格指出:"客观与主观体验不是相对抗或互斥的,相反,两者密切相关。后者注重个体的意义和体验,前者聚焦于个体之外的世界。两者并行,使你的体验更加完整、深刻。""客观与主观体验并无冲突,反而为同一现象提供不同分析角度(或者在该案例中为同一冲突提供不同分析角度)。"③

遗憾的是,有些教师并不具备相关的文学和美学理论基础,当然也就不可能进行相应的系统训练,更不用说进行精心设计了。有些教师虽然有关于布洛距离说与里普斯移情说的理论积淀,但并不能有意识地以其作为理论基础指导并精心策划和设计诸如此类旁观者与参与者、距离与移情、理智与直觉的

---

① 朱迪思·朗格:《文学想象:文学理解与教学》,樊亚琪译,上海教育出版社2015年版,第7页。

② 朱迪思·朗格:《文学想象:文学理解与教学》,樊亚琪译,上海教育出版社2015年版,第8页。

③ 朱迪思·朗格:《文学想象:文学理解与教学》,樊亚琪译,上海教育出版社2015年版,第9页。

同步训练或同等训练。最常见的情况是许多教师往往忘记了文学教育区别于其他课程教育的突出特点和优势,如数理化等科学课程的任务是训练学生的客观体验方式,而唯独文学和艺术教育才在二者并重的基础上尤其突出主观体验方式。甚至可以说,主观体验方式的缺失,是文学和艺术教育的最大失败。其实两条腿走路历来是最为稳妥的生存方式,同时也是最为周全的教育模式,遗憾的是许多情况下常常最易被人忽略甚至消解的则是主观体验方式的训练。这一点上,文学教育与其他艺术教育难辞其咎。这并不意味着文学教育便可无视客观体验方式的训练,二者并重才是最明智而周全的选择。只是对文学教育来说,主观体验方式训练相对于数理化等其他课程来说更具有无可替代的责任。朗格阐述道:"每个人都同时受到客观与主观体验的影响。我们通过它们生成并拓展理解。在我看来,将主观体验视为理解过程中自然、本质的部分有特殊的重要意义。文学教育具有培养与发展这种批判性能力的潜力。"①朗格有这样的总结:"文学成为一种超越事物本身、寻求全新和多样性角度看待事物的方式。不仅仅看到事物的表面现象,更看到人物情境中不易察觉的深刻内涵。它让我们在文学与现实生活中更善于思考,更富见识。文学思维成为我们推理和理解的基础。"②

　　中国文学教育虽然长期以来也强调综合育人功能,但对其理解和阐释仍失之于肤浅、失之片面化,很少有更透彻的认知。中国人虽然重视文学教育,但其结果是许多情况下只能使自负者更加自负、自恋者更加自恋,甚至常常由于沾染上了文学的非理性局限,使自以为是、唯我独尊成为这一专业最突出的副产品,以至于造成某些理工科出身的教师认为的"文学教授就是骂人的,不骂人就不是文学教授"的印象。这不能不说是文学教育最惨重的失败和不应该有的失误。朗格在其《文学想象:文学理解与教学》结语部分对文学教育的综合育人功能做了进一步总结:"文学推理让我们更具有社会化与个性化,也更理性。它帮助我们从其他群体和文化的层面开拓思维,让我们学会从他人(无论是谁)的角度思考问题。""确认和尊重差异使单一不变的观点不复存

---

① 朱迪思·朗格:《文学想象:文学理解与教学》,樊亚琪译,上海教育出版社2015年版,第9页。

② 朱迪思·朗格:《文学想象:文学理解与教学》,樊亚琪译,上海教育出版社2015年版,第9页。

在。想象构建的课堂期待听到所有学生的观点,因为倾听他人的解释是拓展与提升自身思维的方式之一。这并不意味着冲突是中立的,也不意味着抵制可以被消除。与此相反,学生有机会加入他们可以发表看法和保持与文本不同意见的共同体,在此,他们可以完善自身认知,拥有积极响应自己的听众。通过文学学习,学生可以意识到自己的理解是如何通过个体或群体的历史变得复杂和内隐的。"①

朗格充满信心地表达了自己的希望:"我希望我所描述的课堂和它背后的理论可以提供一个教育学的框架供教师和学生使用,让他们理解得更深入、更有效——他们能发表自己的看法,倾听他人的观点以促进自己思考,对非自己的观点保持敏感性,深入思考并能与他人清晰地交流。我希望我的方法能给他们力量——表达自身观点的力量,我希望他们能控制自身观念的生成,能在参与同辈群体讨论时保持自我,不苟同但互相尊重不同观点和阐释,从这些差异性中丰富自身思考。我希望它能有利于我们人道主义情怀的发展,期待人们从不同的人和观念中不仅仅能学到对世界及其运作的更好理解,更能学到如何成为更好的自己。"②这才是朗格对教师的热切期待,同时也可以看成一个将教师看成事业而不仅仅看成职业的教师的希望,所有这些希望也应该成为那些将文学教育视作事业的教师的共同行为方式。朗格的高明还在于对文学教育综合育人功能作了最透彻最发人深思的阐述:"文学理解行为的本质是触摸人类感性的多面性。通过想象,当我们在探索新的可能性视域时,至少可以开始从其他角度考虑问题——从不同情境、不同时代、不同文化的角度思考问题,对我们自身、时代和世界产生新的认识。文学让我们成为更优秀的思考者。它带领我们去认识问题的多面性,从而拓宽我们的视野,帮助我们实现不曾设想的梦想并找到解决方法。它不仅影响了我们的学习方式,而且对工作和家庭生活中看待问题的方式也产生了深刻影响。它让我们去思考自己与他人的内在联系,思考内在意义的多元性,让我们成为更完整的人。"③让学

---

① 朱迪思·朗格:《文学想象:文学理解与教学》,樊亚琪译,上海教育出版社2015年版,第162页。

② 朱迪思·朗格:《文学想象:文学理解与教学》,樊亚琪译,上海教育出版社2015年版,第163页。

③ 朱迪思·朗格:《文学想象:文学理解与教学》,樊亚琪译,上海教育出版社2015年版,第163页。

生成为更完整的人，这才是文学教育的终极目标，而这一目标的实现往往有赖于将文学教育不仅仅视为事业，更要视为功业，视为功德无量的事业。

虽然许多卓越教师开展了诸多研究，也付出了诸多努力，但文学教育存在的问题还是发人深思："一个简单但惊人的事实是，我们没有确凿的证据表明，文学研究能够丰富或稳定道德认知，或者具有人性化的力量。我们没有证据表明，文学批评真的使人更加仁慈。更糟糕的是，有大量确凿的反证。当暴行在 20 世纪的欧洲肆虐，许多大学的艺术院所几乎没有任何道德抵抗，这绝非微不足道的事情或个别地方的事情。有许多非常不安的例子表明，文学想象在政治暴行面前，不是逆来顺受，就是热烈欢迎。""我们发现自己也难以断言人文学科具有人性化力量。事实上，我甚至会说：至少可以设想，当注意力集中于书写文本（书写文本是我们训练和追求的材料），我们在现实生活中道德反应的敏锐性下降。因为我们受到训练，心理上和道德上都要相信虚构的东西，相信戏剧或小说中的人物，相信我们从诗歌中获得的精神状况，结果我们也许发现，更难与现实世界认同，更难入心体会现实经验世界——'入心'这个说法很有启迪。任何人身上的虚构反思或道德冒险能力都很有限，它能被虚构作品迅速吸收。因此，诗歌中的呼喊也许比外面街头的呼喊声音更大、更急迫、更真实。小说中的死亡也许比隔壁邻居的死亡更震撼。"[1]乔治·斯坦纳揭示的问题，不仅是 20 世纪欧洲文学教育失败的问题，也是迄今为止世界范围文学教育失败的问题。这种低效率而多耗时的文学教育之最可怕后果，不在于主观上学生是否成功获得了能力的全面发展与和谐人格教育，而在于客观上其实培养了法西斯暴政的顺从者和鼓吹者，以及文字世界的纵情派和现实世界的冷血动物。这才是文学教师必须深刻反思和引以为戒的。

第三节　生命与功业

不仅应该将教师作为一种事业，以期获得生命价值的自我实现，更应该将

---

① 　乔治·斯坦纳：《教化我们的绅士》，《语言与沉默：论语言、文学与非人道》，李小均译，上海人民出版社 2013 年版，第 72 页。

教师视为一种功业,一种与人为善、积德行善的功业,其出发点不限于著书立说、成名成家,其中有些可能崇尚述而不作,如孔子、释迦牟尼、苏格拉底、耶稣基督、慧能等,这些人成为人类不可多得的圣人和精神导师,他们对教育和人类的精神遗产常常不是自己的著述,而是其弟子的记录。虽然不是所有将教师当作功业的人都必须述而不作,但述而不作确实是其中为数不多的人类精神导师的共同特征。其中也有著书立说的,但其目的并不仅仅为了成名成家,更是为了推进人类精神世界的发展和提升,并将这种精神境界的最高成果结晶为文字,文学教师也可以突破文学教育的范畴将之提升到更具高度、深度和广度的哲学境界。有些从事文学或其他学科领域的教育,如索绪尔、怀特海等也常常能以小见大,达到对人类甚至世界普遍规律的最高认知,或对人类精神境界的最高提升。

这一层次的教师对某一学科和教育的认知常常能达到人类认知和精神境界的最高层次,同时还有明显的首创精神和实绩。怀特海指出:"对于人类精神的表述并不限于文学,还有各种其他的艺术,而且还有各种科学。教育必须超越以被动的方式接受他人的思想,必须加强首创精神。遗憾的是,首创精神并不意味着仅仅获得一种首创精神:有思想上的首创精神,行动中的首创精神,还有艺术中充满想象力的首创精神;而这三个方面还需要有许多分支。"① 怀特海进一步指出:"在一个国家的教育系统中须有三种主要的方式,即文科课程、科学课程和技术课程。但其中的每一种课程都应该包括其他两种课程的内容。我的意思是,每种形式的教育都应该向学生传授技术、科学、各种一般的知识概念以及审美鉴赏力;学生在每一方面所受的训练,都应该由其他两方面的训练补充而相得益彰。即使是最有天赋的学生,由于缺乏时间,他也不可能在每一方面都得到充分发展,因此必须有所侧重。最直接的审美训练自然会出现在这样的技术课程中,即这种审美训练是某种艺术或具有艺术性的行业的必要条件。然而,它在文科教育和科学教育中都是重要的。"②

怀特海十分赞赏柏拉图式的文科教育,指出:"柏拉图式的文科教育是一种培养思维能力和美学鉴赏力的教育。它传授思想的杰作、充满想象力的文

---

① 怀特海:《教育的目的》,徐汝舟译,生活·读书·新知三联书店 2014 年版,第 67 页。
② 怀特海:《教育的目的》,徐汝舟译,生活·读书·新知三联书店 2014 年版,第 69—70 页。

学杰作和艺术的杰作。它所关照的行动是控制力。它是一种需要悠闲的贵族教育。这种柏拉图式的理想对欧洲文明做出了不朽的贡献。它促进了艺术；它培养了那种代表科学之源的无偏见的求知精神；它使精神面对世俗物质力的影响时保持了高贵的尊严，那是一种要求思想自由的尊严。"①"这种教育的实质，是向教育者传授最优秀的文学的大量而博杂的知识。它培养的理想人才应熟悉迄今人类写下的最优秀的作品，他将掌握世界上人们使用的主要语言，考察过各个民族的兴衰史和表达人类情感的诗章，他阅读过优秀的剧作品和小说。他还了解主要的哲学流派，细心阅读过那些以风格明晰而著称的哲学家的作品。"②可见怀特海所赞赏的柏拉图式文科教育是一种囊括人文社会科学的教育，遗憾的是现今教育特别是文学教育常常作茧自缚为狭义语言文字教育，充其量也只是文学教育，特别是大学汉语言文学专业教育对文学之外的领域很少涉猎。这是一种自断手臂的自残式教育观念和思维，但这种思维却有着根深蒂固的影响力，或者说是"五四"以来一味向西方学习导致的副产品。怀特海没有这么狭隘，他主张文科教育、科学教育和技术教育并驾齐驱而各有适当侧重。他有这样的观点："教育要关注的问题是保持主要的侧重点，无论是侧重文学、科学还是技术；同时在不损失协调的情况下，在每一种教育中融入其他两种教育的内容。"③

文学教育自有其特殊性。怀特海指出："文学之所以存在，只是为了表达和扩展构成我们生活的那个想象的世界，表达和扩展我们内心的王国。因此，技术教育中涉及的文学应该努力使学生从文学欣赏中得到乐趣。学生们知道什么，这无关紧要，而从文学欣赏中得到愉悦却是极其重要的。"④他继续论述道："文学鉴赏确实是创造。文学家写出的词句，它的音乐感，它引起的联想，都不过是刺激因素，它们所唤起的景象是我们自己造出的。除了我们自己，任何人，任何天才都不能够使我们的生活充满活泼的生命。但是，除了那些从事文学工作的人外，对于其他人来说，文学还是一种消遣。它使任何职业的人在

---

① 怀特海：《教育的目的》，徐汝舟译，生活·读书·新知三联书店2014年版，第65页。
② 怀特海：《教育的目的》，徐汝舟译，生活·读书·新知三联书店2014年版，第66页。
③ 怀特海：《教育的目的》，徐汝舟译，生活·读书·新知三联书店2014年版，第78页。
④ 怀特海：《教育的目的》，徐汝舟译，生活·读书·新知三联书店2014年版，第81页。

工作时受到压抑的另一面得到训练运用。艺术对于生活也具有与文学相同的作用。"①他还特别强调了文学艺术的功能,认为:"文学和艺术应该在一个健康而组织有序的民族的生活中起十分重要的作用。它们给经济生产带来的益处将仅次于睡眠或饮食带来的益处。我并不是在谈论培养艺术家,而是说运用艺术作为健康生活的一个条件。在物质世界里,艺术就好像阳光一样。"②"艺术和文学赋予生命的活力并不只是一种间接的影响,它们还直接给予我们充满想象力的视野。我们生活的世界所包容的远远超越肉体感官的释放,而具有各种微妙的反应和情感的起伏波动。想象的视野是具备控制力和指导能力的先决条件。各民族之间的竞争最终将取决于工场而不是战场,胜利将属于那些受过训练的精力充沛的强者,他们在有利于自身发展的种种条件下工作,而其中不可缺少的一个条件就是艺术。"③

除此而外,将教师作为功业的人,应该抓住关系学生未来发展的核心能力而不是某些陈词滥调式的知识细节和繁琐概念。勒庞指出:"也许人们在迫不得已的情况下会认为,继续接受我们古典教育中的全部弊端,尽管它只能培养出心怀不满和不适应自己生活状况的人,但是向人灌输大量肤浅的知识,不出差错地背诵大量教科书,毕竟能够提高智力水平吗?不可能!生活中取得成功的条件是判断力,是经验,是开拓精神和个性——这些素质都不是书本能够带来的。教科书和字典可以是有用的参考工具,但长久把它们放在脑子里却没有任何用处。"④应该将理论与实践相结合,并以实践为基础,让学生在实践中发现和解决问题,而不是闭门造车,或绘制美轮美奂但百无一用的概念范畴和知识谱系。

伊波利特·泰纳对此有更透彻的批评。他写下了下面一段文字:

> 婴幼儿、青少年和青年的三个层次的教学中,在学校通过书籍进行的理论和学业准备得到延长,负担以此而加重,通过糟糕的手段、非正常和反社会体制的应用、实际学徒制的过度延迟、寄宿学校、人为训练和机械

---

① 怀特海:《教育的目的》,徐汝舟译,生活·读书·新知三联书店2014年版,第82页。
② 怀特海:《教育的目的》,徐汝舟译,生活·读书·新知三联书店2014年版,第83页。
③ 怀特海:《教育的目的》,徐汝舟译,生活·读书·新知三联书店2014年版,第84页。
④ 古斯塔夫·勒庞:《乌合之众:大众心理研究》,冯克利译,中央编译出版社2015年版,第62页。

的死记硬背与过度劳作就是考试、学位、文凭、资格和证书,而且只是为此目的,却没有考虑到未来、成年人的时代和完整的人的职责。年轻人即将进入的现实世界、他必须使自己适应或服从的社会状态、他必须保护自己或英勇不屈的人生奋斗则完全被忽略。面对这种新生活,他既没有配备武器、装备,也没有经过强化训练。可靠的常识、决心和果敢的精神、生活中不可缺少的工具,我们的学校都没有为他争取。恰恰相反,学校不仅没有为其创造资格,反而对他未来的一生取消了资格。因此,他进入世界和现实生活领域第一步的入口,通常是一系列痛苦的失败;他长期心灰意懒,郁郁寡欢,有时变成了永久性废人。这是一个艰难和危险的考验;道德和精神的平衡发生了改变,并具有永远不会恢复的风险;幻想的破灭来得太突然,太彻底,失望太大,挫折太严重。有时,他会同与他一样痛苦和疲惫的亲密朋友试图告诉我们:"通过你的教育,你指导或让我们相信这个世界是以一定方式建成的。你骗了我们。这是非常讨厌、无聊、肮脏、悲哀和艰难的,至少以我们的感觉和想象力是如此;你认为我们是最容易激动和杂乱无章的人;如果是这样,那是你的错。为此,我们诅咒和嘲笑你的世界、拒绝你所谓的真理,对我们来说,这些都是痛苦,这些都是谎言,包括你认为明显是常识的那些基本和原始的真理,和以此为基础建立的法律、制度、社会、哲学、科学和艺术。"这就是 15 年来,当代年轻人通过他们的品位、意见、字里行间的模糊欲望、艺术与生活,大声向我们宣告的东西。①

泰纳揭示的法国教育现状及其问题,在我国不同层次教育中依然存在,有些方面甚至有过之而无不及。虽然国家三令五申倡导,有些教师受限于习惯和不思革新的观念,不同程度存在抵触情绪。师范专业认证要求必须强化学生未来从事中学语文教学所必需的师德修养、教育情怀、学科素养、教学能力等,这一切得借助课程目标、毕业要求和培养目标的达成来实现,但许多教师仅满足于相关学科课程知识内容的传授,并不关注这些目标的达成。类似情况也见于托多罗夫的论述。托多罗夫指出:"确实,作品的意识并不局限于学

① 伊波利特·泰纳:《现代法国的起源Ⅴ:新秩序》,刘毅译,吉林出版集团有限责任公司 2018 年版,第 514—515 页。

生的纯主观的评价,而是属于一种认识工作。为了介入这种工作,学生学习一些文学史和源于结构分析的某些原理是有益处的。然而无论如何,对这些介入'方式'的学习,不能取代对作为目的之作品意义的研究。"①他继续论述道:"作品时刻与其背景相连并与之对话,如果只是坚持严格的内在切入法就会对文本的意义理解得很糟;不仅手段不应变成目的,技巧也不应让我们忘记练习的宗旨。还应该思考我们认为值得研究的那些作品的最终目的。从总的规范方面来讲,今天和昨天一样,非专业的读者读这些作品并非为了更好地掌握一种阅读的方法,也不是为了从中提取作品所由来的那个社会的诸多信息,而是为了让他在其中找到使自己更好地理解人和理解世界的那么一种意义,找到一种能丰富其存在的美;这样,读者就能更好地理解自己。文学知识本身不是目的,而是使每个人得到完善的康庄大道之一。今天的文学教育所走的道路,与这个方向背道而驰('这一周人们研究换喻,下一周研究拟人化'),可能会把我们引向一个死胡同,且不说此举要导向对文学的爱是艰难的事情。"②可见,无视教学目标、仅仅关注文学知识的教育是有害的,只是仍然没有引起当今中国从事中小学和大学文学教育的广大教师的普遍关注。很多时候是传统观念和习惯力量制约了他们对问题的深度思考和对新观念的主动接受和积极实施,而所有这些可能使任何将教育作为功业的思想家的真知灼见束之高阁或付诸东流。学校教育不走出这些传统和惯性,任由一批接受过传统教育和受习惯束缚的教师来彻底变革基本是不可能的。唯一可行的办法也许便是尽量少开繁琐无聊的课程,尽量少让故步自封的教师和墨守成规的学校制度来束缚学生;明智的办法也许就是大力提倡和支持学生多接触杰出思想家的论著和鲜活丰富的社会现实,多让学生从自我体验和领悟中获取最真切最全面最透彻的体悟,而且最好采取跨越学科领域的深度阅读。因为偏安一隅的阅读往往限制人们的视野,只能做学问却不可能做大学问,做大学问必须不自设界、作茧自缚,甚至要举一反三、触类旁通乃至通达无碍。

　　所有这些问题的解决,将有待于那些真正把人作为功业来对待的教师出

① 茨维坦·托多罗夫:《濒危的文学》,栾栋译,华东师范大学出版社2016年版,第52—53页。

② 茨维坦·托多罗夫:《濒危的文学》,栾栋译,华东师范大学出版社2016年版,第53—54页。

于育人目的和促进教学需要而将其提上议事日程。迫不得已的情况下,也可选择个性化教育模式,即针对不同学生采取不同教育方式。布鲁姆认为:"我们的教育应该更具有选择性,要挑选那少数有能力变得高度个性化的读者和作者。对其他适应政治化课程的人可以任其自然。实际上,审美价值可以被认知或体验,却无法传达给那些无法抓住其感受和知觉的人。"①"审美语境中的遗忘是具有毁灭性的。"②这种基于个性的教育可以在阅读教学中付诸实施,也可以在写作教学中付诸实施,遗憾的是写作教学的现状并不比阅读教学更加乐观。卡夫卡对此有这样的阐述:"每个人都是独特的,并有义务发挥其独特性,但是他必须喜欢他的独特性。就我所知,人们不管在学校还是在家里都在努力消除人的独特性。这样会减轻教育工作的负担,但也会减轻孩子们生活的分量。"③如果写作教学不是以张扬学生个性为特征,而是以投机取巧的抹杀个性为代价,这种教学显然是有罪的。比较而言,更重要的是要关注学生自身潜力,瞄准学生潜力开发和未来发展。如乔治·贝克所说:"只靠讲演,不管讲得怎么样好,是不会使学生变成能写出作品来的学生。一个缺乏广阔审美情趣的教师,最多只能造就出一些肤浅的作家来。在一切创作课程里,问题不是'我们能够叫学生从我们教师手中拿过去什么东西',而是'这些学生之中哪一个有独特的创作能力,这个创作能力究竟是什么? 怎样才能够让这个能力得到最迅速最充分的发展'? 在伟大的艺术发展上所不可缺少的,是选择主题的完全自由和处理上的完全自由,以便艺术家的个性能够得到最好的表现。"④

　　虽然不是所有教师都能达到这一层次,但只要能在力所能及的范围内致力于学生创造力的发掘和提升,同样应该受到人们尊重。达到这一层次的教师必须对作为创意艺术的文学本体有自己独到认知。在爱德华·威尔逊看来,创意艺术必须牢牢抓住读者的注意力,他指出:"创意艺术家在从美丽与辉煌到恐怖与死亡的审美谱系中来回游走,利用自身艺术创作的标志性特征

---

①　哈罗德·布鲁姆:《西方正典》,译林出版社 2011 年版,"中文版序言"第 15 页。

②　哈罗德·布鲁姆:《西方正典》,译林出版社 2011 年版,"中文版序言"第 15 页。

③　卡夫卡:《一切障碍都在粉碎我》,叶廷芳译,何太宰:《现代艺术札记·文学大师卷》,外国文学出版社 2001 年版,第 31 页。

④　乔治·贝克:《戏剧技巧》,余上沅译,中国戏剧出版社 2004 年版,第 3 页。

去捕获并牢牢抓住观赏者的注意力。"①他进一步指出："创意艺术之中的一些最具特色的标志性特征,不仅仅能给人们带来意料之外的审美,而且能上升到令人震撼的惊奇感。达到这一高度的最佳方式,就是在某个论断之后立刻以其矛盾的一面进行衬托。"②人类是一个依靠身体知觉认知世界同时也认知人类自身的动物,这种未能有效超越自身感官制约的认知和存在方式的根本缺憾在于使人不自觉地陷入短视、肤浅和片面之中。爱德华·威尔逊的贡献还在于对人类或创意艺术和人文学科主要缺陷的深刻认知。他说:"人类不仅不擅长把握时间,而且几乎意识不到周遭世界正在发生什么事情。在日常生活中,我们只是自以为是地认为周围的一切尽在掌握之中。事实上,在我们周边和内部不断汹涌席卷的各类分子的能量波之中,我们所能真正感觉到的,还不到百分之一的千分之一。我们感知到的那一部分,只不过是用来确保我们个人生存与繁殖的安全,处在我们旧石器时代祖先所能承受的压力范围之内。而这就是通过自然选择实现进化的方式。"③"截至目前,我们的身体还局限在人文学科的范围之内,而且我们还意识不到其局限性。"④"人类这个以视觉和听觉为主导的物种,与其他动物相比时,就更显得'与世隔绝'了。""创意艺术和人文学科的缺陷变得越来越明显,就连科幻小说都带有极端的人类中心主义色彩。""人文对因果关系的解释上是无根据的。同时,人文学科存在于感官体验的局限之中。由于这些缺陷,人文学科带有完全不必要的人类中心主义色彩,并因此无法认清人类自身境况的终极因。"⑤

作为教师,应该清醒地告诉学生并揭示出文学和一切创意艺术和人文学科的致命缺憾。遗憾的是,许多文学教师不仅对此没有清醒认识,反而自命不凡地将人类中心甚至自我中心无限放大,以致自欺欺人地将其作为衡量宇宙万物的尺度甚或宇宙万物的本体特征。虽然创意艺术和人文学科有不可饶恕的缺憾,但不足以成为重理轻文的理由,这不是出于对创意艺术和人文学科的情有独钟,而是出于激活学生创造力的需要。爱德华·威尔逊指出:"对年轻

---

① 爱德华·威尔逊:《创造的本源》,魏薇译,浙江人民出版社 2018 年版,第 42 页。
② 爱德华·威尔逊:《创造的本源》,魏薇译,浙江人民出版社 2018 年版,第 47 页。
③ 爱德华·威尔逊:《创造的本源》,魏薇译,浙江人民出版社 2018 年版,第 56—57 页。
④ 爱德华·威尔逊:《创造的本源》,魏薇译,浙江人民出版社 2018 年版,第 62 页。
⑤ 爱德华·威尔逊:《创造的本源》,魏薇译,浙江人民出版社 2018 年版,第 62—63 页。

人进行教育,应在科学与人文之间寻找一个明智的权衡点。这样的课程,曾被人们称作'全面教育',现在则被称为'自由教育'。为全体公民提供自由教育的思想,是民主传统最伟大的成就之一。"①也许人文与科学的融合才是人类智慧的基石。他认为这种融合往往有三种方式:"第一,跳出人类感官世界所蜗居的局限。第二,将遗传进化的深层历史与文化进化史联系起来,把根系扎牢。第三,抛弃阻碍人文发展的极端人类中心主义思潮。很多作家在探寻人类存在的终极意义时,都会转向天体物理学和量子力学。或者,他们会去关注脑神经元和脑回路的未来发展结构。在更加传统的模式中,许多作家会去寻找精神的指引,去寻求上帝或某种神秘的力量。这种探寻精神的核心指引着我们不断向前,却永远在我们的能力所及之外。"②"问题的答案依然要沿逻辑思路的走向,在相关的基础学科中去寻找。这些学科包括古生物学、人类学(包括考古学)、心理学(主要是认知心理学和社会心理学)、计划生物学和神经生物学。"③作为教师特别是文学教师,更应该重视并提倡学生在人文与科学的融合和终极思考中寻求终极意义,遗憾的是,科学教育水平的低下不仅导致了教育的严重缺陷,而且也成为将人文与科学融为一体、创设真正通识教育的最大障碍。

这至少表明,作为功业的教育特别是文学教育,无论阅读还是写作教学,都应该以发掘学生潜力、张扬学生个性、促进学生想象的行动和思想的首创精神为特征,以学生的丰富、全面、深刻感觉的圆满发展为宗旨。马克思指出:"已经生成的社会创造着具有人的本质的这种全部丰富性的人,创造着具有丰富的、全面而深刻的感觉的人作为这个社会的恒久的现实。"④无论科学、艺术、哲学和宗教等都必须承担起这一共同的神圣使命。在某种意义上如老子、孔子、释迦牟尼、苏格拉底、耶稣基督、慧能、马克思等都应该被尊为促进人类全面自由发展的圣人。

---

① 爱德华·威尔逊:《创造的本源》,魏薇译,浙江人民出版社2018年版,第66页。
② 爱德华·威尔逊:《创造的本源》,魏薇译,浙江人民出版社2018年版,第66页。
③ 爱德华·威尔逊:《创造的本源》,魏薇译,浙江人民出版社2018年版,第85页。
④ 马克思:《1844年经济学—哲学手稿》,《马克思恩格斯文集》(第1卷),人民出版社2009年版,第192页。

第十章　文学作为编辑的生活方式

文学编辑应该受到文学理论的重视。这不仅因为编辑在文学的纸媒传播特别是纸媒传播的时代发挥过非同寻常的作用,而且因为直接连接了文学媒介发展的口头语言与口语传播、书面语言与纸媒传播、数字语言与网络传播三个不同阶段。应该说,口语传播的特点是语音作用,长期以来受录音条件限制,有不可重复的特点,往往表意不能复杂,且依赖语言乃至关键词重复以达到强调和强化的目的,这一时代文学编辑基本处于缺失状态;纸媒传播才是文学编辑得以诞生且达到辉煌的关键时代,由于纸媒有可重复性特点,能传递最复杂的信息,且能为读者提供十分便捷的重复阅读机会,所以感染力显得至为重要,如果没有足够感染力,便难以维持读者的长期阅读兴趣;网络传播时代,虽然文字仍然存在重复阅读的可能,但由于信息爆炸,以致先后滚动碾压,使重复阅读有些困难,于是信息的断言和凝练便显得十分重要,因为人们似乎没有耐心阅读过于冗长而复杂的信息,可能的忍耐只限于迅速滚动而一目了然的信息,且由于这一时代自媒体的方兴未艾,文学编辑虽然仍然有存在理由,但人们对纸媒文字功夫的苛刻,以及对网络自媒体的宽容和自我修复,使文学编辑的作用多少有些削弱。可以说,纸媒传播时代是文学编辑的辉煌时代,也可能是出版业作为文化产业的辉煌时代。

第一节　口头传播与反覆回增

人们至今还在争论口头传播与文字传播起源的先后问题,但口头传播目前仍然是较之文字传播更常用更普遍的一种传播方式却是不争的事实。一般来说,除非身体残疾的缘故,能用口语表述的人还是多于借助文字和书籍用书面语表述的人们。由于口头传播时代一般没有录音设备,往往存在稍纵即逝、不可重复等特点,所以这一传播方式一般不需要极其纷繁复杂的信息内容,而且即使简单明了的信息内容也得依赖于多次重复强调,否则便可能因信息繁多的干扰和稍纵即逝的影响,使本来极有限的信息内容的传播影响到其效度。所以口头传播时代的文学,其最大特点往往体现为文学编辑的大体缺失以及重复技法的普遍运用。似乎口头传播无须文学编辑的介入,常常自行发布其内容。或文学编辑往往也就是那些传唱者,这些传唱者可能既是作者,也是编辑。这一点在诸如民歌、民间故事等民间文学传播中显得最为典型。

人们应该能够推断,在文字和书面表达仍极其有限,绝大多数人并不识字也无法用书面语表达和记录思想情感的时代,口头传播可能是当时最流行也最权威的传播方式。在这一时代,人们最可依赖的能力也许就是记忆,因为当时所有思想和情感都活跃在人们的口头传播之中,谁拥有了一流的记忆,便拥有了一流的传播和表达的权威性,或者说,那一时代最大权威便是以超常的记忆拥有最大限度传播和表达资格的人,或所谓思想和情感在那一特定时代都存在于口头传播和表达之中。应该说,在佛陀思想、《诗经》和《荷马史诗》口口相传的过程之中,人们也确实依赖基于记忆的口头传播调动各种思想和情感资源来发现和揭示认知、表达情感,为此人们不仅常常依赖简单且通过反复强调便于记忆的诸如谚语、格言、俗语等强化其表达的权威性,同时也借以帮助提高记忆的效果,也常常借助反复强调和反覆回增强化刺激以达到提高记忆的目的。尼尔·波兹曼指出:"在一个纯粹口语的社会里,人们非常看重记忆力,由于没有书面文字,人的大脑就必须发挥流动图书馆的作用,忘记一些事该怎么说或怎么做,对于社会是一件危险的事,也是愚蠢的表现。在印刷文字的文化里,记住一首诗、一张菜单、一条法规或其他大多数东西只是为了有趣,而绝不会被看作高智商的标志。"①马克思在《德意志意识形态》中曾怀疑,如果有印刷机,就不可能有《伊利亚特》,尤其《伊利亚特》等史诗赖以存在的吟唱、传说和思考等必备条件。

弗莱也认同口头传播阶段语言与其时代相辅相成的共生特点,基本表达

---

① 尼尔·波兹曼:《娱乐至死》,章艳译,中信出版社 2015 年版,第 28 页。

了与马克思和恩格斯大体相似的观点,他写道:"语言的每一个阶段都不仅有局限性,也有其特有的优点。在第一阶段,语言可以直接地、生动地加以应用,就像我们在荷马史诗中所见到的那样。在以后的时代,这种情况始终没能再出现过。"①人们有理由怀疑基于口头传播的文学和其他经典有其特有的表达方式。如佛经的反复强调、递进提升,《诗歌》的反覆回增,以及诗、歌、舞合而为一的表达方式等均可能与口头传播息息相关,随着这一传播使命的结束,其特有的表达方式及特色也随之不再受到重视。弗莱认为,在语言的第一阶段即口头传播时代,语言生来具有的表达方式理所当然只能是诗歌体,与这一历史时代相适应的文化传播的来源也只能是荷马之类的诗人。他还论述了更重要的一点,就是只有借助诗歌的形式,以及它所特有的音乐感,才可能因朗朗上口更便于人们记忆,更便于人们传播。弗莱指出:"诗歌由于它的公式化的有声结构,是口述文化最早的传播媒介,而在口述文化中记忆,或者说使传统不会忘却是最重要的。柏拉图的《斐德罗篇》中提到,对古埃及智慧之神、文字的发明者透特,有人批评说,用文字记载的能力,只会使人更加容易遗忘而不会助长人的记忆:文字记载只是把过去保持在过去,而不会在当前对过去进行不断地再改造。"②应该说柏拉图时代人们的批评不无道理:诗歌体恰恰是出于方便记忆和传播的目的才不得不使用的一种表达方式和体裁,当这借以帮助记忆的方式和体裁有了更精确固定的文字记载方式的时候,其使命也便随之不复受到重视,这是情有可原的。但因文字更精确固定的记载,导致后世传播者不再拥有再创造的广阔空间和更多机会,也是必须付出的代价。至于口头传播阶段特别依赖的记忆,因为不再显得重要也便随之退化,或移用到更具创造性的事情上来,这恰恰是一种进步,也是一种对人的解放。

正由于口头传播的不便记诵等缘故,使人们只能尽可能降低抒情内容的丰富和复杂程度,换之以更简便易行的重章叠句以弥补其缺憾并达到抒情的目的。如《诗经》以重章叠句,以及由此形成的复沓、叠覆乃至反覆回增著称,很大程度上可能源于这一点。陈世骧对《诗经·郑风·将仲子》之"反覆回增"印象颇深。其诗云:"将仲子兮,无逾我里,无折我树杞。岂敢爱之?畏我

① 弗莱:《伟大的代码:圣经与文学》,何振益等译,北京大学出版社1998年版,第39页。
② 弗莱:《伟大的代码:圣经与文学》,何振益等译,北京大学出版社1998年版,第42页。

父母。仲可怀也,父母之言亦可畏也。将仲子兮,无逾我墙,无折我树桑。岂敢爱之? 畏我诸兄。仲可怀也,诸兄之言亦可畏也。将仲子兮,无逾我园,无折我树檀。岂敢爱之? 畏人之多言。仲可怀也,人之多言亦可畏也。"这首诗将三章中个别词语稍作改动,分别以"里"、"墙"、"园"展示了将仲子步步深入的情形,且分别以折"树杞"、"树桑"、"树檀"表现了将仲子步步进逼的情况,并分别以"父母之言"、"诸兄之言"、"人之多言"揭示了影响逐渐扩大化的严峻后果,以及与此相应的压力和惊慌的增大。陈世骧有这样的阐述:"这首诗谈不到什么故事发展,因为诗重心所在并不是讲故事。它的重心是少女心理状态的变化,这点才是这首诗吸引人的地方。这首诗之所以特别值得重视是因为它'反覆回增'句式的巧妙应用,韵律和意义的结合——此乃来自原始'兴'义的进一步用于全诗结构。轻松迷人的节奏,加上巧妙的变化和共鸣,反覆的声调和意象合作无间,这是《将仲子》感动我们的原因。"①

类似例子也见于《诗经》的其他诗篇。《诗经·秦风·蒹葭》云:"蒹葭苍苍,白露为霜。所谓伊人,在水一方,溯洄从之,道阻且长。溯游从之,宛在水中央。蒹葭萋萋,白露未晞。所谓伊人,在水之湄。溯洄从之,道阻且跻。溯游从之,宛在水中坻。蒹葭采采,白露未已。所谓伊人,在水之涘。溯洄从之,道阻且右。溯游从之,宛在水中沚。"不仅借助"苍苍"、"萋萋"、"采采"描写蒹葭形容茂盛貌,似无明晰变化,但所谓白露"为霜"、"未晞"、"未已"还是多少点出了霜降以及逐渐减弱的态势及变化;至于抒情主人公逆流而上追逐的道阻"且长"、"且跻"、"且右"通过呈现路径的遥远、上行、曲折,不断强化了难度渐增的趋势和变化。至于所谓伊人在水"一方"、"之湄"、"之涘",虽然貌似均在水边或一方,并不固定且飘忽不定,恰恰增添了朦胧神秘之风韵;所谓顺流而下之宛在"水中央"、"水中坻"、"水中沚"等不同方位,或中央,或高地,或干地,则正好与抒情主人公遭遇路径之道阻"且长"、"且跻"、"且右"一一呼应。这不仅增加了伊人身份、性别、角色的模糊朦胧,更营造了其神秘莫测的风韵,且也突显了抒情主人公不畏险阻、持之以恒、百折不回的意志和决绝,特别是诗歌主旨的朦胧含混:如果是男女两性之间,则追求者与被追求者

① 《原兴:简论中国文学特质》,陈世骧:《中国文学的抒情传统》,生活·读书·新知三联书店 2015 年版,第 132 页。

双方的性别并不确定,但毕竟可以判定为爱情诗,或男性追求女性,或女性追求男性,按长期文化传统,似以男性追求女性之可能性更大;如果是上下级之间,则追求双方的上下地位亦然不清晰,但基本可以判定为政治讽喻诗,或上级追求下级为求贤诗,或下级追求上级为劝喻诗;如果是现实(凡世)与理想(神界),则可以判断为人生抒情诗,追求双方的角色仍然不鲜明,或理想(神界)追求现实(凡世),如七仙女追求董永,或现实追求理想,如曹植追求洛神。也许还有其他更丰富的内涵,但凡人有某种缺憾以致存在寻求满足的追求,这一主旨便具有挥之不去的象征意义和生命活力。

所谓反覆回增,还是没有将问题说清楚。其实几乎所有的反覆回增都涉及差异和重复两个方面。差异可能有事物或空间、时间的变化所呈现出来的差异,而重复至少在表象上往往不是差异而是同一的重复。但反覆回增所呈现出来的差异与重复却没有这么简单,常常是表象上的同一重复因为差异获得程度上的变化,最起码表现为情绪、情感和思想的不断强化和深化,或主要依赖于差异在空间和时间上的变化,通过填充、更新、蓄势,使同一重复在内容、范围和程度等方面获得意蕴的不断变化,从而既减轻了记忆的负担,又强化了主题意蕴,提高了记诵效果。德勒兹有这样的论述:"词语相对于事物而言是不足的,它因而不得不意指多个事物。正是同一种幻相一方面使我们将在先的假定类似性与假定同一性作为我们思考差异的出发点,另一方面使得差异显现为否定之物。实际上,语言创造出它在其下扮演着阴暗预兆的角色的那种形式,所以凭靠的不是自身词汇的贫乏,而是它的过剩,是它那最具实定性的句法强力与语义强力。在这种形式下,言说着不同事物的语言在'那些在它的作用下进入到共振状态的系列'中,通过将诸差异直接关联起来而分化了它们。所以,我们已经看到,词语之重复不能以否定的方式来解释,以及它不能被呈现为一种赤裸裸的、无差异的重复。"①虽然德勒兹更多可能是关于词语的宏观阐述,并不一定与《诗经》的反覆回增完全相同,但他所揭示的差异与重复的基本道理仍具有一定普遍性。他还强调:"重复是语言的强力;重复内含着一种诗的理念(这种理念始终是过剩的),它绝不是以否定的

---

① 吉尔·德勒兹:《差异与重复》,安靖、张子岳译,华东师范大学出版社 2019 年版,第214 页。

方式或是通过一种名词概念的不足被解释的。根据那些刻画着它们的特征的奇异性，精神整体的诸共存层面可以被视为在种种被分化的系列中被现实化的东西。这些系列可以在一个'阴暗预兆'的作用下产生共振。"①这种重复与差异共构的共振，其作用可能不限于记诵，甚至关涉诗歌的精髓，可能使诗歌理念能从一种更隐秘的重复出发生产出种种原始的重复方式。

　　如果人们要立足民间文学，打造文化产业，就必须尊重这一事实，不能因语言的过度繁复导致听觉记忆的模糊，以致影响最终效度。虽然诸如《诗经》中的许多民歌现在也可见诸文字记载，以纸媒方式得以传播，但这并不是其最原始的方式，至少不能体现其最本真的状态。诸如戏剧剧本往往是演出本而非案头本，演出本不同于案头本的最大特点是，演出本往往只是一种供演员参演的脚本，演员可按照导演提示做必要发挥，案头本却常常是定本，至少对读者而言是作家的定稿；民歌根本上也是演出本而非案头本，但这个演出本不是真正意义的本子，充其量只是一种腹稿，甚至连腹稿也算不上，常常由演唱者因时而化、因地而化、因事而化，充其量只是一种即兴稿。这种即兴稿无须也来不及经由文学编辑的制作。虽然现在的民歌也可编辑成册，但这并不能体现其最本真的口头传播特点。

第二节　书面传播与感染营造

　　由于印刷术的出现，使书面文字传播变成一种潮流。书面文字传播使原有口头传播显得不那么重要，虽然诸如法庭口头证词仍有一定权威性，仍然有人认为比书面文字更有说服力，更能真实反映当事人和证人即时即地的思想状况，但许多情况下，人们还是倾向于认为书面文字较之口头表达更准确严谨、真实可靠。因为书面文字可以深思熟虑、文斟字酌，口头表达只能即兴发挥，有随意性，更来不及反复推敲和仔细斟酌，如此口头表达唯一至高无上的权威性受到了削弱。作为出版物，可以经过专家和编辑的检查修改，至少在学

---

　　①　吉尔·德勒兹：《差异与重复》，安靖、张子岳译，华东师范大学出版社 2019 年版，第481 页。

术界较之口头表达更具确定性和权威性。这不是说口头表达和传播所经历的修改和完善不权威不可靠,而是说书面文字表达从开始到定稿都显得更严谨、更专业、更确切、更定型。

见诸文字记载并印刷成册的书籍有放置案头经常翻阅玩味的特点和优势,往往不受限于反覆回增方面的考量,可最大限度调动作者和读者主体性来丰富其信息内容和表现方式。尼尔·波兹曼指出:"在任何利用语言作为主要交际工具的地方,特别是一旦语言付诸印刷机,就不可避免地成为一个想法、一个事实或一个观点。也许这个想法平淡无奇,这个事实毫不相干,这个观点漏洞百出,但是只要语言成为指导人思维的工具,这些想法、事实或观点就会具备某种意义。"①虽然这一观点似乎有些绝对,可是任何思想一旦经由一定语言表达出来,便无疑具有了某种确定的意义,因此显得更加真实严谨可靠。他继续论述道:"如果要传达意义,内容自然就要严肃。作者在写下一个句子后总希望能说明一点儿东西,也希望读者能明白其中的意思。当作者和读者为句子的语义绞尽脑汁的时候,他们面对的其实是对智力最大的挑战。对于读者更是如此,因为作者并不是一直值得信任的。他们撒谎,他们陷入迷茫,他们过于笼统,他们滥用逻辑甚至常识。读者对此必须有备而来,用知识武装好自己。这不是一件容易的事,因为读者往往是孤独地面对文本的。在阅读的时候,读者的反应是孤立的,他只能依靠自己的智力。面对印在纸上的句子,读者看见的是一些冷静的抽象符号,没有美感或归属感。所以,阅读从本质上来说是一件严肃的事情,当然也是一项理性的活动。"②他还进一步肯定读者的作用:"阅读文字意味着要跟随一条思路,这需要读者具有相当强的分类、推理和判断能力。读者要能够发现谎言,明察作者笔头流露的迷惑,分清过于笼统的概括,找出滥用逻辑和常识的地方。同时,读者还要具有评判能力,要对不同的观点进行对比,并且能够举一反三。"③

但大多数人还是忽略了印刷术和书面文字表达的价值和意义,它事实上改变了人们的思维和生活方式,不仅通过排除和选择某些内容,不可避免地选择了作为受众的读者类型;出版物的学术性或娱乐性内容,看似仅是内容方面

---

① 尼尔·波兹曼:《娱乐至死》,章艳译,中信出版社 2015 年版,第 61 页。
② 尼尔·波兹曼:《娱乐至死》,章艳译,中信出版社 2015 年版,第 61—62 页。
③ 尼尔·波兹曼:《娱乐至死》,章艳译,中信出版社 2015 年版,第 62 页。

的一个区别,其实常常决定读者群体属于大众读者还是专家读者甚或大师读者,甚至更进一步决定人们的学习和生活方式。书面传播最基本优势往往来自文字的发明。刘易斯·芒福德指出:与语言交流相比,任何一种书面语言都能大大节省体力。应该说,确实是文字作为一种媒介不断地将人类智慧中的动能转化为势能,如他所说"因为它能放大文化中贮存的资源,从而极大地扩展人类沟通交往的空间范围"①。正由于文字的发明,才使语言走出口头语的限制,书面语具有了摆脱时间和空间局限,使读者能在任何方便时候都可以打开阅读的条件和便利:他们可以随时中断思路,可以随时重新开始,也可以集中阅读、思考某些段落。手抄本的出现,使人们常常可以多抄写几个副本,以便增加了保存文字资料的安全性和长期性,拓展了交际的范围,节省了人们的时间和精力。印刷术作为人们新交际媒介的发明,使交际者无须面对面,也无须借助任何手势,能够很大程度上促进隔离和分析的思考方式,而这种思维方式恰恰是"始生代技术时期最伟大的成就之一"②。芒福德还写道:"印刷机械除了导致后世一系列机械发明问世的直接效果之外,它的社会贡献可能要更为重要。因为,几乎挥手之间印出的大批廉价书籍,瞬间打破了知识的长期阶级论断,尤其是打破了有关数学运算和物理现象认知的一小撮专业集团。从此,即使贫穷而有能力阅读的人群,就都可以获得书籍和知识。这是一种民主化进程,其重要内容之一恰是知识的民主化。它不同于传说幻想,集体主义信条中说的,或诗人构想出来的民主化。这种民主化让知识本身变成大家非常感兴趣的一个独立主题,通过书本迅速传播到社会生活某一领域,从而思想家数量大增,他们分别代表历史、现状与未来,而且相互交流切磋,创造新知。"③

　　强调印刷术带来的学习和生活方式,甚至民主化进程的变化,客观上也得益于文学编辑和出版家的不懈努力,其中文学编辑的角色和功能更不可或缺,而且显得格外重要。编辑不仅通常是一部出版物的最初读者,也是严格意义上的最后参与文献文本系统实际创作的作者。他的作用不是一个读者甚或批

---

① 刘易斯·芒福德:《机器神话》(上卷),宋俊岭译,上海三联书店2017年版,第194页。

② 刘易斯·芒福德:《技术与文明》,陈允明、王克仁、李华山译,中国建筑工业出版社2009年版,第124页。

③ 刘易斯·芒福德:《机器神话》(上卷),宋俊岭译,上海三联书店2017年版,第306页。

评家所能替代的。编辑通常是无名英雄,他的工作不会如批评家那样,以独立人身份表达自己标新立异的观点,无论批评家的这一观点出于对出版物的批评还是赞赏,其实都无补于已定型的出版物,编辑却可以使作者的瑕疵和失误降到最小限度,且能让一般读者根本没有发现作者失误的线索和渠道。虽然"没有编辑是作者要的一切。有些编辑善于解惑,弄明白一个故事怎么布局,找出其中的漏洞。有些编辑擅长加工文字,控制进度,或者精于新闻编辑室政治。几乎没有编辑拥有一切工作技能的天分"①,但"好编辑是一种天赋。他们是外野手、擦屁股的和解决问题的人"②。正是基于编辑的不懈努力,从使基于印刷术的出版物拥有了不可替代的价值和意义。凡勃仑指出:"在任何高度组织起来的工业社会,荣誉最后依据的基础总是金钱力量;而表现金钱力量从而获得或保持荣誉的手段是有闲和对财物的明显消费。"③作为职业文化人的编辑,必须充分考量具备这些条件的读者大众的消费水平和鉴赏层次,因为只有达到这一水准的读者大众,才能真正使其获得并保持作为编辑的荣誉。他还指出:"企业社会的中心兴趣所在,已不是累积的和资本化的商品,而是利润,是猎取利润者变化莫测的幸运。因此在企业的经营与企图中,它那最后的决定性力量,已渐渐不再是综合保有物或产物的记录数额,而是任何一个企业措施的预期的生利能力。"④

为了赢得必需的生利能力,文学编辑必须与作家和其他艺术家广泛交往。如丹尼尔·贝尔对19世纪美国编辑与作家及其他文化人交往的生活方式有这样一段描述:"鉴于这个国家幅员辽阔,也有着各种族裔和宗教团体,正如克里维托指出的,美国知识分子'可以说是在黑暗中碰面'。大刊物的编辑通常没有机会见到任何一个政治、戏剧或音乐界的名流。政界权要集中在华盛顿,而出版及戏剧界人士云集在纽约,电影名流汇集于洛杉矶,教授学者则分散在这个国家的各所高等学府里。如今,大学成了美国文化界的统治力量:许多小说家、作曲家和批评家在广布的大学里找到了栖身之地,而主要的文学和

---

① 马克·克雷默、温迪·考尔编:《哈佛非虚构写作课:怎样讲好一个故事》,王宇光译,中国文史出版社2015年版,第277页。

② 马克·克雷默、温迪·考尔编:《哈佛非虚构写作课:怎样讲好一个故事》,王宇光译,中国文史出版社2015年版,第275页。

③ 凡勃仑:《有闲阶级论》,蔡受百译,商务印书馆1964年版,第41页。

④ 凡勃仑:《企业论》,蔡受百译,商务印书馆2012年版,第62页。

文化季刊也在大学里编辑出版。"①文学编辑可以对作家及其文献文本系统的创意提出明确要求。凡勃仑论述道:"那些在广告营业机构监督下的文艺产品在技巧上是出色的,但在智慧和真正的创造力上是缺乏的。受到鼓励和培养的是讲求体裁和形式的巧妙、漂亮,是怎样用尖锐、辛辣的笔触来表达平凡的语言。这种文艺产物的基本特点是无伤大雅、无原则性,同时是意在使人受到感染的一种漫谈式的乐观态度,这种态度在风格、式样、主题的瞬息的千变万化中是一贯的。"②也许文学编辑为了吸引并维持有阅读需要且有条件阅读的读者反复阅读,达到赢利的目的,还得充分考量作家及其文学创意和感染力,因为创意越具有恒久感染力,其文献文本系统的生命力便可以越旺盛。

虽然增强文献文本系统感染力的主要路径多种多样,但主要还得有一些创意,创意至关重要。奇普·希思、丹·希思《让创意更有粘性:创意直抵人心的六条路径》为人们指出了一些路径。有云:要让创意产生粘性,有效而又持久,必须得让观众:集中注意听、听懂并记住、同意或相信、关心在乎、能起而行动,为此分别应具有简单、意外、具体、可信、情感、故事等特点,也就是要借助简单,精练核心信息;借助意外,吸引维持注意;借助具体,帮人理解记忆;借助可信,让人愿意相信;借助情感,使人关心在乎;借助故事,促人起而行动。③这是就创意的效度而言。他认为简单、意外、具体、可信、情感、故事才是增强创意感染力的最基本因素。乔纳·伯克的《疯传:让你的产品、思想、行为像病毒一样入侵》认为,社交货币、诱因、情绪、公共性、实用价值、故事六个原则是让产品、思想和行为流行起来的根本原因。这六个原则分别指向"我们会共享那些让我们显得更优秀的事情"、"顶尖的记忆,风口浪尖的提醒"、"当我们关心时,我们会去共享"、"构建可视的、正面的事物"、"如果有用,人们会情不自禁地共享"、"以闲聊为幌子的信息传播"等内容④。

为此,许多编辑在出版策划方面必须有自己的独特创意,并借助这种创意

---

① 丹尼尔·贝尔:《资本主义文化矛盾》,严蓓雯译,江苏人民出版社 2007 年版,第 106 页。

② 凡勃仑:《企业论》,蔡受百译,商务印书馆 2012 年版,第 255 页。

③ 奇普·希思、丹·希思:《让创意更有粘性:创意直抵人心的六条路径》,姜奕晖译,中信出版社 2014 年版,第 224—225 页。

④ 乔纳·伯克:《疯传:让你的产品、思想、行为像病毒一样入侵》,刘生敏、伯杰译,电子工业出版社 2014 年版,第 236—237 页。

赢得读者青睐和社会好评。卡尔维诺在评价埃伊纳乌迪出版社的新系列丛书"百页"时写有这样一段文字：

> 在埃伊纳乌迪给出的丛书目录中，已经能看到有很多有名但图书馆找不到的书籍的翻译版本。在该系列丛书中，这些书都将再次回到大家的视野中，尤其是那些伟大的俄国作家们。好多书会更新翻译的版本，有一些书从来没有在意大利出版过，也有一些大家已经遗忘的或者从来不知道的书籍，一些以当今热点话题为主题的书籍，都将收录在这一系列丛书之中。就像对于每一个经典小说丛书一样，19世纪是一个无穷无尽的宝库，一部19世纪的作品（或者20世纪初期的作品），即便是用现代人的眼光重新审视，也是一部堪称经典的著作、一本能扩展人们视野的书籍。当然，也少不了那些更早些时候的文学作品，既是对经典的再理解，也是新发现的机会。本丛书的前言大部分由意大利评论家和作家撰写，他们简单明了地在前言里表达了自己从现代角度切入的对于书目的理解。
>
> 该系列丛书的新颖之处不在于它有多珍奇，不是像诡奇的横财，或是像品位的指导书，相反地，它满足了对于"原料"的需求。①

卡尔维诺的这段评价文字简单明了地揭示了增加感染力的几个要点：一是丛书的策划首先得有一个别出心裁的创意，得见人之所未见，急人之所急盼，所以确定以很多有名但图书馆找不到的书籍的翻译版本为丛书选题；二是策划得充分考虑有较丰富的原材料基础；三是必须有其他方面的别具一格的辅助特点，如意大利评论家和作家对书目的现代视角理解和导读，也彰显了出版社编辑独具慧眼的选题创意。有些创意还可能出于对某些文学理论问题的独特思考，以及基于这一思考所形成的独具一格的颠覆性编辑理念。如卡尔维诺评价蒙达多利出版社的"浪漫主义丛书"通过颠覆人们习惯上对浪漫主义的认知，并关注以妇女为主的广大读者群来营造感染力。他这样写道：

> 首先令我们印象深刻的是：丛书在"浪漫主义"标签下大量添加了一系列书籍，其中大多写于19世纪，但也包括了斯威夫特的《格列佛游记》与伏尔泰的《赣第德》（写于18世纪），以及左拉与莫泊桑的小说，尽管他

---

① 卡尔维诺：《文字世界和非文字世界》，王建全译，译林出版社2018年版，第172—173页。

们的小说通常不被收录在"浪漫主义"名下。博尔盖塞在介绍中补充道："我们这里的浪漫主义作品,从历史角度看,指的是现代的基督教的文学;而浪漫主义,正如它的名字所说,诞生自古罗马的经典。在这套丛书中,收录的是更适当、更优越的文学体裁:散文化的史诗,也就是小说。"因此,与古老的经典作品不同,尤其当作为不以任何时代或流派为基准的"小说",在"故事"的基础上进一步缩小了定义时,"浪漫主义丛书"几乎不被视为批判性的词汇。语言在近五十年里所经历的变化,几乎可以成为一门学科的主题,并不时带来各种惊喜。在这里我想引用博尔盖塞的另一段话,更贴近我们的日常,或许能带来对"浪漫主义"内涵的另一层解读:当谈到系列丛书的外包装时,他说,出版商竭尽所能让这些书看起来不仅仅是"藏书家的宝贝",而是"以妇女为主的广大读者"都会喜欢的书籍。①

詹姆斯·韦伯·扬的《创意的生成》则从思维训练角度提出了创意生成的原则和步骤。在他看来,创意生成有两个普遍原则:一个是旧元素的重新组合,另一个是依赖洞悉不同事物之间的相关性。实际上也就是依赖洞悉事物之间的不同相关性,达到旧元素重新组合的目的,而寻找不同事物之间相关性显得最为重要,通常可以通过阅读诸如索尔斯坦·邦德·凡勃仑《有闲阶级论》、大卫·理斯曼《孤独的人群》等社会科学领域著作来实现,其作用胜过阅读广告传播专业大多数书籍。② 詹姆斯·韦伯·扬认为,创意生成的第一步是尽量吸收包括特殊素材和一般素材在内的原始素材并学会运用卡片索引法,建立粘贴簿和文件夹;第二步是用思维加以咀嚼,把一些不成熟、不完整乃至近似疯狂和模糊的创意记在纸上,不必为此感到厌倦,甚至只需要将整件事情放下;第三步是慢慢消化吸收;第四步是持续思考,当百思不得其解时灵感不期而遇,令人偶然领悟,使问题的答案迎刃而解;第五步是将所获得的创意放到现实世界去检验,并对其不大满意的部分进行修正完善。用他的话来说,就是:"第一,收集原始素材——无论这些素材是关于当下课题的特殊素材,还是来自不断积累的常识之普通素材。第二,在头脑中反复研究这些素材,将

---

① 卡尔维诺:《文字世界和非文字世界》,王建全译,译林出版社 2018 年版,第 181 页。
② 詹姆斯·韦伯·扬:《创意的生成》,祝士伟译,中国人民大学出版社 2014 年版,第 33—37 页。

之不断咀嚼、消化和吸收。第三,孵化阶段,将不同素材交给你的潜意识去整合。第四,创意的诞生——也就是你大声喊叫'有了,我找到了'的阶段。第五,创意生成的最终阶段,你需要将它应用于现实世界,并做出进一步的修正与发展,以符合现实。"①为此他还推荐了格雷厄姆·沃拉斯《思维的艺术》、昂利·彭加勒《科学与方法》、贝弗里奇《科学之路》(或译《科学研究的艺术》)等。可见创意的生成更多取决于相关跨学科学术名著的深度阅读,而不是本专业教科书。但大多数学校的学生却恰恰将自己的视野局限在教科书范畴。通常情况下,一个人得自课外名著阅读的启迪最大,其次是有思维和方法启发的教师,最次才是教科书。教科书往往是四平八稳的概念范畴的堆集和知识谱系的构架,常常难以见到颇具启发性的观点和有争议性的问题,很多有争议的前沿问题,以及百思不得其解的核心问题,常常被没有创造力的平庸编者或作者抹平,貌似头头是道的陈述恰恰暴露了教科书编者的无能;教师作为一种职业,不同人之间差异最大,最高层次的教师等同大师读者,足以启迪思想,中等层次等同专家读者,可以传授知识和方法,最低层次只能是庸俗的大众读者,常满足于日常消遣;相对来说名著特别是经过上百年和数千年时间洗礼和淘汰流传下来的名著,常常在思想、方法、知识诸方面给予人们举一反三、触类旁通的巨大影响和整体启迪。

应该说,詹姆斯·韦伯·扬确实抓住了创意思维的根本和思维训练的主要环节和步骤,特别是他推荐的阅读书目较之孤陋寡闻、自鸣得意的某些创意专家明显高明得多。他关于创意生成阶段和步骤的阐述,容易使人联想到王国维《人间词话》三境界的阐述:"古今之成大事业、大学问者,罔不经过三种之境界:'昨夜西风凋碧树。独上高楼,望尽天涯路',此第一境界也;'衣带渐宽终不悔。为伊消得人憔悴'(欧阳永叔),此第二境界也;'众里寻他千百度。回头蓦见,那人正在,灯火阑珊处'(辛幼安),此第三境界也。"②此第一境界可以看成素材的艰苦积累阶段,第二境界便是长期思考却百思不得其解阶段,第三境界是顿然觉悟如木桶脱底阶段。虽然文学编辑并不一定直接经由诸如此类阶段和步骤,但必须对作家及其文献文本系统特别是创意形成有清晰认

---

① 詹姆斯·韦伯·扬:《创意的生成》,祝士伟译,中国人民大学出版社 2014 年版,第 77—78 页。

② 彭玉平:《人间词话疏证》,中华书局 2011 年版,第 88—89 页。

知,特别是对创意之将旧元素进行创造性重新组合,以及使其具有感染力的路径和原则有清楚认知。这才是文学编辑考量其文献文本系统之最终是否拥有必要感染力的前提和条件。因为感染力很大程度上影响出版的市场效益和经济利润。

无论创意生成的原则和步骤,还是创意思维及其训练的主要环节和步骤,能产生利润才是目的之一。理查德·E.凯夫斯指出:"不管风格创新是源于品位的变化还是创新的灵感,它都会改变创意产业采用的普通资源的配置和结构。各类中介——包括画廊、出版商、唱片公司——都会通过推出全新的风格从而坐拥哪怕是短暂的利润激增。虽然这些产业的复制技术各有不同,但是它至少可以针对旗下创作艺人索取高价。最终这些产业可以销售一大批复制的创新产品,从而在巨大的利益蛋糕中分得一杯羹,而这些利润往往是被一个或一批直接阐释或代表某种艺术风格的艺术家所垄断着,尽管具体的创意产品享受了版权保护以防盗版和剽窃,但由于模仿者、追随者和翻印者的存在,风格创新会很快传播开去。"①一般的墨守成规很难带来巨大的经济利益。他这样论述道:"常规工作带来的物质回报越小,探索美学前沿中高度不确定而且极具主观性的收入的吸引力就越大。抽象表现主义流派的艺术家就曾表示,他们早期完全是抱着'根本卖不出去'的态度在工作,所以他们追求的是艺术前沿工作带来的象征性收入。"②

当然也不是所有创意都可能赢得巨大经济利润。理查德·E.凯夫斯指出:"这些成功的设计被淘汰也是司空见惯的事。只有少量新设计会广为流行,使得竞争者不得不放弃那个行业的众多创新。创新一旦成功就可以拥有一个较长的经济生命周期(例如芭比娃娃和特种部队的人偶),但也有另外一种可能性,即尽管出现了复苏迹象,但他们往往会在短暂的受欢迎之后很快消失(例如椰菜娃娃的玩具布偶)。"③关键是这种创意产品能形成流行时尚或品牌。只有影响力能足以使其成为一种流行时尚或品牌,才可能有较长经济

① 理查德·E.凯夫斯:《创意产业经济学:艺术的商品性》,康蓉、张兆慧、冯晨、王栋译,商务印书馆 2017 年版,第 330—331 页。

② 理查德·E.凯夫斯:《创意产业经济学:艺术的商品性》,康蓉、张兆慧、冯晨、王栋译,商务印书馆 2017 年版,第 332 页。

③ 理查德·E.凯夫斯:《创意产业经济学:艺术的商品性》,康蓉、张兆慧、冯晨、王栋译,商务印书馆 2017 年版,第 343 页。

生命周期。虽然除了关于流行的禁令可能是必须的,没有哪一种流行或时尚可能是永恒的,但流行常常在流行所及的时间范围内有营销产品的助销能力和独特影响力。罗兰·巴特指出:"流行将不可预知的东西变得容易控制,却不剥夺其不可预知的特性。每一种流行都是无以名状,同时又不悖常规。长期的记忆销蚀以后,时间简化为一对排除在外的东西和正式介入的东西。"①

更有意思的是,依托出版物的流行时尚作为大众现象还有其特点:"在西方,流行逐渐成了一种大众现象。正是由于它的消费是通过大众传播的出版物进行的(书写流行的重要性及自主性也正在于此),公众社会接受了体系的成熟(在这个例子中,即是其'无偿性'),他们达成协议:流行必须突出其声誉的根源,即贵族模式——这就是纯粹流行。但与此同时,流行必须以一种愉快的方式,通过把内在世事的功能转化为符号(工作、运动、度假、季节、庆祝会),来表示其消费的世事——这就是自然流行,其所指是有命名的。出于它的模糊地位:它意指世事,也意指自身,它或是构成一种行为的框架,或是构成一种奢华的景象。"②当然,这不是说流行是万能的。它其实在制造神话的同时也消解神话,这正是流行有些靠不住的根源之所在。罗兰·巴特指出:"流行一面制造出天真所指的神话,一面又消解了这种神话。它试图用事物的虚假本质替代人造即替代文化。它并不压制意义,而是在用手指向意义。"③

相对于流行的短暂和有些靠不住而言,一旦在流行的基础上形成家喻户晓的品牌,便意味着拥有了相对持久的特殊价值和意义,所以形成流行风尚仅仅是创意所达到的初级阶段和水平,只有达到品牌层次,才算达到了更高阶段和水平。奥利维耶·阿苏利阐述道:"在工业领域,审美手段的目的不是教育大众的品位或令大众摆脱所有的偶像、陈词滥调、共同之处,而是将批量生产的简单产品的形象转变成依审美规则而普及的艺术产品的形象。"④这其实就

---

① 罗兰·巴特:《流行体系:罗兰·巴特文选》,敖军译,上海人民出版社 2016 年版,第 265 页。

② 罗兰·巴特:《流行体系:罗兰·巴特文选》,敖军译,上海人民出版社 2016 年版,第 266 页。

③ 罗兰·巴特:《流行体系:罗兰·巴特文选》,敖军译,上海人民出版社 2016 年版,第 277 页。

④ 奥利维耶·阿苏利:《审美资本主义:品味的工业化》,黄琰译,华东师范大学出版社 2013 年版,第 175 页。

是品牌。品牌的特殊价值和意义在于为商品赢得了一种无可替代和独一无二的影响力,并能相对持久地维持这种影响力。他继续论述道:"品牌应该让品牌商品成为独一无二、难以被其他商品所替代的,并且品牌应该赋予商品一种具有足够影响力的魅力,使人们相信该商品在任何比较中都处于上风。"①品牌之所以有如此效力,根本上是因为它本身蕴含着特殊的文化价值和意义,而且连带性的将这种文化价值赋予其商品,并与这种商品捆绑在一起形成独特商业乃至文化价值。奥利维耶·阿苏利指出:"品牌构成一个容器,装纳了欲望、感觉和信仰,这些东西通过诱导消费的手段引导舆论的流向。品牌凝聚了安全感和对未来的信心。"②当然果真要维持这种品牌及其效应的长久影响力,主要还得依赖商品生产厂家自身的信誉及售后服务。对出版物而言,这种品牌和信誉也常常与出版社及其全体编辑的信誉和能力捆绑在一起。品牌的持久影响力,虽不及流行时尚那么易于变化,但长期的艰辛坚持和维护同样显得极为重要,常常是毁掉一个出版社及其品牌和声誉,要比维护一个品牌和声誉容易得多。维持一个品牌和声誉要靠这个出版社和全体编辑数代人共同努力所制作的所有出版物,但毁掉一个出版社的品牌和声誉,仅需要一两个不负责任的编辑和一两部质量低劣的出版物。

当然,文学出版物作为创意产品,常常有其他产品所没有的可通过时间和空间获得收入的效力,对其中为数不多的名著更是如此。理查德·E.凯夫斯的《创意产业经济学》有这样一段论述:"'艺术永恒'的属性标志着创意元素的耐久性特点——如视觉艺术家和作家的作品、表演艺术家的电影或录像。一件耐久性创意产品的拥有者可将其贮藏起来,也可以拿出来重看,并以此吸引新的消费者或唤醒其他人的美好回忆。对创意产品的持续重复使用并不能改变其私人所有这一属性。所有者能够——几乎是在同时——在不同的市场中获取收益。这些市场可能被国界或是其他界限所限制,或者分割——这是由于对核心创意产品以不同的方式进行定义与诠释所造成的。"③作家及其文

---

①　奥利维耶·阿苏利:《审美资本主义:品味的工业化》,黄琰译,华东师范大学出版社2013年版,第175页。

②　奥利维耶·阿苏利:《审美资本主义:品味的工业化》,黄琰译,华东师范大学出版社2013年版,第176—177页。

③　理查德·E.凯夫斯:《创意产业经济学:艺术的商品性》,康蓉、张兆慧、冯晨、王栋译,商务印书馆2017年版,第450页。

献文本系统的这一超越时间和空间获取收入的效力,虽然很大程度上激发了文学编辑的出版热情,但接踵而来的网络与新媒体时代,人们不再以纸媒作为获取信息的唯一渠道和主要手段,且通过计算机网络和手机微信获取信息的渠道更畅通、成本更少、更方便快捷的特点决定了纸媒传播有风光不再的可能。

不过,作为创意产品的创新可能带来的经济生命周期,还存在较为复杂的现象及其原因。理查德·E.凯夫斯阐述的现象不容忽视:"创新对生产组织的影响千差万别,通常我们都会认为那些成功的创新公司能够繁荣兴盛,失败的或是拒绝创新的公司会逐渐销声匿迹。从艺术领域可以看到这种趋势,但情况复杂得多。某些拥有成熟发行体系或是具备其他能力的公司,如果能有效控制过时艺术风格所带来的损失,或是有效地将资源投入创新,那么它就可以保住自己现在的地位(如唱片公司)。另一方面,如果没有防御措施或其他方式去避免过时艺术风格所带来的损失,创新也可以促使大公司发生巨大的更替(比如玩具产业)。当选拔机构规模较小,而且没有任何固定资源时(比如画廊和小型的玩具制造商),更替的过程就会更加自然和顺畅。"①类似现象也存在于文学编辑和出版行业,当然也可能有不大相同的具体情形。

作为教师,还得考虑创意大师的培养。罗伯特·斯滕伯格、陶德·陆伯特《创意心理学》提出了重新定义问题,寻找他人没有看到的东西,学会区分好主意与坏主意,注意他们潜在的贡献,不要认为一定要在所从事的领域知道一切事情、才能做出创造性贡献,培养一种立法、整体的风格,在障碍面前坚持努力、不盲目冒险、乐意成长,发现并利用内在动机、发现或创造一种能够鉴赏自己喜欢做的事情的一种环境,创造力所需的资源是交互式的而不是附加的,做出能培养创造性生活方式的决定等所谓"创意大师十步曲"②。可见,只要人们选择具有创造力的生活即养成低买高卖习惯,采取具有创造力的人采取的基本步骤,经常质疑生活方式的传统假设,不断寻找和思考问题,不要想当然地接受他人经验或以新的方式看待问题;以他人没有的方式方法组织事物,从

---

① 理查德·E.凯夫斯:《创意产业经济学:艺术的商品性》,康蓉、张兆慧、冯晨、王栋译,商务印书馆 2017 年版,第 357 页。

② 罗伯特·斯滕伯格、陶德·陆伯特:《创意心理学:唤醒与生俱来的创造力潜能》,曾盼盼译,中国人民大学出版社 2009 年版,第 211—214 页。

过去经验中看到他人没有看到甚至根本没有尝试去看的情况;注意某一特定主意是否有使某一领域或世界发生改变以及是否应该花费时间去研究这一主意和想法来分别好坏主意;相信拥有太多知识可能会干扰创造力,以致不能以新方式来看待问题,反倒是对某一领域知道一些但并不了解这一领域的一切的人才可能极具创造性贡献,或者说好的发明者一般不是那些知道现存知识最多的人,而是那些知道一些知识,具有敏感性且知道关注哪里的人;要具有产生新思想的能力,而且也喜欢做创新工作,且并不仅仅着眼于细枝末节,有着大局观的人常常会有更好的机会产生全面、新颖的解决问题方法,而且往往能够在局部与整体以及其他风格之间转换的能力;善于排除障碍,有对新体验的开放性、模糊的容忍性以及敢于做自己认为正确事情的勇气,能够不断超越自己产生更具创造性想法;喜欢花费较多时间做自己喜欢做的事情而不是做不得不做的事情,热衷于任务本身而不是最终奖赏至关重要;善于建构或发现能够奖赏你做喜欢做的事情,受到环境氛围的促进而不是抑制;当智力水平、冒险愿望、内在动机或其他资源低于某一特定水平时会遏制人的创造力;要重新定义问题,必须愿意以新方式加以审视,愿意冒险和克服障碍,愿意忍受模糊性乃至只见森林不见树木,或者说阻碍创造力的主要因素不在于环境而在于个体看待世界的方式,如果决定以创造性方式看待,就会迅速拥有获得创造力的机会。

应该说,基于书面文字和印刷术的出版物确实带来了很大变化,但人们对每一种传播媒介的变化,包括对基于书面文字和印刷术的出版物的书面传播其价值和意义,都应该有更加理性的思考和判断。刘易斯·芒福德写道:"存在就意味着在印刷物中存在,学习就意味着学习书本,所以书本的权威被大大地拓展了。在这种情况下,如果说知识得到了更广阔的空间,谬误也同样利用印刷而大行其道。阅读印刷品和亲身经历之间的鸿沟已经变得越来越大。"① 尼尔·波兹曼也有深刻反思,他指出:"每一种思想的新工具的诞生都会达到某种平衡,有得必有失,虽然这种平衡并不是绝对的。有时是得大于失,有时是失大于得。我们在或毁或誉时要十分小心,因为未来的结果往往是出人意料的。印刷术的发明就是一个典型的例子。印刷术树立了个体的现代意识,

---

① 刘易斯·芒福德:《技术与文明》,陈允明、王克仁、李华山译,中国建筑工业出版社2009年版,第124页。

却毁灭了中世纪的集体感和统一感;印刷术创造了散文,却把诗歌变成了一种奇异的表达方式;印刷术使现代科学成为可能,却把宗教变成了迷信;印刷术帮助了国家民族的成长,却把爱国主义变成了一种近乎致命的狭隘情感。"①书面传播毕竟代表了一个时代,应该说,基于书面文字和印刷术的出版物的书面传播确实代表了传播最严谨最正规的鼎盛特征。

书面传播的衰落,并不仅仅开始于数字传播时代的到来,即使在书面传播时代,文学出版物在与音乐的较量中其实并不占优势。乔治·斯坦纳这样写道:"在美国,以及欧洲越来越多的地方,新的文化素养蕴涵在音乐而非语词中。永久播放的唱片已经为休闲艺术带来革命。富裕社会中的新兴中产阶级书读得很少,但真心喜欢听音乐的很多。图书馆过去藏书的地方,现在骄傲地摆满了一排排唱片和高保真组件,比起可以永久播放的唱片,平装书是短命的东西,可以轻易抛弃。书籍的终点不再是真正图书馆的收藏室。音乐是今日通俗文化的主流。成人很少彼此大声阅读;更少有人愿意像19世纪的先人那样,定时将业余时间花在公共图书馆或文艺俱乐部。现在,许多人聚集在高保真音响设备前,加入音乐表演。"②乔治·斯坦纳还分析了其深层社会和心理原因:"都市生活和工业生活的节奏让人在夜幕降临时就筋疲力尽。当一个人闲下来,音乐,哪怕是有难度的音乐,也比严肃文学更容易进入其中,给人带来享受。它令人心潮起伏,又不费大脑。它甚至允许那些几乎没有受过训练的人也能进入经典名曲。它不会像阅读一本书那样,将人们分隔为沉默的孤岛,相反,它把人们聚集在一起,聚集在我们社会努力创造的虚幻共同体。维多利亚时代的求爱者将诗歌当成花环送给心上人,现在的情人会选择一张唱片,明显意味着要用音乐来完成白日梦或勾引。当看到新出的唱片封面,人们立刻意识到,音乐已经取代了我们生活方式不再提供的烛光和黑天鹅绒。"③

还有一个原因,就是书面传播时代出版物也呈信息爆炸态势:"书籍(我们在文字世界中寻找一条震耳欲聋的路)的泛滥是否本身就是对意义的颠

① 尼尔·波兹曼:《娱乐至死》,章艳译,中信出版社2015年版,第32—33页。
② 乔治·斯坦纳:《逃离言词》,《语言与沉默:论语言、文学与非人道》,李小均译,上海人民出版社2013年版,第37—38页。
③ 乔治·斯坦纳:《逃离言词》,《语言与沉默:论语言、文学与非人道》,李小均译,上海人民出版社2013年版,第38页。

覆：'语言的文明是发狂的文明。'在这样一种文明中,语言筹码不断在通货膨胀,使得原本神圣的文字交流如此贬值,那些有效、真正新颖的文字,再也没有办法让人们听到。每个月必须有巨作产生,出版商就逼着那些平庸之作包装起来,外表光鲜,昙花一现。科学家告诉我们,各种专著的出版数量急剧上升,图书馆很快就会被放到围着地球转的赤道去,整日忙于电子扫描。人文学科语言的泛滥,把琐碎的东西当作高深的学问反复批评,威胁着抹杀了艺术作品本身,抹杀了真正批评所需的精确与新鲜的个人体验。我们也说得太多,说得太轻松,把原本私人的东西四处张扬,把语言背后原本暂时的、个人的,因此是有活力的部分变成了陈词滥调,丧失了可信度。"①无论书籍,还是报刊杂志等都存在诸如此类的缺陷,在表面的繁荣掩盖下的是出版物信息爆炸和短命,这在一定程度上也加速了书面传播走向穷途末路。

当然也不是所有人都持消极态度,翁贝托·艾柯倒对印刷品持有较乐观态度。在他看来,到目前为止,书籍仍然是最经济,最灵活,最方便的信息传播方式,而且花费非常低;人们在电脑前呆 12 个小时,眼睛就会像两个网球,且电脑无法满足它们激发起来的所有知识需求。书籍即使用只能保存 70 来年的现代酸纸印刷,也比磁介质更耐久,且不必受制于电力短缺和停电,也不怕撞击。关于书籍的好处,他有多方面阐述:"书籍是为生命买的保险,是为得到永生的一小笔预付款","我们必须能够和生命中的书籍建立起恋爱关系。""有时候版本的不同还会影响到我们阅读的方式,""一本书并不是由于记录思想而阻碍思想发展的机器,而是制造'解析'的方式,也就是生产全新思想的机器。""在电脑屏幕上,我们只能阅读间断的信息,而且只是在短时间内。"②人们也有理由相信,书籍等出版物在相当一段时间存在将可能是不争的事实,而且许多人都可以滔滔不绝地说出其不可取代的优势,如不依赖于电和网络信号,只需要购得一册在手,便可不厌其烦地反复阅读、品味,可翻来覆去随意比对和参阅,也可根本不考虑网络流量及其缴费成本,更可不考虑空间条件限制,可在床上,也可在厕所,当然也可在长途劳顿途中,可在深山老林,

---

① 乔治·斯坦纳:《逃离言词》,《语言与沉默:论语言、文学与非人道》,李小均译,上海人民出版社 2013 年版,第 38 页。
② 翁贝托·艾柯:《植物的记忆》,《植物的记忆与藏书乐》,王建全译,译林出版社 2014 年版,第 12—25 页。

也可在繁华市井,都可以最大限度打破时间和空间限制。对书籍等出版物的冷静思考和怀疑冷漠也来自文学界内部。如卡尔维诺有这样一段思考:

> 当我等待着非文字世界在我眼前愈加清晰明朗时,总是有那么一页让人感觉可以沉浸其中、触手可得,每每此时,我总是迫不及待地回到那一页,即使只能理解其中的一小部分,但是当我自己的幻想可以掌控那一切时,我会感到心满意足。

> 在我年轻时,我幻想着文字世界和非文字世界交替着绽放光彩,生活中和阅读中的经历以一些方式相互补充,生活中的一点进步也能在文字世界中找到相应的成长。如今我可以说自己对文字世界的了解比以往多了许多。书中内容四溢,却止步在书页四周的空白处。然而,我周遭的这个世界却从未停止过令我感到震惊、惊吓和晕头转向的脚步。我见证了我生活当中,在这个广阔的世界和社会中的诸多变化,也有一些是我自己身上发生的变化。然而,我无法预知自己和所认识之人的事情,更别提整个人类的未来了。我无法预知社会、城市或者民族将来的关系,会有什么类型的和平或战争;无法预知钱币将有什么含义,哪些在日常生活中使用的东西会消失,又有哪些新的东西会出现;无法预知将来的人们会使用何种交通和机械工具,海洋、河流、动物和植物的未来又是什么。我很清楚,我和那些经济学家、社会学家和政治家们是共同分享这种无知的,而他们则表现出对一切全然了解。但是,这种不是孤单一人而是共同分享,却没有给我丝毫安慰。

> 能给我安慰的是,文学总是比其他学科更能让人明白一些东西,但这使我想起古代的学者们视书本为智慧的殿堂,而在今天,智慧的这个想法是多么遥不可及。①

当然不是所有作家和读者都能如卡尔维诺对文字世界与非文字世界有如此深刻的反思,但无论哪一种思考,都无法改变人们对书面传播和纸媒出版物未来前景判断的两极分化和严重撕裂的现状,理所当然也无法减缓书面传播和纸媒出版物可能面临的前所未有的挑战,以及由此导致的文学编辑及其使命和职责的翻天覆地的变化。

---

① 卡尔维诺:《文字世界和非文字世界》,王建全译,译林出版社 2018 年版,第 120—121 页。

第三节　数字传播与技术断言

虽然此前诸如黑格尔、阿多诺、米勒相继提出过文学终结论，文学也并未随之终结，但作为文学的文献文本系统的存在及其传播方式之最基本形态的必然改变则是不争的事实。德里达《明信片·邮件》中所预言的电信技术时代整个文学即使不是全部，也会与哲学、精神分析学之类面临同样在劫难逃的宿命，都可能不可避免地走向终结。

正是基于这一启发，米勒在《全球化时代文学研究还会继续存在吗》提出：电信时代传统意义上的文学，必将在纷繁复杂的文化版图中所居地位越来越轻，以致成为文化百家衣上的一个小补丁。他这样阐述道："随着越来越多的人可以登录互联网，这种变化还会加快，就像当初大家拥有电视一样，而电视的普及给人们生活带来的巨大变化是有目共睹的。这些变化包括政治、国籍或公民身份、文化、个人的自我意识、身份认同和财产等各方面的转变，文学、精神分析学、哲学和情书方面的变化就更不用说了。"他还进一步写道："据我所知，这些科学家无意于终结文学、情书、哲学或者民族独立国家，这种原因与结果之间的不对等，加上巨大影响的不可预料性，才是真正令人称奇的，因为这种后果并不亚于人类历史上一次急遽的动乱、变革、暂时中断或者重新定位。"[①]虽然米勒《全球化时代文学研究还会继续存在吗》的预言曾受到人们的质疑，但不难发现，文学传播方式的变化却越来越成为不争的事实。理查德·E.凯夫斯认为："同其他的创意产品一样（书籍、电影、唱片），随着各种媒体（例如电视）的兴起，近几十年来对成功事例的传播越来越突破传统：大规模宣传使得群体性行为成为可能，极大地激发了人们的热情，也同时缩短了红极一时的产品生命周期。"[②]其实不仅电视，更重要的是网络的兴起才真正加速这一现象的发生，也明显加剧了纸质媒体生命周期的缩短。人们越来

---

① 《全球化时代文学研究还会继续存在吗》，J.希利斯·米勒：《萌在他乡：米勒中国演讲集》，国荣译，南京大学出版社 2016 年版，第 80—81 页。
② 理查德·E.凯夫斯：《创意产业经济学：艺术的商品性》，康蓉、张兆慧、冯晨、王栋译，商务印书馆 2017 年版，第 344 页。

越发现,随着电信技术的发展,以及平板电脑和智能手机等科技产品的出现,几乎使每一个人的生活方式都发生了根本变化:越来越多的人除了因学校的强制性要求,不再关心《诗经》、莎士比亚、曹雪芹、鲁迅,他们关心平板电脑、智能手机的阅读超过了电视广播,关心电脑游戏和手机微信也超过电脑和手机上的文学作品;他们可以一觉醒来不是忙着梳洗就餐,而是急着翻阅手机微信之类,无论在飞机上,还是汽车驾驶台上都不忘瞟上一眼。在这种不假思索的欢欣鼓舞之中,很少有人真正反思过这种高科技陷阱可能导致的肤浅、片面、碎片化、无历史感等致命缺憾。当然,这一点是否通过改变文学存在的前提和共生因素最终将其引向终结,似乎还有待于人们拭目以待,但见诸纸质媒介的文本阅读的衰竭已经不可避免。

也应该看到,数字媒体的出现确实带来了诸多方便。亚当·乔伊森指出:"当书写是一种耗时的、艰难的工作时,抄写员的任务通常是将某人的想法写到纸上(所以书写更多的是一种抄写),当印刷机使书面书写的全新用途(如报纸)成为可能时,它也使文本变得普遍易读,然而直到计算机技术特别是文字处理软件取得了进一步发展的时候,书面文字才摆脱了早先诸多技术上的限制。"①随着电脑书写的日益熟练,人们逐渐从思维快于电脑输入,终于走到了思维与电脑输入同步。这如同当教师,不熟练时候常常思维快于讲述,熟练的时候思维与讲述才能同步。除此而外,只有思维和反应速度慢的人才可能思维慢于讲述以及电脑输入。过去的书写特别是修改常常导致重复抄写,电脑输入却可以成段剪切、复制、粘贴、移动、删除、撤销、清除等,也不必担心由此导致大量抄写的劳累。亚当·乔伊森指出:"可以认为在某种意义上计算机技术已经使书写更加接近于早先的口述形式。过去当著作被转录然后被大声朗读的时候,书写的语体和规则仍然是以口述传统为基础的。然而或许随着书写(阅读)的人越来越多,书写的技术变得越来越容易,书写也就确立了自己的地位。然而计算机技术和因特网已经允许我们在确定好想要表达的思想之前可以自由地打字。"②米勒也阐述了数字媒体给文学研究和创作带来的

---

① 亚当·乔伊森:《网络行为心理学——虚拟世界与真实生活》,任衍具、魏玲译,商务印书馆 2010 年版,第 9 页。

② 亚当·乔伊森:《网络行为心理学——虚拟世界与真实生活》,任衍具、魏玲译,商务印书馆 2010 年版,第 9—10 页。

革命性变化。他指出："数码革命也给文学研究带来了一些非常好的东西,比方说,在电脑上写文章和改文章的方便,便是其一。另外,没必要再待在一个拥有丰富图书资料的顶尖大学里,来做认真的研究和文学批评。这是民主化的一个很强大的形式。"①他还指出文学创作的过程及其物质基础也发生了革命性变革:"作家再也不需要一遍一遍地用铅笔或者钢笔在纸上打草稿,然后,再千辛万苦地把最后的定稿用打字机敲出来。""越来越多的文学作品开始同时出版印刷本和电子文本。还在读文学的人越来越多地选择'在线'阅读。我称之为文学的'数码魔术'。"②

其实电脑输入和数字媒体的出现,所引发的不仅是传播媒介从书面传播到数字传播的变化,而且是人们书写和思维方式的变化,尤其是阅读和认识方式的变革。尼葛洛庞帝预言:"数字化生存的确给了我们乐观的理由。我们无法否认数字化时代的存在,也无法阻止数字化时代的前进,就像我们无法对抗大自然的力量一样。数字化生存有四个强有力的特质将会为其带来最后的胜利。这四个特质是:分散权力、全球化、追求和谐和赋予权力。"③罗杰·菲德勒也指出:"数字印刷媒介将有可能使得旅行者在世界上的几乎任何一个旅馆或机场接触地区报纸以及其他他们喜爱的出版物。"④事实也正如他们所预言。

正由于数字媒体有诸多方便,其日益盛行便成为有目共睹的事实:目前越来越多的人不仅热衷于通过收音机、电影、电视、流行音乐,更借助计算机,特别是手机微信和网络信息获取信息,使数字媒体很大程度上成为塑造人们信仰和价值观的主流媒介,也使得越来越少的人真正愿意花费大量时间去阅读堪称经典的以书面文字和纸质媒介为载体的出版物。尼尔·波兹曼承认:"电子媒介决定性地、不可逆转地改变了符号环境的性质。在我们的文化里,信息、思想和认识论是由电视而不是铅字决定的。我们不否认,现在仍有读

---

① 《媒介从来都不曾分开过》,J.希利斯·米勒:《萌在他乡:米勒中国演讲集》,国荣译,南京大学出版社 2016 年版,第 315 页。
② 《文学之前世今生》,J.希利斯·米勒:《萌在他乡:米勒中国演讲集》,国荣译,南京大学出版社 2016 年版,第 328—329 页。
③ 尼葛洛庞帝:《数字化生存》,胡泳、范海燕译,海南出版社 1997 年版,第 269 页。
④ 罗杰·菲德勒:《媒介形态变化:认识新媒介》,明安香译,华夏出版社 2000 年版,第 223 页。

者,仍有许多书在出版,但是书的阅读功能和以往是大不相同了。即使在铅字曾经被认为具有绝对统治地位的学校里,情况也未能例外。有人相信电视和铅字仍然共存,而共存就意味着平等。这是一种自欺欺人的想法。根本没有什么平等,铅字只是一种残余的认识论,它凭借电脑、报纸和被设计得酷似电视屏幕的杂志还会这样存在下去。像那些在有毒的河流中幸免遇难的鱼儿以及那个仍在上面划船的人一样。我们心中仍保留着过去那条清清小河的影子。"①这便给编辑和出版家预测市场销售带来了诸多前所未有的挑战:

> 它可以是对出版商在预测反响时所遇困难的考量,比如艰难地尝试作出了抉择,却一败涂地;有时过于谨慎的预测会引发供不应求的情况,过于乐观的预测又往往会使堆积如山的书籍徒留着落灰;每家出版商在这方面的轶事简直不胜枚举,信手拈来,不仅可以用来摧毁所有的经营计划,还可以终结耽于找寻经验规律蛛丝马迹的幻想。

> 它可以是一个讨论书籍在商店中寿命的严肃话题,骋姿作态的宠嬖一过销售季便乏人问津,寂寂无闻的黑马却能在年复一年中屹立长青。出版与发行政策的分歧由此产生,这也带来了一些问题:新书与旧作之间关系的把握和其衍生出的相关费用及滞销问题;只有在发行量大时才订成的廉价合集十有八九都缩了水,有些书店只给新书预留位置。(在国外几年前就见怪不怪了,现今这种情况也出现在了意大利。)这便是困扰全世界出版商和书店的基本症结。(这也是文化问题的症结:在某一特定文化中一座基于悠久历史的理想图书馆,与那些紧跟现实、具有年代色彩、反映瞬息需求和情绪书籍之间的关系。)②

无论这一症结是否存在,或存在时间长短,都可能影响到出版业的发展,但毋庸置疑的是,诸如电视、电脑确实为人们提供了诸多方便,也确实引起了诸多变化:"电视给那些老弱病残以及在汽车旅馆里饱尝孤独寂寞的人带来了无尽的安慰和快乐。我也意识到电视在为大众提供一个电影院方面具有很大潜力(我认为我们还没有对此给予足够的重视)。也有人提出,虽然电视削弱了人们的理性话语,但它的情感力量是不容忽视的,它会让人们反对越南战

---

① 尼尔·波兹曼:《娱乐至死》,章艳译,中信出版社2015年版,第31—32页。
② 卡尔维诺:《文字世界和非文字世界》,王建全译,译林出版社2018年版,第114页。

争和种族歧视。对于这些好处,我们不能视而不见。"①尼尔·波兹曼对电视有诸多阐述。他指出:"电视为电报和摄影术提供了最有力的表现形式,把图像和瞬息时刻的结合发挥到了危险的完美境界,而且进入了千家万户。我们现在已经有了电视时代的第二代观众,对于他们来说,电视是他们首选的、最容易接近的老师。在他们中的好多人看来,电视也是他们最可靠的伙伴和朋友。简单地说,电视是新认识论的指挥中心。没有什么人会因为年幼而被禁止看电视,没有什么人会因为贫穷而不得不舍弃电视,没有什么教育崇高得不受电视的影响。最重要的是,任何一个公众感兴趣的话题——政治、新闻、教育、宗教、科学和体育——都能在电视中找到自己的位置。所有这一切都证明,电视的倾向影响着公众对于所有话题的理解。"②尼尔·波兹曼对电视这一媒体的论述,可以移用来阐述电脑特别是平板电脑和智能手机,不仅几乎具有了电脑所具有的一切功能,而且在随时随地投入使用方面,较之电视和电脑更方便快捷,更有自由选择空间。在现代社会,如果不会使用电脑和手机,便不会完成慕课学习,不会网购,不会购买车票,不会支付各种费用,不会导航,甚至在大城市会寸步难行。如果说电视已经使人们习惯于不再动脑筋,不再苛求于节目内容的庸俗无聊,那么手机可能使人们不仅习惯于庸俗无聊,而且会逐渐养成对乌七八糟、参差不齐,甚至漏洞百出的信息的不加计较乃至宽容忍耐,浮光掠影、蜻蜓点水、一蹴而就的浅表阅读,以及变化多端、难以捉摸的审美趣味,久而久之会使人们难以静下心来长时间深钻细研、琢磨品味那些内容深奥艰涩的书面文字和出版物。

在当今时代,许多情况下只要有网络信号,有手机,有电,便可随时随地进入手机微信和网络阅读,只是这种阅读大多可能缺乏深度,无须手捧书本,更无须目不转睛。它可以读,可以听,甚至可以对话,可以问答,但书本阅读则总是单向度或单频道的,只是读者一方的单方面行为,不可能实际上与作者和编者进行有文字有声音的直接互动,所谓书本的吁求和读者的应答也只限于精神层面,是许多大众读者难以奢望的。手机和网络信息量,可关涉领域之广、范围之大,信息之多,其他媒体往往望尘莫及;如果不是非常专业、高深的内

---

① 尼尔·波兹曼:《娱乐至死》,章艳译,中信出版社 2015 年版,第 32 页。
② 尼尔·波兹曼:《娱乐至死》,章艳译,中信出版社 2015 年版,第 96—97 页。

容,从穿衣吃饭,到打字输入、网络购物、银行付款,甚至打情骂俏,应有尽有。事实上现在有些学术性公众号在这些方面已经有明显跟进,只是时间上可能稍滞后于学术期刊,或出于知识产权或期刊自身生存的考量有意延迟,但有些公众号也还明显超前于纸质期刊。不过,互联网毕竟是属于大众层面的阅读媒体,其信息确实有些类似于鱼龙混杂的杂货铺,绝大多数并不一定有非常高雅尖端的学术含量。但也不是全然没有这方面的信息,有些信息其内容可能丰富得有些出乎意料。这都需要读者有较高的识别能力。其实许多时候也无须识别,只需花几分钟时间扫描或浏览一下标题及要点即可,甚至一目十行或因忙碌搁置之不理,也不会有大的影响。如果闲得无聊,也确实是一种无须打扰他人便能打发时光的最好手段。有些人可以一天到晚抱着手机,自娱自乐,乐不思蜀,或自言自语,或破涕而笑,或沉默寡言,均可完全沉浸于自己的独立天地。这种看似休闲实则耗费精力、看似自由实则不自由,看似高雅实则粗俗的阅读行为,较集中地体现了手机网络阅读的短暂消费性质,或已成为一种毋庸置疑的消费时尚。奥利维耶·阿苏利这样论述道:"时尚是一种本质为毁灭性的消费。物品被降级不是因为物质上劣化,而是因为物品给人们的有机好感的削弱。万能的手段是将持久的消费转换为短暂的消费,选择消耗而非贮存,因为每一次淘汰都是一个关于新品的承诺,审美品位具备相当大的延展性,它能够被改变,以创造或调节能够与可用商品的不断涌现相适应的审美意见的方向。因此,审美品位的易变性不仅是能够被容忍的,它还是被推崇、被积极鼓励的。审美品位的易挥发性是心理的、非物质的阶级剩余价值的来源。"①

　　人们其实低估了手机微信和网络阅读可能带来的深刻影响:许多时候只是觉得很大程度上方便了人们,不需要像过去一样一碰到问题只能找老师、专家,或在书本上查找答案,一个网络搜索便可轻而易举找到解决问题的办法。但它也无节制地消磨了人们的时光,大幅度降低了人们的审美品位。因为手机微信和网络看似提供了极其丰富多彩、应有尽有的内容,但其良莠不齐、鱼龙混杂的质量确实让人不敢恭维,要从诸多类似信息中辨析有用甚至相对靠

---

　　① 奥利维耶·阿苏利:《审美资本主义:品味的工业化》,黄琰译,华东师范大学出版社2013年版,第139页。

谱的信息,还需要消耗人们的一定时间和精力;人们看似能够从手机微信和网络获取各行各业、四通八达的信息,看似能给人们选择的极大自由,但真正代表了人类精神最高境界的信息,不一定十分全面,也不一定十分专业,而是很多混乱不堪,存在碎片化现象。所有这些貌似给人以阅读的个性化选择余地,其实所满足的只是一种趋于简单化、同质化的相对低层次的休闲娱乐化的审美品位。更重要的是,数字传播时代信息的泛滥成灾往往分散人们的注意力,降低人们的认知能力和思维能力,使人们普遍为过于庞杂的信息所困,疲于奔命、身心涣散、沮丧绝望。施瓦布指出:"我们与自己的移动设备的关系就是一个典型例子。我们总是与之形影不离,而这有可能让我们丧失最宝贵的财富之一:腾出时间进行反思,并开展一次无须技术支持,也不用社交网络作为媒介的真实对话。"①更有甚者,许多青少年无论上课时间,还是家庭聚餐或睡觉间隙都放不下手机,有些甚至为此废寝忘食、夜不能寐。

可见,数字传播时代的智能手机和平板电脑已经成为人们生活不可或缺的日常用品,其使用的频繁和耗时已超过了其他任何生活用品。这种看似不严肃也不大靠谱的智能手机和平板电脑的数字阅读已成为人们联系世界的一种最普遍、最常用也最痴迷的方式。这种数字阅读方式也以虚拟世界的最大参与,以及现实世界的最不负责任甚至缺席为特征。奥利维耶·阿苏利指出:"休闲娱乐与其说是一种活动,不如说是一种联系世界的方式。更宽泛地说,这种休闲娱乐要求有接收商品、地点和作品的方式,这种接收方式貌似表现了占有方式的缺陷,然而却可以表现将工业物品归为个人的模式。与精神集中相反,休闲娱乐表现了一种特别的联系事物的方式。精神集中使人联想到一种庄严、严肃的吸收作品的状态,而休闲娱乐则建立在注意力的缺失上,表现了人物的漫不经心。休闲娱乐就是在场、出席,却不参与,也不用操心需要从远程掌控事物。休闲娱乐逐步解放了事物。很少有什么事物值得人们无保留地参与投入。"②这种联系世界的方式,其最大危害可能是以助长和怂恿公民不负责任的恶习为代价。许多在现实世界碍于情面不得不选择退避三舍的事

① 克劳斯·施瓦布:《第四次工业革命:转型的力量》,李菁译,中信出版社 2016 年版,第43 页。

② 奥利维耶·阿苏利:《审美资本主义:品味的工业化》,黄琰译,华东师范大学出版社2013 年版,第 155—156 页。

情,在手机微信群、朋友圈可以大放厥词、不依不饶。不能说社会戾气全然来自手机微信和网络,但也不能不说其放纵的特点还是起了一定助推作用。当然也不能全然无视和排除网络舆情的有效监督作用,以及对社会变革方面的助推作用。

人们借助手机微信和网络获取信息,其普及性、积极性明显超过了通过书籍、收音机、电影、电视、流行音乐、电脑。特别是自媒体的出现和流行,不仅为人们提供了较之书籍更经济、方便、灵活的获取信息的方式,以及较之口头语言表达和书面文字表达时代难得的足以展示自己、刷存在感的最经济、最方便、最灵活的渠道和平台。有些漂亮或自以为漂亮的女子可以丝毫不顾及他人的感受、自以为是地借助自拍微视频和抖音方式展示自己的面貌和口才,也有人可以无所顾忌地将自己做的普通饭菜以图片视频形式公之于众,以满足自己的展示欲望和生活格调,当然也不乏将自己的文学艺术作品公之于众的行为。这里所颠覆的不仅是温柔敦厚、谦逊内敛的品格,更是传统文化的基本精神,使自以为是甚至唯我独尊成为一种社会风尚。这种风尚的最大代价是人们不再理性地看待现实自我与理想自我的根本差别,在将理想自我以为现实自我的误判中获得绝无仅有的存在感和实现感。过去的人们可以从盲人摸象之类故事和堂吉诃德自以为是的滑稽剧中反观自身局限以及这种局限可能导致的错失和悲剧,现在的人却完全可以拿人类从历史中学到的唯一教训就是从来没有从历史中吸取任何教训这句话来要求于任何人,就是不用来对照和反省自己,好像阿Q自打嘴巴后,觉得打人的是自己,被打的是别人,久而久之便真以为是自己打了别人,便自鸣得意了起来。可见手机微信和网络信息在某种程度上为人们现实世界的自我膨胀提供了貌似真实的幻影,而这个幻影的根本便是以自欺欺人的方式最终达到了欺人自欺的效果。

人们不无偏激地认定,仅仅依赖口头语言得以传播思想和情感的人,其智力可能低于同时借助书面文字传播的人,习惯于电视、电脑特别是手机传播的人可能低于前两种习惯的人,但习惯于手机微信和网络传播已经成为一个不争的事实。《科技日报》2016年4月24日载杨纯《微信时代"阅读脑"会被数字化吗?——世界读书日专家谈浅阅读的喜与忧》:

> 微信阅读与传统阅读的差异,除了媒介不同,更根本在于内容基本都是免费的,徐升国认为,这对传统媒体的冲击是存在的。人们进入一

个内容免费的时代；另外就是微信阅读的高度移动化、碎片化，弱化了深度阅读内容。微信阅读都以手机阅读为主，因此，每一个微信的重度阅读者都深受其害，觉得眼睛疲劳，这种生理反应也导致深度阅读不容易实现。

"苏格拉底的噩梦"真来了

美国塔夫茨大学儿童发展心理学教授、阅读与语言研究中心主任玛丽安娜·沃尔夫专门研究阅读如何改变我们的思维。她撰写《普鲁斯特与乌贼》一书解读阅读背后隐藏的思维奥秘。在文中，她谈到人每天花费很多时间在电脑前接收大量信息，却未必能理解所有信息。早在苏格拉底时代，大哲学家就担心人们在刚了解一件事物时，就误以为自己已经完全了解了它。这会导致骄傲自负、一无所获。现在，老师和父母们与苏格拉底具有同样的心境，年轻的数字阅读者是否只会泛泛地阅读？这真是"苏格拉底的噩梦"。如果年轻人不能充分发展批判性分析或创造性思维能力，整个社会都将退步。

对于下一代"深入阅读"的能力和素质，玛丽安娜·沃尔夫也表示担忧："适应了数字阅读的孩子有耐心广泛阅读和学习早期文化中的书籍的可能性微乎其微。数字媒体不会提高阅读能力。当注意力的持续时间本身还处在发展阶段时，比如对孩子来说，屏幕上出现的每一个新的刺激都太有吸引力了，没法不去注意。年轻的阅读者会跟着快速地转移注意力，根本没时间也没有动力停下来，认真思考他们看到的东西。"

电脑屏幕上涌现的肤浅信息会淹没我们的好奇心还是引发我们对更深刻知识的求知欲？持续的部分注意力及多重任务的处理能力是否能引起我们对文字、思想、现实及道德的深刻反思？被这些过于真实的影像惯坏了的孩子，仍能脚踏实地吗？她表示，年轻阅读者阅读电脑屏幕的时间与阅读书本的时间相比，高得不成比例。

徐升国也颇有同感，很多年轻人，思维非常活跃和跳跃，但是不讲究逻辑的一致性、深度性和系统性。媒体上常说的"90后""00后"，和我们是两类人群，在他们眼里，我们是另外一个星球的。因此有人把他们称作是"数字原住民"，而我们是数字移民，不仅仅是阅读载体的差异，背后是思维方式的差异。

阅读脑如何不被替代

人类学习、处理以及理解信息的方式正处于历史的转折点，但是我们绝不能丢掉阅读的本质特征。玛丽安娜·沃尔夫提醒父母，要从讲故事开始培养孩子的阅读能力，简单的讲话、朗读与聆听是早期语言发展的重点。学习阅读有很多发展阶段，这些阶段聚集起来，使儿童能够运用文字进入复杂的世界。她指出，事实证明，5 岁以下的儿童听故事的频率会影响他们将来的阅读能力。

为了顺应大众阅读方式的转变，徐升国和研究团队做了些实验，在一些纸书上面加二维码，再通过二维码关联视频、音频，可以和作者互动、跟其他读者互动，把纸质书变成了一个入口和导航，打通线上阅读和线下阅读，纸质书就变成一本智能化的传媒一体化的新的阅读载体。"这需要行业适应巨大的变革。既符合人们新的阅读习惯和体验，同时又比手机阅读好。传统出版不是盲目的追赶人们的阅读习惯，而是如何研究这种阅读习惯的优点，如何在变化中寻求空间和机会。"传统出版业如何在这个时代，用新的逻辑、新模式来进行变革，需要我们创新。

阅读的手机微信网络方式作为一种不可逆转的趋势，最根本的还是改变甚至消解了文学编辑曾有的辉煌和荣耀，至少在大众阅读方面确实显示了这一点。《中国艺术报》2017 年 6 月 22 日载石华鹏《微信时代的文学命运》表达了同样的担忧：

这个时代，我们的阅读在屏幕上完成，快速而分散，我们无法再像以前那般安静、专注、深入地去阅读一部部沉甸甸的文学作品。我们的屏幕上滑过的是什么呢？是铺天盖地的朋友圈和公众号，是短小漂亮的十万+的心灵鸡汤，是没完没了的类型小说——尽管它们可能长达几百万字，但它的本质是一个个破碎的短故事。尽管多数文学期刊的公众号为了招揽读者，发布适合读者口味的"公号体"文章，但真正又有几人去阅读严肃的文学期刊呢，结果期刊文学少有人问津，留下一堆文学的"公号体"文，所以青年评论家曾于里预言性地提出了文学以及文学期刊正在变成"公号体"。这一说法不无道理。

人们热衷于微信公众号超过了文学期刊，习惯于刷屏超过了翻书，忘情于微信信息超过了书刊信息。这使许多文学期刊特别是较为严肃的文学研究期刊均不得不跻身于微信公众号的行列。这一变化所带来的不仅是读者阅读方式的变化,甚至是作家写作方式的变化;这一变化实际触动了人们阅读、写作甚至生活方式的变化,自然也在很大程度上改变了包括文学编辑在内的编辑方式,他们不可能精益求精地加工和编辑文本语言和内容,但必须在标题上最大限度地下工夫,以图借助"题不惊人死不休",加大标题推敲的力度,因为他们太清楚微信读者的忍耐性,知道微信读者最在乎的就是标题的新颖及吸引眼球的能力。无论作家对标题考量处于传统文本标题层次,还是网络与新媒体时代文本标题层次,作为编辑都不得不对此严格把关,宁可内容肤浅无聊,标题必须一鸣惊人,因为读者的阅读忍耐力大体限于此,为此他们考虑借助标题吸引读者,往往以诸如"建议深度学习"或"建议收藏"等无可辩驳的强制性话语提高读者的关注度,或一改相对温和平实的口吻,换用诸如"厉害了,×××"、"劲爆"、"燃爆"、"惊爆"、"震撼"、"惊艳"、"生猛"、"泪奔"、"吐血",及振振有词的"转了"、"就这"之类简单粗暴甚至言过其实,仅诉诸生理感官刺激的断言,直接强加于读者,甚至直接代替读者作出行动断言,有些虽不直接强加读者或代替读者断言,但常以不由分说的霸道标题,将某一复杂问题绝对化,借此来吸引读者提醒其关注,这一现象即使在简单信息通报之外、近乎庄重严肃的话题中也时常出现,诸如"从英国王室到比尔盖茨:真正有大格局的家庭,不相信'快乐教育'"、"惊爆!近七成大学生和家长强烈要求撤销现当代文学专业"、"中国1.8亿独生子女面临的非常严峻的问题,已经来临!"等标题。类似标题虽因非此即彼、简单粗暴而经不起考量,但在微信公众号中却屡见不鲜。这种强词夺理甚至顾此失彼的霸道,虽然可能引起某些读者的反感,但大多数读者还是有一睹为快的冲动。更多诸如此类的绝对化断言式标题,不仅惯用非此即彼的极端思维,并且可能不惜以断章取义、歪曲事实来吸引读者达到哗众取宠、博取眼球的目的。这些微信公众号文章题目的共同特点是武断、偏激、毋庸置辩。这里可能有作者拟定的题目,也肯定有经过编辑修订,无论哪一情形,都暴露出题目重于文章、形式大过内容的缺憾,且如"劲爆"、"震撼"、"惊艳"、"泪奔"、"吐血"之类,大多诉诸生理感官和本能反应,本身便暴露出媚俗甚至低俗的价值取向。

应该看到,基于网络技术的微信公众号很大程度上触动了人们阅读、写作、编辑甚至生活方式的变化。肖恩·库比特较为系统地阐述了这一变化,指出:"老式的阅读通过回退到襁褓中的过去来对付现在,而游戏性阅读则进入凡俗的未来。在文本化的多用户网络游戏的圣殿里,作为网络文本的自我却想超凡脱俗,变成虚拟的、自恋的、来世的自我。这是一种瞬间的不朽。"①"好多人指出了普通文字写作在文字处理世界中的'过度冗余'。文本界面助长了一种文字的生成和操作变得易如反掌,而且任何一稿都不必是最后的定稿。手写很累人;与手写不同,电脑输入很容易,靠的是一套内化的技能,这种技能完全变成了人的一部分,似乎已经不再会妨碍思想流向屏幕。"②诸如此类阅读和写作方式的变化同样也可能导致认知甚至生活方式的改变。肖恩·库比特写道:"从社会学角度看,我们必须承认,自我在数字社会中仍然是最主要的社会范畴。然而,在目前情况下,自我正在迅速膨胀,欲成为社会存在的中心,因而个体变得透明了,无意识的隐秘结构和受压抑的社会性开始在电子邮件和网络聊天系统的缝隙间渗透,这是一种顾影自怜的、不负责任的、煽情的,但却充满激情的女性化空间。在这个空间里,根据其自身的游戏规则,某种超越了对死亡和丧失自我的恐惧的新事物正在形成。"③一个深有体会的变化是,过去的人们阅读书籍往往能使其浮躁的心理安静下来,在读和品味中获得对作家及其文献文本系统的深度学习和领悟,网络特别是微信阅读却不可能使人静下心来,风急火燎的阅读速度,使人们只想大致浏览下题目或其中小标题以及加粗的有着重号的部分,一目十行、食而不知其味是极其常见的现象。有些带有公共空间性质的超大微信群,往往被有些人错误地理解为私人空间,以致因为没有面对面交流的难为情,便多了几分为所欲为甚至飞扬跋扈的戾气,还由于脱离了语境、缺乏诸如表情动作等身体语言的辅助说明,只能仅仅从单一文字媒介和渠道单频道获取信息,也凭空增添了人们的沟通障碍,以及因信息漏失易于误读的缺憾,也由此增加了易于产生误会和矛盾的可能。所有这些在很大程度上助长了人们易动、易怒、易偏激、易感情用事而不是理智处理问题的缺憾。

网络技术的发展已经以势不可当的态势,彻底改变了人们的阅读方式和生活方式,在很大程度上也助长了人们对不假思索、敷衍了事、蜻蜓点水认知

---

① 肖恩·库比特:《数字美学》,赵文书、王玉括译,商务印书馆2007年版,第40页。
② 肖恩·库比特:《数字美学》,赵文书、王玉括译,商务印书馆2007年版,第55页。
③ 肖恩·库比特:《数字美学》,赵文书、王玉括译,商务印书馆2007年版,第46页。

方式和思维方式的依赖和滥用,也造成了人们对粗制滥造微信公众号及信息内容的宽容和忍耐,也助长了人们对社会问题盲目跟风、粗鲁武断以致为所欲为的暴戾。所有这些,其根源还在于人们对技术本身的缺憾缺乏深度思考,好在已经有很多人开始关注技术的某些副作用。弗里德里希·A.哈耶克指出:"我们现在生活在一个日常生活中的思想观念与习惯深受科学思维方式影响的范围中。然而我们切莫忘记,当初科学必须在这样一个世界为自己开辟道路,其中的大多数观念,是在我们同另一些人的关系中,在我们对其行为的解释中形成的。这场斗争获得的动力使科学走过了头,造成一种相反的危险处境,即唯科学主义的霸道阻碍着理解社会方面的进步,这是再自然不过的事情。然而,尽管现在钟摆已明确地向相反方向摆动,假如我们不找出造成这种态度并在恰当的领域内为其提供正当性的那些因素,则它所引起的结果只能是混乱。"①他清醒地意识到:"我们身为学者,倾向于高估我们能够在当代事务中发挥的影响,也许确实如此。但是我怀疑是否有可能高估观念的长期影响。毫无疑问,我们的特殊责任就是辨别出那些仍在公共舆论中起作用的思想流派,评价它们的意义,必要的话还得驳倒它们。"②有些学者可能更理性更全面。布莱恩·阿瑟明确指出:"我们并不排斥技术。没有技术就没有人类;技术对我们成为人起了非常大的作用。""但在我们的无意识中,已经把技术奴役我们的本性和技术拓展我们的本性之间进行了区别。这是一个正确的区别。我们不应该接受技术使我们失去活力,我们也不应该总把可能和想要画等号。我们是人类,我们需要的不只是经济上的舒适。我们需要挑战,我们需要意义,我们需要目的,我们需要和自然融为一体。如果技术将我们与自然分离,它就带给了我们某种类型的死亡。但是如果技术加强了我们和自然的联系,它就肯定了生活,因而也就肯定了我们的人性。"③他的这一观点一定程度上受到了海德格尔的影响。海德格尔指出:"存在者的无蔽状态总是走上一条解蔽的道路。解蔽之命运总是贯通并且支配着人类。然而,命运决不是一

---

① 弗里德里希·A.哈耶克:《科学的反革命:理性滥用之研究》,冯克利译,译林出版社2012年版,第12—13页。

② 弗里德里希·A.哈耶克:《科学的反革命:理性滥用之研究》,冯克利译,译林出版社2012年版,第249页。

③ 布莱恩·阿瑟:《技术的本质》,曹东溟、王健译,浙江人民出版社2018年版,第240—241页。

种强制的厄运。因为，人恰恰是就他归属于命运领域、从而成为一个倾听者而又不是一个奴隶而言，才成为自由的。"他继而指出："技术之本质居于集—置中。集—置的支配作用归于命运。""对人类的威胁不只来自可能有致命作用的技术机械和装置。真正的威胁已经在人类的本质处触动了人类。集—置之统治地位咄咄逼人，带着一种可能性，即人类或许已经不得逗留于一种更为原始的解蔽之中，从而去经验一种更原初的真理的呼声了。所以，说到底，凡集—置占统治地位之处，便有最高意义的危险。"①

当然，人们也不能一味贬低技术可能带给人们生活方式的变化，特别是民主化进程的加速变化。芒福德曾高度评价过印刷术带来的民主化进程，其实数字媒体的出现已经使这种民主化的广度和高度都发生了更加深刻的变化，人们几乎可以在相同时间阅读基本相同的信息资料，并且只取决于各自的选择，而不再如口头传播和书面传播时代那样受到其传播广度和高度的诸多限制。当然，至少在东方文化中，人们可能认为真正的自由往往不依赖于传播媒介的变化，根本来自人类自身的心态变化。如《庄子·养生主》中庖丁解牛的寓言其实就是借庖丁之口阐述技与道的关系，阐述表面的技术高明其实基于人们对道的领悟，或者说，正是基于人们对高于技术的道的透彻领悟，才使庖丁因技术的艺术化或人生的艺术化，获得了真正的自由。许多人将获得民主自由的希望寄托于外在世界技术之类的进步，东方文化特别是佛教常常将这种希望寄托于人们对实相般若的深刻体悟。印刷术充其量只是提供了文字般若，要经由文字般若上升到观照般若，直至实相般若，才能获得真正的自由。荣格将这种实相般若称之为无意识。与佛教近似，道家强调虚静乃至虚室生白。徐复观阐述道："然则庖丁解牛，究竟与庄子所追求的道，在什么地方有相合之处呢？第一，由于他'未尝见全牛'，因而他与牛的对立解消了。第二，由于他的'以神遇而不以目视，官知止而神欲行'，因而他的手与心的距离解消了，技术对心的制约性解消了。于是他的解牛，成为他的无所系缚的精神游戏。他的精神由此而得到了由技术的解放而来的自由感和充实感。"②如果数字媒体传播的普及化、大众化确实能够引发人们放下对大小、多少、得失之类

---

① 海德格尔：《技术的追问》，《海德格尔文集·演讲与论文集》，孙周兴译，商务印书馆2018年版，第27—31页。

② 徐复观：《中国艺术精神》，华东师范大学出版社2001年版，第32页。

妄念的执着,便可以获得真正的自由。

小结　文学生活的边界与未来展望的迷茫

文学生活最起码应该包括作家的创作、读者的阅读、教师的教学、编辑的加工等与文学有关的群体的生活,不包括其他与文学无关群体的生活;仅限于作家、读者、教师、编辑与文学有关的生活,也不包括他们与文学无关的其他生活。按道理应该如此。

一、文学生活的边界与诗意栖居的憧憬

就文学生活的边界而言,理所当然应该指作家、读者、教师、编辑等文学有关群体的与文学有关的生活。除此而外与文学无关群体及与文学无关的生活概不在内,但实际在具体问题分析时还是存在困难。比如一个作家的日常生活,如吃喝拉撒之类,到底是否与文学有关? 对作家来说,如果其日常生活激发了创作冲动及灵感,形成了创作素材乃至题材,便是与文学有关的生活,倘若并未真正激发其创作冲动及灵感,也没有形成其创作素材乃至题材,便不成其为文学生活。但这些表面看来没有发生直接关系的日常生活,如果对其创作产生了间接的潜意识或无意识的影响,则如何看待? 对此是作家说了算,还是有关作家研究的专家读者说了算? 正因为属于潜意识或无意识,便意味着作家本人也难以说得清,连作家本人都不清楚的影响,是否就意味着只有专家读者说了算,而专家读者就没有主观臆测的成分存在? 这是一个实实在在的问题。

按照巴什拉的观点:"多么强烈的童年倾向,它应该存留在我们的存在深处,以使诗人的形象让我们从词句的巧妙配合中,蓦然重现体验我们的回忆,重新想象我们的形象。因为诗人的形象是以语言说出的形象,而不是我们眼睛看见的形象。语言说出的形象特征足以使我们在读这首诗时,仿佛听到已逝去过去的回声。"[1]如果巴什拉的观点成立,那就意味着一个读者的日常生

---

[1]　加斯东·巴什拉:《梦想的诗学》,刘自强译,生活·读书·新知三联书店1996年版,第145页。

活是否与文学有关,往往取决于阅读是否勾起了他的回忆,特别是与文学形象有关的回忆。某一日常生活片段是否与文学有关,不是日常生活片段本身说了算,而是取决于读者当时是否真正回忆了起来。按照普鲁斯特的说法,每个读者阅读时实际上在读他自己。文献文本话语系统不过是作家提供给读者的一个类似于光学仪器的工具,能让读者见到自己心中那些没有此话语系统便难以见到的东西。如果普鲁斯特的观点成立,便意味着不仅读者童年梦想,甚至其整个生活本身都可以成为其阅读的出发点甚至归宿。因为每个读者其实在读自己,而非读文本,文本仅仅是提供给读者借以引导其发现自己的指示牌和引路人。这实际上为文学生活边界的界定制造了困难。至少表明所有作家、读者、教师和编辑的整个人生都可能与文学有关,成为文学生活的有机组成部分。

更难堪的问题,还在于按照海德格尔的观点,所有与文学有关的日常生活都应该有诗意栖居的功能,至少可以满足这一憧憬,但事实上并不是所有人都能获得诗意栖居的享受。这似乎根本上不是取决于日常生活自身,而是取决于人们对日常生活本身的一种态度,即类似于可以达到庄子所谓"坐忘"、"虚静"乃至"虚室生白"境界的人,也就是能获得精神自由解放的"游"的人。按照徐复观的观点:"庄子之所谓至人、真人、神人,可以说都是能'游'的人。能'游'的人,实即艺术精神呈现了出来的人,亦即是艺术化了的人。"①徐复观的这一观点也揭示了并不是所有与文学有关的生活都是艺术化的生活,都能使人获得自由解放。所谓诗意栖居,对绝大多数人来说永远不过是一种憧憬。虽然这种憧憬可能无法改变日常生活的实际境况,不能直接解决衣食住行基本问题,但望梅止渴的故事也告诉人们有无憧憬必定不同:有憧憬能缓解人们的心理压力,使人们在虚拟的体验和虚假的满足中获得暂时的心理安慰;没有这种憧憬,其日常生活的琐碎无聊便毫无遮掩地暴露了出来,除了增加人们的心理压力,似乎也解决不了根本问题。这可能便是诗意栖居憧憬的价值之所在。

走出接受美学狭隘视域的伊瑟尔,后来立足于所热衷的文学人类学视域,做了这样的阐释:人类在"成其自身"与"拥有自我"之间存在不可逾越的鸿

---

① 徐复观:《中国艺术精神》,华东师范大学出版社 2001 年版,第 38 页。

沟。文学的作用就在于发现和探索二者之间的空间距离。如果文学附庸于现实世界,受制于拥有自我之类的清规戒律,就可能羁绊对成其自我未知领域的发现;只有在文学将这段空间组合成各种形式,赋予未知事物以某种形式的幻象,并以幻象保留其未知特性的永无休止的形象化表演游戏中,人们才能感受成其自我的经历。在这一点上除了文学别无他途。伊瑟尔这样阐释道:"双重作用标志着对表演的需要,这种双重作用超乎认识。一方面,表演让我们走出藩篱,寻找被禁锢的那部分自我,过上出神入化般的生活(至少在我们的幻想里是这样)。另一方面,表演将我们表现为'单词句'的片段,所以我们通过一种自我的可能与自我对话,这是一种起着稳定作用的形式。这两方面的作用同样适用,同时发生,因为认识能力不能充分把握这种双重作用,所以我们需要文学。"①"因为生命的方式在不停地扩展,永无止境,所以其可能性无穷无尽。但是我们就是需要接近这些无穷的可能性,这个入口就是表演,正是因为表演并不回答知识和经验不能回答的问题,它让我们可以将经验生活的情景形象化——这是一个特色与形式不断发生衰落的过程,这一过程最终展现了生命的无穷潜力。当知识和经验展现世界的能力不足时,表演就成了发挥最大作用的一个模式。表演表现的是从来没有完全存在的事物。经验和知识对这些事物都不能起作用。表演将这些事物归结为示例,并让它渗透进入所有形式,以此表现未存在之物,所以表演不属于认识论范畴,它是一种人类学模式,有着与知识和经验同等的地位,它让我们想象知识和经验无法渗透的空间。"②伊瑟尔的阐释能从另一角度为人们理解诗意栖居憧憬提供参考。

二、文字世界的异化与非文字世界的归真

那些与文学有着较为广泛、密切、持久关系的作家、读者、教师、编辑等群体,常常因为习惯了文字世界,久而久之对文字世界形象和细节的兴趣与敏锐会不自觉地远远超过对非文字世界实物的兴趣与敏锐。比如对书本和照片中的面孔的记忆能力可能会远远超过对生活中其人真实面孔的记忆能力,以至

---

① 沃尔夫冈·伊瑟尔:《虚构与想象:文学人类学疆界》,陈定家、汪正龙译,吉林人民出版社 2003 年版,第 385 页。

② 沃尔夫冈·伊瑟尔:《虚构与想象:文学人类学疆界》,陈定家、汪正龙译,吉林人民出版社 2003 年版,第 381 页。

于常常浏览一眼照片便能记住其相貌,但对生活中的人则几次三番接触还是记不住。虽然不能说这使其形成了特定的职业特长和偏见,但常常将文字世界作为世界的基本形态,自觉或不自觉地将文字世界看成世界的本来面目,甚至认为高于非文字世界,对非文字世界诸多生动活泼的事物却无动于衷、兴味索然。这种现象表现在有些作家身上,可能对文学作品烂熟于心、倒背如流,但对非文字世界如道路之类则熟视无睹,永远记不住;表现在专家读者身上则习惯于不自觉地将文字世界材料作为引经据典、增强说服力的证据,却将非文字世界的事物看得无足轻重。他们常常对文字世界的死人倍感兴趣,却对非文字世界的活人置若罔闻。也可以说,这是他们久而久之形成的职业习惯,看似有些近乎怪癖、偏执甚或痴呆。这也可能是这个群体的一种职业痴呆症。

他们往往无形之中夸大文字世界的价值和意义。隆巴多认为:"文学(或者写作,抑或文本——在此刻,定义已变得无关紧要)汇集所有的形式的知识,却没有固定于任何一种,没有盲目崇拜其中任何一种。文学借着间接光而生——各种知识之光、真实事物之光。文学成为预言之所、无尽的乌托邦之所,以及一个辉煌的非现实之所:一个在文字游戏中表现真实世界的语言,而这些文字又用来表示语言。但是文学并未将讯息巩固于刻板印象中。"①最常见的看法是认为文字世界较之非文字世界更具普遍性因而也更真实、更典型、更高级。于是有人可能为文字世界虚构人物乐其所乐、悲其所悲,但对非文字世界的现实人则熟视无睹、冷漠无情甚或幸灾乐祸。庆幸的是,有人意识到了这一缺憾。乔治·斯坦纳指出:"一种对于文字生活的训练有素而坚持不懈的献身以及一种能够深切批判地认同于虚构人物或情感的能力,削弱了直观性以及实际环境的尖利锋芒。相比于邻人的苦难,我们对文学中的悲伤更为敏感。"②他们往往忽略了一个最基本的事实:文字世界其实是一个变形或异化了的世界,不仅不比非文字世界更真实,反而更虚假,并以最大限度的虚拟,借以怀疑、否定、颠覆甚至超越非文字世界。布朗肖的观点不能忘记:书籍、写作、语言,注定都要变形,人们不知不觉已经习惯了这些变形,而传统却仍在抗

---

① 帕特里齐亚·隆巴多:《罗兰·巴特的三个悖论》,姜丹丹、何乏笔译,华东师范大学出版社 2017 年版,第 132 页。

② 乔治·斯坦纳:《人文素养》,《语言与沉默:论语言、文学与非人道》,李小均译,上海人民出版社 2013 年版,第 11 页。

拒;图书馆因呈现了另一世界的表象而令人印象深刻。在此,人们只有带着好奇、震撼和敬畏在一次宇宙之旅后,才能突然间发现凝固在永恒沉默中的另一个古老星球及残存痕迹。只有对自己不甚了解的人才看不见。文学的最大悖论,是让人们久而久之习惯于虚拟,且乐于接受虚拟的文字世界,甚至将虚拟的文字世界当成现实世界,而且对虚拟文字世界的兴趣会远远超过现实世界,会让人们日渐远离非文字的现实世界,形成不切实际、不着边际的偏执、虚妄和狂妄。

惟其如此,提倡一定程度的返璞归真,回归非文字世界完全必要。卡尔维诺明确表达过这一愿望,他指出:"我们可以清晰地辨认两个世界之间的关系。现在剩下来的工作就是做一次复查,验证一下外部世界一直存在,而不是依托于文字,而且它在某种程度上无法化为文字,没有语言、没有文字可以去将这个世界耗尽。当我放下书中的文字,徜徉在外部世界时,期待着收获心中真正富有意义的一份沉静,足矣。那么实现这一愿望的方法在哪里呢?""城市道路上的每一样东西在同样的环境下都有属于自己的一席之地。我所看见的这个世界,通常被大家认知的那个'世界',大部分区域都被文字占领、统治,包裹着一层厚厚的由各类话题制成的痂皮。我们生活中的事情在发生之前就已经被分类、被评价和被评论。我们就这样生活在一个开始存在之前就已经被解读的世界中。不仅仅是我们能看见的,我们自己的眼神中也充满着书面语言。随着时代的变迁,阅读的习惯将'智人'转变为'阅读人',这并不代表后者比前者更有智慧。古时不读书的人能够看见、听见许多我们现在已经无法感知的东西,比如野兽在风雨欲来时留下的痕迹,通过树木的阴影来评断白天的时间,通过星星在地平线上的高度来确认晚间的时间。至于听觉、嗅觉、味觉、触觉,毫无疑问,他们是远超于我们的。"他不无遗憾地强调:"我讲这些不是为了复辟旧石器时代的部落文化,提倡文盲,只是我为我们所丧失的能力而感到遗憾,但我永远不会忘记我们得到的远多于失去的。"①卡尔维诺追求返璞归真、回归非文字世界,但发现即使报纸和电视中的世界都是被人解读、筛选和重构过的世界,甚至连城市道路上的每一样东西都是被文字所占

---

①　伊塔洛·卡尔维诺:《文字世界与非文字世界》,王建全译,译林出版社 2018 年版,第123—124 页。

领、统治和包裹了的,都不可能是真正原生态的东西。

当然也不是所有作家都能看到这一点,还有很多作家对非文字世界保持了高度关注,也只是作为他们创作的素材和灵感的源泉。劳伦斯明确提出:"什么也不如生命重要。至于我自己,我只能在活生生的东西才能找到生命,而不是在别处。"①当然,劳伦斯所言是针对非文字世界中活的生命与死的生命而言,并非完全针对死的文字世界与活的非文字世界而言,因此引述并不一定完全贴切。但无论如何,要真正认识到文字世界的变形和异化,同时奢望借助非文字世界获得其本来面目,以达到返璞归真目的的努力,也不是轻而易举就能实现的。文字世界对非文字世界的无孔不入的渗透和冲击,已使原生态的非文字世界显得百孔千疮、不堪一击。然而,即使认识到了文字世界的异化,但要真正回归非文字世界的本原,仍然不大可能。这也许就是所有与文字世界打交道的人的宿命。

三、文字世界的传承与未来展望的迷茫

要坚守和传承文字世界,最有效也可能最长远的办法只能是教育。但教育传承所面临的问题近年来越发显得严峻。因为就业压力的增大和就业期望值的提高,使几乎全社会的人们都普遍重视子女的教育,也使教育从来没有像当下受到社会的广泛关注。虽然近年来人们对教育界积习已久的偏重繁琐无聊细节知识,无休止加重学生、学校和家庭社会负担等问题颇有微词,也有很多人对以牺牲孩子身体健康和道德修养为代价的教育的得不偿失心知肚明,但上至高级官员下到普通老百姓,还是不假思索或义无反顾地将孩子交给了学校,交给尽其所能挑选的管理相对严格和正规的学校,交给那些同样经过学校正规教育锻造出来的谨小慎微、循规蹈矩、四平八稳的教师们,也没有或很少有人反思过交给这种低效而多耗的教育到底是否必要和值得。其实在书面传播时代,早就有很多出类拔萃的思想家和成功人士对学校教育持有否定态度。伊波利特・泰纳指出:"法国年轻人正处于这个生命力旺盛的年龄,却被剥夺了所有这些宝贵的与外界接触的机会和可以同化的不可或缺的因素。他

① 劳伦斯:《小说何以重要》,《劳伦斯文集》(第8卷)(文论集),人民文学出版社2014年版,第261页。

在七八年的时间里被关在学校里,远离直接的个人体验,而这体验本来应该带给他对人和事物以及操控人和事物的各种方法的准确和形象的概念。在这段时间里,他的创造力被刻意剥夺;他成了一个被动的容器;他在其他体制下创造出来的产品在这个体制下却无法创造出来。得失比例完全失衡,然而,他已付出巨大代价。"①按部就班、因循守旧的学校教育对学生创造力的束缚和压抑确实令人深思。劳伦斯指出:"学校是个编排精密的铁路系统,好小孩儿被教会在好的路线上跑,直到十五六岁上驶入生活。到了那个岁数,沿着既定路线跑已成习惯了。好样的大男孩儿只是从一组线路跳到另一组线路上。在铁路上跑实在是太容易了,他从来没有意识到他是这条铁路的奴隶了。"②只是这些颇具创造性的思想家、文学家对学校教育的否定却并未引起全社会的广泛关注,于是这种低效而多耗的学校教育还会以无可辩驳的姿态存在并继续延续下去。

更有甚者,许多学生的时间和精力被无情控制在考试和成绩排名方面,使得几乎所有学生和教师都听命于这一游戏规则。无论中小学的升学考试排名,还是大学的各类指数排行榜,无疑绑架了所有学校,以及绝大多数教师和学生。除了某些有超强记忆能力和考试能力的学生可以过五关斩六将,成为这种考试制度和学校教育的最大受益者,其他更多的甚至绝大多数学生不可避免地成为这一教育的牺牲品:"一些头脑特别活跃而且精力充沛的人可以忍受这种体制;所有被他们吞下的内容被充分吸收和消化了。毕业之后,通过所有考试,他们使学习、研究、创新方面的所有能力完好无损,成了为数很少的精英学者、文学家、艺术家、工程师和医生。他们在高层学者交流中,为法国维护了过去的地位。但其他大多数人,至少十有八九,浪费了时间和精力,浪费了他们生命中最美好的年华,对他们来说是有用的、重要的,甚至是起决定作用的时光。我指的是1/2或2/3参加考试的却又考试失败的人。在那些被录取、已经毕业、取得学位证书和毕业证的人中,还有一半或2/3是辛苦过度的。"③

---

①　伊波利特·泰纳:《现代法国的起源Ⅴ:新秩序》,刘毅译,吉林出版集团有限责任公司2018年版,第501—502页。

②　劳伦斯:《为文明所奴役》,《劳伦斯文集》(第9卷)(散文随笔集),人民文学出版社2014年版,第150页。

③　伊波利特·泰纳:《现代法国的起源》,刘毅译,吉林出版集团有限责任公司2018年版,第504页。

　　低效而多耗的学校教育在文字世界的传承方面问题更为突出：如果说自然科学的创新更多时候可能得力于个人天赋和独创性，那么社会科学尤其人文科学的成果大多得益于丰富的社会实践和人生体验。如果没有这方面的积累，要真正透彻体悟文学文本特别是经典便十分困难，再加上现在的许多大中小学生不仅没有这方面的必要积累，甚至不愿意或根本没有时间投注大量精力细读文学文本和经典，他们仅有的一点关于文学的知识虽然不是来自道听途说，也多源自教师的照本宣科和教材的陈词滥调。本来没有多少阅读兴趣的学生，经过没有独特文学感觉的教师的折腾和道貌岸然的教材的施压，便使学生本来仅有的一点天性和灵性也被消磨殆尽，更谈不上什么研究的兴趣和独创性之类了。乔治·斯坦纳写道："研究这个概念用于文学，本身就有问题。当需要编辑的重要文本（这是文学博士研究的原初意义所在）越来越少，当有待廓清的历史问题或专业问题变得越来越不实，整个论文产业就变得越来越空洞。寻找真正的题材已是困难任务。许多博士论文，尤其是四平八稳的论文，研究的是琐粹的东西、狭隘的东西，以至于学者本人也对研究对象失去了尊重。"①

　　或许文学教育本身的问题更令人心有余悸：一是对文学教育能力训练的舍本逐末，可能培养非文字世界最冷漠的现实人。乔治·斯坦纳写道："我们投入书写语词的情感，投入遥远文本细节的情感，投入逝去已久诗人生活中的情感，钝化了我们对真正现实和需要的感觉。"②二是文学教育价值导向的舍本逐末，可能导致文学教育实际是恶果的雪上加霜。乔治·斯坦纳写道："把文学教成似乎是温文尔雅的职业，是例行公事，这比教不好还要糟糕。把文学教成似乎批评文本比诗歌更重要、更有利，似乎考试大纲比个人发现之旅、激情题外话之旅更重要，这样的教学尤其糟糕。"③遗憾的是乔治·斯坦纳揭示的这一发人深省的文学教育问题，不仅未能引起人们的广泛关注，反而已经成为不争的事实，而且可能依附于各种名目繁多的考试继续存在并将发扬光大

---

①　乔治·斯坦纳：《教化我们的绅士》，《语言与沉默：论语言、文学与非人道》，李小均译，上海人民出版社 2013 年版，第 66 页。
②　乔治·斯坦纳：《教化我们的绅士》，《语言与沉默：论语言、文学与非人道》，李小均译，上海人民出版社 2013 年版，第 77 页。
③　乔治·斯坦纳：《教化我们的绅士》，《语言与沉默：论语言、文学与非人道》，李小均译，上海人民出版社 2013 年版，第 78 页。

下去。虽然也有明智之士对文学教育的普遍低效而多耗的现状颇有批评,已有部分有条件的人开始了寻求借助民间教育或国外教育等途径来挽救自己孩子的探索和实践,但这一趋势至今并未引起教育界的高度关注。

文学教育和文字世界传承的萧条冷落,还来自数字媒体的挑战。这既有纸质媒介衰败的缘故,也有人文学科自身被边缘化的缘故,更多大学变得越来越急功近利,越多越像职业培训学院,即使扩招研究生,人们首先想到的也便是诸如临床医学、公共卫生、集成电路、人工智能等社会急需专业,而非可有可无的人文学科,批评和呼吁社会重视人文学科的人们,更多时候也只是来自人文学科内部人员的自命不凡。米勒面对"当下我们是否应该进行文学阅读与教学"的话题,也只能作这样的回答:"没有'应该不应该'的问题,也没有不可抗拒的义务或者责任。如果我喜欢,我可以读,也可以教,但是,这种决定不受任何理由的制约,除非是这首诗向我发出呼唤,使我想读它,教它。我绝对不可能板着面孔告诉我的学生和上司,读这首诗或者听我讲解这首诗将会帮助他们找到工作,或者帮助他们对付气候的变迁,或者帮助他们抵制媒体中的谎言,尽管我相信掌握一些阅读技巧可能会大大有助于他们抵制谎言。读诗或者教诗,本身就是有价值的,仅此而已,诸如康德论述所有艺术时说过的。"①这可能是文学教育者最后的慰藉和自尊,同时是文学教育自身尴尬处境的真实写照。

其实这一尴尬处境的最深刻挑战,主要还是来自第三次工业革命和人工智能时代对教育的全面深刻反思。不过还有人持乐观态度。约瑟夫・E.奥恩指出:"世界上大部分区域仍处于未知领域,天上地下可以探索的万事万物远远比我们在稍纵即逝的存在期间里所能想象的要多。我们还有一个宇宙的需科学探索的秘密有待探索,有无边的知识海洋有待挖掘。我们有无限的画布有待涂抹,有无尽的曲谱有待弹奏。从治疗疾病,到修复环境,再到写下一部伟大的小说,这些都有待人们去完成。并且,对于大多数人来说,这还包括找到一个收入不错、令人满意的工作。因此,即便机器代替大多数人的日常劳动,让人们从重复性的周而复始的工作中解放出来,人类仍然有很多事情可以

---

① 《冰冷的苍穹与悲凉的心境》,J.希利斯・米勒:《萌在他乡:米勒中国演讲集》,国荣译,南京大学出版社 2016 年版,第 292—293 页。

让其处于忙碌状态。唯一的问题是我们是否有实现这一状态的工具。"①人们往往寄希望于将独特创造性思维和高端创新能力教育作为人工智能时代教育不同于传统教育的核心内容,但实际情况可能并不乐观:"在可预见的未来,自动化风险较低的工作是那些需要社交技能和创造力的工作,尤其是在不确定状态下做出决策和提出创新思维的工作。但即便是这样的工作可能也不会长久。写作算是最需要创造力的工作之一,但是人们已经开发了自动写作技术。复杂的算法可以根据受众特点,生成相应风格的文章,而且内容看起来好像是人的作品。"②即使专业人员也难以清楚辨析真人写作与机器人自动写作的区别,这本身便宣告了未来人工智能时代人类可能面临的最大危机,正是没有独特创造性思维和高端创新能力的人将面临被机器人取代和淘汰的危险。

比较而言,如施瓦布、戴维斯等似乎对虚拟现实、增强现实和混合现实技术情有独钟。无可否认,虚拟现实可以营造沉浸式体验,使人们穿越时空,获得身临其境般体验,而增强现实和混合现实的沉浸式体验虽然弱于虚拟现实,但能将多个层次的信息、数据和虚拟实体叠加到现实环境之中,会创造全新的艺术和娱乐形式,帮助人们学习新技能、分享穿越时空的体验。他做了这样的描述:"虚拟现实、增强现实、混合现实技术正在颠覆我们对身边世界的体验、理解及与世界的互动方式,更打开了通往其他世界的窗口,让我们可以在想象中的广阔天地尽情遨游,由此可能会诞生更多社区,催生更多合作,增加人与人之间的同理心,便于人们更高效地开展协作,培养技能,尝试新想法。不过,这些技术也可能操纵我们看待世界的视角,影响我们的行为。如果不加批判地使用,可能会诱使我们逃避现实世界,或至少躲避那些不合心意的现实,而不是积极寻求改变。"③施瓦布、戴维斯的观点可能有理性的成分,既关注到了虚拟现实、增强现实和混合现实技术的价值意义,也预测了可能导致的缺憾。

施瓦布等仅关注了三者在创设沉浸式体验之想象空间方面的优势,却忽

---

① 约瑟夫·E.奥恩:《教育的未来:人工智能时代的教育变革》,李海燕、王秦辉译,机械工业出版社 2019 年版,第 61 页。

② 克劳斯·施瓦布:《第四次工业革命:转型的力量》,李菁译,中信出版社 2016 年版,第 43 页。

③ 克劳斯·施瓦布、尼古拉斯·戴维斯:《第四次工业革命(实践版)·行动路线图:打造创新型社会》,世界经济论坛北京代表处译,中信出版社 2018 年版,第 213—214 页。

略了文学性之最根本语言媒介及其想象空间的独特功能和价值。虚拟现实、增强现实和混合现实技术的使用可能削弱文学语言自身通往无限的想象空间,因只用虚拟现实、增强现实和混合现实技术创造者的一种想象必然会框定和限制其他更多读者的想象。虽然虚拟现实、增强现实和混合现实技术,可能为某种想象空间提供沉浸式体验,但也会削弱不受虚拟现实、增强现实和混合现实技术创造者自身想象空间制约的非沉浸但更灵活自如的想象机会。福柯指出:"每种语言注定会是无限的,因为它不再让自己依赖于无限的言谈。但也是在它内部,它发现有可能会自我分裂和重复,并有能力生发出一套镜子、自身影像、类比的垂直体系。这是一个不重复其他言谈、其他承诺,只通过不停地开启一直与自己类比的空间,来无限地推迟死亡的语言。"①文学之语言无限性特点本身也是个双刃剑:"语言不仅传播智慧,而且传播难以消除的愚昧。"哈耶克继续论述道:"我们的词汇以及附着于其中的理论是至关重要的。只要我们是用建立在错误理论上的语言说话,我们就会犯下错误并使其长久存在。然而,对我们认识这个世界以及人类在其中相互作用仍然有着深刻影响的传统词汇,还有那些根植于这套词汇中的理论和解释,在许多方面一直是非常原始的。其中有许多是遥远年代形成的,那时我们的头脑对我们感官所传达的东西,有着十分不同的解释。所以,当我们学会了许多我们通过语言而知道的东西时,每个词的含义使我们误入迷途:当我们尽力要表达我们对某一现象的新的和更好的理解时,我们继续使用着含有过时含义的词汇。"②哈耶克阐述的现象存在于借助语言获取和传播信息的所有领域,相对来说在文学领域可能更突出。按理,作为以语言为核心媒介和研究对象的文学,无论从哪一个层面来讲,都应该是语言使用方面最靠谱、最精准的领域,但事实恰恰相反,其反而在所有领域中最不靠谱、最不精准,且存在很大欺骗性,往往以弄假成真、以假为真、非假非真作为终极目标和根本属性,带给人们云遮雾罩、令人无解的困惑。

数字技术虽然可能改变一切,特别是智能手机、平板电脑、互联网和成千

① 米歇尔·福柯:《通向无限的语言》,赖立里译,《声名狼藉者的生活:福柯文选》Ⅰ,北京大学出版社 2016 年版,第 38 页。

② 弗里德里希·奥古斯特·冯·哈耶克:《致命的自负》,冯克利、胡晋华等译,中国社会科学出版社 2000 年版,第 122 页。

上万的应用软件,可以为人们阅读、浏览、通信和获取信息提供诸多方便,可以最大限度提高人们的总体效率,使人们的生活更为轻松,但并不意味着这种关于效果的预测便十拿九稳。毋庸讳言,正如在人们以往的经历中,虽然如电报、电话、互联网,特别是智能手机和平板电脑等数字媒体的出现,确实便利了人们之间的资讯联系,使人们不仅可以策划行程路线和导航,而且可以购物支付,方便知晓公共事务,参与意见和决策,但人们似乎并未因此感到真正轻松愉快,也没有真正推进民主化进程,相反可能在无形中加重负担,使人们较之以往更加忙碌、更加焦虑,甚至连静下心来深度阅读和深刻反思的机会也十分难得。网络信息的鱼龙混杂,特别是愈加单一数字渠道反而愈容易使人们受到虚假信息的欺骗、干扰和扭曲。正由于数字媒体未来发展存在诸多不确定性,人们对第四次工业革命和人工智能时代的文学将如何发展和传承,其未来的挑战是什么等问题,同样难以预测。施瓦布、戴维斯写道:"当前,我们面临诸多挑战,而在寻找解决方案的过程中,技术必将贡献一分力量,但同时也会助长挑战并催生新的挑战。没有一个群体能凭一己之力解决挑战,我们也无法单靠使用技术来战胜这些难题。我们必须以更广阔的视野来看待共同的首要任务,致力于通过传达善意、增进互信和团结协作,共同推动积极变革。"① 人们对未来的预测目前可能仅限于此,但这并不意味着其他的影响便不复存在。

---

① 克劳斯·施瓦布、尼古拉斯·戴维斯:《第四次工业革命(实践版)·行动路线图:打造创新型社会》,世界经济论坛北京代表处译,中信出版社 2018 年版,第 298 页。

结　　语

　　人们以为文学理论的终极目标不过是阐释文学的所谓规律之类,更有甚者还会以压倒其他阐释获得统治地位作为终极目标。但所有这些,充其量不过是一种自欺欺人或欺人自欺的心理慰藉而已。因为世界可能存在多种意义,许多意义只是由于人们执着于各自视角不断探索和阐释的结果,并不代表世界本来就有诸如此类意义,或世界本来就不存在意义。

　　世界是可知的,也是可阐释的。但人们已经认识和阐释的部分毕竟极其有限,至少相对于人们目前还没有认识和阐释的世界而言确实如此。恩格斯提醒人们:"凡是人们可以纳入规律、因而是人们认识的东西,都是值得注意的;凡是人们不能纳入规律、因而是人们不认识的东西,都是无足轻重的,都是可以不予理睬的。这样一来,一切科学便停滞不前了,因为科学就是要研究我们不认识的东西。"①从最极端的意义上讲,世界可能并不存在意义,或存在无数的意义。所有这些很可能受制于人们自身的认知和阐释能力:对没有认知和阐释,甚至反对认知和阐释的人而言,可能不存在意义或拒绝承认存在意义,对偏执某一视角和高度的人来说,可能只有一种认知和阐释意义,只有对能变换多种视角来认知和阐释的人来说,才可能具有多重意义。也正是基于这一点,人们可以反对存在意义,也可以承认具有无限意义。尼采指出:"世界的无限可解释性:任何一种解释都是增长或者衰落的征兆。""解释之多样性乃是力量的标志。不要把世界令人不安的和谜一样的特征一笔勾销啊。"②他还指出:"世界的多义性作为力的问题,后者以事物的增长为视角来观察一

---

　　①　恩格斯:《自然辩证法》,《马克思恩格斯文集》(第9卷),人民出版社2009年版,第478页。

　　②　尼采:《权力意志》(上),孙周兴译,商务印书馆2007年版,第141—142页。

切事物。"①尼采的阐述虽然只是一种哲学阐释,也可能存在大胆假设的观念冒险之可能,但正是这种大胆假设和观念冒险才在普遍意义上重新揭开了人们质疑、颠覆和重构世界及其意义的序幕,或真正恢复了佛经所谓"如来说世界非世界,是名世界"②的认知,真正重启了人们现代意义上正本清源的旅程。

人们对世界的认知和阐释之所以越来越陷入片面和偏激,主要还是由于偏执某一视角,而且这种偏执随着分门别类学科体系的日益受到充满惰性,或认识到人类感知范围和认知能力有限不得已而为之的人们的推崇,使类似井底之蛙和盲人摸象的认知日益充斥知识的殿堂,被奉为"科学"和"真理"。当然也不是所有人都容易受到蒙蔽以致一叶障目。尼采清晰认识到:"通过分工,感官知觉与思维和判断差不多已经分离开来了;而在早先,思维和判断是包含在感官知觉之中的,不是分离的;更早先的时候,欲望和感官知觉必定是一体的。"③类似的观点也见于卢卡奇。他明确指出:"由于工作的专门化,任何整体景象都消失了。但是,由于对——至少在认识上——把握整体的需要还不会消失,所以就产生了这样的印象和责备,好像是同样按此方式工作的科学,也就是说,是同样陷入这种直接性之中的科学,把现实的总体分割成了一些部分,由于工作的专门化而看不到整体了。"④尼采和卢卡奇的阐述还较为有限,至少相对于其发表见解的时代而言,甚至落后于《庄子》时代。《庄子·天下》有云:"譬如耳目鼻口,皆有所明,不能相通。犹百家众技也,皆有所长,时有所用。虽然,不该不遍,一曲之士也。判天地之美,析万物之理,察古人之全。寡能备于天地之美,称神明之容。是故内圣外王之道,暗而不明,郁而不发,天下之人各为其所欲焉以自为方。悲夫!百家往而不反,必不合矣!后世之学者,不幸不见天地之纯,古人之大体。道术将为天下裂。"⑤然而遗憾的是这一现象至今不但没有得到改观,反而愈演愈烈。

关于这一观点的阐述并不限于庄子、尼采和卢卡奇等,在人文科学、社会科学和自然科学诸多领域都有阐述。在社会科学领域,韦伯指出:"所涉及的

---

① 尼采:《权力意志》(上),孙周兴译,商务印书馆2007年版,第141—150页。
② 《金刚经》,《佛教十三经》,中华书局2010年版,第10页。
③ 尼采:《权力意志》(上),孙周兴译,商务印书馆2007年版,第31页。
④ 卢卡奇:《历史与阶级意识》,杜章智等译,商务印书馆1999年版,第171—172页。
⑤ 《南华真经注疏》(下),中华书局1998年版,第606—607页。

物体愈'一般',在这里也就是说,问题的文化意义愈广泛,通过经验认识获知一个明确的答案就愈不容易,个人的信仰的最高公理和价值观念在其中发挥的作用就愈大。以为能够首先为实际的社会科学提出'一条原则'并证明它在科学上是有效的,然后便可从中明确地推出用于解决实际的个别问题的规范,纯属天真,尽管一些专家仍然不时提出这样的见解。"①他还更进一步指出:"以普遍有效的最终理想的形式创造一个于我们的问题实际上通用的标准,确实,既不是它的任务,也毕竟不是任何经验科学的任务。这样的做法不仅是实际上行不通的,而且其本身也是荒谬的。"②

在自然科学领域,人们的认识也极为相似。许多时候人们总是天真地认为人文社会科学可能受制于自身情感等主观因素的影响,但自然科学不会如此,或自然科学往往有极其客观的属性,事实并非如此。爱因斯坦等卓有成就的科学家早已宣称自然科学研究也离不开想象。爱因斯坦指出:"想象力比知识更重要,因为知识是有限的,而想象力概括着世界上的一切,推动着进步,并且是知识进化的源泉。严格地说,想象力是科学研究中的实在因素。"③所有学科,无论人文科学、社会科学,还是自然科学,臻达最高境界息息相通、无所例外。而且这一点也表现在人们借助结果推断原因的一切科学研究的套路之中。韦伯指出:"从任何一个具体现象的整个实在出发的一种详尽无遗的因果追溯不仅在实践中是不可能的,而且简直就是荒谬之举。"④怀特海也认为:"任何结果和它本身的原因都是截然不同的两回事,因之便无法在原因中找出结果来。在先天观念中首先产生出它或对它形成概念的过程必然完全是武断的。"⑤彭加勒也写道:"我们无法认识过去,除非我们承认规律不改变;如果我们承认这一点,那么规律演变的问题毫无意义;如果我们不承认这个条件,那么认识过去的问题便不可能有解,正如与过去有关的所有问题一样。"⑥

---

①　马克斯·韦伯:《社会科学方法论》,韩水法、莫茜译,中央编译出版社 2002 年版,第 7—8 页。

②　马克斯·韦伯:《社会科学方法论》,韩水法、莫茜译,中央编译出版社 2002 年版,第 8 页。

③　爱因斯坦:《论科学》,《爱因斯坦文集》(第一卷),徐良英等译,商务印书馆 2009 年版,第 409 页。

④　马克斯·韦伯:《社会科学方法论》,韩水法、莫茜译,中央编译出版社 2002 年版,第 29 页。

⑤　怀特海:《科学与近代世界》,何钦译,商务印书馆 1959 年版,第 7—8 页。

⑥　彭加勒:《最后的沉思》,李醒民译,商务印书馆 1995 年版,第 6 页。

这实际上表明,人们尽管总是试图通过现在推断过去和未来,通过结果推断原因,在实际研究中并不可能,甚至荒谬。

人们为什么要明知故犯、执着于从结果推断原因值得深思。因为所谓科学的诞生其实依赖于这一条件:"科学的研究领域不以'事物'的'实际'联系为依据,而是以'问题'的'思想'联系为依据:凡在以新方法探索新问题并且一种揭示的意义重大的新观点的真理借此而被发现的地方,一门新的'科学'就形成了。"①韦伯确实揭示了许多看似"科学"的知识和学科得以形成的原因。只要人们认识到这一点,便不必迷信任何看似"科学"的学科,也不能因任何学科某些微不足道的进步和成果沾沾自喜。所谓的科学其实都极其有限,至少在研究视域上是如此。怀特海指出:"如果我们脱离产生事物的全部环境,只限于讨论某些类型的事物,那么唯物论的假说就能完满地表达这些事物,但如果我们把感官运用得更细致一些,或是由于要求理解思维的意义与连续性,而超出了上述抽象结论的范围时,这种理论体系马上就垮台了。正是由于这理论体系的有效范围很狭窄,它只把注意力导向几类在当时的知识状况下需要加以观察的事实,因此便在方法论上获得了极高的成就。"②人们自以为是地将某些局部领域的认知视为绝对真理,认为是所谓普遍规律的揭示和阐释,至少从理论上讲,所谓普遍规律是不应该有范围或学科领域限制的,但人类的认知范围和时间精力必定有限,正由于有限,才不得不进行分门别类研究,正由于分门别类研究,才不可避免地陷入"伪科学"的陷阱。遗憾的是,许多科学规律如果不能上升到哲学高度,它便可能只是对局部规律或暂时真理的阐释。

更有甚者,科学认识到的也可能只是一种假象。彭加勒不无悲观地指出:"能够具有规律的只不过是科学家造成的、或多或少歪曲了的图像。当我们说自然受规律支配,这被理解为,这个图像依然是栩栩如生的。因此,我们必须按照这种描述并且仅仅按照这种描述来推论,否则我们就会冒失去作为我们研究对象的规律的观念本身的风险。"③爱因斯坦也有类似论述:"规律绝不

---

① 马克斯·韦伯:《社会科学方法论》,韩水法、莫茜译,中央编译出版社2002年版,第18—19页。

② 怀特海:《科学与近代世界》,何钦译,商务印书馆1959年版,第23页。

③ 彭加勒:《最后的沉思》,李醒民译,商务印书馆1995年版,第20页。

会是精确的,因为我们是借助于概念来表达规律的,而即使概念会发展,在将来仍然会被证明是不充分的。在任何论题和任何证明的底层都留着绝对正确的教条的痕迹。"①怀特海、彭加勒、爱因斯坦的阐述,在哲学层面早就有所阐述,如老子所谓"道常无名"②、"道可道,非常道"③,佛教所谓"一切言语道断"④之类,其实就是古代圣哲对这一问题的透彻认知。有所不同的是,东方圣哲往往将对万物的洞察和悟解提升为哲学的顿悟,西方科学家则常常将其作为研究世界的准则。由此人们不得不看到,所有学科其实就建立在本来貌似"科学"其实并不"科学"的诸多假说的基础之上,所有这些成果作为绝对真理只是些类似于空中楼阁的自以为是的心理慰藉而已。

　　既然人文科学、社会科学和自然科学都不免于此,那么苛求于文学的行无定踪便多少有些吹毛求疵了。当然绝大多数深明事理的人也不会苛求于文学,因为文学更多时候本来就建立在虚无缥缈的想象的基础之上。卢卡奇这样写道:"有一种根本性的心灵努力,只关心本质的事物,不管它来自何处,其目标是什么,反正都一样;有一种心灵的渴望,即对家乡在何处的渴望如此之强烈,以致心灵不得不在盲目的狂热中踏上似乎回家的第一条小路;而这种热情是如此之大,以致它能够一路走到尽头;对这种心灵来说,每一条路都通向本质,回到家园,因为对于这种心灵来说,它的自我性就是家园。"⑤寻求自我精神家园的慰藉,本来毋庸置疑,但问题在于没有或很少有人认识到,这其实是一种普遍现象,存在于人文社会科学和自然科学的诸多领域。爱因斯坦的阐述可能让许多人茅塞顿开,他写道:"我们试图创造合理的世界图像,使我们在那里面就像感到在家里一样,并且可以获得我们在日常生活中不能达到的安定。"⑥爱因斯坦的阐述与卢卡奇并无二致。退一步讲,也只是印证了《易

　　① 爱因斯坦:《论科学》,《爱因斯坦文集》(第一卷),徐良英等译,商务印书馆2009年版,第410页。

　　② 《老子奚侗集解》,上海古籍出版社2017年版,第84页。

　　③ 《老子奚侗集解》,上海古籍出版社2017年版,第1页。

　　④ 《维摩诘经》,《佛教十三经》,中华书局2010年版,第279页。

　　⑤ 卢卡奇:《小说理论》,燕宏远、李怀涛译,商务印书馆2012年版,第79页。

　　⑥ 爱因斯坦:《论科学》,《爱因斯坦文集》第一卷,徐良英等译,商务印书馆2009年版,第410页。

经·系辞下》所阐述的"天下同归而殊途,一致而百虑"①的道理。

所以无论文学理论,还是其他人文科学、社会科学和自然科学诸多观念及其历史,在极端的意义上都不过是怀特海所说的错误观念及其发展史而已。他这样阐述道:"观念之史便是错误之史。"②从这个意义上,所有文学的观念,以及关于文学的有关论述,都可能只是些漏洞百出的伪命题。明智做法不是无视或贬斥其存在,也不是迷信和执着其存在,而应该是,明明知道不过是一种观念的冒险甚或充满错误的冒险,还要进一步继续探索和阐释下去。这可能才是包括文学理论在内的所有科学和学科的共同宿命,也是人类自身的共同宿命。

---

① 李道平:《周易集解纂疏》,中华书局1994年版,第636页。
② 怀特海:《观念的冒险》,周邦宪译,译林出版社2012年版,第31页。

参考书目

何太宰:《现代艺术札记·文学大师卷》,外国文学出版社 2001 年版。

郭绍虞:《中国历代文论选》,上海古籍出版社 1979 年版。

胡经之:《中国古典文艺学丛编》,北京大学出版社 2001 年版。

陈思和:《中国现代文论选》,上海教育出版社 2010 年版。

张法:《中国美学经典》,北京师范大学出版社 2017 年版。

北京大学哲学系美学教研室:《中国美学史资料选编》,中华书局 1981 年版。

王钟陵:《二十世纪中国文学史文论精华·新诗卷》,河北教育出版社 2000 年版。

徐林祥主编:《百年语文经典名著》,上海教育出版社 2017 年版。

《老子奚侗集解》,上海古籍出版社 2007 年版。

洪亮吉:《春秋左传诂》,中华书局 1987 年版。

《南华真经注疏》,中华书局 1998 年版。

朱熹:《四书章句集注》,中华书局 1983 年版。

李道平:《周易集解纂疏》,中华书局 1994 年版。

《佛教十三经》,中华书局 2010 年版。

《禅宗语录辑要》,上海古籍出版社 2011 年版。

《禅宗四种合印本》影印本,浙江天台山国清寺印行。

《中有教授听闻解脱秘法》,孙景风译,上海佛学书局 1996 年版。

范文澜:《文心雕龙注》,人民文学出版社 1958 年版。

马其昶校注:《韩昌黎文集校注》,上海古籍出版社 1986 年版。

《邵雍集》,中华书局 2010 年版。

《毛泽东文艺论集》,中央文献出版社 2002 年版。

《宗白华全集》,安徽教育出版社 1994 年版。

徐复观:《中国文学精神》,上海书店 2004 年版。

余嘉锡:《世说新语笺疏》,中华书局 2015 年版。

吴熊和:《唐宋词汇评》,浙江教育出版社 2004 年版。

《水浒传会评本》,北京大学出版社 1981 年版。

《三国演义会评本》,北京大学出版社 1986 年版。

《红楼梦(名家评点)》,中华书局 2009 年版。

彭玉平:《人间词话疏证》,中华书局 2011 年版。

《穆旦诗文集》,人民文学出版社 2018 年版。

郑敏:《郑敏文集》(文论卷),北京师范大学出版社 2012 年版。

陈忠实:《陈忠实文集》,人民文学出版社 2016 年版。

莫言:《蛙》,上海文艺出版社 2012 年版。

梁遇春:《梁遇春散文》,人民文学出版社 2005 年版。

廖久明选编:《醉》,人民文学出版社 2007 年版。

王琼选编:《生》,人民文学出版社 2007 年版。

宇文所安:《迷楼:诗与欲望的迷宫》,程灿章译,生活·读书·新知三联书店 2014 年版。

宇文所安:《中国传统诗歌与诗学》,陈小亮译,中国社会科学出版社 2013 年版。

陈世骧:《中国文学的抒情传统》,生活·读书·新知三联书店 2015 年版。

夏志清:《中国现代小说史》,浙江人民出版社 2016 年版。

孙昌武、李庚杨:《杂譬喻经译注》,中华书局 2008 年版。

《涅槃经》,宗教文化出版社 2011 年版。

室利·阿罗频多:《薄伽梵歌论》,徐梵澄译,《徐梵澄文集》(第 8 卷),上海三联书店 2006 年版。

今道友信:《东方的美学》,蒋寅等译,生活·读书·新知三联书店 1991 年版。

大西克礼:《幽玄·物哀·寂》,王向远译,上海译文出版社 2017 年版。

宇清、信德:《外国名作家谈写作》,北京出版社 1980 年版。

白轻:《文字即垃圾:危机之后的文学》,重庆大学出版社 2016 年版。

高建平:《西方文论经典》,安徽文艺出版社 2014 年版。

中国社会科学院文学研究所编:《古典文艺理论译丛》,知识产权出版社 2010 年版。

袁可嘉等:《现代主义文学研究》,中国社会科学出版社 1989 年版。

朱立元、李钧:《二十世纪西方文论选》,高等教育出版社 2002 年版。

弗朗西斯·马尔赫恩:《当代马克思主义文学批评》,刘象愚、陈永国、马海良译,北京大学出版社 2002 年版。

美国《巴黎评论》编辑部:《巴黎评论·作家访谈》,人民文学出版社 2012 年版。

D.阿伦、托曼编:《美国新诗学》(*The Poetics of the New American Poetry*),美国纽约 1979 年。

中国社科院外国文学研究所:《小说美学经典三种》,上海文艺出版社 1990 年版。

蒋孔阳:《十九世纪西方美学名著选》,复旦大学出版社 1990 年版。

朱立元:《二十世纪西方美学经典文本》,复旦大学出版社 2000 年版。

北京大学哲学系:《西方哲学原著选读》,商务印书馆 1981 年版。

孙斌:《当代哲学经典》(美学卷),北京师范大学出版社 2014 年版。

亚里士多德:《诗学》,陈中梅译,商务印书馆 1996 年版。

勃兰兑斯:《十九世纪文学主流》,张道真译,人民文学出版社 2018 年版。

瑞恰慈:《文学批评原理》,杨自伍译,百花洲文艺出版社 1992 年版。

蒂博代:《六说文学批评》,赵坚译,生活·读书·新知三联书店 2002 年版。

什克洛夫斯基:《散文理论》,刘宗次译,百花洲文艺出版社 2010 年版。

莫里斯·布朗肖:《文学空间》,顾嘉琛译,商务印书馆 2003 年版。

莫里斯·布朗肖:《未来之书》,赵苓苓译,南京大学出版社 2015 年版。

恩斯特·卡西尔:《语言与神话》,于晓等译,生活·读书·新知三联书店 1988 年版。

乔纳森·卡勒:《文学理论入门》,李平译,译林出版社 2008 年版。

安托万·孔帕尼翁:《理论的幽灵——文学与常识》,吴泓缈、汪捷宇译,南京大学出版社 2011 年版。

雅克·朗西埃:《沉默的言语:论文学的矛盾》,华东师范大学出版社 2016 年版。

乔治·斯坦纳:《语言与沉默:论语言、文学与非人道》,李小均译,上海人民出版社 2013 年版。

加斯东·巴什拉:《梦想的诗学》,刘自强译,生活·读书·新知三联书店 1996 年版。

沃尔夫冈·伊瑟尔:《虚构与想象:文学人类学疆界》,陈定家、汪正龙译,吉林人民出版社 2003 年版。

卡尔维诺:《文学机器》,魏怡译,译林出版社 2018 年版。

卡尔维诺:《文字世界和非文字世界》,王建全译,译林出版社 2018 年版。

帕特里齐亚·隆巴多:《罗兰·巴特的三个悖论》,姜丹丹、何乏笔译,华东师范大学出版社 2017 年版。

《巴黎评论·短篇小说课堂》,人民文学出版社 2019 年版。

《希尼三十年文选》,黄灿然译,浙江文艺出版社 2018 年版。

《纳博科夫文学讲稿三种:文学讲稿》,申慧辉等译,上海译文出版社 2018 年版。

茨维坦·托多罗夫:《诗学》,怀宇译,商务印书馆 2016 年版。

茨维坦·托多罗夫:《象征理论》,王国卿译,商务印书馆 2004 年版。

茨维坦·托多罗夫:《濒危的文学》,栾栋译,华东师范大学出版社 2016 年版。

茨维坦·托多罗夫:《巴赫金、对话理论及其他》,蒋子华、张萍译,百花洲文艺出版社 2001 年版。

诺斯罗普·弗莱:《伟大的代码:圣经与文学》,何振益等译,北京大学出版社 1998 年版。

诺斯罗普·弗莱:《培养想象》,李雪菲译,中国华侨出版社 2019 年版。

让-保尔·萨特:《文字生涯》,沈志明译,人民文学出版社 2006 年版。

托·斯·艾略特:《批评批评家:艾略特文集·论文》,李斌宁、杨自伍等译,上海译文出版社 2012 年版。

托·斯·艾略特:《传统与个人才能:艾略特文集·论文》,卞之琳、李斌宁等译,上海译文出版社 2012 年版。

托·斯·艾略特:《现代教育和古典文学:艾略特文集·论文》,李斌宁、王恩衷等译,上海译文出版社 2012 年版。

罗兰·巴特:《批评与真实:罗兰·巴特文选》,温晋仪译,上海人民出版社 2016 年版。

罗兰·巴特:《神话修辞术:罗兰·巴特文选》,屠友祥译,上海人民出版社 2016 年版。

罗兰·巴特:《S/Z:罗兰·巴特文选》,屠友祥译,上海人民出版社 2016 年版。

罗兰·巴特:《文之悦:罗兰·巴特文选》,屠友祥译,上海人民出版社 2016 年版。

罗兰·巴特:《恋人絮语:罗兰·巴特文选》,汪耀进、武佩荣译,上海人民出版社 2016 年版。

罗兰·巴特:《流行体系:罗兰·巴特文选》,敖军译,上海人民出版社 2016 年版。

罗兰·巴特:《写作的零度·写作与言语》,《罗兰·巴特随笔选》,怀宇译,百花文艺出版社 2005 年版。

哈罗德·布鲁姆:《影响的焦虑:一种诗歌理论》,徐文博译,江苏教育出版社 2006 年版。

哈罗德·布鲁姆:《西方正典》,姜宁康译,译林出版社 2011 年版。

哈罗德·布鲁姆:《影响的剖析:文学作为生活方式》,金雯译,译林出版社 2016 年版。

莎士比亚:《亨利五世》,方平译,《莎士比亚全集》(第 3 卷),人民文学出版社 1994 年版。

莎士比亚:《罗密欧与朱丽叶》,朱生豪译,《莎士比亚全集》(第 4 卷),人民文学出版社 1994 年版。

莎士比亚:《麦克白》,朱生豪译,《莎士比亚全集》(第 6 卷),译林出版社 2016 年版。

雨果:《巴黎圣母院》,陈敬容译,人民文学出版社 1982 年版。

托尔斯泰:《列夫·托尔斯泰文集》(第6卷),《战争与和平》(第2册),刘辽逸译,人民文学出版社2013年版。

托尔斯泰:《列夫·托尔斯泰文集》(第14卷·文论),陈燊、丰陈宝译,人民文学出版社2013年版。

托尔斯泰:《复活》,汝龙译,人民文学出版社1979年版。

劳伦斯:《劳伦斯文集》(第8卷·文论集),毕冰宾译,人民文学出版社2014年版。

劳伦斯:《劳伦斯文集》(第9卷)(散文随笔集),毕冰宾译,人民文学出版社2014年版。

马塞尔·普鲁斯特:《偏见》,张小鲁译,上海文艺出版社2016年版。

马塞尔·普鲁斯特:《追忆逝水年华》(精华本),沈志明译,上海译文出版社2012年版。

马塞尔·普鲁斯特:《追忆似水年华》,李恒基、徐继曾译,译林出版社1989年版。

马塞尔·普鲁斯特:《普鲁斯特读本》,沈志明译,人民文学出版社2012年版。

罗曼·罗兰:《巨人三传》,傅雷译,安徽文艺出版社1998年版。

陀思妥耶夫斯基:《白痴》,耿济之译,人民文学出版社1958年版。

高尔基:《文学写照》,巴金译,人民文学出版社1978年版。

斯蒂芬·茨威格:《六大师》,黄明嘉译,漓江出版社1998年版。

斯台芬·茨威格:《茨威格读本》,张玉书、张意译,人民文学出版社2012年版。

翁贝托·艾柯:《植物的记忆与藏书乐》,王建全译,译林出版社2014年版。

弗里德里希·席勒:《审美教育书简》,冯至、范大灿译,上海人民出版社2003年版。

康德:《判断力批判》(上),宗白华译,商务印书馆1964年版。

康德:《判断力批判》(下),韦卓民译,商务印书馆1964年版。

黑格尔:《美学》,朱光潜译,商务印书馆1979年版。

阿多诺:《美学理论》,王柯平译,四川人民出版社1998年版。

马尔库塞等:《现代美学析疑》,绿原译,文化艺术出版社 1987 年版。

弗洛伊德:《弗洛伊德论美文选》,张唤民、陈伟奇译,知识出版社 1987 年版。

荣格:《心理学与文学》,冯川、苏克译,生活·读书·新知三联书店 1987 年版。

荣格:《东方的智慧》,朱彩方译,译林出版社 2019 年版。

荣格:《移情心理学》,李梦潮、闻锦玉译,译林出版社 2019 年版。

特里·伊格尔顿:《美学意识形态》,王杰、付德根、麦二雄译,中央编译出版社 2013 年版。

特里·伊格尔顿:《理论之后》,商正译,商务印书馆 2009 年版。

汉斯-格奥尔格·伽达默尔:《诠释学:真理与方法》,洪汉鼎译,商务印书馆 2010 年版。

沃尔夫冈·凯瑟尔:《语言的艺术作品》,陈铨译,上海译文出版社 1984 年版。

沃尔夫冈·伊瑟尔:《这样做理论》,朱刚等译,南京大学出版社 2019 年版。

巴赫金:《巴赫金全集》(第 4 卷),白春仁等译,河北教育出版社 1998 年版。

理查德·舒斯特曼:《生活即审美:审美经验和生活艺术》,彭锋等译,北京大学出版社 2007 年版。

奥利维耶·阿苏利:《审美资本主义:品味的工业化》,黄琰译,华东师范大学出版社 2013 年版。

雅克·马利坦:《艺术与诗中的创造性直觉》,刘有元、罗选民等译,生活·读书·新知三联书店 1991 年版。

鲁道夫·阿恩海姆:《艺术心理学新论》,郭小平、翟灿译,商务印书馆 1994 年版。

鲁道夫·阿恩海姆:《艺术与视知觉》,滕守尧、朱疆源译,四川人民出版社 1998 年版。

鲁道夫·阿恩海姆:《视觉思维》,滕守尧译,四川人民出版社 1998 年版。

保罗·利科:《活的隐喻》,汪堂家译,上海译文出版社 2004 年版。

海然热:《语言人:论语言学对人文科学的贡献》,张组建译,生活·读书·新知三联书店 1999 年版。

约翰·R.塞尔:《表达与意义》,王加为、赵明珠译,商务印书馆 2017 年版。

乔治·贝克:《戏剧技巧》,余上沅译,中国戏剧出版社 2004 年版。

马克·克雷默、温迪·考尔编:《哈佛非虚构写作课》,王宇光译,中国文史出版社 2015 年版。

爱德华·威尔逊:《创造的本源》,魏薇译,浙江人民出版社 2018 年版。

詹姆斯·韦伯·扬:《创意的生成》,祝士伟译,中国人民大学出版社 2014 年版。

理查德·E.凯夫斯:《创意产业经济学:艺术的商品性》,康蓉、张兆慧、冯晨、王栋译,商务印书馆 2017 年版。

罗伯特·斯滕伯格、陶德·斯滕伯格:《创意心理学:唤醒与生俱来的的创造力潜能》,曾盼盼译,中国人民大学出版社 2009 年版。

奇普·希思、丹·希思:《让创意更有粘性:创意直抵人心的六条路径》,姜奕晖译,中信出版社 2014 年版。

乔纳·伯克:《疯传:让你的产品、思想、行为像病毒一样入侵》,刘生敏、伯杰译,电子工业出版社 2014 年版。

艾伦·维纳、塔利亚·R.戈德斯坦、斯蒂芬·文森特-兰克林:《回归艺术本身:艺术教育的影响力》,郑艳译,华东师范大学出版社 2016 年版。

毛姆:《阅读是一座随身携带的避难所:毛姆读书随笔》,罗长利译,北京联合出版公司 2017 年版。

莫提默·J.艾德勒、查尔斯·范多伦:《如何阅读一本书》,郝明义、朱衣译,商务印书馆 2004 年版。

朱迪思·朗格:《想象知识:在各学科内培养语言能力》,刘婷婷译,上海教育出版社 2015 年版。

朱迪思·朗格:《文学想象:文学理解与教学》,樊亚琪译,上海教育出版社 2015 年版。

亚里士多德:《政治学》,吴寿彭译,商务印书馆 1965 年版。

帕斯卡尔:《思想录:论宗教和其他主题的思想》,何兆武译,商务印书馆

1995 年版。

叔本华:《作为意志和表象的世界》,石冲白译,商务印书馆 1982 年版。

《马克思恩格斯文集》(第 1 卷),人民出版社 2009 年版。

《马克思恩格斯文集》(第 9 卷),人民出版社 2009 年版。

尼采:《权力意志》,孙周兴译,商务印书馆 2007 年版。

尼采:《权力意志》,张念东、凌素心译,中央编译出版社 2000 年版。

尼采:《尼采文集》,楚图南等译,改革出版社 1995 年版。

克洛德·列维-斯特劳斯:《结构人类学》,张组建译,中国人民大学出版社 2006 年版。

克洛德·列维-施特劳斯:《面对现代世界问题的人类学》,栾曦译,中国人民大学出版社 2017 年版。

海德格尔:《海德格尔文集:荷尔德林诗的阐释》,孙周兴译,商务印书馆 2014 年版。

海德格尔:《海德格尔文集·在通向语言途中》,孙周兴译,商务印书馆 2015 年版。

海德格尔:《海德格尔文集·从思想的经验而来》,孙周兴译,商务印书馆 2015 年版。

海德格尔:《海德格尔文集·林中路》,孙周兴译,商务印书馆 2015 年版。

海德格尔:《海德格尔文集·演讲与论文集》,孙周兴译,商务印书馆 2018 年版。

维特根斯坦:《维特根斯坦文集》(第 2 卷)《逻辑哲学论》,商务印书馆 2019 年版。

维特根斯坦:《维特根斯坦文集》(第 4 卷)《哲学研究》,韩林合译,商务印书馆 2019 年版。

拉康:《拉康选集》,褚孝泉译,上海三联书店 2001 年版。

卢卡奇:《历史与阶级意识》,杜章智等译,商务印书馆 1999 年版。

梅洛-庞蒂:《知觉现象学》,姜志辉译,商务印书馆 2001 年版。

伊哈布·哈桑:《后现代转向》,刘象愚译,上海人民出版社 2015 年版。

雷蒙德·威廉斯:《漫长的革命》,倪伟译,上海人民出版社 2013 年版。

米歇尔·福柯:《声名狼藉者的生活:福柯文选》,汪民安译,北京大学出版社 2016 年版。

米歇尔·福柯:《福柯集》,杜小真译,上海远东出版社 2003 年版。

雅克·德里达:《声音与现象》,杜小真译,商务印书馆 2017 年版。

雅克·德里达:《书写与差异》,张宁译,生活·读书·新知三联书店 2001 年版。

吉尔·德勒兹:《差异与重复》,安靖、张子岳译,华东师范大学出版社 2019 年版。

马克斯·韦伯:《社会科学方法论》,韩水法、莫茜译,中央编译出版社 2002 年版。

凡勃仑:《有闲阶级论》,蔡受百译,商务印书馆 1964 年版。

凡勃仑:《企业论》,蔡受百译,商务印书馆 2012 年版。

B.曼德维尔:《蜜蜂的王国》,肖聿译,商务印书馆 2016 年版。

丹尼尔·贝尔:《资本主义文化矛盾》,严蓓雯译,江苏人民出版社 2007 年版。

伊波利特·泰纳:《现代法国的起源》,刘毅译,吉林出版集团有限责任公司 2018 年版。

保罗·德·曼:《抵制理论》,明尼苏达大学出版社 1986 年版。

奥尔特加·加赛特:《大众的反叛》,刘训练等译,广东人民出版社 2012 年版。

奥尔特加·加赛特:《知识分子与社会》,张亚月、梁兴国译,中信出版社 2013 年版。

古斯塔夫·勒庞:《乌合之众:大众心理研究》,冯克利译,中央编译出版社 2015 年版。

朱利安·班达:《知识分子的背叛》,佘碧平译,上海人民出版社 2017 年版。

尼尔·波兹曼:《娱乐至死》,章艳译,中信出版社 2015 年版。

弗里德里希·奥古斯特·哈耶克:《致命的自负》,冯克利、胡晋华等译,中国社会科学出版社 2000 年版。

亨利·列斐伏尔:《日常生活批判》,叶齐茂、倪晓辉译,社会科学文献出版社 2018 年版。

朱迪丝·博斯:《独立思考:日常生活中的批判性思维》,岳盈盈、翟继强译,商务印书馆2016年版。

J.希利斯·米勒:《萌在他乡:米勒中国演讲集》,国荣译,南京大学出版社2016年版。

亚当·乔伊森:《网络行为心理学——虚拟世界与真实生活》,任衍具、魏玲译,商务印书馆2010年版。

肖恩·库比特:《数字美学》,赵文书、王玉括译,商务印书馆2007年版。

尼葛洛庞帝:《数字化生存》,胡泳、范海燕译,海南出版社1997年版。

罗杰·菲德勒:《媒介形态变化:认识新媒介》,明安香译,华夏出版社2000年版。

弗里德里希·A.哈耶克:《科学的反革命:理性滥用之研究》,冯克利译,译林出版社2012年版。

布莱恩·阿瑟:《技术的本质》,曹东溟、王健译,浙江人民出版社2018年版。

克劳斯·施瓦布:《第四次工业革命:转型的力量》,李菁译,中信出版社2016年版。

克劳斯·施瓦布、尼古拉斯·戴维斯:《第四次工业革命(实践版)·行动路线图:打造创新型社会》,世界经济论坛北京代表处译,中信出版社2018年版。

约瑟夫·E.奥恩:《教育的未来:人工智能时代的教育变革》,李海燕、王秦辉译,机械工业出版社2019年版。

爱因斯坦:《爱因斯坦文集》,徐良英等译,商务印书馆2009年版。

霭理士:《性心理学》,潘光旦译,商务印书馆1997年版。

C.麦金:《意识问题》,吴杨义译,商务印书馆2015年版。

杰拉尔德·M.埃德尔曼:《意识的宇宙——物质如何转变为精神》,顾凡及译,上海科学技术出版社2019年版。

露丝·加勒特·米利肯:《语言、思维与其他生物学范畴》,张丹、张钰、宋昱译,商务印书馆2019年版。

怀特海:《教育的目的》,徐汝舟译,生活·读书·新知三联书店2014年版。

怀特海:《观念的冒险》,周邦宪译,译林出版社 2012 年版。

A.N.怀特海:《科学与近代世界》,何钦译,商务印书馆 1959 年版。

刘易斯·芒福德:《机器神话》,宋俊岭译,上海三联书店 2017 年版。

刘易斯·芒福德:《技术与文明》,陈允明、王克仁、李华山译,中国建筑工业出版社 2009 年版。

彭加勒:《最后的沉思》,李醒民译,商务印书馆 1995 年版。

后　记

　　这本书稿是我 2019 年寒假为汉语言文学专业 2018 级学生准备的文学理论讲义。本想边上课边完善，结果一年下来忙忙碌碌，甚至连暑假也因公务没有完成修改。下定决心 2020 年寒假必须拿下，但真正静下心来坐在书桌前动手，已是近寒假尾声了。后突发疫情，居家办公，倒是给了我相对充裕、可静待家中的时间。书稿改了又改、变了又变，即便到此刻，仍有不少需要继续完善之处，但无论如何必须抓住这个便于记忆的日子写下相关撰写情况。

　　这个讲义从动手到大体完成，实际跨了三个年头，较之以前的《文学元素学》、《文学三元论》等，也有了许多新想法。主要是大体上将观念的问题作为理想归于理论家，文本的问题作为典籍归于文本本体，创作的问题归于作家，阅读的问题归于读者，并将与教学有关的教师、与出版有关的编辑纳入其中，全部作为社会生活方式。除非相关人员身份本来有所兼容，一般尽可能不混为一谈，让各部分理论真正回归车走车路、马走马路的正道，并以此为建构讲义框架的基本思路。其中作为理想的部分主要采用文献列举法，作为典籍的部分主要采用话语分析法，作为生活方式的部分主要采用人类学事实陈列法。最初设想，整部讲义大体上注重有关问题梳理，不回避矛盾，也不妄下结论，避免以一种文学事实武断取代另一种事实，力争在极有限的程度上使其具有文学事实陈列和结集的性质。于是每篇设有小结，全书设有结语，以求不固化和误导读者的思维。

　　鉴于引据资料有限，时间精力投入不足，真正意义的直接观察更力不从心，当初的打算很多没有变成令人满意的现实，以致存在诸多不足和缺憾。真诚恳请各位方家批评指正！

作　者

庚子年正月十五元宵节初稿

2020 年 8 月 2 日删定

责任编辑：李之美

图书在版编目（CIP）数据

理想·文献·社会：文学理论的超学科研究维度/郭昭第 著. —北京：
　人民出版社，2021.5
ISBN 978－7－01－022902－7

Ⅰ.①理…　Ⅱ.①郭…　Ⅲ.①文学理论－研究　Ⅳ.①I0

中国版本图书馆 CIP 数据核字（2020）第 257542 号

理想·文献·社会
LIXIANG WENXIAN SHEHUI
——文学理论的超学科研究维度

郭昭第　著

人民出版社 出版发行
（100706　北京市东城区隆福寺街 99 号）

北京汇林印务有限公司印刷　新华书店经销

2021 年 5 月第 1 版　2021 年 5 月北京第 1 次印刷
开本：710 毫米×1000 毫米 1/16　印张：25.25
字数：400 千字

ISBN 978－7－01－022902－7　定价：78.00 元

邮购地址 100706　北京市东城区隆福寺街 99 号
人民东方图书销售中心　电话（010）65250042　65289539